旅程開始之前

朱學恆

對於那些只想要欣賞二十世紀最動人史詩的讀者來說，諸位並不需要閱讀這段文章。因爲，《魔戒》是先成爲一篇好看的故事，然後才成爲一本偉大的著作。任何人都不需要藉由誇張的辭彙、華麗的形容和驚人的數據來體會這一切。您可以直接翻到後面，開始享受這一段漫長的中土之旅。不過，對於有興趣瞭解其背後故事的讀者來說，或許值得您先停下腳步，看看傳奇的源頭。

一切開始於一個無聊悶熱的下午，托爾金正在批改學生們的考卷。這份工作雖然十分難熬，卻是他傳道授業不可逃脫的責任之一。不過，這狀況卻因爲一張空白的考卷而改變了。「一名應試者好心地空了一張白紙，沒有在上面寫任何字，這對一個閱卷者來說可能是最好不過的事情了，我就在上面寫下了『In a hole on the ground there lived a hobbit.』（在地洞裡住著一個哈比人。）最後，我想最好弄清楚哈比人是什麼樣子。」

從這一瞬間開始，世界分裂了。正如同一篇書評中所寫的一樣，這世界只剩下兩種人，讀過

《魔戒》和沒有讀過的人。屬於前面一派的人大約超過一億人，而且數字還在不斷增加中。他們不停的參加投票、發表文章、組織團體、購買書籍來宣揚自己對於《魔戒》的熱愛。在他們的努力之下，《魔戒》獲得了二十世紀之書，甚至是兩千年以來最偉大作品的頭銜。而後者，遲早有可能接觸到《魔戒》，也加入前者的行列中。

而這套作品也的確改變了世界。越戰時期的叛逆青年將甘道夫視作總統候選人、反戰人士將《魔戒》當成聖典、環保主義者將《魔戒》視作寓言。在美國每年出版的兩億本平裝小說中，有超過四分之一的作品直接或間接的和托爾金有所關連。無數的奇幻文學作品應運而生，將「僅次於《魔戒》」當作今生最大的榮耀。許多的作者會在自傳或訪談中描述《魔戒》如何改變了他的一生，讓他放棄了原先的科系或工作，轉而從事專職寫作，並且畢生以成爲托爾金的傳人爲榮。

《魔戒》掀起了文學界的革命，開創了奇幻文學的長河大江，並且又接著啓發了角色扮演遊戲的風潮。沒有《魔戒》，或許我們今日就無法在電腦上享受魔獸爭霸、創世紀，甚至是龍族和天堂。可能，盧卡斯（George Lucas）也無法從中獲得星際大戰的靈感。茱蒂絲·史秋拉維茲（Judith Shulevitz）在《紐約時報書評》專欄中說道：「沒有托爾金，我們無法想像會有哈利波特的熱潮。」是的，少了托爾金開拓出來的康莊大道，我們今日甚至無法欣賞到哈利波特那充滿想像力的精彩世界。

然而，身爲一種文學類別的開拓者，托爾金注定必須站在第一線承受最猛烈的砲火。這是一場文學貴族與庶民的戰爭。學院派的人士驚愕於如此一個非傳統的文學竟能夠產生如此巨大的影響力，因此對他展開了相當激烈的批評。1956年，艾德蒙·威爾森（Edmund Wilson）（當時美國卓越的文學家）在刊登于 The Nation 的評論中稱《魔戒》爲「一派胡言亂語」。1961年，菲力普·湯恩比（Philip Toynbee）在《觀察報》（London Observer）上樂觀地宣稱托爾金的著作已經「被人們善意地遺忘了。」

但，事實並非如此。1997年，一套三本的《魔戒》已經在全球賣出五千萬套，《魔戒》前傳也已經銷售了四千萬套。它的成功已經不能用單純的商業行銷或是媒體熱潮來形容，歷經半世紀的讀者肯定，已經讓它成功的擠身經典作品之林。

《魔戒》或托爾金成功的秘訣在於何處？在他的書中，充滿了忠誠與背叛、勇氣與怯懦、善良與邪惡的強大張力。遊俠們忍辱負重的犧牲奉獻，才換來了哈比人的逸樂自在；剛鐸的人孤軍奮戰的燃燒生命，才爲中土換來了自由。這些情節、這些特點，都讓《魔戒》敲動讀者的心弦，讓它擁有直擊人心的力量。而這世界上最恐怖的力量，亦非是先進的武器或殺氣騰騰的千軍萬馬，而是那人心中小小的貪婪。現實生活中的每個人都必須接受《魔戒》的考驗，但並非每個人都能通過它。

《魔戒》並非因其文學上的成就而成爲世紀之書，相反的，它是因其撼動人心的力量而讓人們不由自主的認同它，經歷重重考驗才獲得了這桂冠。當您翻往下一頁的時候，您也將展開那偉大的旅程，踏上淵遠流長的中土世界……

目次

第二章

故事簡介

中土世界，距今五千四百餘年前。時值中土第二紀元第一千年；曾經在上一紀元擔任天魔王馬爾寇大將的索倫，化身成給予眾人工藝技巧及禮物的神秘人物，重新踏入精靈的國度。他以僞善的面具誘騙當時的精靈工匠，在結合冶金學和魔法的技術之下，打造了許多枚擁有極大力量的魔法戒指，妄稱可以透過這些戒指的魔力來改變世界，實際上，他卻暗中返回魔多，打造了一枚至尊魔戒，並且以該戒的魔力來統御和壓制其他魔戒，藉此成立了勢力龐大的黑暗王國。稍後，他更以武力消滅了協助他打造魔戒的精靈王國。連矮人也在這場紛爭中關閉了地底王國的入口，將摩瑞亞與外界徹底隔離。

一時間整個中土世界被邪惡的勢力橫掃，無人能夠抵抗。這情況經歷兩千多年的時光，直到西方皇族的人類出現才有了改變。西方皇族的人類居住在大海中的努曼諾爾島，在眾神的寵佑之下，擁有極長的壽命和強大的軍事力量。在西方皇族大軍壓境之下，連權傾一時的索倫也被迫低頭，接受西方皇族的囚禁。只是，他藉此機會蠱惑西方皇族，誘使他們派出龐大的艦隊攻打創造世界的主神。最後，在主神的怒氣之下，曾經一度輝煌燦爛的努曼諾爾島瞬間化成烏有，沈入茫茫大海之中。

不過，中土世界的第二紀元尚未完結……中土的精靈在精靈王吉爾加拉德的號召下，和努曼諾爾人的伊蘭迪爾攜手，組成了人類與精靈的最後同盟。兩人率領大軍展開了一場又一場的血戰，一路兵臨魔王的要塞之前。在那裡，精靈王吉爾加拉德手持神矛，人皇伊蘭迪爾手持聖劍，和索倫展開殊死戰鬥。不幸的是，吉爾加拉德戰死，伊蘭迪爾陣亡，納希爾聖劍斷折於他的屍體之下。但最終索倫還是遭遇了敗亡，伊蘭迪爾的繼承人埃西鐸利用聖劍的碎片砍斷了索倫的手指，並且將魔戒佔爲己有。

索倫的肉身灰飛煙滅，靈魂隱匿了很長的一段時間，最後才在幽暗密林重新轉生。但魔戒在此同時卻也跟著失落了；它落入大河安都因中，消失的無影無蹤。當時埃西鐸正沿著河岸行軍，當他來到格拉頓平原時遭到半獸人部隊的伏擊，他的部下幾乎都當場戰死。他跳入河中，但魔戒在他游泳時突然滑落，發現他的半獸人立刻將他當場射死。就這樣，魔戒落入格拉頓平原的黑暗河泥中，退下了歷史和傳說的舞台。連知道它來龍去脈的人也僅剩數人，賢者議會亦無法再得知更多的情報。

接著，第三紀元開始。由於至尊魔戒並未被摧毀，因此索倫也獲得了轉生的力量。他再度以死靈法師的身份出現在幽暗密林中，並且在累積力量之後重建要塞巴拉多，準備恢復數千年前的霸業。同時，他也派出了無數的爪牙和邪惡生物，在中土世界中四處搜尋這枚魔戒，準備一統天下。

但是，魔戒卻幾經輾轉，出人意料地出現在一個酷愛美食和懶散生活的種族——哈比人的手中。繼承了親戚財產的佛羅多·巴金斯，卻在不知情的狀況下，也繼承了拯救世界的重責大任，成爲善惡雙方全力爭奪的對象。

故事，就在第三紀元三〇〇一年，從哈比人所居住的夏爾展開了……

種族人物介紹

精靈：精靈是中土世界最早誕生的種族。他們擁有不老不死的力量，同時也熱愛自然，以歌謠傳遞他們的歷史。他們同時也是最早擁有文明、文字及語言的種族，中土世界的大多數的種族皆是自他們手中繼承了這些文字及語言。他們曾經是中土世界主要的勢力，但是隨著歷史的演變，漸漸退出中土世界，將歷史的舞台讓給人類。

矮人：他們是擁有自己獨特歷史演化的種族。這些矮壯，耐力和任性驚人的生物，喜歡居住在洞穴之中，並且欣賞手工製作的礦石類工藝品。他們個性火爆，有時顯得孤僻。雖然人類對他們多有怨言，但其實本性並不邪惡。

人類：他們是中土世界稍後才被創造出來的生物。除了努曼諾爾人之外，這些生物在智力、體力和壽命上都遠遠遜於精靈。但是，他們擁有極強大的適應力和繁殖能力，擁有相當的潛力成為中土世界的主要種族。

半獸人：天魔王創造出來的種族。擁有各樣的猙獰外貌，性格扭曲嗜殺，文明低落，只懂得遵從上級的命令燒殺劫掠。天性畏懼陽光，不過，在魔王的多次配種實驗之後，也培育出對陽光有抵抗力的亞種。是中土世界邪惡勢力的骨幹。

哈比人：一個喜愛大自然，同時又酷愛美食和生活情趣的種族。由於他們不喜與人交往，又喜歡偏安於歷史的小角落。因此，在大多數的史書中，並無對這個種族的詳細資料。但是，在面對挑戰和誘惑的時候，他們卻擁有一般人難以想像的力量。

戒靈：九名戒靈是索倫利用魔戒腐化的力量所培養出來的可悲生物。他們行走在幽界之中，渾身帶著無比恐怖的氣息。他們也是索倫在搜尋魔戒的過程中派出來的尖兵。

甘道夫：擁有神秘力量的巫師。爲了對抗索倫的勢力，他在整個第三紀元中四處調查，收集線索，希望能夠找到勝敗的關鍵。如果沒有他的堅持，索倫可能早已獲得勝利。

亞拉岡：被布理一帶居民稱呼爲「神行客」的神秘男子。他是一名遊俠，精於野外求生技能，經常在暗地裡和邪惡勢力周旋，卻得不到一般人的諒解。不只如此，他似乎還擁有十分高貴的血統，只是未到在衆人面前揭露眞實身份的時機。

比爾博：數十年前在甘道夫的半逼半誘下加入了一場冒險的哈比人。在歷經險阻之後，終於獲得大量的財富，成爲夏爾一帶的富豪和名人。

佛羅多：比爾博的親戚。意志堅定的哈比人，從比爾博那邊繼承了所有的財產，卻沒有意識到自己已經成爲舉世矚目的善惡大戰關鍵。

山姆：服侍比爾博一家的佣人。同時也是佛羅多的忠僕，他對於佛羅多的敬愛和友誼讓他甘願爲主人捨身冒險。

皮聘：搞笑一流的頑皮哈比人，認爲世上沒有什麼需要認眞面對的事情。經常替朋友惹來許多麻煩。

梅里：烈酒鹿家的成員，相較於皮聘來說，相當負責任，是個辦事能力極佳的好幫手。

金靂：疾惡如仇的矮人，生平最痛恨半獸人。心直口快，卻又有些固執，大夥經常要花費很多時間說服他，但在危急時候，他卻是最可靠的幫手。

勒苟拉斯：來自幽暗密林的精靈，擁有百發百中的神射技巧。起初對金靂抱持著猜疑的態度，最後兩人卻成爲無話不談、出生入死的好友。

波羅莫：來自南方剛鐸的勇敢戰士。身爲防衛魔多的米那斯提力斯王子，心高氣傲的他爲了調查預言中，善惡大決戰的眞相而來到瑞文戴爾。希望能找到足以協助剛鐸對抗魔王的力量。

魔戒之王

天下精靈鑄三戒，
地底矮人得七戒，
壽定凡人持九戒，
魔多妖境暗影伏，
闇王坐擁至尊戒。
至尊戒，馭衆戒；
至尊戒，尋衆戒，
魔戒至尊引衆戒，
禁錮衆戒黑暗中，
魔多妖境暗影伏。

前言

這個故事隨著筆者的描繪而逐漸壯大，漸漸成為記載魔戒聖戰歷史的一段篇章，其中還包括了許多對遠古歷史的簡短描述。在筆者剛開始撰寫《魔戒前傳》時，以及該書於西元一九三七年出版前，這樣的演化就已經展開。但是，在完成《魔戒前傳》之後，筆者並不準備立刻著手進行續集的寫作；因為，筆者想要先將這個構思已久，世界中的遠古傳說和神話架構完成。在進行這項工作的時候，筆者純粹只是為了自己的興趣而做，並不認為這能夠引起其他人多大的注意。而且，筆者當初是基於對語言學的個人嗜好，才會開始想要鋪陳和設計精靈語言的歷史背景。

在筆者尋求了許多人的意見之後，原先的「並不認為」變成了「絕無可能」；筆者這才在許多讀者來信鼓勵之下，開始了續集的寫作。（譯者註：托爾金本來準備就此讓比爾博告老還鄉，「從今以後過著快樂的日子」。同時他也將對於整個架空世界的過往歷史的著作《精靈寶鑽》（The Silmarillon）的草稿交給「艾倫與昂溫」（Allen & Unwin）出版社，準備請他們出版。總編輯史坦力·昂溫雖然對於架空世界的設定很感興趣，卻不想出版這本書。後世的讀者都應該感謝他，因為他堅持要求托爾金必須撰寫《魔戒前傳》的續集，這才有了震爍古今的《魔戒三部曲》之誕生。）許多讀者都想要知道更多哈比族和他們冒險故事的消息。一旦筆者開始之後，整個故事不由自主喚醒了在下對於遠古歷史的記憶，甚至在整個故事結束之前，小說本身就成了歷史的見證。整個過程是始自於《魔戒前傳》，在故事中就提到了許多跟遠古時代有所關連的事物和角色：精靈王族愛隆、隱藏的國度貢多林、高等精靈、半獸人；還有許多意蘊深遠的人物與地點：矮人國王都靈、地底王國摩瑞亞、巫師甘道夫、死靈法師、至尊魔戒。這些歷史的浮光掠影，讓讀者漸漸地進入第三紀元的世界，並且進而得知魔戒聖戰的來龍去脈。

想要知道更多有關哈比族消息的讀者，最終還是得到了答案，不過，卻是在很久以後了，因為，《魔戒》的寫作是在西元一九三六年到一九四九年間斷斷續續進行著。在這段時間中，筆者並未廢弛其他的工作，在教學相長的過程中，筆者也常常會因為其他的嗜好而分散了心神。當然，一九三九年爆發的第二次世界大戰也有不小的影響，當年年終時，《魔戒首部曲》的故事連第一章都還沒有完成。在接下來五年的黑暗歲月中，筆者發現整個故事已經有了無法中斷的生命力；筆者多半是利用晚上的時間振筆疾書，直到筆者站在摩瑞亞中巴林的墓穴前為止。從那以後，筆者暫停了很長的一段時間；大概在一年之後，筆者才重新開始這段故事，在一九四一年下半年才到達羅斯洛立安和大河邊。次年，筆者才完成了現在被歸納於第三章的事件，以及第五章的第一到三節。當安諾瑞安燃起烽火，希優頓國王來到哈洛谷時，筆者停了下來。此時，筆者暫時失去了預見後續事件的能力，也沒有多餘的時間思索可能的發展。

一九四四年時，由於有太多的線索仍未闡明，筆者認為必須安排，或至少報導這場由自己所創造出來的戰爭；因此，筆者只得強迫自己開始描述佛羅多前往魔多的旅程。這些稍後成為第四章內容的故事，是以書信的方式，一封封寄給筆者當時在南非皇家空軍中服役的兒子克理斯多福。但是，三部曲目前的結局是在五年之後才完成的，這段時間雖然比較光明，卻沒有讓筆者過著較為輕鬆的生活。筆者搬了家、換了椅子和任教的學校；在結局好不容易完成之後，整個故事又必須經過修改，甚至是大幅改寫。筆者還必須自己進行多次的打字工作，原因很簡單，筆者當時實在請不起十指能夠運作如飛的專業人士。

《魔戒三部曲》於十年前出版，至今已經有許多人讀過這篇故事，筆者在此必須回答許多人所提出的意見和推測。筆者讀過、或是直接收到，許多關於這故事背後隱藏涵義的說法。筆者對此的解釋則是：這是身為一名說書人最大的誘惑。說書人永遠無法拒絕傳述一段漫長史詩的機會，他可以吸引讀者或聽衆的注意力、將讀者的喜怒哀樂玩弄於股掌之間，讓他們或歡喜或悲泣。身為史詩的嚮導，筆者只能夠以自己的情緒作為判斷的依據，因此，錯誤是無可避免的。有些讀過本書的讀者或評論家認為本書無聊、荒誕無稽甚至是粗俗低劣；筆者沒有立場去反駁他們的意見，因為筆者對他們的作品或是偏好的寫作風格，可能也有同樣的意見和看法。不過，即使是從那些喜愛本書的讀者角度來看，故事中依舊有不少情節讓他們感到失望；或許，這是因為長篇故事本就不可能讓讀者對每一個段落感到滿意，當然，也不可能在每一個段落讓所有人感到失望。從許多的讀者來信中，筆者經常發現：某人最厭惡的篇章，往往是其他讀者稱頌不已的段落。筆者身為最挑剔的讀者，在回頭檢視本書時，同樣也發現了許多或大或小的缺陷。幸好，筆者不須要重寫本書或是撰寫書評，因此，針對這個部分，筆者將聰明地保持緘默；只有一點例外，這是許多讀者也同樣來信指出的：這個故事實在太短了。

至於許多評論家所指出的字裡行間的意義，筆者下筆時並沒有這麼多隱喻和野心，故事本身和時事及隱喻全無關係。在故事（往過去）發展的過程中，它的確伸展出許多意料之外的枝節，但主要的情節一直是以《魔戒》來和《魔戒前傳》做連結。最關鍵的章節〈過往黯影〉是最早完成的故事之一，它早就在一九三九年第二次世界大戰成爲明顯的威脅之前完成。而即使第二次世界大戰最終沒有爆發，故事依然不會有任何更改。《魔戒三部曲》的內容早就在筆者的腦中成形，甚至已經白紙黑字的記載在紙上，不管是它的續集或是任何的內容，都沒有因爲第二次世界大戰而有任何的更改。

在眞實世界中的戰爭，則並沒有如同這場虛構的戰爭一樣的發展，結局也是截然不同。如果這場戰爭激發了筆者對於書中大戰的靈感，那麼魔戒將會被用來對抗索倫，他將不會被消滅，而是被監禁；巴拉多也應該被佔領，而不是被徹底摧毀。在搶奪魔戒的任務中失敗的巫師薩魯曼，在大戰的混亂中，將可以從戰火下的魔多找到製造魔戒的線索，進而鑄造出自己的魔戒，並且挑戰所有的敵手。在這場戰爭中，雙方將會仇視、追捕哈比族，即使以奴隸的身份苟延殘喘，他們也無法存活。（譯者註：由於《魔戒三部曲》，可說是西方二十世紀最重要的著作之一，而其完稿的時間又十分接近第二次世界大戰；因此，有許多想像力豐富的評論家，構思出了各種各樣的推斷，認爲托爾金在撰寫小說時刻意引用了許多時事。有人認爲至尊魔戒在書中所代表的角色就是原子彈，各方勢力努力地想要搶奪這足以控制世界的力量；而唯一能夠擁有至尊魔戒的哈比族人，甚至就是第二次世界大戰時飽受迫害，卻擁有原子分裂秘密的猶太科學家；而薩魯曼就是魯道夫・希特勒，對於書中的各派系和各勢力，也都有各種的推斷與猜測。很幸運地，托爾金直到一九七三年方才去世，因此有的是機會針對這些捕風捉影的說法加以反駁，相信讀者們也可以從這段文章中看出，托爾金本人有多麼痛恨這些說法。）

如果照著衆多評論家的時事隱喻風格，筆者還可以安排出更多類似的情節。但是，筆者徹底痛恨一切形式的隱喻；特別是在年紀漸長，足以找出所有的隱喻之後。不管是虛構或是眞實的歷史都是筆者偏好的類型，讀者在閱讀時可以任意讓自己的想像力奔馳。筆者認爲，許多人將「想像力」和「隱喻」弄混了：前者是讀者的自由，後者則是完全是由作者掌控的權力。（譯者註：奇幻文學中最著名的一個名詞：「架空世界」（Secondary World）就是由托爾金所創造的。托爾金成功地替魔戒的世界塑造出完整的文化及架空歷史，也進而成爲許多後世作者效法的對象。）

當然，一名作者不可能在完全不受周圍環境的影響之下寫作。但是，故事細胞從經驗的養分中消化吸收的過程是十分複雜的，截至目前爲止的證據和線索都是十分模糊和抽象的。當評論家和作家的生活重疊時，假設同樣的事件對於兩者都擁有同樣重大的影響，或許是種很吸引人的說法，但卻是錯誤的。的確，親身經驗過戰爭的人們，對於大戰的可怕會有深刻的體會，但是，許多人已經忘記，在第一次世界大戰中的生活並不會比第二次世界大戰輕鬆。第一次世界大戰開始四年之後，筆者所有的好友只剩下一人倖存。有許多人認爲哈比族的居地遭到破壞的情節，影射筆者完稿時英倫三島的殘破景況，但事實上並非如此。從一開始的時候，筆者在構思情節時就預見了這個結果；只是當初並沒有薩魯曼這個角色，因此劇情的走向稍有不同。當然，筆者也必須在此再次強調，該段故事依舊沒有對時事的隱喻和暗示。不過，那段故事的確和本人過去的經驗有關，只是時間更爲久遠，關係也比較沒有那麼緊密（因爲經濟狀況完全不同）。筆者童年時居住的地方，在筆者十歲以前就成了殘破不堪的廢墟，而那時汽車還是稀有的交通工具（筆者從來沒看過），人們還在興建郊區的鐵路系統。最近，筆者湊巧在報紙上看見一張照片，那是當年對我相當重要、曾興盛一時的一座磨坊。筆者當年並不喜歡磨坊小主人的長相，但是他爸爸的確長了一嘴黑鬍子，名字則是和筆者的小說沒有關連。（譯者註：雖然大部分的人都會以爲牛津大學教授托爾金是土生土長的英國人，但他實際上是在南非出生的。）

《魔戒三部曲》這次以新的版本推出，也趁機修正了一些錯漏的地方。幾個在舊版中的錯誤和矛盾的地方已經過修改，爲了解讀許多細心讀者的疑惑，筆者也試圖加上更多的註釋和資料。筆者閱讀過所有的讀者來信和批評，如果中間還有任何的疏漏，那必定是因爲筆者在筆記整理上的疏失。不過，有許多讀者的疑問，只能夠利用額外增加的附錄來回答；特別是語言學方面的設定，是在舊版的小說中所沒有的。這個新版本除了這篇前言之外，還增加了一些註釋，以及一篇有關人名和地名的列表。（註：此列表安排於《魔戒三部曲：王者再臨》一書中）這份列表的目的是在於列出所有的名詞，而不是爲了提供完整的參考資料，因此才有效減少了該份列表的字數。一份由史密斯夫人整理，供筆者使用的完整參考資料的確存在，但它則不屬於本書的範圍了。

筆者希望那些曾經讀過《魔戒三部曲》，並且從中獲得樂趣的讀者不會覺得在下忘恩負義。取悅讀者一直是筆者的目標，這也一直是筆者最期待的回報。即使本書還有疏漏之處，就像是單純的哈比族人一樣，筆者依舊認為這是自己努力的心血結晶。只要筆者還在人世，這些作品就還是筆者的智慧成果；對筆者來說，在毫不告知的情況下出版這些作品是極度不尊重。或許邪惡的薩魯曼做得出這種事情，但西方秩序的守護者竟然也有這樣的害群之馬，實在很難讓人想像。不論如何，除了這個版本之外，沒有任何其他的平裝本，是在筆者的同意和協助之下出版的。所有願意尊重在世作者的讀者們，都應該購買這個版本的作品，而不是其他的版本。那些曾經以許多信件鼓勵筆者的讀者們，如果你們能夠介紹朋友閱讀這個版本的《魔戒三部曲》，筆者會更為感激諸位。筆者僅將本書獻給那些喜愛它、將它介紹給別人的讀者，以及那些在大西洋彼岸的讀者們。（譯者註：當年此版本是在早期美國智慧財產權相關法律仍不完善時推出的。盜版的書籍比正版的書籍早出現在美國書市，並且受到全國的矚目，掀起了奇幻書迷搶購的熱潮。因此，出版商巴倫丁（Ballantine Books）公司在獲得作者的正式授權之後，特別請托爾金加上這篇前言，以便和盜版的書籍作出區別。讓人意外的是，此書所導致的智慧財產權爭議反而讓它獲得更大的知名度。）

序章

1. 哈比族簡介

這本書有很大的一部分都和哈比族有關係，從字裡行間，讀者們可以對他們的性格有比較深入的瞭解，對他們歷史的瞭解則比較有限。除此之外，節選自原名《西境紅皮書》（Red book of Westmarch），後以《魔戒前傳》爲名出版的史料中也有許多相關的記載。這本書是由《紅皮書》較爲前面的章節所節選出來的，《紅皮書》也是由第一位成名的哈比族人比爾博所親自撰寫。由於這段故事所記載的是他前往東方冒險的過程，因此，他將這段故事的副標題命名爲「歷險歸來」；這段冒險稍後牽涉到了所有的哈比族人，以及該紀元的許多重大事件。

不過，有許多人依舊希望從旁觀的角度來瞭解這個種族；同時，有許多人手頭沒有《魔戒前傳》這本較早期的出版品。針對這些讀者，我們特別收集了許多有關哈比族人的相關歷史，同時也短暫地回顧一下第一次的歷險。

哈比族是群不引人注目，卻歷史悠久的種族。在古代，他們的數量比目前要多出許多。他們喜歡寧靜、祥和及容易耕種的土地，地形平坦和土壤肥沃的鄉野是他們最喜愛的地點。他們不喜歡、也不願意瞭解比鼓風爐、水車磨坊、紡織機更複雜的機器，但他們卻十分擅長使用工具。即使從遠古時代開始，他們就不願意靠近我們這些被他們稱為「大傢伙」的人類。現在，他們更是刻意避開我們，變得更為罕見。他們聽力高超、視力敏銳，雖然他們的身材通常都有些圓潤，沒必要時也不願意匆忙趕路，但他們的確擁有敏捷移動的實力，他們天生就能快速無聲隱藏自己，往往用來躲避那些不請自來的高大生物。他們在不停的進化中，將這個本能精進鍛鍊到在人類眼中成為魔法一般；事實上，哈比族從來不曾研習過任何種類的魔法，他們來無影去無蹤的專業技巧是半出於天賦、半出於苦練的成果。除此之外，他們與大地之間的親密聯繫也是較高大、笨拙的種族所缺乏的。

他們實際上是相當矮小的種族，體型比矮人們還要小。他們並不像矮人那般地結實粗壯，身高則不會比他們矮多少。以我們的尺度來看，他們的身高從二呎到四呎都有，但是現在，他們極少長到三呎以上，根據他們的說法，他們的平均身高比以前要縮水了。紅皮書有記載，綽號吼牛的埃森格林二世之子班多布拉斯·圖克，身高竟達四呎五吋，甚至可以騎乘馬匹。哈比族歷史上只有兩位著名的人物比他高，不過，在本書的稍後才會提到這個有趣的話題。

接下來，該介紹一下本書中世居在夏爾地區的哈比族了，在和平富饒的年代中，他們過著與世無爭的快樂生活，他們穿著鮮豔的衣服，特別喜歡黃色和綠色。不過，由於他們的腳掌有著堅硬的肉墊，及與他們頭髮同樣厚重的褐色捲毛，所以他們都不太需要穿鞋子，因此，他們極少使用的技藝就是製鞋這門功夫；但他們依舊擁有相當纖細、靈巧的手指，能夠使用各種各樣方便的工具。哈比族的長相不適合用「美麗」來形容，反而適合以「溫和、善良」來描述：明亮的雙眼、寬厚的面孔、紅撲撲的雙頰、習於露出友善微笑、享受美食及美酒的大嘴。而他們也的確沒有辜負天賦的那張嘴，經常開懷大笑、吃吃喝喝，生活中無傷大雅的小玩笑讓他們笑口常開，一天六餐（有機會時）的習慣也讓他們有足夠時間品嚐美食。哈比族十分好客、喜歡舉辦宴會、和贈送禮物，不管是收禮者或送禮者，都會在這過程中覺得十分開心。

很明顯地，即使哈比族在進化的過程中走上了和人類不同的道路，但他們依舊是我們的近親，遠遠比精靈和矮人要接近我們的血統。自古以來，他們就以自己的腔調使用人類的語言，對事物的好惡也多半和人類相同。可惜的是，我們彼此之間的眞正關係，早已流逝在歷史的長河之中。哈比族人誕生的傳說，早已被埋葬在上古的斷簡殘篇之中，只有精靈還依舊保存著這些遠古時代的紀錄，而那些記錄的內容，幾乎全都只和他們自己的歷史有關；人類只是其中微不足道的配角，哈比族更是從未出現的生物。不過，即使在沒有文獻的支持之下，我們也可以確定，哈比族在其他種族意識到他們的存在之前，早已靜靜地在中土世界上居住了許多年；畢竟，這個世界充滿了各種玄奇詭異的生物，渺小的哈比族似乎微不足道。不過，在比爾博以及他的繼承人佛羅多的年代中，他們不由自主地成爲歷史演變的焦點和重心，所到之處，讓賢者和帝王們也爲之震動。

那些日子就是中土世界的第三紀元，現在早已成爲上古的歷史，當時的地理和景物也都已變更，但哈比族人當年居住的地方毫無疑問的，和他們目前出沒的區域依舊相同：舊世界的西北方，在大海的東方，但哈比族人當時確切居住的地方則早已無人知曉。喜愛閱讀和研究的哈比族人並不多（充其量就是看看家譜而已），但依舊有些古老家族的傳人們潛心研究古書，甚至收集古代或遙遠之地傳來的精靈、矮人和人類的典籍。他們的歷史記載是從定居於夏爾之後開始的，他們最古老的傳說，最多也不過追溯到他們的「漫遊時期」。從他們的諺語、習俗中分析，我們可以很清楚地發現，哈比族人和其他種族一樣，是從遠古時期就開始往西遷徙的。他們最早的傳說似乎描述了一個居住在安都因河上游谷地的年代，就在巨綠森林邊緣和迷霧山脈之間。我們也不確定為什麼他們冒著危險穿越險峻的山脈，進入伊利雅德。他們自己的傳說中，則表示這是由於人類的繁衍，以及邪惡勢力入侵森林的結果。稍後，那座森林陷入黑暗的籠罩之中，因此改名爲幽暗密林。

在哈比族人跨越山脈遷徙之前，他們就已經分成了三個不同的聚落：哈伏特、史圖爾、法絡海。哈伏特一族的皮膚比較偏褐色，身材比較矮小，他們不長鬍子，也不穿鞋子。他們的手腳都很靈巧，喜歡居住在高地和丘陵邊。史圖爾一族身材比較壯碩，手腳的尺寸都比較大，喜歡居住在平地和河邊。法絡海一族的皮膚則比較白，頭髮顏色也較淡，身材比其他兩族要高瘦，喜歡居住在森林和樹木附近。

哈伏特自古以來就和矮人有很深的關聯，他們在高山底下的低矮丘陵地帶，居住了很長的一段時間。他們向西遷移的時間比較早，遠在其他人都還在大荒原活動時，他們就已經進入伊利雅德，甚至到達風雲頂一帶。他們是最典型的哈比族，也是數量最多的。他們傾向於長久居住在同一個地方，並一直保留著居住在洞穴和隧道中的習俗。

史圖爾一族大半時間都是居住在大河安都因沿岸，和人類比較親近。他們在哈伏特之後才往西遷徙，沿著喧水河往南前進。接著，許多成員在塔巴德和登蘭德流連了相當長的時間，最後才繼續往北遷移。

法絡海一族是數量最少的哈比人，也是來自北方的分支。他們與精靈的關係比其他哈比人都要來得友好，在語言和歌謠上的天分也遠超過手工藝上的表現。從古代開始，他們就較熱衷打獵謀生，而不是辛勤耕種。他們從瑞文戴爾北方橫越山脈，來到狂吼河流域。很快地，他們在伊利雅德就和比他們早來的同胞們混居在一起；不過，由於他們天性勇敢，具有冒險精神，因此常常成為一群哈伏特或是史圖爾人的領袖。即使在比爾博在世的時候，大家族中依舊有法絡海的血脈流傳著，像是圖克家和雄鹿地的地主們都是如此。

在伊利雅德的西邊，介於迷霧山脈和盧恩山脈之間的區域，哈比族人遇上了精靈和人類。那邊居住著一群登丹人，他們是從努曼諾爾渡海而來，建立龐大王國的皇室血脈。不過，他們的人數正迅速減少，而他們一手建立的北方王國也快速衰敗，逐漸化成廢墟，走入歷史。對於所有的新移民來說，這裡充滿了機會和空曠的土地，因此，不久之後哈比族就開始在此地建立了秩序井然的聚落。當比爾博在世的時候，早期的屯墾區大多都已經遭到廢棄，只有一個早期最重要的屯墾區依舊存留下來，只是大小縮減許多。它的位置大約在現今的布理和契特森林一帶，在夏爾東方約四十哩之處。

毫無疑問地，哈比族就是在那段墾荒時期，從登丹人那邊學到文字和書寫的方式；而登丹人則是在更久以前從精靈身上學到這些技巧。在那段時期，哈比族也漸漸遺忘了原先所使用的語言，開始說起通用語。所謂的通用語亦名西方語，是目前從亞爾諾到剛鐸所有的王國，以及自貝爾法拉到隆恩沿岸所使用的語言。不過，他們依舊保留了不少古有的詞彙、對月分和時間的稱呼，還有許多自古傳承下來的人名。

大約在這個時候，哈比族開始有了記年的方式，並且開始撰寫歷史。在第三紀元一千六百零一年時，法絡海一族的兩兄弟馬丘和布蘭寇，率領著一大群的哈比族人，在佛諾斯特的國王①同意之下，渡過赭河巴蘭督因。他們通過了北方王國在全盛時期興建的石弓橋，將眼前直到遠崗之間的土地通通占爲己有，並且定居下來。當時國王對他們的要求只有定期維修大橋，以及維持其他的橋樑和道路狀況良好，以便利國王的信差通行，並且承認國王的統治權。

這就是夏爾開墾紀元②（夏墾）的開始，他們將渡過烈酒河（哈比族將河的名稱也改掉了）的那年訂爲夏墾一年，日後所有的曆法都以此年爲元年。剛到此地的哈比族人立刻愛上了這塊新土地，決定定居下來；此後，他們再度從人類和精靈的歷史中消失。雖然在名義上他們依舊被一位國王所統治；但事實上，他們都是由自己的酋長所管理，和外界毫無往來。在佛諾斯特與安格瑪巫王的最後戰役中，他們派出一隊弓箭手增援國王。（不過，這是他們的說法，人類的歷史則

---

① 根據剛鐸的史書記載，這是亞瑞吉來布二世，北方王國皇族的第二十代。這一系的血脈在三百年後到亞帆都告終。

② 因此，在夏墾紀年的數字加上一千六百，就可以得出精靈和人類在第三紀元中的紀年。

對此毫無記載）在那場戰爭中，北方王國就此滅亡。而哈比族人也自然順理成章地接收這塊土地；在那之後，哈比族從酋長中選出了一名領主，來維持各聚落之間的秩序。之後的一千年，他們極少受到戰火的波及。在黑死病（夏墾三十七年）大流行後，他們繼續繁衍興盛，直到大寒冬和緊接而來的飢荒對他們造成了重大的打擊。幾千人死在那場災難中，但在故事開始的時候，大荒年（夏墾一一五八到六零年間）已經成了過去的歷史，哈比族人又再度習慣了豐饒的生活。這裡的土地肥沃，適於耕種，雖然在他們前來時早已荒廢，歷代的國王也曾經在此設置綿延不絕的玉米田、葡萄園和林場。

這塊從狐丘到烈酒橋約一百二十哩，由西至南方的草原約一百五十哩的區域，就是哈比族口中的夏爾，也是他們領主的統治範圍。這是他們與世隔絕的恬淡生活圈，讓他們井然有序地過著自己的生活。哈比族漸漸跟外界失去了聯繫，慢慢地，他們開始認爲，祥和與富庶就是中土世界所有好人註定可以享受的成果。他們完全忘卻了對守護者僅有的瞭解，以及他人曾經爲了夏爾的和平所付出的努力。事實上，哈比族一直都處在保護下，只是他們並不知道這件事情。

哈比族從來不是好戰的種族，更不可能自相殘殺。當然，遠古時他們也必須爲了在殘酷的世界生存而戰鬥。但到了比爾博生活的年代中，這都早已成了褪色的歷史。在這段故事開始之前的最後一場戰鬥，事實上已經沒人記得了：那是在夏墾一一四七年，班多布拉斯‧圖克驅走了一隊入侵夏爾的半獸人。隨著天候漸漸變暖，以往會在寒冬時大舉入侵的狼群，也成了祖母的床邊故事。因此，夏爾地區的哈比族人雖然還有武器，但多半是被當作收藏品掛在牆上或是壁爐上，再不然就是放在米丘窟的博物館中展覽。博物館又叫作「馬松」屋，因爲哈比族人都把那些用之無益、棄之可惜的東西叫作馬松。他們的住家一不小心就會被各式各樣的馬松所擠滿，他們之間經常轉手的禮物，有很大一部分就是屬於這類。

相當有趣的是，即使在這麼優渥的生活中，這個民族依舊相當強韌。事實上，他們很難受到威嚇或是被殺害。他們對於美食和錦衣的著迷僅是一種興趣，並不因爲少了這些東西就做不成事。哈比族可以承受天災、敵人各種各樣的折磨而不會輕易倒下。許多只從他們中廣的身材和紅潤的臉蛋來判斷的外人，往往會對這個種族的韌性大感吃驚。他們極不容易被激怒，而且除了狩獵之外不喜歡玩弄動物。不過，在走投無路的狀況下，哈比族人會展現出驚人的勇氣和實力，當然更不會在使用武器上有所遲疑。由於他們的目光銳利、手勁精準，哈比族人在弓箭上的表現相當高超。除此之外，如果任何一個哈比族人開始撿拾石頭，附近的敵人最好趕快找掩護躲避；在聚居地附近的野獸對此有許多慘痛的經驗。

所有的哈比族人一開始都是居住在地底的洞穴中；由於他們堅信如此，因此他們在這類的住所中也覺得最自在。不過，在命運的作弄之下，他們也學會了適應其他的居住方式。事實上，在比爾博的年代裡，夏爾一帶只有最富有和最貧窮的哈比族才保留這古早的習慣。窮苦人家就在地面隨便挖個洞，有時甚至連窗戶都沒有；而富有的家庭則是可以建造仿古的豪華地穴。但是，適合建造這類四通八達隧道的地點並不好找，因此，在哈比族不斷繁衍的狀況下，他們開始在地面上建造居所。即使在山區或是比較古老的聚落中，哈比屯、米丘窟中都有許多用木頭、磚塊或是石造的房子。鐵匠、磨坊主人、紡織工、修車工人即使有地洞可以居住，但依舊偏好地面的居所。哈比族早就適應了在地面上建造房屋和工作室的作法。

據說，興建穀倉和農舍的風潮是從烈酒河沿岸開始的，該處的哈比族身材都比較壯碩，在泥濘的環境中會穿著靴子。他們有著相當濃厚的史圖爾血統，從下巴上的鬍子就可以看得出來。有哈伏特或是法絡海血統的都不會長出任何的鬍子。的確，河東和河西的哈比族大都是在稍晚時期才從南方進入夏爾，至今他們家族中依舊有一些特殊的方言和姓名，是夏爾地區其他人所沒有的。

哈比族建造房屋的技藝很有可能和其他大多數技藝一樣，是從登丹人身上學來的。不過，哈比族人也有可能從人類的導師——精靈身上，直接學得這些技能。因爲當時高等精靈尙未捨棄中土世界，他們依舊居住在西方的灰港岸，精靈其他的聚居地也都距離夏爾不遠。三座從遠古就存在的精靈塔依舊矗立在西境之外的遠方。它們在月光的照耀下會反射出燦爛的光芒。最高的精靈塔距離也最遠，聳立在一座綠色的山丘上。根據附近哈比人的說法，如果站在塔頂，甚至可以看到大海。不過，從來沒有哈比人爬到塔上過。只有極少數的哈比人曾經見過大海，或是在海上航行，更少有人能夠回來與大家分享他們的經驗。大多數的哈比人都對小溪和小船抱持著極端不信任的態度，會游泳的人也就更少了。他們在夏爾定居的時間一久，和精靈之間的接觸也漸漸變少。他們開始對精靈感到害怕，甚至不信任那些和他們保持接觸的精靈。海這個字成了恐懼的符號，更成了死亡的代稱。因此，他們的目光遠離了西方的丘陵。

不管建築術是傳承於人類還是精靈，哈比人已開創出一套自己的風格。他們並不喜歡建造高塔。他們的房子通常低矮、寬敞、舒適。事實上，哈比人最早期的建築不過是以乾草或瓦片覆蓋，模仿隧道的圓牆泥屋，不過，那是古夏爾才見得到的景象。隨著時代的變遷、工具的演進，哈比人也從矮人那邊學到或自行研發出不少新技術，哈比人現代的建築特色就是圓形的窗戶和圓形的門。

夏爾地區的哈比人的屋子或地洞通常都不小，裡面住著龐大的家族（單身的比爾博和佛羅多是極為少見的特例，不過，他們特立獨行的風格也不只這一樁，兩人和精靈間的友誼就是另一個例子）。有些時候，像是大地道的圖克家或是烈酒廳的烈酒鹿家，許多世代和親屬都相安無事（這是比較性的說法）地居住在古老、幽深的大宅或洞穴中。在大多數的情況下，所有的哈比人都是以家族為重，並且十分看重彼此之間的親屬關係。他們會精心繪製細瑣繁複的族譜，追溯任何一條分支出去的譜系。在和哈比人打交道的時候，瞭解誰和誰有什麼關係、關係有多深是很重要的一門學問。由於資料太過豐富的關係，本書甚至無法列出當時重要家族的簡略族譜來。《西境紅皮書》末的譜系幾乎可以自成一書，除了哈比族之外，讀者多半都會覺得它們很無聊。如果族譜夠精確的話，哈比族人倒是可以自得其樂；他們喜歡記述那些早已知道事實的書籍，叙事的方式最好是平鋪直叙，不致於互相矛盾。

2. 煙草的歷史

哈比族還有另一個特點，他們有一種特殊的習慣：利用陶管或木管吸取一種草藥的葉子，他們稱呼這些植物為煙草或菸葉，多半是煙草屬植物的某個亞種。這種習俗（或是哈比族慣稱的「藝術」）起源仍是一團謎。所有關於煙草的歷史資料都是由梅里雅達克·烈酒鹿（稍後成為雄鹿地的領主）所收集查訪出來的，由於他和夏爾南部的煙草在本書稍後的章節中占有相當的地位，因此，我們必須引述他在《夏爾藥草錄》中的記述。

「這門獨特的藝術，」他說：「確實是由我們所自創的技藝之一。現在已經無人確知哈比族從什麼時候開始吸煙了，所有傳說和家族史都將這習俗視為理所當然。許多年來，夏爾的人們吸著不同品種的煙草，有些比較濃烈、有些比較甜美。不過，所有的記載都同意，夏爾南部長底區的托伯·吹號者是第一個在家中花園種出煙草的創始者，時間大約是在埃森格林二世在位時，約莫是夏墾一〇七〇年。目前最佳的自產煙草依舊來自該區域，尤其是被稱為長底葉、老托比和南星的三個品種。」

「史書中並沒有記載老托比到底是怎麼找到這種植物的，因為他到死也不願透露其中的秘辛。他對藥草有相當深入的研究，卻不是喜歡四處遊歷的人。據說他年輕的時候常常前往布理，但該地多半也就是他在夏爾地區最遠的足跡所至之地。因此，他很有可能是在布理學到了有關這種植物的一些知識，而在該地丘陵的南坡現今也生長著許多的菸葉。布理當地的哈比族則聲稱他們才是首開吸煙記錄的創新者。當然，他們也聲稱自己是所有事情的創始者，遠早於那些被他們稱為殖民者的夏爾居民。不過，我認為，在這個事件中，他們的聲明多半是有根據的。就這樣，抽煙斗的藝術就從布理外傳，在近幾個世紀中讓許多矮人也養成了這個習慣，其他的像是巫師、遊俠或漫遊者，在荒野巧遇時也都會入境隨俗地分享彼此的煙草。這門藝術的緣起之地和大本營，就正在布理的老旅店『躍馬』中。這家旅店從人們有記憶以來，就一直是奶油伯家在經營著這座旅館的運作。」

「然而，就我多次旅行的觀察結果，我判斷這種植物並非本地土生土長，而是從安都因河下游傳衍過來的，更早則可能是人類從努曼諾爾渡海時攜帶過來的。這類植物在剛鐸生長得十分茂盛，體型比北方大多數品種都要碩大。煙草在北方向來無法在野地生存，必須要在長底這類擁有遮蔽的溫暖地方才能生長。剛鐸的人類稱它們為香花，只看重其花朵所發出的獨特香氣。一定是在人皇伊蘭迪爾的時代和現今之間的歲月中，人們將它沿著綠大道傳播而進入夏爾的。不過，即使是剛鐸的登丹人也不敢掠哈比族之美，哈比族人的確是第一個將它們放入煙斗中享受的民族。在我們之前，即使是巫師們也沒有想到可以這樣做。不過，我倒是知道有一名巫師很早就接受了這項藝術，並且將它練習得與他願意花心思的其他技巧一樣熟練。」

3. 夏爾的風土民情

夏爾可以分成東、南、西、北四部，其中又分成許多更小的區域。這些小區域至今仍有不少是用過往的大家族姓氏來命名；不過，到了這本書落筆的年代時，這些家族早已不侷限於居住在那些區域中。幾乎所有的圖克家人依舊住在圖克區，但像是巴金斯家和波芬家就早已四處遷徙。在夏爾四區之外是西境和東境，雄鹿地和西境在夏墾一四六二年之後才併入夏爾地區。

此時的夏爾幾乎沒有任何政府組織，大多數的家族自理一切的事務。種植作物和吃掉這些東西占據了他們大部分的時間。除了這兩個方面之外，一般來說，他們都是慷慨而不貪婪、滿足而謙遜的。因此，房屋、農地、商店、工作室通常都會數十年如一日，沒有什麼變化。

當然，此地仍流傳著自古以來尊重北方佛諾斯特國王的傳統（哈比族人都將該處稱作諾伯里）。不過，哈比族已經有一千多年沒有國王的統治了，諾伯里也早就淹沒在荒煙蔓草之間。在哈比族間依舊會提到所謂的野人和怪物（像是食人妖），並且經常抱怨這些傢伙在國王在位期間都不曾出現。哈比族也將所有的律法歸功於古代的國王，通常它們也只不過是「自律」兩字而已。因為他們認為這種律法不但歷史悠久而且公正，沒有修改的必要。

圖克家族一直以來都擁有很大的影響力，因為領主的位子後來是由他們所繼承（由老雄鹿家在幾百年前禪位給他們），從那以後，圖克家的家長一出生就擁有這個頭銜。領主是夏爾議會的議長，也是夏爾民兵和夏爾義勇軍的將軍。不過由於議會和民兵都只有在緊急的時候才會召集，因此領主的頭銜就變成單純名譽上的稱號。不過，圖克家族依舊受到相當尊重，因為他們的人數依舊眾多，財富也依舊驚人。幾乎每一個世代圖克家都會有奇人異事發生，甚至偶爾還會有充滿冒險精神的子孫出現。後面這種特性到目前為止，也僅止於受到容忍（在富人之間），而無法被廣為接受。另一項古老的傳統則是將家族的家長稱為圖克，後面再附上數字，就像是埃森格林二世一樣。

在這個時候，夏爾地區唯一的官方機構，就是米丘窟的市長（或是稱作夏爾的市長），這是每七年在夏至時於白崗上舉行的自由嘉年華中選出的。市長最主要的任務就是主持哈比族人假日時的重大宴會。不過，市長也必須兼任郵政總局局長和警察總長的工作，所以他必須要管理郵政業務和守望相助的工作，這兩者也是夏爾地區唯一提供的公共服務。郵差是兩項業務中人數較多、也較為繁忙的工作。哈比族人雖然不是每個人都經常寫信，但有些停不了手的哈比人常會寫信給各地的朋友（或少部分的親戚），而這些人居住的地方可不是走一個下午就到得了的。

警長是哈比族人對他們執法人員的稱呼。他們並沒有統一的制服（哈比人沒有這種概念），只在帽子上多插一根羽毛作爲識別。不過，他們的工作與其說是維持秩序，不如說是警衛還來得恰當些；他們大部分的時間都用來驅趕迷途的野獸。全夏爾只有十二名警長，東南西北四區各三名，他們主要負責的是「內部事務」。另外有一群人數不等的雇員，則負責監控邊境，不讓大大小小的外來生物造成哈比族的困擾。

本故事開始的時候，這些被稱爲邊境警衛的雇員數量正大幅增加。因爲各地都傳來許多有關詭異動物或人物在邊境徘徊，甚至入侵疆界的報告。在傳說和歷史中，正是亂世將臨的徵兆。但沒有多少人注意到這徵兆，連比爾博都沒有預料到即將發生的危機。比爾博踏上那場冒險旅途之後已經六十年了，即使以百歲方算長壽的哈比人來說，他也已經成了高齡人瑞，不過，那場冒險讓他帶回的財富依舊沒有枯竭的跡象。他眞正的財力從來不爲人所知，連他最鍾愛的姪子佛羅多也不例外，當年找到的魔戒依舊被他秘密地保管著。

4. 魔戒現世

正如同《魔戒前傳》中所記載的一樣，某天灰袍巫師甘道夫來到比爾博的門前，身旁還跟著十三名矮人。他們是皇族血統繼承人索林·橡木盾和他被流放的十二名伙伴。比爾博在自己也意料不到的情況下，和這群同伴一起出發，當時是夏墾一三四一年四月的一個清晨。他們這趟冒險的目的，是尋找一筆山下皇家藏放在東方孤山依魯伯山谷中的寶藏。歷經千辛萬苦，這趟冒險最後成功了，守護寶藏的惡龍也遭到消滅。但是，在寶藏真正被奪回之前，突然發生了意料之外的五軍之戰，索林光榮戰死，那場大戰中還發生了許多可歌可泣的事蹟；不過，由於這戰役對於稍後的歷史並沒有決定性的影響，因此，在第三紀元的茫茫歷史長河中，這充其量不過被視為一場意外的遭遇戰。在抵達矮人王國前，一行人在大荒原迷霧山脈中的某個隘口遭到半獸人的追擊，比爾博意外地迷失在山腹內幽暗的半獸人礦坑中。當他在黑暗中摸索前進時，竟然在隧道地面上發現了一枚戒指；他將這視作好運的象徵，把戒指收到袋中。

在比爾博試著逃出礦坑的路上，他一路來到了坑道的最深處。那裡有一座與光明隔絕的地底湖，湖中島上住著一名怪異的生物「咕魯」。咕魯有著大而發亮的雙眼，讓牠可以用細長的手指捕捉湖中的盲眼魚，並且生吃牠們。平常咕魯用扁平的雙腳推動小船在湖中移動，只要牠能夠不費氣力地弄死對方，任何生物都是牠的食物，連半獸人也不例外。牠擁有一個許多許多年以前找到的寶物，當時牠還居住在光天化日之下：那是一枚金色的戒指，可以讓配戴者隱形，這是牠最珍愛的東西，也是牠的「寶貝」，即使它不在身邊，牠還是會和這枚戒指講話。除了狩獵或是偷窺半獸人的時候之外，牠一向都把這枚戒指藏在島上的小洞中。

如果兩人會面時，戒指還在咕魯身上，牠可能會立刻攻擊比爾博。但戒指當時不在牠身上，比爾博又拿著一柄精靈的短劍，因此，為了拖延時間，咕魯向比爾博挑戰猜謎，表示如果比爾博猜不到他的謎語，就得讓他殺死並且吃掉；但如果比爾博擊敗了他，他就會遵照比爾博的指示，帶他逃離礦坑。

由於比爾博已在黑暗中迷了路，更無逃離的可能，只好接受了這挑戰。兩人輪流出謎題給對方猜。最後，比爾博靠著好運（至少那時他是這麼以為的）而非機智贏得了這次的比賽。因為當時他的手意外碰到了口袋中之前撿起的戒指，於是問出了最後的謎題：**我的口袋裡有什麼東西？**咕魯回答不出這個問題，但他還是要求有三次猜答案的機會。

讀者應該都同意，如果根據遊戲的規則來看，這其實根本是個「問題」，而不是「謎題」。但是，既然咕魯接受了這挑戰，要求有三次猜答案的機會，就代表牠也接受了挑戰。比爾博逼著咕魯遵守諾言；因為他突然想到，搞不好這個傢伙是個連指天對地的重誓都可以反悔的詭詐生物。的確，咕魯在黑暗中待了很長的一段時間，連心肝也變黑了。牠急忙悄悄回到比爾博所不知道的湖中島去，渾然以為自己的戒指還藏在該處。牠現在又餓又氣，一旦找到了牠的「寶貝」，牠就不會害怕任何武器的攻擊了。

但那戒指並不在島上，戒指不見了。牠的嘶吼聲讓不明就理的比爾博渾身打顫。最後，咕魯終於猜到了，卻為時已晚。**它的口袋裡有什麼？**牠大喊，雙眼中閃動著怨毒的綠色火焰，快步奔向比爾博，準備殺死他，奪回「寶貝」。比爾博千鈞一髮中意識到自己的危機，連忙往湖水的相反方向跑，又一次僥倖地逃過危機。因為當他手插在袋中跑步時，戒指悄悄滑上他的手指。不知情的咕魯就這樣跑過隱形的比爾博身邊，氣急敗壞地準備守住出口，不讓敵人逃走。比爾博跟著不停咒罵的咕魯一路前進；從咕魯的自言自語中，比爾博猜到了真相，心中更燃起了希望。有了這枚戒指，他就有機會逃出咕魯和半獸人的追殺。

最後，他們來到了一扇通往礦坑出口的密門，這出口位在山的東面。咕魯趴在該處，耐心地嗅著、傾聽著一切的動靜。比爾博幾次想要用短劍殺死牠，但惻隱之心阻止他動手。雖然這戒指可以助他逃亡，但他卻不願利用這優勢殺死這可憐的傢伙。最後，他鼓足勇氣跳過咕魯，衝出隧道，身後傳來咕魯充滿怨恨和絕望的哭喊：**小偷！小偷！姓巴金斯的傢伙！我和寶貝恨你一輩子！**

不過，比爾博第一次對同伴透露這經歷時的說法並非如此，他對同伴說是咕魯同意若他贏得比賽，就送他一個禮物。但是當咕魯回到島上去找尋在某個生日獲得的魔法戒指時，牠卻發現戒指已經不見了。比爾博猜到這就是他撿到的戒指；而既然他贏得了比賽，這戒指自然就是屬於他的財產了。不過，由於處境所逼，他並沒有多言，只是要求咕魯帶他出去，用這替代原本答應給他的禮物。比爾博在自傳中一直是這樣寫的，即使在與精靈王愛隆討論之後，他還是沒有修改這個段落。很明顯地，在最早版本的紅皮書中依舊是如此記載的，不過，仍舊有許多版本記述的是當時發生的眞相，很顯然是由佛羅多和山姆的筆記中所推斷出來的。這兩人都知道眞相，不過似乎不太願意親手修改長輩所寫下來的史料。

灰袍巫師甘道夫一直不相信比爾博最早的說法，因此也對該戒指的眞正背景感到好奇。最後，他終於從比爾博口中套出了眞相，有段時間這讓他們之間的關係十分緊張。但甘道夫似乎非常重視這件事情的眞相。雖然他沒有對比爾博明說，但他也對此事感到十分憂慮：因爲這名善良的哈比人竟然沒有一開始就吐實，這和他平常的個性實在大相逕庭。而「禮物」的這個說法，也不是比爾博憑空想像出來的，他稍後承認偷聽到咕魯自言自語聲稱這是他的「生日禮物」。這也讓甘道夫感到十分不安和憂慮，但是，直到許多年以後，他才發現了事實的眞相。

至於比爾博在那之後的冒險就不需要在此贅言，在戒指的幫助之下，他躲開了門口的半獸人守衛，加入了同伴的行列。在這趟旅程中他使用這戒指許多次，大多數都是爲了幫助同伴們；但有關這戒指的存在，他一直盡可能地對伙伴們守口如瓶。在他回到老家之後，他也僅對甘道夫和佛羅多透露這戒指的存在。他認爲夏爾地區沒有其他人知道這枚戒指，也只有佛羅多看過他正在寫的遊記草稿。

比爾博將他的寶劍「刺針」掛在壁爐上，矮人從惡龍寶藏中送給他的華美鎖子甲，則被他借給米丘窟的博物館展覽。但是，在袋底洞的一個抽屜中，他依舊完好地保存著旅程中所穿著的斗篷和兜帽，而那枚戒指則是掛在鍊子上，安全地放在他口袋中。

他在五十二歲的時候回到了袋底洞的老家。（夏曌一三四二年六月二十二日），此後一切平靜無波，直到比爾博開始準備他第一百一十一歲的生日宴會。（夏曌一四〇一年）歷史的巨輪再度開始運轉……

5. 有關夏爾的歷史記載

由於在第三紀元尾聲時，哈比族在歷史的重要事件中扮演了不可忽視的角色，因此讓夏爾也加入了重聯王國的陣營；這也喚醒了他們對自己歷史和傳統的重視，連許多口傳的資料都再度被人收集和整理。大家族中開始有人關切四周王國的興盛衰亡，更開始研讀遠古的傳說和歷史。到了第四紀元的第一世紀結束時，夏爾地區已經建立了幾座擁有許多歷史典籍的圖書館。

藏量最豐的圖書館是烈酒廳、大地道和塔下這三座圖書館。這些相關的記載大多數是來自於《西境紅皮書》。魔戒聖戰最重要的參考典籍之所以被如此稱呼，乃是因爲它長期都被保存在塔下，西境首長③費爾班的家中。這些資料的原始出處，是早先被比爾博帶到瑞文戴爾去的私人日記，佛羅多將它和許多散落的筆記一起帶回夏爾來。在夏曌一四二〇到一四二一年之間，他又將自己的親身體驗記錄在這些筆記中。和這本日記一起收藏的，是放在紅盒子中三本以紅色皮面裝訂的書冊，這是比爾博送給佛羅多的臨別禮物。除了這四本史料之外，在西境當地又額外增加了有關魔戒遠征隊中哈比族人的族譜、評論等資料。

最原始的《紅皮書》並沒有保留下來，但有許多抄本留存，尤其是第一冊的抄本數量更多，以供山姆衛斯的子孫保存。不過，最重要的抄本卻有完全不同的背景。那份抄本被保留在大地道圖書館，卻是在剛鐸完成的；這多半是在皮瑞格林的曾孫要求之下，於夏曌一五九二年完成的（第四紀元一七二年）。負責抄寫的書記，在這段記錄後面加上了額外的資料：芬德吉爾，國王的書記官，完成於第四紀元一七二年。這是米那斯提力斯的《領主之書》的完整抄本。該本《領

③ 請見附錄B，以及附錄C結束時的註腳。

主之書》又是在伊力薩王的命令之下轉抄自《派里亞納紅皮書》❶，而這本書則是領主皮瑞格林在第四紀元六十四年至剛鐸養老時所帶給他的。

《領主之書》因此成爲紅皮書的首抄本，其中包含了許多稍後失落或是被刪除的史實。它在米那斯提力斯又經過了許多次的註解和修正，特別是針對精靈語的姓名、用詞和引述上有大幅度校對。此外，又增加了不在魔戒聖戰正史中的《亞拉岡和亞玟的傳說》節略版。據信該段完整的故事是在執政王法拉墨過世不久之後，由他的曾孫巴拉漢所撰寫的。但芬德吉爾抄本眞正重要的一點，是其中包含了比爾博的《精靈史轉譯本》。這三大冊史料是比爾博利用一四〇三年到一四一八年之間，他居住在瑞文戴爾的寶貴時光所撰寫的。他參照了許多該處的典籍、訪談了尙存人世的耆老，利用極佳的考證和論學技巧完成了這轉譯本。不過，由於這些全都和遠古史有關，對佛羅多也沒有多大用處，我們在此就不再提及。

梅里雅達克和皮瑞格林都成爲他們龐大家族的家長，同時也和洛汗國以及剛鐸保持良好的聯繫，兩人居所附近的圖書館都保存有許多紅皮書中未見的史料。在烈酒廳中有許多關於伊利雅德和洛汗國的歷史，有些甚至是由梅里雅達克所親自撰述的。不過，在夏爾地區，他最著名的著作是《夏爾藥草錄》，以及討論了夏爾地區、布理的曆法與瑞文戴爾、剛鐸和洛汗國之間曆法差異性的《論曆法》。除此之外，他也寫了一篇「夏爾古語及姓名」的短論文，其中展現了洛汗語在

---

❶ 派里亞納，是灰精靈語中對哈比族的稱呼。由於他們在魔戒聖戰中表現出驚人的勇氣及力量，人類和精靈稍後在歌謠中都以此名歌詠哈比族。

夏爾語中扮演贅字，或是直接用於古地名的關連性。

在大地道圖書館中的藏書則對夏爾居民們沒有多大意義，但對於巨觀歷史來說則有價值多了。這些資料都不是由皮瑞格林撰寫的，但他和後代子孫收集了許多由剛鐸抄寫員所轉錄的史料：主要都是有關人皇伊蘭迪爾和他子嗣的歷史或傳說。在夏爾地區，只有這座圖書館擁有努曼諾爾的詳盡歷史資料以及索倫崛起的紀錄。著名的《古書紀》可能就是配合梅里雅達克所收集的史料，在這座圖書館中所完成的④。雖然《古書紀》中的時間多半有些模糊，特別是第二紀元的相關事件，但這依舊是值得注意的一本巨著。拜訪瑞文戴爾不只一次的梅里雅達克，多半獲得了當地的協助和資料。雖然精靈王愛隆當時已經離開了瑞文戴爾，但他的子嗣們和一些高等精靈依舊停留在該地。據說，在凱蘭崔爾離開之後，精靈皇凱勒鵬曾移居到該處。不過，我們並不知道他最後於何時前往灰港岸，將遠古歷史的最後回憶一併帶離了中土世界。

編者按：為了讓讀者更了解整個故事情節，《魔戒》首部曲、二部曲、三部曲及前傳《哈比人歷險記》新譯本，在原註之外增加了譯註。原註用①②③…標示，譯註以❶❷❸…標示。

---

④ 在附錄B中以大幅精簡的格式收錄，時間最遠到第三紀元末。

第一章

第一節 期待已久的宴會

當袋底洞的比爾博·巴金斯先生，宣佈不久後會為自己一百一十一歲大壽舉行盛大宴會時，哈比屯的居民都興奮地議論紛紛。

比爾博不但非常富有，更是個特立獨行的奇人。自從他神秘地失蹤和奇蹟似地歸來之後，六十年以來，他在夏爾這一帶一直是人們街頭巷尾的議論話題。他從冒險途中所帶回的龐大財富已經成了當地的傳奇，不管這老傢伙怎麼說，一般人都相信袋底洞內的隧道裝滿各種各樣的金銀珠寶；即使這樣的傳奇不夠讓他出名，他老當益壯的外表也足以讓人嘖嘖稱奇。時間的流逝似乎在比爾博身上沒有留下多少痕跡，他九十歲的時候與五十歲時並無二致；當他九十九歲時，附近的人開始稱他「養生有術」，但恐怕「長生不老」是比較精確的說法。有許多人一想到這件事情就覺得老天未免太不公平，怎麼能讓人坐擁（傳說中的）金山又同時擁有長生不老的能力呢！

「這一定是有代價的，」他們說：「這是違逆天理的，一定會惹麻煩的！」

不過，到目前為止也沒出現什麼麻煩，由於巴金斯先生十分慷慨，人們也就願意原諒他的特立獨行和得天獨厚的好運。他依舊時常拜訪親戚（當然，素來不合的塞克維爾巴金斯一家是個例外），在地位較低和貧窮的家族中，他也擁有許多的崇拜者。不過，他一直沒有什麼親近的朋友，直到他那位年輕的表親年紀稍長之後才有了轉變。

這些表親之中最年長的是佛羅多·巴金斯，同時也是比爾博最寵愛的對象。當比爾博九十九歲的時候，他將佛羅多收為養子，接他到袋底洞來住，這終於打破了塞克維爾一家人一直覬覦繼承袋底洞的希望。比爾博和佛羅多剛好都是同一天生的，九月二十二日。「佛羅多啊，我說你最好過來跟我一起住吧！」比爾博有天這麼說：「這樣我們就可以一起舒舒服服地過生日了。」當時佛羅多還只是個少年，哈比族人一向把成年的三十三歲至童年的二十多年間稱作少年時期。

又過了十二年，每年這家人都會聯合舉辦盛大的生日宴會，不過，現在大家都知道今年秋天的計畫是非比尋常的。比爾博今年將滿一百一十一歲，數字本身就相當特殊；即使對哈比人來說，這也已經是十分長壽的年紀了（老圖克大人也不過活了一百三十歲）。而佛羅多今年則是滿三十三歲，這是很重要的一個數字，因為今年他即將成年。

哈比屯和臨水區一帶的居民早就開始議論紛紛，有關這即將來臨的大活動也傳遍了整個夏爾。比爾博·巴金斯先生的冒險經歷和獨特的行事作風，又再度成為街頭巷尾的話題，老一輩的人突然間發現自己在這股懷舊風潮的推波助瀾下，成了十分受歡迎的人物。

被稱作「老爹」的哈姆·詹吉可說是個中翹楚。他經常在臨水路旁的「常春樹叢」小旅店高談闊論。他可不是毫無依據地吹牛，老傢伙已經照顧袋底洞的花園有四十年之久。由於他年事已高，動作有些遲緩了，因此大多數的工作都是由他最小的兒子山姆·詹吉來接手。父子兩人都與比爾博和佛羅多十分友好。他們就居住在袋底洞的山下小丘上，地址是袋邊路三號。

「我老早就說，比爾博先生是個相當好的哈比人，」老傢伙宣稱。這是千真萬確的，因為比爾博對他非常有禮貌，平常都稱呼他爲哈姆法斯特先生，並且經常向他請教蔬菜種植的問題，特別是在根莖類植物的種植上更是執禮甚恭。老傢伙在馬鈴薯這類植物方面，可是第一把交椅（連他自己也不吝承認）。

「但和他住在一起的佛羅多又怎麼樣？」臨水區的老諾克問道：「他也叫作巴金斯，但他也有一半烈酒鹿家的血統。我也搞不清楚爲什麼會有哈比屯的巴金斯家人，想要去找雄鹿地的怪傢伙結婚。」

「也不能怪他們不合常理，」老傢伙的隔壁鄰居圖伏特老爹說：「他們住在烈酒河的另一邊，又靠近老林那邊，那裡可是個受詛咒的不祥之地。」

「你說得對，老圖！」老傢伙說：「雖然雄鹿地的烈酒鹿那家人不是住在老林裡面，但他們的行事作風眞的很奇怪。他們會在那條大河上搞艘船跑來跑去，這可不是正當人家會做的事情，難怪那裡老是會有麻煩事。不管怎麼樣，佛羅多先生都是個好青年，他和比爾博先生很像，連想法都差不了多少，畢竟他父親那邊還是有巴金斯家的血統。德羅哥·巴金斯是個好人，在他淹死之前可是個潔身自愛的傢伙哪！」

「淹死？」聽衆中有人反問。他們當然聽過這類恐怖的謠言，不過哈比人就是喜歡這種家族歷史的故事，他們這次又想再聽一次。

「嗯，他們是這樣說的，」老傢伙道：「我想一下喔，德羅哥先生娶了可憐的普麗謬拉·烈酒鹿小姐，她是比爾博先生母系的表妹（她媽媽是老圖克最小的女兒），德羅哥則是他的旁系親戚，所以，佛羅多就是比爾博的表妹的兒子，這關係可深遠著哪！德羅哥先生結婚之後就經常和岳父去烈酒廳廝混（這傢伙嘴可饞著呢，他岳父葛巴達克又愛吃好菜，兩人就這麼一拍即合），當時他去烈酒河上泛舟，他和妻子就這麼翻船淹死了。可憐的佛羅多那時還只是個小孩啊！」

「我聽說他們是吃完飯之後，準備在月光下泛舟，」老諾克說：「德羅哥吃得太多，把船給壓沈了。」

「我則聽說是她把他推下去，而德羅哥又把老婆給拉下去。」哈比屯的磨坊主人山迪曼接口道。

「我說山迪曼哪，你最好不要把這些謠言照單全收，」老傢伙不太喜歡眼前的磨坊主人，「老是提一些推推拉拉的事情沒意思嘛！船這種東西很危險，就算你坐好不動，不想惹麻煩，還是有可能倒楣的。不管啦，反正佛羅多最後就是成了孤兒，被丟在那群雄鹿地的怪人之中，在烈酒廳被養大。那裡就像個大雜院一樣，葛巴達克大人在那邊起碼有幾百個親戚。比爾博先生把這位小朋友帶回來教養，眞是做了件好事啊！」

「不過，我也明白，這對於那些巴金斯家的塞克維爾一系人來說，是個重大打擊。當年在比爾博先生失蹤，大家都以爲他去世之後，他們原本可以繼承袋底洞，他卻又神秘出現，把他們趕了出來。而且老天保佑，比爾博先生越活越硬朗，一點都看不出來老態！突然，他又找了個繼承人，備齊了一切的文件。我看這回塞克維爾他們是想都不要想踏進袋底洞一步了，我自己也希望那裡不要被他們糟蹋了。」

「我聽說那裡面藏了很多錢耶，」一個從西區米丘窟來做生意的陌生人說：「這座山裡面的隧道全都裝滿了許多箱子，裡面都是黃金、白銀和珠寶。」

「你聽說的比我知道的還要多，」老傢伙回答：「我不知道什麼珠寶，比爾博先生對錢財很大方，手頭也很闊綽，但我沒聽說什麼挖隧道的事情。大概六十年前，我小時候親眼見到比爾博先生回來的樣子。那時我才剛當上老何曼的學徒——他是我爹的表親，他派我去袋底洞維持秩序，避免在拍賣的時候讓閒雜人等把花園給踩亂。正當大家急著拍賣比爾博先生的老家和財產時，他突然牽著小馬走上這座山，馬背上還有好幾個大袋子和箱子。我想那裡面一定都是從外面世界帶回來的財寶；有人說外面有很多金山。但是，我看到的東西也不夠把隧道塞滿。我兒子山姆大概會知道得更清楚。他常常進出袋底洞。這孩子最喜歡聽故事，所有比爾博先生的故事他都背得滾瓜爛熟。比爾博先生甚至還教他識字，各位別露出那種表情，他可是一片好心，但願不會有什麼麻煩才好。

「**老是想搞一些有關那些精靈與龍的故事！**我這樣說。**萵苣和馬鈴薯對你我來說才是比較適合的念頭。別老是好高騖遠，想要和比我們高貴幾百倍的人物打交道，不然你會惹上大麻煩的，**我一向都這樣告誡他。其他人最好也聽我的勸告。」他看了那陌生人和磨坊主人一眼。

不過，老傢伙的警告沒辦法說服他的聽眾，比爾博傳說中的財富，在年輕的哈比人心中可說是根深蒂固的傳奇，無法動搖了。

「啊，不過他也可能後來又賺到更多的錢，」磨坊主人的論調和大多數人一樣：「他常常離家去旅行。你們看看那些拜訪他的外地人：晚上出現的矮人、那個老法師甘道夫等等，老傢伙，你愛怎麼說都沒關係，但袋底洞眞是一個詭異的地方，裡面住的人更奇怪。」

「我說山迪曼，你愛說什麼也都沒關係，反正大家也清楚；你知道的其實有限，就跟你不會划船一樣。」老傢伙這次比平常更討厭這個磨坊主人了，「如果那樣就叫詭異，那我們這一帶還真的需要多一些這種詭異。其他地方有些一毛不拔的傢伙就算住在金山裡，也不願意請朋友喝啤酒，但是袋底洞可是以慷慨待人出了名的。我們家的山姆說，這次每個人都會受邀參加宴會，聽好喔，每個人都還會有禮物！就在這個月！」

這個月就是九月，天氣依舊十分的怡人。一兩天之後，到處就開始流傳一個謠言（多半是情報靈通的山姆放出來的消息）：據說這次宴會將施放煙火！而且，這次的煙火將會是百年來夏爾第一次盛大的煙火表演，自從老圖克過世之後，就沒人見過煙火表演了。

日子一天天過去，大日子也越來越接近。某天傍晚，一輛裝滿怪模怪樣包裹的怪異馬車駛進哈比屯，在袋底洞前停了下來。吃驚的哈比人紛紛從窗內往外窺探，駕車的是形跡怪異的外地人，唱著沒人聽過的歌謠，車伕是有著長鬍子帶著兜帽的矮人，幾名矮人甚至還在袋底洞留了下來。到了九月第二週的時候，另一輛馬車在光天化日之下越過烈酒橋，沿著臨水區開了過來。駕車的只有一名老人，他戴著一頂高高尖尖的藍色帽子，穿著長長的灰袍以及一條銀色的圍巾，他的鬍子又白又長，眉毛也長到伸出了帽緣。一大群小孩跟著馬車後面跑，穿過整個哈比屯，沿路跟著上了小山。他們猜的果然沒錯，車內裝的是煙火。老人在比爾博的門前開始卸貨，裡面有五花八門的煙火，每個都標明著一個大紅色的G[illegible]和[illegible]精靈字符。

這就是甘道夫的徽記，而那老人就是巫師甘道夫。他在夏爾的名氣主要是關於他操縱火焰、煙霧和光線的技巧。他真正的工作比這還要複雜、危險得多，但單純的夏爾居民對此一無所知，對他們來說，這巫師只是宴會的另一大賣點，因此小孩們才會這麼興奮。「這縮寫是壯麗的意思！」孩子們大喊著，老人報以慈祥的微笑。雖然他偶爾才會來拜訪此地，每次也不會停留很長的時間，但哈比人每個都知道他的長相。只是，包括這些小孩和目前最老的哈比人，誰也沒看過他的煙火表演，這偉大的表演現在只存在於史書的記載中了。

老人在比爾博和幾名矮人的幫助下完成卸貨之後，比爾博給了這群小孩一些零錢。孩子們失望地發現，今天比爾博叔叔沒有餅乾或零嘴可以給他們。

「快回家吧！」甘道夫說：「時候到了你們連吃都吃不完的。」然後他就和比爾博一起走進屋內，關上大門。年輕的哈比人們呆呆地看了大門半晌，最後才拖著不情願的腳步離開，滿心覺得宴會彷彿永遠都不會到。

在袋底洞裡，比爾博和甘道夫坐在俯瞰花園的窗戶下。傍晚的天色還很明亮，天氣也很溫和。紅色和金色的花朵生長得十分茂盛，龍嘴花和向日葵都露出欣欣向榮的姿勢，金蓮花則是生氣勃勃地攀上窗子，看著屋內的情景。

「你的花園看起來眞漂亮！」甘道夫說。

「沒錯，」比爾博回答，「我很喜歡這個花園，夏爾對我來說也一樣的親切。不過，我想也該是放個假的時候了。」

「你是說要繼續你原先的計畫嗎？」

「是的，我幾個月前就下定了決心，現在也不會臨時變卦。」

「很好，那我們就不必多說了，不要心軟，照著原訂的計畫進行。記住，是原訂的計畫，我希望這會爲你、也爲我們大家帶來好結果。」

「我也這麼希望，反正我準備這週四好好地享受一下，讓大家看看我的小玩笑。」

「不知道最後誰會笑啊？」甘道夫搖著頭說。

「到時就知道了。」比爾博回答。

第二天，越來越多的馬車絡繹不絕駛上了小山。或許有些人會抱怨「怎麼不從本地買」？但當週的訂單幾乎買光了鄰近區域所有的食物、調味料和奢侈品。人們開始越來越期待，在日曆上做記號；當郵差到來時，每個人都露出期待的眼神，希望這次會有邀請函送到手中。

不久之後，邀請函就開始如雪片般寄出。哈比屯的郵局幾乎癱瘓，臨水區的郵局則差點被信件淹沒。一看事態不對，義工們立刻開始協助郵局的運作。隨後每天都有川流不息的郵差送回大量的回函，每封上面都寫著**多謝邀請，在下必定赴約**。

袋底洞的門口也掛出了啓事：「非宴會工作人員請勿進入」。即使眞的是宴會工作人員或假扮的傢伙，也幾乎無法進入屋內。比爾博忙得團團轉，他忙著寫邀請函、統計回函、打包禮物，同時還秘密地爲自己的計畫作準備。自從甘道夫來了之後，他就躲著不見人。

某天早晨，大家一醒來就發現比爾博家南邊的一塊大空地上，放滿了各式各樣搭建帳棚所需的繩索和材料，路旁還特別爲此開了一個出口，蓋了一座白色的大門和寬大的階梯。大家都很羨慕場地旁袋邊路上的三戶人家，老詹吉甚至還假裝在自己的花園裡面做事，只爲了多看它幾眼。

帳棚慢慢地搭建起來，其中有個特別大的圓頂帳棚，大到足以讓該處生長的一顆大樹完全收納在其中。這棵樹現在就位在場地的另一頭，主桌的旁邊，工作人員在樹枝上掛滿了油燈；更讓人興奮的是（這最對哈比人的胃口），場地的北邊角落還設置了一座龐大的露天廚房。從附近幾哩方圓內聘來的廚師川流不息地前來支援，協助矮人和其他的工作人員在袋底洞作準備……眾人的期待已經瀕臨最高點。

然後天氣變得有些多雲，那天是星期三，宴會的前一天，眾人十分地緊張。然後，九月二十二日，星期四，太陽升起，烏雲消失了，旗幟迎風招展，有趣的節目終於上場了。

比爾博把這叫作「宴會」，但這實際上是集合各種娛樂的嘉年華會，幾乎附近的所有人都被邀請來參加。有幾個人被意外地漏掉了，不過，反正他們還是照樣到場，所以沒有太大的影響。夏爾其他地區也有許多人被邀請來參加，甚至有幾個是從邊界外趕來的，比爾博親自在新蓋的白色大門接待賓客（和他們帶來的跟班）。所有前來參加的人都獲得禮物，甚至還有偷溜出場地外，再悄悄地從大門溜進來的貪小便宜者。哈比人在過生日的時候會送禮物給親朋好友，照慣例不需要是很貴的東西，但也不會像這次一樣見人就給，不過，這倒是個不錯的習俗。事實上，在哈比屯和臨水區一年中的每一天都有人過生日，所以這附近的人幾乎一個禮拜，至少可以收到一次禮物，他們一向樂此不疲。

這次的禮物卻好得超乎尋常，孩子們看到禮物，幾乎興奮得忘記吃飯。有許多玩具是他們從來沒有見過的，每樣都很漂亮，有些甚至是魔法玩具。這其中有許多玩具是一年以前就訂好的，遠從孤山和谷地那邊運過來，全都貨眞價實地出自矮人之手。

在每個客人終於都進了門內之後，歌曲、舞蹈、音樂和各種各樣的遊戲隨即展開，當然，食物和飲料更是不可少的。正式的餐點有三頓：午餐、午茶和晚餐。不過，所謂的午餐和午茶也不過就是大家坐下來，一起吃飯的時間。其他的時間人們照樣還是川流不息地取用各種餐點和飲料，從早上十一點到晚上六點半之間從沒停過，只有在煙火表演開始時，大家才放下餐具。

煙火是甘道夫親自出馬的傑作，這不只是由他親手運來，更是由他設計和製造；各種各樣的特殊效果、道具和火箭也都是由他親手點燃的。除此之外，他還大方地分送各式各樣的爆竹、花火、沖天炮、火樹銀花、矮人燭花、精靈火瀑、地精響砲等等。這些東西都棒極了！甘道夫的手藝隨著年紀的增長，果然越來越純熟。

有的火箭引燃時，像是出谷的黃鶯編隊在空中飛翔，發出美妙的樂聲；還有煙火甚至變成了綠色的樹葉，黑煙成了火樹的樹幹，一瞬間讓人體驗到春去秋來、花開花落的奇觀。發出閃光的樹枝也不甘示弱地綻放出鮮豔的煙花，落在驚訝的人們身上；在這些火花燙傷他們之前，甘道夫的絕活是讓火花全都在甜美的香氣中消失得無影無蹤。如瀑布般湧出的閃光蝴蝶在樹叢間穿梭，火焰構成的石柱從地面噴出，隨即化身成飛鷹、帆船或是展翅翱翔的天鵝……一陣紅色的雷爆讓天空落下了黃色的細雨；銀色的長槍如千軍萬馬般射向天空，隨即又如同萬千長蛇一樣，發出嘶嘶巨響墜落河中。爲了向比爾博致敬，節目中還有最後一個特別項目，它正如同甘道夫的計畫一樣，讓哈比人大吃一驚：全場的燈光隨後熄滅，一陣濃煙出現，化成遠方朦朧的山影，山頂接著開始激射出光芒，隨即它吐出猩紅和綠色的火焰。從火山中騰飛出一隻金紅色的巨龍，體型雖然和眞龍有段距離，但栩栩如生的外貌讓人不寒而慄。巨龍的口中吐出火焰，發出巨吼，接著又在人群頭上連吐了三次烈焰；全部的人都不由自主地趴了下來，試圖躲過這陣烈焰。巨龍發出轟隆巨響飛躍衆人頭上，最後來個後空翻，在臨水區上空炸成一片燦爛的火樹銀花。

「晚餐開始啦！」比爾博大喊。眾人的驚恐立刻消逝無蹤，之前還驚魂未定的人們拍拍衣服，一骨碌站了起來。晚餐十分豐盛，每個人都可以盡情享受佳餚美點。唯一不在此用餐的，只有另外一群參加特別家族宴會的人們，這個宴會中的宴會是在樹旁的大帳棚內舉辦的，獲邀的來賓只有一百四十四人（哈比人也稱這個數字為十二打，不過不太適合用在人身上）；他們都是從比爾博和佛羅多的親戚中挑選出來的，另外還有一些沒有血緣關係的特別密友（像是甘道夫）。這裡面還包括了許多年輕的哈比人，他們都在父母的同意之下前來參加宴會；哈比人一般來說對小小孩熬夜的要求都會比較通融，特別是有機會填飽他們肚子的時候更是好說話。要養大哈比小孩，得花上不少的伙食費哪！

私人宴會中有很多巴金斯和波芬家的人，另外也有許多圖克家和烈酒鹿家的成員，還有幾名葛盧伯家人（比爾博曾祖母的親戚）、幾名丘伯家的人（比爾博圖克家系的曾祖父那一系的親戚），還有幾個布羅斯家、博哲家、抱腹家、獾屋家、健體家、吹號者家和傲腳家的人。這些人裡面有些已經算是非常遠房的親戚了，甚至有人以前從未踏足哈比屯，一輩子都居住在夏爾的偏遠地區。當然，巴金斯家裡面的塞克維爾一系也沒有被怠慢，傲梭和他老婆羅貝拉也都有出席。他們不喜歡比爾博，對佛羅多更是恨之入骨，但是華麗的邀請函是用金色墨水撰寫的，這種殊榮讓他們覺得難以抗拒；另外，他們痛恨的這位比爾博，多年以來都是以美食家著稱，他的餐點可算是鄰近地區的奇觀之一。

這一百四十四名賓客都盡情地享用豐盛的晚餐，但眾人也都暗自擔心餐後主人冗長的演說。（這是不可或缺的一項節目）他每次都會吟唱一種他稱為詩歌的東西，有些時候，在多喝了一兩杯之後，他會開始叨叨絮絮地描述那段神秘的冒險。至少到目前爲止，客人們並沒有失望，這的確是頓前所未見的大餐，餐點的本身已經幾乎達到享樂的極致：質精、量多、種類齊全且味美。接下來一週，附近的人們幾乎都飽得沒辦法吃東西；不過，由於比爾博之前的大量採購，附近的店主也都已傾囊相售，反正也沒東西可以賣，所以還是皆大歡喜的局面。

在大餐告一段落之後，就是演講的時間了。大多數的賓客現在也已經酒足飯飽，對於冗長的演說有很強的抵抗力，這段過程是被他們稱作「打發時間」的節目。他們紛紛啜飲著自己最喜歡的飲料，品嚐著美味的甜點，早將之前的擔心拋到九霄雲外去了。他們準備傾聽世界上最無聊的演說，更可以在每個停頓的間隔時大聲喝采。

「**親愛的同胞**」，比爾博站起來，開口道：「注意！注意！注意！」會場的衆人紛紛大喊著提醒彼此，卻沒多少人眞的安靜下來。比爾博離開座位，走到那棵裝滿了燈飾的大樹底下，爬擺在該處的椅子上。油燈的光芒照在他紅光滿面的臉上，絲質外套上的金扣子也跟著閃閃發光。會場的衆人都可以看見他一隻手插在口袋，另一隻手揮舞著。

「**親愛的巴金斯家，波芬家，**」他繼續說道：「**還有親愛的圖克家、烈酒鹿家、葛盧伯家、丘伯家，還有布羅斯家、博哲家、抱腹家、獾屋家、健體家、吹號者家和傲腳家。**」「是一雙傲腳家啦！」帳棚的角落有一名老哈比人大喊。當然，他就是傲腳家的人，這傢伙的確有一雙又大又毛絨絨的腳，還擱在桌子上，難怪他要藉機找碴出出風頭。

「**傲腳家，**」比爾博重複道：「**還有我最親愛的塞克維爾巴金斯家，今天我終於可以誠心的歡迎你們回到袋底洞來。今天是我第一百一十一歲的生日：我今天是一百十一十歲的人了！**」

「萬歲！萬歲！祝你福壽綿延！」聽衆們大喊，紛紛用力地敲著桌子慶賀。比爾博的演說太精彩了。這才是他們喜歡的演講：短小精悍。

「我希望諸位今天都和我一樣高興！」底下傳來震耳欲聾的歡呼聲，大聲呼喊「沒錯」（也有「還沒過癮哪！」的呼聲），喇叭、號角、風笛、長笛以及許多其他的樂器紛紛響起。之前也提到過，宴會中有許多的年輕哈比人，此時他們更是紛紛拉起了響笛炮，大多數的爆竹上都印有「河谷鎮」❶三個字。雖然哈比人對這三個字一無所知，但他們都同意這是相當不錯的爆竹。這些爆竹上裝著小小的樂器，可以發出悅耳的音樂。事實上，在帳棚的某個角落，有一群年輕的圖克和烈酒鹿家的小孩，以為比爾博叔叔已經說完了（因為他把重要的東西都講完了），所以紛紛開始點燃爆竹，讓它們的樂聲構成美妙的交響樂。艾佛拉·圖克和美麗拉·烈酒鹿小姐，甚至還拿著鈴鐺跳上桌子，開始跳起活力充沛的鈴鐺舞來。

但比爾博還沒有說完。他從身旁一名年輕人手中搶來一把號角，使勁地吹了三聲，衆人的喧鬧這才安靜下來。**「我不會耽擱各位太久的時間，」**他大喊。所有的聽衆都情不自禁地歡呼，**「我把你們找來是有目的的。」**他說「目的」這兩個字的口氣十分特殊，現場一時間陷入死寂，還有一兩個圖克家的人緊張地豎直了耳朵。

「沒錯，有三個目的！第一，是告訴你們我非常地喜歡你們，和你們這些好人一起度過的一

---

❶ 爆竹上面所印的「河谷鎮」，是位於孤山附近的人類聚落之一。比爾博在《魔戒前傳》中的冒險，曾經對當地造成了相當大的影響，新的領導者也在該次變動中崛起。

百一十一年實在太精彩，也太短暫了。」眾人響起如雷的掌聲。

「**你們當中有半數的人，我對你們的認識不及一半；另外有不到一半的人，只得到我一半的喜愛。**」這段話大出眾人意料之外，由於太過難懂，四下只傳來零星的掌聲。眾人的小腦袋都在拼命轉動著，希望能夠搞懂這段話是褒是貶。

「**第二，是爲了慶祝我的生日。**」眾人再度歡呼。「**我應該說是『我們』的生日，因爲今天也是我的繼承人佛羅多的生日，他今天成年，也終於獲得了繼承我家業的資格。**」有些長輩高興地鼓掌，年輕人則是開始起鬨，大喊「佛羅多！佛羅多！佛羅多萬歲！」塞克維爾一家人則是皺起眉頭，試圖要搞懂所謂的「繼承家業」到底是怎麼一回事。

「**我們兩人的歲數加起來一共一百四十四，我邀請的賓客人數也正是爲了符合這神秘的數字，請容我使用十二打這個說法。**」沒有人歡呼。這太可笑了。許多客人，特別是塞克維爾一家人都覺得受到了羞辱。他們沒想到自己竟然是被邀請來充數的，好像用來塞箱子的填充物一樣。

「是唷，十二打！還眞是會選字哪！」

「**如果各位容許我回憶過去的話，今天也是我乘著木桶逃到長湖上伊斯加的一甲子紀念日，我當時太過緊張，根本忘記了當天是我的生日，我那時只有五十一歲，生日對我來說似乎沒什麼重要。不過，當年的宴會倒是十分精彩，只可惜我那時正好重感冒，無緣享受，我記得我那時只能說『都謝大喀』。這次請容我清清楚楚地說完：多謝大家來到我這個小宴會。**」四下一片寂靜，他們都擔心比爾博馬上會開始唱歌或是吟詩，爲什麼他就不能夠閉上嘴，讓大家向他敬酒呢？出人意料之外的是，比爾博並沒有唱歌或是吟詩，他沈默了片刻。

「**第三點，也是最後一點，**」他說，「**我在此要做一個宣布！**」他在「宣布」這兩個字特別放大音量，還勉強保持清醒的人們紛紛為之一震。「**我很遺憾必須這樣做，如同我之前所說過的一樣，這精彩的一百一十一年實在太過短暫了，但也該告一段落了。我要走了。我會立刻動身！有緣再見！**」

他跳下椅子，隨即消失了。不知從什麼地方傳來一陣強光，所有的賓客都感到一陣目眩；當他們張開眼睛的時候，比爾博已經消失得無影無蹤。一百四十四名吃驚的哈比人，就這樣張口結舌地坐在位子上，傲多·傲腳老伯氣得不停跺腳。在短暫的沈默之後，巴金斯家、波芬家、圖克家、烈酒鹿家、布羅斯家、博哲家、抱腹家、獾屋家、健體家、吹號者家和傲腳家全在同一時間開始大呼小叫。

大家都同意這個玩笑實在沒有品味，客人們都應該再喝些東西，吃吃甜點來消消氣、壓壓驚。「他瘋了，我早就跟你們說過了！」這句話多半是在場人最常聽到的評語。即使是最具冒險精神的圖克家人（只有幾個例外），也覺得比爾博這次的行徑真是荒唐。這時，大家還都天真地以為，他的失蹤不過是場鬧劇而已。

不過，羅力·烈酒鹿可沒有這麼確定。即使他年紀很大，肚子又裝得太滿，但這都沒有影響到他的判斷力。他對媳婦愛斯摩拉達說：「親愛的，這其中必定有鬼！我想他體內瘋狂的巴金斯血統一定又開始作祟了，這個老笨蛋。管他的，他又沒把食物帶走！」他大聲地叫喚佛羅多再給大家倒酒。

佛羅多是現場唯一不發一語的人。他在比爾博的空位旁邊發呆了半晌，對眾人的評論和質疑置之不理。即使他早就知道這件事情，他還是覺得這玩笑蠻好玩的。看見客人們這麼驚慌，他差點忍不住笑出來。但同時，他也覺得十分不安，在此時他才意識到自己有多麼敬愛這名長輩。大多數的客人繼續吃吃喝喝，討論比爾博的怪異行徑，但塞克維爾一家卻早已氣呼呼地離開了。佛羅多自己也沒有什麼心情繼續飲宴，他下令再多送上些酒，自己悄悄地將杯中酒一仰而盡，遙祝比爾博身體健康，接著一聲不響地溜出帳棚。

至於比爾博這傢伙呢，早在他口沫橫飛地演講時，他就已經開始玩弄著口袋中的金戒指，這正是他秘密收藏了多年的魔法戒指。當他跳下椅子時，他立刻戴上這戒指；從此以後，哈比屯的人們就再也沒有見過比爾博的身影。

他無聲無息地走回家門口，臉上掛著微笑，靜靜地聽著帳棚和宴會其他場地所傳來的笑語聲，然後才踏進家門。他脫下了爲了宴會而穿的禮服，用乾淨的紙張將華麗的絲質外套疊好，包起來；然後飛快地換上一套舊衣服，腰間繫上一條用了好多年的皮帶，上面掛著一柄插在黑皮鞘內的短劍。他打開一個充滿驅蟲丸味道的上鎖抽屜，拿出一件連帽的舊斗篷。比爾博收藏它們的樣子彷彿這套衣服價值連城，但實際上，這套衣服滿是補丁，連原來的顏色都褪得看不太出來了。旁觀者最多只能猜到這件衣服原來是深綠色的，這套衣服似乎對他來說太大了些。接著，他又走進書房，從一個大保險箱中拿出一個被舊衣服包著的包裹、一份皮面的抄本、一個脹鼓鼓的信封，他將抄本和包裹塞到旁邊一個鼓脹的大袋子裡面，接著將金戒指連著鍊子放進信封內，順手將封口黏了起來，並且在收件人的位置上寫下佛羅多的名字。一開始他將這信封放在壁爐上，隨即又將它塞回口袋裡。此時，大門打了開來，甘道夫面色凝重地走進來。

「你好啊！」比爾博說：「我還在想，你會不會出現呢。」

「我眞慶幸你現在沒有隱形！」巫師回答道，邊在椅子上坐了下來：「我想要跟你說幾句話，這次你覺得一切都按照原先的計畫進行了吧？」

「是的，沒錯，」比爾博說：「不過那陣閃光倒眞是出人意料，連我都嚇了一跳，更別說其他人了。我想這是你的神來一筆吧？」

「是的，你長年以來都聰明地隱藏了戒指的秘密，我認爲應該給你的客人一些理由，讓他們可以解釋你消失的原因。」

「差點就壞了我的大事呢，你這老傢伙還眞是多事！」比爾博笑道：「不過，我想，像往常一樣，你永遠都知道正確的作法。」

「沒錯，可是也只有在我知道一切細節的時候，對這整件事情我就沒有那麼確定了。現在是最後的關鍵，你的玩笑也開了，親戚也惹毛了，更讓整個夏爾地區有了茶餘飯後的話題，你還有什麼要做的嗎？」

「是的，我還有事情要做。我覺得我得放個假，放個很長的假，我之前也告訴過你這件事；或許是個永不結束的長假，我想我應該不會回來了。事實上，我本來也不打算回來，一切都已經安排好了。」

「我老了，甘道夫。雖然外表看起來不明顯，但是我心裡面眞的開始覺得累了。他們還說我養生有道咧！」他不屑地說，「唉，我覺得自己好像有點乾枯，快被榨乾的感覺，你應該知道我是什麼意思，就像在麵包上被抹得太薄的奶油一樣。這樣不對，我得改變這樣的生活才行。」

甘道夫好奇地打量著他：「沒錯，的確不對，」他若有所思地說：「我眞的認爲你原來的計畫是最好的。」

「是啊，反正我也已經下定決心。我想要再看看高山，甘道夫，眞正雄偉的高山，然後找個可以休息的地方。我可以安安靜靜，與世無爭地住在那裡，不用成天和千奇百怪的親戚以及訪客打交道，搞不好我還可以找到一個可以讓我把書寫完的地方。我已經想到了一個好結局：**從此以後，他就過著幸福快樂的日子。**」

甘道夫笑了：「我希望他能這麼幸福。不過，不管這本書怎麼結束，都不會有人想看這本書的。」

「喔，會的，他們以後就會的。佛羅多已經先讀了一部分。你會替我照顧佛羅多，對吧？」

「是的，我會的，我只要有時間就會全心照顧他。」

「當然啦，如果我開口，他一定會跟我一起走的，事實上，在宴會前他還主動提出這樣的要求。但是，他並不是眞心的，時候還沒到。我想要在死前重新看看那開闊的大平原、壯麗的高山；但他這個年紀喜愛的還是夏爾，這個有著森林、小河和草原的地方。我把一切都留給他了，只有幾樣小東西例外而已，我希望他習慣了自己作主之後，能夠過得快樂一些，他也到了該自己當家作主的時候了。」

「你眞的把一切都留給他了？」甘道夫說。「戒指也不例外嗎？你自己答應的，沒忘記吧？」

「呃，是啊，我想應該是。」比爾博結巴地說。

袋底洞的比爾博・哈金斯是個富有，且特立獨行的奇人。

此時他正沉默地吸煙，看著佛羅多動也不動地沉思著。

「戒指在那裡？」

「如果你堅持要知道的話，它在一個信封裡面。」比爾博不耐煩地說：「就在壁爐上。咦，不對！在我口袋裡！」他遲疑了。「這眞奇怪！」他自言自語道：「可是這有什麼不對？放在我口袋裡有什麼不好？」

甘道夫對比爾博投以非常嚴厲的眼光，眼中彷彿有異光迸射：「比爾博，我覺得——」他耐心地說：「你應該把戒指留下來。難道你不想嗎？」

「我想啊，可是現在又不想了。我仔細想了想，覺得自己根本不想送掉這戒指，我也不明白自己爲什麼一定要這樣做，爲什麼你要我把它送人？」他的語氣有些奇異地變化，口氣中充滿了懷疑和惱怒。「你每次都一直逼問我有關這枚戒指的事情，但是你從來不過問我在旅途中找到的其他戒指。」

「沒錯，我一定得逼問你才行，」甘道夫說：「我想要知道眞相，這很重要。魔法戒指畢竟，呃，是有魔法的東西。它們很稀少，又通常會有特別的來歷。你應該這麼說，我的專業領域之一就是研究這類的戒指；如果你想要再出去冒險，我可能會請你打聽更多的消息。我也覺得你收藏這枚戒指的時間太久了。比爾博，除非我弄錯了，不然你應該已經不需要這枚戒指了。」

比爾博漲紅了臉，眼中有著憤怒的光芒，他和藹的表情變得十分倔強。「爲什麼？」他大喊：「我要怎麼處理我的財產與你何干？這是我的，是我找到的，是它自願落到我手裡的！」

「是啊是啊……」甘道夫說：「沒必要動肝火吧。」

「就算我眞的動了肝火，也都是你的錯，」比爾博說：「我已經告訴你了，這是我的戒指！

我的戒指！是我的寶貝，沒錯，是我的寶貝！」

巫師的表情依舊十分凝重、專注，只有他眼中微微閃動的光芒，洩漏出這次他真的起了疑心。「以前有人這樣稱呼過它，」他說：「但不是你。」

「現在這樣說的是我，又有什麼不對？即使咕魯以前這樣說過，這東西現在也不是他的了，這是我的！我覺得應該把它留下來。」

甘道夫站了起來，十分嚴厲地說：「比爾博，你這樣做是大大的不智，你剛剛所說的每個字都證明了我的觀點，它已經控制了你。快放手！這樣你才能自由自在，毫無牽掛地離開。」

「我想怎麼做就怎麼做，愛怎麼走就怎麼走。」比爾博頑固地堅持道。

「啊，啊，親愛的哈比人！」甘道夫說。「我們已經是一輩子的朋友了，你至少欠我這個人情。不要遲疑！照你之前答應的做：放下戒指！」

「哼，如果你自己想要這戒指，就正大光明地說出來！」比爾博大喊：「我不會讓你得逞的，我不會把寶貝送人，絕對不會！」他的手緩緩移向腰間的短劍。

甘道夫雙目精光閃爍：「不要逼我動怒，」他說：「如果你敢再這樣說，我就別無選擇了，你將會看到灰袍甘道夫的真面目……」他朝向對方走了一步，身高突然間變得十分驚人，小房間內被他的陰影給完全籠罩。

比爾博氣喘吁吁地往後退，手依舊緊抓著口袋不放，兩人對峙了片刻，房間中的氣氛變得無比凝重。甘道夫的目光緊盯著對方，比爾博的手慢慢鬆了開來，開始渾身打顫。

「甘道夫，我不知道你是中了什麼邪，」他說：「你以前從來沒有這樣過，這到底是怎麼一回事？這戒指本來就該是我的啊！是我找到的，如果我沒有把它收起來，咕魯一定會殺掉我的。不管他怎麼說，我都不是小偷。」

「我也沒說你是小偷，」甘道夫回答道：「我也不是小偷。我不是要搶走你的東西，而是要幫助你，我希望你能夠像以前一樣相信我。」他轉過身，房中的陰影瞬即消退。他似乎又變成原來那個穿著灰袍的老人，一臉憂心忡忡的樣子。

比爾博雙手抱頭道：「對不起！」他說：「我覺得好奇怪，可是，如果我可以不要再擔心這戒指，我一定會輕鬆很多。最近我滿腦子都是它，有時我覺得它好像是隻眼睛，一直不停地瞪著我。你知道嗎？我每分每秒都想要戴上它，變成隱形；或者是擔心它不見，時時刻刻都把它掏出口袋來確認。我試著把它鎖在櫃子裡，可是我發現自己沒辦法不把它貼身收著。我不知道爲什麼，我好像根本沒辦法下定決心。」

「那就請你相信我，」甘道夫說：「你已經下定了決心——放下戒指，離開這裡！不要執著於這枚戒指。把它交給佛羅多，我會照顧他的。」

緊張的比爾博猶豫了一陣子，最後他嘆了口氣：「好吧！」他勉強說：「我會的。」然後他聳聳肩，露出遺憾的笑容。「畢竟這才是生日宴會眞正的目的：送出許多許多的禮物，讓施予的過程變得輕鬆些。雖然最後還是沒有讓我多輕鬆，但這時前功盡棄不是很可惜嗎？差點把我整個精心設計的玩笑都弄砸了。」

「這的確會讓宴會中，我覺得唯一重要的事情前功盡棄。」甘道夫說。

「好吧，」比爾博說道：「就把它一起送給佛羅多！」他深吸一口氣。「我現在眞的得走了，不然就會被其他人發現。我已經向大家道別了，要我再說一次，實在做不到。」他揹起背包，走向門口。

「戒指還在你的口袋裡——」巫師說。

「哇！眞的耶！」比爾博大喊：「還有我的信件以及其他的文件都在哪！你最好收下它們，代我轉交，這樣比較安全。」

「不，別把戒指給我！」甘道夫說：「把它放在壁爐上。在佛羅多來之前，那裡就已經夠安全了，我會在這邊等他。」

比爾博拿出信封，正當他準備將它放在鐘旁邊時，他的手突然抽了回來，信封跟著掉到地上。在他來得及撿起信封前，巫師一個箭步上前，把信封放回壁爐上。哈比人的臉上再度掠過一陣怒容，但隨即被笑容和輕鬆的表情給取代了。

「就這樣啦，」他說：「我該走了！」

兩人走到門口。比爾博從架上拿下最喜歡的枴杖，吹了聲口哨，三名矮人各從三個房間中走出來。

「都準備好了嗎？」比爾博問：「都打包好，貼上標籤了嗎？」

「都好了，」他們回答。

「好吧，那就出發嘍！」他終於踏出了門口。

夜色十分地美麗，黑色的天空中點綴著明亮的星星，他抬起頭，嗅著晚風的味道。「眞棒！能夠再次和矮人一起旅行眞是太棒了！這才是我這麼多年以來，一直等待的機會，再見啦！」他看著老家，朝門前一鞠躬：「再會了，甘道夫！」

「現在先說再會啦，比爾博。好好照顧自己！你已經夠老了，希望你也變得比較聰明啦！」

「好好照顧自己！我不在乎啦。別替我擔心！我現在真的很興奮，這樣就夠了。時候到了，我終於被命運推離了家門。」他補充道。接著，他低聲在黑暗中唱了起來：

大路長呀長
從家門伸呀伸。
大路沒走遠，
我得快跟上，
快腳跑啊跑，
跑到岔路上，
四通又八達，川流又不息，
到時會怎樣？我怎會知道。

他停了下來沈默片刻，然後，一語不發地轉過身，將帳棚和宴會的燦爛燈火拋在腦後，走向花園，三名伙伴跟著他走上小徑。他跳過花園盡頭一段比較低矮的籬笆，走上了草原，像是晚風一樣輕柔地遠離了鍾愛的家園。

甘道夫留在黑暗中，靜靜地看著他的身影。「再會了，親愛的比爾博，下次再見！」他低聲說，隨即轉身進了屋子。

佛羅多很快就跟著走進屋子，發現甘道夫坐在黑暗中沈思。「他走了嗎？」他問。

「是的，」甘道夫回答：「他終於離開了。」

「到今天傍晚為止，我一直都希望……我一直都以為這只是個玩笑。」佛羅多說：「但是，我內心知道他真的想要離開。事情越是認真，他越愛開玩笑，我真希望能夠早點回來送他走。」

「我想，他還是比較喜歡自己悄悄地溜走，」甘道夫說：「別太擔心。他現在不會有危險的，他留了個包裹給你，就在那邊！」

佛羅多從壁爐上拿下了信封，看了看，卻沒有立刻打開。

「我想你會在裡面找到他的讓渡書和其他的文件，」巫師說：「你現在是袋底洞的主人了。對了，你在信封裡面應該還會找到一枚金戒指。」

「戒指！」佛羅多吃驚地說，「他把那個留給我了？我不明白。算了，或許將來會有用吧。」

「或許會或許不會，」甘道夫說：「如果我是你，我會盡可能不要碰它。不要洩密，好好保管它！我去睡覺了。」

身為袋底洞的主人，痛苦的佛羅多必須一一和賓客道別。流言已經傳遍了全場，佛羅多只能回答：「**明天一早，一切都會真相大白**。」在半夜的時候，馬車過來接送這些重要的人物。馬車一輛接一輛地離開，載滿了滿腹美食，卻還是疑竇滿腹的哈比人。園丁們過來整理場地，同時將遺留下的獨輪車推開。

夜色終於褪去，太陽接著升起，大家都睡到很晚，晨光漸漸地消逝。工作人員開始井然有序地撤場，搬離桌椅和帳棚，以及湯匙、刀子、鍋碗瓢盆、油燈、喝剩的甜酒、麵包屑、忘記帶走的包包、手套和手帕，以及沒吃完的菜餚。然後來的是一群混亂無章的客人：巴金斯家、波芬家、博哲家和圖克家，以及其他住在附近的賓客。到了中午，連最貪睡的人都已經爬了起來；袋底洞門口聚集了一堆不請自來的人，不過，這也是意料中事。

佛羅多正笑著站在門口，臉上露出疲倦擔心的表情。他歡迎所有的客人，但也沒有什麼好說的。他只有一種回答：「比爾博．巴金斯先生已經走了，就我所知，他永遠不會回來了！」有些客人被邀請進屋，因為比爾博留下些「口信」要給他們。

在客廳裡面是堆積如山的包裹和各種各樣的雜物及傢俱，每個東西上面都有標籤，有幾個標籤是這樣寫的：

一柄雨傘上標著**給艾德拉．圖克，這把是給你自己用的。比爾博上**。艾德拉順手拿走了很多把沒標籤的傘。

給朵拉．巴金斯，紀念您那如雪片般的來函，愛你的比爾博上。這標籤貼在一個大的廢紙簍上。朵拉是德羅哥的姊姊，也是比爾博和佛羅多在世的、最年長的女性親戚。她現年九十九歲，寫信忠告他人的這個嗜好已經持續了半世紀之久。

獻給米洛．布羅斯，希望能夠派得上用場，比．巴上。這是標明在一支金筆和一罐墨水上。米洛最為人所知的特點就是從來不回信。

送給安潔麗卡，比爾博叔叔贈。這是面圓形的哈哈鏡。她是巴金斯家的晚輩，一向覺得自己長得很美。

送給雨果．抱腹整理您的收藏品，匿名支持者上。這是個空書櫃。雨果很愛借書，卻常常忘記還書這檔子事。

送給羅貝拉．塞克維爾巴金斯，這次是禮物！標籤貼在一箱銀湯匙上。比爾博認爲在他上次出去歷險的時候，她偷拿走了他很多的湯匙。羅貝拉自己也知道。當她一看到時，立刻就明白了他的意思，但在收下湯匙時還是沒有任何遲疑。

這只是衆多禮物中的幾樣而已。比爾博的屋子經過他一輩子的累積，可說是裝滿了各種各樣的東西。哈比人住的洞穴常常都會陷入同樣的窘境：互送生日禮物的習俗是罪魁禍首之一。當然，不是每個人送出來的禮物都是新的，也會有幾樣禮物總是四處漂泊，被人到處轉送。不過，比爾博總是留下舊禮物，送出新的禮物，他的房子經過這次清倉之後好不容易才空了一些。

每個臨別禮物上面都有比爾博親手寫的標籤，幾乎都有些特殊的意義和玩笑在上頭。不過，大多數的禮物都是收禮者眞正需要的東西。家境比較不好的哈比人，特別是住在袋邊路的人家，都獲得了非常實用的禮物。詹吉老爹收到了兩袋馬鈴薯、一把新鏟子、一件羊毛外套、一罐專治關節痛的藥膏；而一把年紀的羅力．烈酒鹿也大出意外地收到了十二瓶老酒廠的酒：這是夏爾南區特產、味道濃郁的紅酒，正好是比爾博的爸爸當年釀的，現在才終於完熟。羅力原諒了比爾博的突然離開，喝了一口酒之後更是大讚比爾博是個好人。

還有更多的東西是留給佛羅多的。當然，最重要的財產像是繪畫、書籍、多得有點誇張的傢俱都留給佛羅多。特別的是，沒有任何的文件和資料提到了珠寶和金錢，比爾博沒有送出任何錢幣和珠寶。

那天下午，佛羅多更是累得雪上加霜。竟然有謠言說整棟屋子裡面的東西都免費大贈送，一大堆不相干的人立刻湧來此地，趕也趕不走。標籤被撕下、弄混，導致許多人起了衝突；有些人甚至在客廳裡面就交換起東西來，其他人試圖摸走不屬於他們的小東西，或是任何沒有釘死在地上的東西，門口的道路完全被獨輪車和手推車給擋住了。

在這一團混亂中，塞克維爾巴金斯一家人出現了。佛羅多已經先下去休息，將現場交給好友梅里·烈酒鹿招呼。傲梭一來就大聲吵著要見佛羅多，梅里有禮地鞠躬道：

「他現在無法抽空，」他說：「他在休息。」

「我看是躲起來了吧，」羅貝拉說：「管他在幹嘛，我們就是想要見他！去找他，告訴他，我們來了！」

梅里離開了很長的一段時間，讓他們有時間發現那箱臨別的禮物，這可沒讓他們的心情好過起來，最後梅里終於帶他們去書房暫坐。佛羅多坐在書桌後，面前堆著許多的文件，他看起來的確無法抽空（至少在接見塞克維爾這家人的時候是這樣子的）。接著他站了起來，手摸著口袋中的某樣東西，不過，他說話的口氣還是相當客氣。

塞克維爾家的人就沒這麼客氣了，他們一開始就提議賤價收買很多沒標籤的珍貴物品。當佛羅多表明只有比爾博指定的物品才會送人時，他們又抱怨這一切都不公平，其中必定有詐。

「我只有一件事情不明白，」傲梭說：「就是你看起來似乎太過鎮定了些，我堅持要看讓渡書。」

如果比爾博沒有收養佛羅多，傲梭就會成爲他的繼承人。他仔細閱讀了轉讓書，不禁哼了哼。很遺憾地，讓渡書十分地完整且中規中矩（根據哈比人的習俗，除了字句的精準之外，還要有七名證人用紅墨水簽名）。

「這次又落空了！」他對妻子說：「我們都等了六十年！就只有湯匙？胡扯！」他在佛羅多面前氣沖沖地彈了彈手指，忿忿地離開。羅貝拉可沒這麼容易擺平，一段時間之後，佛羅多踏出書房，看看事情進行得是否順利。他發現羅貝拉還在四處鬼頭鬼腦地刺探著，敲打著牆壁和牆角。他堅決護送她離開，同時還從她的雨傘中抄出了幾樣不小心掉進去的小東西（卻很值錢）。她漲紅著臉，彷彿準備說出什麼驚天動地的詛咒。但她轉過身卻只勉強擠出幾句：

「年輕人，你會後悔的！你爲什麼不跟著趕快離開？你不屬於這裡。你不是巴金斯家人，你——你是烈酒鹿家的怪人！」

「梅里，你聽到了嗎？我想她覺得這是個侮辱耶。」佛羅多猛地將門一關，對朋友說。

「才怪，這是個讚美！」梅里·烈酒鹿說：「所以我覺得你不適合。」

然後他們開始在洞屋裡巡邏，抓出了三個年輕的哈比人（兩個波芬家，一個博哲家的小子），他們正在一間房間中的牆壁上打洞。佛羅多還和桑丘·傲腳（傲腳老伯的曾孫）起了些爭執，這傢伙在儲藏室裡面準備了一大堆工具，正想要開挖。比爾博的黃金傳說激起了很多人的好奇和興趣，因爲，傳說中的黃金（神秘獲得的黃金，而不是偷搶來的）只要被人找到，就屬於那個人的，除非有人及時阻止對方的挖掘。

在佛羅多終於把桑丘趕出去之後，他癱在客廳椅子上無力地說：「梅里，我們該打烊了！鎖上門，今天都不要開門，即使他們帶了根破城槌來，我也不低頭。」接著，他去泡了杯茶，準備好好歇息一會。

他屁股都還沒坐熱，前門就又傳來小小的敲門聲。「大概又是羅貝拉，」他想：「這傢伙多半又想出了更惡毒的咒罵，這次是回來把它說完的，我想這應該不急。」

他又繼續喝茶，敲門聲重複了幾次，變得更大聲，但他還是相應不理。巫師的腦袋突然出現在窗外，「佛羅多，如果你不讓我進來，我就把你家的門炸到山的另一邊去。」他說。

「啊，是親愛的甘道夫！等等我！」佛羅多大喊著跑向門口：「請進！請進！我本來以為是羅貝拉。」

「那我就原諒你了，不久前我還看見她駕著馬車往臨水區走，她的嘴巴嘟得可以掛豬肉了。」

「我也被她氣得快變豬肉了！說實話，我剛剛差點戴上比爾博的戒指，我好想躲開她。」

「千萬別這麼做！」甘道夫坐了下來：「佛羅多，你務必小心收藏那枚戒指！事實上，我特別回來就是爲了這事。」

「怎麼樣？」

「你知道哪些事情？」

「只有比爾博告訴我的那些。我讀了他的故事，有關他是怎麼找到這戒指，又是怎麼使用它的，我是說，在上次的冒險中啦！」

「不知道是哪個版本的故事。」甘道夫說。

「喔，不是他告訴矮人以及寫在書中的那個版本，」佛羅多說：「在我搬來這邊之後不久，他就告訴我事實的眞相。他說你硬逼他告訴你，所以我最好也知道一下。『我們之間沒有秘密，佛羅多！』他這樣說：『但就這樣而已，戒指還是我的。』」

「這很有意思，」甘道夫說：「好吧，你有什麼看法？」

「如果你是指，他編出戒指是人家送的禮物這回事，我會覺得沒有必要，我也看不出來爲什麼要編出這故事。這不像是比爾博的作風，所以我覺得很奇怪。」

「我也這麼認爲。但是，擁有、並且使用這種財寶的人，都可能會有這樣怪異的行徑。就把這件事當做前車之鑑吧，它的能力可能不僅於讓你在緊急時候消失而已。」

「我不明白。」佛羅多說。

「我自己也不確定，」巫師回答：「我是從昨夜才開始對這戒指起了疑心。你先別擔心，希望你聽我的忠告，儘量不要使用這戒指。我至少拜託你不要在別人面前使用，免得造成傳言和疑心。我再強調一次：好好保管，不要洩密！」

「你眞是神秘兮兮的！你到底在怕些什麼？」

「我還不確定，所以也沒辦法多說。我馬上要離開了，下次再見！」他站了起來。

「馬上離開？」佛羅多大喊道，「我以爲你至少會待上一星期，準備要請你幫忙呢。」

「我本來是這樣打算的，但我改變了心意。我可能會離開很長的一段時間，但只要一有機會，我會立刻趕回來看你。到時你就知道了！我會悄悄地來拜訪，不會再公開造訪夏爾了，我發現自己已經成了不受歡迎的人物。他們說我老惹麻煩，破壞寧靜，有些人甚至指控我鼓動比爾博遠行。還有更糟糕的哩，有人說我和你準備陰謀奪取他的財富！」

「竟有人這麼說！」佛羅多難以置信地說：「你是說傲梭和羅貝拉吧？真是太低劣了！如果我可以換回比爾博和我一起四處散步，我寧願把袋底洞和一切都送給他們。我喜歡夏爾，但不知道怎麼搞的，我開始思索，如果自己也離開了會不會好一些，不知道我能不能再見到他？」

「我也這樣想，」甘道夫說：「我腦中還有很多疑點呢。現在先說再見吧！好好照顧自己！我隨時都有可能出現，再會！」

佛羅多送他走到門口。他最後揮揮手，用驚人的步伐快步離開。佛羅多這次覺得巫師似乎比平常還要蒼老些，彷佛肩膀上扛了更沈重的負擔。夜幕漸漸低垂，他的身影也跟著消失在夕陽餘暉中，佛羅多有很長的一段時間都不會再看到他。

第二節　過往黯影

有關這事件的討論不只持續了一週，更超過了三個月。比爾博·巴金斯第二次的神秘失蹤，讓人在哈比屯討論了一年多，更讓人們念念不忘了好長的一段時間，這成了年輕哈比人最愛的飯後話題。到了最後，當一切的眞相都已經隱入歷史中時，「瘋狂巴金斯」這個人物，成了民間故事中最著名的角色。在故事中，他會在一聲巨響和強光中消失，然後再帶著裝滿珠寶和黃金的袋子出現。

但於此同時，鄰居們對他的觀感則大有不同，他們都認爲這個本來就有點瘋瘋癲癲的老頭子這下終於崩潰了，可能跑到荒野裡去了。他可能在那裡跌進某個池塘或是小河裡，就這樣結束了一生，大多數的人都把這怪罪到甘道夫身上。

「如果那個討厭的巫師，不要一直纏著佛羅多就好了，或許他還來得及體會哈比人行事的作風。」他們說。從一切蛛絲馬跡看來，這巫師的確沒有再打攪佛羅多，這年輕人也眞的安定了下來。至於哈比人的行事作風嘛，恐怕還是看不太出來，沒錯，他繼承了比爾博的特異作風：他拒絕哀悼比爾博，第二年還辦了個百歲宴會紀念比爾博的一百一十二歲生日，這場宴會邀請了二十名客人，照哈比人的說法，宴會中的餐點可說是「菜山酒海」，豐盛得很。

有些人覺得相當吃驚，但佛羅多還是年復一年地堅持舉辦宴會，直到大家也見怪不怪為止。他表示自己不認為比爾博已經死了，當眾人質問他比爾博的去向時，他也只能聳聳肩。

他和比爾博一樣都單身獨居，但他依舊有許多年輕的哈比朋友（大多數是老圖克的子孫）。這些人小時候就很喜歡比爾博，經常喜歡找理由往袋底洞跑，法哥・波芬和佛瑞德加・博哲就是兩個典型的例子。不過，他最親近的朋友是皮瑞格林・圖克（通常暱稱他為皮聘）、梅里・烈酒鹿（他的真名其實是梅里雅達克，但大家都記不太起來）。佛羅多經常和他們在夏爾四處探索，但更常自己一個人四處亂逛。讓一般人吃驚的是，佛羅多有時竟然會在星光下遠離家門，去附近的山丘和森林散步，梅里和皮聘懷疑他和比爾博一樣，都會悄悄地去拜訪精靈。

隨著時光的流逝，人們開始注意到佛羅多似乎也繼承了「養生有道」的秘訣。他外表看起來依舊像是精力充沛的少年。「有些人就是得天獨厚！」他們說。但一直到了佛羅多五十歲的時候，他們才真的覺得這很詭異。

在一開始的騷動之後，佛羅多開始享受繼承巴金斯家和袋底洞的生活。他有好幾年的時間安逸地過活，絲毫不擔心未來。但慢慢地，他開始後悔當初沒有跟比爾博一起離開。他有時腦中會浮現一些景象，特別是在暮秋時節，他會開始想起外面的荒野、夢中會出現以往從未見過的高山峻嶺。他開始對自己說：「或許有天我該親身渡河去看看！」他腦中的另外一部分會回答：「時候還沒到。」

日子就這麼繼續過下去。一眨眼，他的五十歲生日就快到了。五十這個數字讓他覺得十分特殊（或許有些「太過」特殊了），比爾博就是在這個歲數突然間經歷了許多奇遇。佛羅多開始覺得坐立難安，平日散步的小徑也變得讓人厭煩。他閱讀地圖時會思索地圖的邊緣之外是什麼？在夏爾地區繪製的地圖多半會把邊境之外留白。他散步的範圍越來越廣，也更常單槍匹馬地亂跑，梅里和其他的朋友都很擔心他。他們常常看見他精力充沛地散步，或是和開始出現在夏爾的陌生旅人聊天。

據說外面的世界有了許多的變化，流言跟著四起，甘道夫那時已經有好多年沒有任何消息；佛羅多只好盡可能地靠自己蒐集一切情報。極少踏入夏爾的精靈現在也會於傍晚取道此地，沿著森林頭也不回地往西走。他們準備離開中土世界，再也不插手凡間的爭端。除此之外，路上的矮人也比往常要多。歷史悠久的西東路穿越夏爾，通往灰港岸，矮人們一向利用這條路跋涉前往藍山脈中的礦坑。

他們是哈比人對外界最可靠的情報來源。一般來說，矮人都不願多說，而哈比人也不會追問。但是現在，佛羅多經常會遇到從遙遠異鄉趕來的矮人，準備往西方避難；他們每個人都心事重重，間或有人提到魔王和魔多之境的消息。

這些名字只出現在過去的黑暗歷史中，在哈比人的記憶裡已模糊難辨，但如此不祥的消息讓人感到不安。原以為被聖白議會從幽暗密林中所驅逐的敵人，現在又以更強大的形體重生在魔多的要塞中。根據流言，邪黑塔已經被重建，以邪黑塔為中心，邪惡的勢力如燎原野火般向外擴展，極東和極南邊的戰火及恐懼都在不停地蔓延。半獸人又再度肆虐於群山間，食人妖的蹤跡再現，這次牠們不再是傳說中那種愚蠢的食肉獸，反而搖身一變成為詭詐的武裝戰士。還有更多恐怖的耳語，述說著比這些還更恐怖的無名生物……

一般正常過活的哈比人本來不可能知道這些謠言，但即使是最深居簡出的哈比人也開始聽到奇怪的故事，因工作所需而必須前往邊境的哈比人，更看到許多詭異的跡象。在佛羅多五十歲那年春天的一個傍晚，臨水區的「綠龍旅店」裡面的對話讓人明白，即使是夏爾這與世隔絕的地區，也開始流傳這些四起的流言；不過大多數的哈比人依舊嗤之以鼻。

山姆·詹吉正坐在爐火旁的位子上，他對面坐的是磨坊主人的兒子泰德·山迪曼，旁邊還有許多沒事幹的哈比人在聆聽他們的對話。

「如果你注意聽，這些日子會聽到很多奇怪的事情。」山姆說。

「啊，」泰德說：「如果你放機靈點，的確會有很多傳言。可是，如果我只想要聽床邊故事和童話，我在家就可以聽得到了。」

「你當然可以回家聽，」山姆不屑地說：「我敢打賭，那裡面的事實比你所明白的還要多。是誰編出這些故事的？就以龍來做例子好了。」

「哼，還是免了吧！」泰德說：「這我可不敢恭維。我小時候就聽說過龍的故事，現在更沒理由相信牠們。臨水區只有一隻龍，就是這個綠龍旅店。」他的聽眾都哈哈大笑。

「好吧，」山姆也和其他的人一起開懷大笑。「那這些樹人，或是你口中的巨人又怎麼說？附近的確有人說，他們在北邊的荒地那邊，看到這種比樹還要高大的生物。」

「他們到底是誰？」

「我的親戚哈爾就是其中一個。他當時在替波芬先生工作，去北區打獵時，他就看到了一個這種生物。」

「他是這樣說啦，我們怎麼知道是眞是假？你們家的哈爾老是說他看到了什麼東西，可能根本沒這回事。」

「可是他看到的東西跟榆樹一樣高，還會走！每一步可以走七碼！」

「我打賭他看錯了，他看到的應該只是棵榆樹而已！」

「我剛剛說過了，這棵樹會走路，北邊的荒地也根本沒有什麼榆樹。」

「那麼哈爾也不可能看見榆樹。」泰德說。旁觀者有些人開始大笑和拍手，他們認爲泰德這次佔了上風。

「隨便啦，」山姆說：「你總不能否認除了我們家哈爾之外，還有其他人也看見很多詭異的人物穿越夏爾，注意喔，是穿越——還有更多的人在邊境就被擋駕了，邊境警衛從來沒有這麼忙碌過。」

「我還聽說精靈們開始往西方遷徙，他們說他們準備要去港口，暫時還不準備到白塔之外去。」山姆含糊地揮舞著手臂，他和其他人都不知道，離開夏爾西方邊境和舊塔之後，離海有多遠。他們只知道在那邊有個叫灰港岸的地方，精靈的船隻從那邊出港之後就再也不會回來。

「他們出港之後就揚帆遠颺，不停地往西方走，把我們遺棄在這裡。」山姆用著夢幻的眼神喃喃道，搖頭晃腦露出憂傷的表情，但泰德反而笑了起來。

「如果你相信古代的傳說，這又不是什麼新鮮事，我也看不出來這和你我有什麼關係。就讓他們開船走啊！我保證你和夏爾的其他人都不會看見這情形的。」

「我可沒那麼確定。」山姆若有所思地說。他認爲自己曾經在森林裡面看過一名精靈，很希望還有機會可以再看到。在他所有兒時聽過的故事中（僅止於哈比人對精靈貧乏的瞭解），每個精靈的故事都讓他大爲感動。「即使在我們這邊也有人認識那些高貴人種，」他說：「我的老闆巴金斯就是一個例子，他告訴我，他們遠航的故事，他也知道不少關於精靈的事情。比爾博老先生知道的更多，我小時候聽他說就聽了不少。」

「喔，這兩個傢伙腦袋都有問題啦！」泰德說：「至少過世的老比爾博腦袋有問題，佛羅多還在慢慢地崩潰中。如果你的消息來源是這兩個傢伙，那什麼怪事都不稀奇了。好啦，朋友們，我要回家了。祝你們健康！」他一口喝完杯中的飲料，大搖大擺地走出門去。

山姆沈默地坐著，不再多言。他有很多東西要考慮。舉例來說，他在袋底洞的花園裡面就還有很多工作，如果明天天氣好一點，他可能要忙上一整天，草皮最近長得很快。不過，山姆煩心的不只是種花割草這類的事情。他又繼續沈思了片刻，最後還是嘆口氣，悄悄地走出門外。

今天也才四月初，大雨過後的天空顯得格外明澈。太陽正要下山，沁涼的暮色正緩緩地被夜色所取代。他在明亮的星光之下穿越哈比屯，走到小山上，邊吹著口哨，想著心事。

同一時刻，銷聲匿跡已久的甘道夫又再度出現。他在宴會結束之後消失了三年，他曾短暫地拜訪佛羅多一陣子；在仔細打量過老朋友之後，他才再度遠行。接下來的一兩年他還經常出現，通常都是在天黑之後突然地來拜訪，在天亮之前無聲無息地消失。他對自己的工作和旅程守口如瓶，似乎只在乎有關佛羅多身體狀況和行爲的一切芝麻小事。

毫無徵兆地，他突然間音訊全無。佛羅多已經有九年之久，沒有聽說過他的任何消息，他開始以爲這巫師對哈比人失去興趣，以後也不會再出現。可是，正當山姆在暮色中散步回家時，佛羅多書房的窗戶卻傳來了熟悉的輕敲聲。

佛羅多有些驚訝，卻十分高興地歡迎老友再度前來拜訪，他們彼此打量了許久。

「一切都還好吧？」甘道夫說：「佛羅多，你看起來一點都沒變！」

「你也是一樣。」佛羅多客套地說；但他內心覺得巫師更顯老態，似乎比以前更飽經風霜了些。他迫不及待地要求巫師講述外界的消息，兩人很快就旁若無人地聊了起來，直到深夜。

第二天近午時分，晚起的兩人在用了早餐之後，在書房明亮的窗戶旁坐了下來。壁爐中點著熊熊的火焰，太陽也十分溫暖，外面吹著和煦的南風。一切看起來都那麼地完美，春天帶來了一股欣欣向榮的綠意，點綴在花草樹木上。

甘道夫正回憶著將近八十年前的一個春天，比爾博那時和他一起走出袋底洞，身上還忘了帶手帕。比起那時，現在他的頭髮可能變得更白些，鬍子和眉毛可能都更長了，臉上也多了許多憂心和智慧累積的皺紋；但他的眼神依然明亮，吐煙圈的技術依然高超得讓人佩服，臉上也同樣帶著歡欣的表情。

此時他正沈默地吸煙，看著佛羅多動也不動地沈思著。即使在明媚的晨光照耀下，他依舊被甘道夫所帶來的諸多噩耗給壓得喘不過氣來，最後他終於打破了沈默。

「昨天晚上你才告訴我有關這戒指獨特的地方，甘道夫，」他說：「然後你似乎欲言又止，因爲你說最好留到白天再討論這個話題。你爲什麼不現在把它說完呢？你昨夜說這枚戒指很危險，比我猜的要更危險。它爲什麼危險呢？」

「它在許多方面都極端地危險，」巫師回答：「我根本沒想到這枚戒指有這麼大的力量，它的力量強大到足以征服任何擁有它的凡人，它將會占據他的身心。」

「很久很久以前，精靈們在伊瑞詹打造了許多枚精靈戒指，也就是你所稱呼的魔法戒指，它們有許多不同的種類：有的力量大，有的力量比較小。次級的戒指都是在這門技術尙未成熟時打造出來的，對精靈工匠來說只是微不足道的裝飾品；但是，在我看來，它們對凡人來說依舊是無比危險。但更進一步的還有更高級的統御魔戒，又被稱作權能之戒、力量之戒，它們的危險是難以用言語描述的。」

「佛羅多，持有統御魔戒的凡人可以不老不死，但他並不會獲得更長的壽命或是繼續成長；他只是肉體繼續存在，直到每一刻對他來說都成爲煎熬，卻無法擺脫這命運。如果他經常使用這戒指讓自己隱形，他會漸漸地褪化；最後他會永遠地隱形，被迫在管轄魔戒的邪惡力量之下，遊走於幽界之中。沒錯，遲早，他都會淪落到這個下場！如果他的用意良善、意志堅強，這時間會拖得比較久；但良善和堅強都救不了他，那黑暗的力量遲早會將他呑滅。」

「眞是太恐怖了！」佛羅多說。兩人又沈默了很長的一段時間，窗外只陸續傳來山姆割草的聲音。

「你知道這件事有多久了？」佛羅多最後終於問：「比爾博又知道多少？」

「我確信比爾博知道的不會比你多，」甘道夫說：「他絕對不會把有危險的東西送給你，即使我答應照顧你也一定無法說服他。他只是單純地以爲這戒指很美麗，關鍵的時候相當有用；就算有什麼東西不對勁，也只是他自己的問題而已。他說這東西似乎『占據了他的思緒』，他越來越擔心這東西，但他沒有想到罪魁禍首是這枚戒指。他只知道這東西需要特別的照顧；它的尺寸和外型變化不定，會以詭異的方式縮小和變大，甚至可能突然間從手指上掉落下來。」

「沒錯，他給我的最後一封信裡面有警告過我，」佛羅多說：「所以我一直用原來的鍊子將它綁住。」

「你很聰明，」甘道夫說：「至於比爾博的長壽，他自己從未將這兩者做任何的聯想。他以爲是自己身體硬朗的關係，因此也覺得非常自豪。不過他覺得情緒越來越浮動、越來越不安，他說自己『有點乾枯，快被榨乾』，這就是魔戒開始控制他的徵兆。」

「你到底知道這件事有多久了？」佛羅多再度問道。

「多久？」甘道夫說：「我所知道的情報，很多是只有賢者才會知道的秘辛。佛羅多，如果你的意思是對這戒指有多透徹的瞭解，你可以說我知道的其實還不夠多，我還必須做最後一個試驗才能斬釘截鐵地確定，但我現在已經不再懷疑自己的猜測了。」

「我是什麼時候開始懷疑的呢？」他沈吟著，搜尋著腦中的回憶。「讓我想想，是在聖白議會驅逐幽暗密林中邪惡勢力的那一年，就正好在五軍之戰❶，比爾博找到這枚戒指之前，我那時

---

❶ 五軍之戰是在甘道夫的巧計安排下，讓人類、精靈、矮人對抗半獸人聯軍的戰役。此役發生於第三紀二九四一年，雙方損失慘重，卻有效地遏止了半獸人擴張勢力範圍的企圖；半獸人在領袖被殺的情況下，銷聲匿跡了很長的一段時間。

就覺得有些不安，卻渾然不知自己在畏懼些什麼。我經常想到咕魯怎麼可能會這麼簡單就擁有統御魔戒，至少一開始的時候看起來很簡單。然後我又聽說了比爾博說他是怎麼『贏得』這枚戒指的詭異故事，打從最初我就不相信這個說法。在我終於從他口中逼問出實情後，我立刻明白他想要將這魔戒據爲己有。就像咕魯聲稱這是他的『生日禮物』一樣，這兩個謊言的酷似讓我的不安日益加深。很明顯地，這魔戒擁有某種可以影響它持有者的力量，我警告比爾博最好不要使用這個戒指，但他置之不理，甚至很快就被激怒了。我對此也束手無策，我不可能強行將魔戒從他手中奪走，又讓他毫髮無傷，而且我也沒有立場這樣做。我只能夠袖手旁觀，等待時機到來。我本來應該去請教白袍薩魯曼，但我的第六感讓我遲疑了。」

「他是誰？」佛羅多問：「我以前從來沒聽過這個人。」

「可能你眞的不知道，」甘道夫回答道：「至少在這之前，他對哈比人毫不關心，但他在衆賢者中的地位很高。他是我輩的領袖，也是議會的議長，他擁有淵博的知識，但也相對的傲慢自大。他痛恨任何人插手干預他的事務，精靈戒指不論大小都是他專業的領域，他研究這領域已經很久了，希望能夠重獲鑄造它們的知識。但當我們在議會中針對魔戒的力量爭辯時，他所願意透露的魔戒情報正好與我所畏懼的相反，我一度打消疑慮，但那不安卻未曾消退，我依舊觀察著世間的變化，耐心等待著。」

「比爾博看來也似乎不受影響。年復一年，他的外貌卻絲毫不受歲月的侵蝕，我的內心又再度爲陰影所籠罩。但我又對自己說：『畢竟他母親那邊擁有長壽的血統，還有的是時間，耐心等吧！』」

「我就這樣繼續等待著，直到那夜他離開這座屋子爲止。他的所作所爲，讓我心中即使充滿薩魯曼的任何話語都無法壓抑的恐懼，我終於確認有致命的邪惡力量在背後運作，從那之後我就花大部分時間在尋求背後的眞相。」

「這會不會造成永久的傷害呢？」佛羅多緊張地問：「他會慢慢地恢復吧？我是說他至少可以過著安詳的生活吧？」

「他立刻就感覺好多了，」甘道夫說：「但這世界上只有一個勢力，知曉所有戒指的情報和它的影響；而就我所知，這世界上沒有任何力量能對哈比人有通盤瞭解。賢者當中只有我願意研究哈比人的歷史，雖然這被視爲枝微末節，卻充滿了驚奇。有時他們軟弱如水，有時卻又堅硬勝鋼。我想，這個種族或許會大出賢者們的意料，足以長時間抵抗魔戒的影響力。我想，你不需要替比爾博擔心。」

「的確，他持有魔戒很多年，也曾經使用過它；後遺症可能要很長一段時間才會消逝。舉例來說，最好先不要讓他再見到這枚戒指，避免造成嚴重的影響。如此，他應該可以快快樂樂地活上很多年，不再像他割捨魔戒時的樣子。因爲，他是靠著自己的意志力放棄魔戒的，這很重要。在他放手之後，我不再替比爾博擔心了，我覺得必須對你負起責任。」

「自從比爾博離開這裡之後，我就一直很擔心你，我放心不下你們這些樂天、貪玩卻又無助的哈比人。如果黑暗的勢力征服了夏爾；如果你們這些體貼、善解人意、天眞的博哲家、吹號者家、波芬家、抱腹家，更別提還有那著名的巴金斯家，全都遭到邪惡之力奴役時該怎麼辦？」

佛羅多打了個寒顫。「怎麼可能呢？」他問：「他又怎麼會想要我們這種奴隸？」

「說實話，」甘道夫回答：「我相信迄今爲止，記住，是到目前爲止，他都忽視了哈比人的存在，你們應該感激這點。但你們寧靜愉快的日子已經過去了，他的確不需要你們，他擁有各種各樣殘暴兇狠的僕人，但他不會忘記你們的存在，痛苦的哈比奴隸，會比自由快樂的哈比人更符合他的心意，這世界上的確存在著純粹的邪心和報復的執念！」

「報復？」佛羅多問：「報復什麼？我還是不明白這和比爾博和我，以及我們的戒指有什麼關係。」

「這一切都是源自於那枚戒指，」甘道夫說：「你還沒有遇上眞正的危機，但也快了。我上次來這邊的時候還不太確定，但局勢的演變證明了一切，先把戒指給我。」

佛羅多從他的褲子口袋中，掏出了以鍊子掛在腰間的戒指。他鬆開鍊子，慢慢地將它交給巫師。戒指突然間變得十分沈重，彷彿它或佛羅多不願意讓甘道夫碰觸它。

甘道夫接下戒指，它看起來像是用純金打造的東西。

「你在上面能夠看到任何標記嗎？」他問。

「看不到，」佛羅多說：「上面什麼也沒有。這戒指設計很簡單，而且它永遠不會有刮傷或是褪色的痕跡。」

「那你看著吧！」接下來的情況讓佛羅多大驚失色，巫師突如其來的將戒指丟進火爐中。佛羅多驚呼一聲，急忙想要拿起火鉗去撿拾戒指，但甘道夫阻止他。

「等等！」他瞪了佛羅多一眼，用帶著無比權威的聲音說。

戒指沒有什麼明顯的變化。過了一會兒之後，甘道夫站起來，關上窗戶，拉上窗簾。房間瞬時變得黑暗寂靜，唯一的聲音，只有山姆的樹剪越來越靠近窗邊的工作聲。巫師望著爐火，接著用火鉗將它拿出。佛羅多倒抽一口冷氣——

「它還是一樣的冰涼，」甘道夫說：「拿著！」佛羅多的小手接下這枚戒指，戒指似乎變得比以前厚重許多。

「拿起來！」甘道夫說：「仔細看！」

當佛羅多照做的時候，他看見戒指的內側和外側有著極端細微、比任何人筆觸都要細緻的痕跡；火焰般的筆跡似乎構成了某種龍飛鳳舞的文字。它們發出刺眼的光芒，卻又遙不可及，彷彿是從地心深處所發出的烈焰一般。

「我看不懂這些發亮的文字。」佛羅多用顫抖的嗓音說。

「我知道，」甘道夫說：「但是我看得懂。這些是精靈古文字，但它卻是以魔多的方言所寫成的，我不願意在此唸出。但翻譯成通用語是這樣的意思：

至尊戒，馭眾戒；
至尊戒，尋眾戒，
魔戒至尊引眾戒，
禁錮眾戒黑暗中，

這是精靈自古流傳的詩歌中摘錄的四句，原詩是：

天下精靈鑄三戒，
地底矮人得七戒，
壽定凡人持九戒，
魔多妖境暗影伏，
闇王坐擁至尊戒。
至尊戒，馭眾戒；
至尊戒，尋眾戒，
魔戒至尊引眾戒，
禁錮眾戒黑暗中，
魔多妖境暗影伏。

他暫停片刻，接著用極端深沈的聲音說：「這就是魔戒之王，統御一切魔戒的至尊魔戒。這就是他在無數紀元以前失落的魔戒，這讓他的力量大為減弱。他對魔戒勢在必得，但我們絕不能讓他得逞。」

佛羅多一言不發，動也不動地坐著。恐懼似乎用巨大的手掌將他攫住，彷彿是自東方升起的烏雲一樣將他包圍。「這……這枚戒指！」他結巴地說：「怎麼，怎麼可能會落到我手中？」

「啊！」甘道夫說：「說來話長，故事是從黑暗年代開始的，現在只有學識最淵博的歷史學者記得這段歷史。如果要我把所有來龍去脈說完，我們可能會在這邊從春天一直坐到冬天。」

「不過，昨天晚上我跟你提過了黑暗魔君索倫。你所聽說的傳言是真的：他的確又再度復活，離開了幽暗密林的居所，回到他古老的魔多要塞——邪黑塔。這個名字相信你們哈比人也有聽過，它就像是傳說中蘊含一切黑暗的邪惡之地；不管被擊敗多少次，魔影都會轉生成其他的形貌，再度開始茁壯滋長。」

「我希望這輩子都不要遇到這種事情。」佛羅多說。

「我也希望不會，」甘道夫說：「所有被迫陷入這時代的人，也絕都不希望遇到，但世事的演變不是他們可以決定的，我們能決定的，只是如何利用手中寶貴的時間做好準備。佛羅多，陰影已經開始籠罩在歷史的長河上，魔王的力量正在不停地增加。我認為，他的陰謀還沒有成熟，但也距今不遠，我們一定要盡可能地阻止這情形發生。即使沒有掌握這恐怖的契機，我們也必須盡一切可能阻止他。」

「要摧毀所有的敵手、擊垮最後的防線、讓黑暗再度降臨大地，魔王只欠缺一樣可以賜給他知識和力量的寶物——至尊魔戒還不在他的手上！」

「擁有無比美貌和德性的三名精靈王和三枚統御魔戒，不在他的勢力範圍中，他的邪氣和野心從來沒有污染到他們。矮人皇族擁有七枚魔戒，他已經找回了三枚，其他的都被巨龍給吞食了。他將另外九枚魔戒賜給九名功績彪炳的人類，藉此禁錮他們；在遠古時代，他們就屈服在至尊魔戒的威勢之下，成爲戒靈，也就是聽從魔王命令的魔影，是他最恐怖強悍的僕人。九名戒靈已經在這世間消失了很長一段時間，但誰能確定他們的去向呢？在魔影再度擴張的此時，他們可能再度現世。別再談這個話題了！即使在夏爾的晨光下，也別輕易提起他們的名號。」

「現在的狀況是這樣的：他已經將九戒收歸，七戒中剩餘的也已經被他收服。精靈的三枚依舊不在他的掌控之下。但這問題已經不再困擾他了，他只需要找回他親手鑄造的至尊魔戒，這本來就是屬於他的；當初在鑄造的時候，他就將大部分的魔力注入戒指中，這樣才可以統御所有其他的魔戒。如果他找回了至尊魔戒，他將可以再度號令衆戒，連精靈王的三枚魔戒都無法倖免；他們的一切力量、部署都將赤裸裸地呈現在他面前，他將會獲得空前絕後的強大力量。」

「這就是我們所面臨的危機，卻也是轉機，佛羅多。他相信至尊魔戒已經被精靈摧毀了，我也希望這是眞的；但現在，他知道至尊魔戒並沒有被毀，而且也再度現世。他費盡心血只爲找尋這戒指，所有的心思皆投注其上。這是他最大的致勝關鍵，也是我們最大的危機。」

「為什麼，為什麼他們沒有摧毀魔戒？」佛羅多大喊道：「如果魔王的力量這麼強大、這又對他那麼珍貴，為什麼他會弄丟這枚戒指？」他緊抓著魔戒，彷彿已經看到黑暗的魔爪伸向他。

「這戒指是從他手中被奪走的……」甘道夫說：「在古代，精靈們對抗他的力量比現在還要強，也並非所有的人類都與精靈疏遠，西方皇族的人類前來支援他們對抗魔王。這是段值得回憶的歷史，雖然當時黑暗迫在眉睫，戰火漫天，但偉大的功績、壯烈的奮戰和事蹟亦足以扭轉絕境。或許，有一天我會告訴你完整的故事，或者讓熟悉這段歷史的人親自對你述說。」

「我把你需要知道的都告訴你，這樣可以省去很多時間。推翻索倫暴政的是，精靈王吉爾加拉德和西方皇族伊蘭迪爾，但兩人也都在戰鬥中壯烈犧牲。伊蘭迪爾的子嗣埃西鐸，斬下索倫的戒指，並且將戒指收歸己有。索倫的肉身灰飛煙滅，靈魂隱匿了很長的一段時間，最後才在幽暗密林重新轉生。」

「但魔戒隨後卻也失落了。它落入大河安都因中，消失得無影無蹤。事情是這樣的，當時埃西鐸正沿著河岸行軍，當他來到格拉頓平原時遭到半獸人部隊的伏擊，所有的部下幾乎戰死。他跳入河中，但魔戒在他游泳時突然滑落，發現他的半獸人當場把他射死。」

甘道夫停了下來。「就這樣，魔戒落入格拉頓平原的黑暗河泥中，」他說道：「退下了歷史和傳說的舞台。連知道它來龍去脈的也僅剩數人，賢者議會亦無法再得知更多的情報，不過至少，我認為我可以把故事繼續下去。」

「很久以後，但距今是很長的一段時間，大河岸、大荒原邊住著一群手腳靈活的小傢伙。我猜他們應該跟哈比族血緣接近，和史圖爾的祖先可能是同一個血緣，因為他們喜愛河流，經常在其中游泳，建造出小船或竹筏在河上航行。在他們之中有個地位很高的家族，這個家族不但人丁興旺，財力也無與倫比。傳說中，這個家族的統治者是一名睿智、嚴肅的老祖母。這個家族中最富有好奇心的少年名叫史麥戈，他對於一切事物都喜歡追根究柢；他會潛入幽深的池子裡，他會在樹根和植物底下挖洞，他在各種不同的洞穴中探索著。他的眼光不再看向山頂、不再注意樹木或是空氣中的花香，他的目光和注意力都集中在腳底。」

「他有一個和他氣味相投的朋友德戈，他的目光銳利，但速度和力氣都比不上史麥戈。有一天他們扛著小舟去格拉頓平原上泛舟。史麥戈到岸邊去到處探索，而德戈則坐在船上釣魚。突然間有一條大魚吞下了德戈的釣鉤，在他來得及反應之前，那條大魚就把他拖到了河底去。他彷彿在河床上看到了什麼發亮的東西，因此他鬆開釣線，屏住呼吸想要撈起這東西。」

「接著，他滿頭水草和泥巴，狼狽地游上岸來。出人意料的是，當他洗去手中的泥漿時，發現那是枚美麗的金戒指，在陽光下反射著誘人的光芒，讓他心動不已。但此時，史麥戈躲在樹後面打量著他，當德戈呆看著戒指時，史麥戈無聲無息地走到他背後。」

「『德戈老友，把那東西給我。』史麥戈對朋友說。」

「『為什麼？』德戈說。」

「『因為今天是我的生日，我想要禮物！』史麥戈說。」

「『我才不管你！』德戈說：『我已經花了大錢買禮物給你，這是我找到的，就該歸我。』」

「『喔，真的嗎，老友。』史麥戈抓住德戈，就這麼把他給活活勒死了。最後，他把戒指套在自己手上。」

「後來再也沒有人知道德戈的下落，他在離家很遠的地方被殺，屍體又被隱藏得很好。史麥戈一人獨自回家，他發現當他帶著戒指時，沒有人看得見他，這讓他十分高興，因此他沒有對任何人透露這件事。他利用這能力來打聽一切可以讓他獲利的秘密和消息，他的眼睛和耳朵開始對其他人的把柄無比靈敏，魔戒按照他的天性賜給他對等的力量。難怪，不久之後他就變得極不受歡迎，被所有親戚排擠（當他沒有隱形的時候），他們會用腳踢他，而他則會咬他們。他開始偷竊、自言自語、在喉中發出怪聲。他們叫他咕魯，惡狠狠地詛咒他，斥責他滾遠一點。他的祖母為了避免衝突，於是將他趕出了家族居住的地方。」

「他孤單地流浪著，偶爾為了這世間的殘酷而啜泣。他沿著大河漫步，最後來到一條從山上流下的小溪邊，繼續沿著小溪前進。他利用隱形的手指在池子中捕捉鮮魚，生吃牠們來充飢。有一天，天氣很熱，他正在池中捕魚，熱辣辣的陽光照在他背上，池中的反光讓他眼淚直流。由於長期在黑暗中生活，他幾乎忘記了陽光這檔子事，他舉起拳頭，最後一次咒罵著太陽。」

「當他低下頭時，他發現眼前就是溪流發源的迷霧山脈。他突然間想到：『在山底下一定很陰涼，太陽就不會再照到我了，山底下一定有很多從來沒有被人發現的秘密。』」

「就這樣，他晝伏夜出地趕往高地，發現了溪水流出的山洞。他像是蛆蟲一樣地鑽進山中，消失在歷史的記載中，魔戒也跟著一起隱入黑暗。即使他的鑄造者此時已經重生，也無法感應到它的存在。」

「咕魯！」佛羅多大喊道：「是咕魯？你說的該不會就是比爾博遇到的那個咕魯吧？這太邪

佛羅多跟著席地而坐，快樂地吃喝，和精靈們交談。

更要命的是，這條小溪正好切過他們所選擇的道路……

門了！」

「我覺得這是個哀傷的故事，」巫師說：「這故事可能發生在其他人身上，甚至是我所認識的哈比人身上。」

「不管血緣關係有多遠，我都不相信咕魯和哈比人有關連！」佛羅多有些激動地說：「這太污辱人了！」

「眞相就是眞相，」甘道夫回答：「我比哈比人還要瞭解他們自己的歷史，連比爾博自己的故事都提到了這種可能性。他們的心思和記憶中有很大部分的相同。他們對彼此相當瞭解，和哈比人與矮人、半獸人或是精靈之間的關係完全不同。你還記得吧，他們竟然聽過同樣的謎語。」

「我記得，」佛羅多說：「但其他的人種也會猜謎，謎題也多半大同小異，而且哈比人不會作弊。咕魯滿腦子都是作弊的念頭，他一心只想要攻個比爾博措手不及。我敢打賭，這種輸亦無傷大雅、贏卻有利的消遣，一定讓咕魯高興得不得了。」

「我想你說得很對，」甘道夫說：「但還有一些事情你沒有注意到。即使是咕魯也沒有完全失去本性，他的意志力比賢者們的推斷還要堅強，這又是一個哈比人的特性。他的心智中依然有一個角落是屬於自己的，微弱的光明依舊可以穿越這黑暗，那是來自過去的微光。事實上，我認爲，比爾博友善的聲音讓他回憶起了花草樹木、陽光和微風的甜美過去。」

「不過，這也讓他心中邪惡的部分變得更憤怒。除非，我們能壓抑這種邪惡，能夠治好這種邪惡。」甘道夫嘆了一口氣。「可惜！他已經沒有多少希望了，但還不是完全絕望。如果他從過去到現在都一直戴著魔戒的話，那就眞的毫無希望了。幸好在陰暗的地底不太需要魔戒，他也不常配戴它。他還沒有達到跨入幽界的地步，只是變得十分扭曲；但那東西還是繼續在呑蝕他的心智，這對他來說是無比痛苦的折磨。」

「他之前期待的『山中秘密』，其實只是空虛和荒蕪，再也沒有什麼好發現的，沒有什麼可做的，只有殘酷的獵食和悔恨的記憶。他在這裡受盡折磨；他痛恨黑暗，但更害怕光亮，他痛恨魔戒更甚於一切。」

「你這是什麼意思？」佛羅多問：「魔戒應該是他的寶貝，也是他唯一在意的東西吧？但如果他恨這戒指，爲什麼不把它丟掉就好，或者是單純逃開呢？」

「佛羅多，在你聽了那麼多歷史之後，你應該可以明白才是，」甘道夫說：「他對它又恨又愛，就如同他對待自己的看法一樣，在這件事情上，他的自由意志已經被消磨殆盡。」

「統御魔戒會照顧自己，佛羅多。它可能會自己滑下主人的手指，但持有者絕不可能丟棄它，至多，他只能考慮將它交給別人保管。而這還必須在被魔戒控制的最初期才行。就我所知，比爾博是史上唯一將其付諸行動的人。當然，他也需要我的幫助才辦得到。即使是這樣，他也不可能就這樣把魔戒丟到一旁；佛羅多，決定一切的不是咕魯，而是魔戒，是魔戒決定離開他！」

「難道是爲了迎接比爾博嗎？」佛羅多問：「難道半獸人不會是更好的對象嗎？」

「這可不是開玩笑的，」甘道夫說：「特別是對你來說。這是魔戒悠久歷史中最詭異的一次變化，比爾博正好出現，在黑暗中盲目戴上了它！」

「佛羅多，在歷史幕後運作的不只一方的力量，魔戒試圖要回到主人身邊。它掙脫埃西鐸的掌握，出賣了他。然後當機會來臨時，它又抓住了可憐的德戈，害得他慘遭殺害。在那之後是咕魯，魔戒將他徹底地吞噬。但他對魔戒失去了進一步的利用價值：他太微不足道、太狡詐了，只要魔戒一直在他身邊，他就永不可能離開那座地底湖。因此，當魔戒之主再度甦醒，並且將邪氣射出幽暗密林時，它決定捨棄咕魯，哪曉得卻被最不恰當的人選，來自夏爾的比爾博給撿到！」

「這背後有一股超越魔戒鑄造者的力量在運作著。我只能說，比爾博註定要接收魔戒，而這不是鑄戒者所能掌控的；同樣地，你也是註定要擁有魔戒，從這角度想應該會讓人安心些。」

「我一點都不覺得安心，」佛羅多說：「我甚至不確定自己是否明白你所說的。但你又是怎麼知道這有關魔戒和咕魯的過去？你真的確定這些事情嗎？或者你只是在瞎猜？」

甘道夫看著佛羅多，眼中露出光芒。「很多事我本來就知道，也有不少是調查來的，」他回答：「但我不準備對你解釋這一切。人皇伊蘭迪爾和埃西鐸，以及至尊魔戒的歷史，是每個賢者都知道的事情，光是靠著那火焰文字就可以證明，你所擁有的是至尊魔戒，不需要任何其他的證據。」

「你是什麼時候發現這一切的？」佛羅多插嘴道。

「當然是剛剛才在這裡發現的，」巫師毫不客氣地回答：「但這在我的預料之中。我經歷了漫長黑暗的旅程，就是爲了要執行這最後的試煉。這是最後的鐵證，一切都已眞相大白了。不過，要構思出咕魯的過去，塡補進歷史的空白中需要一些氣力。或許一開始我只是推測咕魯的過去。但現在不一樣了。我見過他了，我知道我所說的是事實。」

「你見過咕魯了？」佛羅多吃驚地問。

「是的。我想只要有可能，這是每個人會採取的作法吧。我很久以前就開始嘗試，最後才終於找到他。」

「那在比爾博逃出他的巢穴之後，發生了什麼事情？你打聽出來了嗎？」

「不是很清楚。我剛剛告訴你的是咕魯願意說的部分。不過，當然不是像我描述的那麼有條理。咕魯是個天生的說謊家，你得仔細推敲他的一言一語。舉例來說，他堅持魔戒是他的生日禮物，他說這是他祖母給他的禮物，而他的祖母擁有很多這樣的寶物。這太可笑了！我可以確信史麥戈的祖母是個有權有勢的女性，但若說她擁有很多精靈戒指？這實在讓人難以置信。她竟然還會把戒指送給別人？這就絕對是個謊言，但謊言之中依舊留下眞實的蛛絲馬跡。」

「殺害德戈的罪行一直讓咕魯感到不安。他編出了一個理由，在黑暗中一遍又一遍地對他的『寶貝』覆誦，直到他自己也幾乎相信爲止。那的確是他的生日，德戈本來就該把戒指給他。戒指這麼突然地出現，本來就是要給他的禮物，戒指就是他的生日禮物等等……他不停地這麼說著。」

「我盡可能地容忍他，但眞相的重要性讓我不得不動用非常手段。我讓他陷入恐懼中，一點一滴地在他的掙扎下搾出眞相。他認爲自己受到虐待和誤解。但是，當他最後透露出眞相時，也只到比爾博逃跑爲止。在那之後他就不願意多說了。有其他、比我所煽起更炙烈的恐懼之火在威脅著他，他嘀咕著要取回過去的一切。他會讓人們知道這次絕不平白受辱，他會讓其他人付出代價。咕魯現在有了好朋友，很厲害的好朋友，他們會幫助他，巴金斯會付出代價的，他腦中只想著這些東西。他痛恨比爾博，不停地詛咒他；更糟糕的是，他知道比爾博來自何處。」

「他怎麼會知道呢？」佛羅多問。

「都是名字惹的禍。比爾博非常不智地告訴了對方自己的名字。一旦咕魯來到地面，要找到比爾博的家鄉就不是件難事。喔，沒錯，他已經離開了地底。他對於魔戒的執念勝過了對半獸人甚至是對光明的恐懼。在事件發生之後一兩年，他就離開了山底的洞穴。你仔細分析之後就會明白了，雖然他依舊抵抗不了魔戒的吸引力，但魔戒已經不再吞噬他的心智，讓他又恢復了部分的理智。他覺得自己無比衰老，卻不再畏懼外界，而且覺得極度地飢渴。」

「他依舊痛恨和恐懼由太陽和月亮製造出來的光明，我想這點是永遠無法改變的，但他相當地聰明。他發現自己可以晝伏夜出，躲過月光和陽光，藉著那雙習於黑暗的大眼在深夜中行動，甚至可以藉機捕捉那些倒楣的食物。在獲得了新的食物和新鮮空氣之後，他變得更強壯、更大膽。果然不出所料，他接著就進入了幽暗密林。」

「你就是在那裡找到他的嗎？」佛羅多問。

「我的確在那邊看到他的蹤跡，」甘道夫回答：「但在那之前，他已經追著比爾博的足跡漫遊了很長一段時間。他所說的話經常被咒罵給打斷，我很難從他口中問清楚確實的情形。他會說：『它口袋裡有什麼？不，寶貝，我猜不出來。作弊，這不公平！是它先作弊的，沒錯。是它破壞規則的……我們應該把它捏死的，對吧，寶貝。我們一定會報仇的，寶貝！』」

「他三不五時就會冒出這樣的話語，我猜你也不想繼續聽下去。我為了獲得情報，可是忍受了很長的一段時間。不過，從他那言不及義、斷斷續續的詛咒中，我還是擠出了足夠的情報。我推斷，他那雙帶蹼的小腳至少曾經讓他進入長湖上的伊斯加，甚至讓他混入河谷鎮的街道上，讓他偷偷摸摸地聆聽人們的對話。當時發生的事件在大荒原上可是傳頌一時，或許他就是在那邊打聽到比爾博的家鄉。我們當時並沒有對於比爾博的去向特別保密，咕魯那雙靈敏的耳朵應該很快就可以聽到他想要的消息。」

「那爲什麼他不繼續追蹤比爾博呢？」佛羅多說：「爲什麼他沒有來夏爾呢？」

「啊，」甘道夫說：「這才是重點，我認爲咕魯的確想要這樣做。他離開河谷鎮之後往西走，至少到了大河邊，但那時他突然間轉了方向。我很確定，他不是因爲距離遙遠才這樣做的，不，有什麼東西吸引了他的注意力，那些替我追捕他的朋友也是這樣認爲的。」

「是木精靈先找到他的，由於他的足跡很明顯，所以對精靈們來說不是難事。他的足跡帶領精靈們進出幽暗密林，精靈們一時卻無法抓住他。森林中充滿了有關他的謠言，甚至連飛禽和走獸都聽說過關於他的恐怖傳聞，那裡的居民認爲森林中出現了一名生飲鮮血的鬼魅，牠會爬上高樹，找尋鳥巢，深入洞穴補食幼獸，牠甚至會爬進窗戶，找尋搖籃的位置。」

「接著，他的足跡在幽暗密林的西邊轉向了。他似乎往南走，擺脫了木精靈的跟蹤。那時，我犯了個大錯，是的，佛羅多，那不是我犯的第一個錯誤，卻可能是最要命的錯誤。我沒有繼續追蹤，我讓他就這麼走了，因爲當時我還有許多其他的任務要完成，我也依舊相信薩魯曼的解釋。那是好多年以前的事了。從那以後，我爲了彌補這錯誤，進行了多次危險的探索。在比爾博離開此地之後，我再度開始追蹤咕魯；但他所留下的痕跡早已被破壞，如果不是有吾友亞拉岡的幫助，這次可能就前功盡棄了。他是目前這世界上狩獵和追蹤的第一好手，我們兩人在大荒原上漫無目的地追蹤咕魯，心中不抱太大的希望。但最後，在我已經放棄這道路，轉而思索其他的解決方案時，亞拉岡終於找到了咕魯，他歷經艱難，才將這可憐的傢伙帶回來。」

「他不願意透露自己之前經歷了什麼。他只是不停地哭泣，指責我們殘酷，喉中還發出咕魯咕魯的聲音。當我們追問時，他會不停地哀嚎和扭動，甚至揉搓著自己的雙手，舔著細長的手指，彷彿它們承受了極大的痛苦一般，這似乎是他對過去某些酷刑的回憶。雖然我很不想要這樣說，但一切的線索都指出：他慢慢地、悄悄地往南走，最後終於進入了魔王的根據地。」

室內沈寂地彷彿空氣爲之凝結，靜得讓佛羅多可以聽見自己的心跳，似乎連屋外的一切也跟著凍結了，山姆剪草的聲音也跟著消失了。

「是的，正是魔多這個地方，」甘道夫說：「唉！魔多會吸引一切擁有邪心的生物，黑暗的勢力更不計一切召喚它們在該處會師。魔戒會在持有者身上留下烙印，讓他無法抵抗對方的召喚。各地的人們那時就開始流傳南方崛起的新威脅，以及它對西方勢力的痛恨。原來這就是他的好朋友，就是會協助他復仇的新朋友！」

「愚蠢的傢伙！在那裡他學到了教訓，讓他後悔不已。遲早，當他在魔多的邊境鬼祟行動時，他會被捕，並且接受盤查，恐怕這就是它們的作法。當他被我們找到的時候，他已經在魔多待了很長的一段時間，正準備離開，或者是去執行某項邪惡的任務；不過，這一切都已經不重要了，他對這世界最大的破壞已經造成了。」

「是的，唉！魔王透過他知道了魔戒已經再度現身，他知道埃西鐸戰死的位置，他更知道咕魯找到戒指的位置。由於它擁有讓人長生不死的能力，他確定這是一枚統御魔戒，他又推斷出這不可能是精靈王的三枚魔戒，因爲魔戒尚在他們手中，而他們的魔戒絕不可能容忍任何形式的邪惡。他也確信那不是矮人七戒和人類九戒之一，因爲這些魔戒的蹤跡都在他的掌握之中，最後，他明白這就是至尊魔戒。我想，那時他才終於聽說了**夏爾的哈比人**。」

「即使魔王還沒有確認夏爾的位置，他現在也可能正在尋找此地。是的，佛羅多，恐怕他已經開始注意到巴金斯這個姓氏了！」

「這太恐怖了！」佛羅多大喊：「比我之前從你的暗示和警告中所猜測的要糟糕太多了。喔，甘道夫，我最好的朋友！我該怎麼辦？我現在眞的覺得害怕了，我能怎麼辦？比爾博當時沒有趁機殺死這傢伙眞是太可惜了！」

「可惜？就正是對人命的憐惜阻止他下手；憐惜和同情，不要妄動殺機。佛羅多，而這也給他帶來了善報。他能夠在邪惡的影響下未受大害，最後還得以僥倖逃離，這都是因爲他擁有魔戒的動念起自於此：憐憫。」

「對不起，」佛羅多說：「可是我眞的很害怕，我實在沒辦法憐憫咕魯。」

「你並沒有見過他。」甘道夫插嘴道。

「沒錯，但我也不想見他。」佛羅多說：「我實在不懂你。難道你剛剛的意思是咕魯在做了這麼多惡行之後，你和精靈竟然還讓他活著離開？不管從什麼角度來看，他都和半獸人一樣邪惡，都是我們的敵人，他被殺是罪有應得。」

「罪有應得？我可不這麼認爲。許多苟活世上的人其實早該一死，許多命不當絕的人卻已遠離人世。你能夠讓他們起死回生嗎？如果不行，就不要這麼輕易論斷他人的生死，即使是最睿智的人也無法考慮周詳。我並不認爲咕魯在死前可以被治好，但這機會依舊是存在的，而且，他的命運早已和魔戒緊緊相繫。我的第六感告訴我，他在一切終局之前還有戲分，只是不能確定是邪惡或是正義的一方。當那時刻到來時，比爾博的惻隱之心可能決定許多人的命運，你絕對是其中之一。總之，我們並沒有殺死他：他已經十分地蒼老，內心也無比地扭曲。木精靈們將他關在監獄中，盡可能地厚待他。」

「不管怎麼說，」佛羅多道：「即使比爾博不該動手殺死咕魯，我也希望他當時沒有藏起魔戒。喔，但願他當時沒有找到魔戒，我也沒繼承這詛咒！你爲什麼要讓我收下它？你爲什麼不叫我丟掉它，或者，或者是摧毀它？」

「叫你？讓你？」法師說：「難道你剛剛都沒有在聽嗎？你說這些話根本沒經過大腦。如果要把魔戒丟掉，這絕對是不智的行爲，這些魔戒能夠讓自己在特殊的時機爲人尋獲，在邪惡勢力的手中它可能會造成更大的破壞；更糟糕的是，它甚至可能落入魔王的手中。這是無法避免的，因爲它是至尊魔戒，是魔王費盡心思、勢在必得的決戰關鍵。當然了，親愛的佛羅多，這對你來說很危險，我也爲此感到極端困擾。但在面臨這絕大危機的狀況下，我必須冒點險，每當我遠離夏爾的時候，必定有人接手看管這地方。只要你不使用魔戒，我不認爲它會對你產生任何後遺症，即使有也不會影響你太久。你也不要忘記，當我九年前和你分別時，我對魔戒的所知少之又少。」

「但爲什麼不摧毀魔戒呢？你說許多年前早該這樣做了！」佛羅多又再度大聲說：「如果你預先警告我，甚至送個口信過來，我就可以自己處理掉它。」

「是嗎？你要怎麼做？你試過嗎？」

「我沒試過，但我猜應該可以把它搥爛或是燒融掉。」

「去啊！」甘道夫說：「去試試看啊！」

佛羅多從口袋中掏出魔戒，打量著它。它現在看來十分地樸實光滑，上面沒有任何肉眼可見的痕跡。金質的戒指看來非常純淨美麗，佛羅多覺得它的顏色好美、好華麗，這枚戒指的外型圓滑得近乎完美，這是個應該讓人欣賞的寶物。當他剛把戒指掏出時，他本來準備一把將它丟進烈焰中，但他發現除非自己咬緊牙關，否則根本做不到。他玩弄著戒指，遲疑著，強迫自己回憶甘道夫剛剛說的一切。然後他下定決心，手一動，本來準備要將它丟開，卻發現自己不由自主地將戒指放回了口袋。

甘道夫露出凝重的笑容：「你明白了吧？佛羅多，你也同樣無法捨棄它或是破壞它。我也無法『強迫』你這樣做，除非我用強力，而這將會摧毀你的意志。就算你能夠鼓起勇氣破壞它，凡人之力也無法對它造成任何損傷。你儘管可以用大鎚拼命敲打它，上面絕不會留下任何痕跡，不管是你或我，都無法毀滅這枚魔戒。」

「當然，你這個爐火的確無法融熔一般的黃金，這枚魔戒已經毫髮無傷地通過火焰的試煉，甚至連表面溫度都沒有提高；不過，就算你找遍全夏爾，也不可能有任何鐵匠的鼓風爐能夠損它分毫，連矮人的熔爐和鐵砧都對它束手無策。據說巨龍的火焰可以融化統御魔戒，但現在世界上已經沒有任何擁有眞火的巨龍，歷史上也從來沒有任何巨龍，可以摧毀統御天下的至尊魔戒，包括黑龍安卡拉鋼也不例外；因爲，這是由黑暗魔君索倫親手鑄造的至寶。」

「如果你眞心想要摧毀魔戒，讓魔王再也無法染指；那只有一個方法：深入歐洛都因，亦即是末日裂隙火山，將魔戒丟入其中。」

「我是眞心想要摧毀魔戒的！」佛羅多大喊：「喔，說精確一點，我是眞心想要讓它被摧毀的，可是我又不是那種爲民除害的料。我眞希望我從來沒見過魔戒！它爲什麼要找我？爲什麼選上我？」

「這樣的問題是無法回答的，」甘道夫說：「你應該也明白，這不是因爲你擁有其他人沒有的德行，既不是力量也不是智慧。但你既然已經中選，你就必須善用你的一切優點和力量。」

「但我的優點和力量都那麼微不足道！你既睿智又有力量，你爲什麼不接收魔戒呢？」

「不行！」甘道夫猛地跳了起來。「如果我擁有了魔戒，我的力量將會大得超乎想像。魔戒更會從我身上得到更恐怖、更驚人的力量。」他眼中精光閃爍，彷彿被發自體內的火焰所照亮，「別誘惑我！我不想要成爲黑暗魔君再世。魔戒滲透我心的方式是透過憐憫，憐憫弱者的心意和想要獲得改善世界的力量。不要誘惑我！我不敢收下它，即使只是保管它，不使用它，我都不敢，想要持有它的誘惑將會瓦解我的力量；我還需要力量，在我面前還有重重的難關與險阻。」

他走到窗邊，拉開窗簾，推開遮板，陽光再度流洩進屋內，山姆吹著口哨走過窗外。「現在，」巫師轉身面對佛羅多：「選擇權在你。不論如何，我都會支持你！」他將手放在佛羅多的肩膀上：「只要這重擔屬於你一天，我就會和你一同扛起這責任，但我們必須盡快作出決定，魔王絕不會按兵不動。」

他們沈默了很長的一段時間。甘道夫再度坐下來，抽著煙斗，彷彿迷失在思緒當中。他似乎閉上了眼，但眼角的餘光依舊灼灼地注視著佛羅多。佛羅多看著壁爐內的餘燼，直到他全部的視線都被遮擋，彷彿陷入一片火牆中爲止，他正思索著傳說中的末日裂隙和那火山的恐怖情景。

「好吧！」甘道夫最後終於說：「你剛剛在想些什麼？你決定該怎麼做了嗎？」

「還沒有！」佛羅多這才從黑暗中回過神，驚訝地發現現在還沒天黑，窗外依舊是陽光普照的花園。「再想一想，也許我已經決定了吧。就我對你的理解，我想至少目前，不管它會對我造成什麼樣的影響，我都必須要保有魔戒，並且守護它。」

「不管它會造成什麼樣的影響，如果你以這樣的意念持有它，它將只能緩慢地步向邪惡。」

「但願如此，」佛羅多說：「但我也希望您可以盡快找到一個更稱職的守護者。不過，此時我對周遭的一切人事物似乎都帶有極大的危險。如果我要持有魔戒，就不能繼續待在這裡，我一定得離開袋底洞，離開夏爾，捨棄現有的一切遠走高飛。」他嘆氣道。

「如果可能的話，我還是希望能夠讓夏爾免於劫難。雖然有時我覺得此地的居民冥頑不靈，矇昧無知，只有當世局的變動或是惡龍的威脅眞正臨頭時，才會讓他們清醒過來。但我現在不這樣想了，我覺得只要夏爾祥和地繼續存在著，我的歷險就不會那麼難以忍受，即使我可能再也無法踏入夏爾，但知道有個地方是不隨時局改變的，總是讓我安心。我以前也曾經想過要離開，但在我的想像中那只不過是度假，就像比爾博精彩的冒險一樣，可以平安地結束。但這次是流放，我必須遠離危險，卻又誘引著它緊追在後。如果要挽救夏爾，這次我必須孤身一人離開。但我覺得好渺小、好不安，甚至可以說是絕望，魔王太強、太恐怖了。」

雖然佛羅多沒有告訴甘道夫，但當他慷慨激昂地表白時，他想追隨比爾博的熱情，突然燃燒起來：效法比爾博，甚至再度和他相見！這念頭強烈得克服了他的恐懼：他幾乎想要連帽子也不戴就衝出門外，就像比爾博多年以前的行徑一樣。

「親愛的佛羅多！」甘道夫如釋重負地說：「就像我之前說的一樣，哈比人眞是充滿驚奇的生物。只要一個月，你便自認爲透徹地瞭解它們，但即使再過一百年，他們還是會讓人大吃一驚。即使是你，我本來也不期望會有這樣的答案。比爾博挑選繼承人的眼光果然不錯，只是當初恐怕他沒有想到會有這麼大的責任。我想你是對的，魔戒不可能繼續沒沒無聞地隱身在夏爾，爲了你自己和別人好，你最好離開這裡，不要再用巴金斯這個名字；不管是在夏爾或是在荒野中，這名字都不再安全。我現在就幫你取個化名，從現在開始，你就叫作山下先生。」

「但我不認爲你一定要獨自前往，如果你可以找到能夠信賴、願意和你一起出生入死、冒險犯難的伙伴，你沒有理由要單槍匹馬地冒險。但你必須千萬小心！即使是面對最親密的朋友，也不可以掉以輕心！我們的敵人爪牙遍佈，無孔不入。」

他突然間停了下來，似乎在側耳傾聽著什麼，佛羅多這才意識到室內和室外忽然一片沈寂。甘道夫躡手躡腳地走到窗邊，接著，他一個箭步衝向前，伸出手往窗外一抓。外面發出一聲驚叫，倒楣的山姆被抓著耳朵拎了起來。

「哼哼，運氣眞不錯！」甘道夫說：「是山姆·詹吉吧？你在這裡幹什麼？」

「老天保佑你啊，甘道夫大人！」山姆說：「什麼事都沒有！如果你瞭解我的工作，我剛剛只是在窗外剪草而已。」他拿起花草剪證明自己的無辜。

「我不瞭解，」甘道夫面色凝重地說：「我已經有一段時間沒聽到你動剪的聲音了，你倒底偷聽了多長的時間？」

「大人，你說我偷聽？我不懂耶，我們夏爾這裡不偷東西的。」

「別裝傻了！你倒底聽到些什麼，又爲什麼要這樣做？」甘道夫眼中異光暴射，伸出的眉毛開始微微顫動。

「佛羅多先生！」山姆一臉無辜地大喊：「不要讓他傷害我！不要讓他把我變成怪物！我老爹會受不了打擊的。我發誓，我沒有惡意，大人！」

「他不會傷害你的，」雖然佛羅多有些驚訝和困惑，但還是強忍住笑說：「他和我一樣都知道你沒有惡意，但你最好趕快老老實實回答人家的問題！」

「好吧，大人，」山姆終於比較鎮定一些：「我聽到了一大堆不瞭解的東西，有關什麼王和戒指的，還有比爾博先生，還有龍，還有什麼火山，而且，大人，我還聽到了精靈！如果大人知道我的嗜好的話，你應該知道我實在忍不住要偷聽。天哪，大人，可是我眞的好喜歡這種故事。大人，不管泰德那傢伙怎麼說，我都眞心相信它們！我好想要見見他們。大人，你走的時候願不願意帶我一起去看精靈？」

甘道夫突然哈哈大笑。「快進來！」他大喊一聲，接著雙手一使勁，把吃驚的山姆和他的草剪花剪一起抱了進來。「帶你去看精靈嗎？」他仔細地打量著山姆，但臉上有著慈祥的笑意：「那你聽到了佛羅多先生要離開的消息囉？」

「是的，大人。我就是因爲這樣才猛吸一口氣，大人您應該就是聽到了那聲音吧。我本來想要忍住的，但它就是忍不住，因爲我太難過了！」

「山姆，我別無選擇，」佛羅多傷心地說。他突然間明白要遠離夏爾，不只是告別舒適的袋底洞而已，還有更多讓人不捨的別離是他必須面對的。「我一定得走。但是……」此時他專注地看著山姆：「如果你眞的關心我，你絕對不可以把這件事情對任何人透露。你明白嗎？如果你口風不緊，如果你對任何人透露一個字，我希望甘道夫會把你變成一隻蟾蜍，並且在花園裡面放滿草蛇！」

山姆跪了下來，渾身發抖。「山姆，站起來！」甘道夫說：「我想到比這個更好的點子了，旣可以讓你守口如瓶，又可以懲罰你偷聽我們談話——你必須和佛羅多先生一起走！」

「大人，我可以嗎？」山姆大喊著跳了起來，彷彿是等待主人帶他散步的雀躍小狗。「我可以一起去，又可以看精靈！萬歲！」他大呼小叫，最後激動地哭了起來。

第三節　三人成行

「你最好不要大肆聲張，趕快離開這裡。」甘道夫說。已經過了兩三個星期，佛羅多似乎還沒有準備好要出發。

「我知道！但是很難事事周全，」他抗議道：「如果我像比爾博一樣神秘失蹤，消息過不了多久就會傳遍夏爾。」

「你當然不能神秘失蹤！」甘道夫說：「這樣不行的！我說的是趕快，不是叫你馬上走。如果你暫時想不出來悄悄離開夏爾的方法，我們再遲一點也是值得的，但也不能夠拖太久。」

「秋天再走如何？在我過生日之後？」佛羅多問：「我想那個時候，多半我就可以安排好一些計畫了。」

說實話，到了這個地步，他有些不太願意作準備。袋底洞突然間變成溫暖的家，他想盡可能享受在夏爾的最後一個夏天。當秋天來臨的時候，他知道自己會比較有心理準備，秋天本就是告別舊事物的好開始。他暗自決定，要在五十歲的生日那天離開，那天也是比爾博的一百二十八歲生日。要追隨比爾博的腳步，似乎就是那天最適當。追隨比爾博是他心中最重要的念頭，也多虧這個念頭才讓他感覺好一點。他盡量不想起那戒指，或是戒指可能帶他們前往的終點，但他並沒有將自己內心的想法告訴甘道夫，巫師倒底猜到多少，永遠都讓人摸不透。

他看著佛羅多，臉上露出微笑。「好吧，」他說：「我想這也可以，但絕不可以再拖延，我越來越緊張了。在這段時間之中，小心照顧自己，千萬別讓人知道你要去哪裡！也關照山姆不要多嘴。如果他敢亂說，我可眞的會把他變成蟾蜍。」

「提到我要去哪裡這檔子事，」佛羅多說：「這就很難洩漏了，因爲連我自己也搞不清楚要去哪裡。」

「別多慮了！」甘道夫說：「我並不是說你不能在這邊的郵局留下聯絡地址，但在你走遠之前，絕不能讓人知道你要離開夏爾。總之，你一定得離開這裡，不管是往南往北、往西往東，你的去向更是不可以讓人知曉。」

「我一心一意只想要離開袋底洞，如何向大家道別，根本忘記考慮自己該往那邊走。」佛羅多說：「我該去那裡？我該沿著什麼路走？我的目的是什麼？比爾博是去找寶藏，最後歷險歸來；而我是去丟掉寶藏，可能永遠都回不來。」

「你不能確定未來會怎麼樣，」甘道夫說：「我也不行。你的任務可能是找到末日裂隙，但這任務也可能會交由別人完成，我現在不清楚，反正你也還沒做好遠行的準備。」

「的確還沒！」佛羅多說：「但以後我該何去何從？」

「間接、迂迴地朝向危險邁進，」巫師回答：「如果你願意接受我的建議，那麼就去瑞文戴爾。雖然比起往日來，最近路上比較不安全，但這段旅程應該不會太驚險。在可見的未來，旅行會變得越來越危險。」

「瑞文戴爾！」佛羅多驚嘆道：「好極了，我要往東走，去瑞文戴爾。我可以帶著山姆拜訪精靈，他一定會很高興的！」他的聲音雖然很低，但心中卻突然湧起了激烈的渴望，想要看看精靈愛隆的住所，呼吸一下那些高貴人種依舊居住的山谷的空氣。

某個夏日的午後，一個讓人吃驚的消息傳到「長春樹叢」和「綠龍」旅店，夏爾邊境的動盪和巨人的傳言，都被更重要的消息給掩蓋了：佛羅多先生竟然要賣掉袋底洞，而且還已經把它賣給了塞克維爾巴金斯一家人！

「賣的價錢不錯，」有人說。「討價還價很激烈，」另一個人說：「羅貝拉大媽的手段可不是蓋的！」（傲梭幾年以前就死了，不算英年早逝，但卻不夠長命，才一百零二歲而已。）

佛羅多先生賣掉那美麗洞穴的原因，比該處的價格更引人爭議。有幾個人的理論經過巴金斯先生親自點頭和暗示認證：佛羅多的財力已經大不如前，他準備要離開哈比屯，在雄鹿地找個安靜的地方住下來，以後可以常常和烈酒鹿家的親戚往來。「離塞克維爾巴金斯一家人越遠越好。」有人補充道。但袋底洞中如山財寶的傳說早已根深蒂固地在人們心中，他們實在很難相信這突如其來的轉變。不管這個理由多麼合理，他們都會自然想到背後有超乎想像的力量在作祟，許多人甚至認爲，這又是甘道夫的邪惡陰謀。雖然他這次的到訪十分低調，但衆人也都已經知道他「躲在袋底洞」內。不過，即使這背後可能有魔法的陰謀在作祟，至少有件事情是大家確知的：佛羅多·巴金斯要返回雄鹿地了。

「是的，我這個秋天就要搬走，」他說：「梅里·烈酒鹿正在替我物色一個溫暖的小洞穴，甚至是間小房子。」

事實上，梅里已經在巴寇伯理外的鄉間溪谷地買了一棟小房子。除了山姆之外，佛羅多對每個人都聲稱要眞的搬進去。往東走的計畫讓他有了這個點子，因爲雄鹿地本來就靠近夏爾的東部邊境，而且要他回到兒時住的地方也蠻合常理。

甘道夫在夏爾整整待了兩個多月。六月底的一天晚上，在佛羅多的計畫終於塵埃落定之後，他突然宣佈自己第二天一早必須離開。「希望只是一陣子而已，」他說：「但是我得去南方邊境之外收集一些情報。我在這邊已經荒廢許多寶貴的時間。」

他的聲音很輕鬆，但佛羅多覺得他似乎有些憂鬱。「發生了什麼事嗎？」他問。

「不算什麼事，但我聽說了一些讓人不安的消息，必須親自去看看。如果我覺得你應該馬上動身，我會立刻回來的，最少也會送口信給你。在這段時間內，你還是繼續照著原訂計畫行動。但請務必小心提防，特別是關於這枚魔戒！我再強調一次：**千萬不要使用它！**」

第二天清晨他就離開了。「我隨時可能回來，」他說：「至少我會回來參加歡送會，我想你這段旅途還是需要我的陪伴才行。」

在隨後的日子裡，起初佛羅多感到相當擔憂，經常擔心甘道夫到底聽到了什麼消息；但他慢慢地也就鬆懈了，夏日溫和的天氣讓他忘卻了煩憂。夏爾極少經歷這麼溫和的夏天，秋天也很少這麼富麗，蘋果長滿枝頭、蜂蜜滿溢出蜂窩，玉米穗又高又結實。

當佛羅多再度擔憂甘道夫的時候，已經是深秋了，邁入九月以後，佛羅多的生日和搬家的日期逐漸逼近，甘道夫依舊全無消息。袋底洞開始忙碌起來，有些佛羅多的朋友前來暫住，協助他進行打包的工作，佛瑞德加·博哲和法哥·波芬當然沒有錯過；他的密友皮聘·圖克和梅里·烈酒鹿自然也不會缺席，這一夥人幾乎把袋底洞翻了過來。

九月二十日時，兩輛蓋上油布的車子緩緩駛向雄鹿地，載著佛羅多所有沒賣掉的家具，取道烈酒橋前往他的新家。第二天，佛羅多開始眞正緊張起來，不時張望甘道夫的身影是否出現。星期四，也就是佛羅多的生日當天，天氣如同比爾博宴會那天一樣的清朗明亮，甘道夫還是沒有出現。傍晚時分，佛羅多舉辦了他的告別宴會，這次非常地儉樸，只有他和四名幫手一起用餐，但他煩心得幾乎吃不下飯，不久之後就要與這群好友分離的念頭，讓他心頭沈重不已，他還不知道該怎麼跟他們說。

四名年輕的哈比人則非常亢奮，即使甘道夫沒來，宴會也很快地熱絡起來。飯廳裡面除了桌椅之外，空無一物。但食物並不遜色，好酒也沒缺席，佛羅多的酒並沒有一起賣給塞克維爾巴金斯一家人。

「不管我其他的東西，會如何遭到塞克維爾巴金斯家的摧殘，至少這些好酒有人賞識！」佛羅多將美酒一飲而盡，這是老酒莊最後的珍品了。

他們又唱又笑，聊著過去一起做的許多瘋狂事，最後他們還照著佛羅多的習慣，先祝比爾博生日快樂，再敬佛羅多。接著，他們走出屋外，呼吸新鮮空氣，看看美麗的星空。佛羅多的宴會結束了，但甘道夫依舊沒出現。

第二天一早，他們又忙著將剩下的行李裝上另一輛車，梅里負責這個部分，和小胖（喔，這是費德瑞加·博哲的綽號）一起送貨過去。「在你住進去之前，總有人先幫你暖暖屋子。」梅里說：「再會啦，後天再見，希望你不要在路上睡著，耽誤了搬家的時間！」

法哥吃完午餐之後就回家了，只有皮聘留了下來。佛羅多十分地不安和緊張，甘道夫的承諾意外落空了，他決定等到天黑。在那之後，假設甘道夫急著要找他，就只能去溪谷地的屋子，甚至可能還比他們先到，因爲佛羅多準備徒步走去。他的計畫是準備從哈比屯步行到巴寇伯理渡口，輕輕鬆鬆地欣賞夏爾最後一眼。

「我也該讓自己多鍛鍊一下。」他在空曠的屋中透過滿是灰塵的鏡子打量自己，他已經很久沒有健行了，鏡中的影像似乎有點臃腫。

在午餐過後，塞克維爾巴金斯一家人，包括羅貝拉和他黃頭髮的兒子羅索，出現了。這兩位不速之客的身影讓佛羅多相當不快。這有些唐突，也沒有遵守合約，袋底洞的所有權轉移是要等到午夜才生效的。但其實也不能苛責羅貝拉；畢竟她苦苦盼望袋底洞七十七年，現在她都一百歲了。反正，她出現的目的就是確保自己買的東西沒有被人帶走，同時拿到屋子的鑰匙。佛羅多花了很長的時間才讓她滿意，因爲她還隨身帶了一大堆東西，如入無人之境地闖進來。在折騰許久之後，她才帶著兒子和備用鑰匙離開，佛羅多還得承諾把其他的鑰匙留在袋邊路的詹吉家。她哼了一聲，明顯地表示懷疑，詹吉一家人晚上會來偷東西；佛羅多連茶也沒有請她喝。

他和皮聘、山姆在廚房裡面自顧自地喝茶，想要把剛剛的不快拋到腦後。對外的說法是山姆要去雄鹿地，爲了「照顧佛羅多先生，看管他的小花園」。老傢伙也同意這樣做，但對於羅貝拉將來會成爲他的鄰居總有些埋怨。

「這是我們在袋底洞的最後一餐！」佛羅多把椅子推上，他們把洗碗的工作交給羅貝拉。皮聘和山姆把三個背包整理好，堆在玄關，皮聘溜進花園作最後的巡禮，山姆則消失無蹤。

太陽下山了，袋底洞看起來十分地孤單憂鬱和空曠。佛羅多在熟悉的房間內漫步，看著落日的餘暉漸漸隱去，陰影慢慢將房內包圍，室內開始變暗。他走出房門，穿越花園，走到小丘路上，滿心期待會看到甘道夫在暮色中緩步走來。

天空十分清朗，星光開始閃耀。「今夜會是很舒服的一晚，」他大聲說：「適合一個全新的開始。我想要散散步，我再也沒辦法忍受無所事事了。我得要出發才行，甘道夫一定會跟上來的。」他轉身準備離開，卻突然停下了腳步，因爲他似乎聽見了什麼聲音。聲音的來源就在袋邊路底的方向，一個聲音明顯是老傢伙的，其他的聲音則很奇怪，甚至讓人有些不愉快的感覺。他聽不清楚對方的問話，但老傢伙的回答卻出乎意料的尖銳，老人似乎很生氣。

「不，巴金斯先生已經離開了。今天早上就走了，我家的山姆和他一起走的，他帶走了所有的東西。沒錯，已經賣掉了，人也走了，我打包票。爲什麼？人家爲什麼要搬家不甘我的事，也跟你沒關係。去哪？這沒什麼好保密的，他搬到巴寇伯理去了，離這邊蠻遠的。沒錯，眞的不近，我自己就從來沒跑那麼遠過。雄鹿地有太多怪人了，沒辦法，我沒空幫你留口信。晚安！」

腳步聲漸漸往山下走去。不知爲什麼，佛羅多對他們沒有上山來覺得鬆了一口氣。「我想大概是厭倦了人家問東問西吧，」他想：「這些傢伙眞是好奇心過剩！」他本來想要去問老傢伙對方是誰，但轉念一想，還是回頭走回袋底洞去。

皮聘正坐在玄關內自己的背包上，山姆不在那邊。佛羅多走進幽暗的門內。「山姆！」他大喊：「山姆！該出發了！」

「來了，主人！」聲音從屋內鑾遠的地方傳來，山姆隨後也跟著出現。從他臉上的紅暈看來，他剛剛正在和地窖的啤酒桶道別。

「都收好了嗎，山姆？」佛羅多問。

「是的，主人。我已經檢查過最後一次了。」

佛羅多鎖上圓門，把鑰匙交給山姆。「快跑去把這鑰匙放回家，山姆！」他說：「然後抄小路和我們在草地外的大門前會面。今晚我們可不能大搖大擺地從鎮中央走過，有太多人在注意我們。」山姆立刻飛奔而去。

「好吧，出發了。」佛羅多感嘆道。他們肩起背包，拿起手杖，繞過房子，走到袋底洞的西邊。「再會了！」佛羅多看著黑暗的窗戶說；他揮揮手，轉過身（正巧就是循著比爾博的老路），沿著花園小徑跟上皮聘。他們躍過籬笆的低處，溜進草原，輕風一般無聲無息地離開了。

在小山腳下的西邊，他們來到一條羊腸小道口的矮門。兩人停下腳步，調整背包的肩帶。山姆這時氣喘吁吁地跑過來，沈甸甸的背包跟著左右搖晃，他腦袋上還頂著一團軟不拉嘰的破布，似乎是頂帽子，他在這一團暮色中看起來很像矮人。

「我還以為，你已經把所有重的東西都給我了，」佛羅多說：「我眞是同情揹著家到處跑的蝸牛。」

「大人，我還可以背更多東西，感覺起來很輕呢。」山姆逞強地說。

「山姆，別亂來！」皮聘說：「讓佛羅多運動一下也不錯，他身上就只有我們幫忙他打包的東西，這傢伙最近有些懶散，多走幾步路應該就好多了。」

「對我這個老哈比人不要太過份哪！」佛羅多笑著說：「如果照你說的來做，我到雄鹿地之前就會瘦得跟柳樹一樣了。哈哈，開玩笑的啦！山姆，我想你揹的東西眞的太多了，下次我們重新打包的時候最好平均分攤一下。」他再度拿起手杖道：「我們都喜歡在晚上旅行，」他說：「在露宿之前，我們還是多趕一些路吧。」

他們起初沿著小徑往西走，然後離開小徑往左轉，悄悄地走上草原。他們沿著籬笆和灌木叢排成一行走著，夜色慢慢將他們包圍。由於他們都穿著黑色的斗篷，因此在夜色中看起來就如同隱身一般。藉著哈比人的天賦，再加上他們刻意不出任何聲音，三人的行動可說是連哈比人都無法發覺，草原上和森林裡的動物都渾然不覺他們的出現。

不久之後，他們踏著木板橋跨越了哈比屯西邊的小河。這條小河在赤楊樹的環繞之下，看來如同一條黑色的緞帶。他們又往南走了幾哩路，最後才匆匆忙忙地從烈酒橋踏上大路。他們現在已經進入了圖克區，往東南方走了一陣之後就來到了綠丘鄉；當他們開始爬上山坡時，回頭看見哈比屯的燈火在河谷的環繞下閃閃發亮。很快地，燈火都消失在黑暗之中，接著臨水區也從視線中消失了，當最後一個農莊的燈火也被遠遠拋在腦後時，佛羅多轉過身揮手道別。

「不知道我以後還有沒有機會，再看到這個景象。」他低聲說。

他們又再繼續走了三小時才開始休息。夜空清澈、冷冽，星光燦爛，山谷和溪流中的霧氣漂浮而出，環繞著山區；瘦弱的樺樹遮蔽了天空，成爲他們的屋頂。他們吃了簡單的晚餐（對哈比人來說不太豐盛），然後就繼續前進，他們很快就踏上一條隨著山勢起伏的小路，在前方的黑暗中就是他們的目標：巨木廳、史塔克和巴寇伯理渡口。小徑漸漸遠離主要幹道，繞過綠丘，通往夏爾東部一個渺無人煙的地方。

過了一陣子之後，他們踏上一條被高大樹木包圍的道路，此處唯一的聲響就是樹葉的沙沙聲，這裡伸手不見五指。在遠離了人煙之後，起初他們試著聊天或是哼歌，然後默默不語地繼續走著，皮聘開始脫隊。最後，當他們開始攀爬一個陡坡時，他停下腳步開始打哈欠。

「我好想睡覺，」他說：「再不休息，我可能就要滾下山了。你們要站著睡覺嗎？都快半夜了。」

「我還以爲你喜歡在晚上健行，」佛羅多說：「不過沒關係，反正也不急。梅里以爲我們後天才會到，我們還有將近兩天的時間。等一下找到合適的地點，我們就馬上休息。」

「這裡常吹西風，」山姆說：「如果我們可以到山丘的另一邊，應該就可以找到有遮蔽的舒服平地，大人。如果我沒記錯，前面就有些柴火。」山姆對哈比屯方圓二十哩的地理都瞭若指掌，但這也是他的極限了。

他們剛越過山丘，就找到了一堆柴火。三人離開道路，走到有著濃郁樹林香氣、被黑暗包圍的一塊平地上。他們收集了一些松針和枯木，在一棵大樹下點起熊熊的營火。在營火旁坐了一陣子，三人紛紛開始打盹。接著，每人都找個樹幹舒服的角落靠下來，包著毯子和衣服迅速進入夢鄉。他們並沒有派人守夜，連佛羅多也不擔心，因爲他們還在夏爾的核心地帶。當火焰漸漸熄滅的時候，甚至還有幾隻生物跑過來嗅嗅他們。一隻狐狸奔過林蔭，就停下腳步聞了一聞。

「哈比人！」牠想：「哇！接下來還會有什麼怪事？我在這裡看過各種各樣的事情，但我可從來沒看過有哈比人在樹下睡覺。而且是三個人！一定有什麼不可告人的事。」牠說的沒錯，但日後的發展牠就沒有機會知道了。

蒼白、黏膩的清晨又再度降臨。佛羅多先醒了過來，發現背後的衣服被樹根弄破了個洞，脖子也覺得很僵硬。「散步、健行！我怎麼落到這種下場？」他想。這是每次在冒險開始之前必有的牢騷。「我那美麗的羽毛床賣給了塞克維爾巴金斯家！這些樹根可眞是不錯的替代品。」他伸了個懶腰。「大家起床啦！」他大喊：「太陽照屁股嘍！」

「有什麼好照屁股的？」皮聘從毯子裡露出一隻眼睛說：「山姆！九點半之前弄好早餐！洗澡水熱好了嗎？」

山姆睡眼惺忪地跳了起來。「不，大人，還沒弄好，大人！」他說。

佛羅多一把將皮聘的毯子搶走，逼他醒過來，自己則走到樹林邊。太陽已經從東方升起，照耀在樹林裡濃重的霧氣上。秋日的樹木被沾染上金紅，彷佛是在無邊的海洋中航行的帆船。他們腳底下就是通往一座河谷的陡坡和小徑。

當他回來的時候，山姆和皮聘已經升起了炙烈的火焰。「水！」皮聘大喊：「水在那裡？」

「我口袋裡面又沒有裝水。」佛羅多說。

「我們以爲你是去找水的，」皮聘忙著擺設食物和杯子。「你最好現在趕快去。」

「你也跟我來，」佛羅多說：「記得把裝水的瓶子都帶來。」山腳下就有一條小溪，兩人在一座灰岩下的小小瀑布中裝滿了水。那裡的水真是沁涼，兩人忍不住把自己的手臉沖了沖。

一行人用完早餐，整理好背包之後，大概也十點左右了，天氣已經開始變熱。他們走下斜坡，跨過小溪，越過另一座山丘的邊坡。這麼一段折騰之後，他們的斗篷、毯子、水、食物和其他裝備已經成了嚴重的累贅。

經過上午這麼一走，他們明白今天恐怕不會太輕鬆，走了幾哩之後，路才開始往下斜。之前他們越過了曲折的羊腸小徑，現在終於開始往低處走。他們面前是樹叢林立的平原，地平線的盡頭則是呈現褐色的樹林，他們所看到的是林尾，再過去就又是烈酒河。道路在他們面前來了個大轉彎，彷彿弓弦一般地彎曲。

「這路怎麼好像永遠走不完？」皮聘說：「我走不動啦，現在吃午飯正好。」他坐在路邊，看著一片迷濛的遠方，那裡就是他過了大半輩子的地方，還有那條熟悉的河流。山姆站在他面前，他睜大了雙眼楞楞地看著，遠方的景象是他從來沒有看過的。

「精靈們會不會住在那森林裡面？」他問。

「我沒聽說過。」皮聘說，佛羅多沈默不語，他也朝向東方看去，似乎從來沒見過此風景一般。突然間，他開口了，彷彿自言自語地緩緩吟道：

大路長呀長
從家門伸呀伸。
大路沒走遠，

我得快跟上，
快腳跑啊跑，
跑到岔路上，
四通又八達，川流又不息，
到時會怎樣？我怎會知道。

「這聽起來很像老比爾博的詩歌耶，」皮聘說：「還是你的仿造之作？聽起來實在無法讓人心情振奮。」

「我不知道，」佛羅多說：「它突然出現在我腦海中，彷彿是我作的一般；但也有可能我多年前聽過這歌謠。這的確讓我想起比爾博離開前最後的幾天，他經常說世上只有一條大路，就像大河一般，每個人的門口都是山泉的發源地，每條岔路都是大河的支流。『佛羅多，一踏出門口就必須提高警覺！』他曾經說：『你一踏上大路，如果不注意自己的腳步，就不知道自己會被沖到哪裡去。你知道這就是通往幽暗密林的道路嗎？如果你不把持住，它可能會把你送到孤山去，甚至會是更遠、更糟糕的地方！』他每次都站在袋底洞的前門對我說，尤其是當他健行回來之後更是如此。」

「這樣啊，至少大路有一個小時的時間沖不到我。」皮聘解下背包說。其他人立刻見賢思齊，把背包放在路邊，小腳則伸在路上。在休息一會兒之後，他們用了頓豐盛的午餐，然後又繼續狠狠地休息一陣子。

太陽開始漸漸西沈，午後陽光懶洋洋地照在下坡的路上，到目前為止，他們在路上什麼人也沒遇到。這條路不適合車輛行走，因此人煙稀少，平常也沒有多少人會去林尾這個地方。他們心情輕鬆地慢跑了一個多小時，山姆卻突然停下來露出警覺的神情。他們已經到了平地，之前百轉千折的道路現在是平坦筆直的大道，兩邊是怡人的草地，森林邊同時點綴著幾棵高大的樹木。

「我好像聽到後面傳來馬蹄聲。」山姆說。

眾人一起轉過頭去，但不夠筆直的道路讓他們無法看得太遠。「不知道是不是甘道夫追上來了。」佛羅多說。即使他這樣說，內心卻油然覺得不安，不想讓騎士發現自己的行蹤。

「或許你們覺得不在乎，」他帶著歉意說：「但我不希望在路上被任何人發現，我已經厭倦了被人說長道短。如果那是甘道夫，」他補充道：「我們還可以給他一次驚喜，回報他遲到這麼久，我們快躲起來吧！」

另外兩個人飛快地跑向道路左邊不遠的樹叢中，立刻趴了下來。佛羅多遲疑了一瞬間：彷佛是好奇心還是某種特殊的力量在阻擋他的行動。蹄聲越來越近，他在最後一秒才躲進路旁大樹下的一堆長草中。然後他抬起頭，好奇地從樹根旁抬起頭窺探。

一匹黑馬從路的另一頭出現了，牠不是哈比人騎的小馬，而是人類所慣騎的高大馬匹。馬背上坐著一個高大的人，他裹著長大的披風、戴著兜帽，似乎趴在馬背上。從兜帽底下的陰影中，應該是人類面孔的地方，傳來嗅聞的聲音，往左右打量著路旁的草地。

一陣毫無緣由地恐懼突然攫住了佛羅多，他害怕被發現，開始想到身上的魔戒。他大氣也不敢出，但有股強烈的慾望不停呼喚他取出魔戒；他的手甚至已經開始慢慢移動，甘道夫的忠告變得微不足道，反正比爾博以前也用過魔戒，「而我還在夏爾，」他想著，手已經握住魔戒的鍊子。就在此時，騎士身形一挺，甩了幾下韁繩，黑馬起初緩步向前，最後開始疾馳。

佛羅多匍匐到路邊，看著騎士的身影消失在遠處。由於距離的關係，他不太確定自己見到些什麼，但他似乎看見騎士策馬進入了右邊的林中。

「這眞的很奇怪，讓人不放心。」佛羅多走回同伴身邊時自言自語道。皮聘和山姆一直趴在草地上，什麼都沒看見；佛羅多只好對他們兩人解釋騎士的形跡和外貌。

「我不知道爲什麼，可是我覺得他好像在嗅聞我的蹤跡，我就是不想要讓他發現我，我以前從來沒有在夏爾看過這樣的人，或有過這樣的感覺。」

「可是怎麼會有大傢伙❶對我們三個人有興趣？」皮聘說：「他在我們的地盤幹什麼？」

「最近的確有人類出現的傳言，」佛羅多說：「在夏爾南區似乎和這些大傢伙有些衝突，但我從來沒有聽過有類似這騎士的人類存在，不知道這傢伙是從什麼地方來的。」

「請容我插嘴，」山姆突然道：「我知道這傢伙從哪裡來的。除非這樣的騎士不只一名，否則他一定是從哈比屯來的，我還知道他要到哪裡去。」

「你這是什麼意思？」佛羅多驚訝地問：「你之前爲什麼不早說？」

「大人，是因爲我剛剛才記起來。是這樣的，當我昨天晚上把鑰匙送回我們家的時候，我老

---

❶ 由於哈比人的身高遠矮於人類，所以一般來說他們都將人類稱爲大傢伙，而將精靈稱作高貴人種。

爸對我說：『哈囉，山姆！我以爲你們今天一早就已經和佛羅多先生走了哩。剛剛有個奇怪的客人問袋底洞的巴金斯先生，他才剛走不久，我告訴他該去巴寇伯理找你們，不過我實在不喜歡他的樣子。當我告訴他巴金斯先生已經搬離了老家之後，他看起來好失望，他還對我發出嘶嘶聲，這讓我打了個寒顫。他到底是什麼樣的傢伙？』我對老爸說：『我不知道。』他說：『但他絕對不是哈比人。他又高又黑，低頭看著我。我想他可能是遠方來的大傢伙，因爲他講話有奇怪的口音。』大人，我那時沒辦法繼續多問，因爲你們都在等我，而且我也覺得這只是芝麻小事。老爹已經夠老了，老眼昏花，那黑衣人上來找他的時候，他一定正在外面散步，天色當時也蠻黑了，希望我老爸和我都沒有做錯什麼。」

「這不能怪老爹，」佛羅多說：「事實上，我剛巧還聽到他和一個陌生人說話，對方似乎在打探我的消息，我差點就走出去招呼他了。眞希望我當時搞清楚他是誰，或者至少你先跟我講過這件事，這樣我在路上就會小心多了。」

「這個騎士和老傢伙遇到的陌生人，兩者可能沒什麼關連，」皮聘說：「我們的行跡已經夠隱密了，我想他應該沒辦法跟蹤我們才是。」

「大人，你剛剛說的嗅聞又是怎麼一回事？」山姆說：「老傢伙也有提到那人黑呼呼的。」

「我眞希望可以等甘道夫來，」佛羅多嘀咕著：「不過，這也可能只會讓事情更糟。」

「難道你知道有關這騎士的事情？」皮聘聽到佛羅多的喃喃自語，忍不住問道。

「我不確定，也不想亂猜。」佛羅多說。

「好吧，親愛的佛羅多！你想要保持神秘，那就守口如瓶吧，不過，我們現在該怎麼辦？我很想要休息一下，吃吃飯，但又覺得最好繼續趕路，不要耽誤時間。你剛剛說那個騎士用看不見的鼻子聞個不停的描述，讓我毛骨悚然。」

「沒錯，我想我們最好繼續趕路，」佛羅多說：「但不能走在大路上，不然可能會遇到回頭的騎士或是他的同夥。我們今天得要多走一些路了，雄鹿地還很遠呢。」

當他們再度出發時，長長的樹蔭拖在草地上，他們現在走在大路左邊一段距離的草地上。在經過剛剛的彎道之後，這條路現在筆直地延伸好幾哩路。到了下一個左彎時，小路又繼續進入了邊陲低地的區域，也就是史塔克附近。但那邊又有一條往右的岔路，彎彎曲曲地進入一座古老的橡樹林，通往巨木廳。「我們就走這條路。」佛羅多說。

他們在距離交岔路口不遠的地方，走到一棵大樹巨大的枝幹前；這株大樹雖然已經斷折了大部分，但它周遭伸出的枝枒和綠葉代表它還是活力十足。不過，樹幹的本體已經空了，可以從路兩邊的裂隙鑽進去。哈比人爬了進去，坐在腐木和枯葉構成的軟厚地毯上。他們休息了一下，吃了一頓簡餐，壓低聲音聊天的同時還隨時側耳傾聽著。

當他們鑽出樹幹，回到路上時，天色又已變得十分昏暗。西風開始在樹梢間穿梭，樹葉也跟著發出沙沙的低語聲，整條路慢慢的被暮色所籠罩。從漸暗的東方升起一顆星辰，在樹梢上閃閃發光，他們並肩齊步地走著，試圖振奮精神。過了不久，天空佈滿了燦爛的星辰，不安的感覺開始遠離他們，他們也不再提心吊膽地提防馬蹄聲，三人終於恢復了哈比人旅行返家時的習慣，開始哼起歌來。大多數的哈比人此時會哼起晚餐歌或是就寢歌，但這三名哈比人哼的則是散步歌（不過，這其中當然不會缺少晚餐和就寢的描述），歌詞是比爾博·巴金斯寫的，調子則是此地流傳已久的民謠；佛羅多是在兩人漫步於水谷小徑，聊起對方的冒險時學到這首歌的。

紅紅火焰照我爐，
屋簷底下有張床呀，
我的腳兒還不累。
山轉路轉誰能料，
高樹巨石突然現，
唯我二人能得見。
大樹和花朵，綠葉與青草，
好好欣賞別放過呀！別放過！
晴空之下好山水，
一路逛來收眼底啊！收眼底！

山轉路轉誰能料，
未知小徑或密門，
今日雖然未得探，
明日或有機緣訪，
踏上小徑不回頭，

奔月摘日誰曰不。
蘋果和荊棘，堅果與野莓，
好好欣賞別放過呀！別放過！
沙岩池谷美景呈，
一路順風不遲疑啊！不遲疑！

老家在後頭，世界在前方，
無數道路任我颺，
披星戴月行色匆。
世界在後家在前，
歸人返家好睡覺。
迷霧和黎明，雲霧和陰影，
終將隱匿不得見呀！不得見！
爐火和油燈，甜肉和麵包，
吃完立刻撲上床啊！撲上床！

歌一唱完，「現在立刻該上床啊！該上床！」皮聘敞開喉嚨大聲唱。
「噓！」佛羅多說：「我想我又聽到馬蹄聲了。」

他們突然間停下來，一聲不發，彷佛融入陰影之中。後面路上的確傳來馬蹄聲，陣陣的微風正好將這微弱但清晰的聲音一波波地傳來。他們又悄無聲息地飛快躲進路旁橡樹下的陰影中。

「小心點！」佛羅多說：「我不想被發現，可是我想看清楚這是不是另一名黑騎士。」

「沒問題！」皮聘說：「不要忘記對方會聞來聞去啊！」

蹄聲越來越近，他們已經沒時間找別的地方躲藏了。皮聘和山姆蹲在大樹旁，佛羅多則是趴在離小徑幾碼遠的地方，天空的星星很多，但沒有月光。

蹄聲停了下來。佛羅多注意到似乎有道陰影通過兩樹間較明亮的地方，然後停了下來，看起來像是由一個比較矮的黑影牽著一匹黑馬。黑影就停在他們離開小徑之處的地方，不停打量著四周。佛羅多認為自己又聽見對方嗅聞的聲音，黑影彎身趴在地上，開始匍匐朝他爬來。

佛羅多腦中又再度升起想要戴上魔戒的慾望，這次比上次還要強烈，強烈的慾望讓他在自己毫無所覺的狀況下，就伸手捏住口袋；但就在那關鍵的片刻，突然傳來了含糊的歌謠和笑語聲，星光下的森林中傳來嘹亮的聲音。黑影直起身，退了回去；黑影爬上了影子般的黑馬，隨即消失在道路另一邊的黑暗中，佛羅多鬆了一口氣。

「精靈！」山姆沙啞著嗓音說：「大人，是精靈耶！」如果另兩人沒有把他拉回來，這興奮過度的傢伙可能已經衝到路上去了。

「沒錯，他們是精靈，」佛羅多說：「在林尾的確可能會遇到他們。他們不住在夏爾，但春天和冬天的時候他們會離開塔丘外的領地，漫遊到我們這邊來。幸好他們來到我們附近！你剛剛沒看到；但是在那首歌開始之前，黑騎士就站在這邊，準備朝我爬過來，一聽到精靈的聲音，他就立刻溜走了。」

「那這些精靈呢？」興奮的山姆才不管什麼黑騎士呢！「我們可不可以去看看他們？」

「你聽！他們往這邊走了，」佛羅多說：「我們在這邊等著就好。」

歌聲越來越近，一個清亮的聲音蓋過其他的歌聲。他用的是動聽的精靈語，連佛羅多都只能勉強聽懂一些，另兩個人則是完全不明白。但這美妙的歌聲和曲調彷彿擁有自己的意念，在三人的腦中轉化成無法完全理解的語言。佛羅多聽到的歌是這樣的：

白雪！白雪！呵，聖潔之女士！
呵，那西方海外精靈之后！
呵，光明照拂於森林漫遊的吾等！

姬爾松耐爾！喔，伊爾碧綠絲！
卿之瞳清澈，卿之息輝光，
白雪！白雪！容吾等獻曲饗海外仙境之神后。

喔，無日之年乃有星，
賴后之手點天明，
平原風起光明現，

卿之銀花綴天邊！
喔，伊爾碧綠絲！姬爾松耐爾！
縱居遠境鬱林中，
吾等未有或忘，
卿之星光耀西海。

歌曲結束了。「這些是高等精靈！❷因爲他們提到了伊爾碧綠絲！❸」佛羅多驚訝萬分地說。「在夏爾，我們極少有緣得見這些貴族中最高貴的種族。在大海以西的中土世界也僅剩屈指可數的高等精靈，這眞的是機緣湊巧才讓我們遇上！」

---

❷ 在主神瓦拉們擊敗了意圖奴役精靈的主神「黑暗之王」馬爾寇（此名意爲「以力服人者」）之後，瓦拉們對精靈發出召喚，邀請他們前來海外仙境居住。在這段漫長艱辛的遷徙中，精靈們發展出許多的分支和歧異，高等精靈是其中最強大優雅的精靈，也是第一批踏上海外仙境的精靈。

❸ 姬爾松耐爾、白雪、伊爾碧綠絲，都是對這世界的主神之一「星辰之后」瓦爾達的稱呼，她是所有的主神瓦拉之中最美麗的神后。她又被稱作「光明之后」，因爲傳說中是她創造並點亮了星辰，將月亮與太陽置放到天空中，而精靈就正是在這星光召喚之下進入這世界。因此，她是十五名主神中最受精靈敬愛的一位。姬爾松耐爾，是精靈語中的「點亮星辰者」之意，而伊爾碧綠絲，則是精靈語中的「星辰之后」。

哈比人就這樣躲在路旁的陰影中。不久之後，精靈們走上小路，開始朝向山谷邁進。他們好整以暇地走著，哈比人可以看見他們頭髮和眼中反射著閃耀的星光。他們不會發光，卻散發出一種閃耀迷濛的氣質，彷彿像是月亮升起前，山緣反射的柔光一般落在他們腳邊。精靈們沈默下來，當最後一名精靈走過他們面前時，對方突然轉過頭，看著哈比人的方向，開朗地大笑。

「你好啊，佛羅多！」他大喊道：「你這麼晚了還在外面晃。難道你迷路了嗎？」接著他叫喚其他人，所有的同伴們現在都停下腳步，聚集到哈比人身邊。

「這真是太有趣了！」他們說：「三個哈比人晚上躲在森林裡！自從比爾博走了之後，我們就沒有看過這景象了。這代表什麼意思呢？」

「高貴的人兒啊，這代表的是，」佛羅多說：「我們剛巧和你們方向相同。我喜歡在星光下漫步，但我更歡迎你們的陪伴。」

「可是我們不需要人陪伴，哈比人好無聊唷！」他們笑著說：「你不知道我們要去哪裡，怎麼會說我們和你們同路呢？」

「你們又是怎麼知道我名字的？」佛羅多反問道。

「我們知道的可多了呢，」他們說：「我們以前經常看到你和比爾博走在一起，不過你多半沒有發現我們。」

「你是誰？你們的王上是哪一位？」佛羅多追問道。

「在下吉爾多，」率先和佛羅多打招呼的帶頭精靈說：「芬蘿家族的吉爾多·印格洛瑞安。我們是漫遊者，其他大多數的同胞都早已離開，我們也只是在前往海外仙境之前，多享受一下自然美景而已，不過，我們還是有些同胞住在祥和的瑞文戴爾。佛羅多，不要客氣，告訴我們你在做什麼，因爲我們看的出來，你身上有恐懼的氣息。」

「喔，睿智的人兒呀！」皮聘緊張地插嘴道：「可否告訴我們黑騎士的事情？」

「黑騎士？」他們低聲說：「你們爲什麼會問到黑騎士？」

「因爲今天就有兩名黑騎士追上我們，或者是一名黑騎士來了兩次，」皮聘說：「不久之前，他聽到你們的聲音，就溜走了。」

精靈們沒有立刻回答，而是先柔聲用精靈語交談片刻。最後，吉爾多轉身對哈比人說：「在這裡不方便談，我們覺得，你最好立刻跟我們走。這不是我們的作風，但這次我們會帶你一起走；如果你願意的話，今夜最好和我們一起度過。」

「喔，高貴的人們！這眞是天大的榮寵！」皮聘說。山姆高興得說不出話來。「多謝您的慷慨，吉爾多·印格洛瑞安，」佛羅多鞠躬：「Elen síla lúmenn omoentilmo」（**編者註：此話類似祝福與希望再見面之意。**）以高等精靈語說道。

「小心點，朋友們！」吉爾多笑著說：「可別在他面前透露什麼秘密！我們遇到了一位精通古代語的學者了。比爾博果然是位好長輩，精靈之友，我向你致敬！」他對佛羅多鞠躬道：「和你的朋友一起加入我們的行列吧！你們最好走在中間，免得落隊。在我們停下來之前，你們可能會覺得有些累唷！」

「爲什麼？你們要去那裡？」佛羅多問道。

「今夜我們要去巨木廳旁山丘上的森林。距離有些遠，不過到了之後，你們應該可以好好休息一下，這也會讓你們明天要走的路短一些。」

最後，一行人又再度沈默地開始跋涉，如同影子一般在暗沈的夜裡出沒著。精靈（在這方面甚至比哈比人更厲害）只要有意，就可以無聲無息地行走。皮聘很快就開始覺得睡眼惺忪，步履踉蹌了兩三次；不過，每次都有旁邊那名高大的精靈即時伸手扶他一把。山姆走在佛羅多身邊，覺得自己彷彿身處夢中，臉上帶著半是恐懼半是驚喜的表情。

路兩旁的森林變得越來越密，樹木變得越來越年輕，越來越密集；小徑則是越來越低，開始進入山谷之間的低地，兩旁的山坡上有越來越多的榛樹。最後，精靈們離開了小徑，右方的密林中竟然出現了翠綠的山脊，在這黑夜中幾乎難以發現。精靈們沿著曲折的山脊，爬上在這片河谷中鶴立雞群的山丘。眾人突然間脫離了樹木的遮蔭，來到一大塊在夜色下灰撲撲的草地。這草地三邊都被樹木所包圍，但東邊的地勢驟然下降，底下高大的樹木正好因此而落在眾人的腳底。極目望去，低地在星光照耀下顯得十分寬廣平坦，巨木廳的聚落中還有幾個閃爍的燈火。

精靈們在草地上坐了下來，低聲交談著，他們似乎不再注意哈比人的存在。佛羅多和伙伴們蓋上毯子和斗篷，任憑睡意襲來。夜越來越深，山谷中的燈火跟著熄滅，皮聘枕著一團樹葉睡著了。

東方高掛著雷米拉斯星，又叫天網星。紅色的波吉爾星慢慢升起，彷彿火焰打造的珠寶一般。夜空中一陣波動，眼前的迷霧像是面紗一般被揭開，爲爬上天際的曼奈瓦葛星，配著閃亮腰帶的蒼穹劍客清出一條大道來。精靈們隨即以歌謠讚頌這美景，樹下突然間迸出紅色的火焰來。

「來吧！」精靈們呼喊著哈比人：「快來！現在該是歡唱的時候了！」

皮聘坐了起來，不停地揉著眼睛，他打了個寒顫。「大廳中生起了火焰，也有美食供飢餓的賓客享用。」一名站在他旁邊的精靈說。

在這塊綠地的南邊有一個開闊處，一路延伸進森林中，構成了一個像是大廳一樣的地形，老樹的枝枒充當屋頂，巨大的樹幹則像是雄偉的柱子羅列在兩側。中間是堆溫暖的營火，兩旁的樹幹上插著發出金光和銀光的火把。精靈們圍著營火席地而坐，有些則是靠著樹幹坐著，有些精靈忙進忙出地擺設酒杯，倒入飲料；還有些精靈則布置碗盤，將食物鋪放其上。

「這實在很寒酸，」他們對哈比人說：「因爲我們住在離家甚遠的綠林中，如果你們有朝一日能夠來我們的家中接受招待，我們會用更周到的禮數款待你們的。」

「在我看來，這已經好到足以舉辦生日宴會了。」佛羅多驚訝地說。

一段時間之後，皮聘發覺自己幾乎想不起任何有關當天飲食的記憶，因爲他的眼中充滿了光芒照在精靈細緻面孔上的美景，以及無數種婉轉動聽的樂音，這一切都讓他覺得好似身處夢中。但他還記得眼前有比飢餓時看到的白麵包更美味厚實的麵包，像野莓一樣甜美，更比花園中的水果肥滿的野果；他還記得自己一口氣喝光了一杯甜美的液體，它冰涼清澈如同山泉，金黃誘人如同夏日午後。

當山姆想要回憶這一晚時，他既無法用言語來形容，也無法在腦中構思出清楚的影像；但他知道，這是他這輩子最重要的一刻。他勉強可以說出的只是：「哇，大人，如果我能夠種出這種蘋果，我才敢稱自己爲園丁。不過，對我來說，眞正讓我心花怒放的，是他們美妙的歌聲。」

佛羅多跟著席地而坐，快樂地吃喝，和精靈們交談著，但他全副注意力都集中在對方談話的內容上。他懂得一些精靈語，因此十分專注地傾聽著，偶爾也會對送食物和飲料給他的精靈用精靈語道謝。他們會笑著回答：「這位可眞是哈比人中的菁英啊！」

不久，吃飽喝足的皮聘一下就睡著了；精靈們好心地將他抱開，放在樹下厚實樹葉所鋪成的床上，接下來大半夜他都在呼呼大睡。山姆拒絕離開主人身邊，當皮聘被抱走之後，他走到佛羅多身邊坐著，最後終於閉上眼睛，開始打起盹來。佛羅多和吉爾多交談著，直到深夜。

他們討論了許多事情，包括剛發生或是已經發生的事件；佛羅多詢問吉爾多有關夏爾之外的廣大世界到底發生了什麼事情；世局十分地動盪不安，黑暗勢力聚集、人類彼此征戰不休，精靈遠颺中土大陸……最後，佛羅多終於問出憋了很久的問題：

「告訴我，吉爾多，自從比爾博離開之後，你有見過他嗎？」

吉爾多笑了。「有的，」他回答：「兩次，一次他就是在這裡和我們道別，但我後來又在距此甚遠的地方再和他不期而遇。」由於他不願意再討論比爾博的行蹤，佛羅多也跟著沈默起來。

「佛羅多，你有很多心事沒有吐露，」吉爾多說：「不過我已經從你的臉上，和你所問的問題中知道了一些。你準備離開夏爾，但你不確定自己是否能找到所追尋的、完成被託付的，甚至不知是否能夠重返此地。沒錯吧？」

「沒錯，」佛羅多說：「但是我以爲我的遠行，只有甘道夫和我忠實的山姆知道。」他低頭看著發出低微鼾聲的山姆。

「魔王不會從我口中得知這秘密的。」吉爾多說。

「魔王？」佛羅多吃了一驚：「那你知道我爲什麼要離開夏爾囉？」

「我不知道魔王爲什麼要追蹤你，」吉爾多回答：「即使我覺得這很不尋常，不過他的目標眞的就是你。我必須警告你，你的前方和後路都有無比的危險。」

「你指的是那些騎士？我擔心他們會是魔王的手下，這些黑騎士到底是什麼東西？」

「甘道夫沒有告訴你嗎？」

「他沒提過這種生物。」

「那麼我想我也不該多說些什麼，否則你可能會害怕得不敢繼續前進。在我看來，如果時間還來得及的話，你出發的時間眞是千鈞一髮。現在你得要盡快趕路，不能停留，不能回頭，因爲夏爾已經不再是你的避難所了。」

「我實在很難想像還有什麼消息，會比你的暗示和警告更讓人恐懼的了，」佛羅多不安地說：「我當然知道前方有危機潛伏，但我沒料到連在我們的夏爾都會遇到這些恐怖的事情，難道哈比人已經不再能安心地從臨水區走到河邊了嗎？」

「夏爾並不是專屬於你們的，」吉爾多說：「在哈比人定居之前，還有其他人居住在此地，哈比人成爲過往雲煙之後，還是會有其他人前來此定居。世局動盪、時代變遷，你可以把自己關在小圈圈內，卻不可能永遠阻止他們進來。」

「我明白，但我心中還是一直認爲這裡是安全和溫馨的。我現在該怎麼辦？我的計畫是準備秘密離開夏爾，悄悄前往瑞文戴爾，但是在我抵達雄鹿地之前，追兵就已經緊追不捨。」

「我認爲，你還是應該保持原訂計畫不變，」吉爾多說：「我不認爲前路的凶險能夠阻擋你的勇氣，但，如果你想要更深入地分析，你應該去找甘道夫。我不知道你逃亡的原因，因此也無法得知你的敵人會如何追擊你，甘道夫對這些事情一定瞭若指掌。我猜你在離開夏爾之前會去找他吧？」

「我希望能找到他。但有另外一件事情讓我坐立不安，我已經等甘道夫等了很多天了。他最慢也該在兩天前抵達哈比屯，但他根本沒有出現，我現在開始擔心，他是否遭遇了什麼狀況，我應該繼續等他嗎？」

吉爾多沈默了片刻。「這消息讓我很擔心，」他最後終於說：「甘道夫遲遲未出現並不是個好兆頭。不過，俗諺有云：不要插手巫師的事務，他們重心機，易動怒。要等、要走，關鍵都看你。」

「我記得還有一句諺語，」佛羅多回答：「別向精靈詢問，因爲他們會不置可否。」

「眞的嗎？」吉爾多笑了：「精靈們很少會給人直接了當的忠告，忠告是種危險的禮物，即使是智者送給智者的忠告都會因爲命運的作弄而出軌。你不也是一樣？你沒有告訴我背後的眞相，我怎麼能夠做出比你更正確的決定？如果你眞的堅持要我給你建議，看在友情的份上我還是願意給你一點提示。我認爲你應該即刻動身，如果在你離開前甘道夫依舊沒有出現，我還必須建議你不要單獨行事，帶著值得信任、自願的朋友上路。你該很感激我才是，因爲我並不是心甘情願地介入你的事情。精靈們有自己的目標和包袱，我們極少關切哈比人，或是世界上其他生物的命運。不管是巧合或是刻意，我們和其他人的命運都極少交會，我們的會面可能不只是巧合，但我還不太明白背後的意義，恐怕我已經說了太多了。」

「我非常感激你！」佛羅多說：「但我希望你可以直接了當地告訴我黑騎士的身分。如果我接受你的建議，有很長的一段時間無法見到甘道夫，至少我該知道這些追兵是什麼來頭。」

「知道他們是魔王的爪牙還不夠嗎？」吉爾多回答：「躲開他們！不要和他們說話，他們是致命的敵人。不要再問了！德羅哥之子佛羅多，但願在一切結束之前，你對這些墮落者的所知不會比吉爾多·印格洛瑞安要多，願伊爾碧綠絲保佑你！」

「我該怎麼鼓起勇氣？」佛羅多說：「這是我最需要的。」

「勇氣往往藏在你所不注意的地方，」吉爾多說：「要懷抱希望！睡吧！早上我們就會離開了，但我們會把消息散播出去，漫遊者們會知道你們的行蹤，站在正義這一方的人將會時時看顧你們。我賜給你精靈之友的稱號，願星光時時照耀你的旅途！我們極少能在陌生人的身上獲得這麼多的快樂，從其他旅者口中聽見古代語，更是讓我們慶幸不已。」

吉爾多一說完，佛羅多就覺得睡意悄悄來襲。「我現在要睡覺了。」他說。精靈們領著他來到皮聘身旁的樹蔭下，他躺了下來，立刻進入安祥的夢鄉。

第四節　蘑菇田的近路

第二天一早，佛羅多神清氣爽地醒來。他躺在一座大樹包容的樹蔭之下，香氣四溢的草地是他的軟床，陽光透過翠綠的葉子照射到他身上，他一躍而起，走出樹蔭。

山姆坐在森林邊緣的草地上，皮聘呆立著，打量著天空，精靈們已經消失得無影無蹤。

「他們把水果、飲料和麵包都留給我們了，」皮聘說：「快來吃早餐吧，麵包嘗起來幾乎和昨天晚上一樣好吃，如果不是山姆堅持，我本來想要全吃光，一點也不留給你。」

佛羅多在山姆身邊坐下來，開始用餐。「今天的計畫是什麼？」皮聘問。

「儘快趕到巴寇伯理。」佛羅多說完，就把注意力又轉回到食物上。

「你認爲我們還會遇上那些騎士嗎？」皮聘興高采烈地說。在燦爛陽光的照耀下，即使遇到一大群黑騎士，似乎也無法破壞皮聘的好心情。

「可能還會，」佛羅多不太喜歡這話題：「但我希望可以在不被他們發現的狀況下過河。」

「你從吉爾多口中問到任何關於他們的情報了嗎？」

「不多，只有一些暗示和謎題。」佛羅多不願正面回答。

「你有問到對方嗅聞的事情嗎？」

「我們沒討論到這點。」佛羅多嘴裡塞滿了食物。

「你該問的，我覺得這很重要。」

「如果是眞的，那吉爾多一定會拒絕告訴我，」佛羅多反駁道：「先別打攪我吃飯好不好！我沒辦法在吃飯的時候回答這麼多問題！我要思考！」

「老天哪！」皮聘說：「在早餐的時候動腦？」他走到綠地的邊緣閒逛去了。

對佛羅多來說，這亮得有些讓人不安的晨光並沒有趕跑追兵帶來的恐懼感，吉爾多的話語在他腦中揮之不去。皮聘歡欣鼓舞的聲音傳來過來，他正在草地上四處亂跑，隨口唱歌。

「不行！我辦不到！」他對自己說：「帶著朋友健行，走到腿軟，累時以天爲幕、以地爲床睡大覺是一回事；帶著他們一起流亡，飢寒交迫、惶惶不可終日又是另外一回事。即使對方願意，也還是大不相同，這厄運是我自己的責任，我認爲不該帶著山姆走。」他看著山姆·詹吉，發現山姆也正看著他。

「好吧，山姆！」他說：「你覺得怎樣？我準備儘快離開夏爾；事實上，我已經下定決心，如果可能的話，在溪谷地連一天都不要耽擱。」

「好極了，大人！」

「你還是想要跟我走？」

「是的。」

「山姆，這會很危險的，現在就已經危機四伏了，我們兩個可能都回不來。」

「大人，如果你回不來，我也不該回來。」山姆說：「**千萬不要離開他！**他們對我說。**我怎**

麼可能拋下他！我說。**我根本不準備這樣做。我要和他一起走，即使他想要奔月也無法阻擋我。如果有任何黑騎士意圖阻擋他，還得問問我山姆·詹吉，**我說。他們哈哈大笑。」

「**他們**是誰呀？你在說些什麼啊？」

「是精靈們，大人。我們昨天晚上聊了一陣子，他們似乎知道你要遠行，所以我也不想多此一舉地否認。大人，精靈眞是太棒了！太棒了！」

「沒錯，」佛羅多說：「在眞正接觸之後，你還喜歡他們嗎？」

「如果硬要說的話，他們似乎不是我能評價的，」山姆緩緩回答：「我對他們的看法似乎無關緊要。他們和我預期的有相當的不同，既蒼老又青春，既歡欣又哀傷。」

佛羅多有些吃驚地看著山姆，本以為會從外表看出他所經歷的改變，這聽起來不像是他的老友山姆·詹吉會說的話，但坐在那邊的人外表看起來還是山姆·詹吉，只是神情少見地嚴肅而已。

「你既然已經實現了一睹精靈容顏的願望，現在還想要離開夏爾嗎？」他問。

「我還是想，大人。我不知道該怎麼描述，但經過昨夜之後，我覺得自己改變了，我似乎可以看到未來。我知道我們要朝向黑暗走上很長一段路，但我也知道我不能夠回頭，眞正的目的不是要滿足我目睹精靈、巨龍或山川的願望，我現在其實也不太確定自己要些什麼。但我知道自己在一切結束之前該做些什麼，而這關鍵在外面的世界，不在夏爾。如果你明白我的意思，大人，我必須留到最後。」

「我其實不太明白你所說的，但我現在瞭解甘道夫替我找了個好伙伴，我已經心滿意足了，我們就一起同行吧。」

佛羅多接著一言不發地吃完了早餐。然後，他站起身，看著眼前的大地，開始呼喚皮聘。

「準備出發了嗎？」他對跑過來的皮聘說：「我們得要馬上離開。我們起得太晚，眼前還有很多路要趕。」

「是你起得太晚吧？」皮聘說：「我早就起床了，大家都是在等你梳洗和吃早餐哪。」

「我現在都好了，我得盡快趕到雄鹿地渡口去。我不打算回到我們昨天走的那條路，我準備從這邊直接抄小路趕過去。」

「那你得用飛的才行，」皮聘說：「你用走的，在這邊沒有捷徑可走。」

「我們至少可以找到比較近的路，」佛羅多回答：「渡口就在巨木廳東南邊的地方，但這條路往左邊彎，前面靠北的地方就是一個轉彎。這條路會繞過沼澤地北邊，和史塔克上方大橋的岔路接頭，這樣會多繞好幾哩路。如果從這裡直接往渡口方向，至少可以省下四分之一路程。」

「**欲速則不達**，」皮聘反駁道：「這裡的地形很崎嶇，沼澤裡到處都有泥沼和各式各樣的怪地形；我對這邊還蠻熟的。如果你還擔心黑騎士，我不認為在樹林、在平原或是在道路上遇到他們會有什麼差別。」

「在森林裡要發現目標比較困難，」佛羅多回答：「如果大家都認為你會走大路過去，花心思在別的地方找你的可能性就低多了。」

「好啦！」皮聘說：「我願意跟隨你進入每一個沼澤和泥地中。唉，這段旅途一定會很辛苦的！我預料在天黑前應該可以趕到史塔克的金鱸魚旅店，最順口的啤酒都出產在夏爾東區，至少以前是這樣的。我已經很久沒來品酒啦！」

「我決定了！」佛羅多說：「就算欲速則不達，但旅店會讓我們更不達的。我們一定要盡一切可能阻止你靠近金鱸魚，我們得要在天黑前趕到巴寇伯理才行。山姆，你覺得呢？」

「我跟你一起走，佛羅多先生，」山姆說（他內心還是忍不住對於錯過東區最好的啤酒而感到遺憾）。

「好吧，如果我們註定要在沼澤和泥漿裡面打滾，還是早點出發吧！」皮聘說。

這時的天氣已經和昨天一樣炎熱了，不過，雲朵慢慢地開始從西方出現，看起來可能會下雨。哈比人們蹣跚地越過陡峭的山坡，衝進底下濃密的樹林中。他們的計畫是讓巨木廳的方向一直保持在左手邊，穿過山丘東邊的森林，這樣就可以走上接下來平坦的原野。然後，他們可以直接穿過開闊的荒野朝向渡口前進，中間只有一些零散的籬笆和田園而已。佛羅多推算，他們大概還必須直線前進十八哩才行。

他很快地就發現這樹叢比他想像的要濃密。樹底下幾乎沒有可以通行的空間，披荆斬棘的結果也讓他們舉步維艱。當他們勉強走到山坡底的時候，他們發現一條從山丘上流下的小溪，兩側的河岸則是又陡又滑，還眞的長了許多荆棘。更要命的是，這條小溪正好切過他們所選擇的路線。他們跳不過去，如果不想搞的一身濕、沾滿泥巴和被刺得千瘡百孔，根本是過不了這條小溪。一行人停下腳步，思索著接下來的路線。「到達第一關！」皮聘苦笑著說。

山姆·詹吉回頭看了看，從山坡上樹叢間的空隙中，他看到了有東西一閃而過。

「你們看！」他抓著佛羅多的手臂說。衆人全都轉過頭去，在他們剛剛才越過的陡峭山坡頂上，有一匹黑馬，旁邊站著一個黑色的人影。

他們立刻放棄了回頭的想法。佛羅多帶頭領著眾人衝進小溪旁濃密的樹叢中。「呼！」他對皮聘說：「我們說的都沒錯！欲速果然則不達，但我們還是即時找到了掩蔽。山姆，你的耳朵最靈，你有聽見什麼嗎？」

他們動也不敢動，屏住呼吸，但沒有聽見任何追兵的聲音。「我想他應該不會傻到把馬牽下來吧，」山姆說：「但我猜他已經知道我們下來了，我們最好趕快前進。」

前進可不是件容易的事。他們身上還背著背包，濃密的樹叢和荊棘並沒有這麼簡單放過他們。後面的樹木構成了阻礙，擋住了微風，空氣變得十分凝滯沈悶。當他們終於擠過重重障礙之後，他們又熱又累，身上傷痕累累，甚至連自己身在何方都不太確定。小溪的河岸到了平地之後，變得更寬、更平了些，一路延伸到沼澤地和河的方向。

「這就是史塔克溪！」皮聘說：「如果我們要繼續朝目標前進，就得要立刻過河才行。」

他們跋涉過溪，急忙登上遠方的一塊平地，這裡長滿了燈心草，沒有什麼樹木。在那塊平地之後是一環高大的橡木，其他還有一些榆樹和梣樹。地面相當地平坦，也沒有生長多少植物，但這些樹木之間還是太過擁擠，讓他們沒辦法看到前方。一陣突如其來的風將樹葉吹了起來，大滴的雨點接著從天空落下，然後風停了下來，暴雨跟著降下。他們盡可能地趕路，踏過厚實的草地、踩過許多落葉；雨滴在他們四周不停地滴答作響。他們不敢互相交談，一直回頭提防、看著四周的動靜。

過了半個小時之後，皮聘說：「我希望我們沒有走得太偏南，也沒有在森林裡面走錯方向！這座森林應該不太寬，我估計最多也不過一哩寬，我們早就該衝出來了。」

「我們刻意繞路沒有多大意義，」佛羅多說：「這對我們一點幫助也沒有，我們繼續往前走就對了！我還不知道現在該不該衝出森林。」

他們可能又走了幾哩路，然後太陽再度從烏雲後探出頭來，雨勢也變小了些。現在早已過了中午，眾人都覺得該是吃午餐的時候了。他們在一棵榆樹下坐了下來，雖然這棵榆樹大部分的葉子都開始變黃了，但還算是相當濃密，樹蔭附近的地面也算乾燥。當他們開始準備午餐的時候，發現精靈們幫他們把瓶子內裝滿了清澈的金色液體，這香味彷佛是由多種鮮花釀出之蜂蜜，讓人感覺神清氣爽。很快地，他們就開始輕鬆地談笑，對大雨和黑騎士嗤之以鼻。這時，他們覺得剩下的幾哩路應該很快就會過去了。

佛羅多背靠著樹幹，閉上眼。皮聘和山姆坐在他附近，起初三人低聲地哼著旋律，最後開始低聲吟唱起來：

呵！呵！呵！美酒當前怎可錯過，
治我心痛，消災解禍，
就算風吹雨打也不難過，
漫漫長路還得要走，
清風吹拂，躲在樹下享受輕鬆，
坐看雲朵輕輕飄過。

呵！呵！呵！他們更大聲地唱著。突然間，三人不約而同地閉上嘴。佛羅多跳了起來，隨風飄來一陣長長的嘶吼聲，彷佛某種邪惡孤單的生物的叫聲。這音調起起伏伏，最後以淒厲的尾音作結。當他們不知所措地發呆時，另一聲更遠的嚎叫聲，跟著回應了之前的呼喊，兩次的聲音都讓人毛骨悚然、血液凍結。緊接著是一段沈默，眾人只能聽見風吹樹葉的聲音。

「你覺得那是什麼聲音？」皮聘試著故作輕鬆地說，卻掩飾不了話音中的顫抖：「如果那是隻鳥，牠以前絕對沒有在夏爾出現過。」

「那不是什麼鳥獸的聲音，」佛羅多說：「那是個訊號，或是召喚的聲音，那刺耳的聲音中有著我聽不太懂的語言。我只知道，沒有任何哈比人能發出這種聲音。」

沒人再繼續討論這個話題。他們都想到了黑騎士，但無人願意將這念頭說出口。現在，他們坐立不安，不管留下或是繼續前進都讓他們十分害怕，但他們遲早還是得走到通往渡口的開闊平地上。幾分鐘之內，他們就再度扛上背包，繼續趕路。

不久之後，他們就走到了森林的盡頭，出現在他們眼前的是一片寬廣的草地，他們這才發現方向果然太過偏南。在這一片平原的盡頭，可以看見河對岸是巴寇伯理的低矮山丘；不過，這些山丘現在和原訂計畫不同，現在卻出現在他們的左手邊。他們躡手躡腳地從森林中走出，想要盡快地橫越這片毫無遮蔽的平原。

在離開森林的庇蔭之後，他們一開始覺得十分害怕，他們可以看見身後就是吃早餐時所在的高地。佛羅多擔心會看見黑騎士的身影站在那塊高地上，不過，他的憂慮並沒有成眞，緩緩落下的太陽從雲朵中探出頭來，再度開始照耀大地。恐懼慢慢地消褪，但眾人內心仍有一絲不安。腳下的土地變得越來越平坦、似乎經過細心照料。很快地，他們來到了一塊有著精心規劃的田地和草場的區域；四下有著籬笆、木門和灌溉用的溝渠，一切看起來都十分安祥寧靜，就如同平日夏爾的午後一般，他們的心情逐漸輕鬆起來。河岸越來越靠近，黑騎士的身影彷彿早已被拋到背後的森林中。

他們來到了一大片蕪菁田前，被一扇看來十分堅固的門給攔住了。門後是條夾在兩邊圍籬之間的小徑，通往遠方的樹叢，皮聘停了下來。

「我認得這個田和這個門！」他說：「這是老農夫馬嘎的土地，那邊樹叢附近一定就是他的田地。」

「啊，眞是一波未平一波又起！」佛羅多臉上的表情看來，跟踏進了惡龍巢穴沒什麼兩樣，其他人看著他，露出驚訝的表情。

「馬嘎有這麼可怕嗎？」皮聘問：「他是烈酒鹿家的好朋友。當然，他對於貿然闖入的傢伙來說是個可怕的對手，而且他還養了一群惡犬。不過，在這一帶的人非這麼小心提防不行，因爲他們已經很靠近邊界了。」

「我明白，」佛羅多說：「不過我還是沒辦法釋懷，」他有些尷尬地說：「我很怕他和他的狗，多年以來我都刻意避開他的田地。我那時還住在烈酒廳，是個小孩子；我被他抓到偷溜進去拔蘑菇好幾次，最後一次他把我痛打一頓，還帶我去看他的狗。『看著，乖狗們，』他說：『下次這傢伙如果再踏上我的地盤，你們就可以吃了他。趕他走！』牠們一路追我到渡口那邊。雖然我心裡明白那些狗知道分寸，不會眞的傷害我，但我對牠們的恐懼還是無法克服。」

皮聘笑了：「也該是你彌補的時候了。你反正也要住回雄鹿地，不是嗎？老馬嘎人眞的不錯，只要你不打他蘑菇的主意就行了，我們只要走在那條路上就不算亂闖啦。如果我們遇到他，讓我來說話，他是梅里的朋友，我以前常常跟他來這邊玩。」

他們沿著小徑前進，直到看見前方樹叢間的大屋和農舍才放慢腳步。馬嘎家和史塔克、沼澤地的大多數居民都是住在屋子裡的；馬嘎用磚塊建造堅固的農舍，旁邊還圍著一圈高牆。高牆面對小徑的地方有一扇很寬大的木門。

當他們越來越靠近時，突然間傳來了凶猛的犬吠聲，一個大嗓門的傢伙大叫著：「利爪！尖牙！小狼！乖！乖！」

佛羅多和山姆立刻呆立當場，皮聘還繼續往前走了幾步。大門一打開，三隻壯碩的獵犬就狂吠著衝向一行人。他們似乎對皮聘毫不在意，但倒楣的山姆只能靠在牆上被兩隻大狗狐疑地嗅聞著，只要他一動，就會被報以狂猛的吠聲，最大最兇的那隻狗，則是在佛羅多面前停了下來，悻悻低吠著。這時，門後才走出一名身材壯碩，有著一張紅潤圓臉的哈比人。「哈囉！哈囉！你們是那裡來的，有什麼需要嗎？」他問。

「午安，馬嘎先生！」皮聘說。

農夫開始仔細地打量他。「我說這可不是高貴的皮聘—呃，我是說皮瑞格林．圖克先生！」他的表情迅速從不悅轉換成歡愉的神色。「好久沒看您到這邊來啦，幸好我認識你。我本來準備讓這些乖狗料理陌生人的，這裡今天不太平靜，平常有一些怪傢伙在附近遊蕩。沒辦法，太靠近河邊了。」他搖著頭說：「但這個傢伙的氣質實在太詭異了。下次再遇到他，我絕不會讓他未經許可就經過我家的地。」

「你說的是什麼人呢？」皮聘說。

「你們沒有看見他囉？」農夫說：「他不久前才沿著這小徑往岔路走。這傢伙相當詭異，問的問題更是莫名其妙。還是你們先進來好了？我們可以比較輕鬆地談這個消息。圖克先生，如果你和朋友們願意賞光的話，我還有一些自己釀的好啤酒。」

看起來老農夫如果能在自己家裡說話，可能願意告訴他們更多消息，於是眾人都同意跟他一起進屋。「這些狗怎麼辦？」佛羅多緊張兮兮地問。

農夫哈哈大笑。「沒有我的命令，牠們不會動你一根汗毛的。來，利爪！尖牙！過來！」他大喊著：「小狼，過來！」三隻狗都聽話走了開來，佛羅多和山姆這才鬆了一口氣。

皮聘將另外兩位朋友介紹給老農夫認識。「佛羅多・巴金斯先生，」他說：「你可能不記得他了，但他以前就住在烈酒廳。」老農夫一聽見巴金斯這個名字猛地一驚，瞪了佛羅多一眼。佛羅多一時間以為對方又想起了多年前偷蘑菇的事情，開始擔心馬上就會被惡犬趕出去，但農夫馬嘎反而抓住了他的手臂。

「哇，實在太巧了！」他吃驚地說：「您就是巴金斯先生？快進來！我們得好好談談。」

一夥人走進農夫的廚房，在爐灶前坐了下來。馬嘎太太用大酒壺裝了滿滿的啤酒出來饗客，手腳俐落地倒了四大杯，這果然是好酒，皮聘這才覺得沒有因為錯過金鱸魚旅店而損失太多。山姆小心翼翼地啜著啤酒，他天生對夏爾其他地區的居民抱持著懷疑的態度。當然，更重要的是，他實在沒辦法這麼快就和打過他主人的農夫交朋友，不管那是多久以前發生的事情都一樣。

在閒聊了幾句天氣和收成的狀況之後（和平常比起來差不多），農夫馬嘎放下酒杯，看著所有的聽眾。

「嗯，皮瑞格林先生，」他說：「您是從哪裡來，準備要去哪裡呢？您是準備來拜訪我的嗎？那您沒通知我來接您可真是失禮。」

「不是的，」皮聘回答道：「既然您都看出破綻了，那我還是跟您說實話好了。我們是從別的方向走進您家的；我們是從田邊抄小路過來的，但並不是故意的，我們本來想要走捷徑去渡口，但在巨木廳附近的森林中迷了路。」

「如果你們這麼趕，那麼走大路還是比較快吧，」農夫說：「但我真正擔心的不是這個。如果你們想的話，隨時都可以踏上我家的土地，皮瑞格林先生。還有你，巴金斯先生；不過，我敢打賭，你可能還是很喜歡吃蘑菇吧！」他呵呵笑著說：「啊，沒錯，我記得這個名字。當年啊，佛羅多‧巴金斯小朋友可是雄鹿地一帶最壞的野孩子。不過，讓我擔心的不是蘑菇，在你們出現之前，我剛剛才聽過巴金斯這個名字，你們猜猜看那個怪傢伙問了我什麼問題？」

一行人著急地等待對方揭穿謎底。「結果哪，」農夫好整以暇地說道：「他騎著一匹大黑馬走到門口，那門剛好是開著的，他就這麼直接走到我家門前。他自己也是一身黑，斗篷、兜帽罩著緊緊的，彷彿不想讓任何人認出他來。『這傢伙來夏爾到底幹嘛？』我這麼想，我們這裡離邊境有一段距離，很少見到這些大傢伙，而且，我也從來沒聽過有這種怪人。」

「『日安！』我走出去道：『這是死路，不管你想要去哪裡，都還是走外面的大路比較快。』我不喜歡他的那身打扮，當利爪跑出來的時候，牠聞了一下，就發出好像被蜜蜂叮到一樣的嚎叫聲，牠就這麼夾著尾巴慘嚎著逃開，那黑衣人則是不為所動地坐在馬上。」

「『我是從外地來的，』他有些遲緩僵硬地指著西方，這傢伙竟然敢指過我的田耶，太不像話了！『你有遇到巴金斯嗎？』他彎身朝著我，用奇怪的聲音說。由於他的兜帽壓得很低，我完全看不見他的臉，但我覺得背脊一陣涼意。不過，我還是不明白，這個傢伙為什麼敢這麼大膽地闖入我的土地。」

「『快走！』我說：『這裡沒有姓巴金斯的人，你找錯地方了。你最好回頭往西走，去哈比屯看看，這次你可以走大路回去了。』，『巴金斯已經離開了，』他用嘶啞的聲音說：『他正在朝這邊走，距離不遠，我想要找他。如果他經過，你會告訴我嗎？我會帶金子給你。』，『不，我不需要，』我說：『你最好快點滾回到家。如果一分鐘之內你還不走，我就要放狗了。』，他發出嘶嘶聲，可能是笑聲，但我不確定。接著他策馬朝我躍來，我正好即時閃開。當我正準備叫狗兒過來的時候，他已經像閃電一般地衝到大路上了。你們覺得這是什麼狀況？」

佛羅多看著火焰，沈默了片刻。他腦中只有一個念頭：這下子該怎麼走到渡口去？「我不知道該怎麼想。」他最後終於說。

「那我告訴你該想什麼，」馬嘎說：「你根本不該去和哈比屯的傢伙廝混的，佛羅多先生，那邊的傢伙都是些怪人。」山姆動了動，用不友善的目光看著馬嘎。「不過你從小就是個膽大的傢伙，當我聽說你離開烈酒鹿家，去和比爾博老先生住在一起的時候，我就覺得你會遇上麻煩。記住我說的話，這一切都是比爾博先生的古怪行徑所招惹來的。他們說他的財富都是從遠方以奇怪的方式拿到的。就我聽說的來看，或許有人想要知道他外地弄來的財寶都埋到哪裡去了？」

佛羅多一言不發。老農夫精準的懷疑讓他感到十分不安。

「好吧，佛羅多先生，」馬嘎繼續道：「我很高興你終於恢復理智，回來雄鹿地這邊。我的忠告是：別離開這裡！也不要和這些外地人混在一起，你會在這邊交上一些朋友的。如果這些黑衣人又回來找你，我會應付他們，就說你死了，或是已經離開夏爾；只要你吩咐一聲就行了。其實這也不算說謊，因為搞不好他們想要知道的就是比爾博老先生的行蹤。」

「或許你說的對。」佛羅多避開農夫的目光，只敢直視著火焰。

馬嘎若有所思地看著他。「好吧，我看的出來你有自己的主意，」他說：「我很清楚這騎士和你的出現並不是巧合，或許你也對我所提供的消息早有所知。我可不是多管閒事，要你告訴我你的秘密，但我猜的到你遇上麻煩了，或許你正想著要如何不被人發現的走到渡口去？」

「我的確正在想這個問題，」佛羅多說：「但光是坐在這邊也沒有辦法，我們一定得試著趕到那邊去才行，恐怕我們必須告辭了。實在非常感謝您的慷慨！馬嘎先生，說來不好意思，但我害怕你和你的惡犬已經怕了三十年了。真可惜，看來我當年錯失了認識一個好人的機會。很抱歉我必須這麼快離開，如果有機會的話，我會再回來拜訪您的。」

「下次你來時，我會親自歡迎你的。」馬嘎說：「請容我作個提議。現在天已經快黑了，我們正準備要吃晚飯，通常我們天黑之後不久就會上床睡覺。如果你和皮瑞格林先生等人願意留下來和我們用餐，我們會很高興的！」

「我們也是！」佛羅多說：「但恐怕我們必須馬上離開，即使現在立刻離開，我們趕到渡口的時候也都天黑了。」

「啊！不要著急！我話還沒說完：在吃完晚餐之後，我會駕著馬車送你們去渡口，這樣你們會輕鬆許多，可能還可以省掉很多其他的麻煩。」

佛羅多不再推辭，接受了馬嘎的好意，也讓皮聘和山姆鬆了一口氣。太陽幾乎已經落到西方山丘的後面，天色也漸漸變暗。馬嘎的兩名兒子和三名女兒走了進來，大桌子上隨即擺設了豐盛的晚餐。廚房內點上了蠟燭，爐火也跟著升起，馬嘎太太忙進忙出，住在附近農莊的哈比人也跟著一起進房，過了不久之後，十四個哈比人一起愉悅地坐下用餐。啤酒任眾人暢飲，除了農家實在的料理之外，還有一大盤蘑菇和燻豬肉任大夥取用；三隻忠狗趴在爐火前面，啃著拍碎的骨頭和豬皮。

在眾人酒足飯飽之後，農夫帶著兒子們，提著油燈去備好馬車。當客人們走出來時，院子中十分灰暗，他們將背包丟上馬車，接著爬了進去。老農夫坐在駕駛座上，鞭策兩匹矮壯的小馬前進，她的老婆站在門廊上送行。

「馬嘎，小心照顧自己！」她喊道：「不要和外地人爭吵，直接回來！」

「沒問題！」他接著就駕車出了門口。此時四野無風，夜晚顯得十分靜謐，空氣中有些微的寒意。他們不點燈火緩緩進發，在一兩哩之後，小徑才接上岔路，開闊起來，在短暫的爬坡之後，他們來到了鋪上石子的大路。

馬嘎走下馬車，仔細地看了看北邊和南邊。夜空萬籟俱寂，也沒有任何可疑之處，薄薄的河霧在溝渠上往田野飄移。

「這霧氣會越來越重，」馬嘎說：「不過我回程時才會點燈，今天晚上不管會遇到什麼來人，我們都會先聽到他們的形跡。」

從馬嘎的小徑到渡口大概五哩多。哈比人舒服地坐著，但每個人都豎直了耳朵，仔細聽著除了車輪和馬蹄聲之外的風吹草動。在佛羅多的感覺中，馬車似乎跑得比蝸牛還要慢，皮聘在他身邊打盹，機警的山姆則是看著前方逐漸聚集的霧氣。

他們最後終於來到了渡口的岔路。路口的兩座白色柱子突然間出現在他們右方。老農夫馬嘎拉住小馬，馬車嘎吱作響地停了下來。正當他們急匆匆地跳出馬車時，一陣讓他們恐懼不已的聲音傳來：前方的路上有著清晰的馬啼聲，朝著他們而來。

馬嘎跳下馬車，一手握住韁繩，緊張地看著前方的大霧。騎士**喀達**、**喀達**的聲音越靠越近。在這靜滯的霧氣中，馬蹄聲顯得震耳欲聾。

「佛羅多先生，你最好趕快躲起來。」山姆緊張地說。

「你趕快躲回馬車裡面，用毯子把自己蓋起來，我們會把騎士騙到別的地方去！」他爬出馬車，站到老農夫身邊。黑騎士得要通過他才能靠近馬車。

喀達，**喀達**。騎士不停地靠近著。

「你好啊！」老農夫馬嘎大喊。不斷逼近的馬蹄聲停了下來，眾人可以在大霧中依稀看見幾碼外有一名披著斗篷的黑色人影。

「等等！」老農夫把韁繩交給山姆，大踏步走向前。「別靠近！你想要幹什麼？要去哪裡？」

「我要找巴金斯先生。你看見他了嗎？」一個含糊的聲音說。但，幸好，那是梅里・烈酒鹿的聲音，梅里掀開一盞油燈的蓋布，光線照在驚訝的老農夫臉上。

「梅里先生！」他大喊。

「當然是我啦！不然你以爲是誰？」梅里繼續往前走著。當他走出迷霧時，衆人的恐懼才消退下來；原先巨大的黑影也化成了正常哈比人的尺寸。他騎著小馬，脖子和嘴上用圍巾遮著，避免大霧中的濕氣。

佛羅多跳出馬車迎接他。「你終於出現了！」梅里說：「我剛才還想，你今天是不是不會來了，我正準備回去吃晚餐呢！大霧一起，我就朝史塔克的方向騎，看看你們是不是滾到山坡下去了，我可眞沒猜到你們會是這樣出現的。馬嘎先生，你是在哪裡找到他們的？養鴨的池塘嗎？」

「不，我發現他們偷溜進我的土地，」農夫說：「差點還要放狗趕他們，我想他們會告訴你詳情的。梅里先生、佛羅多先生和大家，請容我先行告退了，我最好趕快回家去，天色越黑，馬嘎太太會越擔心的。」

他將馬車退入小徑，接著扭轉方向。「祝你們晚安，」他說：「今天眞的很不尋常，幸好一切都圓滿落幕。啊，也許這該在大家都安全回家之後再說，我回到家一定會很高興的。」他點亮自己的油燈，走進馬車車廂內，他從座位底下變出了一個大籃子。「我差點忘了，」他說：「馬嘎太太特別替巴金斯先生準備的，這是她的一點心意。」他將籃子交給佛羅多，在衆人的感激和晚安生中離開了。

他們看著馬車的燈光慢慢消失在朦朧的霧氣中。佛羅多突然笑了，他拿著的籃子中飄出了蘑菇的香氣。

第五節 計謀揭穿

「我們最好也趕快回家啦！」梅里說：「我明白你們遇到了一些怪事，但這一切都可以等到我們進屋再談。」

一夥人走上鋪滿了白色石子、經過細心整理的渡口小道。經過幾百碼之後，他們就來到了岸邊，此地是一座寬敞的碼頭，一艘大型的平底渡船就靠在碼頭邊，碼頭上兩根白色的繫船柱在附近燈柱的照耀下反射著光芒。他們身後的霧氣現在已經比籬笆還要高，眼前的河水卻依舊黑沈沈一片，只點綴著幾絲從岸邊蘆葦叢中飄來的霧氣；對岸的濃霧似乎沒有那麼密。

梅里領著小馬走上渡船，其他人則依序跟在後面。梅里接著拿起一根長篙，將船推離碼頭。眼前的烈酒河寬廣而和緩，另外一邊的河岸比較陡，對岸的碼頭之上有一條彎曲的小徑往上延伸，也同樣有著閃爍的油燈。碼頭背後襯著雄鹿丘，在山丘旁隱約霧氣的遮掩中，有著許多窗戶的輪廓，其中透出或黃或紅的燈光，這就是烈酒廳眾多燈火中的一部分，也是烈酒鹿一家人的古老居所。

很久以前，沼澤地或甚至是夏爾一帶歷史最悠久的老雄鹿家族，在家長葛和達·老雄鹿的帶領之下，越過了烈酒河，這條河原先是哈比人東方領土的邊界。他建造（和挖掘）了烈酒廳，將姓改為烈酒鹿，在此地定居下來，並且成為這個與世隔絕區域的首領。他的家族不停地擴張，在他死後依舊沒有稍歇，最後，終於把整個山丘底下給擠滿了。光是這座山丘就有三個大門、許多個邊門，一百多個窗戶。烈酒鹿家人和難以記數的親戚們接著開始往底下挖，稍後則是在旁邊蓋，形成了一個以雄鹿丘為中心的聚落。這就是雄鹿地的起源，一塊夾在河邊和老林之間，人口密集的狹長地帶，被視為夏爾擴張的殖民地，它最大的村子則是巴寇伯理，位在烈酒廳後面的斜坡上。

沼澤地的居民對雄鹿地的住民十分友善，烈酒廳之長（烈酒鹿家族家長的稱號）的權威也受到史塔克和盧謝一帶居民的認同，但大部分的夏爾居民都認為雄鹿地的傢伙都怪裡怪氣的，幾乎可以算是半個外國人。不過，事實上，他們和其他四區的人並沒有多大的差別，唯一的不同是，他們喜歡船隻，有些人甚至還會游泳。

起先他們的土地和東方來客之間沒有任何的屏障，不過，稍後他們蓋了一道高籬笆，用來阻隔和保護自己。那是好幾個世代以前建築的防護，在經常的保養和加蓋之下，目前已經變得又高又厚。它沿著烈酒橋一路過來，直到籬尾（也就是柳條河從森林裡面流出，和烈酒河匯流的地方）：總共大概有二十哩長。不過，這當然不是滴水不漏的防護，很多地方的高籬都很靠近森林，因此，雄鹿地的居民在晚上都會鎖上門，和夏爾的人沒有多大的差別。

渡船緩緩地航過水上，雄鹿地的河岸越來越靠近。一行人中只有山姆以前從來沒有渡過河，當河水潺潺流過腳下時，他有種奇異的感覺：往日的生活都已留在迷霧中，前方只有黑暗的冒險，他抓抓頭，心中有些希望佛羅多先生可以一直在袋底洞終老。

馬嘎用磚塊建造堅固的農舍，旁邊還圍著一圈高牆。

聽眾開懷大笑，隨即轉為目瞪口呆——歌手不見了！

四名哈比人走下渡船，梅里負責將船繫牢，皮聘領著小馬往岸上走。此時，山姆（他正好往後看，似乎準備向夏爾道別）突然間用沙啞的聲音低語道：

「佛羅多先生，快回頭看看！你有看到什麼嗎？」

在不遠的對岸，昏黃的油燈照耀下，他們勉強可以看見一個黑色的身影站在碼頭上。當他們注視對方的時候，那人似乎在不停地左右移動和晃動著，好像在搜尋些什麼。接著他趴了下去，或者是彎下腰，退回了油燈照不到的黑暗中。

「那是夏爾的什麼怪東西啊？」梅里吃驚地問。

「是某個緊追不捨的傢伙，」佛羅多說：「現在先不急著問問題！我們趕快先離開這裡！」他們急忙走到岸上；當他們再度回頭的時候，對岸已經被濃霧所包圍，什麼都看不見了。

「感謝上天，你們沒有把其他船停在西岸！」佛羅多說：「馬兒可以渡河嗎？」

「他們可以往北走二十哩，從烈酒橋過河，或者他們也可以游過來。」梅里回答：「不過我從來沒聽說有哪匹馬游得過烈酒河，這跟馬匹又有什麼關係？」

「我等下再跟你說，我們先進屋裡去談。」

「好吧！你和皮聘都知道該怎麼走，我先騎馬去通知小胖你們要來了，我們會先準備晚餐和一些東西。」

「我們已經在老農夫馬嘎那邊用過晚餐了，」佛羅多說：「不過，多吃幾餐也無妨。」

「如你所願！把那籃子給我！」梅里隨即策馬馳入黑暗之中。

從烈酒河到佛羅多在溪谷地的新家距離並不近。他們繞過雄鹿丘和烈酒廳，在巴寇伯理的郊外走上雄鹿地從橋往南走的主要幹道，沿著這條路往北走了半哩左右，他們遇上了往右邊的岔路，一行人右轉走進這條岔路，在渺無人跡的荒野上又跋涉了幾哩。

最後，他們來到一堵厚重籬笆中的一扇小門前，它在外面草地和裡面庭院的矮樹包圍中顯得有些孤單。佛羅多選擇這個住所，是因爲它位在不爲人知的角落，附近沒有其他的住家。你可以神不知鬼不覺地進進出出。這是很久以前烈酒鹿家爲了招待客人所建造的，有時，想暫時躲避烈酒廳吵嚷生活的家人，也會搬到這裡暫住。這是老式的鄉間小屋，盡可能地模仿哈比人住的洞穴。建築本身又長又矮，沒有加高的樓層。它有著乾草鋪成的屋頂、圓形的窗戶和大大的圓門。

當他們沿著小徑走向大門時，庭院內沒有任何的燈光，窗戶緊閉，連百葉窗也拉了下來。佛羅多敲敲門，小胖博哲前來應門，友善的燈火隨著流洩而出。他們飛快地走進屋內，希望沒有被任何人注意到。出現在他們眼前的是一個寬廣的大廳，兩邊有著幾扇門，中間則是一條貫穿整棟房屋的走廊。

「你覺得怎麼樣？」梅里從走廊另一邊走過來。「我們盡可能在最短時間內把這裡布置得跟老家一樣，我和小胖昨天才把最後一車貨物運過來。」

佛羅多四下打量著，這裡看起來的確像老家，有很多他自己最喜歡的東西和比爾博的東西（這些東西搭配上新環境變得格外醒目）擺設在四周，梅里盡量將它們照著袋底洞的布置來安排。這是個十分舒適、美麗、溫馨的地方；讓佛羅多有了種幻覺，彷佛自己眞的是要在這邊定居，享受退休生活。讓老朋友爲了這樣一個煙幕付出這麼多心力，讓他覺得實在慚愧，他更不知道該怎麼對朋友表明，自己必須立刻離開的眞相。但，這件事不能再拖，一定要在所有人上床之前處理才行。

「眞是太棒了！」他勉強作出歡欣的表情道：「我幾乎感覺不出來自己搬家了。」

風塵僕僕的三人掛起斗篷，將背包整齊地放在地上。梅里領著他們沿著走廊走到一扇門前，門一開，火光和香噴噴的蒸氣隨著流洩而出。

「浴室！」皮聘說：「喔，我最崇拜的梅里！」

「我們該照什麼順序來洗呢？」佛羅多問：「敬老尊賢？還是手腳最快的先？不管用那個標準來看，皮瑞格林大人，你都會是最後一個。」

「請相信我的辦事能力！」梅里說：「我們總不能一來溪谷地就爲了洗澡而吵架吧。房間裡面有三個浴缸，一個裝滿了滾水的桶子。我當然也沒忘記毛巾、肥皂和踏腳墊。快點進去好好享受，不要拖拖拉拉的！」

梅里和小胖又走回走廊另一邊的廚房內，爲了待會兒的宵夜晚餐而奮鬥。浴室裡的潑水聲伴隨著荒腔走板的歌聲，皮聘突然扯開嗓子，唱起比爾博最喜歡的入浴歌。

唱起歌兒呀！辛勤一天終於可洗澡喂！
洗去泥巴和臭味！
洗澡不唱歌是傻瓜！
喔，熱水洗得我笑哈哈！

呵！雨滴落下眞清脆，
就像小溪奔流到海頭不回；
世上只有一物勝過雨滴和小溪，
那就是用蒸氣和煙霧的熱水洗身體。

喔！洗得太熱可以澆冷水，
渴了就灌大口水；
如果熱水淋背上，
最好啤酒握手上！

喔！噴泉噴水眞美麗，
噴到天空一粒粒；
噴泉音樂再動聽，
比不上熱水倒在我的累腳脛！

接著浴室內就傳來嘩啦的巨響，佛羅多跟著哇了一聲。看來皮聘的洗澡水眞的像噴泉一樣，噴濺到空中去了。

梅里走到門外：「來頓豐盛的晚餐配啤酒怎麼樣？」他大喊。佛羅多擦著頭髮走出來。

「到處都被弄得濕答答，我得到廚房去擦身體才行。」他說。

「怎麼跟小孩子一樣愛玩！」梅里看著裡面說，石製的地板幾乎都被泡在洪水中了。「皮聘，在你擦乾地板之前，沒有東西吃啦！」他說：「快點，不然我們就不等你了！」

他們在廚房靠近爐火的地方用餐。「你們三個應該不想再吃蘑菇了吧？」佛瑞德加不抱希望的問道。

「我要吃！我要吃！」皮聘大喊。

「它們都是我的！」佛羅多說：「是高貴的農婦之后馬嘎太太給我的！把你的臭手拿開，我來分！」

哈比人對蘑菇有種狂熱，比之大傢伙對金銀珠寶的熱愛，都無法和他們媲美，這也是佛羅多年輕時老愛去沼澤地探險，以及被馬嘎痛打一頓的原因。這次的蘑菇即使以哈比人的眼光來看，也多得足夠大家吃。除了蘑菇之外，還有很多其他的配菜。眾人吃完之後，連食量最大的小胖博哲，都心滿意足地嘆長氣。他們把桌子移開，將椅子圍著爐火放好。

「我們稍後再來清理，」梅里說：「快把一切跟我說，我猜你們一定經歷了許多冒險吧！我沒參與到眞是不公平，我要從頭聽到尾，而且，最重要的，我要知道老馬嘎到底怎麼搞的在渡口時，怎麼會用那種口氣跟我說話。他聽起來好像很**害怕**，我不知道這老硬漢會害怕耶！」

「我們全都很害怕，」佛羅多看著爐火一言不發，片刻之後才由皮聘開口。「如果你連續兩天都被黑騎士緊追不捨，你也會害怕的。」

「他們是什麼東西？」

「騎著黑馬的黑衣人，」皮聘回答：「佛羅多如果不願意說，我就從頭開始講了。」他接著從他們離開哈比屯，一路說到遇上梅里。山姆在其間有時點頭，有時插嘴補充，佛羅多依舊沈默不語。

「你們的話聽起來實在很像捏造的，」梅里說：「如果我沒看見碼頭上的黑影、聽見馬嘎的詭異語調，我還真的沒辦法相信。佛羅多，你的看法呢？」

「我們的表親佛羅多一直守口如瓶，」皮聘說：「也該是他說實話的時候了。到目前為止，我們只知道農夫馬嘎猜測：這可能和老比爾博的寶物有關係。」

「那只是個猜測而已，」佛羅多急忙說：「馬嘎啥也不知道。」

「老馬嘎可精明得很，」梅里說：「他腦子裡在轉些什麼東西，不見得會說出來讓你知道。我聽說他常常進入老林一帶，而他對於各種怪事也擁有豐富的經驗。但至少，佛羅多，你可以告訴我們，你覺得他的猜測正不正確。」

「我認為，」佛羅多慢慢地說：「他猜的還蠻有道理的。這的確和比爾博過去的冒險有關係；黑騎士真的在找東西，精確一點的說，他們的目標就是我或者是比爾博。如果你們真的想要知道，我只能坦承，這不是開玩笑的事情，我不管在哪裡，都一樣會面臨極大的危險。」他看著窗戶和牆壁，彷彿擔心它們會突然崩潰一般。其他人沈默地看著他，交換著別有深意的眼神。

「他就快說實話了。」皮聘對梅里耳語道，梅里點點頭。

「好吧！」佛羅多最後終於打定主意，他挺直腰桿說。「我不能再瞞了。我有件事情要告訴你們，但我不知道該如何說出口。」

「我想我應該可以幫你一把，」梅里靜靜地說：「就讓我先說出我知道的那部分吧。」

「你這是什麼意思？」佛羅多緊張地看著他。

「聽著，親愛的佛羅多：你天人交戰的原因是你不懂如何說再見，沒錯，你想要離開夏爾。但危機出現得比你預料的要早，你現在下定決心立刻出發，而你又有些掙扎，我們都替你感到十分遺憾。」

佛羅多張開嘴彷彿要說些什麼，隨即又閉了起來，他驚訝的表情讓眾人都笑了起來。「親愛的佛羅多！」皮聘說：「你真的認爲你把我們都唬住了嗎？你恐怕還不夠奸詐哪！從今年四月開始，你就明顯地準備要告別此地，因此開始和所有的朋友道別。我們經常聽見你自言自語：『不知道我以後還有沒有機會再看到這山谷？』和很多類似的話。你還假裝財富已經山窮水盡，更把你最愛的袋底洞賣給塞克維爾巴金斯一家！而且，你還常常和甘道夫密談。」

「天哪！」佛羅多說：「我一直以爲我已經夠小心、夠隱密了，我不知道甘道夫會怎麼責怪我。這麼說來，整個夏爾都在談論我離開的事情了嗎？」

「喔，沒有啦！」梅里說：「這你就不用擔心了！當然，這秘密也不可能隱藏太久。目前只有我們這幾個陰謀策劃者知道。畢竟，我們已經認識你那麼久，又經常和你玩在一起，我們這才猜得到你在想些什麼。我也認識比爾博，說實話，從他離開之後，我就一直很注意你。我認爲你遲早都會跟隨他的腳步，我本來以爲你會更早離開的；而近來的情勢讓我們更擔心。我們很害怕你會和他一樣神秘兮兮地消失，突然地離開。從今年春天以來，我們就對你緊迫盯人，也做了一些特別的安排，這次你要脫逃可沒這麼簡單了！」

「但我一定得走才行，」佛羅多說：「親愛的朋友們，我別無選擇。我知道大家都會很不好過，但你們強留我也無用。既然你們都猜到那麼多了，請你們助我一臂之力，不要阻攔我！」

「你誤會了！」皮聘說：「既然你一定得走，那我們也不例外，梅里和我決定和你一起走。山姆是個好人，他願意救你而赴湯蹈火在所不惜，但是這傢伙天生少根筋，你在這危險的旅途，需要的不只是一個同伴而已。」

「我最親愛、最體貼的哈比朋友，」佛羅多極度感動地說：「可是我不能這麼做，我很久以前就決定了。你們只知道危險，但你們不明白有多危險。這不是去找寶藏的任務，更不是輕鬆來回的冒險。我爲了躲避危機，而必須投入更大的危機。」

「我們當然明白，」梅里堅定地說：「所以我們才會決定跟你一起走。我們知道魔戒不能拿來開玩笑，但我們一定會盡全力協助你對抗魔王。」

「魔戒！」佛羅多這次眞的驚訝地說不出話來。

「沒錯，魔戒，」梅里說：「我親愛的哈比朋友，你太低估了周遭朋友的好奇心，我知道魔戒的存在已有好多年了；事實上，在比爾博離開前我就知道了。但既然他把這當做秘密，我就把這消息藏在心底，直到我們開始構思這計畫時才派上用場。當然，我對比爾博的認識沒有像對你那麼深，我那時太年輕了，而他也比你更小心，但這還是無法阻擋我的好奇心，如果你想要知道這背後的故事，我願意和你分享。」

「繼續說吧！」佛羅多有氣無力地說。

「我想你也猜得到，是塞克維爾巴金斯一家人讓他露出馬腳的。大概在宴會前一年左右，有一天我正好走在路上，我發現比爾博就在前方。突然間，一群塞巴人出現，朝著我們走來。比爾博停下腳步，然後，達啦！他消失了，我吃驚得差點找不到地方躲起來。但我還是靈機一動，鑽過籬笆，躲到別人的院子裡去了。我從籬笆縫隙往外偷窺，在塞巴人走了之後，比爾博就在我的眼前重新出現，我看見他把什麼金色的東西放進口袋中。」

「在那之後我就更注意他的行動，事實上，我承認我的確偷偷摸摸地刺探了好幾次，沒辦法，這件事真的太誘人了，而我當時也還沒成年。除了佛羅多之外，我猜我大概是全夏爾唯一看過老傢伙秘密記事本的人。」

「你讀過他的書！」佛羅多大喊道：「媽呀！難道這世界上沒有秘密可言了嗎？」

「我想應該是的，」梅里說：「但我只是倉促間瞄了一眼，有很多地方看不懂。這本書他隨時隨地都收得好好的，不知道後來到哪裡去了，我還想再看幾眼。在你手上嗎，佛羅多？」

「不。那本書不在袋底洞，他一定是帶走了。」

「好吧，剛剛說到哪裡了？」梅里繼續道：「我一直把這件事情埋在心裡，直到今年秋天事態嚴重為止，於是我們就開始策劃這次的行動。既然我們準備要大幹一場，我們就必須謹慎行事，你可不是口風很鬆的人，更無法從甘道夫那兒套出任何情報。不過，如果你想要知道我們的名偵探是誰，我可以介紹給你認識。」

「他在哪裡？」佛羅多看著四周，彷佛覺得這神出鬼沒的傢伙會從杯子裡面跳出來。

「請讓我介紹：名偵探山姆！」梅里說。山姆脹紅著臉站了起來。「這就是我們的情報來源！他可真是位可靠的線民，可惜他最後暴露了形跡。在那之後，我覺得他好像認為自己是在假釋中，因此再也沒有洩漏任何消息。」

「是山姆！」佛羅多驚訝得不知道該有什麼感覺，該說些什麼。他不知道該生氣、該好笑、該鬆口氣，還是該覺得自己是傻瓜。

「是的，大人！」山姆說：「請您見諒，佛羅多先生，我對你並沒有惡意，對甘道夫先生也是一樣。**他真的很明理，當你說要獨自前往的時候，他說不行！帶個你能相信的人一起去。**」

「可是現在，我不知道該相信誰了」佛羅多說。

山姆悶悶不樂地看著他。「關鍵是在於你想要什麼樣的朋友。」梅里插嘴道：「你可以信任我們為你兩肋插刀，上刀山下油鍋，一起撐到最後。你也可以相信我們守口如瓶，不會像你一樣走漏絲毫口風。但你不能夠認為我們會讓你獨自面對危機，不留隻字片語地離開。佛羅多，我們是你的朋友，反正，狀況是這樣：我們知道甘道夫告訴你的大部分消息，我們也知道很多有關魔戒的情報。雖然我們非常害怕，但我們還是要和你一起走，就算你不同意，我們也要緊咬著你的屁股不放。」

「不管怎麼說，大人，」山姆補充道：「你也應該聽從精靈的建議。吉爾多建議你可以和自願的同伴同行，這點你總不能否認吧。」

「我沒有否認，」佛羅多看著露出微笑的山姆說：「我沒有否認。但是，以後不管你有沒有打鼾，我都不會相信你已經睡著了，下次我得狠狠地踢你一腳來確認。」

「你們這群奸詐的黃鼠狼！」他轉過身面對衆人。「但願上天祝福你們！」他笑著站起來，揮著手說：「我被打敗了，我願意聽從吉爾多的建議，要不是因爲我所面對的危機是這麼黑暗，我早就手舞足蹈了。即使是這樣，我還是忍不住打從心底高興，我已經好久沒有這麼高興了，我本來一直很害怕今天晚上這樣的情景。」

「好極了！就這麼決定了。讓我們來替佛羅多隊長和冒險隊歡呼吧！」他們大聲歡呼，在佛羅多身邊手舞足蹈。梅里和皮聘開始唱歌，從他們熟練的程度來看，似乎是早就爲這個場合準備好的。

那是模仿比爾博踏上冒險之路的矮人歌曲所做的，曲調是一樣的：

告別老家和廳堂，
穿過大雨和風狂，
天亮之前快出航，
越過森林和山岡。

奔向瑞文戴爾，那精靈還居住的地方，
那迷霧籠罩的草原寬廣，
我們策馬奔馳穿越荒原的阻擋，
奔向未知的前方。

前有敵蹤，後追兵，
餐風露宿忍霜冰，
不克險阻誓不停，
抵達終點達使命。

快出航！快出航！
天亮之前策馬颺！

「好極了！」佛羅多說：「但這麼一來，在我們上床之前還有很多事要忙，而且，這也是我們最後一晚在屋簷下睡覺了。」

「喔！那只是爲了押韻而已啦！」皮聘說：「難道你眞的準備在天亮之前就出發？」

「我不確定，」佛羅多回答道：「我擔心那些黑騎士的動向，我很確定任何地方只要待太久就不安全，特別是在這個大家都知道我去向的地方。吉爾多也建議我一刻也不要等，但我很希望甘道夫能夠及時趕到，連吉爾多聽見甘道夫沒有出現時都露出了擔憂的表情。關鍵是在兩個地方，黑騎士趕到巴寇伯理要花多久時間？我們能夠多快出發？我看這可能要花不少時間準備。」

「至於第二個問題的答案，」梅里說：「我們在一小時之內就可以出發，我已經準備好一切必要的東西。對面的馬房裡面有六匹小馬，所有的補給品和裝備都已經打包好了；我們只需要把預先打包會壞的食物處理好，並準備一些額外的衣物即可。」

「你們的計畫還眞有效率，」佛羅多說：「不過，黑騎士又該怎麼辦？我們多等甘道夫一天還安全嗎？」

「安不安全的關鍵在於，你認爲這些黑騎士找到你之後會怎麼做，」梅里回答：「如果他們沒有在北門，也就是高籬和河交會的地方被攔下來，他們現在可能就已經到了這裡。守衛不可能晚上開門讓他們通過，但他們也有可能會硬闖。我想，即使在白天，他們也不會讓這些騎士進來，因爲他們絕不可能對這些騎士的外表不起疑，也一定會感到不安。至少，他們會送口信到烈酒廳主人的耳中。不過，雄鹿地也無法長期抵抗對方的攻擊，即使黑騎士登門尋找巴金斯先生，可能明早守衛也會放他們過去，畢竟大家都知道你已經回來在溪谷地定居了。」

佛羅多坐著沈思了片刻。「我已經決定了，」他最後終於說：「我明天天一亮就出發。不過我不會走大路，那種明目張膽的方式恐怕比在這裡等待還危險。如果我從北門離開，那麼全雄鹿地就會知道我的行蹤，而沒辦法讓追兵至少有幾天搞不清楚狀況。不只如此，就算黑騎士進不了雄鹿地，烈酒橋和靠近邊境的東方大路一定也有人監視。我們不知道到底有多少名黑騎士，但我們遇到了兩名，可能還有更多，我們唯一的選擇就是採取出奇不意的方向。」

「但這就表示我們得要從老林走！」佛瑞德加害怕地說：「你不是認眞的吧？那裡和黑騎士一樣危險。」

「不見得，」梅里說：「這聽起來可能有些走投無路，但我認爲佛羅多是對的，那是唯一可以暫時擺脫追兵的方法。如果運氣夠好，我們甚至可以領先他們許多。」

「可是，在老林裡面沒有什麼幸運不幸運的事情，」佛瑞德加抗議道：「在裡面根本沒有運氣可言，你一定會迷路的，人們根本不去那裡。」

「才不呢！」梅里說：「烈酒鹿家人只要心情好，就會進去晃晃，我們有自己的入口。佛羅多很久以前也進去過一次，我自己進去過幾次，當然，通常是在白天，樹木昏昏欲睡，不敢蠢動的時候。」

「好吧，你們愛怎麼做就怎麼做！」佛瑞德加說：「我最害怕的就是老林了，那裡的故事每次都會出現在我的惡夢中。我不和你們一起走，我的意見其實也不太重要。不過，我很慶幸自己可以留在這邊，告訴甘道夫你們做了什麼傻事，讓他可以趕快跟上去收拾殘局。」

雖然小胖博哲是佛羅多的好友，但他一點也不想離開夏爾，或是見識外面的大千世界。他的家族是來自夏爾東區，精確一點說，是大橋地的羊皮渡口，而且，他連烈酒橋都沒有踏出去過。在原本的計畫中，他就是要留下來，應付那些多嘴多舌的閒人，盡可能讓大家以爲佛羅多先生還居住在溪谷地。他甚至還帶了些佛羅多的舊衣服來協助自己假扮對方，他們壓根沒想到這會是多危險的任務。

「好極了！」當佛羅多瞭解整個計畫之後，他不禁說：「反正我們也沒別的辦法留口信給甘道夫。當然，我也不確定黑騎士識不識字，但我可不敢冒險把消息寫下來，一旦被他們搜到就糟糕了。既然小胖願意留下來，那甘道夫就有辦法知道我們的行蹤。這讓我終於下定決心：我們明天一早就進老林。」

「就這麼決定了，」皮聘說：「說實話，我寧願出去跋涉也不要負責小胖的職務，在這邊等黑騎士出現。」

「等你走進森林裡面就知道了，」佛瑞德加說：「在明天天黑之前，你就會希望自己還留在這屋子裡面。」

「沒必要再吵啦，」梅里說：「我們還得要把東西收拾好，在上床前把行李都打包，天亮之前我負責叫你們起床。」

好不容易上床之後，佛羅多有很長的一段時間無法入眠。他的腿很痠痛，不禁慶幸明天一早可以騎馬，不用步行，最後，他緩緩地沈入夢鄉。在夢中，他似乎從一個俯瞰樹海的窗戶往外看，在那森林中有著生物嗅聞的聲音，他覺得對方遲早都會聞出他的位置來。

然後，他聽見遠方傳來奇怪的聲音。一開始他以爲是強風吹拂森林的聲音，然後，他明白那不是樹葉的聲音，而是遙遠的海浪聲；而他這輩子從來沒聽過海的聲音，不過，這點在夢中並沒有太困擾他。突然間，他發現自己站在空地上，四周沒有任何的樹木，他站在一片黑色的荒地上，空氣中充滿著詭異的鹹味；他抬起頭，看見眼前有座高大的白塔，孤單地矗立在高地上。他突然有種強烈的慾望，想要爬上高塔看看大海是什麼樣子。當他蹣跚地走向高地準備進入高塔時；天空突然被閃光照亮，隆隆的雷聲也跟著傳來。

第六節 老林

佛羅多突然醒了過來，房間裡面依舊一片黑暗。梅里一隻手拿著蠟燭，一隻手猛力敲著門。「好啦！什麼事？」驚魂未定的佛羅多說。

「還敢問什麼事！」梅里大喊道：「該起床啦。都已經四點半了，外面一片大霧。快點！山姆已經在準備早餐了，連皮聘都起床了。我正準備去把替馬上鞍，順便把馱行李的那匹馬牽過來。記得幫我叫醒那個懶蟲小胖！至少他得起床送我們吧！」

六點之後不久，五名哈比人就已經整裝待發。小胖博哲哈欠連天地跟著送行，他們躡手躡腳地走出屋子。梅里帶頭牽著馱行李的負重馬，沿著屋後的小路走，然後穿越了幾塊草地。樹葉因為晨露和霧氣而閃閃發亮，連樹枝都在滴著水，青草則是沾著灰濛濛的露珠。四下萬籟俱寂，讓遠方的聲音也變得十分清晰：野鳥在森林中啁啾，遠方的住戶有人用力地關上大門。

他們到馬廄裡面牽出小馬，這些正是哈比人喜歡的結實馬種，牠們雖然跑得不快，卻耐操勞，適合整天的勞動。一行人騎上馬，頭也不回地騎進大霧中。濃密的霧氣似乎不情願地在他們面前分開，又迫不及待地在他們身後闔上。在沈默了一小時之後，高籬突然間出現在他們面前，結實的籬笆上掛著許多銀色的蜘蛛網。

「你怎麼讓我們過去？」佛瑞德加說。

「跟我來！」梅里說：「你們就會知道了。」他轉過身，沿著高籬往左走，很快就來到一個籬笆沿著一座谷地往內彎的地方。距離高籬不遠的地方有條小路蜿蜒地朝著高籬延伸，緩緩往下傾。這條小路兩邊有著緩緩升高的磚牆，走到一半，兩邊的磚牆就在小路上會合，底下是一個鑽過高籬的隧道，通往另一邊的谷地。

小胖博哲在這邊停了下來。「再會，佛羅多！」他說：「我真希望你們不要走進森林裡，但願你們不會在天黑以前就需要別人救援。祝你們日日天天都好運！」

「只要前方沒有比老林更糟糕的未來，我就已經算是好運了，」佛羅多說：「告訴甘道夫，沿著東方大道快點趕上，我們應該過不了多久就會走上大路，盡可能地趕路。」

最後，他們一起大喊「再見！」，騎馬走下斜坡，鑽入隧道，消失在佛瑞德加的視線中。隧道裡面又黑又濕，另一端則是一扇由厚重鐵條所打造的柵門。梅里下了馬，打開門鎖，當所有人通過之後，他將門一拉，鎖喀達一聲地扣上了，這聲音聽起來充滿了不祥的感覺。

「你們看！」梅里說：「你們離開了夏爾，來到外面的世界了，這裡就是老林的邊緣。」

「有關老林的傳說都是眞的嗎？」皮聘問道。

「我不知道你指的是哪些故事，」梅里回答：「如果你說的是小胖的保母常說的鬼故事，有關什麼地精和惡狼之類的傳說；那我的答案是否定的，至少我不相信這些鬼故事。但這座森林的確有些古怪，這麼說吧，這裡的事物彷彿都自有主張，對外界的變動更敏感，和夏爾的環境大不相同。這裡的樹木不喜歡陌生人，它們會注意著你，通常，只要天還是亮著的，它們就只會看著你。偶爾，對動物最有敵意的老樹會刻意丟下枝幹、伸出樹根絆人、或是用鬚根纏住你。但人家告訴我，晚上事情就沒這麼簡單了。如果是以晚上來說，我只有來過這邊一兩次，而且都不敢離高籬太遠。我感覺所有的樹木好像都在竊竊私語，用無法辨認的語言交談著各種陰謀和計畫。幾乎每一株樹的枝枒都鬼氣森森地無風自動。我聽人說，這些樹木眞的會移動，而且會把陌生人團團圍住。事實上，很久以前它們曾經攻擊過高籬，它們將自己連根移植到籬笆旁邊，以樹幹的重量壓上去。後來，哈比人爲了保護家園，砍掉了成百的樹木，在老林裡面放大火清地，在高籬東邊燒出了一條長長的空地來。在那之後，樹木就放棄了攻擊的行動，變得更不友善，距離那場大火不遠的地方，至今都是寸草不生。」

「這裡對人有威脅的只有樹木嗎？」皮聘問。

「在另一邊住著很多奇怪的生物，」梅里說：「至少人家是跟我這樣說的。不過，我從來沒有看過這些傢伙。我只能確定，這裡有些生物會製造出足跡和獸徑。隨時隨地只要進來這座森林，你都可以找到明顯的痕跡，但這些痕跡和獸徑似乎會照著奇怪的規律進行變動。離這隧道不遠的地方以前有條很寬的大路，通往篝火草原，然後它會再往我們要走的方向延伸，往東，再往北，我要找的就是這條路。」

一行人離開了隧道口，騎上空曠的谷地，在谷地的對面有條不太明顯的小徑通往森林中。這條路大概長幾百碼左右，但一到森林邊緣路就消失了。穿過森林中濃密的枝枒往回看，衆人還依稀看得見高籬的位置。在他們前方則只剩下各式各樣的樹幹：有直的、有彎的、扭曲的、斜的、瘦的、寬大的、纖細的、光滑或是充滿樹瘤的，唯一的共通點，就是所有的樹皮上都長滿了黏呼呼的苔蘚。

只有梅里看起來很高興。「你最好趕快帶路找到方向，」佛羅多提醒他：「不能讓我們走散，或是搞不清楚高籬在哪個方向！」

他們騎著馬在樹林中穿梭，小心地躲開地面交錯的樹根。地上寸草不生，地勢也變得越來越高。隨著他們越來越深入林中，樹木看來也變得更黑暗、更高聳、更密集，除了樹葉上凝結水氣滴下的聲音外，整座森林沒有任何其他的動靜。暫時，這些樹木還不會竊竊私語、輕舉妄動；但是，所有人都有種不安的感覺，彷彿正被人以敵視的眼光監視著。這種讓人毛骨悚然的感覺不斷滋長，不久之後，每個人都開始疑神疑鬼地四下打量，彷彿擔心會遭到神秘力量的攻擊。

到目前為止，都沒有出現任何小徑的蹤跡，樹木似乎不停地擋住四人的去向。皮聘突然覺得再也忍受不了，毫無預警地大喊：「喂！喂！」他說：「我一點惡意也沒有，麻煩你們讓我過去好不好！」

其他人都吃了一驚，紛紛停下腳步。這聲喊叫彷彿被重重的簾幕給掩蓋住一般含糊，森林中沒有任何的迴音和回答，只讓人覺得一切都變得更為擁擠和提防。

「如果我是你，我就不會這樣做，」梅里說：「這對我們有害無益。」

佛羅多開始懷疑這次到底能不能找到路徑，自己決定踏入這恐怖森林的抉擇是否正確。梅里不停地張望，似乎也不確定該往哪邊走，皮聘注意到對方的神情。「你真厲害，沒花多久的時間就讓我們迷路了，」佛羅多說。不過，梅里卻同時吹了聲口哨，指著前方說：

「幸好！幸好！」他說：「我就覺得這些樹木真的有在移動。我想前面應該就是篝火草原了，原來的小徑卻不知道移到哪裡去了！」

隨著他們朝草原前進的腳步，附近的天色變得越來越亮。他們接著走出了樹林的包圍，來到了一塊圓形的空曠草地上。他們抬頭一看，驚訝地發現天空竟然是清澄的藍色，因爲原先他們在森林的茂密植物阻擋之下，連大霧的消失和升起的太陽都無法得見。不過，太陽這時還沒有高到足以越過四周的植物，照進這塊空地中，在靠近這塊草地周圍的地方，樹葉顯得額外茂密和集中，似乎想要滴水不露的阻隔這塊土地。這塊空地上幾乎都是低矮的雜草和一些較高的野生植物，包括了莖葉特別發達的毒胡蘿蔔、木莖的西洋芹，在散佈四處的灰燼中茂密生長的火跡地雜草、猖獗的蕁麻和薊類植物。這地方看來確曾飽經劫火，但和四周的森林比較起來，卻成了一座讓人輕鬆許多的美麗花園。

他們感到振奮許多，紛紛翹首期盼溫暖的陽光照進這空地。在草地的另一端，由老樹所構成的銅牆鐵壁間有一道空隙，衆人可以清楚地看見一條小徑深入密林。小徑不窄，頂上也難得的有足以讓陽光照入的空隙；不過，裡面那些邪惡的老樹有時搖動著詭異的樹枝，遮住這難得的空隙。不久之後，他們沿著這條小徑再度進入密林。雖然這條路依舊不平坦，但這次他們進行的速度快多了，心情也開朗許多。在他們看來，森林終於退縮了，會讓他們不受阻礙地通過。

可是，一段時間之後，森林中的空氣開始變得凝滯、燥熱。兩旁的樹木越來越靠近，讓他們再也無法看見遠方景象。此時他們更能夠強烈地感受到，整座森林的惡意向他們直撲而來。在這一片寂靜中，小馬踏在枯葉上的蹄聲和偶爾被樹根阻擋的聲音，在哈比人耳中迴響著，成了一種煎熬。佛羅多試著唱歌激勵大家，但不知爲什麼，他的聲音變成只有自己能聽見的囁嚅聲。

喔！漫步在黑暗之地的旅行者，
別絕望啊！黑暗不會永遠阻隔，
森林不會永無止盡，
最後定可看見陽光照在小徑：
不管是太陽落下或升起，
黃昏晚霞或是美麗晨曦。
無論東南西北，森林不會永無止盡……

止盡……連他自己唱完最後兩個字都無法繼續下去，四周的氣氛突然沈重下來，連說話都覺得有種莫名的壓力。就在他們身後，一根巨大的枯枝從高處落下，轟然砸在地面，聚攏的樹木似乎再度阻擋了他們的道路。

「它們多半是不喜歡什麼『森林不會永無止盡』的說法，」梅里說：「我們現在還是先別唱。等我們走到森林邊，看我們再給它一個大合唱！」

他興高采烈地說著，即使內心有什麼憂慮，也沒有表現於外，其他人默不吭聲，都覺得十分沮喪。佛羅多覺得心頭壓著千斤重擔，每走一步就對自己向這些樹木挑釁的愚行感到後悔。事實上，他正準備停下來，如果可能的話，甚至提議衆人回頭；但就在那一刻，事情有了新的轉機。

小徑不再蜿蜒上升，道路變得平坦許多，黑暗的樹木往兩邊後退，眾人這時都可以看見面前寬闊、平直的道路。他們甚至可以看見一段距離之外有座翠綠的小丘，上面光禿禿的，沒有任何的樹木，在這一片森林中顯得十分突兀，這條小徑似乎就直朝著那小丘而去。

眾人眼看可以暫時脫離森林的籠罩和壓迫，於是重新打起精神拼命趕路。小徑下傾了一段距離，接著又再度往上爬升，終於帶他們來到了陡峭的小丘底部。小徑一出樹林就混雜在草地中，變得不再那麼明顯，小丘四周的樹林包圍著它，彷彿像是禿頭周圍一圈濃密的頭髮一樣詭異。

哈比人牽著馬兒往上爬，一路來到了山丘頂，從山頂眺望四周。附近在太陽的照耀下尚稱明亮，但還是有些迷濛霧氣飄浮在遠方，因此，哈比人也無法看清遠處的景象。近處的霧氣幾乎全都散去了，但四周還是零星點綴著一些濃霧。在他們的南邊，森林中有條看來十分蜿蜒的凹陷，濃霧像是白煙一般地持續從中冒出。

「那裡，」梅里指著那個方向說：「就是柳條河。柳條河從山上流下來，往西南方走，穿越森林的正中央，最後和烈酒河於籬尾處合流。我們可不能往那邊走！柳條河谷據說是整座森林中最詭異的地方，根據傳說，那裡是一切怪事的根源。」

其他人紛紛朝著梅里指著的方向看去，但除了濃密的霧氣和深谷，什麼也看不見；在河谷之外，森林的南方也隱沒在霧氣中。

太陽現在已經升到了半空，讓山上的眾人都覺得熱了起來。現在多半已經十一點了，但秋天的晨霧依舊沒有完全散去，讓他們無法看見遠方。往西看去，他們最多只能看見高籬的依稀影像，在其後的烈酒河就已經完全無法辨認，讓他們抱持最大希望的北方，則是連他們的目的地：

東方大道的影子都看不見，一行人彷彿站在樹海的孤島上，四周都成了一片迷濛。

東南方的地勢十分陡峭，山坡似乎一直延續到濃密的森林中，就像從海中升起的海岸一樣。他們坐在坡上，俯瞰著這一片綠色的密林，吃起了午餐。等到太陽越過了天頂之後，他們終於看見東方老林邊緣外的山丘輪廓，這讓他們大爲振奮。能看見森林邊境之外任何的事物都是好的；不過，如果有別的選擇，他們是不會往那個方向靠近的，古墓崗在哈比人的傳說中，是個比森林更邪惡的地方。

他們下定決心繼續前進。帶著他們來到這座小丘的道路，又再度出現在山的北邊。不過，他們沒走多久就發現這條路一直往右偏，很明顯地是通往柳條河谷，這可不是他們想要去的地方。經過一段討論之後，他們決定離開這條路，直接往北邊走：因爲他們雖然在山丘上看不見東方大道，但它一定就在那個方向，距離也應該不太遠才對。除此之外，北邊看起來也比較乾燥、比較開闊，山坡上的樹木似乎也少一點；在那邊，松樹和柏樹取代了這裡的橡樹和白楊木，看來讓人安心許多。

一開始這決定似乎非常正確，衆人前進的速度很不錯，唯一讓人擔心的問題是，每當他們看到太陽的方位時，都會有種道路持續往東方偏的感覺；不久之後，樹木卻又開始合攏起來，怪異的是，這正是從遠處看來樹林開始變得稀疏的同一個位置。道路上更開始出現了一道又一道的深溝，彷彿是被巨大車輪碾過的痕跡一樣，在這些深溝中還長滿了大量的荆棘。而這些深溝每每都是毫不留情地切過他們所走的道路，導致他們每次都必須牽著馬匹狼狽地走下，再艱辛地爬出，小馬們非常不適應這樣的跋涉和地形。每當他們好不容易下到深溝中時，眼前都一定是濃密的矮灌木和糾結的野生植物。不知道爲什麼，如果他們往左邊走，所有的植物就會糾纏在一起，讓他們無法通過；只有當他們往右邊走的時候，這些植物才會讓步，往往他們還必須在深溝中跋涉相當的距離之後才能夠找到路爬上去。每一次他們爬出深溝之後，眼前的樹木就顯得更爲蓊鬱、更爲幽暗，只要一往左、往上坡走，眼前的路就會顯得難以通過；最後，他們只得照著這股莫名的意志不停的往右、往下坡走。

大概過了一兩個小時，他們完全失去了方向感，只知道一行人已經偏離了北方。他們只能夠照著一條安排好的道路向東南前進，而這是外來的意志替他們決定好的，他們只能別無選擇地朝著森林中心而去。

快傍晚的時候，他們又走進了一個比之前的深溝都要陡峭、深邃的地塹。它的坡度陡到不管前進還是後退，根本無法牽著馬和行李再爬出來，他們唯一能夠做的只是沿著深溝往下走。地面開始變軟，有些地方甚至如沼澤一樣發出惡臭，兩邊的溝壁也開始冒出泉水。很快地，衆人的腳下就出現了一條穿梭於雜草間的小溪；接著，地勢急遽下降，小溪的水流變得越來越急、越來越強，衆人這才發現，他們已經來到了一個天空都被樹木遮蔽的溪谷中。

在踉蹌地前進一段距離之後，他們突然走出了狹窄的空間，彷彿走出地牢的大門一般，哈比人終於再度看見了陽光。他們走到空地上才發現，他們所脫離的是一個陡峭得幾乎如同懸崖一樣的峽谷。峽谷出口處是一塊長滿了雜草的空地，遠方也可以看到另外一個同樣陡峭的山壁輪廓，金色的陽光懶洋洋照在兩座山壁之間的空地上。在空地正中央的是一條看來十分慵懶的褐色小溪，兩旁夾雜著古老的柳樹。柳樹替這條蜿蜒的小溪遮擋著陽光、河中也倒著許多枯死的柳樹，充塞著無數掉落的柳葉。這塊空間彷彿全部被柳樹所佔據，河谷中吹過一陣溫暖的秋風，所有的柳葉都在枝枒上飄動著、草地發出窸窣的聲音、柳樹的枝幹跟著咿呀作響。

「啊，至少我現在終於知道，這是哪裡了！」梅里說：「我們走的方向跟計畫完全相反。這就是柳條河！讓我先去打探一下狀況。」

他一溜煙地鑽進陽光照耀下的野草中。不久之後，他跑了回來，向大家報告山壁和小河之間的土地蠻結實的，有些草地甚至一路長到河岸邊。「還有，」他說：「河的這邊有道很類似腳印的痕跡。如果我們往左走，跟著那足跡，我們應該可以從森林的東邊鑽出去。」

「可能吧！」皮聘說：「但前提是，那腳印必須一直走出森林，不會帶著我們走到沼澤裡面才行。你想會是什麼人、爲了什麼原因留下腳印？我覺得那恐怕對我們沒什麼好處。我對這座森林和裡面的一切都抱持著懷疑，而且我也開始相信，這裡的傳說都是其來有自的！況且，你知道我們要往東走多遠才會走出森林嗎？」

「我不知道，」梅里說：「我從來沒這樣走過。這次我根本連走進柳條河多遠都不知道，更別提怎麼會有人來到這個人跡罕至的地方留下足跡了。就目前的情況看來，我只能說暫時看不出有別的脫困方法。」

既然別無選擇，他們也只能把這足跡當作唯一的希望。梅里領著眾人踏上他所發現的足跡，此地的雜草、蘆葦興盛蓬勃，放眼望去幾乎都比他們還要高，不過，這道足跡開闢出了一條小路，讓他們走起來不會太辛苦。而且，這條小路還非常聰明地避過了許多惡臭的池水和沼澤，讓一行人免除了身陷沼澤的危機。這條小徑穿越了許多河谷，延伸進入柳條河流出森林的河口；每當他們遇到這樣無法徒步渡過的阻隔時，就會看見前面有經人刻意擺放的樹幹，或樹枝搭成的簡陋橋樑。

眾人開始覺得燥熱難耐，一堆蒼蠅在他們的眼前和耳邊亂飛，下午的烈陽毫不留情地照在他們的背上。最後，他們終於來到了一個有著遮蔭的地方，許多粗大的灰色枝枒遮住了小徑上頭的天空。一進入這個區域，他們就覺得舉步維艱，睡意彷彿從地面流進他們的血管中，更從空氣中降落在他們的頭上和眼中。

佛羅多感覺到下巴垂了下去，頭也不住地點著。走在他前面的皮聘四肢著地趴了下去。佛羅多被迫停了下來。「沒用的，」他聽見梅里說：「我們不休息就再也走不動了，一定得小睡片刻才行。柳樹底下好陰涼，蒼蠅也少多了！」

佛羅多不喜歡這種感覺。「清醒一點！」他大喊道：「我們還不能夠睡覺。我們一定得先走出森林才行。」此時，其他人已經完全失去了抵抗力，根本無法瞭解堅持的重要性，站在旁邊的山姆也開始打起呵欠，惺忪的雙眼不住地眨動。

佛羅多自己也突然覺得非常想睡，他感到一陣天旋地轉，四周一片死寂。蒼蠅不再發出嗡嗡聲。他在半夢半醒之間只能聽見有個溫柔的聲音在哼著，彷彿有首輕柔的搖籃曲在他耳邊縈繞，這一切似乎都是從頭上的枝枒中傳來的。他勉力抬起沈重的眼皮，看見頭上有一株巨大的老柳樹。這棵柳樹巨大得可怕，樹枝如同擁有細長手指的灰色手臂一樣，縱橫交錯的伸向天空；扭曲生瘤的樹幹則是穿插著巨大的裂縫，如同獰笑的大嘴，配合著枝枒的移動發出咿呀聲。在明亮天空襯托下飄揚的落葉，讓佛羅多覺得十分暈眩，腳步一個踉蹌就仰天在草地上躺了下來。

梅里和皮聘拖著腳步往前走，頭靠著柳樹幹躺下來。樹幹上的裂縫悄然無聲地張開，讓兩人在它懷中沈睡。兩人抬起頭，看著灰黃的樹葉在陽光下搖動著、發出美妙的樂音。梅里和皮聘不約而同地閉上眼，似乎聽見有個難以辨認的聲音，正述說著清涼的河水和沈眠。他們在這魔咒的籠罩下不再堅持，靠著灰色的老柳樹腳下沈沈睡去。

佛羅多躺在地上，和一波波襲來的睡意不斷搏鬥；最後勉強掙扎著再度站起身。他突然對冰涼的溪水有了強烈的渴望。「等等我，山姆！」他結巴地說：「我要先泡泡腳。」

他神智不清地走到老樹靠河的那邊，跨過那些盤根錯節、像毒蛇一般伸入水中飢渴啜飲的樹根。他找了條樹根坐下來，將滾燙的小腳放進冰涼褐色溪水中，就這樣靠著樹幹突然睡著了。

山姆坐下來，抓著腦袋，拼命地打哈欠。他覺得很擔心，天色越來越晚，這突如其來的睡意實在很可疑。「讓我們想睡的，一定不只是太陽和暖風的影響，」他嘀咕著說：「我不喜歡這棵大樹。我覺得它很詭異，這棵樹好像一直在對我們唱催眠曲！這樣不行！」

他奮力站起身，蹣跚地走去察看小馬的情形。他發現有兩匹馬已經跑離了小徑，正好趕上將牠們牽回另外兩匹馬的身邊。此時，他突然聽見了兩個聲音，一個很大聲，一個很低微卻十分清晰，大聲的是有什麼沈重的物體落入水中的嘩啦聲、後者則是彷彿有扇門關起來的咿呀聲。

他急忙衝到河岸邊。佛羅多就坐在水裡面，有根粗大的樹根正把他往水裡壓，但他毫無抵抗之意。山姆一把抓住他的外套，死命地將他從樹根下拉出，拖到岸上去。歷劫餘生的佛羅多立刻就醒了過來，不停地嘔吐和咳嗽。

「山姆，你知道嗎，」他好不容易才喘過氣來：「這個樹妖把我丟進水裡！我可以感覺得到！它把樹根一扭，就把我壓到水裡去了！」

「佛羅多先生，我想你應該是在作夢吧，」山姆說：「如果你想睡覺，就不應該坐在那種地方。」

「其他人怎麼樣了？」佛羅多慌亂地問：「不知道他們在作什麼夢？」

他們立刻繞到樹的另一邊去，山姆這才知道剛剛聽見的咿呀聲是什麼。皮聘消失了，他剛剛躺的那個裂隙闔了起來，把他完全吞了進去。梅里則是被困在樹縫內；另外一道裂縫像是鉗子一樣，將他的上半身給夾了進去，只剩下兩隻腳露在外面。

佛羅多和山姆起先死命地敲打皮聘原先躺著的地方，然後又試著撬開咬住梅里的可怕裂縫。但這兩個嘗試都是白費力氣。

「怎麼會這樣！」佛羅多狂亂地大喊：「我們爲什麼要進入這個可怕的森林？我眞希望我們現在都還在溪谷地！」他用盡全身力氣，使勁踹了樹幹一腳。一陣十分微弱的晃動從樹根一路傳送到樹枝，樹葉晃動著、呢喃著，似乎在嘲笑著兩人徒勞無功的努力。

「佛羅多先生，我們行李裡面有斧頭嗎？」山姆問。

「我帶了一柄小手斧來砍柴火，」佛羅多說：「要對付這種大樹實在派不上用場。」

「我想到了！」山姆一聽到柴火立刻想到新的點子。「我們可以點火來燒樹！」

「或許吧，」佛羅多懷疑地說：「但也有可能把皮聘給活活烤熟。」

「至少我們可以先威嚇或是弄痛這棵樹，」山姆激動地說：「如果它膽敢不放人，就算用啃的，我也要把它弄倒！」他立刻跑回馬匹旁，帶回兩個火絨盒和一柄手斧。

兩人很快地將乾草、樹葉及一些樹皮收集起來，將一堆樹枝聚攏成一堆。他們將這些柴火通通搬過去。山姆用火絨盒一打出火花，乾草立刻就被火舌吞食，開始冒出白煙來。火焰發出劈啪聲，老樹的樹皮在火焰的舔食之下開始變得焦黑，整棵柳樹開始不停地顫動，樹葉似乎發出憤怒和疼痛的低語聲。梅里突然大聲慘叫，而樹幹的深處也傳來皮聘含糊的吼聲。

「快把火滅了！快滅了它！」梅里大喊著：「如果你們不照做，它會把我夾斷，這是它說的！」

「誰？什麼？」佛羅多趕忙跑到樹幹的另一邊。

「快滅火！快滅火！」梅里哀求道。柳樹的枝枒開始不停地晃動。四周的樹木突然間紛紛開始顫動，彷彿有陣憤怒的微風從老柳樹爲中心往外擴散，讓整座森林都陷入了暴怒之中。山姆立刻踢散了柴火，踏熄了火焰。佛羅多慌亂中下意識地沿著小徑狂奔，大喊著**救命！救命！救命！**連他自己都聽不太清楚這呼救的聲音，柳樹枝葉所掀起的狂怒之風幾乎將它完全掩蓋住了，他覺得走投無路，感到無比絕望。

突然間他停下了腳步。他覺得自己彷彿聽見了回音，但這回答是從他身後，森林的更深處所傳來的。他轉過身仔細傾聽著，很快地，他就確定不是自己的耳朵在作祟，的確有人在唱歌，一個低沈、歡欣的聲音正在無憂無慮地唱歌，但歌的內容卻是隨口胡謅：

呵啦！快樂啦！叮鈴噹叮啦！
叮鈴噹叮啦！跳一跳呀！跟著柳樹啊！

湯姆·龐，快樂的湯姆，湯姆·龐巴迪啦！

佛羅多和山姆半是害怕、半是期待地呆立當場。突然間，那聲音呢喃了一連串毫無意義的言語之後，又唱了起來：

嘿！快樂來啦！囉哈哈！親愛的哇！
季節的風如同羽毛一般輕柔的啊。
沿著山坡飛舞，在陽光下跳舞，
在門前等待著冰冷星光的替補。
我的美人兒啊，河婦之女啊，
纖細一如柳枝，清澈好比泉水哇！
老湯姆爲你帶來盛開的蓮花，
步履輕盈往家跑，你是否聽見他的歌聲啊？
嘿！快樂來啦！囉哈哈！快樂得受不了，
金莓，金莓，快樂的黃莓笑！
可憐老柳樹，快把樹根收！
湯姆急著要回家。夜色趕著白天走！
湯姆摘來蓮花送回家。

嘿！來啦，囉哈哈！你是否聽見他的歌聲啊？

佛羅多和山姆著魔一般地站著。怒風止息下來，樹葉軟垂在無力的樹枝上。接著，在另一段歌聲的伴奏下，佛羅多眼前的小徑上出現了一頂高高的舊帽子，它的帽緣很寬，帽帶上還插著長長的藍色羽毛。戴著帽子的人手舞足蹈地跳了出來，雖然兩人不太確定這人的種族，但至少知道這傢伙的身材對哈比人來說太高、太壯了些。不過，他的身高似乎還沒有高到足以加入大傢伙的行列，但他所發出的聲音卻毫不遜色。他粗壯的腿穿著一雙黃色大靴子，一路橫衝直撞的彷彿像是要去喝水的大水牛。這人蓄著一臉褐色的鬍子，穿著藍色的外套，雙頰紅得跟蘋果一樣，還有一雙又藍又亮的眼睛。他的臉上有著無數由笑容所擠出的皺紋，手中則是拿著一片大樹葉，上面盛著許多白荷花。

「救命啊！」佛羅多和山姆不約而同地衝向他。

「哇！等等！等等！」那傢伙舉起一隻手示意，兩人彷佛被一股無形的力量給擋下來。

「兩位小傢伙，你們氣喘吁吁地要去哪兒啊？這裡是怎麼回事？你知道我是誰嗎？在下湯姆·龐巴迪。告訴我，你們遇到了什麼麻煩？湯姆要趕路哪！別壓壞了我的荷花！」

「我的朋友們被柳樹給吃下去了！」佛羅多上氣不接下氣地說。

「梅里先生快被夾成兩半了！」山姆大喊著。

「什麼？」湯姆·龐巴迪跳起來大喊道：「是柳樹老頭？這可真糟糕啊！別擔心，我很快就可以解決，我知道要用什麼調子對付他。這個灰撲撲的柳樹老頭！如果他不聽話，我會把它整得死去活來。我會唱出一陣狂風，把這傢伙的樹枝和樹葉全都吹光光。可惡的老柳樹！」

他小心翼翼的將荷花放在草地上，跑到樹旁去。他剛好看見梅里伸出的雙腳，其他的部分幾乎全被老樹給拉了進去。湯姆把嘴湊進那裂縫，開始用低沈的聲音歌唱，旁觀的兩人聽不清楚歌詞，卻注意到梅里被這聲音給驚醒了，他的小腳也開始死命地亂踢。湯姆跳了開來，順勢撞斷了一根柳樹的枝幹。「柳樹老頭，快放他出來！」他說：「你倒底在想些什麼？你不應該醒來的。好好的吃土、深掘你的樹根！大口喝水！沈沈睡去！龐巴迪勸你不要多事！」他一把捉住梅里，將他從突然打開的裂隙中拉出來。

嘎吱一聲，另一個裂隙打了開來；皮聘從裡面飛出，彷彿被人踢了一腳。裂隙喀達一聲再度闔上，一陣顫動從樹根傳到樹枝，最後陷入一片死寂。

「謝謝你！」哈比人爭先恐後地道謝。

湯姆·龐巴迪哈哈大笑。「哈哈，小傢伙們！」他低頭看著每個哈比人的面孔。「你們最好跟我一起回家！桌上擺滿了黃乳酪、純蜂蜜、白麵包和新鮮的奶油，金莓在等我回家哪，等下吃飯的時候我們再好好聊。你們放開腳步跟我來！」話一說完，他就拿起荷花，比了個手勢示意大家跟上，又繼續手舞足蹈地沿著小徑往東走，口中還唱著那些胡謅的小調。

他們對這突如其來的轉變一時間還是無法適應，只能默默不語地盡快跟著跑。但這還不夠快，湯姆很快地就消失在面前，歌聲變得越來越遙遠。突然間，他的聲音又精神飽滿地飄了回來！

黑騎士的馬以獨特的視覺，可以看到黑暗中的身影……

她的歌謠釋放了美麗春曉，歌聲彷如融化冰霜。

快跑啊，小朋友，沿著柳條河走！
湯姆要先回家點起蠟燭火，
太陽西沈，很快就得摸黑走。
當暮色籠罩，家門才會打開，
窗户中透著暖暖黃光。
別再害怕夜色！別再擔心柳樹阻擋！
別怕樹根樹幹搗亂！湯姆就在前方。
呵嘿！快樂的啦！我們就在前方！

這段歌聲一結束，哈比人就什麼也聽不見了。太陽也湊巧地在此時落下。他們想到了烈酒河沿岸的萬家燈火，雄鹿家窗戶中透出的溫馨氣氛。許多的陰影遮擋在小徑上，兩旁的樹枝彷彿都虎視眈眈的瞪著他們，白色的霧氣開始從河上升起，籠罩在兩岸的樹林間，從他們腳下還升起了許多的霧氣，和交錯的樹根混雜在一起。

很快地，小徑就變得十分模糊難辨，一行人也覺得無比疲倦。他們的腿跟鉛一樣重，兩旁的樹叢和雜草間傳來各種詭異的聲音。如果他們抬起頭，更可以看見許多樹瘤、扭曲的面孔從小徑旁低頭看著他們，臉上露出獰笑。眾人開始覺得這一切都是一個惡夢，他們只是在一個永遠無法醒來的惡夢中跋涉。

正當他們想要放棄的時候，突然發現小徑的坡度開始慢慢上升，潺潺的水聲傳進他們耳中。

在黑暗中，他們似乎可以看見小河匯聚成了一座瀑布，白色的泡沫搭配著溪水嘩啦啦地往下落，就在這裡，森林到了盡頭，迷霧也不再圍繞。一行人走出了森林，踏上了一圈翠綠的草地，河水到了這邊變得十分湍急，似乎笑嘻嘻地迎接他們；而天上的星光照耀在躍動的河水上，讓他們看見了新的奇觀。

他們腳下的草地又軟又整齊，似乎有人經常在整理，背後的森林也修剪得整整齊齊，好似一座籬笆。小徑兩旁點綴著石頭的美麗道路，一路通往一座圓丘的頂端，在更遠處是另一座山坡，以及溫暖的燈火，小徑跟著上上下下，沿著和緩的斜坡通往那燈火。接著，一片黃光從開啓的門內流洩而出，那就是湯姆·龐巴迪的家，小丘後面是一座陡峭的高地，之後則是綿延到東方夜空的古墓崗。

哈比人們和小馬都急匆匆地趕向前，他們的疲倦和恐懼彷彿都消失於無形。**嘿！快樂地來啦！**這首歌是歡迎他們前來的歌。

嘿！快樂的來啦！親愛的朋友快點來！
哈比人！小馬兒！
我們都喜歡朋友來，宴會開！
精彩節目快開始！好聽歌兒一起唱！

接著是另一個清澈、如同春天一樣充滿活力、包容一切的聲音。那聲音彷彿是從高山上清晨中流洩而出的泉水，銀亮亮地在這夜色中歡迎他們：

歌兒快開始！我倆一起唱！
歌頌太陽，星辰，雨水和迷霧，還有多雲的天氣和月亮，
露水落在羽毛中，光芒照在樹葉上，
風兒吹過石南花，清風拂大崗，
荷花漂在水面上，深池旁邊雜草長，
老龐巴迪和那河之女兒一起唱！

在那歌聲中，哈比人全站在金黃的燈光照耀下，動也不動地傾聽著。

第七節　進入湯姆·龐巴迪的家

四名哈比人站在門內，動也不動地站著，只能不停地眨眼。他們身在一個長型低矮的房間中，天花板上的油燈照的房內如同白晝；打磨而發亮的黑木桌上，也放著許多粗大的黃蠟燭，放出溫暖的光芒。

在房間的另一邊，一名女子坐在面對大門的椅子上。她有著一頭豐潤及肩的金色秀髮，身上穿著翠綠色的長裙，長裙上點綴著如露珠一樣閃閃發亮的銀線，腰上繫著一條黃金打造的腰帶，上面雕刻著精細的荷花，間或裝飾著勿忘我草的藍色花心，腳邊則放著許多綠色和土色的容器，裡面浮著美麗的荷花；一時之間，眾人有種她漂浮在荷花池內的感覺。

「快進來，我的好客人們！」她一開口，四人立刻知道這就是之前清朗歌聲的主人。他們手足無措地走了幾步，向主人鞠躬，覺得自己實在笨拙得可以。四人感覺得彷彿是在簡陋草房的門口想要討些水喝，卻沒想到是由一名披著美麗花朵的精靈女王接待他們。不過，在他們開口之前，她就輕巧地越過了地上的水盆，巧笑倩兮地奔向他們，伴隨著她的腳步，長裙跟著發出了如同微風吹拂過河邊花床一般的輕柔樂聲。

「諸位不要客氣嘛！」她握住佛羅多的手說：「高興一點，開懷大笑吧！我是河之女金莓。」接著，她步履輕盈地一轉，倒退著將大門關上。「讓我們把黑夜關在外面吧！」她說：「看來你們依舊對樹影、深水和野性生物餘悸猶存。別再害怕！因爲今晚你們在湯姆·龐巴迪的庇護之下。」

哈比人紛紛吃驚地看著她，金莓則是對每個人報以慷慨的笑容。「美麗的金莓小姐！」佛羅多覺得內心中充滿了無法理解的愉悅。他腦中一片空白，如同被精靈的美麗樂音所迷惑一般；但這次他所著的魔咒是完全不同的類型，這愉悅沒有那麼超凡出塵，卻更貼近凡夫俗子，更撼動人心，雖美妙但不疏離。「美麗的金莓小姐！」他只能擠出這幾個字來：「我們剛剛所聽見的歌聲中，原來竟藏著這麼美麗的暗示！」

喔，纖細一如柳枝！呵，清澈好比泉水啊！
喔，鮮嫩彷彿河邊草哇！美麗的河之女啊！
呵，春去夏來春復返呀！
喔，清風吹過萬丈瀑，綠葉起舞笑哈哈！

一發現自己竟然脫口說出這些詩句，他立刻結巴地停了下來，而金莓大方地笑了。

「歡迎！」她說：「我沒想到夏爾的客人如此舌燦蓮花。不過，我從你眼中的光芒和歌中的語調，聽得出來你是精靈之友。這眞是讓人歡欣無比！請先就座，等我們家的主人回來！他正在照顧你們疲倦的馬兒，應該馬上就好了！」

哈比人老實不客氣地在鋪有軟墊的椅子上坐下，同時每雙眼睛都目不轉睛地看著忙進忙出的金莓；她優雅得如同舞蹈一般的動作，讓每個人都覺得滿心歡喜。屋後傳來了另外一個歌聲。在**叮鈴噹叮啦**、**快樂的啦**和**囉哈哈**之間，他們可以聽見有幾句話不斷地重複著：

老湯姆·龐巴迪是個快樂的傢伙；
他穿著淡藍的外套，黃色的靴子暖和和。

「美麗的小姐！」佛羅多不久之後問道：「可否請您回答我愚昧的問題？湯姆·龐巴迪究竟是誰？」

「就是他。」金莓依舊保持優雅的笑容和動作。

佛羅多困惑地看著她。「就是你們剛剛遇見的那個人，」她回答了他的疑惑。「他是森林、流水和山丘的主人。」

「這塊奇異的大地都是屬於他的囉？」

「當然不是！」她的笑容漸漸隱去。「這是太沈重的負擔了！」她彷彿自言自語地低聲補充道，「所有生長於此、生活於此的花草和樹木都擁有自主權。湯姆·龐巴迪只是主人，他沒有恐懼，不管在白天黑夜，他都可以自由自在地走在林中、水邊和山上，沒有任何力量能夠干涉他。湯姆·龐巴迪是主人。」

另一扇門咿呀一聲打了開來，湯姆跟著走進房內。他的帽子已經脫了下來，濃密的褐髮現在像是秋天滿地的紅葉一樣亂糟糟的。他笑著走向金莓，握住她的手。

「啊，我的小美人！」他向著哈比人們鞠躬行禮。「我們家的金莓穿著美麗的綠衣，戴著鮮嫩的花朵，可眞是漂亮！桌子都擺設好了嗎？我看到有黃乳酪和新鮮蜂蜜、香軟的白麵包、奶油、牛奶和奶酪，還有綠色的藥草和熟透的莓子。這樣夠了嗎？晚餐算是準備好了嗎？」

「已經準備好了，」金莓說道：「但客人們可能還沒準備好？」

湯姆一拍手，大叫道：「湯姆，湯姆！你竟然忘了替客人接風洗塵！來來，親愛的朋友們，讓湯姆替你們打理一切！擦乾淨你們黏膩的雙手，洗去臉上的汗滴，脫下你們蒙塵的斗篷，梳開你們糾結的頭髮！」

他打開一扇門，讓眾人跟他沿著一條短短的走道前進，接著走道轉了個直角的彎，讓他們來到有個低斜屋頂的房間中（看來似乎是在屋子北面所蓋的小閣樓）。房間的牆壁是由整齊的石塊所砌成的，但上面還掛著許多綠色的掛毯和黃色的簾幕，地上鋪著石板和新鮮的綠色燈心草；除此之外，地板上還有四塊厚厚的踏墊，每個墊子旁邊都堆著高高的白色毯子。在另一方的牆邊則有個放滿了寬大陶土盆的的長板凳，板凳旁邊放著許多裝滿清水的罐子。有些罐子的水冰冰涼涼的，有些則冒著蒸氣，房間中的床邊都放著綠色的軟拖鞋。

過不了多久，哈比人都梳洗完畢，兩兩對坐地在餐桌旁坐了下來，長桌的兩邊則是金莓和主人的位置。這頓飯吃得很久、很愉快，雖然餓壞的哈比人們狼吞虎嚥，但桌上的菜餚怎麼吃都吃不完。他們的碗內盛著的似乎是淸水，卻如同美酒一樣讓他們身心舒暢，心情輕鬆。這些小客人們突然意識到自己竟然高高興興地唱了起來，彷彿這比說話更爲自然。

酒足飯飽之後，湯姆和金莓開始收拾桌子，每位客人都奉命乖乖地坐在位子上，將疲倦的雙腳翹在小凳子上休息。他們眼前的壁爐內燃著溫暖的火焰，同時還發出甜美的香氣，彷彿燃燒的是最高級的蘋果木。在一切收拾妥當後，主人們將屋中所有燈火熄滅，只剩下壁爐上左右兩邊各點一對蠟燭和油燈。這時，金莓才拿著蠟燭站在他們面前，向每個人道晚安，祝他們有個好夢。

「安心地睡，」她說：「一覺睡到天亮！別擔心有任何聲音吵你們！除了月光、星光和晚風之外，沒有任何事物可以通過這裡的門窗。晚安！」她光彩四射地走出房間，腳步聲在眾人耳中聽起來，如同沿著山坡緩緩流入夜色中的溪水般悅耳。

湯姆沈默地在他們身邊坐了片刻，每個人都試圖鼓起勇氣，想要問出累積在心中的許多疑問。但他們的眼皮漸漸重了起來。最後，佛羅多開口了：

「大人，您會出現在我們面前究竟是巧合，還是您眞的聽見了我的呼救？」

湯姆渾身一震，彷彿從美夢中驚醒過來。「呃，什麼？」他說：「你是問我有沒有聽見你的呼救？才沒有，我沒聽見。我那時忙著唱歌哪。如果你們稱這爲機緣，那就只是湊巧而已。雖然這不是我的計畫，但我的確在等待諸位。我們聽說了你們的消息，也發現你們似乎就在附近跋涉，我們猜測過不了多久你們就會走到水邊，這座森林裡面的每條路最後都會通往柳條河。灰色的柳樹老頭可是個不錯的歌手，對於你們這些小傢伙來說，要逃脫他的陷阱更是難如登天。不過，我在那邊剛好有些事情待辦，那可是不能拖延的。」湯姆點點頭，彷彿開始打盹，但他繼續用歌聲唱道：

我有項使命要作：是收集那美麗荷花，
青翠綠葉和潔白荷花，只爲了討我那美人心歡，
這是秋天最後的荷花，收集起來才能度過嚴冬，
裝飾她靈巧的纖足，直到那冰霜融化。
每年夏末我都會替她摘取這鮮花，
從柳條河盡頭，又深又清的池子中採花；
那裡的荷花春初最先綻，夏末最晚謝。
就在那池邊，許久以前，註定了我和河之女的邂逅，
美麗的少女金莓坐在那池邊草地上。
她歌聲甜美，心兒快樂如小鹿亂撞！

他張開眼，用澄藍的雙目看著衆人：

諸位十分幸運，因爲我將不會再深入
那林中的水窪，
因這已是秋末冬初。我也不會再
經過那柳樹老頭的屋子，因爲這春天已過，
等到明年春天，歡樂的河之女娃，

沿著小徑在深池中沐浴，那才是我出門的時光。

他又再度沈默下來，但佛羅多實在忍不住要問第二個問題，那是他最想要知道的答案。「大人，告訴我們，」他問：「有關這個柳樹老頭。他是什麼？我從來沒聽過這個名號。」

「啊，不要啊！」皮聘和梅里突然間坐直了身。「別現在問！明天早上再說！」

「沒錯！」湯姆說：「現在是該休息的時候了。有些東西不適合在晚上談，一覺到天亮吧！別擔心晚上有異聲喧鬧！也別擔心柳樹的騷擾！」話一說完他就吹熄油燈，抓起一支蠟燭領著大家走進之前的房間。

他們的踏墊和枕頭都又軟又舒服，毯子則是白色的羊毛織的。這一群疲憊不堪的哈比人，頭剛碰到枕頭，連毯子都只拉到一半就睡著了。

夜半時分，佛羅多身處在一個沒有光線的夢中。他在夢中看見新月升起，在單薄的月光下有一座高聳的黑牆矗立在眼前，黑牆上唯一的空隙是座黑暗的拱門。佛羅多覺得自己被某種力量舉起，飛越了眼前的黑牆，這才發現這座岩牆是連綿的小丘，包圍著一座平原。平原的正中央聳立著一座高大的尖塔，似乎非人力所能建造。在塔頂站著一個人，緩緩升起的月亮似乎爲他而停留了片刻，照亮他在風中飄盪的白髮，從底下的平原上傳來邪惡的叫喊聲以及狼群的嚎叫聲。突然間，有道長著巨翼的影子掠過空中，那身影高舉手臂，一道光芒從他的手杖中激射而出，一隻壯偉的老鷹俯衝而下，將他抓了起來。底下的聲音開始淒厲地叫喊，狼群開始嚎哭，接著傳來一陣彷彿狂風般的聲響，伴隨著從東方傳來的急馳馬蹄聲。「黑騎士！」佛羅多猛然清醒過來，馬蹄聲依舊在耳邊縈繞，他開始懷疑自己是否有勇氣離開這屋子的庇護。他動也不動地躺著，傾聽著身邊任何風吹草動，但四周萬籟俱寂，什麼動靜也沒有。不久，他再度陷入夢鄉，沈沈睡去。

皮聘在他身邊睡得十分香甜，但他的夢境突然間有了改變，讓他不禁翻身哀嚎起來。他突然醒了過來，耳邊依舊可以聽見那打攪他夢境的聲音：**咚咚、吱呀**：這聲音好像是老樹的枝枒在風中舞動、敲著窗戶和牆壁。**吱嘎、吱嘎、吱嘎**。他開始擔心房子附近是否有種植柳樹，忽然覺得自己並不是住在普通的房子內，而是躺在一株柳樹內，傾聽著那恐怖的聲音再度嘲笑他。他坐了起來，確定自己是躺在柔軟的墊被上，於是又放心地躺下。他的耳邊似乎可以聽見之前湯姆的保證：「別害怕！一覺到天亮吧！別擔心晚上有異聲喧鬧！」然後他就又睡著了。

梅里的夢中則是出現了水聲：那潺潺的流水悄悄地擴散，似乎將整個房子吞沒入一個深不見底的池子中，池水在牆邊翻滾著，緩慢、持續地往上升。「我會被淹死的！」他想：「水一定會流進來，然後我會被淹死的。」他覺得自己好像躺在泥濘的沼澤中，他猛地跳下床，一腳踩在冰冷的石板地上，這下子他才終於想起自己睡在什麼地方，於是又乖乖地躺了回去。他似乎覺得自己想起，或是再度聽見了那話聲：「除了月光、星光和晚風之外，沒有任何事物可以通過這裡的門窗。」一陣甜美的香氣吹動了簾幕，飄了進來，他深吸一口氣，就再度睡著了。

山姆是四人中唯一一夜無夢的人，因爲他跟塊木頭一樣吵也吵不醒。

四人同時在晨光中醒了過來。湯姆在房間中吹著口哨收拾打掃，聲音大得跟衆鳥飛舞一樣。當他看見四人都醒過來時，他拍拍手大喊道：「嘿！快樂的來啦！叮鈴鐺啦！親愛的朋友起床啦！」他一把拉開黃色的窗簾，哈比人這才注意到房間東邊和西邊各有一扇大窗戶。

他們一起神清氣爽地跳下床，佛羅多立刻衝到東邊的窗口，發現自己面對著一座沾滿晨露的小菜園。由於昨晚那場栩栩如生的惡夢，他本來預料自己會看見一大塊滿是蹄印的草坪，結果，他所面對的是一個爬滿了豆藤的花架，遠方則是在日出襯托下顯得灰濛濛的山丘。今天早晨的天色看來有些蒼白，東方天際的雲朵看來像是邊緣染紅的羊毛一樣細碎，中間摻雜著一些黃色的晨光。天氣看來似乎會有場大雨，即使如此，日出的速度還是沒有受到任何的延遲，豆藤上的小花在太陽照射下變得生氣勃勃。

皮聘從西邊的窗戶往外看，看見一大團霧氣。整座森林都被掩蓋在霧氣中，感覺好像是低頭看著翻滾的雲海一般。柳條河經過的地方把霧氣帶出一條通道來，它從左邊的山丘潺潺流下，又流進霧氣籠罩的森林中。窗外就是一座小小的花園，旁邊則是圍著由銀網構成的籬笆，在籬笆外是沾滿了露水的整齊草地，附近根本沒有什麼柳樹。

「早安啊，朋友們！」湯姆將東邊的窗戶打開。一陣涼風吹了進來，聞起來有種大雨將至的味道。「我看今天太陽多半不會露臉太久。天剛亮我就在外面散步，腳底踩著露珠，頭上頂著濕漉漉的天空。我在窗戶底下用歌聲叫醒了金莓，但不敢這麼早吵醒我的客人。這些小傢伙們半夜會醒來，當然得天亮再叫他們囉！叮噹啦！起床吧，快樂的朋友們！忘記昨晚的聲音！叮鈴鐺啷，親愛的朋友們，如果你們動作快一點，早餐就在桌上，如果動作太慢，就只有青草和雨水可以吃啦！」

湯姆的威脅聽起來雖然不是很認眞，但飢腸轆轆的哈比人還是如狂風掃落葉般襲向餐桌，等到桌面看來有些空蕩之後才離開。湯姆和金莓都沒有出現在餐桌旁。湯姆在屋內、屋外四處走動，他們可以聽見他在廚房打理東西、在樓梯跑上跑下、在屋內和屋外到處唱歌。他們用餐的房間俯瞰著被迷霧擁抱的山谷，窗戶則是敞開著的。在他們用完餐之前，雲朵就已經合攏在一起，豆大的雨滴開始落下，森林完全被大雨所織成的簾幕給遮擋住了。

當他們看著窗外的大雨時，樓上也像雨滴落下一般自然地傳來金莓清朗的歌聲。他們沒辦法聽清楚每個字，不過卻很自然地知道這是首歌頌雨水的歌曲；歌中描述著一條小溪從山間的泉水開始，一路流向大海的故事，哈比人們心滿意足地聽著。佛羅多打從心底感到高興，感謝上天在此時降下這場及時雨，讓他們可以不用馬上離開。從一起床開始，再度踏上旅程的念頭就像千斤重擔壓得他喘不過氣來。幸好，從現在的情況看來，他們今天應該暫時不需要繼續趕路。

西風暫時停息下來，更多濃密的烏雲將雨水傾吐在綿延不絕的山丘上，屋子四周的景色都被籠罩在一片水幕當中。佛羅多坐在門口，看著門外的白色小徑聚集了許多雨水，成為流向山谷的乳白色小溪。湯姆·龐巴迪從另一個方向繞了過來，一邊揮舞著手似乎想要遮擋雨水，而當他走進屋內時，全身上下也只有靴子是濕的。在他把靴子脫到煙囪旁之後，他拉了張最大的椅子坐下來，示意客人們都坐到他身邊。

「這是金莓梳洗的日子，」他說：「也是她洗淨秋意的時機。對於哈比人來說太濕了些，趕快把握機會好好休息吧！今天很適合說故事、問問題和提出解答，就讓湯姆先來起個頭吧。」

接著，他講述了許多精彩的故事，有些時候彷彿在自言自語，有時又突然用那雙閃閃發光的藍眼睛環視眾人。他經常說著說著就離開位子，手舞足蹈地唱起歌來。他告訴他們關於蜜蜂和花朵的故事，樹木生長的規律和森林中各色各樣的奇怪生物，有善良也有邪惡的，有友善的也有敵視外人的，有殘酷的生物，也有溫和的生物，還有那些隱藏在竹林中不爲外人所知的秘密。

慢慢地，他們開始瞭解森林中一切事物運行的道理，覺得自己和這個衆多生物繁衍的地方格格不入。柳樹老頭一直不停在他的話題中出現，而佛羅多所知道的比他願意知道的還要多；因爲，這並不是個讓人心安的故事。湯姆坦白直接地說出這些樹木的思考模式：它們的思想不是一般生物可以理解的，這些老樹對於在大地上自由行走的動物充滿了怨恨，因爲這些動物咬著、齧著、砍著、燒著，摧毀一切，打攪一切。這座森林被稱老林不是沒有道理的，它是一座遠古森林的遺跡，在其中生長著無數個世代以來一直冷眼旁觀的老樹，它們曾經歷過樹木統治一切的時代，這無數的歲月讓它們充滿了智慧和自豪，也充滿了怨恨，其中最可怕的就是那棵大柳樹：它擁有一顆腐敗的心，力量正值巔峰；它詭計多端、更能夠掌握風雲的變化；而它的思想和歌曲在河兩岸不受阻攔地傳遞著；它那灰色的飢渴靈魂從大地吸取力量，在地底散佈細密的網絡，在空中伸張隱形的枝枒。最後，它將從高籬到古墓崗之間的森林全都收爲己有。

突然間，湯姆把話題從森林上帶開，開始談起清澈的小溪、水花四濺的瀑布、渾圓的卵石和怪石散佈的河床，描述著綠草和山隙間的小花，最後，一路來到了綿延的山崗。他們聆聽著這些翠綠山丘的過往，上面的巨石圈和之間的幽暗谷地。山羊成群結隊的行動，綠色和白色的高牆紛紛建起。高地上有著居高臨下的要塞，小國彼此征戰，烈日照在他們赤紅的鋼劍上，看著他們爲貪婪所演出的戲碼；有光榮的勝利，也有一敗塗地的慘況。高塔倒下、要塞被焚，烈焰沖天、戰火流竄。黃金堆放在亡故的國王和皇后的墓穴中，厚重的石門隨之關上，荒湮蔓草蓋過了一切。山羊在山崗上漫遊吃草，隨即又消失得無影無蹤。遠方魔影竄起，墓穴中的屍骨也開始騷動，帶著戒指的古墓屍妖開始蠢動，在風中漫遊著。在月光下，巨石圈變成了獰笑大嘴中的利牙。

哈比人感到一陣寒意，即使在夏爾，他們都對古墓屍妖和古墓崗的傳說有所耳聞。就算他們身處在遠方的溫暖火爐邊，這也不是個適合打發時間的輕鬆故事。四人突然想起了之前因此地的歡愉氣氛而忘記的事情：湯姆‧龐巴迪的屋子就座落在這些恐怖的山崗下。一時間四人面面相覷，再也無法專心傾聽對方的故事。

等到他們回過神的時候，他的故事已經飄移到眾人記憶和歷史記載的奇異之境；當時這世界依舊寬廣，大海直接奔流到西方海岸……但湯姆還是不停地述說下去，時光回到了那古老星光照耀的年代，只有精靈居住於這世界上的遙遠過往。忽然，他停了下來，哈比人發現他不停地點頭，似乎是睡著了。四個人動也不動地坐在他面前，無法掙脫那特殊的魔力；在他的歌聲之下，風雨止息、雲朵散去，天光暗去，黑暗從東西方席捲而來，天上，只剩下閃耀的星光。

佛羅多完全無法分辨現在到底是白天還是黑夜，抑或已經過了許多天。他一點也不覺得飢餓或疲倦，心中只是充滿了不停轉動的思緒。星光從窗戶透射進來，寂靜的蒼穹彷彿將他包圍。最後，他對這沈寂感到害怕，不由自主地說出內心的疑問：

「大人，您到底是誰？」他問。

「呃？什麼？」湯姆坐直身子，雙眼在一片迷濛中閃爍著。「你不是已經知道我的名字了嗎？這是唯一的答案。你是否能不用名字而介紹自己呢？我只能說你還年輕，我卻已十分蒼老。我是萬物之中最年長的。朋友，記住我的話：在河流和樹木出現之前，湯姆就已存在；湯姆看過第一滴雨水的落下，也目睹了第一顆橡實的成長。在大傢伙到來之前，他就已經在此地漫遊，他更看著小傢伙的抵達；在國王、墓穴和屍妖出現之前，他就已經在此落地生根；在精靈開始往西遷徙，在海洋移動之前，湯姆就已在此。他也曾渡過那在暗夜星光之下無所畏懼的年代，在那黑魔王從宇外出現之前的年代。」

窗外似乎掠過一道陰影，哈比人們急忙轉過頭察看。當他們轉回頭時，渾身沐浴在光芒中的金莓就站在門口。她一手拿著蠟燭，一手護著蠟燭的火焰；蠟燭的光芒彷彿陽光照在白雲上一般從她細白的指縫間流洩出。

「雨已經停了，」她說：「小溪也在星光下潺潺地奔流著。我們該高興起來，大聲歡笑！」

「大夥還是趕快大吃大喝吧！」湯姆跟著大喊道：「這麼長的故事讓我口渴了。從早聽到晚，也讓人飢腸轆轆了吧！」話一說完，他就從壁爐上取下蠟燭，從金莓的蠟燭上引火，一溜煙地跳出門外。

他很快就拿回一個又大又重的拖盤，兩人接著又開始忙碌地布置餐桌。哈比人們又驚又喜地看著：金莓的一舉手一投足都帶著莫名的優雅，而湯姆的怪誕行徑又是那麼的歡欣鼓舞。即使如此，這兩人的行動一如雙人舞般配合得天衣無縫，對彼此絲毫沒有妨礙。他們進進出出，繞著桌子行走，很快地就將食物、飲料跟照明佈置好了。桌面上放置著許多黃色或是白色的蠟燭，湯姆向客人一鞠躬。「晚餐已備妥。」金莓說。哈比人們這才注意到她現在穿著一身銀色的衣服，腰間是條白色的腰帶，而鞋子則如同魚鱗一樣閃閃發亮。湯姆則是一身勁藍，配著腳上的綠襪子。

這頓晚餐比前一頓還要豐富。在湯姆魔幻般的說書技巧下，他們錯過了很多頓飯；不過當食物一上桌，他們腹裡的饞蟲就立刻醒了過來，讓他們餓的如同一週沒吃飯一樣。這次他們專心一致地埋頭苦幹，沒時間分神唱歌或是交談，過了不久，他們才心滿意足地開始大聲談笑。

在用完晚餐之後，金莓和他們合唱了許多首歌。這些歌曲的旋律從山頂歡樂的開始，溫柔的潺潺流下，以若有所失的沈默做結束。在這沈默中，他們眼前似乎浮現了無比清澈深邃的池水，天空的倒影和星辰在水面上閃動著寶石般的光芒。最後，如同前晚一樣，她又再一次地向每個人道晚安，留下他們坐在爐火前，唯一不同的是，湯姆這次看來十分清醒，一連串問了他們許多問題。

他似乎已經對他們的背景和家世瞭若指掌，甚至連他們在夏爾都不怎麼記得的過往，都一清二楚。他們對此並不感到驚訝，不過，對方也不隱瞞這都是從農夫馬嘎身上知道的。而且，湯姆對這個人的看重超乎他們的想像：「他腳踏實地，手上沾著泥土，看過大風大浪，雙眼也機警得很。」湯姆說。很明顯的，湯姆也和精靈打過交道；不知透過什麼方式，他似乎也從吉爾多那邊知道了佛羅多的行蹤。

湯姆真的知道很多，而他的問題更是刁鑽直接，佛羅多發現自己對他透露了許多甚至沒在甘道夫面前說出的恐懼和想法。湯姆不停地點頭，當他聽見黑騎士的時候眼中隱隱閃動著光芒。

「讓我看看這寶貴的戒指！」他突然間插嘴說道。佛羅多也不知道到底怎麼一回事，竟然就這麼乖乖地從口袋中掏出戒指，解開鍊子交給湯姆。

當戒指放在他那雙褐色的大手上時，似乎突然間增大許多。他將這戒指猛然舉到眼前，開始哈哈大笑。有那麼短短的一瞬間，哈比人們看到了一個讓人不知該放鬆還是該擔心的景象：他那藍色的眼睛從戒指中閃動著異樣的光芒。接著，湯姆將戒指對著燭火，把小指插進去，哈比人一時之間沒有發現到有任何的變化，隨即，他們都倒抽了一口冷氣，湯姆竟然沒有隱形。

湯姆又再度大笑，將戒指往上一拋；它在一陣閃光中消失了。佛羅多低呼一聲，湯姆靠向前，微笑著將戒指交還給他。

佛羅多仔細地看著那戒指，心中有些懷疑（就像是把珠寶借給魔術師的人一樣）。是同樣的一枚戒指，至少外表和重量感覺起來是一樣的，魔戒每次在佛羅多手中都會讓他覺得格外沈重。不過，似乎有什麼力量讓他想要額外再確認一下。他似乎對於湯姆將甘道夫視若珍寶的魔戒等閒視之感到有些不高興，隨著談話的繼續，他一直想找個機會測試一下這寶物，湯姆正好在描述森林中己野獾的行爲，他立刻抓準機會把魔戒套上。

梅里轉過頭準備要和他說些什麼，臉上卻露出十分驚訝的表情。佛羅多覺得蠻高興的：這的確是他的戒指，因爲梅里一臉驚慌地瞪著他的位子，似乎什麼也看不見。他站起來，悄悄遠離壁爐，走向大門。

「嘿！等等！」湯姆的雙眼閃動著逼人的精光。「嘿！佛羅多，喂！你要去哪裡？湯姆．龐巴迪可還沒有老到眼睛看不見哪！拿下你的金戒指！你的雙手沒有那戒指會更漂亮些。快回來！別鬧了，乖乖地坐在我身邊！我們得要再多談些，好好想想明早該怎麼辦。湯姆得要告訴你們要怎麼走，免得又迷路了。」

佛羅多笑了（他試著覺得好過一些），脫下了魔戒，坐回原來的位置上。湯姆現在告訴他們，他認爲明天將會出太陽，會是個很晴朗的早晨，非常適合趕路。不過，他們明天得要一早就走，因爲附近的天氣連湯姆都不太有把握，可能瞬息數變。「我可不是天氣預報大師，」他說：

「兩條腿走路的傢伙都不應該有這種能耐。」

在他的建議之下，一行人決定從他的住所往北走，沿著西邊較爲低矮的山崗前進。如此一來，他們可能在一天之內就可以踏上東方大道，也可以避開古墓。他告訴他們不要多想，只管趕路就好。

「走在草地上，千萬別和那些岩石、屍妖打交道，更別打攪它們的居所，除非你們的膽子大得跟熊一樣！」這句話他強調了不只一次，更建議他們萬一不愼靠近這地方，最好從西邊越過這些古墓。然後，他還教導他們一個曲調，如果第二天遇到不幸的狀況時就要立刻唱出來。

呵！湯姆·龐巴迪，湯姆·龐巴迪啦！
在水邊、在林中、在山上，在草旁和柳樹下，
如火焰、如烈日、如月亮，傾聽我們的呼喚！
快來，湯姆·龐巴迪，我們需要你的幫助！

在每個人都跟著唱了一遍之後，他拍拍大夥的肩膀，若無其事地將衆人領回卧房去。

第八節　古墓崗之霧

這一夜，他們再也沒有聽到任何的怪聲。不過，有首甜美的歌謠一直在佛羅多耳邊縈繞，讓他無法確定這是來自夢中還是現實世界。這首歌彷彿是在雨幕後的灰光，曲調越變越強，把那雨幕全都轉成如幻似眞的水晶玻璃；最後，它才慢慢地退卻，讓日出的光芒照亮一片青翠的大地。

當他醒來的時候，這景象和窗外的風景融爲一體，湯姆使勁地吹著口哨，聲音可比滿樹的黃鶯；太陽早已爬上斜坡，將光芒從窗戶斜射進屋內，屋外滿山的翠綠都沐浴在金黃的陽光下。

在個別用完早餐之後，他們準備要向主人道別。在這一切欣欣向榮，天空藍得彷彿水洗過一般的早晨，他們的心情卻沈重不已。西北方吹來一陣清新的涼風，他們的座騎搖晃著身體，彷彿迫不及待要在野外奔馳。湯姆走到屋外，揮舞著帽子，在門廊上手舞足蹈，示意哈比人不要再拖延，應該趕快出發。

一行人騎著馬，沿著屋後的小徑往山丘的北邊山脊前進，正當衆人牽著馬匹，準備越過最後一道斜坡時，佛羅多卻停下了腳步。

「金莓小姐！」他大喊著：「那位穿著一身銀綠的美女，我們從昨天晚上以後就沒見過她，更忘記和她道別了！」他沮喪地準備轉頭回去，就在那一刻，如銀鈴般的呼喚從山上傳了下來。

她正站在山脊上對他們揮著手：她的秀髮飛舞，在陽光的照耀下閃閃發亮，當她移動步履的時候，腳下的草地似乎閃耀著潔淨的露水。

眾人匆匆爬上最後一道斜坡，氣喘吁吁地站在她身邊。他們向女主人鞠躬道別，她雙手一擺，示意他們看著眼前晨光下的景象。之前被籠罩在濃霧層層面紗中的森林現在也卸下了偽裝，展現出它的真面目。西邊的大地長滿了各式各樣的樹木，在陽光下顯得蓬勃繁盛，烈酒河河谷則隱身在這濃密的森林後。往南方看去，越過柳條河後，烈酒河轉了個大彎，繞過一塊低地，流出哈比人的疆域之外；北邊是一望無際的丘陵起伏，青綠和褐色的區塊交雜其間，一直綿延到極目所及的天邊；東邊則是連綿不斷的古墓崗，阻擋了所有的視線，眾人勉力望去，只能看見天際一片白茫茫的影像流轉，遠古的傳說對他們述說著遙遠彼端的高山峻嶺。

他們深深吸了一口氣，起了一種彷彿騰雲駕霧，可以去到任何地方的錯覺。即使是沿著古墓崗一路慢跑到東方大道上，也顯得輕鬆無比，他們甚至認為該模仿湯姆一樣蹦蹦跳跳地，一路衝向遠方的高山。

金莓開口喚回他們的注意力。「快走吧，可愛的客人！」她說：「朝你們的目標前進。朝北走，讓風一直吹在你的左眼，一定可以順利前進！趁著天色還亮的時候趕快趕路！」她接著對佛羅多說：「再會了，精靈之友，很高興能和你見面！」

張口結舌的佛羅多說不出話來。他深深一鞠躬，騎上小馬，和朋友們一起策馬行向眼前平緩的斜坡。慢慢地，湯姆的屋子、山谷以及整座森林都消失在視線以外。在兩邊青綠山丘所構成的高牆之間，空氣漸漸變得溫暖起來，怡人的青草氣味也毫不吝惜地飄盪在風中。當他們走到山谷底時，回頭看見金莓的身影，小小的身影看來像是陽光下的一朵小白花。她對著他們伸出雙手送行，接著，她最後的道別聲隨著秋風傳來，在眾人的目送之下，金莓轉身消失在山丘後。

他們沿著谷底曲折的道路不停前進，繞過一個陡峭的山丘，進入另一個較爲寬廣的山谷。接著又越過更遠處的山丘，爬上山坡，在谷地和丘陵之間上上下下。眼前沒有任何的樹木或溪流，這是個遍地青草的鄉間，唯一的聲響來自於微風吹拂和孤鳥鳴叫。太陽越升越高，溫度也跟著爬升，他們每爬上一座山丘，涼風似乎就越來越少。遠方的森林這時冒出冉冉的蒸氣，好像正在把之前的大雨吐回天際一樣，極目所及的天空一片晴朗，只有遠方有些許的雲朵。

在中午不久，他們來到了一座有著平坦山頂的小丘，丘頂有點類似鑲著綠邊的淺碟，淺碟內一點風也沒有，毒辣的太陽更直射其中。他們被迫只得站在碟緣，往北邊打量距離，他們才發現這次的跋涉比預期的要順利許多；雖然遠處的景色在酷熱的太陽照耀下，反而顯得有些模糊，但他們依舊看出這連綿的丘陵已經快要結束了。他們腳下是一座細長的山谷，一路穿過兩座陡峭的山丘，最後來到一塊寬闊的平原，平原之外就沒有任何的地勢起伏了。再往更北邊看去，他們可以依稀看見一條長長的黑線。「那應該是一排樹，」梅里說：「一定就是東方大道了。從烈酒橋往東一路走去，有好幾十哩路旁都長滿了樹，有些人說那是古代人們留下的痕跡。」

「太好了！」佛羅多說：「如果我們下午的進度能和早上一樣順利，那麼天黑前就可以離開這丘陵區，開始尋找適合宿營的地點了。」話雖這樣說，他還是忍不住往東方看去，那邊的山丘都遠比這邊高得多，用著有敵意的態度俯視著他們。那些山丘頂上都有著綠色的圓丘，有些還有豎立的岩石，像是從綠色牙齦中伸出的參差利齒。

這景象不知為何讓人感到不安，他們刻意避開它，走回窪地的中心。那裡矗立著一塊高聳的岩石，在直射的烈日底下沒有投射出任何的陰影。雖然那塊岩石的形狀並不特殊，但它所處的位置卻讓人很難忽略它。它像是地標，或是個守衛，更像根警告的手指。不過，眾人肚子都餓了，現在也還是日正當中的時刻，應該沒什麼好害怕的。因此一行人卸下背包靠著岩石東面放好。岩石的表面有些冰涼，彷彿連太陽都無力溫暖它，在這時，大家還覺得這是個不錯的好運。他們拿出食物和飲水，在烈日之下大吃大嚼，盡情享受山下帶來的午餐。湯姆慷慨地送給他們很多食物，讓他們今天沒有後顧之憂地塡飽肚子。卸下重擔的小馬則是在草地上悠閒地啃著青草。

在山丘間跋涉了一上午之後，飽餐一頓，再加上暖洋洋的日光和青草的芬芳催化，大家放鬆了心情，伸出小腳，看著蔚藍的天空。接下來發生的事情似乎是很自然的：他們睡著了。

四個人不約而同地從這意外的午睡中不安地醒來。那塊岩石依舊冰冷，朝向東方投射出懶洋洋的影子，快要落到淺碟邊的太陽，在漸起的大霧中顯得有氣無力。冰冷、厚重的白霧將整個山頂包圍起來，四周瀰漫著沈重的氣氛，毫無聲響的荒野更讓人內心不安。原先生氣勃勃的小馬現在都聚攏在一起，頭低低的不敢動彈。

哈比人警覺地跳了起來，跑向西邊打探狀況。眾人發現自己就像被困在迷霧之海中的孤島。不知如何是好的哈比人，束手無策地看著太陽落入霧海之中，東方也跟著竄出詭異的灰色陰影。濃霧溢過淺碟邊，滾到他們頭上，把眾人包圍在一個以石柱為頂的封閉領域中。

他們覺得好像有個陷阱正在悄悄收攏，但這景象並不足以讓他們灰心。他們還記得之前看到的路況，也還知道該往那個方向走。事實上，這個地方開始讓他們覺得毛骨悚然，根本不想多停留一分一秒。衆人用快要凍僵的手指飛快地收拾行李，準備離開。

很快地，他們就牽著小馬一個接一個地越過淺碟邊緣，朝北走下斜坡，踏進霧海之中。隨著他們的深入，四周的霧氣變得越來越濕、越來越冷，每個人的頭髮都貼在前額上，不住地滴水。當他們終於來到谷底時，天氣已經冷得讓他們不得不拿出連帽斗篷穿上。不久之後，連斗篷都因爲吸了太多霧氣而開始不停滴水。最後，他們騎上馬，靠著地勢的起伏判斷方向，開始緩慢前進。他們試圖摸索著走到先前所看到通往平原的隘口。一旦他們通過了那隘口，就只需要直直朝北走，終究會走上東方大道的。他們不敢再多想之後的行程，只能抱著微薄的希望，暗自祈禱丘陵區之外不要再有濃霧。

他們行進的速度極爲緩慢。爲了避免在大霧中迷途，佛羅多領著一行人列隊往前走。山姆走在他後面，接著是皮聘，然後是梅里。山谷似乎無盡地往前延伸，永遠也走不完。突然間，佛羅多看到了一絲希望。道路兩旁的山勢開始穿破濃霧，緩緩上升，他猜測這應該就是之前苦苦盼望的隘口，也就是古墓崗的北邊出口，只要走出這個隘口，他們就可以放心休息。

「快！跟我來！」他回頭大喊，邊策馬向前奔馳。可是，他滿腔的希望瞬即化成了泡影，眼前的黑影開始漸漸清晰，但卻不是他所想像的出口。兩根微微彎曲的高大石柱構成了一個沒有門廊的黑暗大門，他不記得曾經從高處看到任何類似的景色。在他來得及仔細思索之前，他就已經越過了這兩根石柱，無邊無際的黑暗開始將他淹沒。他的座騎不住地後退，發出驚慌的嘶叫聲。佛羅多一個不穩，從馬上落了下來。他隨即打量著四周，卻找不到其他人的蹤影。

「山姆！」他大喊著：「皮聘！梅里！快過來！你們怎麼沒有跟上來？」

四周沒有任何回音。他開始感到恐懼，在巨大的岩石間奔跑，邊狂亂的喊叫著：「山姆！山姆！梅里！皮聘！」小馬拔腿奔進迷霧中，就此消失。他覺得似乎從一段距離之外傳來了：「嘿！佛羅多！喂！」的叫聲。那聲音來自東方，他著急地站在岩石間，試圖搞清楚自己的方向，一確定那聲音是在左邊之後，他立刻拔足狂奔，衝上一座十分陡峭的山坡。

他一邊奔跑，一邊扯開嗓門大喊，有很長的一段時間沒有任何回應，當微弱的回音再度出現時，似乎是來自更高更遠的地方。「佛羅多！喂！」那微弱的聲音穿越迷霧飄過來。突然，**救命！救命！**的喊聲取代了之前的話聲，最後一聲拖長的**救命！**十分淒厲地嘎然而止。佛羅多立刻使盡全身力氣奔向那慘叫的源頭；可是，原先微弱的光線已經消失了，墨黑的夜色將他緊緊包圍，根本完全無法分辨方向，他只知道自己一直不停地往上爬。

最後，地勢終於改變，佛羅多這才知道自己到了某個山脊或是山頂。他累得渾身冒汗，卻打從心裡感到一陣惡寒，周圍一片漆黑。

「你們到哪裡去了？」他無助地大喊。

沒有任何的回應。他側耳傾聽任何一絲一毫的聲響。佛羅多這才意識到天氣變得十分寒冷，身旁開始吹起了刺骨的寒風。天氣起了變化。原先濃密的霧氣被強風吹得殘破不堪。從他嘴裡呼出的熱氣成了白濛濛的水蒸氣，四周也不再那麼黑暗。佛羅多抬起頭，驚訝地發現稀疏的星斗出現在翻滾的霧氣和雲朵之間；強風吹過草地，開始發出呼嘯聲。

他覺得好像聽見了一聲含糊的叫喊聲，連忙趕向那方向。隨著他的腳步，迷霧開始漸漸散開，滿天的星斗也都露出了面孔，從星座的排列，他判斷自己正往南邊走；由於目前自己身在一個圓丘頂上，剛剛一定是從北邊爬上來的。冷冽的寒風毫不留情地從東方吹來，一團巨大的黑影猛然出現在西方的星空下。

那是一座巨大的墓穴。

「你們在哪裡？」他又怒又怕地大喊。

「在這裡！」一個深邃、冰冷，彷彿來自地底的聲音回答。「我在等你！」

「才不是！」佛羅多回答，但他並沒有逃開，他膝蓋一軟，跪了下來。四周萬籟俱寂，所有的聲響彷彿都被某種力量給遮蔽。他渾身發抖地抬起頭，正好看見一個高大的黑影，襯著星光悄無聲息地出現。那黑影低頭看著他，他認為自己看見了一雙眼睛，那雙冰冷的眼睛中散發著似乎來自遠方的微弱光芒。接著，一雙比鋼鐵還堅硬、比冰霜更寒冷的手攫住他，一股寒氣直透骨髓，他跟著失去了意識。

當他再度清醒時，有一瞬間腦子一片空白，只記得心中充滿無邊恐懼。隨即他想起自己已經陷入了無法逃脫的牢籠中：他被抓進了古墓。

他被古墓屍妖抓住，帶進這裡來。佛羅多認為自己多半已在傳說屍妖的魔力控制下，因此動也不敢動。雖然已經清醒，但他還是保持著雙手交疊在胸前的姿勢，躺在冰冷的地板上。

他的恐懼如同周圍的黑暗一樣揮之不去，緊緊地將他環抱，但這還是無法阻止他想起比爾博和他的冒險故事，回憶起兩人在夏爾散步，邊聊著冒險和旅途的傳奇。

根據傳說，即使是最肥胖、懦弱的哈比人心中也深埋著勇氣的種子，等待著關鍵的絕望時刻方才萌芽。佛羅多既不肥胖，更不懦弱，他所不知道的是，比爾博（包括甘道夫）認爲他是夏爾地區最優秀的哈比人。他一心只認爲已經來到了旅程終點，即將面臨恐怖的結局，但這念頭卻讓他更加堅強，他渾身肌肉緊繃，準備最後一搏，不再像之前一樣聽天由命地癱在地板上。

當他正力圖自持，恢復鎮定的時候，他注意到四周緩緩亮起了詭異的綠光。一開始，他無法透過這微弱的光芒看清周圍。這光線彷彿是從他身體內和周遭的地板溢出的，而這股光芒尚未照亮天花板。他轉過頭，在這冷光中發現山姆、皮聘和梅里就躺在他身邊，他們的臉色死白，身上披著白色的喪衣。三個人的身邊有著數不盡的金銀珠寶，但在這邪異光芒的照耀下，一切的美麗都失去了魅力。他們頭上帶著寶冠，腰間繫著金鏈，手上戴著許多枚戒指，他們的手邊放著寶劍，腳前置著盾牌，三人的頸上則是架著一柄出鞘的利劍。

一首冰冷的曲調突如其來地開始了。那聲音似遠似近，飄忽不定；有時尖利得如同在雲端飄盪，有時又低沈得彷彿來自地底。在這一連串斷續的音調中，有著哀傷恐怖的蘊涵，這些字眼直接了當地傳達了歌者的感受：嚴厲、冰冷、無情、悲慘。夜色在這慟嚎下彷若水波一般起了漣漪，冰冷的生命詛咒著永無機會獲得的暖意。佛羅多感到寒意直透骨髓，不久之後，那歌曲漸漸變得清晰，害怕的佛羅多終於能明白地一字一句聽見這詛咒：

心手屍骨盡皆寒，

陰風慘慘地底眠：

倒臥石床不得醒，
需待日滅月亦冥。
星斗俱湮黑風起，
魂飛魄散寶山裡，
靜候闇王魔掌領，
盡掌死海絕地頂。

他接著聽見地板傳來搔爬的聲音。他用一隻手撐起身子，在那蒼白的光芒中看清楚眾人身在一道長長的走廊上，不遠處是一個轉角。一隻細長的手臂靠著手指移動，一路爬向最靠近他的山姆，眼看就要抓住他脖子上的那把利劍。

一開始佛羅多覺得自己被那詛咒之音給化成了石頭，動彈不得。接著，他腦中猛然出現了一個念頭：如果他戴上魔戒，古墓屍妖是否會找不到他，進而讓他逃出生天？他腦中浮現了自己在草原上奔逃，悼念梅里、山姆和皮聘的景象；但至少他保住了自己的小命！即使甘道夫也必須承認這是唯一的選擇。

可是，之前在他心中甦醒的勇氣強到讓人無法抵抗：他不能就這樣捨棄朋友！他的決心開始動搖，雙手在口袋外掙扎著。在此同時，那隻手臂依舊毫不留情地逼近。最後，他終於下定了決心，一個翻身撲在同伴身體上。他接著鼓起餘勇，一劍將那手臂齊腕砍斷，那柄利劍也跟著從劍柄處斷成兩半。墓穴中傳來一聲尖叫，詭異的光芒立刻消失。黑暗中傳來怒氣沖沖的咆哮聲。

佛羅多趴在梅里身上，感覺他渾身冰涼。他突然回想起，在大霧起後就消失在他腦中的景象：那座山下的小屋，湯姆歡快的歌聲。他記起了湯姆教導他們的歌謠，他低聲顫抖著開口唱道：**呵！湯姆·龐巴迪！**這個名字似乎讓他的聲音變得更爲有力：一股氣魄注入歌聲中，黑暗的墓穴彷彿迴盪著號角和低沈的鼓聲。

呵！湯姆·龐巴迪，湯姆·龐巴迪啦！
在水邊、在林中在山上，在草旁和柳樹下，
如火焰、如烈日、如月亮，傾聽我們的呼喚！
快來，湯姆·龐巴迪，我們需要你的幫助！

一切都沈寂下來，佛羅多只能聽見自己的心跳聲。彷彿經過數小時之久的沈默之後，一個來自遠方卻無比清晰的聲音，穿越層層的阻隔，回應了他的呼喚：

老湯姆·龐巴迪是個快樂的傢伙；
他穿著淡藍的外套，黃色的靴子暖和和。
無人能抵擋他的意志，因湯姆是一切的主人；
他的曲調強而有力，雙腳疾快如神。

不遠處傳來一陣巨大的轟隆聲，似乎有大量的土石崩落；一道刺眼的白光穿透進來，驅走了之前的幽暗綠光。就在佛羅多的腳前出現了一個如同大門一樣的圓形開口，一輪初昇的太陽照在門口的湯姆身上，溫暖的陽光照在地板上，也照亮了佛羅多身邊三名哈比人的面孔。他們依舊動也不動，但臉上的病容卻已消退，這三人現在看起來就像只是陷入熟睡而已。

湯姆彎下腰，脫下帽子，鑽進這黑沈沈的石室中，一邊吟唱著：

快滾出去，老屍妖！消失在那陽光裡！
像是霧氣一般快散去，如同寒霜一樣隨風逝，
滾去那山後的荒涼地！
永遠不要回這邊！再也不要回墓裡！
消失在人們的記憶裡，隱身在無邊的黑暗中。
大門深閉永不開，直到海枯石爛時。

這首歌一唱完，墓穴不遠處就傳出一聲哀嚎，跟著整塊岩石垮了下來。一聲淒厲的慘叫聲越拖越遠，漸漸消失在遠方，最後只剩下一片寂靜。

「來吧，好友佛羅多！」湯姆說：「我們趕快到外面乾淨的草地上吧！你得幫我把他們抱出去。」兩人一起把梅里、皮聘和山姆抱了出去。佛羅多離開古墓時，回頭看了最後一眼，發現還有一隻被砍斷的手臂像蜘蛛一樣在地上亂爬。湯姆又走了回去，隨即從洞內傳來震耳的跺腳聲和撞擊聲，當他再度走出古墓時，手中抱著大把大把的珠寶，有金、銀、黃銅和青銅的工藝品，更

有許多珠寶和項鍊之類的裝飾品。他爬上綠色的山丘，將這些東西一股腦兒丟在太陽下。

他站在那裡，手中拿著帽子，任晨風吹亂他的頭髮。他低頭看著三名躺在陽光下的哈比人，舉起右手，用清朗的聲音命令道：

醒來吧，快樂的小傢伙！聽我之命快醒來！
四肢百骸暖起來！冰冷的巨石已崩塌；
黑暗的大門已敞開，死者之手已砸斷。
夜中之夜已奔逃，前路阻礙連根拔！

佛羅多驚喜地發現朋友們動了動，揉著眼睛跳了起來。他們吃驚地看著四周，先是看著佛羅多，然後看著站在山頂不可一世的湯姆。最後，他們滿腹疑惑地看著自己穿著白色屍衣、披掛著許多純金珠寶的身體。

「這搞什麼鬼？」梅里頭上的寶冠歪倒下來，遮住他的眼睛，然後他停下動作，神色一凜，閉上眼睛說，「啊，我記起來了！」他說：「卡恩督的敵人前來偷襲，我們被打得措手不及。啊！長矛穿過我的心臟！」他捧著胸口說：「不要！不要！」他隨即又張開眼，一臉困惑地說：「我剛剛說了什麼？是在作夢嗎？佛羅多，你跑到哪裡去了？」

「我以為我迷路了，」佛羅多說：「我現在不想談這個。我們先想想接下來該怎麼樣！未來比過去重要多了！」

「大人，你是說，我們要穿這樣的衣服考慮未來？」山姆問：「我的衣服呢？」他把身上的東西全都丟到地上去，一臉不爽地東張西望，似乎想要在附近找到哈比人慣穿的衣服和褲子。

「你們找不到原來的衣服了。」湯姆從山頂跳了下來，在陽光下繞著他們跳來跳去。不知情的旁觀者根本無法想像剛剛還是性命攸關的時刻，看著他眼中歡愉的光芒和無憂無慮的行動，之前殘留的恐懼都消失得無影無蹤。

「你這是什麼意思？」皮聘看著他，好奇地問道：「爲什麼找不到呢？」

湯姆只是搖搖頭，說：「你們逃過了一劫。相對於這種劫難而言，衣服不過是微不足道的損失。高興一點吧，快樂的朋友們，讓陽光溫暖你們的身心！把這些冰冷的衣服丟掉！湯姆去狩獵的時候，你們可以赤裸精光地到處跑！」

他吹著口哨，大呼小叫地溜下山丘。佛羅多注視著他興高彩烈地吹著口哨，蹦蹦跳跳地沿著河谷往南走。他的歌聲依舊隨風飄送回來：

嘿！就是現在哪！快來吧！你要去哪裡呀？
上上下下，遠遠近近，到底何處是你的目標啊？
耳聰鼻清，尾巴甩甩鄉巴佬，
穿著白襪的老胖子到處跑！

他邊跑邊唱，丟著帽子又用手接住，最後他的身影被山丘給遮擋住，但**嘿！就是現在哪！**的歌聲還是在荒野中迴響著，伴隨他的腳步往南方而去。

氣溫又再度回升了。哈比人照著湯姆說的，在草地上赤身裸體跑了一陣子。然後，他們好像久旱逢甘霖一般享受著溫暖陽光，又彷佛久病臥床的人突然間擺脫疾病的糾纏一樣滿心歡喜。

等到湯姆回來的時候，四個人全都覺得渾身是勁（肚子也跟著餓起來）。他的帽子一馬當先地從山丘下露出來，身後跟著六隻聽話的小馬；除了他們原先的五隻之外，又多了額外的一隻。那隻很明顯就是歌曲裡的老胖鄉巴佬，和他們原先的馬匹比起來，牠比較壯、比較胖，年紀也大多了。事實上，梅里是其他五匹馬的主人，他從沒有替他們取過任何名字，而牠們竟然乖乖聽著湯姆隨口取的名字排成一列。最後湯姆向所有人鞠躬說道：

「這就是各位的馬兒啦！」他說：「從某個角度來看，牠們比你們這些愛亂跑的哈比人聰明多了，至少牠們鼻子夠靈，知道哪些地方不該去。即使牠們轉身逃跑，方向也是非常正確的。牠們雖然很忠心，但古墓屍妖的威脅並不是牠們能對付的，你們應該要原諒牠們。你看，牠們又馱著所有的行李回來啦！」

梅里、山姆和皮聘從行李中拿出額外準備的衣物換上，很快就開始汗流浹背。因爲他們被迫穿上事先準備的較厚冬衣。

「那匹老馬胖鄉巴佬是從哪裡來的？」

「牠是我的馬，」湯姆說：「是我四條腿的朋友，只是我平常很少騎牠，任牠在山野間亂跑。當你們的小馬住進我的馬廄時，牠們一定記住了胖鄉巴佬的味道；因此，牠們在半夜就衝著那味道跑，最後遇上了我家的鄉巴佬。我想牠應該用牠的智慧好好安撫了這些可憐的小馬，讓牠們不再害怕。喔，對了，自由的鄉巴佬，湯姆這次要騎你了啦。嘿！在下準備送你們一程，所以得有匹座騎才行。如果我要邁開大步趕路，就很難跟騎馬的哈比人聊天囉！」

大家知道這件事之後都覺得很高興，忙不迭地向湯姆道謝。不過，他笑著回答衆人：這是因爲他們實在太會迷路了，如果他不送大家到他的轄區邊界去，他可能會擔心的。「我還有很多事情要忙，」他說：「我要唱歌要跳舞、要聊天要走路，還要照管這塊荒野。湯姆不能總是靠近墓穴大門或是柳樹的縫隙，湯姆還有家要照顧，金莓還在等我哪。」

從太陽的角度來判斷，現在的時間還算早，大概是九點到十點之間。剛剛才歷險餘生的哈比人又把腦筋動到食物上頭去了。他們上一餐是在那冰冷石柱旁邊吃的午餐，算來已經過了很久了。四人狼吞虎嚥地把湯姆送給他們當晚餐的乾糧吃光，同時也把湯姆剛剛額外帶來的食物一掃而空。這頓飯並不算豐盛（哈比人的食量驚人，況且又好幾餐沒吃了），但至少讓他們感覺好多了。在他們用餐的時候，湯姆跑到山頭上，仔細檢查拿出來的珠寶。他將大部分的珠寶撥成一堆，讓它們在草地上閃閃發亮。他宣佈要讓這些寶物「屬於下個發現它們的生靈」，不管是鳥獸、精靈或人類。因爲唯有如此，這墓穴的詛咒才會被破壞，不會再有屍妖重回此地。他從裡面挑出了一個鑲有藍寶石的胸針，那寶石擁有百變多端的美麗藍影，一時間讓人爲之目眩。他仔細地打量了這胸針很久，彷彿想起過去一些回憶。最後，他搖搖頭，開口道：

「這是送給湯姆和他妻子的美麗小玩具！古代配戴這胸針的同樣是位傾國傾城的美女，金莓將會繼承這寶石，不會遺忘它過去的主人！」

他替每名哈比人挑了一柄長型的寬闊匕首。這些武器十分銳利，作工極爲精細，上面還雕刻著紅色與金色的巨蛇圖案。當湯姆把這些兵器從黑色劍鞘中抽出時，用奇異金屬打造的刀刃隱隱生光。這幾柄匕首質硬而輕，上面還鑲嵌著許多閃亮的寶石。不知道是由於這些劍鞘的保護還是古墓的詛咒，每一柄匕首都銳利、閃耀如昔，完全沒有受到時光的侵蝕。

「古代小刀的長度很適合哈比人拿來當劍用，」他說：「如果這些來自夏爾的客人們要往東南方的黑暗領域冒險，隨身帶著銳利的刀劍是很重要的。」接著，他又告訴他們這些刀刃是許多年前由西方皇族所打造的。他們是黑暗魔君的敵人，最後卻被安格瑪地區的卡恩督邪王所擊敗。

「已經沒有多少人記得這段歷史，」湯姆呢喃道：「但是，依舊有些被遺忘的皇族子嗣孤身流浪四方，保護那些無辜的人們免受邪惡勢力的侵害。」

哈比人並不瞭解他所說的話，但他們腦中突然浮現一個來自遙遠未來的影像：一塊廣大的平原上有許多人類行走著，每個人都十分高大、神情嚴肅，拿著鋒利的寶劍，走在最後的是一名眉毛上有顆星星的男子。然後，那影像就消失了，他們又回到太陽照耀下的真實世界。該是出發的時候了，他們收拾好一切，打包行李、將它們綁在馬匹身上。剛拿到的新武器掛在他們外套下的皮帶上，讓他們覺得有些笨拙，也懷疑這樣的東西到底是否能派上用場。他們從來沒想過這場逃亡會扯上任何戰鬥。

最後，他們終於邁步離開。一行人領著小馬走下山丘，一到谷地就策馬趕路，背後山頭上的黃金在太陽的照耀下彷彿燃起一陣黃色的火焰，最後，這火焰也消失在其他丘陵的阻擋之下。

不管佛羅多怎麼仔細地尋找，就是找不到之前所看到的巨大石柱和它所構成的大門。過不了多久，他們就通過了隘口，離開了這塊陰氣森森的地方。有湯姆·龐巴迪的陪伴，這是段相當愉快的旅程，不過，鄉巴佬的腳程比其他的馬快得多，剛好可以讓湯姆如常地在他們四周繞來繞去。湯姆大半時間都在唱著隨口胡謅的小調，哈比人一個字也聽不懂，也有可能這並不是湯姆胡謅的語言，而是一個古老，只適合描述快樂和美景的奇異語言。

他們馬不停蹄地趕路，卻發現東方大道比他們所想像的遠多了。即使沒有大霧的阻擋，他們也無法撥空睡午覺，因爲這樣一來就鐵定無法在天黑前趕到東方大道。他們之前看到的黑線並非是什麼大樹，而是深溝旁所生長的一連串灌木叢，在深溝的另一邊則是一堵高牆。湯姆說這曾經是很久以前某個王國的邊界。他似乎記得一些有關他們的悲劇，但不願意多談。

他們越過深溝，從高牆的空隙鑽了過去。湯姆領著眾人往北走，因爲之前他們大半都在向西趕路，地勢現在變得相當平坦，因此眾人更加快了腳步。當眾人看見眼前一排整齊的大樹時，太陽也已經快要西沈了。在經過一連串意外的冒險之後，他們終於回到了東方大道上，一行人開心地策馬急馳，最後在路旁樹蔭下停了下來。他們身在一個斜坡的頂端，在夜色降臨之際有些迷濛的大道就在他們的腳下蜿蜒前進。從這裡開始，大道的方向成了從西南往東北，很快就進入一個寬廣的河谷中，道路上面有許多小水窪和坑洞，還留有之前大雨的痕跡。

他們騎下斜坡，打量著四周，這裡沒有任何特殊的景物。「哇！我們終於又回到正路上來了！」佛羅多說：「我猜這次抄小徑走森林所浪費的時間，應該沒超過兩天吧！不過，如果能夠把追兵騙離我們的路線，這樣就值得了。」

大夥面面相覷，黑騎士的恐怖身影又出現在眾人的腦海中。自從進了森林，他們就一心只想到要逃出森林的掌握；等到大路終於出現在眼前之後，他們才想到原先的追兵，和對方可能在路上埋伏的恐怖事實。一行人緊張兮兮地看著西方，但路上沒有任何人馬經過的蹤跡。

「你覺得……」皮聘遲疑地問：「你覺得我們今晚會不會又被追上？」

「應該不會，我希望至少今晚不會，」湯姆·龐巴迪回答道：「或許明天也不會。不過，不要太過相信我的推測，因爲我也沒辦法百分之百確定。我對於東邊的事情沒有太大的把握，那些來自黑暗之地的黑騎士，可不在湯姆的管轄範圍內。」

無論如何，哈比人們還是希望他能夠一起同行。他們覺得湯姆可能是唯一知道該怎麼對付黑騎士的人。很快地，他們就要踏上完全陌生的土地；夏爾地區對這裡的記載幾乎是付之闕如。在夕陽的照耀下，他們都忍不住開始想家，他們被深沈的孤寂感和失落感所籠罩，靜靜地站著，不願意就這麼離開。過了一段時間之後，他們才發現湯姆原來正在和他們道別，諄諄叮囑他們在天黑之前要馬不停蹄地趕路。

「湯姆給你一個忠告，這忠告至少到天黑之前都有效；在那之後，你們就得靠自己了。如果你們沿著大道往前走四哩，就會遇到一個村莊，那是在布理山下的布理村，村莊的入口面向西邊。你們會在那邊找到一個叫作**躍馬**的老旅店。老闆叫作巴力曼·奶油伯，你們可以在那邊過夜。第二天一早就立刻啓程。要勇敢，但也必須謹慎！保持一顆樂觀的心，勇敢面對你們的未來！」

他們再一次地懇求他，至少和他們一起到旅店內喝杯酒，但湯姆笑著拒絕了：

湯姆的疆域到此爲止：他不會越過邊界。

湯姆還有房子要照顧，金莓還在家守候！

話一說完，他就將帽子一丟，跳上鄉巴佬，一路哼著荒腔走板的小調消失在暮色中。

哈比人們爬上斜坡，目送著他離開。

「眞遺憾，必須讓龐巴迪大人離開，」山姆說：「他眞是個奇人，就算我們再走很遠，可能都不會遇到比他心腸更好、行徑更怪異的人了。對啦，如果能夠馬上看到他說的**躍馬**旅店就好了，我希望它會像是我們老家的**綠龍**旅店一樣舒適！……布理住的都是些什麼樣的人啊？」

「布理有哈比人，」梅里說：「還有不少的大傢伙，我打賭那邊一定很像我們的老家。**躍馬**旅店的風評很不錯，我們家經常有人騎馬兩地跑呢。」

「就算那裡眞有這麼好，但又如何？」佛羅多說：「畢竟我們已經身處在夏爾之外。隨時提高警覺！各位千萬不要忘記，**絕對**不可以提到巴金斯這個姓氏，如果你們要稱呼我的話，就叫我山下先生。」

一行人隨即上馬，在暮色中沈默地趕路。夜色很快降臨；他們又越過了幾座小丘之後，終於看見不遠處有燈火閃爍。

漆黑的布理山在滿天星光下無聲地出現；在山的西邊有一座不小的村莊。他們一心只想要找到一個可以烤火、住宿的地方，忍不住加快了腳步。

第九節　在那躍馬招牌下

布理是這一帶最大的村莊，這塊有人居住的區域相較於外面的荒野，像是大海中的孤島一般遺世獨立。除了布理之外，山的另一邊還有史戴多村，再往東方過去一點的深谷中則是康比村，位於契特森林的邊緣還有一個叫阿契特的村莊，夾在布理山和這些村莊之間，有一塊只有幾哩寬的小林場。

布理的人類都有一頭褐髮，身形壯碩，身高並不高。他們的個性樂天而獨立，不受任何勢力的管轄。不過，和一般人類相比，他們對哈比人、矮人、精靈，和周遭其他的生物要來得更友善、更熟稔。根據他們的傳說，他們是首先開拓中土世界西部的人類直系子孫。只有極少的天之驕子逃過了遠古的災變，但當那些皇族從大海的另一邊歸來時，布理的人類依舊好好地活著，而現在，當皇族們都消失在史書以外時，他們也沒有任何改變。

在那段時間中，沒有其他的人類居住在這麼靠西邊的地方，在夏爾地區三四百哩之內都無例外。不過，在布理之外的荒地中有許多神秘的旅者，布理人稱他們為遊俠，對他們的來歷一無所知。他們比布理的人類要高，膚色更黑，據說擁有超乎常人的聽力和視力，能夠瞭解飛禽走獸的語言。他們不受拘束地在南方漫遊，甚至會往東到達迷霧山脈一帶。不過，他們的人數很少，行蹤也非常詭秘，當他們現身時，往往會帶來遠方的消息，述說早已被人遺忘、在此受到熱烈歡迎的傳奇，不過，縱然如此，布理的居民並不和這些人深交。

布理一帶同樣也有許多的哈比人家庭，他們聲稱這是世界上最古老的哈比聚落，創建的時間甚至遠在古人渡過烈酒河，殖民夏爾之前。他們大多居住在史戴多，但也有些人住在布理。布理的哈比人多半住在山丘的斜坡上，俯瞰著人類的屋子。這裡的大傢伙和小傢伙（他們彼此這樣稱呼著）彼此相當友善，各自以自己的方式過生活，也不卑不亢地瞭解自己是布理不可缺少的一部分。世界上其他地方都找不到這麼獨特卻又完美的平衡。

不管是大是小，布理的居民都不太常旅行，鄰近四個村莊的瑣事就是生活的一切。布理的哈比人偶爾會造訪雄鹿地，或者是夏爾的東區。雖然這裡從烈酒橋直接騎馬過來並不遠，但夏爾的哈比人極少前來此地。有時會有雄鹿地的哈比人或是充滿冒險精神的圖克一族，會來這裡的旅店小住，但這情況也同樣越來越少見。夏爾的哈比人把布理居民和任何居住在夏爾以外的哈比人都當作「外來客」，對他們絲毫沒有興趣，認爲他們粗魯又無趣，不過，在整個中土世界西部，可能散居著比夏爾居民想像中還要多的「外來客」，有些眞的和野人沒有多大差別，隨手挖個洞穴就可以住上一陣子。但至少在布理這裡，這些哈比人可是過著富足而有教養的生活，並不會比他們的遠親（那些「內地人」）落後到哪裡去。有段時間，夏爾和布理之間的交流十分頻繁，人們並沒有遺忘這件事情。毫無疑問地，烈酒鹿家肯定是滲有布理居民的血統。

布理村中有著近百棟人類居住的石屋，大多數是在大道旁邊，依山而建，有著朝西的窗戶。在人類聚居的那邊，一道深溝和高籬構成了幾乎環繞山勢半圈的阻隔。若要從大路過去，有一條堤道通進去，但也被一扇大門看守著。南邊有另外一扇門也是離開這座村子的通路，這扇門一到日落就會關閉，門旁還有著管理員所居住的小屋。

沿著大道一路走進圍籬內，繞過山腳右轉之後，就是一座不小的旅店。它是在很久以前，路上的往來還很頻繁時所建造的。因爲那時布理可算是一個十字路口，另外一條古道就在村西邊的壕溝旁和東方大道交會，過去許多人類和各個種族的成員都經常取道該處。「像是布理來的怪消息」至今依舊是夏爾東區的口頭禪，也正是從古代沿用下來的說法。那時在這間旅店可以聽到來自四面八方的消息，夏爾的哈比人經常跋涉來此只爲聆聽最新的傳說。不過，現在北地已經荒廢了很久，北大道也跟著人煙稀少，道路上長滿了野草，布理的居民改稱它作綠大道。

不論外界如何變遷，布理的旅店依舊屹立不搖，關鍵就是在旅店老闆身上。他的旅店是四座村子中愛說短道長、嚼舌根的大小居民們最佳的聚會場所。這裡也是遊俠們漫遊四方後歇腳之所。除此之外，它還是一些取道東大道，前往迷霧山脈旅客（多半都是些矮人）的中繼站。

此時天色已晚，星星也開始探出頭來，佛羅多和同伴們這才走到了綠大道和村莊交界的十字路口。他們先走到西門口，發現它已經關上，不過，透過門縫還是可以看到門邊有個人坐在那裡。一聽到門外的人聲，管理員立刻跳了起來，拿起油燈照著門外的來客。

「你們是從哪裡來的？有何貴幹？」他口齒不清地說。

「我們要住進這裡的旅店，」佛羅多回答：「我們準備往東走，但今晚無法繼續趕路了。」

「哈比人！四個哈比人！而且從口音看來還是從夏爾來的。」管理員喃喃自語道。他陰鬱地打量著四人，最後才慢慢打開門，讓四人騎馬通過。

「我們不常看見夏爾居民晚上騎馬在大道上趕路，」在衆人於門口稍停時，他自顧自地說道：「請各位諒解我對你們要往東走的行程感到十分好奇。請教諸位的大名是？」

「我們的名字似乎和您沒有什麼關係吧？而且，這地方也不太適合討論這話題。」佛羅多不太喜歡這傢伙的樣子和口氣。

「當然，你們的名字和我是沒有太大關係，」那男人說：「不過，我的職責就是在入夜後要盤查來人。」

「我們是來自雄鹿地的哈比人，臨時起意想要來這邊的旅店住住看，」梅里插嘴道：「我是烈酒鹿先生。這樣夠了嗎？我以前聽說布理的人對旅人很客氣哪。」

「好啦，好啦！」那人說：「我無意冒犯。不過，等下會問你們問題的可能就不只看門的老哈利了。最近有不少形跡詭異的傢伙出沒，如果你們要去躍馬旅店，會發現客人還不少呢。」

他向他們道晚安之後，雙方就不再交談，不過，佛羅多依舊注意到那男子在燈光下繼續好奇地打量著他們。當他們繼續前行時，背後傳來大門匡噹關上的聲音，讓佛羅多感到十分慶幸。他對於看門人疑神疑鬼的態度感到相當不安，也擔心爲什麼會有人對同行的哈比人特別注意。這會不會是甘道夫呢？他可能在一行人於老林和古墓一帶耽擱的同時，已經先到了布理。雖然如此，但那看門人的一舉一動就是讓佛羅多覺得不對勁。

那人又繼續目送這群哈比人，過了好一段時間才回到屋子內。就在他一轉過頭的瞬間，一個黑色的身影飛快地攀進門內，無聲無息地融入黑暗的街道上。

哈比人騎上一道斜坡，經過幾座疏落的房子，這些屋子在他們眼中有些過於巨大，形式也讓人不太習慣。山姆看著足足有三層樓高的旅店，一顆心開始不斷地往下沈。他在旅程剛開始的時候就想像過遇到比樹還要高的巨人，或是其他更恐怖怪物的景象。但是，光看到這些人類和他們高大的屋子就讓他覺得夠受了。沒有人會希望忙碌的一天是這樣結束的！他開始幻想著旅店的馬廄裡面擠滿了黑馬，黑騎士們從樓上黑暗的窗戶中往外窺探。

「大人，我們今天晚上該不會要在這邊過夜吧？」他忐忑不安地說：「如果這附近有住哈比人的話，我們可以去找人投宿啊，這樣子比較舒服啦。」

「住旅店有什麼不好的？」佛羅多說：「這是湯姆推薦的地方，我想裡面應該夠舒服才對。」

對於熟客來說，光是旅店的外觀就讓人覺得十分安心。它就座落在大道旁邊，兩邊的廂房一路延伸到後面開發出來的山坡地上，因此，二樓的窗戶和後面的廂房是等高的。正中央還有座拱門通往兩個廂房之間的庭院，拱門左邊緊接著幾道寬大階梯的是旅店的門廊。大門敞開著，溫暖的黃光流洩而出，拱門之上掛著一盞油燈，底下則是塊巨大的招牌：上面畫著一隻用後腿站立的肥胖白馬。門上漆著白色的大字：**巴力曼‧奶油伯經營的躍馬旅店**。低層的許多客房從厚厚的窗簾之內透出隱約的燈光來。

正當他們猶豫不決時，店內傳來了某人歡愉的歌聲，許多人大聲地加入合唱。他們傾聽著這讓人心情振奮的曲調，很快地下定決心，跳下馬來，歌曲在眾人的大笑聲和鼓掌聲中結束了。

他們牽著馬兒走進拱門，讓牠們在院子裡面吃草，一行人則走上階梯。佛羅多差點一頭撞上一個光頭紅臉的矮胖男子，他穿著白色的圍裙，正拿著一滿盤的酒杯從另一扇門內衝出來。

「我們想——」佛羅多開口道。

「馬上就來！」那人回頭大喊，接著又被淹沒在擁擠的顧客和瀰漫的煙霧間。不久之後，他又衝了出來，一邊在圍裙上擦著手。

「晚安哪，小客人！」他鞠躬道：「您有什麼需要嗎？」

「可能的話，我們想要四張床，請你把五匹馬牽去馬廄。您就是奶油伯先生嗎？」

「沒錯！我叫巴力曼。巴力曼·奶油伯聽候您的差遣！您是從夏爾來的吧？」他突然間一巴掌拍上腦門，彷彿記起了什麼事情。「一群哈比人！」他大喊著：「我好像忘記了什麼哪！先生，我可以請教您的尊姓大名嗎？」

「這是圖克先生和烈酒鹿先生，」佛羅多說：「這位是山姆·詹吉，敝姓山下。」

「糟糕！」奶油伯雙指一彈道：「又想不起來了！等下只要我有時間應該可以想起來的，今天生意很忙，不過我會盡量幫你們安排。這些年不常看到有人大老遠打從夏爾過來了，如果不能好好招待諸位就失禮了。啊，不過今晚的生意實在好到不像話。『要嘛不下雨，不然就淹大水。』我們布理人常這樣說。」

「喂！諾伯！」他大喊著：「你這個慢吞吞的懶鬼躲到哪裡去了？諾伯！」

「來啦，老闆！來啦！」一個笑嘻嘻的哈比人從另外一個門內跑出來。他一看到這群來客，立刻停下腳步，饒富興味地打量著他們。

「鮑伯到哪裡啦？」店主扯開嗓門問道：「你不知道？快去給我把他找來！動作快點！我可

沒有三頭六臂！告訴鮑伯有五匹馬要打點，叫他務必想辦法擠出空位來。」諾伯對老闆擠擠眼，笑著走開了。

「啊，我剛剛說到哪邊了？」奶油伯敲著前額問：「眞是越忙越亂哪，我今天晚上忙得暈頭轉向了。有一群傢伙昨晚竟然從南方走綠大道進村子裡，光是這樣就夠奇怪了。今天晚上又有一群要往西方走的矮人旅團留宿，現在又是你們。如果你們不是哈比人，搞不好我們還擠不出空位來哪。幸好，北廂房有幾間當初就是專門爲了哈比人蓋的房間，他們通常喜歡住在一樓，圓窗戶、所有的布置都是針對他們量身打造的。我想你們應該想吃晚飯吧，馬上就來，這邊請！」他領著他們在走廊上走了一段，接著打開一扇門道。「這是間小飯廳！」他說：「希望合你們的意。容我先告退啦，我忙到沒時間說話了，我得趕快跑到廚房去才行，我的兩條腿又要吃苦啦，可是我又瘦不下來。我等下會再過來看看，如果你們想要什麼東西，搖搖鈴，諾伯就會過來，如果他不來，就邊搖邊大聲叫！」

他最後終於走了，四人被他搞得喘不過氣來。不管這老闆有多忙，他似乎都可以連珠砲似地說上一大串話不休息。

這時他們才有機會打量四周。這是間小而舒適的房間，壁爐中點著熊熊的火焰。壁爐前則是幾張低矮、舒服的椅子，還有一張鋪好白布的小圓桌，桌上有個大搖鈴。不過，哈比人侍者諾伯在他們還沒想到要搖鈴之前就衝了進來，他送進幾根蠟燭和一大托盤的餐具。

「客人，要喝什麼嗎？」他問道：「廚房正在準備您的晚餐，需要我先帶諸位看看房間嗎？」

一行人於是先去盥洗。在洗去了一身的旅塵之後，他們舒服地坐著，享受冰涼的大杯啤酒。這時，奶油伯和諾伯又進來了。不到一分鐘，餐桌就布置好了。桌上有熱湯、冷盤和黑莓派，還有幾條新鮮的麵包、一球牛油，半輪乳酪。這可都是夏爾人愛吃的家常菜，口味也很道地，足以讓山姆放下最後的戒心（其實在喝了啤酒之後，山姆的戒心就融化了一大半）。

店主又盤桓了片刻，最後向客人們告退。「如果諸位用完餐之後，可以到我們大廳去找找樂子，」他站在門口說：「或者也可以直接上床歇息，如果你們想放鬆一下的話，大夥會很歡迎你們的。我們很少遇到『外來客』——啊！抱歉，我應該說是夏爾來的旅客。我們很想要聽聽那裡的消息，或是任何你想到的故事和歌謠。當然，一切還是以你們的想法爲主！如果需要什麼東西，只管搖鈴！」

他們這頓飯吃得十分盡興（四個人足足埋頭苦幹了四、五十分鐘），酒足飯飽之後，除了梅里之外的所有人都決定到大廳去逛逛，梅里覺得那邊太擠了。「我想還是坐在爐火前安靜地休息一下，或許等下再出去呼吸新鮮空氣。不要玩得太誇張，千萬別忘記，你們可是隱姓埋名地在躲避追兵，這裡離夏爾可沒有多遠哪！」

「好啦！」皮聘說：「管好你自己就好啦！別迷路了，別忘記待在屋裡比較安全啊！」

店主口中的「大夥」都待在旅店內的大廳中。在佛羅多的眼睛適應了大廳的照明之後，這才發現所謂的大夥眞是三教九流無所不有。大廳裡面的照明主要是來自壁爐中刺眼的熊熊火焰，因爲天花板上的油燈一半被自己的油煙所遮蔽。巴力曼·奶油伯站在壁爐邊，正在和幾名矮人和幾個外表怪異的人類談話。附近的長凳上坐著各式各樣的客人：布理的人類、一群當地的哈比人（正坐在一起交頭接耳）、幾名矮人。遠方的陰暗角落，還有幾個模糊的身影安靜地坐著。

夏爾來的哈比人一走近大廳，當地人就熱情地歡迎他們。其他的陌生人，特別是那些從綠大道上出現的傢伙，都用好奇的眼光打量著他們。店主向佛羅多一行人介紹當地的老主顧；不過，他連珠砲似的說話方式讓哈比人手足無措，勉強聽清楚了許多名字，卻搞不太清楚誰是誰。布理的人類名字似乎都和植物有關（對夏爾的客人來說有些奇怪），像是燈心草、羊蹄甲、石南葉、蘋果花、薊草、羊齒蕨。有些哈比人取的名字也有這種傾向，像是小麥草這個名字就很普遍。不過，大多數哈比人的名字是和地形景物有關，像是河岸、獾屋、長洞、沙丘、隧道等等，這些在夏爾也是常見的名字。剛巧這裡也有幾個從史戴多來的山下家人，他們覺得只要姓相同，八成有些沾親帶故，因此，他們就把佛羅多當成失聯已久的遠親來對待。

事實上，布理的哈比人不只友善，更喜歡追根究柢。佛羅多很快就發現他一定得解釋一下此行的目的才行。他編了個自己對歷史和地理有興趣的理由（一聽到這兩個字，聽眾就開始猛點頭，其實布理的方言裡面，幾乎完全用不到這兩門學問），因此需要四處考察。他說他正考慮要寫本書（大夥都十分吃驚），他和朋友想要收集一些關於夏爾之外的哈比居民的資料，而且他自己對東邊區域的情形特別感興趣。

一聽見這句話，大夥就爭先恐後地插嘴。如果佛羅多真的想要寫本書，而他又帶了十幾個耳朵的話；那他在前幾分鐘就可以收集到四、五個章節的資料。這樣還不夠，他還被硬灌了一大堆的名字，眾人更好心地推薦他向「這裡的老巴」打聽消息。在熱絡一陣子之後，由於佛羅多並沒有表現出當場寫作的慾望，因此一干哈比人們又開始打聽夏爾的消息。佛羅多不太想多談，最後只得孤身坐在角落發呆，順便趁機打量一下四周的情形。

人類和矮人們多半都在討論最近發生的大事，這些噩耗佛羅多早就十分熟悉。南方十分動盪不安，聽起來那些在綠大道上趕路的人類，想要找個可以不受干擾的地方住下。布理的居民十分同情他們，但很明顯的還沒準備好要在這小地方擠下許多的陌生人。旅客中有名瞇瞇眼的醜男，預言未來會有更多的人往北走。「如果沒人安置他們，他們會自己想辦法。他們和其他人一樣有權討生活。」他大聲說，當地的居民似乎不太高興。

哈比人對這不太關心，因爲目前的事態還是和他們沒有多少關連。大傢伙又不可能和哈比人搶山洞住，所以，他們還是對山姆和皮聘比較感興趣。

這兩個傢伙現在高談闊論，描述著夏爾目前的情形，皮聘生動描述米丘窟市政洞屋頂塌陷的情形，搏得哄堂大笑。米丘窟的市長威爾·小腳是夏爾西區最肥的傢伙，被埋在一大團的石灰底下。當他被救出來的時候，看起來活脫脫是顆沾滿麵粉的大水餃，不過，也有幾個問題讓佛羅多感到不安。幾個去過夏爾的布理人想要知道山下一家人在夏爾住在哪裡，都和哪些人來往。

正當佛羅多想要編個理由打斷同伴的高談闊論時，他突然間注意到牆邊的陰影下，坐著一個看來飽經風霜的怪人，也同樣注意著哈比人的談話。他面前擱著一個大杯子，抽著一根彎曲的煙斗。他翹著一雙腳，好整以暇地享受這一切。這人腳上穿著十分合身的長統軟皮靴，看得出來這靴子經歷了不少旅程，上面還沾滿了泥巴。即使在悶熱的室內，他還是披著一件沾滿旅塵的厚重綠斗篷，兜帽依舊遮住他大部分的面孔。不過，當他打量這些哈比人時，兜帽下的雙眼發出懾人的精光。

「那是誰？」佛羅多抓到機會就對奶油伯先生耳語道：「你好像沒有對我介紹過他。」

「他？」店主也同樣壓低聲音，不動聲色地瞟了那人一眼。「我跟他不熟，他屬於那些喜歡到處流浪的人類，我們這裡稱呼他們為遊俠。他不多話，不過，當他有心時，往往可以告訴我們從沒聽過的故事。他會失蹤好幾個月，甚至一年，然後又再度出現；去年春天他經常進進出出，但我有好一段時間沒有看見他了。我從沒聽他提起過自己的名字，但我們這裡都叫他神行客。他那雙長腿步伐神速，但他也從來不跟人說，為何總是如此行色匆匆，布理這一帶的俗語是『不去管東邊和西邊的閒事』，這句話指的就是夏爾人和這些遊俠們。你怎麼也剛好問到他？」話還沒說完，奶油伯就被叫去添酒，佛羅多沒機會問清楚他是什麼意思。

佛羅多發現這個叫神行客的傢伙也正在看著他，彷彿已經猜到他和店主之間的對話。同時，他揮揮手，點點頭，示意佛羅多坐到他旁邊去。當佛羅多靠近時，他脫下了兜帽；露出一頭滲灰的黑色亂髮。他擁有一張蒼白、嚴肅的面孔，一對灰眸精光逼人。

「我叫神行客，」他低聲說。「很高興認識你——山下先生，希望奶油伯沒把你的名字說錯。」

「他沒錯。」佛羅多生硬地說，在對方銳利眼神的盯視下感到渾身不自在。

「啊，山下先生，」神行客說：「如果我是你，我會想辦法讓你的年輕朋友們少說點話。美酒、烈火和難得遇見的朋友的確讓人十分高興，但是，這麼說吧，這裡不是夏爾。最近有些形跡詭異的傢伙出沒，不過，你可能會認為我沒什麼資格這樣說。」他笑了笑：「而且，最近布理還有比之前提到更奇怪的來客經過。」他看著佛羅多的表情，繼續道。

佛羅多回瞪著他，但什麼也沒說。神行客也不再繼續這個話題，他的注意力似乎突然間轉移到皮聘的身上。佛羅多這才吃驚地發現，這個口風不緊的圖克家人，在之前的故事大獲好評之後，現在竟然開始描述起比爾博歡送派對上的糗事。他已經開始模仿那段演說，就快要說到神秘消失的那段結尾。

佛羅多覺得有些惱怒。當然，這對於大多數的當地人來說，只是個河對岸怪人怪事的好笑故事，但是，有些見聞廣博的當地人（像是奶油伯），可能聽過很久以前有關比爾博消失的傳言。他們很可能會連帶想起巴金斯這個姓氏，萬一最近剛好有人打聽過這個名字，豈不更糟糕！

佛羅多思索著，不知道該怎麼做。皮聘很明顯已經得意忘形，忘記自己身處的危險，佛羅多很擔心他甚至會一不小心提到魔戒，這就會是場大災難了。

「你最好趕快想點辦法！」神行客對他耳語道。

佛羅多立刻跳到桌上，開始大聲說話。皮聘的聽衆此時有些分心，有些哈比人看著佛羅多，邊大笑著拍手，認為山下先生這回酒喝的太多了。

佛羅多覺得這場面很尷尬，開始不由自主地玩弄起口袋中的東西。（這也是他每次演講時必有的小動作）。他摸到了掛在鍊子上的魔戒，突然間有股慾望想要戴上魔戒，躲開這尷尬的狀況，不知為何，這想法似乎是來自於房間中的某人或是某物。他決心抵抗這誘惑，緊緊地握住魔戒，彷彿擔心它會從口袋中逃走，造成破壞。無論如何，這對他的靈感一點都沒有幫助。他只能想到幾句夏爾人常用的場面話先混過去：**我們很高興能夠受到諸位如此慷慨的款待，在下斗膽希**

望這次的拜訪，能夠讓夏爾和布理之間的關係更為緊密；他遲疑了一下，乾咳幾聲。

房間內每個人都看著他。「來首歌吧！」一名哈比人大喊著：「唱歌！唱歌！」其他人也都跟著起鬨。「來吧！老大，唱首我們從來沒聽過的歌！」

佛羅多張口結舌地呆立當場。在走投無路的情況下，他突然間想起一首比爾博很自豪的瞎掰歌（多半是因為歌詞是他親自胡謅的）。那是一首有關旅店的歌，也可能因為這樣，佛羅多才會在這時候想起這首歌。底下就是這首歌的全文，至今已經沒有多少人記得它完整的歌詞。

從前有座溫馨小旅店
座落在那灰色山丘下，
他們釀的啤酒醇又涼，
吸引了那人離開月亮
把那啤酒大口灌下。

馬夫養了隻醉貓
會彈那五弦小提琴；
弓弦拼命猛拉，
音符也跟著上上下下的猛炸，
差點拉斷五弦琴。

店主養了隻小狗
很愛聆聽那笑話；
如果客人歡聲雷動，
牠的小耳就會輕輕抽動，
笑到全身快融化。

他們還養了隻大角母牛
驕傲得好像皇后；
音樂對她就像美酒，
可以讓她尾巴搖得很久
在草地上跳舞跳個夠。

啊喔！那成排的銀盤
還有那如山的銀匙！
還有專屬週日的餐具，
大家會在週六下午小心地洗去
那沾染污點的銀匙。

月亮上來客正快樂地狂飲，
醉貓開始咪喵；
桌上碟子和湯匙亂跳，
花園中母牛發瘋亂躍，
小狗也追著尾巴嚎叫。

月亮上來客再乾一杯，
一傢伙滾到椅子下去，
他作著麥酒的美夢，
直到天色星辰消融，
曙光也跟著凝聚。

馬夫於是對醉貓說：
「看那月亮上的白馬，
正在著急蹴步嘶叫；
但他們主人卻只是大醉睡覺，
太陽很快就要出馬！」

於是貓兒在琴上拉起了殺豬歌兒，
刺耳的可以喚醒那醉去的人兒；
他拼命地又拉又唱，
店主也搖著那人掌管的月亮：
「三點多啦！」每個字都聲聲入耳。

他們將那人抱上山頂
將他打包送回月亮，
他的駿馬在空中急馳，
母牛也模仿馴鹿在地面奔馳，
碟子則是撞上了湯匙王。

提琴的殺豬聲越來越快，
狗兒也開始扯開嗓子大吼，
母牛和駿馬抬頭望天，
客人也都跳下床邊
在房間裡怕得發抖。

噹的一聲琴弦斷裂！
母牛一跳飛上月亮，
小狗笑得滿地打滾，
週六用的碟子開始狂奔
週日的銀湯匙也毫不相讓。

圓圓的月亮滾到山後，
太陽也跟著探出頭來。
她不敢相信眼前的景象；
因爲她渾然以爲現在已經天亮①
眾人卻紛紛回床撒賴！

大夥紛紛熱烈地鼓掌。佛羅多的聲音很棒，這首歌更讓他們想到很多有趣的景象。「老闆到哪去啦？」他們齊聲大喊：「他一定得聽聽這個。馬夫鮑伯一定得知道他的貓可以拉琴，而我們

---

① 精靈和哈比人都以「她」來稱呼太陽。

還可以快樂地跳舞。」他們又叫了更多的麥酒，開始扯開喉嚨大喊：「老大，再讓我們聽一次！來嘛！再唱一次！」

他們又逼著佛羅多喝了杯酒，再開始獻唱。這次很多人跟著一起唱和，因爲曲調是從別的歌謠改編過來的，而歌詞也都很好記。現在輪到佛羅多得意忘形了，他在桌面上跳著，當他第二次唱到**母牛一跳飛上月亮時**，他也跟著奮力一躍。很明顯太過激動了，因爲這一躍的後果是讓他發出震耳欲聾的巨響，摔在一大堆杯子上，又滑了一跤轟地一聲滾到地上！聽衆全都開懷大笑，隨即氣氛一變，衆人目瞪口呆，不知如何是好。

歌手竟然憑空消失了！他彷彿跌進隱形的地洞內，就這麼無聲無息地不見了。

當地的哈比人手足無措地看著，最後才齊聲呼喊巴力曼趕快過來。一時間所有人都離皮聘和山姆遠遠的，每個人都不安地用眼角瞄著他們。很顯然大家現在都以爲，這伙人是和一位力量和目的都不明的法師一起旅行。不過，在紛亂的人群中，有一名黑皮膚的布理人露出早知如此的冷笑，讓他們感到極爲不安。不久之後他就趁亂溜出大門，身後跟著那個小眼睛的南方人。這兩個傢伙整晚都不停鬼鬼祟祟地交頭接耳，看門人哈利也緊跟著兩人跑出店外。

佛羅多覺得自己眞是蠢得無以復加。他不知道該如何是好，只能爬到躲在黑暗角落、不動聲色的神行客身邊。佛羅多靠著牆壁，取下魔戒，他根本不知道魔戒怎麼會套上他的手指，只能推測多半是自己在唱歌的時候，手習慣性的在口袋裡亂摸，而他快摔倒的時候一緊張就不小心套上了魔戒。佛羅多沈思了片刻，懷疑這是不是魔戒在搞鬼。它似乎是回應這房間中的某股意志，要揭穿自己所在的位置，他對於剛剛溜出門的那些傢伙感到很擔心。

「搞什麼鬼？」當他解除隱形之後，神行客逼問道。「你在幹什麼？這比你大嘴巴的朋友還要糟糕幾百倍！你就是要跳進麻煩堆裡面！哼，或者我該說是把手指插進麻煩堆裡面？」

「我不知道你是什麼意思。」佛羅多警覺地回答。

「不，你懂的，」神行客回答：「但我們最好還是等到這一切先平靜下來再說。到那時，如果你有空的話，我想要和你單獨談談，好嗎？**巴金斯先生！**」

「要做什麼？」佛羅多假裝沒聽見對方提到自己的眞名。

「對我們兩人都很重要的事情，」神行客直視著佛羅多的雙眼：「你可能會知道一些對你有利的情報。」

「很好，」佛羅多試著裝出漠不關心的態度：「我等下再和你談談。」

同時，壁爐邊有一群人開始激烈地爭論。奶油伯先生走了進來，試圖搞清楚大家倒底在吵些什麼東西。

「奶油伯先生，我看到他——」一名哈比人說：「或者應該說是沒看到他，如果你明白我的意思，他就這樣憑空消失了。」

「你搞錯了吧，小麥草先生！」店老闆露出一臉困惑的表情。

「我才沒搞錯！」叫做小麥草的傢伙回答道：「我親眼見到，千眞萬確。」

「一定有些誤會，」奶油伯搖頭道：「山下先生實在不太可能就這麼消失在這擁擠的店裡面。」

「不然他會到哪裡去？」幾個聲音一起質問道。

「我怎麼會知道？只要他明早願意付錢，誰管他今晚去哪裡？來，這位圖克先生就沒有消失啊。」

「哼，我知道自己看到什麼，更確定自己沒看到什麼，」小麥草先生依舊倔強地說。

「我說一定有誤會啦。」奶油伯拿起托盤，開始收拾破碎的餐具。

「沒錯，你們眞的搞錯啦！」佛羅多大喊道：「我才沒有消失哪！我不就在這裡！我剛剛只是跑來和神行客聊天而已。」

他大踏步地走到壁爐前，但大多數的客人都退了開來，甚至露出比之前還要害怕的表情。他們對他的說明一點也不放心：怎麼可能有人一摔落地馬上可以飛快地爬開？大多數的哈比人和人類都一哄而散，沒有心情再繼續找樂子。還有幾個人瞪了佛羅多一眼，口中喃喃自語地離開了。矮人們和其他幾名形跡怪異的人類向店主告退，對佛羅多和同伴們卻沒有多加理會。不久之後，整個大廳就只剩下神行客默默地坐在角落。

奶油伯一點也沒生氣的樣子。因爲，經驗老道的他立刻就看出來，在今晚的神秘事件發生之後，未來有很多晚上他這裡都會高朋滿座，直到大家厭倦了這次事件爲止。「山下先生，看看你做了什麼好事？」他問道：「把我的客人嚇跑，還藉著表演特技打破了我的餐具！」

「替你惹了這麼多麻煩實在很抱歉，」佛羅多說：「我向你保證我不是故意的，這完全是個意外。」

「好吧，山下先生！如果你將來還想要表演特技或是魔術什麼的，最好先警告大家，而且還要跟我說一聲。我們這一帶對於任何不尋常的事情都很小心哪。我們都是老實人，如果你瞭解我的意思，不可能隨隨便便就習慣這種怪事。」

「奶油伯先生，我保證不會再發生這種事情了。我想我還是趕快去睡覺吧，我們明天一早就動身，明早八點可以把我們的馬兒準備好嗎？」

「好極了！山下先生，在你離開之前，我想私底下和你談談。我剛剛才想起來有些事情要跟你說，希望你別誤會。等我處理完手頭的事情之後，如果你願意的話，我就到您房間去。」

「當然沒問題！」佛羅多表面上這樣說，一顆心卻往下沈。不知道在他就寢之前還有多少人要跟他私下談談，也不知道他會得知多少驚人的消息。難道這些人都聯合起來想要對付他嗎？對他來說，現在連奶油伯那張胖臉似乎都隱藏著許多的陰謀。

第十節　神行客

佛羅多、皮聘和山姆一起回到了之前的起居室。這裡一片黑暗，梅里不在這裡，壁爐裡的火也快滅了。在他們丟進幾捆柴火，把火弄旺之後，這才發現神行客悄無聲息地跟著他們走了進來，現在竟然舒舒服服地坐在門邊的椅子上！

「你好！」皮聘說：「您是哪位？有什麼需要嗎？」

「我叫神行客，」他答道：「雖然他可能已經忘記了，但你的朋友答應要和我談談。」

「我記得你說，我可能會聽到一些對我有利的情報，」佛羅多說：「你有什麼要說的？」

「我有幾個情報，」神行客回答：「但是，這是有代價的。」

「你這是什麼意思？」佛羅多反問道。

「別太緊張！我的意思是：我會告訴你我所知道的消息，給你一些忠告，但我有個要求。」

「什麼要求呢？」佛羅多說。他懷疑自己陷入了惡棍的勒索中，同時不安地想到身上並沒有帶很多錢，那一點錢根本無法滿足一般市井無賴的胃口，而他也不能將這些錢拱手讓人。

「別擔心，你一定負擔得起，」神行客微笑著說，彷彿他已經猜到佛羅多的想法。「你必須帶我同行，直到我決定離開為止。」

「喔，是嗎！」佛羅多有些驚訝地回答，但並不覺得比較放心。「即使我想要有人和我們同行，但在我對你瞭解更多之前，我也不可能答應這件事情。」

「很好！」神行客翹起腳，舒服地躺回椅子內。「你頭腦終於清醒了些，這對大家都好。之前你實在太不小心了！很好！我會告訴你情報，讓你決定怎樣來報答我。等你聽完之後，可能反而會求我和你們一起走。」

「那就說吧！」佛羅多回答：「你知道些什麼？」

「太多了，太多不好的消息了，」神行客陰鬱地說：「至於有關你的部分——」他猛然起身，拉開門，往四周窺探。最後，他小心地關上門，坐回椅子上。「我聽力很好，」他壓低聲音繼續說。「雖然我沒辦法憑空消失，但我在野外狩獵的經驗，可以讓我在必要的時候不被人發現。今天傍晚，我正好在布理西邊大道圍籬旁，那時四名哈比人正好走出古墓崗一帶。我應該不需要重複他們對龐巴迪或是彼此之間的交談，但有件事讓我很感興趣：**千萬別忘記**，其中一個人說。**絕對不可以提起巴金斯這個名字。如果有人問起，我是山下先生**。這引起了我的好奇心，一路跟隨他們到這裡來。我緊跟在他們之後溜進村內。或許巴金斯先生有很好的理由隱姓埋名；但就算這樣，我也必須建議他和他的朋友們更加小心。」

「我不知道，我的名字為什麼會在布理這麼引人注意，」佛羅多憤怒地說：「我還想要知道，你為什麼會感興趣。或許神行客先生有很好的理由四處打探；但就算這樣，我也必須建議他好好解釋。」

「好答案！」神行客笑著說：「我的解釋很簡單。我正在找一個名叫佛羅多·巴金斯的哈比人。我想盡快找到他。我聽說他秘密地離開了夏爾，這件事情讓我和朋友們覺得很關切。」

「等等，別誤會！」一看到佛羅多突然站起身，山姆也跟著皺眉跳起，神行客連忙說道：「我會比你們更小心保守這個秘密的。千萬小心！」他靠向前，看著每個人。「留心每道陰影！」他壓低聲音說。「這幾天黑騎士曾經過布理，他們說星期一的時候，有名黑騎士從綠大道過來，而稍晚的時候另一名則是從綠大道往南走。」

眾人一片沈默。最後，佛羅多對皮聘和山姆說：「看到管理員打量我們的樣子時，我就該猜到了，」他說：「店老闆似乎也聽說了什麼。為什麼他會要我們和大家一起同樂？我們又為什麼在應該保持低調的時候，做出這種傻事？」

「本來不會這樣的，」神行客說：「我本來可以阻止你們跑去飲酒作樂，但是店主不願意讓我見你們，也不願意幫我傳口信。」

「你覺得他會不會——」佛羅多正準備進一步追問。

「不，我不覺得奶油伯有什麼惡意，他只是不喜歡我這種外貌的亡命之徒罷了。」佛羅多困惑地看著他：「你看，我是不是有些潦倒？」神行客露出嘲弄的笑容，眼中閃動著詭異的光芒，「不過，我希望將來有機會讓你們多瞭解一些。到時候，我還希望你可以解釋，你唱完歌之後為什麼要那樣做，因為那次愚行——」

「那完全是意外！」佛羅多打斷他的話聲。

「是嗎？」神行客說：「就算是意外好了，那也是讓你們陷入危機的意外。」

「也不會比現在危險多少，」佛羅多說：「我見過那些跟蹤我的騎士，他們現在似乎跟丟了，已經跑到別的地方去了。」

「千萬別小看他們！」神行客不以為然地說：「他們會回來的，而且還有更多騎士會出現，還有其他人。我知道總共有多少名騎士，也知道他們的眞實身分。」他停了片刻，露出冰冷、堅決的眼神；「布理也有些人是不能信任的，」他繼續說道：「舉例來說，比利・羊齒蕨這個傢伙就惡名在外，經常有些形跡可疑的人去他家拜訪。你應該也注意到，客人之中有這個傢伙了吧？他是個有著邪惡笑容的黑皮膚男子。他和其中一名從南方來的陌生人似乎很熟稔，兩人在你的『意外』之後悄悄離開了。那些南方人並不是每個都很單純的；至於比利這個傢伙，為了賺錢，他什麼都肯賣，他甚至也會毫無理由地單純作弄人。」

「比利會賣什麼東西？我所發生的意外又和他有什麼關係？」佛羅多依舊假裝聽不懂神行客的暗示。

「當然是有關你的消息，」神行客回答：「你剛剛的表現會讓某些人很感興趣。在知道確實的情形之後，你是不是用本名根本不重要了。根據我的推測，他們在明天之前應該就會收到有關你的消息。這樣夠了嗎？接下來你就看著辦吧，要不要讓我當你們的嚮導，都隨你。我對夏爾到迷霧山脈一帶都很熟悉，因為我在這邊流浪了許多年。我的實際年齡比我的外貌大得多，我應該可以派上用場的。過了今晚之後你們就不能夠再走大路了，那些騎士一定會日夜不休地看守著所有的道路。或許你來得及離開布理，只要太陽還沒下山，你還可以繼續往前走；但你再逃也逃不了多遠，他們會在荒野對你動手，讓你求助無門。你想要讓他們找到你們嗎？他們是股無比恐怖的力量！」

哈比人看著他，驚訝地發現他臉色蒼白，雙手緊握著扶手，彷佛十分痛苦一般。房間籠罩在一片死寂中，火光也慢慢變微弱。他就這麼楞楞地坐著，彷佛看著遙遠過去的回憶，或是傾聽著夜色中的動靜。

「啊，」片刻之後他揉著眉心說道：「我想我對這些追兵知道得比你們多。你很害怕他們，但等知道眞相之後會更害怕的。如果可以的話，明天你們一定得走。我可以帶你們取道無人知曉的小路。你們願意接受我的幫助嗎？」

衆人陷入沈默。佛羅多沒有回答，他的腦中充滿了困惑和恐懼。

山姆皺著眉頭，看著主人，最後終於說道：「佛羅多先生，請容我說句話。我認爲不可以！這位神行客先生警告我們，要我們小心一點，這點我同意；最好就從他開始。他是在荒野中漫遊的傢伙，這些傢伙一向風評很差。他的確知道一些東西，多到讓我不放心。但是，這也不代表我們就應該照他的說法，讓他帶我們到求助無門的荒野中去。」

皮聘沈吟著，看來相當不安。神行客沒有回答山姆的質疑，只是用銳利的眼神看著佛羅多。佛羅多注意到對方的表情，刻意避開他的目光。「不，」他慢慢地說：「我還不同意。我認爲……我認爲你眞實的身分並不像你的外表一樣。你一開始的口音像是布理人，但後來你的腔調也改變了。山姆說的沒錯：我不明白你既然警告我們要小心，但有什麼資格要求我們信任你？你爲什麼要僞裝身分？你究竟是誰。你對於魔——對於我的目的又知道多少？你是怎麼知道的？」

「你果然已經學到了教訓，」神行客苦笑道：「但小心和舉棋不定是兩碼子事。你們絕對無法憑藉自己的力量趕到瑞文戴爾，信任我是你們唯一的希望。你們必須要下定決心，如果這可以協助你們做出決定，我願意回答你們的問題。但是，如果你們不信任我，又怎麼可能相信我的說法？即使如此，我還是——」

就在此刻，門上傳來了敲門聲。奶油伯先生帶著蠟燭走了進來，諾伯則是捧著幾罐熱水。神行客立即退到不引人注意的角落去。

「我是來和諸位道晚安的，」店主將蠟燭放在桌上道：「諾伯！把水拿進來！」他走進來，關上門。

「是這樣的，」他有些遲疑，有些尷尬地說：「如果造成什麼不便，我真的很抱歉。可是有許多事情就這麼一個接一個地出現，而您也知道，我是個大忙人。幸好，這週的許多事情剛好喚醒了我的回憶，希望這不算太晚。你知道嗎，有人請我留意來自夏爾的哈比人，特別是一個叫作巴金斯的哈比人。」

「這和我有什麼關係？」佛羅多說。

「啊！您當然知道的，」老闆體諒地說：「我不會出賣您的，但是，那個人告訴我這位巴金斯先生會使用山下這個假名。請恕我冒昧，但對方給我的描述和您確實十分符合。」

「是嗎？我們來聽聽看吧！」佛羅多有些欲蓋彌彰地插嘴說道。

「他是個紅臉頰的小矮個子，」奶油伯先生嚴肅地說。皮聘掩嘴竊笑，但山姆看來似乎不太高興。「老巴，由於大多數的哈比人看起來都是這個樣子，所以這可能幫不上太多忙，他這樣對我說，」奶油伯先生瞪了皮聘一眼。「但這個傢伙比一般哈比人要高，長得也很漂亮，而他下巴上有個凹陷。他是個活力充沛、雙眼有神的傢伙。抱歉，這是他說的，不是我。」

「他說的？他是誰？」佛羅多急切地問。

「啊！您應該也認識甘道夫吧。他們說他是個巫師，但不管是不是，他都是我的好朋友。可是，下次見面的時候，不知道他會不會把我當朋友看了：他可能會把我所有的麥酒變酸，或是把我變成塊木柴。他的個性一向有點急躁。唉，覆水難收，多說無益啊！」

「咦？你到底做了什麼？」佛羅多對奶油伯呑呑吐吐的態度感到十分不耐煩。

「我剛說到哪裡？」老闆彈彈手指說：「啊！對了！剛剛提到甘道夫。三個月之前，他門也不敲地走進我房間。**老巴**，他說，**我一早就要走了。你願意幫我個忙嗎？儘管說吧！**我說。**我很趕**，他說，**沒時間自己做，但我想要送個消息到夏爾去。你能找到可靠的人送過去嗎？沒問題**，我說，**那就明天，或者後天。還是明天好了**，他說，然後他就遞給我一封信。」

「地址寫得很淸楚，」奶油伯先生從口袋中掏出信來，自豪地一字一字念出來（他對於自己識字這回事一直感到很驕傲）：

夏爾，哈比屯，袋底洞，佛羅多·巴金斯先生。

「這是甘道夫給我的信！」佛羅多大喊。

「啊！」奶油伯說：「那你的本名是巴金斯囉？」

「沒錯，」佛羅多說：「你最好趕快把信給我，告訴我，你爲什麼沒把它寄出去！我想你花了這麼久時間，就是爲了告訴我這件事吧。」

可憐的老奶油伯看來十分無辜。「你說的對，先生，」他說：「我必須向您致歉。我很擔心如果造成了什麼傷害，甘道夫會怎麼說。我不是刻意要把它收起來的，我是爲了安全。然後第二天我找不到人願意去夏爾，第三天也是一樣；而我自己的伙計又都走不開。事情就這麼卡住了，讓我完全忘記了這件事。我眞的忙昏頭了，如果我能夠補償您，您只需要開口就好。」

「就算不因爲這封信，我也對甘道夫做了保證。**老巴，他對我說，我的這個朋友是從夏爾來的。過不久之後他可能就會和別人一起出現。他會自稱爲山下先生。不要忘記！但你也不要多事問他問題。如果我沒有和他一起出現，他可能遇上了麻煩，會需要幫助。盡可能幫助他，我會很感激的。**現在你來了，看來麻煩也不會太遠了。」

「你是什麼意思？」佛羅多問。

「有一些黑漆漆的傢伙，」店老闆壓低聲音說：「他們也在找姓巴金斯的旅客，如果這傢伙是好人，我就是哈比人啦！那天是星期一，所有的狗都在狂吠，母鵝拚命亂叫，我說這實在太怪異了。諾伯告訴我，有兩個黑騎士到門口來打聽巴金斯的下落，諾伯都快嚇暈了。我把那些黑傢伙趕走了，用力把門關上，據說他們從這邊到阿契特都問同樣的問題。還有那個遊俠神行客，他在你們吃晚餐時想要闖進來。」

「沒錯！」神行客突然間走了出來。「巴力曼，如果當時你讓他進來，會省掉很多麻煩的。」

店主嚇得跳了起來。「是你！」他大喊：「你老是神出鬼沒。你現在要幹什麼？」

「是我讓他進來的，」佛羅多說：「他來這邊想幫我們。」

「好吧，或許你知道自己在幹什麼，」奶油伯先生懷疑地打量著神行客。「如果我是你，我就不會和遊俠混在一起。」

「那你會和誰混在一起？」神行客問道：「難道要和一個只因爲人們每天大喊他名字才會記得的胖老闆一起亂跑？他們不能永遠待在這間旅店，更不能回家去，他們還有很長的路要走。你願意和他們一起，阻擋那些黑騎士嗎？」

「我？要我離開布理，就算再多錢也辦不到！」奶油伯這次看來真的很害怕。「山下先生，你可以在這邊待一陣子，等事情平靜過後再走。這些狀況到底是怎麼一回事？這些騎士在找什麼？他們又是從哪裡來的？」

「很抱歉，我沒辦法解釋一切，」佛羅多回答：「我又累又煩惱，而且這說來話長。但是，如果你想要幫忙我，我得先警告你，只要我待在這裡，你就和我一樣危險。至於那些黑騎士，我也不太確定，但是我擔心他們是來自——」

「他們來自魔多！」神行客壓低聲音說：「巴力曼，他們來自魔多，你應該知道這是什麼意思……」

「天哪！」奶油伯臉色變得死白，他顯然是聽過這個地方，「這是我這輩子在布理聽過最糟糕的消息了。」

「沒錯，」佛羅多說：「你還願意幫忙嗎？」

「願意，」奶油伯說：「我當然願意。雖然我不知道我要怎麼幫忙對付，對付——」他說不出話來了。

「對付東方的魔影！」神行客靜靜地說：「巴力曼，你能幫的忙不多，但任何一個小忙都是必要的。你今晚可以繼續讓山下先生用這個名字住在這裡，在他走遠之前，別想起巴金斯這個名字。」

「我會照做的，」奶油伯說：「可是，我擔心他們不用我的幫忙，就會知道他在這裡，巴金斯先生今晚恐怕太引人注意了些。巴金斯先生突然地消失，可能在午夜以前就會傳遍布理，連我們家的諾伯都開始用那顆小腦袋亂猜，更別說布理還有些聰明人了。」

「好吧，我們只能希望黑騎士不會這麼快回來。」佛羅多說。

「我也這麼希望，」奶油伯說：「不過不管他們是什麼來頭，都不會這麼輕易就闖進躍馬旅店的。你到明天早上之前都不用擔心，諾伯一個字都不會說。只要我還站得住，就不會有黑衣人踏進門內一步。我和伙計們今天晚上都會守夜，你們最好趁機休息一下。」

「不管怎麼樣，明天天一亮就叫我們起床，」佛羅多說：「我們必須盡可能地早些出發。六點半早餐，麻煩您了。」

「好！我會安排一切，」店主說：「晚安，巴金斯先——喔，山下先生！晚安！天哪！和你們同行的烈酒鹿先生呢？」

「我不知道。」佛羅多突然間覺得有些緊張。他們把梅里給拋到腦後去了，現在已經快深夜了。「他可能出去了吧，他有說過要去呼吸新鮮空氣什麼的。」

「唉，看來你們這群人的確需要額外提防，大家好像都在放假一樣！」奶油伯說：「我得趕快把門閂上，到時再讓你朋友進來……我還是派諾伯去找你朋友比較好。大家晚安！」最後，奶油伯終於走出房門，臨走之前，他還是用猜疑的眼光看了神行客一眼，搖搖頭，他的腳步聲漸行漸遠。

「可以了嗎？」神行客問道：「你準備什麼時候讀信？」佛羅多在開信之前，仔細打量著上面的封蠟。它看起來的確是甘道夫的沒錯，裡面的內容，則是用甘道夫那手有力而優雅的字體寫著：布理，躍馬旅店，夏墾一四一八年，年中之日。

親愛的佛羅多：

我在這裡收到了一些壞消息，得要立刻離開。你最好也趕快離開袋底洞，最晚在七月底之前離開那裡。我會盡快趕回來，如果我發現你已經走了，我會緊跟在後。如果你經過布理，最好留個口信給我。你可以信任這裡的店主（奶油伯），你可能會遇見我在路上結交的一位朋友：他是個瘦高、皮膚黝黑的人類，有些人叫他神行客。他知道我們的計畫，會盡力幫助你。不要耽擱，直接前往瑞文戴爾。希望我們會在那邊再度碰面。如果我沒有出現，愛隆會指引你的。

甘道夫　匆筆 ᚹ

PS：不管爲了什麼原因，絕對不要再使用它！晚上也不要趕路！ᚹ

PPS：請確認對方是眞正的神行客，路上有很多形跡可疑的人，他的眞名叫作亞拉岡。ᚹ

眞金不一定閃閃發光，
並非浪子都迷失方向；

硬朗的老者不顯衰老，
根深就不畏冰霜。
星星之火也可復燃，
微光也能爆開黑暗；
斷折聖劍再鑄之日，
失去冠冕者再度為王。

PPPS：我希望奶油伯會照約定寄出這封信。但是這傢伙的記憶不牢靠，有時腦袋裡面真的就像裝奶油一樣。如果他忘記了，我會好好對付他的。再會了！

佛羅多將信的內容喃喃念給自己聽，然後把信遞給皮聘和山姆。「這回老奶油伯真的把事情搞砸了！」他說：「甘道夫真該好好對付他，如果我當時立刻收到這封信，現在搞不好都已經安全地在瑞文戴爾休息了。但甘道夫會不會有事啊？他的口氣聽來好像遇到了極大的危險。」

「他已經為了同一個目標，出生入死許多年了。」神行者回答。

佛羅多轉過身，若有所思地看著他，思索著甘道夫的第二個附註。「你為什麼沒有立刻告訴我，你是甘道夫的朋友？」他問道：「這會省下很多時間的。」

「會嗎？如果沒有這封信，你們會相信我嗎？」神行客說：「我對這信一無所知，我只知道如果要幫助你，必須在沒有任何證據的情況下說服你。不論如何，我也不準備立刻告訴你，我的真實身分。我得要先瞭解你，然後確認你的身分才行。魔王在之前曾經對我設下過很多陷阱，我一下定決心之後，就準備回答你提出的一切問題。不過，我必須承認，」他露出詭異的笑容：「我希望你和我同行的理由其實有些自私，被獵殺的人往往厭倦了提心吊膽，渴望友誼相伴。嘿嘿，我想我的外表恐怕讓人難以親近吧。」

「的確，至少第一眼是這樣的。」皮聘在讀完甘道夫的信件之後笑著說：「帥哥就是帥哥，我們在夏爾是這麼說的。如果我們翻山越嶺很多天，看起來恐怕也會和你差不了多少。」

「要看起來像是神行客，你可能要花上好幾天、甚至是幾週、幾年的時間在荒野漫遊才行。」他回答：「除非你看起來比外表堅強許多，否則會先送命。」

皮聘收起了笑臉，但山姆並不覺得受到威脅，依舊懷疑地看著神行客。「我們怎麼知道你是甘道夫所說的神行客？」他質疑道：「在我們收到這封信之前你從來沒提到甘道夫。就我看來，你可能只是個冒充的間諜，想要騙我們和你一起上路。你可能幹掉了真正的神行客，穿走他的衣服，你有什麼證據可以證明你是神行客？」

「你真是個頑固的傢伙，」神行客回答道：「山姆·詹吉，恐怕我只能這樣回答你。如果我殺了真正的神行客，我也可以殺了你。我也不會浪費這麼多時間，而你早就倒下了。如果我要的是魔戒，我現在就可以得到它！」

他猛然站起來，身形似乎放大了好幾倍。他的眼中閃動著擁有無比氣魄和霸氣的光芒。他掀開斗篷，將手放到腰間刻意隱匿的劍柄上，眾人動也不敢動，山姆張大了嘴，傻傻地看著他。

「幸好，我是真正的神行客，」他低下頭，表情被突如其來的笑容所軟化：「我是亞拉松之子亞拉岡，爲了拯救你們，我將不惜犧牲性命！」

眾人沈默了很長的一段時間。最後，佛羅多才遲疑地說：「我在收到信之前就相信你是朋友了，」他說：「至少我希望是這樣。今天晚上你已經讓我受驚很多次，但都不像是魔王的爪牙會做的事情。我想，他的間諜看起來應該更善良，感覺起來卻更邪氣逼人，如果你懂我的意思。」

「我明白，」神行客笑著說：「你是指我看起來很邪惡，感覺起來卻很善良。對吧？**真金不一定閃閃發光，並非浪子都失去方向。**」

「那麼這些詩句描述的就是你囉？」佛羅多問道：「我看不懂這些詩句的內容。可是，如果你沒有看過甘道夫的信，又怎麼會知道裡面有這兩句詩？」

「我其實並不知道，」他回答道：「我是亞拉岡，這些詩句和這個名字是密不可分的。」他拔出劍，眾人這才發現那柄劍的確斷在劍柄以下一呎的地方。「沒什麼用，對吧，山姆？」神行客說：「但它重鑄的時機就快到了。」

山姆一言不發。

「好啦，」神行客說：「在山姆的同意之下，我們就這樣決定了，由我擔任諸位的嚮導。我們明天恐怕會很辛苦，即使我們可以不受阻礙地離開布理，但絕無法不被人發現。我會盡量試著甩掉追兵，除了大路之外，我知道有幾條別的路可以離開布理。一旦擺脫了追兵，我們就立刻前往風雲頂。」

「風雲頂？」山姆問：「那是啥？」

「那是座山丘，就在大路北邊不遠的地方，從這邊往瑞文戴爾大概走半哩路的地方。上面的視野很好，我們應該有機會看清楚周遭的環境。如果甘道夫跟著我們出發，他應該也會到那邊去。過了風雲頂之後，旅途就會更顛簸，我們得在不同的危險之間作選擇。」

「你上次看到甘道夫是什麼時候？」佛羅多問：「你知道他在哪裡，或是他在幹什麼嗎？」

神行客臉色一沈，「我不知道，」他說：「今年春天時我和他一起往西走。過去幾年，當他去別的地方出任務的時候，我就會負責監視夏爾的邊境。我們上次見面是今年五月一日，在烈酒河下游的薩恩渡口。他告訴我你們所有的計畫都很順利，你會在九月的最後一週出發前往瑞文戴爾。當我知道他會和你們同行之後，我就離開去辦我自己的事了。隨後狀況有了變化，他似乎聽到了什麼消息，而我又不在他身邊幫忙。」

「這是從我認識他之後，第一次感到憂心。即使他沒辦法親自來，也應該想辦法通知我。我過了很多天之後才回來，卻立刻聽到不好的消息。一切有了很大的變化，甘道夫失蹤了，這些黑騎士開始出沒在附近。是個叫吉爾多的精靈告訴我這些事情的；稍後，他們告訴我你已經離開了老家，但沒有你離開雄鹿地的消息，於是，我就開始注意東方大道上的動靜。」

「你認為黑騎士會不會跟——會不會跟甘道夫的失蹤有關？」佛羅多問道。

「除了魔王之外，我不知道世間還有什麼力量可以阻擋他，」神行客說：「先別絕望！甘道夫比你們夏爾人所知的要偉大多了，你們只注意到他的笑話和玩具。不過，把我們牽扯進來的這次事件，將會是他最沈重的負擔。」

皮聘打了個哈欠。「對不起，」他說：「可是我好睏喔。不管前路如何茫茫又危機重重，我都得要上床了，不然就會在椅子上睡著。那個笨梅里到底跑到哪裡去了？萬一我們還得要出門找他，我可能就要崩潰了。」

就在那一刻，他們聽見門轟然關上的聲音；接著有腳步聲一路朝他們衝來。梅里一馬當先地衝進房內，後面跟著諾伯。他慌亂地關上門，氣喘吁吁地靠在門上。他快喘不過氣來了。在他開口之前，所有人都緊張的看著他：「佛羅多，我看見他們了！我看見他們了！那些黑騎士！」

「黑騎士！」佛羅多大喊著：「在哪裡？」

「就在這裡，在村子裡面。我在房內待了一小時左右，因爲你們一直沒回來，我就自己出去散步。後來我走回旅店門口，在燈火的範圍外看著星光。突然間我打了個寒顫，覺得有什麼恐怖的東西靠近了：在路旁的陰影中有道更黑暗的影子，剛好就在燈光照的到的範圍外。它一聲不響地又溜回黑暗中，附近沒有任何的馬。」

「它往哪個方向去？」神行客突然插嘴問道。

梅里這才第一次注意到這個陌生人，忍不住吃了一驚。

「繼續說！」佛羅多道：「他是甘道夫的朋友，我稍後再解釋。」

「它似乎是沿著大道往東走，」梅里繼續道：「我試著要跟蹤它。它的確消失得無影無蹤，但我還是繞過去，一路走到街道的最後一棟屋子去。」

神行客驚訝地看著梅里，「你可眞勇敢，」他說：「但這種行爲太愚蠢了！」

「我不知道，」梅里說：「我覺得這沒什麼勇敢，也不怎麼愚蠢。我沒辦法控制自己，我似乎是被吸引過去的，反正，我還是跟著過去了。接著，我在圍籬旁邊聽到了聲音。有個人壓低聲音說話，另一個人則是在耳語，或者說是發出嘶嘶聲。我一句話也聽不清楚，並且開始渾身發抖，根本無法再靠近。我一害怕就轉過身，準備立刻跑回這裡，接著有個東西從後面撞上我，我……我就摔倒了。」

「是我發現他的，大人，」諾伯插嘴道：「奶油伯先生派我拿著油燈出去找他。我先走到西門那邊，然後又往南門的方向走。就在比爾的屋子前面，我覺得好像看見路上有什麼東西。我不敢打包票，但是我覺得似乎是兩個人彎腰看著某樣東西，正準備把它抱起來。我大喊一聲，可是，當我趕到該地的時候，那兩個人都不見了，只剩下烈酒鹿先生躺在路邊，他似乎睡著了。『我覺得好像掉進水裡面！』當我搖晃他的時候，他這樣對我說。他那時真的很奇怪，等到他神智一清醒之後，他就立刻頭也不回地往這邊跑。」

「恐怕就是這樣沒錯，」梅里說：「其實我也搞不清楚到底是怎麼一回事。我做了個記不得的惡夢，我好像碎裂開來，根本記不得是什麼抓住了我。」

「我知道，」神行客說：「那是黑騎士的吹息，黑騎士一定是把馬匹留在外面，秘密地從南門進來。他們已經去找過比爾了，這下一定知道了所有的消息。那個南方人很有可能也是個間諜，在我們離開布理前可能就會有事情發生。」

「會發生什麼事情？」梅里問：「他們會攻擊旅店嗎？」

「不，我不這麼想，」神行客說：「他們還沒到齊。而且，這也不是他們的作風。在黑暗和面對孤單的旅人時，他們的力量最強大。除非別無選擇，或者從伊利雅德到這邊的領土全部淪陷，否則他們不會輕易攻擊這樣一個光亮、擠滿人的屋子。但，他們的武器是恐懼，布理已經有人在他們的掌握之中，他們會驅使這些僕人進行邪惡的工作。比爾、那些陌生人，或許還有守門人都是他們的爪牙。他們在週一的時候曾經和西門的哈利談過話，我那時正監視著他們，他們離開的時候，那傢伙臉色死白，渾身發抖。」

「現在似乎是四面楚歌，」佛羅多說：「我們該怎麼辦？」

「留在這裡，不要回你們的房間！他們一定會找到你們住的地方。哈比人的房間一定會有朝北的窗子，高度也很靠近地面。我們必須都留在這裡，把門窗緊閉。諾伯和我會先去把你們的行李拿來。」在神行客離開之後，佛羅多很快地對梅里簡述了從晚餐之後發生的事情，當梅里還在閱讀甘道夫的書信時，神行客和諾伯就進來了。

「大人們，」諾伯說：「我把一堆衣服捲起來，把它們放在每張床的中間。我還用了張褐色的羊毛毯替你們做了腦袋，巴金──山下先生，」他微笑著補充道。

皮聘笑了。「我想一定很逼真！」他說：「可是，他們萬一識破了我們的偽裝怎麼辦？」

「我們走著瞧，」神行客說：「希望我們能夠撐到天亮。」

「各位晚安。」諾伯跑去接替今晚看門的工作。

一行人的行李和裝備都堆在起居室的地板上。他們用椅子堵住門，同時也把窗戶關了起來。佛羅多打量著窗外，注意到天氣依舊晴朗，鐮刀座①正在布理山頭搖曳著。接著，他關上厚重的百葉窗，將窗簾拉上，神行客將爐火弄旺，同時吹熄所有的蠟燭。

哈比人裹著毯子，腳朝著爐火躺下來，神行客則是在堵住大門的椅子上坐了下來。他們聊了

---

① 這是哈比人對於天犁座（又稱大熊座）的稱呼。

一陣子，滿足梅里的好奇心。

「跳到月亮上！」梅里裹在毯子內咯咯笑道：「佛羅多，你可眞會耍寶！眞希望我在現場。布理的居民搞不好會把這個傳說流傳幾百年哪。」

「希望如此。」神行客說。衆人全都沈默下來，一個接一個地，哈比人進入了夢鄉。

第十一節　黑暗中的小刀

當他們在布理的旅店準備就寢時，雄鹿地正籠罩在一片黑暗當中，一陣迷霧在山谷和河岸間徘徊不去。溪谷地的屋子毫無聲響。小胖博哲小心翼翼地打開門，往外窺探。他一整天都覺得忐忑不安，睡也睡不著，彷彿凝滯的夜空中有某種威脅正蓄勢待發。就在他往外窺探的同時，樹下有道黑影無聲地移動，大門似乎憑藉著自己的意志無聲無息地打開又關上，他感到無比的恐懼。他縮了回去，在客廳內渾身發抖，最後好不容易才鎖上了大門。

夜色漸漸變深，門外傳來低微的馬蹄聲。他們在門外停了下來，三道黑影悄悄地走了進來。一個站在門前，另外兩名則是分別站在兩邊，如同岩石的陰影一般動也不動，任憑時間一分一秒的流逝，屋子和搖動的老樹彷彿都在等待著。

樹葉中有東西動了動，遠方有隻公雞啼叫。天亮前最冷的時刻已經過去了，門邊的身影開始移動。在沒有星光和月亮的漆黑中，一柄刀刃閃爍著光芒，彷彿是一道脫去刀鞘的光束，門上傳來低微但沈重的敲打，整扇門開始搖晃起來。

「以魔多之名命你開門！」一個單薄的聲音威脅道。

只敲了第二下，那門就倒了下來，木屑四濺，門鎖被打成兩半。黑影飛快地飄了進去。

就在那一瞬間，附近的樹叢間傳來了號角聲。刺耳的聲音像是尖刀劃破了寂靜的黑夜。

快醒來！提高警覺！失火了！有敵人！快醒來！

小胖博哲可不笨，他一看見那些黑影溜進花園，就知道這次不逃就沒命了。他當機立斷從後門跑了出來，穿過花園，跑到門外。當他跑到一哩之外最近的房屋時，就氣喘如牛地倒了下來。「不，不，不！」他哭喊著：「不是我！不在我手上！」過了一段時間人們才弄清楚他在嘀咕些什麼。最後，他們猜測有敵人入侵了雄鹿地，多半是來自老林那邊的怪物。接著，他們一點時間也沒有浪費。

提高警覺！失火了！有敵人！

烈酒鹿家族的成員吹起了雄鹿地的警號，自從多年前烈酒河凍結的嚴冬、白狼入侵以來，這警號已經有一百年沒有響過了。

快醒來！快醒來！

很遠的地方也開始有別的號角回應，警號開始往四周擴散。

那些黑影從屋內走了出來，其中一名在離開的時候，把一件哈比人的斗篷丟在門口。馬蹄聲漸漸轉變成狂奔，以雷霆萬鈞之勢衝進黑暗中。溪谷地四周都響起了警號聲，還有奔跑和人們奔相走告的聲音，但黑騎士依舊不受影響的如同狂風般奔向北門。就讓這些小傢伙吹號吧！索倫等下會來料理他們的。他們還有另外的任務：他們已經確知屋子空了，魔戒也離開了。他們衝過門邊的守衛，如同惡夢一般消失在夏爾地區。

佛羅多突然間從夢中醒了過來，彷彿有什麼聲音將他喚醒。他看見神行客依舊目光炯炯地坐在椅子上，瞪視著在他照顧下十分旺盛的爐火，但他沒有任何示警的舉動。

佛羅多很快回到夢鄉，但這次的夢中充滿了強風和狂奔的蹄聲。似乎有陣強風環繞著屋子，想要把它連根拔起；他還可以聽見遠方吵雜的號角聲，他張開眼，聽見院子裡面有隻公雞在啼叫。神行客拉開了窗簾，匡噹一聲推開百葉窗，天際的曙光已經照了進來，一陣冷風從窗外吹入。

神行客一把大家叫醒，立刻就帶他們前往臥室。當他們看見室內的慘況，不禁慶幸自己接受了他的忠告。窗戶被人撬開，窗簾在晨風中翻飛，床鋪被弄得一團凌亂，被單和毯子都被撕成碎片，丟得滿地都是。

神行客立刻將店主叫來，可憐的奶油伯看來睡眼惺忪，又驚又怕。他幾乎一整夜都沒闔眼（這是他的說法），卻什麼聲音都沒聽見。

「我這輩子從來沒遇過這種事情！」他驚恐地揮舞著雙手，「客人們竟然不能在床上睡覺，房間被弄得一塌糊塗！這倒底是怎麼一回事？」

「這是黑暗的預兆，」神行客說：「不過，至少在我們走了之後，你可以獲得片刻的安寧，我們會馬上離開。別管什麼早餐了，我們隨便吃喝一點東西就可以了，幾分鐘之內就走。」

奶油伯急忙出去看看馬匹是否都已備妥，順便替他們拿些食物；不過，他很快就氣急敗壞地回來。小馬全不見了，馬房的門在半夜被打開，所有的馬兒都不見了。不只是梅里的小馬，而是關在那邊的所有牲畜都消失了。

這壞消息幾乎讓佛羅多走不了路。他們怎麼可能在騎馬的追兵跟蹤下徒步到達瑞文戴爾？不如直接去月亮還比較快。神行客沈默地看著四名哈比人，彷彿在評估著他們的力量和勇氣。

「小馬本來就沒辦法讓我們躲過這些駿馬的追捕。」他最後終於說，似乎猜到了佛羅多的想法。「我準備走的路不會讓步行和騎馬有太大的差別，反正我本來也準備徒步前進。我擔心的是食物和裝備，我們在這裡和瑞文戴爾之間是弄不到糧食的，只能靠自己攜帶補給。而且我們一定要多帶一些，因爲我們有可能耽擱行程，或是被迫繞路。你們能夠背多重的行李？」

「有需要的話多少都可以。」皮聘沈重地說，但他還是強打著精神想要硬充好漢。

「我可以背兩個人份的東西。」山姆堅決地說。

「奶油伯先生，難道沒有別的辦法嗎？」佛羅多問：「我們能不能從村裡弄幾匹小馬？甚至只要一匹馱行李就好？我想應該沒辦法用雇的，但我們或許可以買下牠們。」他有些遲疑地補上一句，心中其實不太確定自己是否買得起。

「可能性不高。」店老闆悶悶不樂地說：「布理少數幾匹可供人騎乘的小馬，都養在我的馬廄裡，這一下子都不見了。至於其他的駝獸，不管是拉車的馬或是小馬，在布理都是很稀有的。就算有，也絕不可能出售。我會盡力想想辦法，我馬上把鮑伯叫起來，派他去找找。」

「好吧，」神行客不情願地說：「你最好趕快想辦法。我擔心這次至少會需要一匹小馬來馱行李。我們趁著天色昏暗，悄悄離開的計畫就這樣報銷了！這跟敲鑼打鼓通知大家沒什麼兩樣嘛！我想這一定是他們計畫好的。」

「唯一讓人安心的是，」梅里說：「至少我們可以坐著好好地吃早餐，我們快去找諾伯吧！」

最後，他們的行程被延後了不只三個小時。鮑伯回報附近沒有任何願意出借或販售的馬匹。只有一個例外：比爾・羊齒蕨有一匹待價而沽的座騎。「那隻可憐的瘦馬餓得半死，」鮑伯說：「如果我猜的沒錯，老比爾看到你們的慘況，絕對會趁機把價格哄抬到三倍以上。」

「比爾？」佛羅多說：「這會不會是什麼陷阱？他賣的馬匹會不會馱著行李跑回去，或甚至協助別人跟蹤我們？」

「也許吧，」神行客說：「但我實在無法想像，有任何動物離開他之後還想回去的。我想這只是比爾貪小便宜的作風：他想要盡可能地多獲得一些利潤。主要的危險反而是這匹馬可能快死了。算了，我看我們也沒有多少選擇。他開價多少？」

比爾的價格是十二枚銀幣；這的確是三倍以上的價錢。那匹小馬果然是個骨瘦如柴，營養不良，無精打采的動物，但牠至少看起來還不會太快死掉。奶油伯先生自掏腰包出了這筆錢，還給了梅里另外十八枚銀幣，以補償其他走失的小馬。他是個誠實做生意的商人，在布理的名聲也不壞；但三十銀幣對他依舊是個沈重的打擊，這筆錢是被黑心比爾騙走的事實，更是雪上加霜。

事實上，最後還是好人有好報。過一陣子之後，他們才發現其實只有一匹馬被偷，其他的都是被趕開，或是驚慌中四散奔逃，牠們隨即就在布理附近不同的地方被發現了。梅里的小馬一起行動，最後跑回丘陵地去找胖郷巴佬，所以，牠們在湯姆的照顧下過了一段不錯的日子。但是當湯姆聽說了布理的狀況之後，他就把這些小馬送到奶油伯身邊去，因此，奶油伯等於用相當不錯的價格買到了五匹好馬。當然，牠們在布理得要工作得比較辛苦，但鮑伯對牠們很不錯。因此，總地來看，牠們運氣還算好，躲開了一段黑暗危險的旅程，唯一可惜的是沒有去瑞文戴爾看看。

不過，這都是以後的事了。現在奶油伯只知道他損失了一大筆錢財，而且他還有其他的憂慮。旅店內的住客一聽到昨晚發生的事情，立刻就喧鬧起來；南方來的幾名旅客也丟了好幾匹馬，立刻大聲責怪店老闆。隨後，他們才發現有名同伴也跟著不見了：就是那名跟比爾同進同出、行動鬼祟的瞇眼男。很快地，他們就懷疑到這人頭上。

「是你們和一個偷馬賊同行，還把他帶到我的店裡面來！」奶油伯生氣地說：「你們應該自己負擔所有的損失，而不是來找我叫囂。去問問比爾，你們的好朋友到哪裡去了！」經過一陣詢問之後才發現，根本沒人認識他，也沒人記得他是什麼時候開始和眾人同行的。

在用過早餐之後，哈比人得要重新打包，收拾更多的補給品以面對未來的漫長旅程。等到他們好不容易出發時，都已經快要十點了。那時整個布理熱鬧得像一鍋沸水一樣。佛羅多神秘消失的把戲、黑騎士的出現、馬房被搶，還加上神行客加入這一群哈比人的行列。這一大堆讓人興奮的消息，著實在布理成了流傳好多年的傳奇。布理和史戴多大部分的居民，不少甚至從阿契特和康比趕來的圍觀者，都聚集在道路兩旁送行，旅店的每名客人，都從房間探頭窺探這難得一見的熱鬧場景。

神行客改變了主意，決定從大路離開布理。如果照計畫馬上走入荒野，只會讓事情更糟糕。布理大半的居民可能會跟蹤過來，讓他們根本無法隱匿行跡。

他們向諾伯和鮑伯道別，更對奶油伯先生一個勁地道謝。「希望我們將來能夠在比較好的時節再度會面，我眞心希望，能夠在你的旅店裡面安心休養一陣子。」

他們心情低落地在衆目睽睽之下邁開步伐。並非每個人都露出善意的表情，但也不是每個人都怒目相向，大多數的布理居民似乎都很敬畏神行客，被他瞪了一眼的居民多半都乖乖閉上嘴，閃到一邊去。他走在佛羅多前面，身後則是梅里和皮聘，山姆走在最後，牽著那匹小馬。牠身上背著哈比人們所忍心放下的大部分行李。不過，即使是步履沈重，牠似乎變得比較有精神了些，好像認爲自己終於轉運了。山姆正若有所思地啃著蘋果。他揹了滿滿一袋諾伯和鮑伯送給他的蘋果，「散步吃蘋果，休息抽煙斗，」他說：「我想，不久之後我可能會很想念這兩件事。」

哈比人們對四周門後窺探的雙眼不加理睬。但是，當他們走近大門的時候，佛羅多注意到有座隱身在高牆之後的爛屋子，那也是這排房子的最後一間，他瞥到窗戶內有張瞇瞇眼的邪惡面孔一閃即逝。

「原來那個南方人就躲在這裡！」他想：「他看起來好像有點半獸人的血統。」

在圍牆之內還有另外一個人光明正大地站著。他有兩道濃密的眉毛，和一雙刁鑽的黑眼，大嘴露出輕蔑的笑容，正抽著一根黑色的短煙斗。當他們靠近的時候，他拿開煙斗吐了口口水。

「早安啊，長腿人！」他說：「這麼早出發啊？終於找到了朋友嗎？」神行客點點頭，卻沒有回答。

「早安啊，小朋友們！」他對其他人說：「我猜你們知道自己是和誰走在一起吧？就是那一窮二白的神行客哪！哼哼，我還聽過更難聽的綽號。今晚可要小心點！還有你，山姆小子，別虐待我可憐的小馬！呸！」他又吐了口痰。

山姆的反應非常快速，「比爾，」他說：「快點把那張醜臉拿開，不然會受傷的。」他手如閃電般一揮，一枚蘋果就脫手而出，正中比爾的大鼻子。在他吃痛蹲下之後，圍牆後傳來惡毒的咒罵聲。「浪費了我一顆好蘋果。」山姆惋惜地往前走。

他們好不容易才在意料之外的阻礙下走出了村莊。跟隨他們的小孩子和好事者也都走累了，紛紛轉回南門去；即使在沒人注意的狀況下，為了掩人耳目，他們還是繼續在大路走了好幾哩。大路接著往左彎，繞過布理山的山腳重回原來朝東的方向，接著進入了長滿樹木的荒野。他們往左可以看見史戴多村內的幾間屋子和哈比人的洞穴，它們恰巧都位在布理山比較和緩的東南坡上。往北看過去則是一個深谷，裡面有著幾縷裊裊的炊煙，想必那兒就是康比村，阿契特則是隱藏在更遠的樹林中。

一行人又沿著大路繼續走了一段時間，直到把布理山的輪廓完全拋到腦後，這時，眾人面前出現了一條往北的狹窄小徑。「從這裡開始，我們就要避開大路，低調行事。」神行客說。

「希望不是什麼『捷徑』，」皮聘說：「我們上次抄捷徑穿越森林，就差點完蛋。」

「啊，那時你們可沒有和我在一起，」神行客笑著說：「我選的路不管長或短，都不會出問題的。」他留心打量著四周的環境，大道上沒有人跡，他立刻領著眾人快速朝向一座林木蒼鬱的山谷而去。

哈比人們雖然對鄰近的地區不瞭解，但目前還大概猜得出他的計畫。他準備先往阿契特走，然後從西邊越過這座村，接著就盡可能地直直朝風雲丘趕路。如果一切順利，他們這樣可以避過大道的一個大彎。當然，大道之所以繞路是因爲要避開弱水沼澤；他們既然不想繞路，就得通過沼澤才行，神行客對這沼澤的描述實在讓人無法安心。

至少到目前爲止，這段旅程還算蠻愜意的。如果不是因爲昨晚的意外，他們的心情甚至會比之前任何時候都還要好。太陽高照，但又不會讓人滿身大汗，山谷中的樹木依舊滿樹各色各樣的葉子，讓人有種祥和、平靜的感覺。神行客信心滿滿地領著他們走過許多岔路；如果讓佛羅多他們自己來的話，可能早就迷路了。神行客刻意挑選拐彎抹角的道路，試圖甩開可能的追兵。

「比爾一定會監視我們離開大道的入口，」他說：「不過，我想他應該不可能親自跟來。他對這附近的確很瞭解，但他自知在森林中絕無可能和我較勁。我擔心的是他會把情報告訴別人，我想這些人應該不遠，就讓他們以爲我們的目標是阿契特，這對我們比較好。」

不管是因爲神行客的技巧還是別的原因，他們當天都沒有發現任何生物的蹤跡，不管是兩隻腳的或是飛禽走獸，最多只有狐狸和幾隻松鼠跑過他們面前而已。第二天他們就往東方穩健地推進，一切依舊平靜如昔。到了第三天，他們終於離開了布理，進入契特森林。自從他們離開大道之後，地勢就一直在持續地下降。這時他們來到了一塊寬廣低矮的平地，前進起來反而更爲困難。他們已經遠離了布理這塊區域，進入了沒有任何道路的荒野，也越來越靠近弱水沼澤。

地面開始慢慢變濕，有些地方甚至有著發出惡臭的水塘，歪歪倒倒的蘆葦和燈心草叢中隱藏著許多吱喳不停的野鳥。他們得要小心翼翼注意腳下，才能夠同時保持方向，又不至陷入泥濘中。一開始進展還蠻順利，但隨著時間的流逝，他們的步伐變得越來越慢，周遭的環境也越來越危險。沼澤本身充滿了野性的氣息，即使是遊俠也無法在這裡找到任何固定不變的道路。蚊蚋和各種各樣的小蟲群起而攻，他們的四周被成群結隊的蚊子所包圍，這些傢伙毫不留情地爬進他們的領口、袖子和頭髮上。

「我快要被活活咬死啦！」皮聘大喊：「還弱水沼澤哩！這裡根本該叫做蚊子沼澤！」

「以前沒有哈比人可以咬的時候，他們要怎麼過活啊？」山姆抓著脖子抱怨道。

他們在這天殺的爛地方耗了一天。當晚宿營的場地又濕又冷，飢渴的蚊蟲更不願意讓他們好好休息。在草叢裡面還有一種似乎是蟋蟀邪惡變種的怪蟲子肆虐，他們整夜**尼咯——咯尼**地叫著，快把哈比人都逼瘋了。

第四天的狀況好了一些，但入夜之後的狀況依舊讓人難以入眠。那些尼咯咯尼蟲（山姆幫他們取的名字）雖然沒有跟來，但該死的蚊子依舊緊追不捨。

佛羅多就這麼躺在地上，渾身酸痛卻無法入眠；突然間，東方天空遠遠傳來一道強光。它閃爍了好幾次，詭異的是，現在時間還沒到黎明呢。

「那到底是什麼光？」他問神行客。對方早已警醒地站了起來，眺望著遠方。

「我不知道，」神行客回答道：「太遠了看不清楚，看起來好像是閃電從山頂噴出一般。」

佛羅多又再度躺了下來，有很長的一段時間他依舊可以看見白光在天際閃爍。神行客一言不發，神情凝重地看著這奇觀，過了很久，佛羅多才勉強自己進入夢鄉。

第五天他們沒走多遠就擺脫了沼澤的困擾，地形又緩緩開始上升。在東方不遠的地方可以看見山丘的輪廓，最高的山丘是在最右邊，跟其他的丘陵似乎都保持著些距離。那座山丘沐浴在陽光中，彷彿戴上了一頂閃閃發亮的皇冠。

「那就是風雲頂，」神行客說：「我們之前離開的古道會從山丘南邊不遠的地方經過。如果朝著它直走，應該明天中午就會抵達，我們最好不要耽擱。」

「你這是什麼意思？」佛羅多問道。

「我是說：當我們爬上風雲頂的時候，不知道會遇到什麼狀況，那裡很靠近大道。」

「但，我們應該可以在那邊遇到甘道夫吧？」

「有可能，但可能性並不高。如果他從這邊走，可能根本不需要經過布理，自然也不可能知道我們在做些什麼。也就是說，除非我們運氣太好，同時抵達該處，否則多半會錯過彼此。不管是他或是我們都不應該在那邊等太久，那太不安全了。如果黑騎士在大道上沒有發現我們的蹤跡，他們應該也會趕往風雲頂，那裡的視野是附近最好的，即使是飛禽走獸，站在那邊也可以看見我們的行蹤。而有些飛鳥是其他勢力的耳目，還有一些更邪惡的間諜出沒在荒野中。」

哈比人提心吊膽地看著遠方的山丘。山姆抬頭看著蒼白的天空，擔心會看見獵鷹或是猛禽用不友善的眼光瞪著大家。「神行客，你的話讓我覺得又害怕又孤單！」他說。

「你建議我們該怎麼做？」佛羅多問。

「我認爲，」神行客玩味著眼前的處境，慢慢地回答；他似乎也不太確定該怎麼做。「我認爲最好的辦法就是盡可能地往東走，目的則是其他的丘陵，而不是風雲丘。我們可以從那邊繞過丘陵，從北邊用比較隱密的方式靠近風雲頂，到時我們再來對四周仔細的觀察。」

他們又趕了一天的路，直到微寒的傍晚提早降臨爲止。整塊土地似乎變得更乾燥、更荒涼，但身後的沼澤上卻顯得霧氣裊裊。幾隻孤鳥淒涼地哀叫著，目送一輪紅日緩緩地落入地平線。一片沈寂籠罩住大地，哈比人開始懷念起，從袋底洞窗戶內觀看可愛落日的情景。

最後，他們終於來到了一條從山丘上流入惡臭沼澤的小溪邊。在天邊還有餘光的時候，他們盡可能地沿著河岸前進。當他們最後在河邊赤楊樹下紮營時，天色已經完全黑了。在夜色中他們依稀可以看見前方是那些丘陵光禿禿的輪廓。當天晚上他們選了個人值夜，那人就是似乎永遠不用睡覺的神行客。一彎月牙將冷冷的灰光投射在大地上。

隔日天一亮他們就馬上出發。空氣中有著昨夜結霜的凝重氣息，天空是種蒼白的藍色。哈比人們覺得神清氣爽，因為昨天晚上的睡眠難得不受打攪。他們已經開始習慣這種趕路的節奏；若是還在夏爾一帶，他們可能連路都走不動了。皮聘宣稱佛羅多比以前看起來更像哈比人了。

「真怪異，」佛羅多拉緊腰帶說：「實際上我瘦了不少呢。我希望不要這麼一直瘦下去，不然可能會變成幽靈的。」

「別拿這開玩笑！」神行客出人意料地，用十分嚴肅的口氣警告大家。

丘陵越來越近，構成了一道高聳的屏障，最高的地方高達一千呎，而低的地方又可以讓蜿蜒的小徑穿過，朝向東方而去。一行人沿著山腳看到了許多蓋滿綠色植被的牆壁和壕溝，在山谷間還有許多古代的石頭廢墟。到了晚上，他們終於抵達了西邊山坡的腳底，並且在該處紮營。那是十月五號的晚間，他們已經離開布理六天了。

到了早上，他們才發現離開契特森林以來的第一條明顯道路。他們往右轉，順著這條道路往南走。這條路巧妙地七彎八拐，刻意避開來自森林和山頂的視線。它會鑽進小山谷，沿著峭壁前進；少數幾段平坦的區域兩邊還放著大大小小的石頭，彷彿圍籬一般遮蔽了旅行者的身影。

「不知道是誰建了這座道路，目的又是什麼，」梅里在大夥走在巨石區內的時候忍不住問道。「我覺得有點怪怪的。這有種——有種古墓屍妖的風格。風雲頂上有古墓嗎？」

「沒有。風雲頂和這些山丘上都沒有古墓，」神行客回答：「西方皇族並不居住在這裡，不過，晚期他們曾經利用這些丘陵當做抵抗安格馬邪惡勢力的防線。這條小徑是山間碉堡的運補線。不過，在那之前，北方王國剛創建的時候；他們在風雲頂上蓋了一座高大的瞭望塔，稱它爲阿蒙蘇爾。不過後來它被燒毀了，只剩下一圈圍牆，彷彿是座簡陋的皇冠套在這山丘上。但，它曾經一度是個高大雄偉的建築。據說人皇伊蘭迪爾，曾經在此守候精靈領袖吉爾加拉德，等待他加入人類與精靈的最後聯盟。」

哈比人看著神行客。這人不只是野外求生的高手，更對古代的歷史很有研究。「吉爾加拉德是誰？」梅里問。但神行客沒有回答，似乎深陷過去的回憶中，突然間，有個聲音低吟道：

吉爾加拉德是精靈國王。
豎琴也爲他哀傷地悼亡：
唯有他的國度美麗自由
從海洋延伸到翠綠山頭。

他的寶劍削鐵如泥，長槍無堅不摧，

從遠方就可見到他閃亮的頭盔；
無數明星出沒天空
全都映在他閃亮銀盾。
許久之前他策馬離去，
無人知曉他的境遇；
魔多妖物肆虐彼岸
將星群殞入黑暗。❶

其他人都驚訝地轉過頭，因爲這是山姆的聲音。

「繼續啊！」梅里說。

「我只知道這些，」山姆紅著臉，結巴地說：「這是我小時候從比爾博先生那邊學到的。因爲他知道我最喜歡精靈，所以時常告訴我這方面的故事。他也因爲這樣才教我識字。比爾博老先

❶ 吉爾加拉德是林頓的精靈國王。他出生於第一紀元，其名意爲「耀星」。在第二紀元時，因眼見索倫惡勢力不斷擴張，因此派兵加入征討索倫的行列。稍後並與登丹人結成了人類與精靈的最後聯盟，攜手攻打索倫。他手持神矛伊洛斯，親率盟軍參與達哥拉之役，擊潰索倫的大軍；從此之後戰況急轉直下，盟軍花費七年的時間橫掃魔多。最後兵臨城下，黑暗魔君索倫被迫親自應戰，但吉爾加拉德及伊蘭迪爾皆亡於此役。

生員是博覽群書，他還會寫詩。我剛剛念的就是他作的詩。」

「這首詩不是他作的，」神行客說：「這是一首叫作**吉爾加拉德的殞落**，以古語寫成的詩歌。這一定是比爾博翻譯的，因爲我從沒聽過這個版本。」

「還有很多句哪，」山姆說：「全都是有關魔多的。我沒有背那幾句，因爲它讓我起雞皮疙瘩。我從沒想過自己也要去那個地方！」

「要去魔多！」皮聘大喊：「希望我們不會落到這個下場！」

「別大喊這個名字！」神行客說。

當他們靠近小徑的南端時已經中午了，出現在他們眼前的是沐浴在十月蒼白陽光下的灰綠色斜堤。它像是座橋一樣的通往山丘的北坡。衆人決定把握天光，立刻攻頂。現在已經無法再遮掩自己的行蹤，他們只能希望沒有敵人或是間諜在監視他們。附近的山丘上沒有任何移動的東西。即使甘道夫就在附近，他們也沒發現任何的痕跡。

在風雲頂的西坡上，他們發現了一個有遮蔽的凹坑，坑底長滿了青草，山姆和皮聘帶著小馬和行李留在該處，其他三個人則繼續出發。經過半個小時的攀爬後，神行客輕鬆地登頂。梅里和佛羅多氣喘吁吁地隨後跟上，斜坡的最後一段又陡又崎嶇。

山頂果然有一圈石造建築的痕跡，上面蓋滿了累積多年的綠草。石圈中間有一堆破碎的岩石，它們外表焦黑，似乎被烈火烘烤過。石堆附近的草全被燒光，而石圈內的草地也全都枯萎焦縮，似乎有場天火落在石圈中，四周則沒有任何其他的痕跡。

三人站在石圈邊，發現的確可以看見四野的景象。大部分的區域都是毫無特徵的草原，南方間或穿插著稀疏的林木，更遠處還有一些水面的反光。古道像是緞帶一樣地從他們腳下的南邊穿過，曲曲折折地延伸到東方去。道路上沒有任何移動的事物，沿著道路往東看，他們就看見了迷霧山脈。較近的丘陵顯得枯黃、死寂，在它們之後則是高大的灰色輪廓，更後則是在雲間閃爍的白色山峰。

「呼，終於到啦！」梅里說：「這裡看起來眞是一片狼籍！沒有水、沒有遮蔽，也沒有甘道夫的蹤影。如果他眞的來過這邊，我也不怪他待不下去啦。」

「不見得，」神行客若有所思地看著四周。「即使他比我們晚到布理一兩天，也有可能先趕到這裡來。如果有必要的話，他全力施展的騎術可是非常驚人的。」他突然低頭察看石堆頂上的一塊岩石。那岩石比其他的都要扁而乾淨，似乎躲過了山頭的烈焰。他撿起石頭仔細檢查，翻來覆去地看著。「最近有人碰過這石頭，」他說：「你看得出來這些記號是什麼意思嗎？」

佛羅多在石頭的底部看到了一些刮痕。

「看起來似乎是一橫，一點，然後又三橫，」他說。

「左邊的刮痕可能是代表甘道夫縮寫的符文，只是旁邊的三劃不清楚，」神行客說：「雖然我不能確定，但這有可能是甘道夫留下來的計畫。這些刮痕很精細，看起來也沒經過多久的時間。但這些記號的意思可能和我們猜的完全不同，跟我們一點關係都沒有。遊俠們也會使用符文，而他們常經過這裡。」

「假設是甘道夫留的，這會是什麼意思？」梅里問。

「我的推論是，」神行客回答：「這代表的是『甘三』；也就是說甘道夫十月三號的時候來過這裡，大約是三天前。這也說明了他當時一定相當地匆忙或危險，導致無暇留下更明顯、或更清楚的訊息，如果是這樣，我們就得提高警覺了。」

「真希望有什麼辦法確認這是他留的，內容並不重要，」佛羅多說：「不管他在前面還是後面，知道他已經上路了，讓人安心許多。」

「或許吧，」神行客說：「在我看來，我相信他曾經到過這裡，遇到了危險。這裡有燒灼的痕跡，我剛剛忽然想到三天前夜裡的詭異光芒。我猜他在山頂遭到了攻擊，但最後的結果我就無法得知了。他已經不在此地，我們必須要靠自己的力量盡快抵達瑞文戴爾。」

「瑞文戴爾還有多遠？」梅里疲倦地四下打量著，在風雲頂上看起來，天地變得十分寬廣。

「從布理往東走一天，有座遺忘旅店。我不知道是否有人曾經從那邊開始度量過古道的長度，」神行客回答：「有人說它很長，有人的看法則正好相反。這條路已經歷史悠久，人們只要能夠抵達目的地就不會在乎那麼多。我只知道我從這邊走過去要花多少時間，在天候良好、沒有意外的狀況下，從這邊到布魯南渡口要十二天。大道在該處跨越從瑞文戴爾流出的喧水河，由於我們接下來無法走大道過去，我推測至少還要兩星期。」

「兩星期！」佛羅多說：「這之間可能會發生很多事情。」

「的確，」神行客說。

他們沈默地站在山頂的南端，在這個彷彿與一切隔絕的地方，佛羅多第一次真正意識到走投無路和危險的意義，他對於命運將他帶離了可愛的夏爾感到無比的遺憾。他瞪著這條該死的大道，一路看向西邊——他故鄉所在的地方。他突然間發現大道上有兩塊黑影正緩緩地往西走，定睛一看，他又發現了有另外三個黑點正往西和他們會合，他低呼一聲，緊抓住神行客的手臂。

「你看。」他往下指去。

神行客立刻趴了下去，跟著將佛羅多拉了下來，梅里警覺地跟著蹲下。

「怎麼一回事？」他低聲問道。

「我不確定，但我必須爲最糟糕的狀況做準備。」神行客回答。

他們緩緩把頭抬起，從石圈間的缺口往外看。天色已經漸漸灰暗，從東方飄來的雲朵遮住了正在西沈的太陽。三個人都能夠看見那些黑影，但梅里和佛羅多都無法看清楚他們確切的形貌。不過，有種感覺告訴他們，那幾個黑影就是一直緊追不捨的黑騎士。

「沒錯，」神行客銳利的目光確認了眾人的憂慮。「敵人接近了！」

他們小心地伏身離開，沿著北坡往下走，試圖和同伴會合。

山姆和皮聘也沒有閒著，花時間將附近的區域逛了一遍。他們在不遠之處找到了清澈的山泉，附近有最近一兩天才留下的腳印。兩人也在凹坑內找到了營火和匆忙紮營的痕跡。坑洞邊緣有幾塊落下的岩石，山姆在岩石後面找到了一些整齊堆放的柴火。

「不知道甘道夫是否來過這裡，」他對皮聘說：「從柴火堆放的樣子看來，這人是有計畫要回來的。」

神行客對這發現大感興趣。「我剛剛眞該留下來親自檢查這塊區域，」他邊說邊迫不及待地走到山泉旁檢查腳印。

「果然和我擔心的一樣，」他走回來說：「山姆和皮聘踩亂了該處的腳印，現在變得難以分

食人妖落寞地坐在草地上，頭上有鳥巢……

溪水和瀑布的聲音喧鬧，空氣中充滿樹木和花草的芳香。

辨。最近有其他的遊俠來過此處，是他們留下這些柴火的。不過，附近也有幾個不是遊俠的足跡。至少有一組是在一兩天之前由沈重的靴子所造成的，至少有一組，我不太能夠確定，但我覺得該處有許多穿靴子的腳印。」他停了片刻，雙眉緊鎖地思考著。

哈比人腦中全都不約而同地浮現了披著披風、穿著靴子的騎士身影。如果那些騎士已經來過這裡，神行客最好趕快帶他們走。山姆一聽到敵人就在幾哩外的地方，馬上開始用厭惡的眼神打量著這個坑洞。

「神行客先生，我們是不是應該盡快離開？」他不耐煩地問道。「天色已經晚了，我不喜歡這個地方；它讓我覺得很不安心。」

「沒錯，我們必須要馬上決定該怎麼做，」神行客抬頭打量著天色和氣候。「這麼說吧，山姆，」他最後說：「我也不喜歡這個地方。但是我實在想不出來，在天黑之前能夠趕到什麼別的地方去。至少我們可以暫時在這裡躲一躲，如果我們離開這裡，反而更容易被敵人的耳目發現。我們現在唯一的選擇只剩下退回之前所走的路，那裡的風險和待在這邊一樣大。大道一定正被人嚴密的監視，但如果我們要往南走，藉著該處的地形隱匿行蹤，我們就一定得經過大道才行。大道的北邊，靠這座山丘的地方一連好幾哩都是平坦毫無遮掩的。」

「這些騎士們看得見嗎？」梅里說：「我是說，平常他們似乎好像都用鼻子聞，不用眼睛看，至少我感覺在白天的時候是這樣。可是，當你發現他們的時候，卻立刻叫我們趴下來，而且你現在還說如果我們貿然行動，可能會被發現。」

「我在山頂的時候太大意了，」神行客說：「我當時一心只想要找到甘道夫留下的痕跡，可是，我們三個人一起站在山頂那麼久的時間，實在太顯眼了。黑騎士的馬看得見，我們在布理學到的教訓告訴我們，黑騎士可以指使人類和其他的動物來當他們的耳目。他們觀看白晝的方式和我們不同，我們的身影會讓他們看見獨特的影子，只有正午的太陽才能消弭。而他們在黑暗中可以看見我們所不知道的許多痕跡和形體，那時才是我們最該害怕的時候。在任何時候，他們都可以聞到生物的血肉，這讓他們又渴望、又痛恨。除了鼻子和眼睛之外，他們還有其他的感官。我們一來這邊，就可以感覺到他們的存在，因爲他們會讓我們覺得不對勁。而他們可以更清楚地感覺到我們。除此之外，」他壓低聲音說：「魔戒會吸引他們。」

「難道我們眞的無路可逃了嗎？」佛羅多慌亂地看著四周。「我一動就會被發現和追殺！如果我留下來，還會吸引他們過來！」

神行客拍拍他的肩膀說。「一切都還有希望，」他說：「你並不孤獨。我們可以把這裡準備好的柴火當做前人給我們的暗示。這裡沒有什麼遮蔽或掩護，但火焰可以身兼兩角，索倫可以將一切用在邪惡之途上，火焰也不例外。但這些騎士不喜歡火焰，也會畏懼那些手持火焰的人。在荒野中，火焰是我們的朋友。」

「或許吧，」山姆嘀咕道：「除了大喊大叫之外，這也是另一個告訴別人『我們在這裡』的好方法。」

他們在這坑洞最低、最不起眼的地方升起了營火，開始準備晚餐。夜色漸漸降臨，氣溫越來越低，他們突然間感覺到飢腸轆轆，因爲自從早餐之後，他們就什麼都沒吃了。不過，受限於環境，他們只敢草草地準備晚餐。前方的路上只有飛禽走獸，是個人煙罕至的恐怖地方，偶爾會有遊俠經過那塊平原，但他們人數不多，更不會久留，其他的旅客更少，但可能更邪惡。食人妖有時會在迷霧山脈的北邊山谷中出沒，少數的旅客都只會取道大路，而這些大多數都是自顧自趕路的矮人，對陌生的過客不理不睬。

「這些食物要怎麼撐到目的地？」佛羅多說：「我們過去幾天一直省吃儉用，這頓飯也不例外；但我們已經吃掉了比計畫要多的食物。如果我們還必須旅行兩星期以上，這鐵定不夠的。」

「世界上還有其他可以吃的東西，」神行客說：「莓子、植物的根、藥草，有必要的話我也可以狩獵。在冬天來臨之前，你們不需要擔心餓肚子的問題。不過，收集食物很累又很耗時，我們不能在這上面浪費時間。請勒緊褲袋，好好想想到愛隆那邊，要怎麼大吃大喝吧！」

氣溫持續降低，天色越來越暗。他們從這個凹坑往外看，只能看見灰濛濛的大地逐漸消失在黑暗中。夜空慢慢出現了星斗，佛羅多和伙伴們瑟縮在營火前，披著所有的毯子和衣服。神行客則照舊只披著斗篷，坐得遠遠的，若有所思地抽著煙斗。

到了晚上，夜色降臨之後，火光成了唯一的照明。神行客開始講故事，希望降低大家的不安。他知道很多許久以前精靈和人類的歷史和傳奇，更知道許多遠古的善惡事蹟。他們有些好奇他的年紀到底多大了，又是從那邊學到這麼多知識的。

「告訴我們吉爾加拉德的故事，」當他講完精靈王國的故事時，梅里突然插嘴道：「你知道的事比你之前說的還要多嗎？」

「是的，」神行客回答：「佛羅多也知道，因為這和我們的命運息息相關。」梅里和皮聘轉頭看著佛羅多，後者一言不發地瞪著營火。

「我只知道甘道夫告訴我的那部分，」佛羅多緩緩說：「吉爾加拉德是中土世界最後一名偉大的精靈國王。在他們的語言中，吉爾加拉德是星光的意思。他和精靈之友伊蘭迪爾一起進入——」

「不行！」神行客插嘴道：「魔王的僕從就在附近時，我們最好不要講述這個故事。如果我們能夠到達愛隆的住所，你們應該就可以聽到完整的故事。」

「那麼再告訴我們一些古代的故事嘛！」山姆懇求道：「告訴我一些在精靈遷徙之前的故事，我好想要多聽一些關於精靈的傳說，這可以幫助我對抗黑暗。」

「我說個提努維兒的故事好了，」」神行客說：「不過，我只能說個經過簡化的版本。因爲這個故事原先很長，結局則是無人知曉，而且除了愛隆之外，也沒有人能夠記得眞正的傳說到底是怎麼敘述的。這是個很美的故事，卻又有些哀傷，就如同中土世界的所有傳說一樣，但它依舊可以讓你們覺得精神一振。」他沈默了片刻，接著柔聲吟唱起來：

樹葉豐美，青草翠綠，
一望無際的蘆葦活潑如風，
草原上有一道星光來去，
在暗影中明滅閃耀，
提努維兒神采飛揚地舞動，

循著隱形的風笛樂曲，
漆黑的秀髮如同黑夜流動，
那美女衣裳流光明皓。

貝倫跋涉山水許久，
如今著迷就忘了疲憊；
他快速地向前衝去，
抓不住隱約月色下的人影。
精靈穿越鄉野林葉，
美麗女子以輕巧舞步閃現，
只剩他依舊孤單漫遊
在那寂靜的森林一方。

他聽見奔逃的腳步聲，
輕盈如同落葉一般，
也在幽僻的山谷中，
聽美妙的音樂低唱。
蘆葦早已枯萎斑斑，

憂傷的嘆息一聲聲，
縈繞在山毛櫸美夢酣然。
在蕭瑟樹林裡留下無盡惆悵。

他爲了伊人四野流浪，
踏遍了地角和天涯，
沐浴在月影和星光，
經歷過暴雪和冰霜，
望見她的披風掛月牙，
彷彿就在那遙遠的山岡，
她舞動七彩雲霞，
伴隨她的身影迎風揚。

冬日已盡，她又彳亍歌唱，
她的歌謠釋放了美麗春曉，
歌聲彷如融化冰霜，
像雲雀高飛、雨露墜塌。
精靈的家園看到，

花朵在她的腳邊綻放，
他回神過來，聽看久候的歌聲及舞蹈，
在翠綠的草地上凝視著她。

她又轉身逃開，但貝倫緊緊追尋。
提努維兒！提努維兒！
他叫著她的精靈名稱；
讓她停下腳步回望。
片刻間，貝倫的聲音攫住美人兒，
提努維兒無法動身，
只因那聽聞的雙耳，
倒在貝倫的臂彎裡噙著淚滴。

貝倫凝望她的眼睛，
掩蓋在秀髮中的陰影，
好像天際顫動的星星，
他看見在鏡中的倒影搖曳，
提努維兒是精靈中

最後的一顆明星，
漆黑的秀髮纏繞著貝倫，
臂膀中有著戀人的甜蜜。

命運無情地拆散兩位，
相隔著冰冷的高山峻嶺，
穿越鋼鐵廳堂和黑暗守衛，
踏入幽暗密林和無邊沼澤。
大海也無法再將彼此離分；
但他們最後終能再次依偎，
隱入那無盡的美夢，
無悔這唯一選擇。

神行客嘆了口氣，繼續道：「這是首歌，」他說：「這是以精靈們稱之爲安—坦那斯的格律來頌唱的歌謠，它一三六句對韻，二五七句對韻，四八句對韻；以通用語是極難翻譯的，這只不過是極爲粗淺的模仿而已。這詩歌敘述的是巴拉漢之子貝倫和露西安·提努維兒的故事，貝倫是個凡人，但露西安卻是遠古時精靈國王庭葛之女，她的美色放眼世上無人能比；她的美麗就如同北地迷霧中的星光，而她的面孔更是隱隱透露出柔和的光芒。那時還是天魔王肆虐的世代，魔多的索倫不過是他的奴僕。天魔王居住在北方的安格班，西方精靈渡海回到中土討伐天魔王，爲了奪回他所偷走的精靈美鑽，人類的始祖也基於義憤協助精靈作戰。但天魔王殺死了巴拉漢，貝倫歷經艱難險阻，才從驚怖山脈逃進奈朵拉斯森林中庭葛的秘密王國。他在那裡見到了在魔法之河愛斯卡督印旁唱歌起舞的露西安，驚爲天人之下，他將她取名爲提努維兒，那是古語中的夜鶯。他們之後經歷了許多磨難，分隔了很長的一段時間。提努維兒將貝倫從索倫的地牢中救出，在九死一生之後，兩人攜手擊敗了天魔王，從他的鐵王冠上取下了三枚精靈寶鑽中最美麗的一枚，作爲獻給岳父的禮物。但最後貝倫卻死在安格班的惡狼之手，在提努維兒的臂彎中過世，接著，她捨棄了永生，選擇追隨貝倫而去。根據歌謠的內容，他們又在海的另一邊再度會面，再度回到翠綠的森林中，攜手生活了很長的時間，最後脫離了這世界的束縛。精靈中唯一如此死亡的只有露西安·提努維兒，她的子嗣依舊還存活在這世界上，據說她的血脈永遠不會斷絕。瑞文戴爾的愛隆就是她的子孫，因爲貝倫和提努維兒生下了迪奧·庭葛的繼承人，他的名字叫埃蘭迪爾，娶了白羽愛爾溫。最後，精靈寶鑽被鑲嵌在他的眉心，讓他駕著巨艦航入蒼穹。埃蘭迪爾和愛爾溫生下了努曼諾爾的國王，也就是西方皇族之始。」

當神行客在述說著這一切時，他們看著他被火光照紅的臉頰，注意到他臉上激動的表情。他的雙眼發亮，聲音充滿了感情，他的頭上是一片黑暗的天空。突然間，一道蒼白的光芒從風雲頂之上照下，新月已爬上了山丘，遮掩了原先隱約的星光。

故事結束了。哈比人們站起來伸展手腳。「看哪！」梅里說：「月亮升起來了，時候一定不早了。」其他人跟著抬起頭。在此同時，他們看見山頂上有黑色的輪廓沐浴在月光下。這可能只是一塊剛好座落在該處的大石，因蒼白的月光而顯得格外突出。

山姆和梅里站了起來，走到火光外，佛羅多和皮聘依舊在營火前沈思，神行客專注地看著山坡上的月光。一切似乎都十分平靜，但佛羅多覺得神行客一說完故事，就有股冰冷的恐懼爬上心頭，他又往營火靠近了些。就在那時，山姆從坑洞的邊緣跑了回來。

「我不確定那是什麼，」他說：「可是我突然間覺得非常不安，不管給我多少錢我都不願意走出去，我覺得有東西沿著山坡爬上來。」

「你看見了什麼嗎？」佛羅多一躍而起。

「不，大人。我什麼都沒看見，也不敢多做停留。」

「我看見了某種東西，」梅里說：「我覺得在西邊山頂，月光照著的地方，好像有兩三個黑影朝著這邊過來。」

「靠近營火，臉孔朝外！」神行客大喊著：「撿些長棍備用！」

他們就這樣背對著營火，提心吊膽地坐著，仔細打量著眼前的黑暗。什麼事都沒有，夜色一片沈寂，沒有任何的聲響。佛羅多動了動，他快按捺不住，想要大吼發洩這壓力。

「噓！」神行客警告道。「那是什麼？」同一時間皮聘驚呼道。

在這個坑洞的邊緣，靠近山坡之處，他們感覺有道陰影升起。他們使盡眼力看去，似乎覺得那陰影正在增長，很快地，他們就不再懷疑：三個還是四個高大身影就站在斜坡上，低頭看著他們。他們黑暗的身體彷彿想要將一切吸入一般。佛羅多可以聽見惡毒的嘶嘶聲和感到刺骨的寒意，接著，那黑影開始緩緩地前進。

梅里和皮聘害怕得不能動彈，只能趴在地上動也不動。山姆緊靠著佛羅多，佛羅多並沒有好到哪裡去：他全身劇烈地顫抖，但那恐懼卻突然間被戴上魔戒的慾望所掩蓋了。他滿腦子都是魔戒的影像，根本無法多做思考。他沒有忘記古墓的經歷，更沒有忘記甘道夫的忠告；但似乎有種力量引誘他忽視一切的警告，而他已經快要屈服了。這並不是因爲他想要逃跑，或是做任何的好事、壞事，他只是單純地想要戴上魔戒。他說不出話來，感覺到山姆正擔心地看著他，彷佛感應到自己的主人有了麻煩；但他卻無法轉過頭去看著山姆。他閉上眼，掙扎了片刻，但很快地就再也無法抵抗這誘惑。佛羅多緩緩地掏出鍊子，將魔戒套上左手的食指。

雖然一切都和之前一樣，但敵人的身影立刻變得清晰許多，他能夠看見那黑衣底下的身軀。一共有五名高大的騎士，兩名站在山坡上，三名正步步進逼。他們蒼白的臉孔上是無情的雙眼，披風底下則是灰色的長袍。他們灰色的頭髮上帶著銀製的頭盔，枯瘦的手中則握著鋼鐵的長劍。他們銳利的眼光彷佛穿透了他，立刻快步向他走來。他絕望中掏出劍，在他眼中看來，這劍染著火紅的色彩，彷佛是根炙熱的火把。兩個身影停了下來。第三個比其他騎士都要高，它的頭盔上套著皇冠。他一隻手拿著長劍，一隻手則拿著小刀，拿著小刀的手和刀柄都同樣透出蒼白的幽光，他一躍向前，撲向佛羅多。

就在同時，佛羅多也跟著撲向地面；他聽見自己叫喊著**伊爾碧綠絲！姬爾松耐爾！**同時他也砍中了敵人的小腿。一聲淒厲的叫喊劃破夜空，他覺得彷佛有根淬毒的冰塊刺進他左邊的肩膀。即使在那天旋地轉中，他還是看見神行客雙手各拿著火把，從黑暗中跳了出來。佛羅多使盡最後的力氣丟下劍，將戒指褪下，牢牢地用手抓住。

第十二節　渡口大逃亡

當佛羅多清醒過來時，他發現自己依舊緊抓著魔戒不放。現在他躺在比之前更旺的營火邊，三名伙伴都關心地低頭看著他。

「發生了什麼事情？蒼白的國王到哪裡去了？」他含糊地問。

三人聽見他開口，高興都來不及，因此根本沒有聽懂他所問的問題。好不容易，他才從山姆的口中問出：眾人根本只看見一個陰影撲向他。山姆突然驚恐地發現主人消失了，就在那一刻，一道陰影掠過他，他就倒了下來。他聽見佛羅多的聲音，但似乎是來自於極遠的地方或是極深的地底，而佛羅多口中還呢喃著奇怪的語言。之後，他們就什麼都沒看見了。隨即，他們才在外面的草地上發現佛羅多動也不動地趴在地上，寶劍壓在身體底下。神行客命令他們將佛羅多抱回，放在營火旁邊，然後他就消失了，已經過了好一段時間還沒回來。

山姆又開始對神行客起了疑心，但在眾人正討論著的時候，他就無聲無息地回來了。他們吃了一驚，山姆立刻拔出劍站在佛羅多身邊，神行客只是一言不發地跪在佛羅多身旁。

「山姆，我不是黑騎士，」他溫柔地說：「也不是他們的盟友。我剛剛試著要找到他們的行蹤，卻什麼都沒有發現。我實在不明白為什麼他們會離開，不再攻擊，唯一可以確定的是附近沒有任何他們出沒的跡象。」

當他聽見佛羅多的說詞之後，他滿腹憂慮地搖搖頭，嘆了口氣，接著他命令皮聘和梅里利用小桶子盡可能地煮沸大量的水。「把火燒旺，讓佛羅多保持溫暖！」他說，然後站了起來，叫山姆跟過來。「我想大概明白是怎麼一回事了，」他壓低聲音說：「敵人似乎只有五名。我不知道他們為什麼沒有全員到齊，但我想他們沒有意料到會遭到抵抗。他們暫時先撤退了，但恐怕並沒有走多遠。如果我們沒辦法及早離開，他們明晚還會攻擊，因為他們認為任務已經快要完成了，而魔戒也跑不了多遠，所以他們只是在等待。山姆，他們應該認為你主人受的傷，會讓他聽從他們的意志，我們走著瞧！」

山姆的淚水立刻奪眶而出。「不要放棄希望！」神行客說：「你必須相信我。你的佛羅多比我猜想的堅強多了，本來甘道夫提醒我的時候我還不相信；他並沒有受到致命傷，而我猜想他能夠抵抗這邪惡力量很久的時間。我會盡一切可能幫助他和醫治他，我不在的時候看好他！」他急匆匆地消失在黑夜中。

佛羅多開始打盹；他可以感覺到肩膀上傷口的疼痛正緩緩增加，那股要命的寒氣從肩膀擴散到手臂和腰際。他的朋友看顧著他，試圖保持他身體的溫暖，不停地洗著他的傷口。夜色慢慢消退，天邊露出了曙光，當眾人都籠罩在微明的天光時，神行客這才回來。

「你們看！」他彎身從地上撿起一件黑色的斗篷，之前因為夜色的關係，沒人看得見，斗篷邊緣一呎左右的地方有條裂縫。「這是佛羅多寶劍留下的痕跡，」他說：「恐怕這是對敵人造成的唯一傷害，他的本體並未受傷，而所有穿過這恐怖之王的刀刃都會消融。伊爾碧綠絲的名諱對他可能還造成更大的傷害。」

「對佛羅多來說，最要命的是這個！」他又彎下身，撿起一柄細長的薄刃小刀，上面泛著寒光。當神行客拿起這小刀時，他們都注意到刀刃在靠近刀柄的地方有塊缺口。更驚人的是，這柄小刀就在他們眼前融化，化做一縷輕煙就這麼消失在空氣中。只剩下神行客手中的刀柄。「眞糟糕！」他大喊著：「傷到佛羅多的是這柄被詛咒的武器。當世已經沒有多少人可以醫治這種要命的傷害了，我只能盡力一試。」

他坐了下來，將刀柄放在膝蓋上，開始用特殊的語言對它吟唱一段歌謠。接著他將刀柄拿開，開始對佛羅多呢喃著其他人聽不懂的話語。他接著從包包中掏出了某種植物的細長葉子來。

「就是這些葉子，」他說：「我走了很遠才找到，因爲這種植物並不會長在山坡上；而是生長在大道南方的樹叢中，我靠著這葉子的氣味才在黑暗中找到它。」他以手指將草葉揉碎，衆人皆聞到一股甜美濃郁的香氣。「幸好我找到了這種植物，這是西方皇族帶來中土世界的藥用植物之一。他們稱它作**阿夕拉斯**；現在只長在西方皇族曾經居住過或紮過營的地方。北方大多數的人都不知曉這種東西，只有那些經常在野外漫遊的人會知道它的好處，它的藥效極佳，但在這種傷口上，可能看不出太大的效果。」

他將揉碎的葉子丟進煮沸的水中，等稍涼之後用它來沖洗佛羅多的傷口。蒸氣所散發出來的氣味讓人神清氣爽，身上沒傷的人也覺得精神爲之一振。這藥草對於傷口的確有效，因爲佛羅多可以感覺到疼痛和寒意都開始消退；但他的手臂依舊毫無知覺，也無法任意揮動。他開始後悔自己的愚行，認爲這是意志力薄弱的後果。因爲，當他戴上魔戒的那一刻，他並不是服從自己的慾望，而是遵照敵人的指示。佛羅多開始擔心自己會不會終身殘廢，這趟旅程又要如何繼續下去？他覺得自己雙腿發軟，根本站不起來。

其他人也正在討論著這問題。他們很快地決定必須盡快離開風雲頂。「我認爲，」神行客說：「敵人已經監視這塊地方好一段時間了。如果甘道夫曾經來過這裡，他一定被逼走了，也不可能再回來。在昨天受到攻擊之後，只要今天天黑時我們還待在這裡，就會遭遇到極大的危險。我想不管到哪裡，都不會比這邊危險。」

等到天色全明，他們就隨便用了點早餐，急急忙忙地開始打包。佛羅多沒辦法走路，所以他們將大部分的行李分攤給每個人，讓他坐上馬背。在過去這幾天以來，這可憐的動物已經康復許多，看起來牠已經變得更胖、更強壯了，也開始對新的主人們產生情感，牠和山姆之間的感情特別深厚。比爾這個混蛋之前一定用盡方法虐待牠，才會讓牠在荒郊野外跋涉反而成了種休息。

一行人立刻往南走，這代表著他們必須要越過大道。但這也是通往森林最快的路徑。他們還需要額外的燃料，因爲神行客說佛羅多必須隨時隨地保持溫暖，而火焰也可以保護他們。他也準備再度走捷徑，避開大道繞的一大段路。大道在風雲頂西邊的地方又往北彎，如果能夠直接切過這個彎道，可以省下很多時間。

一行人小心翼翼地繞過山丘的西南坡，不久之後就到了大道邊。附近沒有黑騎士的蹤跡，但正當他們匆忙跨越大道時，他們聽見了遠處傳來兩聲冰冷的呼喊聲：一個冷若冰霜的聲音呼喊、另一個則是作出回應。他們渾身發抖地衝向前，躲進對面的濃密植被中。眼前的地勢一路向南傾斜，卻雜草叢生，沒有任何的路徑可以參考。空曠的草地之間生長著灌木叢和濃密的樹林。此地的野草顯得十分稀疏，病奄奄、灰撲撲的樹叢中的樹葉也都開始變色。這塊土地十分蕭瑟，他們的進程也又慢又陰鬱。他們在這塊土地上行走時彼此幾乎不交談。佛羅多看著伙伴們面露憂鬱，背著沈重的包袱不停前進，心中感到非常地自責。連神行客看起來都心情低落，步履疲倦。

在第一天的路程結束之前，佛羅多傷口的疼痛又開始慢慢增加，但他強忍了很久不願說出口。又經過了四天，他們還是在這一片毫無生氣的草地上走著，四周的景色幾乎沒有任何變化；唯一的改變是風雲丘開始緩緩消失在地平線後，而前方的山脈又靠近了些。自從多日前的叫喊聲之後，他們就再也沒有發現任何敵人的蹤影，也不確定敵人是否繼續跟蹤他們的路線。他們十分害怕黑夜的降臨，每天晚上至少派出兩人站哨，以為隨時會看見黑影在月光下向他們撲來；但往往整夜只聽見枯葉和低草搖動的嘆息，完全沒有感應任何如同當天突襲一樣的邪惡之氣。如果說黑騎士已經跟丟了，這又太過樂觀了些，或許他們在某個狹窄的地方，等著偷襲他們？

到了第五天快結束的時候，地勢又再度緩緩上升，帶著眾人慢慢離開了之前所進入的低落谷地，神行客再度領著眾人往東北方走。第六天他們終於走到了山坡頂，可以看見眼前一片寬廣的森林和山丘，還有大道又再度出現在眾人的眼前；右邊則是一條在微弱陽光下反射著灰色光芒的河流，更遠的地方則是另外一條穿越迷霧山谷的河流。

「我們恐怕必須要再回到大道上，」神行客說：「我們現在已經來到了狂吼河，也就是精靈們稱作米塞塞爾的河流。它一路流到伊頓荒原，也就是瑞文戴爾北方，食人妖被擊敗之處，然後在南方和喧水河匯流，有些人從那裡之後就稱呼它為灰泛河。這條河在入海之前都相當洶湧，從伊頓荒原以下，完全沒有辦法橫越這條河，只有大道經過的終末橋才能夠穿越。」

「比較遠的那條河叫什麼名字？」梅里問道。

「那就是喧水河，發源自瑞文戴爾的河流，」神行客回答：「大道過橋之後沿著山丘延伸許多哩才會來到布魯南渡口。但我還沒想到要怎麼渡過那條河。一次先解決一個問題吧！我只能希望終末橋沒有被人看守就好了。」

第二天一早，他們就到了大道的邊緣。山姆和神行客先上前打探，但沒有看見任何旅客或是騎士的蹤跡。在山丘的陰影下有下過雨的痕跡，神行客判斷大概是兩天前的事情，也因此沖刷掉了所有的足跡。根據他的判斷，從那之後就沒有任何騎馬的人經過這裡。

他們盡可能快速往前趕路，過了一兩哩之後就看見了位在陡坡底的那座終末橋。他們很擔心會看見黑色的身影站在橋上，當確認沒有任何人在橋上之後，眾人都鬆了一口氣。神行客讓他們躲在路旁的樹叢中，自己先上前去一探究竟。

不久之後，他就趕了回來。「我沒有發現任何敵人的蹤跡，」他說：「我開始懷疑這背後到底有什麼原因。除此之外，我還發現一樣很奇怪的東西。」

他張開手掌，露出一顆翠綠色的寶石。「我在橋中央的泥濘中找到這東西，」他說：「這是綠玉，是精靈寶石。我不確定這是被刻意放在那邊，還是無意間弄掉的；但這都讓我有了新希望，我把這當作可以安全通過橋樑的記號，在那之後，如果沒有任何明顯的記號，我就不敢繼續走在大道上。」

他們當下就立刻出發。一行人安全地通過小橋，耳中只有河水沖刷在三根橋柱上的聲音。又走了一哩之後，他們就發現有另一條往大道左邊彎去的羊腸小徑。神行客從這裡走進森林中，很快地，眾人都身陷在低矮山丘下眾多林木的包圍中。

哈比人們很高興可以離開危險的大道和死氣沈沈的草原，但眼前新的景物卻顯得危機四伏。隨著他們繼續前進的腳步，兩旁的山丘也慢慢升高。眾人偶爾可以從濃密的植被中看見古老的石牆或是高塔的廢墟，這些建築都有種邪惡的氣息。由於佛羅多騎在馬上，所以他有額外的時間多作思考。他想起了比爾博說到旅途中，曾經在大道北邊發現一些醜惡的高塔廢墟，就在他第一次遇到危險的食人妖森林附近。佛羅多猜測眾人現在多半很靠近同一個區域，開始思索通過同一個地點的可能性。

「誰居住在這個地方？」他問道：「是誰建造了這些高塔？這是食人妖的家鄉嗎？」

「不！」神行客說：「食人妖不會建設，沒有人居住在這裡。很久以前，曾經有人類在此定居，但現在都已經消失了。根據傳說，他們落入安格馬的魔力影響下，成了邪惡的民族，但在推翻北方王國的戰爭中一切都跟著毀滅了。這是很久以前的歷史了，連山丘都已經忘記這過去的事蹟，只剩下邪氣依舊飄浮在四周。」

「如果連大地都已遺忘這一切，你又是從何得知的呢？」皮聘問道：「飛禽走獸應該不會轉述這樣的故事吧。」

「伊蘭迪爾的子孫絕不會忘記過去的歷史，」神行客說：「瑞文戴爾保留了比我所知更多的過往歷史。」

「你去過瑞文戴爾嗎？」佛羅多問。

「我去過，」神行客說：「我曾經住在那裡，只要有機會，我還會回到那邊。我的內心嚮往那裡，但我的命運不容許我在愛隆的華屋中偷閒。」

山丘開始慢慢地將眾人包圍。他們身後的大道繼續往布魯南河前進，但現在都已經被山丘所遮蔽。一行人進入了一個幽暗而寂靜的狹長山谷，懸崖上有著許多盤根錯節的老木，之後還有許多高聳參天的松樹。

哈比人覺得疲憊不堪。他們只能緩緩步行，因爲這裡根本沒有明顯的道路；眾人只能小心翼翼地避開岩石和斷落的樹幹，一邊祈禱自己走的是正確的方向。他們考慮到佛羅多的狀況，盡可能地避免攀爬任何的斜坡，事實上他們也找不到任何好走的路離開這山谷。在天候變潮濕時，他們已經在這山谷中待了兩天。風向開始轉變，從西方吹來，將大海的濕氣化成傾盆大雨降落在山頂上。到了晚上，他們都已經全身濕透，士氣低落，連營火都生不起來。第二天，山勢依舊陡峭地往上升，眾人被迫往北方走，離開原先計畫的路徑。神行客開始緊張了，一行人已經離開風雲頂十天了，乾糧已經快要不夠了，大雨依舊不停地落下。

那天夜晚，他們靠著岩壁的一座窄淺洞穴紮營。佛羅多翻來覆去地睡不著，這濕氣和寒意讓他的傷口比之前更疼痛，要命的寒氣更奪去了他僅有的睡意。他痛苦地躺著，無奈地聽著夜間各種各樣的聲響：強風吹過岩隙的聲音、水滴掉落的滴答聲、岩石滾落的巨響。他覺得黑影又開始不停地進逼，奪去他的呼吸；但當他轉過頭去時，又只能看見神行客駝著背，抽著煙斗注意著周遭的一舉一動。他再度躺了下來，開始做起讓人不安的惡夢來。在夢中，他又回到了夏爾的花園中，但那一草一木都不及圍籬邊的黑影來得清晰。

他早晨醒過來時發現雨勢已經停了下來。雲層依舊很厚，但已經開始慢慢散去，藍色的天空開始慢慢出現在雲朵之間，風向又再度開始改變。他們並沒有馬上出發，在吃完簡便的早餐之後，神行客孤身離開，命令眾人躲在崖洞中靜候他回來。如果可行的話，他說他準備要爬上山去，看看四周的環境。

當他回來的時候，臉上露出擔憂的神情。「我們太偏北了，」他說：「這幾天一定得找個方法回頭往南走。如果我們繼續往這個方向走，最後會來到瑞文戴爾北邊極遠的伊頓河谷。那是食人妖的領地，我對那邊所知甚少。也許我們還可以從北邊轉回瑞文戴爾，但那必須花上更久的時間，我也不知道確實的道路，而且，我們的食物也快不夠了。總之，我們得趕快找到方法趕到布魯南渡口才行。」

當天剩下的時間都花在試圖橫越這崎嶇的地形上。他們在山谷中找到了一條通往另一個河谷的道路，那方向正好是朝著東南方，是他們計畫中的方向。但到了傍晚時，他們的前程又再度被一塊高地所阻擋，高地上有許多參差不齊的巨岩，如同鋸齒一樣地不留空隙。他們被迫面臨了兩個選擇，一是回頭，一是爬過去。

他們決定爬過去，但這並不容易；不久之後，佛羅多就被迫下馬，掙扎著步行前進。即使是這樣，他們也經常必須費盡心力才能替自己或是小馬找到往上的道路。天色幾乎已經完全變暗，最後好不容易才到達山頂時，每個人都精疲力盡。他們現在位於兩座山之間的平緩鞍部，不遠處地勢又開始急遽下落。佛羅多倒了下來，躺在地上不停顫抖，他的右臂完全失去了感覺，而整個肩膀和右側的身體，都彷彿被冰冷的爪子抓過一般，四周的樹木和岩石在他眼中變得鬼影幢幢。

「我們不能再走了，」梅里對神行客說：「我擔心佛羅多會撐不下去。我們該怎麼辦？就算我們能趕到瑞文戴爾，你認爲他們可以治好他嗎？」

「我們到時候就知道了，」神行客說：「在這荒郊野外我什麼也沒辦法做。我趕路的原因就是因爲他身上的傷。不過，我也同意今天晚上無法繼續趕路了。」

「我的主人怎麼搞的？」山姆壓低聲音，可憐兮兮地看著神行客：「他的傷口很小，而且也已經癒合了，唯一痕跡只剩下肩膀上的一小塊白點。」

「佛羅多是被魔王的武器所傷，」神行客說：「他的體內有某種毒素或是邪惡的力量，是我無法驅逐的。山姆，我只能勸你不要放棄希望！」

夜色漸漸降臨在高地上，他們在一株老松的樹根底下點燃了小小的營火，躲在岩石上的一個小凹槽內，這凹槽似乎經過人工的挖掘。一行人互相依偎著取暖，強風毫不留情地吹過這隘口，他們可以聽見樹木彎下身去發出哀嚎。佛羅多半睡半醒地幻想著有一雙黑色的翅膀降臨，上面就是在上山下海不停追捕他的黑騎士。

到了早晨，天氣變得比較溫暖，昨天的雨勢似乎洗去了天空中的塵埃，讓一切都變得更爲清朗。衆人都覺得受到莫大的鼓舞，但還是希望能有太陽來溫暖他們僵硬冰冷的四肢。等到天全亮之後，神行客就帶著梅里一起，前去高地的東邊窺探附近的地形。當他們帶著好消息回來時，太陽也開始發出溫暖的光芒。他們已經開始走上正確的方向，如果他們繼續往下走，山脈就會一直在他們左邊，而這和他們原訂計畫十分相符。神行客還在不遠處看到了喧水河的蹤影；雖然目前還看不到，但他知道，在喧水河最靠近他們的地方，就是大道和渡口交會之處。

「我們必須趕快再回到大道上，」他說：「在這個山區不管走再久，都不可能找到其他的路了。不管路上有什麼危險，它都是通往渡口的唯一路徑。」

一吃完早餐，他們就立刻出發，一行人緩緩地沿著高地的陡坡往南走。幸好這條路比他們所想的要好走多了，因爲這一邊的坡度沒有另外一邊那麼陡。比爾的可憐小馬現在也十分聰明地挑著平穩的路走，盡可能不讓主人搖晃或不舒服，大家都覺得放下了心頭的重擔。在這美好的晨光下，連佛羅多都覺得好多了；但他偶爾還會覺得眼前有白霧飄過，不由自主地揉著眼睛。

皮聘就走在衆人之前帶路，他突然間轉回頭大喊。「前面有條小路！」

當他們跟上時，一行人發現他並沒有搞錯：這的確是條小徑的起點，它一路繞過許多地形的起伏，蜿蜒進遠方的山丘間。小徑上偶爾有些地方會被茂密的植物或是落石所遮檔，但看起來曾經一度是交通十分頻繁的道路。這是條由強壯的手臂和雙腳所造出的道路，一行人繼續往前行，不時可以看見有人將岩石搬開或是樹枝折斷的痕跡。

這條路讓他們省了很多功夫，但衆人還是不敢掉以輕心。尤其是當這條小徑越進森林裡面，顯得越寬闊時，更讓人有種不好的預感。這條小路突然間沿著斜坡往下降，往左猛然繞過一個長滿樹木的山丘。當他們繞過這個彎道之後，衆人注意到這條小徑一路通往一個樹木拱衛的懸崖。在岩壁上有一個巨大的石門歪歪倒倒地掛著。

衆人在門口停下腳步，門後是個巨大的洞穴或是房間，但在這光線幽暗的森林中什麼也看不清楚。神行客、梅里和皮聘使盡渾身力氣才勉強把門推開了些。神行客帶著梅里走進門內。他們沒走多遠，因爲裡面滿地都是白骨，而在微光照耀之下，只能在門口附近看到幾個破碎的瓶罐。

「這以前一定是個食人妖的洞穴！」皮聘說：「你們兩個快出來，趕快走吧。我們已經知道這小路是誰弄出來的，最好趕快走完它！」

「我想沒必要這麼提心吊膽，」神行客走出來說：「這的確是個食人妖的洞穴，但已經廢棄很久了，我想應該不必擔心。不過，還是小心點比較好，到時我們就會知道了。」

小徑又再度從門外繼續延伸，接著它往右一轉，上了另一個斜坡。皮聘不讓神行客看出他還是不太放心，於是刻意跑到梅里身邊去。山姆和神行客走在後面，一人一邊護著佛羅多；因爲這條路現在寬得可以容忍四五名哈比人並肩而行。不過，他們沒走多遠，皮聘就和梅里一起跑了回來，兩個人看起來都很害怕。

「前面有食人妖！」皮聘喘息道：「就在不遠的一塊空地上。我們從樹林的空隙間看到了他們，他們好高大啊！」

「讓我去看看，」神行客拿起一根樹枝走上前。佛羅多一言不發，但山姆看來十分地害怕。

現在已經日正當中，烈日穿透森林的空隙，斑駁地照在地面上。一行人在樹林邊緣停了下來，屏住呼吸小心地往內窺探。三個高大的食人妖就站在那邊，一個彎著腰，另兩名則是看著他。神行客蠻不在乎地走上前。「快起來，老石像！」他用力一揮，將手中的樹枝打成兩半。

什麼都沒發生。哈比人們都吃了一驚，連佛羅多都笑了。「哈哈！」他說：「我們連自己家的故事都忘記了！這一定就是被甘道夫陷害的那三隻食人妖，他們當時還正在爭吵要如何烹煮十三名矮人和一名哈比人。」

「我們怎麼會跑到這邊來了？」皮聘說。他對這個故事知道得很清楚，比爾博和佛羅多對這個故事津津樂道，但事實上，他一直以爲對方在吹牛，即使到現在，他還是用懷疑的眼光看著這些食人妖，擔心會不會有什麼魔法讓他們突然醒過來。

「你不只忘記了自己家的故事，更忘記了有關食人妖的生活方式了，」神行客：「這是日正當中的大白天，你還敢跑回來告訴我，有食人妖坐在草地上曬太陽！而且，你也沒注意到有個食人妖的腦袋後頭還有個鳥巢。對於活生生的食人妖來說，這種裝飾品也爲免太獨特了吧！」

他們都開懷大笑了。佛羅多覺得心情好多了：比爾博冒險的證據讓他安心許多。太陽照在身上暖洋洋的，他眼前的白霧似乎也消散了些。他們在這塊草原上休息了片刻，更在食人妖大腳的陰影下用了午餐。

「有沒有人願意趁著日正當中的時候給我們來首歌啊？」當衆人吃完之後，梅里高興地問，「我們已經好幾天沒說故事或是聽歌了。」

「從風雲頂之後就沒有了。」佛羅多說。其他人不安地看著他。「別擔心我！」他補充道。「我覺得好多了，但還是沒有好到能夠唱歌，或許山姆可以想出些歌來唱。」

「來嘛，山姆！」梅里說：「你腦袋裡有很多好東西沒跟我們分享喔。」

「我可不知道這件事情，」山姆說：「不知道這個怎麼樣？我可不會把這個叫做詩歌，因爲它大部分是瞎掰的，但比爾博先生的故事又讓我想起了這首歌。」他站了起來，雙手背在後面，彷彿在學校背書一般，唱起了一首古老的旋律：

食人妖孤單地坐在石座上，
不停地啃著塊老骨架；
他已經啃了好多年，
因爲實在很難找到新鮮肉！
吃到新鮮肉！嚐到新鮮肉！
他孤單地住在山中洞穴沒事忙，
因爲很難找到新鮮肉。

湯姆穿著大靴子跑了來，
他對食人妖說：「老大，那是啥？」
看起來很像是我舅舅提姆的小腿骨，
應該收在大墳場。
靈骨塔！大墳場！
提姆已經掛了這麼久，
我還一直以爲他還在墓穴躺。

「小子，」食人妖說：「這骨頭是偷來的。
因爲，洞裡的骨頭有啥用？
你舅舅早就死透透，
我才會拿他的骨來用。
骨來啃！骨來用！
他全身骨頭少了根又不會痛，
就讓我啃到走不動。」

湯姆說：「你這傢伙實在怪，
沒人同意硬搶去，
管它是腿是屁股，他還是我爸的好兄弟；
快把老骨頭交出去！
賠給我！交出去！
就算他掛了又怎樣，照樣還是他的大屁屁；
快把老骨頭交出去！」

「只要花點小力氣，」食人妖嘿嘿笑著走過去，
「我就把你吃下去，大啃你的小屁屁。

新鮮的甜肉吞下去，馬上變得有力氣！
現在就來嚐嚐看。
聞聞看！舔舔看！
我早就厭倦啃他的老骨架，
現在就把你做成新鮮肉片咬。」

當他以爲晚餐已到手，
卻發現什麼也沒抓到。
在食人妖動手前，湯姆老早躲過去，
準備給他一腳的狠教訓。
好教訓！狠教訓！
湯姆想一腳踢中他的大屁屁，
這樣才給他個狠教訓。

食人妖的筋骨皮，硬得像是大石壁，
因爲每天風雨打，讓他成了山老大。
好像一腳踢上大峭壁，
對方根本不在意。

沒在意！不在意！
食人妖聽見湯姆唉唉叫，
忍不住開始哈哈笑，因爲他的腳趾頭知道。

回家之後湯姆叫，腳兒承受衆人笑，
腫得像個麵包大；
食人妖才不在乎，
依舊啃著大骨頭，
死人骨頭！老骨頭！
食人妖的座位還在那，
照樣啃著別人的老骨頭！

「哇！這可是個好教訓哪！」梅里笑著說：「神行客，幸好你用的是樹枝，不是腳啊！」

「山姆，這是從哪學來的？」皮聘問道：「我以前從來沒聽過這歌詞？」

山姆咕噥了幾句。「這是他自己編的啦，」佛羅多說：「我這次可眞的見識到山姆·詹吉的潛力了。一開始他先陰謀對付我，然後又成了吟遊詩人，搞不好將來會變成巫師還是戰士哪！」

「希望不要，」山姆說：「我兩個都不想當！」

到了下午，他們繼續深入森林，一群人可能正追尋著當年甘道夫、比爾博和矮人們所走的路徑。又走了幾哩之後，大道就已經遠離了狂吼河，讓它在狹窄的河谷中獨自奔流，自己則是緊靠著山丘前進，一路繞過森林和山坡，朝著迷霧山脈和渡口前進。走不了多遠，神行客就在草地上發現了一塊石頭。上面刻著飽經風霜的符文和矮人的秘密符號。

「你們看！」梅里說：「這一定就是標記著藏放食人妖寶藏地點的記號。我說佛羅多啊，不知道比爾博拿到了多少？」

佛羅多看著那石頭，眞希望比爾博帶回來的不是這麼引人注目、難以摧毀的寶藏。「他一定都沒拿，」他說：「比爾博把它全送人了。他說因爲這都是食人妖搶來的，他覺得不應該屬於任何人。」

傍晚時分，掩蓋在林木陰影中的大道毫無人跡。由於別無他路，他們只得爬下山坡，往左轉之後盡快往前走。很快地，山丘就擋住了西沈落日的光芒，一陣冷風從前面的山脈吹了下來。

他們正準備找個遠離大道的地方，晚上可以紮營休息；突然間背後傳來了喚醒所有人恐怖記憶的聲音：馬蹄聲。衆人不約而同地回過頭，卻由於沿路茂密的林木而看不清楚來客是誰。他們顧不得之前的工作，立刻連滾帶爬地衝向山坡上可以掩蔽形跡的樹叢。當他們隱藏好自己的身形之後，這才從樹叢往外觀察三十呎外大道上的動靜。馬蹄聲越來越近，而且速度很急促，夾帶著叮鈴噹啷的聲音。然後，在微風吹拂下，衆人似乎又聽見了像是小鈴噹撞擊的聲音。

「這聽起來可不像黑騎士的座騎！」佛羅多仔細傾聽著。其他的哈比人都滿懷希望地同意他的說法，但還是心存疑惑，不敢輕易現身。他們被追殺的時間已經久到讓他們草木皆兵、杯弓蛇影的地步了。神行客現在則趴在地面上，一手捲成杯狀貼著泥土，臉上露出歡欣的表情。

天色越來越暗，樹叢中的樹葉開始微微搖晃，發出細微的聲響。鈴噹的聲音越來越清楚，伴隨著叮鈴噹啷的撞擊聲和急促的馬蹄聲，突然間，有匹白馬彷彿流星一樣的奔跑過眾人眼前，在暮色中可以看見它的馬籠頭上點綴有許多亮晶晶的飾品，彷彿綴滿了如同星辰一樣的寶石。騎士的斗篷在他身後翻飛，褪下的兜帽讓他的金髮在空中舞動。在佛羅多的眼中，這騎士身體內似乎有種白光透過絲綢一般，隱隱地散放而出。

神行客跳了出來，衝向大道邊，邊大喊著吸引對方的注意。不過，在他採取任何行動之前，騎士就已經勒馬止奔，朝著他們的方向看來。當他看見神行客的時候，他立刻下馬，奔向他道：**Aina vedui Dúnadan! Mae govannen!** 這清亮甜美的聲音讓眾人再無疑惑，他是名精靈。這世界上再沒有其他的生物能擁有這麼動聽的聲音。但是，他們似乎從這呼喚中聽見了慌張和恐懼，也注意到他正十萬火急地和神行客說著話。

很快地，神行客示意他們全都下來；一行人離開藏身之處，走了過來。「這位是住在愛隆之家的葛羅芬戴爾。」神行客介紹道。

「諸位好，終於見面了！」這名精靈貴族對佛羅多說：「我是從瑞文戴爾被派出來尋找你們的，我們擔心你們在路上遭遇到了危險。」

「那麼甘道夫已經到了瑞文戴爾了嗎？」佛羅多高興地問。

「還沒，在我出發的時候他還沒到；不過，那已經是九天以前的事情了，」葛羅芬戴爾回答道：「愛隆收到一些讓人很擔心的消息。我們有些同胞踏進了巴蘭督因河①之後的區域，發現情況不對勁，於是立刻把消息傳過來。他們說九騎士已經出動了；而你們又在沒有引導的狀況下背負著重擔遠行；因爲甘道夫沒有回來。連瑞文戴爾中都沒有多少力量可以對抗九騎士；但愛隆派出了所有擁有足夠能力的人往北、西、南方尋找你們的蹤跡，我們擔心你們可能爲了躲避追捕而刻意繞路，迷失在荒野中。」

「我的任務是沿著大路走，在七天以前的晚上於米塞塞爾橋上留下了一個記號，當時橋上有三名索倫的奴僕鎭守著，我一路把他們趕往西邊；路上又遇到了另外兩名，但他們則是往南躲。從那之後，我就開始仔細搜尋你們留下的蹤跡，兩天前我找到了你們的足跡，跟著走上米塞塞爾橋；今天我又發現你們再度從丘陵區域進入了大路。先別提這些！我們沒時間交換消息了。既然你們人在這裡，我們就必須冒險從大道趕回去。我們身後有五名騎士在追趕；如果他們發現你們的蹤跡，會像黑風一樣地追來。而且，我們所面對的危險還不只這樣，其他四騎士在何處，我們還不確定，我擔心渡口可能已經被攻占了。」

當葛羅芬戴爾在說話的時候，夜色已經完全降臨；佛羅多覺得非常疲倦。從太陽一落下開始，他眼前的白霧就逐漸變濃，並且覺得有道陰影出現在他和朋友之間。此刻，他又被淹沒在痛苦的浪潮中，渾身發冷，他身形一個不穩，只得趕快抓住山姆的手臂。

---

① 即爲烈酒河。

「我的主人受了重傷，」山姆生氣地說：「入夜之後不能趕路，他需要休息才行。」

葛羅芬戴爾一把扶住佛羅多，小心翼翼地抱住他，臉色憂慮地打量著他的情況。神行客簡短敘述了在風雲頂遭到攻擊的情形，以及那柄要命的小刀。他掏出刻意保管的刀柄，交給精靈，葛倫芬戴爾一收下刀柄，就打了個寒顫，但還是強忍著不適，仔細地看著它。

「刀柄上寫著邪惡的咒文，」他說：「不過你可能看不見。亞拉岡，你先繼續保管它，務必將它帶到愛隆的住所去！千萬小心，盡量不要碰觸這東西！真糟糕！這刀所造成的傷害不是我能治好的。我會盡量幫忙，但正因為這樣，我必須請求你們不眠不休地趕路。」

他用手指摸索著佛羅多肩膀上的傷口，表情越來越凝重，他所發現的狀況彷彿讓他變得更加不安。不過，佛羅多卻覺得刺骨的寒意開始慢慢消退，一點暖意從他的肩膀流入到手臂，疼痛也減輕了些，四周的環境似乎也變得清晰了一點，雲霧似乎被某種力量抽走了。在他眼中，朋友的面孔變得更清楚了些，他開始覺得體內充滿了新希望和新力量。

「你最好騎我的馬，」葛羅芬戴爾說：「我會把馬鐙收到馬鞍邊，你必須盡可能地夾緊雙腿。不過，你也不用害怕，我的座騎絕不會讓任何我令牠搭載的騎士落馬。牠的步伐很輕、很快，如果危機靠近，牠會以連黑騎士的座騎都追不上的神速帶你逃離。」

「不，我不願意這樣做！」佛羅多說：「如果你們要讓我就這樣被送進瑞文戴爾，讓我的朋友們獨自面對危險，我絕不願這樣做。」

葛羅芬戴爾笑了。「我可不這麼認為，」他說：「如果你不在他們身邊，他們可能就不會遇到任何的危險！我想，對方應該會放過我們，直接把你當做目標。佛羅多，是你，和你身上所攜

亞拉岡循著足跡，終於找到渾身是綠色爛泥的咕魯。

卡蘭拉斯就矗立在他們面前，巨大的山峰覆蓋著積雪……

帶的寶物，讓我們身陷危機。」

佛羅多並沒有回答，他最後終於被說服坐上葛羅芬戴爾的白馬。於是他們將大部分的行李放到小馬身上，眾人走起來都輕鬆多了；不過，過了不久，他們就發現自己很難跟上精靈那永不疲倦的步伐。他領著眾人走進鋪天蓋地的黑暗中。天上沒有星辰也沒有月亮，一直到了天亮之後，他才讓一行人停下腳步。皮聘、梅里和山姆到了那個時候，都已經快要站著睡著了；連神行客看起來都有些彎腰駝背、面露疲色，佛羅多坐在馬背上，彷彿陷入黑暗的睡夢中。

他們一夥人精疲力盡，倒在路旁幾碼外的樹叢中，幾乎立刻就睡著了。葛羅芬戴爾則是自顧自地坐在旁邊替大家站哨。當他叫醒大家的時候，眾人覺得才剛闔眼一般，渾身依舊非常酸痛，太陽現在已經高高掛在天空，昨夜的霧氣和雲朵也全都散去了。

「喝下這個！」葛倫芬戴爾從他腰間的鑲銀皮水壺中倒給每人一小杯飲料。這東西清澈得像是山泉水，無色無味，在嘴中完全沒有冰涼或是溫暖的感覺；但一種新生的活力立刻湧入他們全身。在喝了這神奇的飲料之後，他們僅剩的走味麵包和乾果，似乎成爲難得的珍饈美味，比夏爾的宴席還要讓人滿意。

他們休息不到五個小時就繼續上路了，葛羅芬戴爾絲毫不敢鬆懈，一路催促大家趕路，只有兩次在路旁稍做休息。靠著如此日夜兼程的急行軍方式，他們在天黑前就趕了二十哩路，大道現在右轉進入了一個谷地，直直朝向布魯南渡口而去。到目前爲止，哈比人都沒有發現任何追兵的蹤跡或身影；但葛羅芬戴爾卻常常停下腳步，仔細傾聽著後方的動靜。如果他們腳步稍稍減緩，他的臉上就會出現愁容，中間有一兩次，他還用精靈語和神行客交談了幾句。

不過，不管他們的嚮導有多麼著急，當晚這些哈比人都再也走不動路了。到最後他們都變得步履踉蹌，滿腦子只能想著趕快休息。佛羅多的疼痛又加倍了，白天在他的視線中變得一片灰白，他幾乎開始喜歡上降臨的夜色，因爲在夜色中看來，一切反而沒有那麼孤寂蒼白。

第二天早上，當哈比人再度出發時，他們的狀況依舊沒有好到哪裡去，他們和渡口之間依舊還有很多哩路要走，小腳也只好盡可能地跨步趕路。

「在我們抵達河邊以前，情況最危險，」葛羅芬戴爾說：「因爲我開始覺得追兵就緊追在後，而渡口那邊可能還會有其他的埋伏。」

大道依舊持續地緩降下坡，兩旁的草地也變得茂盛許多；哈比人有時刻意走在草地上，好讓疲倦的雙腳舒服些。到了下午的時候，他們走到一塊被松林所包圍的區域，大道在此深入兩邊都被紅色岩石所包圍的隧道中。當他們急忙向前的時候，許多腳步聲在隧道中迴響，讓人開始疑神疑鬼。接著，毫無預警地，這道路就來到了開闊的平原上，他們可以看見前方是一望無際的平坦大地，一段距離以外就是瑞文戴爾渡口，在更遠的地方則是褐色的陡坡，上面妝點著幾條曲折的小徑；在那之後則是一路高聳入雲，峰峰相連的高山。

不過，他們身後傳來了詭異的迴聲，彷彿之前的腳步聲還沒有消失一般，同時松樹也開始搖晃起來，似乎有強風快速的從後方吹來。葛羅芬戴爾轉頭看了片刻，立刻奮力衝向前，口中大喊著。「快跑！」他大叫：「快跑！敵人就在我們背後！」

白色的駿馬立刻放開四蹄往前奔馳。哈比人們也快速地跳下斜坡，葛羅芬戴爾和神行客負責殿後。眼前的平原還沒走到一半，身後就傳來了馬匹急馳的聲響，從樹林中衝出一名黑騎士，他勒住韁繩停了下來，身體搖晃了幾下，接著出現了另一名騎士，然後是另一名，另外兩名則是最後才出現。

「快跑！快！」葛羅芬戴爾對佛羅多大喊。

他並沒有立刻照做，因為有種奇異的渴望拖住了他。他讓白馬放慢腳步，轉頭看著背後。騎士們坐在黑色的駿馬上，如同黑色的雕像一般睥睨山丘下的眾人，他們完全不把四周的森林和山坡放在眼裡。佛羅多的手離開韁繩，從腰間掏出帶著紅光的寶劍。

「快騎！快跑！」葛羅芬戴爾依舊不停地大喊，接著他只得對駿馬用精靈語大喊：noro lim, noro lim, Asfaloth!

白色神駒立刻一躍而起，如同狂風一般掃過平坦的大道。同一瞬間，黑騎士們策馬奔下山坡，開始急起直追；黑騎士發出了一聲淒厲的叫喊聲，就是當初在夏爾東區所聽到的那種撕心裂肺的恐怖聲響。接下來的狀況讓眾人措手不及：四名騎士從左方的樹林和岩石間躍出，兩名試著阻擋佛羅多的去路，另兩名則奔向渡口，準備充當最後的防線。在佛羅多的眼中，朝他急馳過來的黑馬和騎士似乎越變越大，越來越黑暗，而雙方的路線不久之後就將交會。

佛羅多回頭看著背後的情況；他已經看不見朋友了，身後的黑騎士則逐漸落後，即使是他們的黑色座騎也無法追上葛羅芬戴爾的精靈神駒。他又往前一看，所有的希望一瞬間全都消失了。在他看來，他們完全沒有機會躲過這埋伏的四名騎士，及時到達渡口。他現在可以清清楚楚看見這些騎士的外貌；他們已經脫去了黑色的外袍，露出底下灰白色的喪袍。他們手中拿著邪惡的鋼劍，頭上戴著恐怖的頭盔。騎士們冰冷的雙眼閃動著光芒，口中發出讓人汗毛直立的聲響。

佛羅多覺得十分害怕，他的心思不再放在寶劍上了，他也發不出呼救聲。他閉上眼，緊抓著神駒的鬃毛。狂風呼嘯吹過他耳邊，轡繩上的鈴噹狂亂地撞擊著。一道冰冷的吹息像是利刃一般劃過佛羅多的頸子；就在同一瞬間，神駒拔足狂奔，彷彿乘風而飛一般，正好越過最前面的騎士。佛羅多聽見水花四濺的聲音，他的腳底下噴濺起許多水珠。他覺得駿馬已經離開了河流，正在快步奔上河岸旁的小徑，牠正在攀爬著陡坡、正要越過這最後的渡口。

但追兵依舊緊追不捨，到了坡頂，駿馬停了下來，轉過身，發出緊張的嘶聲。九名騎士現在齊聚水邊，佛羅多看見他們眼中透出的怨毒之色，不禁渾身發抖。他知道沒有任何力量可以阻止騎士越過河流，更沒有信心可以在黑騎士的追擊下，從渡口一路逃到瑞文戴爾去。他的胸口開始聚集許多怨恨之氣，而這次他已經無力抵抗。

突然間，為首的騎士策馬向前，那匹馬踏了一下水，就不安地以後腳站立起來。佛羅多拼盡全身力氣，坐直身子，高舉著手上的寶劍。

「滾回去！」他大喊著：「快滾回魔多去！不要再跟蹤我了！」他的聲音連自己聽起來都十分的尖利、虛弱。騎士們停了下來，但佛羅多並沒有龐巴迪的力量。他的敵人只是用沙啞冰冷的笑聲嘲笑他。「快回來！快回來！」他們大喊著：「我們會帶著你一起去魔多！」

「快滾！」他無力地低語道。

「奪魔戒！奪取魔戒！」他們用致命的低吼聲道出唯一的目標。為首的騎士立刻策馬奔入河中，另兩名騎士也緊跟在後。

「以伊爾碧綠絲和露西安之名，」佛羅多舉起寶劍，以最後的力氣說：「你們無法得到我和魔戒！」

正過河到一半的黑騎士首領突然間從馬上站了起來，高舉起手，佛羅多被一陣惡寒籠罩，他覺得心臟劇烈的跳動，嘴巴也僵住了，他的寶劍匡噹一聲，從他顫抖的手中掉了下來。精靈神駒也開始不安地後退，最前方的黑騎士幾乎已經要踏上河岸。

突然間，洪水狂吼著如排山倒海般襲來。佛羅多呆呆地看著底下的河流暴漲，沿著河道湧入如同千軍萬馬一般的大水。在佛羅多模糊的意識中，他似乎在水中看見了白衣白甲、騎著白馬的騎士；人馬似乎都在胸前鑲著白色火焰的麾記；三名還在河中央的騎士立刻被淹沒，突然間消失在憤怒的浪潮中，還在河兩側的騎士則不安地後退。

佛羅多最後聽見了一聲暴吼，他依稀看見已經上岸的騎士背後，出現了一個渾身籠罩在白光中的人影；在他身後則有許多小人影揮舞著火焰，整個世界彷彿都被包籠在灰色的迷霧中。

黑騎士的座騎開始不聽使喚地亂跑，在驚恐中載著騎士一頭跳進洶湧的河水中。他們刺耳的尖叫聲被滔滔洪水淹沒了。佛羅多覺得自己倒了下來，那震耳欲聾的聲響似乎將他和敵人都一起吞沒進混亂的世界中，一切都消失在眼前……

第二章

第一節　多次會議

佛羅多一醒過來，發現自己躺在床上，一開始他以為自己作了一個很長的惡夢，所以才晚起了。還是自己生病了？但這個房間看起來好奇怪，這裡的一切都方方正正的，黑色的樑木有著雕樑畫棟的氣魄。他繼續在床上躺著，看著地上斑斑的陽光，傾聽著瀑布的聲響。

「這是哪裡，現在是什麼時候？」他對著天花板大聲說。

「你在愛隆的屋子裡，現在是早上十點，」一個聲音說：「如果你想要知道得更清楚一點，現在是十月二十四號早上十點。」

「甘道夫！」佛羅多坐了起來，老巫師坐在一張靠在窗戶旁的椅子上。

「沒錯，」他說：「就是我。自從你離家做了那麼多傻事之後，還能來到這邊，運氣實在很好。」

佛羅多又躺了下來。他舒服得不想要和人爭辯，而且，他也實在不認為這次能夠吵贏。他現在已經完全清醒了，過去這段時間的冒險景象全都回到腦海中：在老林中那段要命的「捷徑」、躍馬旅店的「意外」、他在風雲頂戴上魔戒的瘋狂行為。當他思索著這一切，並且徒勞無功地試圖回憶自己如何抵達瑞文戴爾時，唯一伴隨他的聲音是甘道夫對窗外噗噗地吐著煙圈的聲音。

「山姆呢？」佛羅多終於問道：「其他人都還好吧？」

「是的，每個人都安然無恙，」甘道夫回答：「山姆剛剛一直待在這裡，我半個小時前才打發他去休息。」

「在渡口那邊究竟發生了什麼事情？」佛羅多問道：「一切都模糊不清，我現在還是一頭霧水。」

「你當然會覺得模糊不清。你當時已經開始消逝了，」甘道夫回答：「你的傷口最後已經把你給擊垮了。如果再晚幾個小時，我們也幫不上忙了！不過，親愛的哈比人，你的抵抗力可真是強韌！就像你在古墓的表現一樣。那真是千鈞一髮，可能是這段旅程中最危險的一刻，我真希望你在風雲頂可以撐住，不要動搖。」

「你似乎已經知道了很多東西，」佛羅多說：「我從來沒跟其他人說過古墓的故事，一開始我覺得它太恐怖，但稍後又忙到沒有機會說。你是怎麼知道的？」

「佛羅多，你睡著的時候嘴巴可沒閒著，」甘道夫溫柔地說：「我要讀取你的記憶和思緒並不困難。別擔心！雖然我剛剛說你們做的是『傻事』，但我只是開玩笑的，我覺得你和其他人很不錯。你能夠度過這重重危險、橫越這麼遠的距離，依舊沒有讓魔戒離身，實在是件很偉大的功業。」

佛羅多說：「如果沒有神行客，根本辦不到，但我們還是需要你，沒有了你，我們根本不知道該怎麼辦。」

「我被耽擱了，」甘道夫說：「這差點就讓大家功虧一簣。不過，我也說不準，或許這樣反而比較好。」

「趕快告訴我，到底發生了什麼事情！」

「啊，不要急，時候到了你自然會知道！這是愛隆的命令，你今天不應該知道或是擔憂任何的事情。」

「可是談話可以讓我不再胡思亂想，這很累人的耶，」佛羅多說：「我都已經醒了，有很多事情需要人家解釋給我聽。你為什麼會耽擱了呢？至少你該告訴我這一點。」

「你到時就會知道這一切了，」甘道夫說：「一等到你身體好一點，我們就要開會，目前我只能告訴你，當時有人把我囚禁起來了。」

「囚禁你？」佛羅多大吃一驚。

「是的，我，灰袍甘道夫，」巫師面色凝重地說：「這世界上有許多善良和邪惡的勢力，有些比我要強大，有些則是還沒和我正面對決過，但時機快要到了。魔窟之王和他的黑騎士都出動了，大戰已經迫在眉睫！」

「那麼你在我遇到他們之前，就知道有這些黑騎士了？」

「是的，我的確知道他們，我也曾經和你提過他們。黑騎士就是戒靈，是魔戒之王的九名僕從。但我並不知道他們已經再度轉生，否則我會選擇立刻和你逃離夏爾。我是在六月離開你之後才得知這消息的，這段經歷先不急著說。幸好，這次有亞拉岡出馬，我們才不會全盤皆輸。」

「是的，」佛羅多說：「是神行客救了我們。但我一開始還很怕他，山姆一直不太信任他，我想這可能一直到碰上葛羅芬戴爾，他的疑慮才消除掉。」

甘道夫笑了。「我聽說了山姆的很多事蹟，」他說：「他現在再也沒有疑慮了。」

「我很高興這樣，」佛羅多說：「因為我開始喜歡上神行客了。好吧，喜歡其實不是很正確的形容詞，我的意思是，他對我來說很重要，很親切，雖然他有的時候形跡詭密，又喜歡板著一張臉。事實上，他經常讓我想起你，我以前都不知道人類之中有這樣的人。我一直以為他們就只是大，而且還很笨，就像奶油伯一樣是個爛好人，或者像是比爾一樣又笨又壞。不過，我又有什麼資格批評人類呢？夏爾根本沒有人類，只有布理才勉強有一半的人類居民。」

「如果你覺得老巴力曼很笨，那麼你即使是對布理的居民也不夠瞭解。」甘道夫說：「他在自己獨特的領域上是很睿智的。他說得多，想得少且慢；但是只要給他時間，他就可以看穿一堵磚牆（這是布理的諺語）。不過，我也必須承認，中土世界沒有多少人像亞拉松之子亞拉岡。渡海而來的西方皇族血脈已經快要到了盡頭，這場魔戒之戰可能就會是他們最後的一場冒險。」

「難道你是說，神行客真的是古代皇族的血脈嗎？」佛羅多難以置信地說：「我以為他們很久以前就全部消失了，我以為他只是個遊俠而已。」

「只是個遊俠！」甘道夫說：「親愛的佛羅多，這就是遊俠的真實身分：他們就是北方王國的殘餘力量；如果沒有他們的幫助，我可能早就無法和你在這說話。即使時光回溯到古代，我可能還是需要他們的幫助來對抗邪惡。我們已經到了瑞文戴爾，他們也該出現了，魔戒還沒有這麼簡單就被馴服。」

「我想也是，」佛羅多說：「但到目前為止，我滿腦子只有如何到這邊來的念頭，我希望自己不需要再去更遠的地方。在這邊享受人生，好好地休息是很好的；我已經流亡了一個月，我發現這一個月的冒險已經讓我受夠了。」

他沈默下來，閉上眼。不久之後，他又開口說話。「我剛剛在算時間，」他說：「怎麼算都不會是二十四號。今天應該是二十一號才對，我們大概是在二十號抵達渡口的。」

「你想太多了，動太多腦了，」甘道夫說：「你的肩膀和身側覺得如何？」

「我不確定，」佛羅多回答：「它們什麼感覺都沒有——這已經比以前好多了，不過，」他掙扎了一下：「我又可以移動我的手臂一些些了。沒錯，它又可以動了。我不會一直覺得冷冰冰的。」他用右手摸著左手說道。

「好極了！」甘道夫說：「你好得很快，應該很快就會完全康復。愛隆治好了你，從你被送進來之後，他就不眠不休地醫治你的傷口。」

「不眠不休？」佛羅多不可置信地反問。

「嚴格來講應該是四天三夜。精靈們在二十號晚上把你從渡口救回來，你在那邊就失去了意識。我們一直很緊張，山姆除了幫我們跑腿之外，日夜都不肯離開你身邊。愛隆是個身懷絕技的醫者，但魔王的武器卻也不是等閒人可以處理的。說實話，我本來幾乎不抱希望了，因為我懷疑你癒合的傷口中還有刀刃的碎片在裡頭。愛隆一直到昨晚才找到，也才把它挖出來。它藏得很深，而且還不停往裡鑽。」

佛羅多打了個寒顫，這才記起神行客撿起的刀刃上有個缺口。「別擔心！」甘道夫說：「我們已經清除掉這感染了，碎片也被融化掉了。看來哈比人對於邪惡的力量有很強的抵抗力，即使是我認識的人類戰士，也可能會輕易死在那碎片之下，而你竟然承受它的折磨整整十七天。」

「他們本來要怎麼對付我？」佛羅多問：「騎士們本來想怎麼做？」

「他們本來想要用魔窟的兵器刺穿你的心臟，而這武器將會留在傷口內。如果他們成功了，你就會變得像他們一樣，只是地位低下，必須聽從他們的命令。你將會變成聽從黑暗魔君指令的死靈；他會因爲你保有這枚戒指而讓你受盡折磨，但是對所有的生靈來說，魔戒重回他的手上就是最恐怖的折磨。」

「幸好我根本不知道這有多麼危險！」佛羅多虛弱地說：「我的確是很害怕，但如果我知道更多的內幕，可能會嚇到不能動，我能夠逃出他們的魔掌眞是走運！」

「沒錯，命運的確是站在你這邊，」甘道夫說：「勇氣也是你的武器。你之所以只有肩膀受傷，心臟沒有被刺穿的原因，是你到最後一刻都不肯放棄抵抗。但這眞的是千鈞一髮，當你戴上魔戒的時候，其實是最危險的；因爲當時你等於半個人進了死靈的世界，他們甚至可以當場擄獲你。」

「我知道，」佛羅多說：「他們的外貌好猙獰！可是，爲什麼我們平常就看得見他們的馬？」

「因爲那是眞的馬，就像他們的黑袍是眞的黑袍一樣，目的則是爲了讓他們內在的虛無能夠藉由這形體來和活人溝通。」

「這些馬怎麼可能忍受這種騎士？只要他們一靠近，所有的生物都會驚恐莫名，連葛羅芬戴爾的精靈神駒也不例外。狗兒會對他們嚎叫，母鵝則會呱呱亂跑。」

「因爲這些馬從生下來，就是爲了服侍魔多的黑暗魔君而馴養的。他旗下還有許多有血有肉的僕從！他的陣營中有半獸人、食人妖、座狼和狼人；除此之外，還有很多人類的戰士、貴族。這些都是在太陽底下行走的活物，卻甘心聽他驅使，而且，他們的數目還在不斷增加。」

「瑞文戴爾和精靈呢?瑞文戴爾安全嗎?」

「目前還是安全的，它會支撐到全世界都被征服爲止。精靈們或許害怕闇王，他們會躲避他的魔掌，但絕不可能傾聽他的話語或是服侍他。瑞文戴爾依舊駐守著他最害怕的敵人：精靈智者，從最遠古的海對岸一脈相承下來的精靈貴族。他們並不害怕戒靈；因爲曾經居住過海外仙境的人同時行走於人間界和幽界，能夠對付肉眼看得見或隱形的生物。」

「我當時以爲我看見了一個渾身發光的白色人影，而且他不會像其他人一樣黯淡下去。那是不是葛羅芬戴爾呢？」

「沒錯，你看到的就是他身處於幽界的形體：萬物嫡傳之子的眞身。他是貴族家庭中的精靈貴族。瑞文戴爾的確還擁有足以抵抗魔多的力量，至少暫時是如此。在其他的地方，還有別的力量守護著，夏爾也擁有這樣的力量。但很快地，如果世事繼續照著這樣的潮流推演，這些地方都將變成黑暗汪洋中偏安的孤島，黑暗魔王這次是勢在必得。」

「但是，」他突然間站了起來，下巴上的鬍子變得根根逆亂，不肯輕伏：「我們必須勇敢面對這一切。如果你不要說話說到全身虛脫，應該很快就會好了。你身在瑞文戴爾，至少目前暫時不需要擔心太多事情。」

「我沒剩多少勇氣面對這一切，」佛羅多說：「但目前我還不擔心，只要先讓我知道朋友們的消息，告訴我渡口事件的結尾，我暫時就會閉口不提這一切。在那之後我想要再睡一覺，如果你不把故事說完，我就無法安心地闔眼。」甘道夫將椅子挪到床邊，仔細地打量著佛羅多。他的面孔已經恢復了血色，雙眼清澈，非常清醒，臉上掛著笑容，看起來應該沒有什麼大礙才對，但在巫師的眼中，他似乎變得比較單薄，特別是那隻放在被單外的左手。

「我想這也是可以理解的，」甘道夫轉而低聲地自言自語：「他的旅程還沒有結束，最後到底會如何，連愛隆也無法預料。我想，至少他不會向邪惡低頭，他可能會變成一個裝滿光明的容器，讓周遭的人都會被照亮。」

「你看起來好極了，」他大聲說：「那我就不經愛隆同意，擅自告訴你一個故事好了。不過，這故事很短，說完之後你就得睡覺。就我所知當時發生的狀況：你一逃跑，騎士就緊追在你後面。他們不再需要馬匹的指引，因爲你就在他們面前，而且半隻腳也踏入了幽界。除此之外，魔戒也在不停地呼喚著他們。你的朋友們躲到路旁，避開急馳的黑騎士，他們知道，如果精靈神駒救不了你，就別無他法可以救你了。黑騎士的速度太快，他們追不上；黑騎士的人數太多，他們無法抵抗。沒有座騎，即使是亞拉岡和葛羅芬戴爾聯手，也打不過九名戒靈。」

「當戒靈掠過他們身邊時，你的朋友們緊跟在後。在渡口附近有塊靠近路邊，被幾株樹擋住的小空地。他們在那很快地生起火來。因爲葛羅芬戴爾知道，如果黑騎士意圖過河，河水將會大漲；而他們必須要對付那些還沒有踏入河中的騎士。洪水一出現，他就衝出去，亞拉岡和其他人則拿著火把跟在後頭。在水火夾擊的狀況下，又有精靈貴族現出眞身，他們的氣勢受挫了；而他們的座騎則是嚇瘋了。三名騎士被第一波的洪水沖走，其他的則被失控的馬兒拋進河內，淹沒在洪水中。」

「這就是黑騎士的結局？」佛羅多問道。

「不，」甘道夫說：「他們的座騎肯定是完蛋了，少了牠們，騎士們的行動會大爲受限，但戒靈並不可能這麼容易就被摧毀。不過，目前我們不需要擔心他們，你的朋友們在洪水消退之後渡過河來，發現你倒臥在河岸上，身體底下壓著斷折的寶劍，神駒站在你身邊保護你。你臉色蒼白，渾身冰冷，大家都擔心你已經死了，甚至會變成死靈。愛隆的同胞和他們會合，急忙將你送往瑞文戴爾。」

「是誰造成洪水的？」佛羅多問道。

「這是愛隆的命令，」甘道夫回答：「這座山谷的河水是在他的意志控制之下，當他有需要守住渡口時，洪水將會因此而起。當戒靈之首一踏入河中時，他就釋放了洪水。我必須承認，這中間也夾雜了我的一些創意：你可能也注意到了，有些波浪化成了載著閃亮白甲騎士的威武白馬，而水中更有許多不停滾動的巨石。那時，我還擔心我們釋放出的洪水威力是否太大，可能會將你們全都沖走。這是從迷霧山脈中融化流下的雪水，氣勢非比尋常。」

「沒錯，我現在都想起來了，」佛羅多說：「那震耳欲聾的聲響。我以為自己會和朋友以及敵人一起淹沒在水中，但我們最後還是毫髮無傷！」

甘道夫瞟了佛羅多一眼，但他已經閉上了眼。「目前你們都沒事了。很快地，我們將會舉辦宴會和歌舞，慶祝布魯南渡口的勝利，你將會成為有幸獲邀的主角之一。」

「太好了！」佛羅多說：「愛隆和葛羅芬戴爾這些偉大的人物，更別提還有神行客，竟然都願意為我這麼一個微不足道的傢伙大費周章，這眞是太榮幸了。」

「這是有充足理由的，」甘道夫笑著說：「我是其中一個，魔戒是另外一個：你是魔戒持有者。而且你還是魔戒發現者比爾博的繼承人。」

「哇！比爾博！」佛羅多迷迷糊糊地說：「不知道他在哪裡。我眞希望他可以在這邊聽到全部的故事。我一定會讓他開心地哈哈大笑。母牛飛到月亮上！還有那可憐的食人妖！」話一說完他就睡著了。

佛羅多現在已經安全地住在海東方最後的庇護所中。這裡正如同比爾博多年以前所說的一樣，「不管你喜歡美食、睡覺、唱歌、說故事、坐著發呆或是以上全部，這裡都是最完美的居所。」因爲，待在這裡能夠醫好人們的疲倦、恐懼和憂傷。

隨著夜色漸漸降臨，佛羅多又醒了過來。他發現自己不再覺得疲倦或想睡，而是覺得飢腸轆轆，需要大量的食物和飲料來補充體力；在那之後，最好也來上一些歌唱和說故事的餘興節目。他一下床，伸展了一下全身，發現手臂幾乎已經完好如初。他找到幾件非常合身的綠色衣服換了上去。佛羅多走到鏡子前面，發現一個清瘦許多的哈比人正和他對望著：他看起來好像那個以前曾經和比爾博四處散步的年輕人；但那雙眼睛卻顯得若有所思，滿腹愁緒的樣子。

「沒錯，你已經比之前的井底之蛙要多了一些經驗，」他對著鏡中的倒影說：「現在該是找樂子的時候了！」他伸出手臂，吹起了荒腔走板的小調。

就在那一瞬間，在一聲敲門聲之後，山姆跑了進來，三步併做兩步地跑到佛羅多身邊，露出既驚又喜的表情，握住他的左手。山姆溫柔地摸著那隻手，接著激動地脹紅了臉，尷尬地別過頭去。「嗨！山姆！」佛羅多說。

「這是暖的耶！」山姆說：「佛羅多先生，我指的是你的左手，過去好幾天晚上這隻手都冰冰涼涼的。我們應該要大聲歡呼！」他大喊著轉過頭，眼中閃爍著興奮的光芒，開始手舞足蹈地說：「大人！眞高興看到你安然無恙！甘道夫叫我過來看看你是否已經可以下床了，我還以爲他在開玩笑。」「我已經準備好了，」佛羅多說：「我們走，去看看其他的同伴們！」

「我可以帶你去找他們，大人，」山姆說：「這個屋子很大，而且有些奇怪。你永遠都會遇到新的房間，而且還猜不到什麼時候眼前會出現轉角，而且還有精靈耶！這裡、那裡都是精靈！有些精靈像是國王般尊貴、有些像是兒童般天眞爛漫，而且還有好多的音樂和歌謠——不過，從我到這邊以來還沒有多少機會享受這些事情，但我開始慢慢瞭解這地方的風格了。」

「山姆，我知道你之前都在忙些什麼，」佛羅多摟著他的肩膀說：「你今晚應該要放開胸懷，好好享受。來吧，帶我逛逛！」

山姆帶著他通過幾道長廊，越過許多階樓梯，來到河邊陡坡旁的一座高地花園中。他看見朋友們都坐在屋子面東的門廊上閒聊。底下的山谷中已經蓋上了一層陰影，但山脈的邊緣依舊還有太陽的餘暉。天氣相當溫暖，溪水奔流和瀑布的聲音十分喧鬧，傍晚的空氣中充滿了樹木和花草的香氣，彷彿愛隆的花園依舊停留在盛夏的華美時光中。

「萬歲！」皮聘跳了起來：「這位就是我們高貴的朋友！快讓路給佛羅多，魔戒之王！」

「噓！」甘道夫從門廊後的陰影之中說道。「邪物無法入侵這座山谷，但我們也不能夠輕易提及他，魔戒之王並非佛羅多，而是魔多邪黑塔的主人，他的邪氣已經再度伸向這個世界！我們困守在碉堡中，外面的世界卻已面臨夜暮。」

「甘道夫最近常常說這種話鼓勵我們，」皮聘聳聳肩：「他老是覺得我該被好好管一管。可是，不知道為什麼，我在這裡就是沒辦法覺得悶悶不樂、覺得末日將臨，如果我知道現在該唱什麼歌，我老早就大聲地唱了起來。」

「我自己也感覺想要唱歌，」佛羅多笑著說：「只不過現在的我比較想要大吃大喝！」

「我們很快就可以治好你，」皮聘說：「你果然是個鬼靈精，好死不死就在我們要吃飯的時候出現！」

「這可不只是頓飯，這是個宴會！」梅里說：「甘道夫一通知我們你已經好起來之後，我們就馬上開始準備。」他話還沒說完，馬上就被許多鈴噹聲打斷了；這是召喚他們進大廳的鈴聲。

愛隆之屋的大廳擠滿了人，大部分都是精靈，不過也有幾名其他種族的賓客。愛隆如同以往一樣坐在長桌盡頭的王座上俯視眾人，他的一邊坐著葛羅芬戴爾，另一邊則是甘道夫。

佛羅多驚奇地看著他們；因為他之前從來沒有看過在許多傳說中現身的愛隆；而葛羅芬戴爾，甚至是連他以為早已熟識的甘道夫，都跟著散發出讓人無法逼視的尊貴氣魄來。

甘道夫身形比其他兩個人矮，但他的白色長髮、飄逸的美髯和寬闊的肩膀，讓他看起來像是一名從古老傳說中走出的王者。在他飽經風霜的臉上，濃密的眉毛之下隱藏著黑炭色的雙眸，如同炭火一樣，會在時機成熟時突然迸出火焰來。

葛羅芬戴爾高大強壯，他擁有一頭金髮，英俊的五官充滿了歡欣之情。他的雙眼精光逼人，話聲如同音樂一樣悅耳；旁人都看得出來他胸懷智慧，手握權柄，絕不是可以小看的人物。

愛隆的面孔似乎不受歲月的影響，非老亦非少，上面卻留著許多歡樂和悲傷的痕跡。他的頭髮如同破曉前的陰影一樣黑暗，上面套著一個小小的銀冠。他的雙眸如同清澈的傍晚一樣的灰湛，其中隱隱透出星斗般的光芒。外表看起來，他似乎是經歷無數歲月洗禮的睿智國王，但他所散發出來的氣魄又如同身經百戰的壯年戰士一般。他就是瑞文戴爾的主人，精靈和人類中最出類拔萃的頂尖人物。

在長桌的中央，有一張靠著壁上掛毯、有著遮篷的椅子。椅子上坐著一名美貌讓人驚嘆不已的絕世美女，她擁有和愛隆一樣的氣質，佛羅多推測她多半是愛隆的親屬之一。她外表看來年輕，卻並非如此單純。她的秀髮上沒有任何的風霜，而潔白的玉臂及面孔更是潔白無暇、吹彈可破。她的雙目中也同樣有著耀目的星光，也同樣如同無雲的夜晚一樣澄澈。但她卻散發著一股皇后一般的高貴氣質，她的美目流轉之間都充滿了睿智和深意，彷彿是看透世事的智者占據了她年輕貌美的身軀。她頭上套著裝飾著寶石的銀網，閃爍著白色的光芒。她白色的外袍則沒有任何的裝飾，除了腰間一條銀葉綴成的腰帶。

佛羅多正在打量的這位女子，就是凡人極少有緣得見的精靈：亞玟，愛隆之女。據說她繼承了露西安傾國傾城的美貌，她被同胞們稱呼為安多米爾，因為她是精靈眼中的暮星。她大多數的時間都待在母親的同胞之間，亦即是山之外的羅瑞安，是最近才回到父親居住的地方。而她的兄弟伊萊丹和伊羅何則是正在外面執行父親賦予的任務。他們和北方遊俠並肩策馬奔馳，獵殺邪

惡，永遠不敢遺忘母親曾在半獸人手中受到的折磨。❶

佛羅多從沒看過，也沒想過世界上會有這麼美麗的生靈；而且，當他看到自己竟然在愛隆的主桌上也有一個位置，得以身處於這麼多美麗高貴的人兒之間，更是讓他受寵若驚。雖然他坐在大小適中的椅子上，又墊了很多個軟墊，但他還是覺得自己十分渺小，有些格格不入。不過，這種感覺很快就過去了。這場宴會賓主盡歡，而美食佳餚也沒有讓客人有絲毫分心的機會，他過了相當久的時間之後才抬起頭來，也才有機會打量左右鄰居。

佛羅多的右邊坐著一名看起來地位相當高的矮人，他的鬍子又白又長，幾乎如同他所穿著的雪白上衣一樣潔白，繫戴著銀色的腰帶，脖子上掛著綴有鑽石的銀鍊子。佛羅多停下嚼食的動作，看著他發呆。

「歡迎歡迎！幸會幸會！」矮人轉過來對他說。他甚至從座位上站了起來，向他鞠躬：「葛羅音聽候閣下差遣。」他這個躬又鞠得更深了。

「佛羅多·巴金斯聽候閣下及閣下的家人差遣，」佛羅多猛地站起來，把軟墊打翻了一地，但還是按照禮數正確地回答：「您是否就是那位偉大的索林·橡木盾十二位伙伴之一的葛羅音大

---

❶ 三人的母親是精靈皇凱勒鵬和精靈女皇凱蘭崔爾的唯一子嗣：凱勒布理安。她在太陽紀元第三紀的時候下嫁精靈王愛隆，他們生了三個小孩。在第三紀二五零九年時，她和同行者一起從瑞文戴爾前往羅斯洛立安，途中卻遭到半獸人部隊的攻擊。雖然最後她被兩名勇敢的兒子所救，但也從此受到了無法醫治的毒創。她忍受這痛苦折磨一年有餘，最後不得已航往海外仙境，讓主神醫治她的傷患。

人呢？」

「您說的沒錯，」矮人撿起軟墊，好心地扶著佛羅多坐回位子上。「我就不需要對您多問了；因爲我已經知道您是我們著名的朋友比爾博的親戚和繼承人，請容我恭喜您的康復。」

「多謝您的關切。」佛羅多說。

「我聽說您經歷了不少冒險，」葛羅音說：「不知道是什麼原因讓四位哈比人千里迢迢地趕到這裡來？自從比爾博和我們一起旅行以來，我就沒聽說過這樣的事情了。不過，由於甘道夫和愛隆似乎不願意對此多談，或許我也不該多問？」

「我想我們現在最好還是不要談這件事，至少目前暫時不要。」佛羅多禮貌地說。他猜測即使在愛隆的居所中，魔戒依舊不是可以輕鬆談論的話題。反正，他目前也想要暫時忘卻這些煩惱。「不過，我也很好奇，」他補充道：「到底是什麼樣的事情，才讓您這位地位崇高的矮人大老遠地從孤山跑到這裡來。」

葛羅音看著他，「如果您還不知道，我想目前也暫時別談這件事情。我相信不久之後愛隆大人就會召見我們所有人，到時就會聽到很多相關的情報。不過，除了這些煩心事之外，我們還有很多事情可以聊！」

接下來整頓飯的時間，兩人都不停地交談著。不過，佛羅多聽得比說的多，因爲，在此地感覺起來，夏爾的消息顯得微不足道；而魔戒又是他無法透露的機密。相形之下，葛羅音就有很多關於荒地北邊的消息可以告訴他。他從葛羅音口中知道：現在比翁的兒子，長老鬱比翁現在已經成了許多人類的領袖；他們的領土位在迷霧森林和山脈之間，沒有任何的半獸人或是野狼膽敢進入。「沒錯，」葛羅音說：「如果不是比翁一族的人，從河谷鎮到瑞文戴爾之間的領土早就被邪惡勢力給吞併了。他們為了保持高山隘口和卡洛克渡口的暢通而拚死奮戰，但他們也付出了很大的代價，」他搖搖頭說：「像以前的比翁一族一樣，他們依舊不喜歡矮人，但他們還是很可靠的，在這樣的亂世中，這就很重要了。河谷鎮的人類是對我們最友善的族群。巴德一族人真是好人，神射手巴德的孫子依舊是他們的領袖，布蘭德是巴德之子巴恩的兒子，他是個善於領導統御的國王，他們的疆界現在遠到伊斯加極南和極東的地方。」

「您自己的同胞呢？」佛羅多說。

「有很多可以說的，有好消息，也有壞消息，」葛羅音道：「不過，大多數還是好消息：截至目前為止，我們還算幸運；只是我們依舊無法躲過時代的陰影。如果您真的想要知道我們的狀況，我很願意和您分享。不過，您一覺得無聊，就立刻告訴我！俗諺有云：矮人一談到工藝，嘴巴就停不了。」

於是，葛羅音開始詳述整個矮人王國的風土人情。他很高興可以遇到一名這麼有禮貌的傾聽者；因為即使佛羅多很快就迷失在眾多的異邦地名和人名之間，他也沒有露出疲態，或是轉移話題。事實上，對於丹恩還是山下矮人國度的國王這個消息，他非常感興趣。丹恩現在已經老態龍鍾（他剛過完兩百五十歲生日），富有得讓人難以想像。在僥倖從慘烈的五軍之戰中生存下來的十人隊伍中，還有七名隊員依舊建在：德瓦林、葛羅音、朵力、諾力、畢佛、波佛、龐伯。龐伯現在胖到已經沒辦法從客廳走到飯廳了，光要把他抬起來就得請六名年輕的矮人使盡全力才行。

「那巴林和歐林以及歐音呢？」佛羅多問道。

葛羅音的面上掠過一陣陰影。「我們不確定，」他回答道：「我會來此地尋求瑞文戴爾居民的協助，就是因爲巴林的遭遇，今晚我們還是先別談這件事情吧！」

葛羅音繼續描述著同胞們的豐功偉業，讓佛羅多知道他們在谷地和在山脈中進行了多麼艱苦的工程。「我們的表現非常不錯，」他口沫橫飛地說。「但是在冶金學上面我們比不上祖先的成就，許多的秘密都已經失傳了。我們可以打造堅固的盔甲和鋒利的刀劍；但我們再也打造不出惡龍來襲前那種品質的武器和盔甲了。我們只有在開礦和建築方面超越前人的成就。你該看看谷底和山脈中的渠道，還有那些蓄水池！你該看看那些用五色鵝卵石鋪設的大道！還有地表下衆多雕樑畫棟的幽深城市，還有山側那些高聳入雲的螺旋寶塔！看過這些華麗的建築之後，你才會知道我們可不是無所事事。」

「如果可以的話，我一定會去看看，」佛羅多咋舌道：「比爾博如果能看見惡龍史矛革破壞一切之後欣欣向榮的景象，一定會很吃驚的！」

葛羅音看著佛羅多，微笑道：「你眞的很喜歡比爾博，對吧？」

「沒錯，」佛羅多回答：「我寧願放棄親睹世界上所有華麗宮殿的機會，只要能再見比爾博一面。」

過了很長的一段時間，宴會終於告一段落。愛隆和亞玟起身離開大廳，其他人都秩序井然地跟在後面。大門打了開來，衆人跟著越過寬廣的走廊，來到另一個更大的大廳中，此地沒有任何的桌子，只有兩側柱子之間各有一座燃著熊熊烈火的壁爐。

佛羅多發現甘道夫就在身邊，「這是烈火之廳，」巫師說：「如果你打起精神，應該可以聽見許多歌謠和故事。除非是特殊節日，否則此地一向是空曠安靜的，提供給想要找地方沈思和冥想的人們之處。此地的爐火終年不息，但卻沒有其他的照明。」

當愛隆走向大廳內為他準備好的座位時，精靈的樂手開始演奏甜美的音樂。人群慢慢地進入大廳，佛羅多欣喜不已地看著許多張美麗的面孔；金黃色的火光在他們的臉上和髮稍閃爍著。突然間，他注意到在對面壁爐邊不遠的地方，有個小小的黑色身影靠著柱子坐在矮凳上。他腳邊擺著一個水杯和一些麵包。佛羅多一開始以為他生病了（瑞文戴爾的人不知道會不會生病），所以才沒有參加宴會。他的頭似乎緊靠著胸口，正陷入沈睡的狀態中，他的面孔則是被斗篷的陰影所遮擋住。

愛隆走向前，站在那沈默的身影旁。「醒來啦，小貴賓！」他露出笑容說。接著，他轉過身對著佛羅多比了個手勢。「佛羅多，現在是你美夢成真的時候了，」他說：「這就是你想念不已的那名朋友。」

那身影抬起頭，撥開兜帽。

「比爾博！」佛羅多一認出對方，立刻衝向前。

「好久不見，佛羅多小朋友！」比爾博說：「你還是趕到這裡來了。我之前希望你能夠安然無恙地到這裡來。好啦！原來這場盛大的宴會是為了慶祝你的康復啊，你玩得還愉快吧？」

「你為什麼沒出席呢？」佛羅多大喊道：「為什麼我之前都沒辦法見到你？」

「都是因為你睡著了，我可是探望過你好多次了哪！我每天都和山姆一起坐在你身邊看著你。至於這個宴會，我現在已經不那麼熱衷這類事情了，而且，我也有別的事情要忙。」

「你在忙什麼？」

「你看不出來嗎？我坐在這裡思考呀！這些天我常常這樣做，而這裡又是最適合的地方。怎麼會有人叫我醒過來哩！」他斜眼瞄著愛隆。佛羅多看見他的雙眼精光閃爍，沒有一絲睡意。「愛隆大人，我可沒有睡著。事實上，諸位的宴會結束得太快，打斷了我做詩歌的靈感。我剛好有一兩句歌詞想不出來，正在反覆琢磨，被你們一攪和，我看是永遠也做不出來了。接下來應該會有一大堆歌唱節目，會把我的靈感徹底打亂；我該去找登納丹幫忙才是。他到哪去了？」

愛隆哈哈大笑，「我馬上把他找來，」他說：「等下你們兩個就去找個安靜的角落繼續工作，在我們飲酒作樂結束之前，我們希望能夠評斷你兩人的心血結晶。」很快地，愛隆就支使信差去找尋比爾博的朋友。不過，現場沒人知道他在哪裡，也不知道爲何他沒有出席宴會。

在同一時刻，比爾博坐在佛羅多身邊，山姆很快地也到他們附近坐了下來。他們在大廳中美妙的樂音環繞之下低聲交談。比爾博沒有提到多少自己的事情，他當年離開哈比屯的時候，起初是漫無目的地四處遊走，沿著大道到處亂看，但是冥冥中卻一直朝著瑞文戴爾的方向前進。

「我來這邊可沒有像你們那麼驚險，」他笑著說：「我休息了一陣子之後，就和矮人們一起前往谷地，這是我最後一次遠行。我不會再出遠門了。巴林這老傢伙離開了谷地。然後我又回到這邊來，就這樣落腳下來。我做了一些雜事，把我的書內容又增加了許多。當然，我也寫了幾首新歌。精靈們偶爾會吟唱這些歌曲；我想多半是爲了討我歡心。因爲，我這些差勁作品在這邊還上不了檯面哪。我在這邊靜思、傾聽，時間似乎靜止在這裡，這眞是個美妙的地方。」

「我聽說了許多的消息，有些是從南方，有些是從孤山山脈，但幾乎沒有從夏爾來的，我也聽說了魔戒的事。甘道夫經常來這邊，他並沒有告訴我很多內幕，他這幾年口風越來越緊了，幾乎可說滴水不漏。登納丹告訴我的還比較多。沒想到我的那枚小戒指竟然可以撼動世界！早知道我就自己輕輕鬆鬆的把魔戒帶到這裡來了，才不會像你們一樣那麼大費周章呢！我曾經想過：是否該回到哈比屯收回那枚戒指，但是我年紀大了，他們又不讓我離開這裡。喔，我說的他們，是指甘道夫和愛隆啦。他們似乎覺得魔王正四處尋找我的蹤跡，如果抓到我在野外亂晃，可能會把我打成肉醬。」

「而且甘道夫還說：『比爾博，魔戒已經選擇了新主人。如果你試著重新干涉它，這對你和其他人都會有不好的結果。』怪裡怪氣的，但他說他會照顧你，所以我也就不堅持了。看到你安然無恙我眞高興。」他停下來，用著懷疑的眼光看著佛羅多。

「你有把它帶在身上嗎？」他壓低聲音說：「你知道嗎，在我聽說了那麼多傳聞之後，我實在很好奇，我想要再看看它。」

「沒錯，我帶在身上，」佛羅多覺得有種不尋常的不情願感覺籠罩著自己。「看起來跟以前一樣。」比爾博說：「還是讓我看看吧。」

佛羅多之前在梳妝盥洗的時候，注意到魔戒依舊掛在他胸前，只是換了個更輕、更堅硬的新鍊子。他慢慢地拉出魔戒，比爾博伸出手，但佛羅多飛快地抽回魔戒。他驚訝地發現，他似乎不再敢正視比爾博，兩人之間似乎落下了一道陰影；透過那道陰影，他看見眼前是一個矮小的蒼老生物，伸出骨瘦如柴的手，飢渴地向他乞討寶貴的魔戒，他想要痛毆眼前這個怪物。

他們四周的樂音和歌聲似乎都靜止下來，比爾博很快地瞥了佛羅多一眼，用手揉揉眼睛。

「我這才明白，」他說：「快拿開，我很抱歉。我很抱歉把這樣沈重的負擔交給你，我很抱歉替你帶來的一切。難道冒險永遠都不會有結束的時刻嗎？或許是吧，總有人必須要接續這個故事。好吧，我也無能爲力。不知道如果把我的書寫完，會不會改變這個狀況？唉，現在先別擔心這個了！我們來聽聽眞正的新聞吧！告訴我夏爾到底怎麼樣了！」

佛羅多收起魔戒，之前那道陰影也跟著化作無形，瑞文戴爾的音樂和歌聲又再度響起。比爾博開懷大笑，他所能記起的一切有關夏爾的消息（中間還包括了山姆的補充和說明），對比爾博來說都是最珍貴的聽聞；從河邊倒下的樹木到哈比屯的新生兒，每項消息都讓他目不轉睛，臉帶笑容地仔細傾聽。他們正在專心地討論夏爾四區的情形，並沒有注意到身邊出現一名穿著深綠色衣服的男子，他微笑著靜候了很長的一段時間。

突然間，比爾博抬起頭，「啊，登納丹，你終於出現了啊！」他大喊著。

「神行客！」佛羅多說：「你的名字還眞多哪！」

「呃？我還眞的沒聽過**神行客**這個名字，」比爾博說。「你爲什麼會這樣叫他？」

「布理的居民都這樣叫我，」神行客笑著說，「我也是這樣對他們自我介紹的。」

「你們爲什麼又叫他登納丹呢？」佛羅多問道。

「**那位登納丹**，」比爾博說：「這邊的人通常都這麼叫他。我還以爲你至少聽的懂精靈語中的登——納丹呢：西方皇族、通用語中的登丹人、努曼諾爾的後裔。啊，現在不是上課的時候！」他轉身看著神行客，「老友，你到哪裡去了？爲什麼沒有參加宴會？亞玟小姐有到呢。」

神行客面色凝重地看著比爾博。「我知道，」他說：「但是我必須把自己的利益擺在一旁，伊萊丹和伊羅何出乎意料之外地從荒野之中回來了，他們知道一些我必須立刻處理的消息。」

「好吧！親愛的朋友，」比爾博說：「既然你已經都聽過相關的消息了，可以借我幾分鐘嗎？我這邊有些緊急的事情需要幫助。愛隆說我的這首歌得在今晚完成，而我的文思偏偏正巧在剛剛枯竭了，我們找個安靜的角落來討論一下吧！」

神行客微笑著說。「來吧！」他說：「讓我聽聽看！」

暫時，沒有人理會佛羅多；因爲連山姆都睡著了。他孤單一人，覺得有些無聊，四周又全都是瑞文戴爾的人，但靠近他的人都沈默不語，專注地聽著樂器流洩出的樂音和歌聲，對於外界的一切都不理不睬，於是，佛羅多也開始留意這歌聲。

從一開始，這精彩的旋律和精靈悅耳的語言，讓只懂皮毛的佛羅多也爲之著迷。不久之後，遠方的景物彷彿在他面前漸漸成形，美麗的幻想風景鋪陳而出；原先被火光照亮的大廳成了飄浮在壯闊海面上的一片金色迷霧。接著歌聲變得越來越夢幻，直到最後他開始感覺有一條流著黃金與白銀的大河環繞著他，千絲萬縷的歌聲讓他根本不及分辨其中的意義；歌聲成爲他四周空氣的一部分，讓他貪婪地不停吸取，幾乎溺斃在歌聲中。緩緩地，他沈浸入一個無邊無際的美夢，讓無重量的身軀慢慢地漂浮。

接著，他在這音樂的夢境中漫遊，看著它緩緩地化成奔流的江水，最後又突然間轉化成歌聲。那似乎是比爾博朗誦的聲音，一開始十分微弱，但聲音變得越來越清晰。

水手埃蘭迪爾要出航
耽擱在亞玟尼安的故鄉；
他造了一艘巨木船，
巨木來自寧伯希爾崗，
主帆用那銀線織，
燈號更以純銀鑄，
船首如同潔白的天鵝，
光芒照在船旗上。

如同即將出征的古國王，
他套上金鋼難透的鎖子甲，
閃亮的盾牌刻畫著符文，
阻隔一切傷害苦痛；
巨弓採自神龍角，
銳箭削自黑檀木，
鍊甲鑄自堅鋼銀，
劍鞘採自綠玉髓，
寶劍取自百煉鋼，

高盔煉自精金礦，
　徽記之上鷹展翅，
　胸膛之上翡翠耀。

　在星月交輝下，
他沿著北方支流遠颺，
在魔幻大地上飄遊
超越人跡罕至的荒野。
踏上堅冰封凍的彼方，
暗影籠罩全山崗，
熱氣野火進不了。

他急忙轉身，繼續划槳
在無光水面上啓航
最終來到萬夜之夜，
他繼續航行，目標並非閃亮的星光，
亦非光明的泊港。

強風參雜著怒氣颯颯而來，
他盲目地奔逃，
躲過一日又一日，
從西航向東成爲他的方向，
不由自主地航向久別的家鄉。
逃命的愛爾溫來到他身旁，
黑暗之中瞬間有了火光；
壓過了鑽石的精光。
火焰照在她的項圈上，
精靈寶鑽贈予他，
以此活物之光加冕他，
雙眉怒展無畏轉身航，
海外世界又再起波浪，
新的風暴猛又強，
塔曼奈爾吹起力量之風，
行過路徑無人曾踏上，
船艦航行在雨打和風狂，
如同死神一般急奔，

越過灰光氾濫的海面，
他從東方急急地趕向西方。

穿越無數的永夜不停航，
騎乘黑色波浪上，
越過無數黑暗港灣，
遠在萬物創生時就已淹沒水下，
他看見珍珠飄盪，
樂音止息
熾烈的鼓風爐永不停，
黃澄澄的金子與珠寶不停產。
他看見山脈緩緩升起，
曙光照在瓦林諾、艾達馬的膝下，
那遠離海洋的地方。
流浪者逃離夜光
終於來到白色天堂，
美綠的精靈故鄉，
空氣新，綠草青

如同伊爾馬林的山丘上，
光芒照耀無邊山谷中，
提理安燈火閃耀的高塔，
也反射在暗影城的餘光。

他停留該處，
學到新的歌謠，
從賢者口中知道新傳說，
同伴給他帶來黃金的豎琴，
讓他穿著精靈的白衣，
七盞光明設在他面前，
如同卡拉西理安一般，
他前往了隱匿的大地。
來到時光拒絕流逝的大廳
無盡歲月也被禁錮於此，
古王的統治無窮止盡，
在那伊爾馬林的陡峭山脈中；
未曾聽過的言語描述

人類和精靈的生態，
超越俗世的事物，
塵俗之人不得見。

人們又爲他打造一艘新船，
以秘銀鑄之，精璃造之，
精光閃耀的船首，不再需要船槳，
銀桅上沒有船帆，
精靈寶鑽是唯一的指引，
活物之光是船上最亮的旗幟，
伊爾碧綠絲賜與的光芒，
她親自現身，
賜與永生不死的翅翼，
讓他註定永恆在天空飛翔，
航行在無邊天際，
隱匿於太陽和月光之後。

自永暮山脈之後，

銀色噴泉落下，
他背負著翅翼，成爲漫遊星光，
穿越高山之牆阻隔，
來到世界盡頭，
不停折返，卻又期待
航過陰影彼端，
能夠找到久違的故鄉，
如同島嶼一般星光閃耀，
越過迷霧圍繞，
成爲陽光前渺小火焰，
只能存於曙光前的奇蹟，
諾蘭灰色河水蕩漾。

他航過中土世界
聽見最後時光中
精靈和女子們的哭泣聲，
在過往時光中，在遠古年代裡。
但他必須背負無盡厄運，

直到月光消失，直到星光
轉移，再也無法踏上
凡人的世間，
永遠必須執行無盡的任務，
永無休息之日，
背負著閃亮的鑽光，
就是西方皇族的焰火光。

朗誦結束了。佛羅多張開眼，看見比爾博坐在凳子上，身邊許多人正微笑鼓掌。

「可以讓我們再聽一遍嗎？」一名精靈說。

比爾博起身鞠躬道，「您讓我受寵若驚了，林德，」他說：「但我實在沒力氣從頭再朗誦一次。」

「我才不相信呢，」精靈們笑著回答：「你也知道你每次怎麼念都念不倦的。不過，我們只聽一次，怎麼可能回答你的問題！」

「什麼！」比爾博大驚失色：「你們分辨不出來哪段是我寫的，哪段是登納丹寫的？」

「對我們來說，實在很難分辨兩名凡人之間的差異。」那名精靈說。

「胡說八道，林德，」比爾博哼了哼：「如果你說你無法分辨哈比人和人類，那你的判斷力比我想像的還要糟糕，他們之間的差別就像豆子和蘋果一樣大。」

「或許吧。對於綿羊來說，另一隻羊絕對是不同的，」林德嘻笑地說：「或許對牧羊人來說也是一樣。但我們的注意力並非放在凡人身上，我們有別的事情可以研究。」

「我不跟你吵了，」比爾博說：「聽了這麼多音樂之後，我覺得昏昏欲睡。如果你有空的話，就慢慢猜吧。」他站起身，走到佛羅多面前。「好啦，結束了，」他壓低聲音說：「效果比我想的要好，很少有人會要我吟頌第二次。你覺得怎麼樣？」

「我可不敢亂猜，」佛羅多微笑著說。

「你不需要，」比爾博說：「事實上，這全都是我寫的。亞拉岡只是堅持我一定要加入綠玉髓。他似乎覺得這很重要，我不知道爲什麼，反正他覺得這件事情有點超乎我的能力。他說如果我有臉在愛隆的居所中吟頌有關埃蘭迪爾的詩歌，那是我家的事，我想他說的沒錯。」

「我不明白耶，」佛羅多說：「我沒辦法解釋，但我覺得這配合得相當好。當你開始的時候，我正在打盹，這首詩卻正好接續了我的夢境，一直到最後我才發現原來是你在吟詩。」

「在你習慣之前，在這邊不打盹很困難，」比爾博說：「哈比人可能永遠都無法像精靈一樣那麼喜歡詩歌和故事，他們喜愛這些東西的程度甚至超越了食物，這還會持續很長的一段時間哪。你覺得我們偷溜出去聊聊怎麼樣？」

「可以嗎？」佛羅多說。

「當然沒問題。這可是飲酒作樂的時候，不是談公事的時間。只要不吵到別人，愛去哪裡都可以。」

他們站起身，悄悄地躲到陰影中，準備走向門邊。他們把臉上掛著微笑的山姆留在原地，讓他繼續好好地睡覺。雖然佛羅多很高興有比爾博可以陪伴，但他內心覺得有些遺憾，不想離開烈火之廳。正當他們要走出門外時，一個清澈的聲音開始唱起歌曲。

呵！伊爾碧綠絲，姬爾松耐爾，

silvren penna míriel
o menel aglar elenath !
Na-chaered palan-díriel
O galadhremmin ennorath,
Fanuilos, le linnathon
Nef aear, sí nef aearon !

佛羅多停下腳步，回頭看著。愛隆坐在座位上，火光照在他臉上，就如同陽光照在綠樹上一樣自然，他的身邊坐著亞玟小姐。佛羅多驚訝地發現亞拉岡站在他身邊，暗色的斗篷掀了開來，裡面似乎是精靈打造的鎖子甲，胸前閃耀著星辰般的光芒。兩人低頭密談，突然間佛羅多發現亞玟的目光投射向他，刺入了他的心坎。

他無法動彈地站著，耳邊流洩著甜美如同珠寶一樣的精靈歌謠。「這是首獻給伊爾碧綠絲的歌曲，」比爾博說：「他們今晚會獻唱許多有關海外仙境的歌曲。走吧！」

他領著佛羅多回到自己的小房間，那房間面對著花園，俯瞰南方布魯南渡口的小徑。他們坐在那邊，看著窗外明亮的星辰和幽深的森林，柔聲地交談著。這次，他們不再討論遙遠夏爾的消息，也忘記了身後緊緊逼迫的邪惡，只專注在他們曾經一起見識過的美好事物：精靈、星辰、翠綠的樹木、每次季節轉變時給森林所帶來的美景。

最後，門上傳來輕小的的敲門聲。「抱歉打攪，」山姆把頭伸進來：「我在想你們會不會需要任何東西。」

「也向你抱歉了，山姆·詹吉，」比爾博回答：「我想這意思是說，你的主人該上床了。」

「是啊，大人。我聽說明天一早有一場會議，而主人今天才第一次下床。」

「沒錯，山姆，」比爾博笑道：「你可以回去告訴甘道夫，他已經上床了。晚安，佛羅多！我運氣眞好，看見你眞高興！只有哈比人才懂得聊天的精髓啊。我已經老了，開始懷疑到底看不看得到你的故事寫進我的書中。晚安！我想我應該會先散散步，在花園裡面看看伊爾碧綠絲的星辰。好好睡吧！」

第二節　愛隆召開的會議

第二天，佛羅多起了個大早，覺得神清氣爽。他沿著喧鬧的布魯南河散步，看著蒼白的太陽從遠方的山脈後升起，驅散了單薄的銀色霧氣。黃色樹葉上的露珠閃動著光芒，每株灌木叢上幾乎都有著晶亮的蜘蛛網。山姆走在他身邊，一言不發，只是嗅著清新的空氣；偶爾會對東方高聳的山脈投以敬畏的目光，山頂依舊積雪封凍。

他們一轉過彎，就遇見正在討論事情的甘道夫和比爾博：「哈囉！早安！」比爾博說。「準備好要來開場大會議了嗎？」

「我準備好可以面對任何挑戰了，」佛羅多回答：「不過，我其實還是很想四處散散步，看看那座山谷，想要去那邊的松林看看。」他指著瑞文戴爾北邊的山坡說道。

「稍後你可能會有機會的，」甘道夫說：「不過還是先別計畫太多行程，今天有很多消息要聽，很多事情要決定。」

突然間，正在他們談話的時候，響起清澈的鈴聲。「這是愛隆召開會議的提醒鈴，」甘道夫大喊著：「快來吧！你和比爾博都要參加。」

佛羅多和比爾博跟著巫師沿著小徑，很快走向大屋；被遺忘，沒有受到邀請的山姆則是跟在眾人身後走著。

甘道夫領著眾人來到之前佛羅多和朋友們會面的門廊前。秋天清朗的晨光已經毫不吝惜地照在山谷中，潺潺的流水聲、鳥兒的啁啾叫聲和一股平和之氣，充斥著大地。對佛羅多來說，之前的逃亡和外界黑暗擴張的傳言，都變得如同惡夢初醒一般地模糊。

愛隆就在那裡，還有幾個人也坐在他身邊。佛羅多注意到葛羅芬戴爾和葛羅音，神行客又再度換回旅行用的破舊衣服，坐在角落。愛隆拉著佛羅多坐到他身邊，並且向眾人介紹他，「諸位，這位就是哈比人德羅哥之子，佛羅多。他所冒的危險和任務的急迫，是前所未見的。」

他接著又對佛羅多介紹了之前沒有見過的人。葛羅音的身邊有另一名比較年輕的矮人：他的兒子金靂。在葛羅芬戴爾旁邊有幾名愛隆麾下的長老，伊瑞斯特是長老們的領袖；他旁邊則是加爾多。他是名來自於灰港岸，受命於造船者瑟丹來此送信的精靈。另外還有一名全身穿著綠色和褐色衣服的陌生精靈勒苟拉斯，他是幽暗密林的精靈王瑟蘭督伊之子，也是國王的信差。在距離大家都有一段距離的地方，還坐著一名高大的人類，他的五官英俊、透露著貴族的氣息，表情十分嚴肅。

他的穿著看起來像是在馬匹上趕路的旅人，衣料看起來卻很高貴，斗篷的邊緣還鑲著毛皮，白色的領口點綴著一枚寶石，不過，再仔細一看，他身上的衣服也都沾滿了旅途上的風霜。頭髮則是及肩的長度。他身上掛著一條授帶，底下則是一具尖端鑲銀的號角，此刻放在他的膝蓋上。他看著比爾博和佛羅多，眼中猛然露出好奇的光芒。

「這位，」愛隆轉身對甘道夫說：「就是波羅莫，南方來的人類。他今天一早才剛到這裡，想要尋求我們的協助：我特意邀請他過來，因爲我們在這裡將可以回答他的問題。」

許多的議題是和外面的世界有關，特別是南方，迷霧山脈東邊土地上的情勢。有關這些地方，佛羅多已經聽說了很多消息。但葛羅音所說的故事卻是他所沒有聽過的。當他開口時，佛羅多無比專注地傾聽著。看來，即使坐擁那麼多偉大美麗的建築，孤山地區的矮人依舊感到非常大的困擾。

「許多年以前，」葛羅音說：「我們的同胞開始起了騷動，我們不知道這是從什麼時候開始的。人們開始低聲交談，說我們是龍困淺灘，外面的世界不只更寬闊，更有許多豐富的金銀財寶。有些人提到了摩瑞亞，這是我們先祖們興建的雄偉地下礦坑和都市，在我們的語言中被稱爲凱薩督姆。這些人宣稱，我們終於有了足夠的力量和人數可以回歸到故鄉去。」

葛羅音嘆了口氣，「摩瑞亞！摩瑞亞！北方王國的明鑽！我們在那邊挖得太深，喚醒了不知名的邪惡。自從都靈的子孫逃離該處之後，輝煌的殿堂就已經空虛很久了。但現在，我們又再度回憶起那美好的地方，卻又同時喚醒了恐怖的回憶。自從索爾以來，凱薩督姆已經有數千年無人膽敢進入，因爲連索爾都戰死該處。最後，巴林在這流言的鼓動下，終於決定前往一探究竟。丹恩雖然不情願讓他走，但最後還是讓他帶著歐力和歐音，還有很多同胞一起往南走。」

「這是三十年以前的事情了。有一段時間，我們聽說了一些好消息。據說他們再度進入了摩瑞亞，開始新的龐大工程。然後，突然就音訊全無，一直到現在，再也沒有傳來任何消息。」

「然後，大概是一年之前，夜半有一名騎士前來丹恩的王宮前叫門。他說，索倫大君想要和我們建交，他願意賜給我們擁有魔力的戒指，就如同古代一樣。而他也十分著急地詢問我們有關哈比人的消息；包括了他們是什麼種族、居住在哪裡等等。『因爲索倫大人知道，』他說：『你們曾經和一名哈比人交往。』」

「一聽到這個消息，我們就覺得非常擔心，因此沒有回答他。然後，他那邪惡的聲音變得低沈，甚至有些意圖甜言蜜語的感覺。『要贏取索倫大人的友誼，他只要求這件小事，』他說：『你必須找到這名小偷，』底下就是他所說的話：『不管他願不願意，都必須從他身上拿到一枚微不足道的戒指，這就是他偷走的小東西。相較於索倫大人的善意，這實在是件小事，對你們來說也只是舉手之勞。找到這枚戒指，我們就會把矮人祖先所擁有的三枚戒指還給你們，並且將摩瑞亞永世交由你們統治。你只需要找到那小偷的住所，打聽他是否還活著，這就可以獲得極大的獎賞和索倫大人的友誼。如果你們拒絕，一切恐怕就沒有這麼順利了。你們覺得如何？』」「他一說完這句話，就發出可怕的嘶嘶聲，附近所有的人都打了寒顫，丹恩回答：『我在這件事情上保留我的選擇。我必須要仔細考慮在這麼好的條件下，究竟這件事代表什麼意義。』」

「『好好考慮，但別花太久的時間，』他說。」

「『該花多少時間是我的事情，』丹恩回答。」

「『現在或許還是吧，』他說，接著就轉身騎入黑暗中。」

「從那晚之後，我們的酋長就變得憂心忡忡。我們不需要聽那邪惡的聲音，就可以知道對方是個口蜜腹劍的傢伙；因爲我們已經知道重臨魔多的力量並沒有改過向善，他從以前就曾經出賣過矮人許多次。那信差回來了兩次，但都沒有獲得答案，他表示，第三次也將會是最後一次，時間則是在今年年底。」

「因此，丹恩終於派出我來警告比爾博，讓他知道魔王正在打聽他的消息；如果可能的話，我還想要知道，對方爲什麼會這麼想要這枚微不足道的戒指。同時，我們也尋求愛隆的諮詢，因爲魔影已經越來越逼近我們的疆域。我們發現那信差也前往拜訪谷地的國王布蘭德，而他感到非常害怕，我們擔心他會讓步。布蘭德東方的邊境已經開始騷動，如果我們再不做出回答，魔王可能就會派出旗下的人類，來推翻布蘭德和丹恩。」

「你們來這裡的決定很聰明，」愛隆說：「今天你們所聽到的將會讓你們瞭解魔王的目的，不管是否有希望，你們都只能抵抗他的力量。但你們並不孤獨，你們將會知道這次所遭遇的危機並不僅限於你們，而是整個西方世界的空前危機。魔戒！我們該怎麼對付魔戒？這個微不足道的戒指，這個索倫想要的小東西？這是我們必須正視的末日危機。」

「這也是你們被召喚到我身邊來的原因。諸位來自異邦的陌生人，雖然不是我通知各位，但我還是用召喚這個說法。你們因緣際會地在這個關鍵時刻來到這裡，看來或許只是巧合，但一切並非這麼單純。不管你們相不相信，我們其實是受到天命齊聚在此，要以我們微薄的力量來處理世界末日的危機。因此，直到今天爲止，僅讓幾人知道的機密情報，必須在此公開談論。我們必須先將魔戒的來歷從頭說明，這樣，才能讓所有人瞭解這次的處境爲何。那麼就由我開始，而由其他人代我結束這段歷史。」

所有人都聽著愛隆用清朗的聲音，描述索倫和權能之戒的牽扯，以及它們是如何在第二紀元中被鑄造出來的過程，在場有些人已經知道了部分的故事，但沒人知道整個故事的全貌。當他提到伊瑞詹的精靈鐵匠和摩瑞亞之間的友誼，以及他們求知若渴的態度反遭索倫利用時，許多人用著恐懼和驚訝的眼神看著愛隆，因爲當時，世間還不知道索倫的邪惡本質，因此欣然接受他的協助。在他們的力量逐漸增加的同時，索倫也學到了所有的秘密；接著他出賣了他們，悄悄地在火山中鑄造了統御衆戒的至尊魔戒，但凱勒布理鵬即時發現了他的陰謀，將他所打造的三枚戒指隱藏起來；接著就掀起了戰爭，一時之間大地被戰火所蹂躪，摩瑞亞的大門也從此封閉。

然後，他細述在歷史上魔戒顛沛流離的過程；由於這段故事已經在前面提過了，因此在這邊就不再引用愛隆的資料了。這是個很長的故事，中間充滿了陰謀詭計和勇敢犧牲。雖然愛隆盡可能地長話短說，但等到他說完之後，太陽早已高掛天空，清晨也在他的話聲中結束了。

他也提到了努曼諾爾的輝煌和崩潰，以及人皇越過深邃的大海，乘著暴風的翅膀回到中土世界的歷史。偉人伊蘭迪爾和他的兩名兒子埃西鐸和安那瑞安都成了史上著名的明君；他們在亞爾諾創建北方王國，在安都因河口的剛鐸創建南方王國。但魔多的索倫起兵攻打他們，伊蘭迪爾和吉爾加拉德籌組了人類和精靈的最後聯盟，大軍齊聚亞爾諾。

說到這裡，愛隆暫停片刻，嘆了口氣，「這讓我又回想起他們旗幟鮮明的樣子，」他說：

「我當時不禁想起了遠古時候貝爾蘭大軍的鮮衣怒馬，❶當時聚集了那麼多勇猛善戰的貴族和將領，但那還是比不上山戈洛墜姆❷被攻破時的戰陣氣勢，精靈們那時以爲邪惡已經永遠被消滅，但其實並非如此。」

「這些你都記得？」佛羅多吃驚之下竟然失態地將心中的疑問講了出來。「可是我以爲，」當愛隆轉過頭來時，他結巴地說：「我以爲吉爾加拉德的亡故是很久以前的事情了。」

「的確是，」愛隆面色凝重地說：「但我的記憶可以遠朔至遠古時代。埃藍迪爾是我的父親，他是在貢多林陷落之前出生的；而我的母親則是迪奧之女，迪奧是露西安和多瑞亞斯之子。我看過了西方世界在三個紀元中的起起落落，許多的敗亡，許多毫無意義的勝利。」

「我是吉爾加拉德的先鋒，和部隊一起進發。我也參與了在魔多黑門之前的達哥拉之戰。由於吉爾加拉德的神矛和伊蘭迪爾的聖劍，我們擁有壓倒性的優勢：埃格洛斯和納希爾是無人能抵抗的神兵利器。我親眼目睹了在歐洛都因山坡上的最後決戰；吉爾加拉德戰死，伊蘭迪爾陣亡，

❶ 貝爾蘭是遠古時精靈在遷徙到海外仙境時所經過的地方之一，其位置在藍山山脈旁，位於中土世界的極西方。曾經發展出盛極一時的文明，但在珠寶之戰中遭遇到惡龍、炎魔、半獸人大軍的劫掠，受到重創。緊接著在怒火之戰中又因主神親自對馬爾寇發動戰爭，進而導致全境陸沈，陷入海中，王國從此不復存在。

❷ 山戈洛墜姆是個巨大的三尖形大火山，隨時都會噴發出高熱的火焰和有毒的氣體。也是第一太陽紀元時邪惡勢力的根據地。第一紀元結束時，因黑龍安卡拉鋼被斬殺於怒火之戰中，屍體壓毀了這座火山堡壘。

而納希爾聖劍斷折於他的屍體之下。但最終索倫還是遭遇了敗亡，埃西鐸利用聖劍的碎片砍斷了索倫的手指，並且將魔戒占為己有。」

一聽到這段話，那陌生人波羅莫插嘴道：「原來這就是魔戒的去向！」他大喊著：「即使南方王國曾經知道這段故事，也早就湮沒在歷史的洪流之中。我聽說過那位我們不願以其名稱之的無名者所擁有的統御之戒；但我們相信這魔戒已經被摧毀在他的第一個領土中，原來是埃西鐸拿走了！這眞是出人意料！」

「唉！是的，」愛隆說：「讓人十分惋惜的是，埃西鐸的確拿走了魔戒。我們當時應該立刻將那魔戒丟入歐洛都因的火山口中，在它被鑄造的地方摧毀它！但那時沒有多少人注意到埃西鐸的行為。在那場最後的總帥決鬥中，他是人類唯一的倖存者，而吉爾加拉德身邊也只剩下我和瑟丹兩人，但埃西鐸當時聽不進我們的勸說。

「『我要將這當做紀念我父兄的寶物。』他說。因此，不管我們到哪裡，他都將它視若珍寶。但不久之後，他就被這戒指出賣，死在戰場上。因此，在北方王國中，他們都稱呼魔戒為埃西鐸剋星。但，和他可能遭遇到的命運比起來，死亡或許還是比較幸福的。」

「只有北方的居民知道這事態，而知道的人也少之又少。」波羅莫，難怪你從來不曾聽過這故事。從格拉頓平原的廢墟中，只有三名倖存者跋涉過千山萬水回到文明世界。其中一名是歐塔，他是埃西鐸的隨從，也是聖劍碎片的攜帶者。他把這碎片交給了瓦蘭迪爾。由於出征時瓦蘭迪爾還只是個小孩，因此他被留在瑞文戴爾。從此，斷折的納希爾聖劍失去光芒，至今未曾重鑄。」

「我是否認為最後聯盟的勝利毫無意義呢？並非完全如此，但它並沒有達成眞正重要的目標。索倫被殺死了，但並未被消滅，戒指失落了，但並未被摧毀，邪黑塔被擊垮，但它的礎石並未被破壞，因爲這些都是由魔戒的力量所建造的，只要魔戒一日不毀，高塔就會永續存在。在這場戰爭中，許多人類和精靈以及盟友，都戰死在沙場上。安那瑞安戰死，埃西鐸被殺，吉爾加拉德和伊蘭迪爾也灰飛煙滅。人類和精靈之間再也不可能結盟，因爲人類不停地繁衍，而精靈卻逐漸減少，雙方漸漸疏離，從那之後，努曼諾爾的血統開始淡薄，他們的壽命也大爲減少。」

「在格拉頓平原的屠殺之後，西方皇族的成員逐漸減少；他們位在伊凡丁湖旁邊的阿努米那斯城也化成廢墟。瓦蘭迪爾的後裔則是搬遷到北岡高坡上的佛諾斯特，現在該處也已經磚瓦不存。人們稱呼該處爲亡者之堤，害怕得不敢靠近。因爲亞爾諾的居民不停減少，敵人們將他們鯨吞蠶食，王位就這樣灰飛煙滅，化爲青山荒塚。」

「在南方的剛鐸王國則繁衍興盛，它的光輝閃耀了一陣子，讓人回想起努曼諾爾陸沈之前的盛況。人們建造了高塔和堡壘，開挖出航行大船巨艦的港灣；無數個種族都敬畏人皇的有翼皇冠家徽。他們的主城是奧斯吉力亞斯，星辰堡壘，大河流穿堡壘的正中央。他們還建造了米那斯伊希爾，昇月之塔，就位在黯影山脈的東坡上。而在白色山脈的西方山腳下他們打造了米那斯雅諾，落日之塔。在那裡，國王在宮殿中種植了一株聖白樹，這株植物的種子是當初埃西鐸越過大海帶過來的，而原先的樹木又是來自於伊拉西亞，在那之前則是在來自於上古時代的極西之地。但是，在那段紛擾的日子中，安那瑞安之子梅蘭迪爾過世前沒有留下任何的子嗣，因此王室的血脈斷絕，聖白樹就此枯萎。努曼諾爾的血統開始和凡人的血統混雜在一起。接著，監視魔多之牆的人們鬆懈下來，許多妖物悄悄地潛回葛哥洛斯平原。很久之後，魔物突然大舉出動，攻下了米那斯伊希爾，將它詛咒成一個恐怖的地方，現在被稱做米那斯魔窟，邪法之塔。接著，米那斯雅諾被重新更名爲米那斯提力斯，守衛之塔。兩座城市陷入永不止休的征戰中；在兩者之間的奧斯吉力亞斯，則在戰火中化爲廢墟，邪惡的勢力在其間遊走。」

「這情況已經持續許久，但米那斯提力斯的王族依舊奮戰不懈，替我們阻擋敵人的力量，保護亞苟那斯到海之間的通道暢通。現在，我能夠告訴你們的故事已經快到了結尾，因爲在那段時間中，埃西鐸的統御魔戒逸出歷史的軌跡之外，而另外三只權能之戒終於可以不受它的力量影響。但現在，三只權能之戒又再度陷入危機，因爲我們很遺憾地發現：至尊魔戒已經再度現世，至於如何找到這魔戒的過程，我就交給其他人，因爲在這之中我並沒有出到什麼力量。」

他一停下來，波羅莫就立刻抬頭挺胸，自豪地站起來。「愛隆大人，請容我發言，」他說：「先讓我告訴諸位有關剛鐸的局勢。因爲在下正是來自剛鐸，能讓各位知道當地的情勢絕對對諸位有利。因爲，我想，在座只有極少的幾位知道該處所發生的事情，也因此，你們也不知道萬一剛鐸失守，你們所面臨的處境爲何。」

「別認爲剛鐸的土地上努曼諾爾的血統已經淡薄，也別認爲前人的自尊和驕傲已經消退在歷史中。在我們的犧牲奮鬥之下，東方蠻族依舊被壓制得無法隨意入侵；魔窟的邪氣也在我們以身爲盾的封印之下無法擴散。因此，我們的背後，亦即是整個西方，才能夠維持和平和自由。但是，萬一河口的通行權被攻下了，又會怎麼樣呢？讓人擔憂的是，這一刻或許不遠了。無名的魔王已經再度轉生。狼煙再度從被我們稱做末日山的歐洛都因山脈中升起。黑暗大地的力量不斷增長，我們只能咬牙苦撐。當魔王回歸之時，我們的同胞從伊西力安被驅趕出來，眼睜睜地放棄河東方的美麗家園，但我們依舊在該處派駐重兵，不停地騷擾敵人。就在今年六月，魔多突然派遣大軍來攻，我們遭逢了前所未有的慘敗，因為魔多這次和東方人以及殘酷的哈拉德林人結盟，但真正讓我們遭逢敗績的不是因為數量上的差異，而是我們感應到一股強大的力量。

「有些人說他們看得見這些力量；在月光下就像是一名巨大的黑衣黑甲騎士，他們所到之處，敵人盡皆化做嗜血的狂獸，而連我們最勇敢的勇者都感到脊背生寒；人馬紛紛讓道，就此潰不成軍。我們的東方軍團只有極少數的人躲過這場大屠殺，他們摧毀了奧斯吉力亞斯廢墟中的最後一座橋樑，才得以逃出生天。我就是負責鎮守那座橋樑的守軍，眼睜睜地看著那座橋樑在我們腳下被摧毀。我們用盡全身力氣才泅泳上岸，只剩下我和弟弟以及另外兩名士兵。即使遭遇這麼重大的打擊，我們依舊奮戰不懈；勉強守住了安都因河西岸的所有據點。我們所護衛的居民如果有一天知道我們所做出的犧牲，都應該稱讚我們；但就算有口頭的稱讚卻不會有任何實質的幫助。至今，只剩下洛汗國的驃騎兵團，會在我們有需要的時候前來援助。」

「在這黑暗的時刻，我越過重重險阻，只為了見到愛隆一面。我單槍匹馬地旅行了一百一十天，但我尋求的不是戰場上的盟友。愛隆的戰力強在他的睿智，而不是他的武器。我是來尋求一段詩文的指引。因為，在那突如其來的襲擊之前，我弟弟作了一個夢；在那之後，他又作了同樣的夢，我也進入了一樣的夢境。」

「在夢中，我發現東方的天空被烏雲籠罩，雷聲隆隆作響，但在西方還有一道蒼白的光芒閃爍著，從光芒中我聽見了一個遙遠但清晰的聲音大喊著：

聖劍斷折何處去：
伊姆拉崔之中現；
此地眾人將會面，
齊心勝過魔窟殿，
該處必有事蹟顯，
末日將臨無疑慮，
埃西鐸剋星再見，
半身人仗義出現。

我只能理解其中的一部分，我們請教父王迪耐瑟，米那斯提力斯之王，他對於剛鐸的歷史極為瞭解。他只願意說，伊姆拉崔是精靈語中一座北方遙遠山谷的名稱，愛隆和其他半精靈等傳史者居住在該處。因此，我的弟弟在明白了這危機有多麼迫切之後，立刻想要踏上尋找伊姆拉崔的旅程。但由於這旅程充滿了危險和憂慮，因此，我決定親自出發尋找此地。父王極端不願讓我離開，最後還是放手讓我走。我踏上了早被眾人遺忘的道路，尋找愛隆的居所，許多人都曾聽過，卻沒有多少人知道它確實的位置。」

「此地就是愛隆的居所，你將看到更多的跡象。」亞拉岡站起來說道。他將配劍解下，置放在愛隆面前的桌上，那是柄斷劍。「這就是斷折聖劍！」他說。

「你是誰？又和米那斯提力斯有什麼關連？」波羅莫好奇地看著這位穿著破舊衣物的瘦削漢

子。

「他是亞拉松之子亞拉岡，」愛隆說：「他是埃西鐸、伊蘭迪爾的嫡傳子孫，也是北方所剩無幾的登丹人領袖。」

「那這該是你的，根本不是我的！」佛羅多驚訝地站起來，彷彿預料馬上會有人來向他收走這枚魔戒。

「這不屬於任何人，」亞拉岡說：「但預言中已經說明了，你該繼續持有它。」

「獻上魔戒，佛羅多！」甘道夫嚴肅地說。「時機到了，拿出魔戒，波羅莫就會明白他的謎語後半部的意思。」

眾人突然間安靜下來，每個人都看著佛羅多。他突然間覺得有些羞愧、恐懼，很不願意拿出魔戒，且憎惡看到它的模樣。當他用顫抖的手拿起魔戒時，魔戒閃動著邪惡的光芒。

「這就是埃西鐸的剋星！」愛隆說。

波羅莫一看見那枚金戒指，眼中就閃動著異彩。「這就是半身人！」他喃喃自語：「難道米那斯提力斯的末日到了嗎？可是，我們為什麼要尋找一柄斷劍？」

「預言中所指的並非是米那斯提力斯的末日，」亞拉岡說：「但我們所面臨的確是可怕的末日和極端危險的挑戰，因爲這柄斷折的聖劍就是伊蘭迪爾陣亡時所持有的武器。即使其他所有的家傳寶物都已失傳，這柄斷劍依舊是他子孫最珍惜的物品。我族中一直有個傳說，當魔戒，埃西鐸的剋星再現時，這柄聖劍將會重鑄。你現在既然已經找到了斷劍，你還需要什麼？你希望伊蘭迪爾的皇室重回剛鐸嗎？」

「我來此不是懇求任何人施恩於我，而只是尋求謎題的解答，」波羅莫驕傲地說：「但我們確實身陷險境，伊蘭迪爾的聖劍是我們沒有預料到的希望。只是，我們不確定這柄聖劍是否眞的能夠自蒙塵的歷史中再度出現。」他又再度看著亞拉岡，眼中露出懷疑的神色。

佛羅多感覺到比爾博似乎對朋友的反應感到不耐煩。比爾博突然站起來，大聲唸誦：

眞金不一定閃閃發光，
並非浪子都迷失方向；
硬朗的老者不顯衰老，
根深就不畏霜冰。
星星之火也可復燃，
微光也能爆開黑暗；
斷折聖劍再鑄之日，
失去冠冕者再度為王。

「或許不是非常好，但如果你除了愛隆的保證之外，還想要別的東西，這應該已經切中你的需要。如果愛隆的建議值得你跋涉一百一十天，那麼你最好乖乖地聽對方說些什麼。」他哼了一聲坐下來。

「這是我自己編的，」他對佛羅多耳語道：「那是我遇到登納丹，他第一次告訴我他的身世時，我寫給他的。我當時眞希望自己的冒險生涯還沒結束，能夠在他的時機到來時，陪著他一起出去冒險。」

亞拉岡對他笑了笑，又再度轉身面對波羅莫，「從我的立場來看，我願意原諒你的懷疑，」他說：「我和迪奈瑟宮殿中輝煌燦爛的埃西鐸和伊蘭迪爾實在有很大的差別。我只是埃西鐸的子嗣，並非他本人。我過了很長一段極為艱苦的日子，從這邊到剛鐸的旅程，和我的冒險比起來相形失色。我越過了無數高山、河流和平原，我甚至到過星辰排列都有所不同的盧恩和哈拉德等異邦。但，這世上勉強可稱作我家鄉的地方還是在北方，因為，瓦蘭迪爾的子孫在那邊生生不息地長居了一段時間。我們的歷史漸漸灰暗，人數慢慢變少，但斷劍總是能傳給下個繼承人。在我結束之前，波羅莫，我一定要說清楚我們的立場。我們這些荒野之中的遊俠是寂寞的過客和獵人；我們是魔王爪牙的獵人。黑暗的勢力不僅限於魔多，他們還在很多區域出沒。」

「波羅莫，如果剛鐸算是自由世界的瞭望塔，那我們扮演的就是不為人知的守護軍。有許多魔物不是你們的高牆和利劍可以阻擋的，你對於領土之外的疆域所知甚少。你剛剛說到了和平自由，北方大地如果沒有我們的犧牲，他們可能根本不知道這四字的含意。他們可能會被恐懼摧毀。但如果有魔物入侵無主的山崗或是不見天日的森林，就必須靠我們去獵殺、驅趕它們。如果所有的登丹人都沈沈睡去，或是踏進墓中，北方大地怎麼可能高枕無憂，人們怎能自由自在地在路上漫遊？」

「但是，我們所獲得的感謝比你們還要少。旅客們怒目以對，鄉民們給我們各種各樣的綽號。有個住在魔物路程中小鎮的胖子叫我『神行客』，如果沒有我們不眠不休地看守，這魔物可能讓他再也說不出話來，甚至摧毀整座小鎮。但我們卻不能夠因此有所鬆懈，如果單純的人們可以免受恐懼和憂慮的困擾，我們就必須讓他們繼續保持單純，而且這一切都必須秘密進行；春去秋來，這就是我同胞們永不止息的任務。歷史的巨輪又再度轉動，新的時代開始了。埃西鐸的剋星已經現世，我們即將面臨大戰，聖劍必須重鑄，我會親自前往米那斯提力斯。」

「你剛剛說埃西鐸的剋星已經現世，」波羅莫反問道：「但我剛剛只看見一名半身人手中拿著金戒指；而埃西鐸在這個紀元的一開始就已經陣亡，智者們怎麼可能知道這就是傳說中的剋星？這枚戒指又是怎麼代代相傳，最後出現在這樣一名詭異的信差手上？」

「我們會說明這件事情的，」愛隆說。

「大人，請先別急！」比爾博說：「現在已經日正當中了，我覺得該找些東西補充精力了。」愛隆笑著說：「我還沒有介紹你呢，現在輪到你了。來吧！告訴我們你的故事。如果你還沒把它寫成詩歌，你可以用口語的方式報告。時間越短，你就可以越快吃飯。」

「好吧，」比爾博說：「遵命。但我這次說的是眞實的故事，在此的諸位可能聽過別種版本的說法，」他意味深長地看著葛羅音。「我希望他們能夠忘記過去，原諒我。當年我只希望能夠將這寶物占爲己有，能夠擺脫小偷的污名。但是，現在，或許我已經對世事有了更透徹的瞭解。總之，這就是事實的眞相……」

對於許多人來說，這是個全新的故事；他們驚訝地看著這名老哈比人興致勃勃地說著之前和咕魯之間的鬥智。他並沒有漏掉任何一個謎題，如果不是愛隆插手，他可能還準備一路描述到最後的宴會和他神秘消失的場景。

「說得好，我的朋友，」他說：「現在就先描述到這裡吧。我們已經知道魔戒交到你的繼承人佛羅多的手上，現在該他說了！」

接著，佛羅多有些不情願地描述從魔戒到他手中開始那天的情景。他從哈比屯和布魯南渡口之間的每一步冒險都經過仔細地質問和考慮，他所能夠回憶起一切有關黑騎士的資料都經過反覆檢證，最後，他終於坐了下來。

「眞不錯，」比爾博對他說：「如果不是因爲這些傢伙老是打岔，這應該是個不錯的故事。我剛剛試著做筆記；不過，如果將來我要把它寫下來，晚上有空時我們應該要再談談。在你到這邊來之前的經歷，我就可以寫上一整個章節了呢！」

「沒錯，這是個很長的故事，」佛羅多回答道：「但對我來說，這個故事似乎並不圓滿，特別是有關甘道夫的部分。」

坐在他附近的加爾多也聽到他說的話。「你說出了我的心聲，」他大喊道，接著轉向愛隆說：「賢者可能很有理由證明：在半身人小寶庫裡面的戒指就是至尊魔戒，但我們可以聽聽其中的證據嗎？而且我還要再問一個問題，薩魯曼呢？他是研究魔戒的專家，這次卻沒有出現在這裡。如果他聽過我們剛剛聽到的資料，他的意見會是什麼？」

「加爾多，你剛剛的問題其實可以合併爲一個，」愛隆說：「我並沒有刻意忽略這些問題，等下你也可以得知這確實的答案。但這一切都該由甘道夫來說明，我最後才會請他出面，因爲這代表我對他的尊敬，而且這一切的幕後推動者就是他。」

「加爾多，有些人會覺得，」甘道夫說：「佛羅多之所以被追捕，以及葛羅音的故事，都足以證明哈比人的財寶對魔王來說價值連城。但，這不過只是個戒指而已，又怎麼樣呢？戒靈守護著九枚戒指，七枚矮人戒指不是被奪走，就是已經被摧毀。」葛羅音不安地動了動，並沒有發言。「我們知道其餘的三枚在哪裡。那麼，這枚讓他飢渴無比的戒指又是什麼背景呢？」

「的確，在大河的失落和山脈中的重現之間，歷史有很長一段時間的空白。但是，即使賢者們所不知道的消息，也藉由我的努力而重見天日，但卻已經太晚了，因爲魔王已經緊追在後，他比我們想像中的還要近。幸好，直到今年，就是這個夏天，他才知道了事件的全貌。」

「有些人或許記得，許多年以前，我大膽地侵入位在多爾哥多的死靈法師巢穴，悄悄地刺探他的秘密，並發現了一個驚人的事實：我們的恐懼果然成眞了，他就是魔王索倫，經過漫長的時間再度轉生到人世間。有些人，也會記得薩魯曼勸說我們不要公開和索倫爲敵，有很長的一段時間，我們對他的擴張袖手旁觀。但是，最後，隨著他的力量逐漸增長，薩魯曼也不得不低頭，聖白議會使出全力，將邪惡趕出了幽暗密林，就在那一年，魔戒剛好現世，如果這是巧合的話，還眞是個奇怪的巧合。」

「但是，正如同愛隆所預見的一樣，我們已經太遲了。索倫也在監視著我們，早已準備好發動攻擊，他從九戒靈居住的米那斯魔窟，遠遠地遙控魔多的運作。他刻意在我們面前示弱，假意逃跑，目的只是要前往邪黑塔，公開宣稱魔王已經再臨。然後，聖白議會最後一次召開，我們聽說他正在飢渴地尋找至尊魔戒。我們都擔心他已經獲知了我們所不知道的情報，但薩魯曼否認這件事情，重複他之前一直發表的理論：至尊魔戒永遠不可能再出現於中土世界。」

「『最糟的狀況不過是，』他說：『我們的敵人知道魔戒不在我們手中，依舊沒人知道它的下落。但他以為魔戒終還有再度出現的一天。別害怕！他的希望會讓他分心。我不是已經仔細研究過這件事情了嗎？魔戒落入大河安都因中，很久以前，當索倫還在沈睡的時候，這枚戒指早就被沖入海，就讓它在那邊安息直到萬物終局。』」

甘道夫沈默下來，從門廊往東看向遙遠的迷霧山脈，看著那塊末日危機隱匿了那麼久，卻無人知曉的區域，他嘆了口氣。

「我在那時犯了個致命的錯誤，」他說：「我被賢者薩魯曼的甜言蜜語所欺騙；如果我早點發現，就會早些開始尋求眞相，我們現在所面臨的局勢就不會這麼危急。」

「我們都有責任，」愛隆表示：「如果不是有你鍥而不舍的努力，黑暗可能早已降臨。繼續吧！」

「打從一開始，我心裡就覺得不對勁；即使所有理性的證據都叫我不要懷疑，我還是壓抑不住內心的那股不安。」甘道夫說：「我想要知道這個東西怎麼落到咕魯手上，他又擁有這東西多久。所以，我派人監視他；預料過不了多久，他就會離開黑暗，前來尋找他的寶物。他的確來了，但他卻以狡猾的天性從天羅地網中脫逃，消失得無影無蹤。唉，最糟糕的狀況來了！我竟然就把事情擱在一旁，等待局勢有所變化；就像我們平日那種被動的表現一樣。」

「我在忙碌中度過了很長的時間，突然間，我的疑慮驚醒過來，轉變成恐懼。那哈比人的戒指是怎麼來的？如果我的擔心屬實，我們又該怎麼處理這只魔戒？這些是我必須做出決定的大事，但我不敢對任何人開口，擔心萬一消息走漏，反而會造成世界陷入重大的危機。在我們和邪黑塔抗戰的這麼多年以來，出賣與背叛一直是我們最大的敵人。」

「那是十七年前的事了。很快地，我開始感應到有各種各樣的間諜聚集在夏爾一帶，甚至連無辜的鳥獸都被捲入，我變得擔心。因此，我召喚登丹人的協助，他們布下更嚴密的守衛，最後，迫不得已，我對埃西鐸的直系子孫亞拉岡吐露了實情。」

「而我，」亞拉岡接口道：「建議了一件事：雖然看來已經太遲，但我們還是應該立刻開始追捕咕魯。而且，由埃西鐸的子孫來補償埃西鐸犯下的錯誤，看來是理所當然的；因此，我和甘道夫一起進行這漫長而無望的搜捕行動。」

甘道夫描述了他們如何徹底搜索整個荒野地區，甚至連黯影山脈和魔多的外牆都沒有放過。「我們聽說了一些關於他的傳聞，我們猜測他在黑暗的山丘中居住了很長的一段時間；但我們一直沒有找到他，最後我放棄了。在絕望中，我想到了一個測試，或許可以不需要咕魯的協助，就可以確定我們的懷疑。那枚戒指本身可能會透露它就是至尊魔戒，聖白議會中薩魯曼的發言這時又回到我腦海中，當時我沒有多加注意，但那時又清楚地出現在我腦海中。」

「『人類九戒、矮人七戒和精靈三戒，』他說：『每一枚都鑲有獨特的寶石，但至尊魔戒並非如此。那是枚光滑、毫無裝飾的戒指，看來如同毫不起眼的低廉戒指一般，但鑄造者在其上留下了線索，或許今日仍有能人能夠發現這些跡象。』」

「這是什麼線索他就沒有說明了；我放棄了這次追蹤，飛快趕往剛鐸。在過去，我輩於該處受到極大的禮遇，特別是薩魯曼。通常，他會停留在城中，擔任城主的座上賓。但我所遇見的迪耐瑟卻沒有過去那麼友善，他很不情願地才容許我在他的衆多卷軸和書籍中進行搜索。」

「『如果你只想要知道古代的紀錄，這座城建城初期的史料，那麼就去吧！』他說：『因爲對我來說，未來會比過去要黑暗多了，而我的全副心力必須放在現代。除非你比薩魯曼還要厲害，否則你是不可能在這邊找到什麼的。他在此地花了極長的時間研究，卻一無所獲。我是此城的歷史傳承者，你不可能找到我所不知道的史實。』」

「這是迪耐瑟的說法。但是，在他大量的藏書中的確有許多資料只有極少數的人能夠閱讀。因為許多語言的失傳，導致後人根本無法看懂先祖的記載，連歷史傳承者都無法理解其中的內容。波羅莫，米那斯提力斯現在還有一只卷軸，自從國王駕崩之後，只有我和薩魯曼閱讀過，那是埃西鐸自己寫的卷軸。因為，當初埃西鐸並沒有如同歷史所記載的一樣，直接前往魔多開戰。」

「或許那是北方人所記載的歷史，」波羅莫插嘴道：「剛鐸的所有人都知道，他先去米那斯雅諾和表親梅蘭迪爾居住了一段時間，在將南方王國移交給他前，他先試著指導他為王之道。那時，他為了紀念兄長，在該處種下了聖白樹的根苗。」

「同時，他也寫下了該只卷軸，」甘道夫說：「看來，剛鐸沒人記得這件事情。因為，這卷軸記載的是有關魔戒的事情，埃西鐸寫道：

統御之戒從此成為北方王國的國寶；但有關它的記載則應該留於剛鐸，亦是伊蘭迪爾子孫的繁衍之地。以備未來有關這些重要事務的記憶被歷史的洪流所沖刷而去。

接下來則是埃西鐸描述他所找到的至尊魔戒。

當我剛撿起它的時候，它燙得如同烙鐵一樣，連我的手都燙傷了；讓我懷疑是否日後都必須背負著這樣的疼痛。但是，就在我下筆的同時，戒指開始慢慢冷卻，似乎開始縮小，而它的美麗

和外型都沒有絲毫的減損。之前如同烈火一般的文字現在也開始漸漸黯淡，變得不可辨認。那是用伊瑞詹的精靈語言所撰寫的文字；因爲魔多絕沒有這麼細緻的語言。我不懂上面所寫的文字，我猜想那該是黑暗之地的語言，充滿了惡臭和不祥的音調。我不知道上面寫些什麼邪惡的內容，但我在此抄寫一份，免得它就此消失不見。魔戒或許吸收了魔王索倫烏黑雙手的高熱；吉爾加拉德就是死在那雙魔爪之下。或許，金戒指經過再度加熱，那文字又會出現。不過，我自己可是不敢冒險傷到這寶物；這是索倫的創造物中唯一美麗得不可逼視的作品，我付出了極多的痛苦才換到它，這對我來說極端珍貴。

當我找到這些文字之後，我的任務結束了。因爲那段文字的確如同埃西鐸所推測的，是魔多和魔王僕從使用的語言。上面所寫的內容已經爲大家所熟知。因爲，當索倫戴上至尊魔戒的那一天，三戒的鑄造者凱勒布理鵬就從遠方感應到了他的語言，聽見了他所說的話語；他的邪惡陰謀就這麼被揭發於世人眼前。」

「我一離開迪耐瑟的領土，就立刻往北走。羅瑞安來的消息指出，亞拉岡往那個方向走，而他找到了那個叫作咕魯的生物。因此我必須先去和他見面，聽聽他的說法。我不敢想像他到底冒了多大的危險才找到這個恐怖的生物。」

「那都不足掛齒，」亞拉岡說：「如果有人必須要走到暗黑之門前，或是踩在魔窟谷的劇毒花朵上，那麼他肯定是會有危險的。當時，我也放棄了希望，開始回家的旅程。就在此時，在幸運女神的眷顧下，我突然間找到了目標：在泥濘池邊的小小腳印，不只如此，那腳印十分新，是沒有多久以前造成的。我沿著死亡沼澤的邊緣追蹤那足跡，最後終於抓到了他。咕魯當時正在一個靜滯的臭池塘旁瞪著水面，我悄無聲息地靠近，抓住了他。他渾身都是綠色的爛泥，咬了我一口，而我的反應並不溫柔；我猜想，他可能永遠都不會喜歡我了。除了齒痕之外，我再也無法從他口中獲得其他的東西。我回到家鄉的過程是這段旅程中最痛苦的部分，我必須日夜監視他，逼迫他綁著脖子，嘴裡塞著東西走在我前面；直到他因為口渴飢餓才有所改變。我必須不停的趕著他往幽暗密林的方向走。最後，我終於把他交給幽暗密林的精靈們看管；因為我們都同意必須要這樣做。我也樂得可以把這個臭兮兮的傢伙丟開。對我來說，我希望永遠不要再看到他，但甘道夫到他身邊，和他交談了很長的一段時間。」

「沒錯，那是段又臭又長的對話，」甘道夫說：「但並非一無所獲。至少，他告訴我的故事和比爾博今天第一次公開說明的故事是符合的。但這也不是很重要，因為我早就猜到了。真正重要的是咕魯撿到這枚戒指的地方，就是在格拉頓平原附近的安都因大河中。我也知道這戒指在他手中有很長的時間，魔戒的力量延長了他的壽命，這是只有統御之戒能夠擁有的力量。」

「加爾多，如果這還不構成你所認為的鐵證，那麼還有我之前所提到的那個試煉。只要有人能夠擁有足夠的意志力，將剛剛你所看到的那枚不起眼的黃金戒指丟入火中，這只戒指上就會出現埃西鐸所提到的印記。我就這樣做了，下面就是我看到的記載：

Ash nazg durbatulûk, ash nazg gimbatul, ash nazg
Thrakatulûk agh burzum－ishi krimpatul！」

法師聲音的改變讓眾人為之一驚，突然間，它變得邪惡、強大，如同岩石般冷酷。似乎有一道陰影遮住了天上的太陽，門廊瞬間變得黑暗。所有的人都忍不住打寒顫，精靈則掩住耳朵。

「在此之前，從來沒人膽敢在伊姆拉崔說出這種語言，灰袍甘道夫。」當陰影掠過，眾人恢復呼吸之後，愛隆說。

「讓我們希望這會是僅有的一次，」甘道夫回答道：「的確，愛隆大人，我沒有徵詢你的同意。如果各位不想讓這種語言成爲全西方的通用語，就請各位放下心中的疑慮：這的確是魔王的珍寶，裡面充滿了他的邪惡意念，更有他古代注入的強大力量。在黑暗的年代中，伊瑞詹的工匠一聽到下面的話語，就知道自己被出賣了：

至尊戒，馭眾戒；至尊戒，尋眾戒，魔戒至尊引眾戒，禁錮眾戒黑暗中。

朋友們，還請不要忘記，我更從咕魯的口中打探出了許多額外的消息。他不願告訴我們眞相，因此他的故事也變得不清不楚。但我至少可以確定，他曾經去過魔多，他一切所知的情報都被拷問出來，因此，魔王才知道至尊魔戒已經出世，被藏放在夏爾很多年。他的僕人幾乎追到我們的門口來，不久之後，他也會知道這戒指就在我們這邊。」

眾人沈默了很久，最後，波羅莫才打破沈默說道：「這個咕魯，你說他是個小傢伙？在我看來，他的體型雖小，但卻做了很糟糕的壞事。他最後怎麼了？你怎麼處罰他的？」

「他被關在監獄裡面，但我們沒有殘酷地對待他，」亞拉岡說：「他之前已經吃了很多苦。毫無疑問地，他曾經受到過嚴刑拷打，而對索倫的恐懼依舊深深地印在他心中。不過，我很慶幸他依舊在幽暗密林的精靈看守下。他的怨念十分強烈，足以讓這瘦小的傢伙產生難以置信的力量。如果他逃了出來，可能會造成更多的危險。我猜想，當初魔多派他出來可能是執行某種邪惡的任務。」

「糟糕！糟糕！」勒荷拉斯英俊的臉孔上露出了愁容。「現在該我報告壞消息了。我原先只知道這是個不好的消息，但直到剛剛我才知道這有多糟糕。史麥戈，也就是你們口中的咕魯，已經逃出我們的掌握。」

「逃出去？」亞拉岡失聲大喊：「這眞是個壞消息。恐怕這都是我們的錯。瑟蘭督伊的精靈怎麼會辜負他人的託付？」

「這並非因爲我們的疏忽，」勒荷拉斯說：「但或許和我們的善良待人有關，而且，我們懷疑這犯人擁有外人的幫助，他們對我們知之甚詳。在甘道夫的要求下，我們日夜監視這隻生物，無論多疲倦也不敢鬆懈。甘道夫還特別交代我們，他或許是治得好的，我們又不忍心讓他終日被囚禁在不見天日的地洞中；這可能會讓他恢復原先的習慣。」

「你們對我可就沒那麼好了，」葛羅音眼光一閃，他回想起當年遭到精靈國王囚禁的情景。

「別這樣！」甘道夫說：「親愛的葛羅音，不要這麼耿耿於懷。當年是個天大的誤會，你們之間早就誤會冰釋了吧！如果在此重複當年精靈和矮人的舊怨，那這次會議不如解散好了。」

葛羅音站起身，深深一鞠躬。勒荷拉斯繼續道：「在天氣好的時候，我們會領著咕魯在森林裡面散步。有一株離群甚遠的大樹是他最喜歡攀爬的地方，我們經常會讓他爬到樹頂，感受那自由吹拂的空氣；但我們隨時都會在樹下安排一名守衛。有一天，他爬了上去，卻拒絕再爬下來，而我們的守衛又不想跟著爬上去。咕魯手腳並用的攀爬能力十分驚人，連我們都比不上，因此，守衛繼續在樹下站崗，等待他下來。

「就在那無星無月的一天晚上，半獸人悄無聲息地攻擊了我們，不久之後我們就將他們擊退了。雖然他們人數衆多、驍勇善戰，但森林可是我們的故鄉，他們只慣於在山中行動。當戰鬥結束時，我們發現咕魯逃跑了；他的守衛不是被殺，就是被俘虜了。就我看來，這場攻擊就是爲了拯救他而來，而他也早就知道這件事情，但我們猜不出來他是怎麼辦到的。不過，咕魯非常狡猾，魔王的爪牙又遍佈各地，這之中必定有關聯。惡龍被擊潰時一併被趕走的魔物又再度大舉入侵；除了我們管轄的地方之外，幽暗密林又再度成爲一個充滿邪氣的地方。

「我們之後就再也抓不到咕魯了。我們跟蹤他和一大群半獸人的足跡到了森林的深處，一直往南走，但是不久之後，他們就進入了依舊邪惡的多爾哥多；那超出了我們的能力範圍，我們無法進入那個邪惡的地方。」

「唉，好吧，他逃走了，」甘道夫說：「我們也沒有時間再度去找尋他，只能任由他去了。但是，或許，他會扮演的角色，是索倫也無法預見的。」

「現在，我得回答加爾多其他的問題了。薩魯曼呢？他爲什麼在這關鍵的時刻沒有出現？這段故事我必須從頭描述，因爲之前只有愛隆聽過，而且還只是精簡版的內容。等我說完之後，一切的謎底都會解開了，這是魔戒傳說最新的一個篇章。」

「到了六月底，我已經到了夏爾；但心中有些不安和焦慮，我騎著馬到達那塊土地的南方邊界。因爲我有種邪惡的預感，彷彿有什麼災難躲過了我的眼睛，卻繼續朝我靠近。我所收到的情報包括了剛鐸的戰鬥和失敗，當我聽到魔影再生的消息時，我不禁感到脊背生寒。可是，我在那邊只有遇到幾名從南方逃出的難民。雖然他們什麼都不說，但在我看來，他們似乎有什麼難言之隱。我又繼續沿著夏爾的東方和北方行走，最後沿著綠大道趕路。在距離布理不遠的地方遇到了一名坐在路邊的旅人；他的馬匹在他身邊安靜地吃著草。那是褐袍瑞達加斯特，他曾經住在羅斯加堡，亦即是靠近幽暗密林的地方。他是吾輩之一，但我已經有許多年沒遇過他了。」

「『甘道夫！』他大喊著：『我正要找你。可是我對這附近的路不熟。我只知道你可能出現在一個叫作夏爾的小地方。』」

「『你的情報很正確，』我說：『不過，如果你遇到那裡的居民，千萬別這麼跟他們說。你已經十分靠近夏爾的邊界了。你找我幹什麼？除非有重大事情，否則你很少出門旅行。』」

「『我有個很緊急的任務，』他說：『我帶來的是壞消息，』然後他看著四周，彷彿一草一木都有可能偷聽他所說的話。『戒靈，』他對我耳語道：『九戒靈已經再度出世了，他們秘密地渡過大河，朝西方移動，僞裝成黑袍騎士的模樣以便行動。』」

「我那時才知道自己在擔心些什麼，」

「『魔王一定有什麼重大的陰謀，』瑞達加斯特說：『否則他不會派出親信來這麼偏遠的地方大肆搜索，但我卻猜不出他眞正的目的。』」

「『你這是什麼意思？』我問。」

「『根據我的情報來源，這些騎士四處打聽著一個叫夏爾的地方。』」

「『就是這個夏爾，』我說，一顆心直往下沈。因爲當九戒靈聽命於墮落的首領時，連賢者都害怕當面對抗他們。他們過去是偉大的法師兼國王，人們現在對他們的感覺只剩下恐懼。『誰告訴你的，又是誰派你來的？』我問道。」

「『白袍薩魯曼，』瑞達加斯特回答：『他還告訴我，如果你覺得有需要，他願意伸出援手，但你必須馬上去找他幫忙，否則一切都太遲了。』」

「這個消息讓我重新燃起了希望，因為白袍薩魯曼是我輩中最偉大的巫師。當然，瑞達加斯特也是個不錯的巫師，他擅長變色和變形，對於藥草非常有知識，飛禽走獸都是他的朋友。薩魯曼則是精研魔王的歷史，才能讓我們預先料到他的一舉一動。我們是靠著薩魯曼的計謀，才能夠將魔王趕出多爾哥多，或許他已經找到了對付九戒靈的武器。」

「『我馬上去找薩魯曼。』我說。」

「『那你最好趕快去，』瑞達加斯特說：『我為了找到你，浪費了不少時間。他告訴我必須在夏至之前找到你，現在就已經是夏至了。即使你立刻出發，也很難在九戒靈找到他們的目標之前抵達，我必須立刻趕回去。』話一說完，他就騎上馬，準備立刻離開。」

「『等等！』我說。『我們可能會需要你的幫助，還有一切可能的助力。對你所有的飛禽走獸朋友送出訊息，告訴牠們把任何有關這件事的消息，告知薩魯曼和甘道夫，也把消息送到歐散克塔去。』」

「『我會的。』接著，他就彷彿被戒靈追趕一般，行色匆匆地離開了。」

「我當時沒辦法馬上跟著他走。那天我已經騎了很長的一段距離，人馬都很疲憊了。我必須要仔細想一想。那晚我待在布理，決定不能浪費時間回到夏爾去。這是我犯下的第二個大錯！」

「無論如何，我寫了封信通知佛羅多，相信旅店的店主會將信件寄給他。我天一亮就啓程，最後終於來到了薩魯曼的居所。那是位在極南的艾辛格附近，就在迷霧山脈盡頭，離洛汗隘口不遠的地方。波羅莫會告訴你在他的家園，白色山脈和迷霧山脈之間，有塊很寬廣的河谷。艾辛格是個被峭壁所包圍的山谷，這些陡峭的岩壁如同城牆一樣將它緊緊包圍，在山谷中央有座名爲歐散克的岩塔，這不是薩魯曼建造的，而是多年以前努曼諾爾的居民打造的。這座參天高塔裡面蘊藏了很多秘密，但看起來又不像是由人力所造成的。不穿越峭壁是無法進入這座高塔的，而周圍的峭壁卻又只有一個入口。」

「那天晚上我到了巨大的岩石拱門口，看見重兵駐守在該處。不過，門口的守衛在等待我的到來，告訴我薩魯曼正在等我。我立刻走進拱門內，大門無聲地關閉起來。突然間，毫無來由地，我感到非常害怕。但我還是騎著馬，來到了薩魯曼的居所之前。他和我在門口的階梯上會面，並且請我到他的房間去談話，我注意到他的手上戴著一枚戒指。」

「『甘道夫，你終於來了。』他面色凝重地對我說，但他的眼中卻閃爍著異光，彷彿正露出不可告人的笑容。」

「『是的，我來了，白袍薩魯曼，我請求你的協助。』這個稱號似乎讓他勃然大怒。」

「『是嗎，灰袍甘道夫！』他輕蔑地說：『請求協助？聽說灰袍甘道夫一向不需要別人的幫助，他又聰明又睿智，在荒野中四處奔波，插手一切該管和不該管的事務。』」

「我看著他，心中不禁起了疑心，『如果我的情報正確，』我說：『現在是需要大家團結一致的時刻。』」

「『或許吧，』他說：『但你想到這個念頭的時機也太晚了。我懷疑，你到底把那件最重要的事情刻意隱瞞了我多久？我是議長，而你竟然有事不願告訴我！是什麼風把你從夏爾的藏身地吹過來的？』」

「『九戒靈又再度出世了，』我回答道：『根據瑞達加斯特的情報，他們已經渡過了大河。』」

「『褐袍瑞達加斯特！』薩魯曼哈哈大笑，這次他不再掩飾他的不屑。『豢鳥人瑞達加斯特！天眞的瑞達加斯特！蠢漢瑞達加斯特！他唯一的用處就是扮演我賦予他的角色，因爲你來了；我送信給你的目的也就僅止於此。灰袍甘道夫，你將在此好好休息，不用再忍受旅途奔波。我是薩魯曼，賢者薩魯曼，鑄戒者薩魯曼，彩袍薩魯曼！』」

「我看著他，這才注意到之前看來如同白色的袍子並不是那麼回事。他的袍子是用許多種顏色織成，只要他一走動，就會不停地變色，讓人爲之目眩。」

「『我比較喜歡白色！』我說。」

「『白色！』他不屑地說：『那只是個開始，白衣可以染色，白色的書頁可以寫上文字，白光可以折射呈七彩的光線。』」

「『而那光線就不再純淨了，』我說：『爲了找尋事物本質而加以破壞的人，已經背離了智慧之道。』」

「『你不需要用那種和你的傻瓜朋友講話的態度說教，』他說：『我叫你來不是爲了聽你廢話，而是給你選擇的機會。』」

「他站了起來，開始滔滔不絕；彷彿他已經為了這次演說準備了很久。『遠古已經消逝了，中古則剛過不久，現代正要展開。精靈的歷史已經過去了，我們的世代正要起程。這是人類的世界，必須由人類統治。在這之前，我們必須要獲得力量，獲得足以維持秩序的力量，這是只有我們賢者能看得到的美好未來。』」

「『聽著，甘道夫，我的老朋友和最好的助手！』他靠近我，柔聲說：『我說**我們**，因為我期待你和我並肩努力，一個新的力量正在崛起，舊的秩序、聯盟和政治都無法抵抗我們的意志，精靈、瀕死的努曼諾爾人都毫無希望。你的眼前，我們的眼前只有一個選擇，我們應該要加入那個力量。甘道夫，這才是正確的選擇，他就快要獲勝了，願意協助他的人將會獲得豐厚的獎賞。隨著他力量的增加，他忠實的朋友也會跟著茁壯，像是你我這樣的賢者，只要耐心等待，最後終有可能引導這力量的方向。我們可以靜心等待，保留實力，容忍可能發生在我們眼前的邪惡之事，一切都是為了最終的獎賞：知識、統治、秩序。這些願景是我們之前努力，卻未嘗得見的。這都是因為我們弱小朋友的掣肘和拖累。我們不需要，也不會修正我們的理想，只需要改變我們的手段。』」

「『薩魯曼，』我說：『我以前聽過這樣的說法，但那是魔多派來的使者愚弄無知者的花招。我實在無法想像，你讓我大老遠趕來，只為了搬弄這些老套。』」

「他意味深長地看著我，思索著。『好吧，看來你沒辦法明白這方法中蘊含的智慧，』他說：『至少目前還沒辦法，是嗎？即使可以達成無數的良善目標，你也不願意？』」

「他走上前，握住我的手臂。『爲什麼不要呢，甘道夫？』他低語道：『爲什麼？爲什麼不要至尊魔戒？如果我們可以操控那力量，世界就將落入我們的掌控中。這才是我找你來的眞正原因。我相信你一定知道這寶物在哪裡。不然，爲什麼九戒靈會詢問夏爾的位置，你又來這邊幹什麼？』話聲一斷，他的眼中就露出再也無法掩飾的濃濃渴望。」

「『薩魯曼，』我開始退離他：『一次只能有一個人配戴至尊魔戒，你也知道得很清楚。別用那套**我們**、**我們**的說法來瞞天過海！我已經瞭解你的想法，我絕不願意把魔戒送到你手上，不，你甚至連它的消息也得不到。你的確是議長，但你也揭露了自己眞正的身分。看來，你口中所謂的選擇其實只是服從索倫，或是服從你吧。我兩個都不接受，你還有別的提議嗎？』」

「他露出冷漠的眼神。『有的，』他說：『即使是爲了你自己好，我本來也不預期你會展現出任何的智慧，但我還是給你自願協助我的機會，替你省下許多的麻煩和痛苦，第三個選擇是留在這裡，直到一切結束。』」

「『直到什麼結束？』」

「『直到你告訴我至尊魔戒的下落。我也許能找到方法說服你，或者是等我自己找到魔戒，到時，權傾天下的統治者應該還有時間考慮某些小事。舉例來說，像是如何處罰那個無知惱人的灰袍甘道夫……』」

「『這不會只是小事的。』我說。他對我大笑，因爲他也知道我只是虛張聲勢。」

「他們抓走我，將我孤單一人關在歐散克塔的頂層，那裡是薩魯曼觀星的地方，唯一的出入口是一個幾千階的狹窄樓梯，底下的山谷又有數百呎之遙。我看著那座山谷，這才發現原先充滿生氣和綠意的大地，已經成了滿是坑洞和熔爐的殘破景象。惡狼和半獸人居住在艾辛格，薩魯曼正在悄悄地集結大軍，爲了將來和索倫對抗，他的努力讓整個歐散克地區飄盪著惡臭的黑煙。我站在這黑色煙海中的孤島上，找不到任何逃脫的方法，可說是度日如年。那裡寒風刺骨，我只能在斗室中終日踱步，滿腦子只能想著黑騎士的身影。

「即使薩魯曼其他的說法都是謊言，我也確定九戒靈確實復甦了。我開始替夏爾的朋友擔憂，但心中依舊暗存一絲希望。因爲，如果佛羅多照著信件的內容，立刻出發，他應該會在黑騎士之前抵達瑞文戴爾。我的恐懼和希望卻都意外落空了，因爲，關鍵在於布理的一名胖老闆身上，而我的恐懼則是奠基於索倫已經徹底恢復力量的假設上。賣酒的胖老闆有許多事情要忙，而索倫的力量也沒有完全恢復。但是，當我被孤單地困在艾辛格時，我實在很難想像，曾經橫掃世界的黑騎士竟然在遙遠的夏爾遇上了阻礙。」

「我看見過你！」佛羅多大喊：「你那時不停地踱步，月光照在你的頭髮上。」

甘道夫停下來，驚訝地看著他。「那只是一個夢，」佛羅多不好意思地說：「但我剛剛才想起來，我幾乎都快忘記這件事情了，我想那是在我離開夏爾不久之後。」

「那可能來得有點遲了，」甘道夫說：「你等下就會知道了。我那時完全無計可施，認識我的人都會明白，我極少遇到這麼進退維谷的處境，因此實在沒辦法應付。灰袍甘道夫竟然如同蒼蠅一般被困在蜘蛛狡詐的網中！不過，即使是最狡猾的蜘蛛也有大意的一天。」

「一開始我十分害怕，薩魯曼既然已經墮落了，瑞達加斯特多半也和他同流合污。但是，我在和他會面的時候並沒有發現他有什麼異樣，如果當時有任何的異狀，我絕對不會到艾辛格來自投羅網。因此，薩魯曼猜到我的反應，他刻意隱瞞這信差眞正的目的，沒有任何人可以說服誠實的瑞達加斯特欺騙任何人。他誠心誠意地告訴我這件事，因此才能說服我。」

「這就是薩魯曼失策的地方。因爲瑞達加斯特沒有理由不照我說的去做，因此，他立刻前往幽暗密林，和他過去的朋友會面。迷霧山脈的雄鷹翱翔天際，目睹世事的運轉：惡狼的集結和半獸人的整編，以及九戒靈四出尋找獵物的景象。他們也聽說了咕魯的逃亡；因此派出一名信差前來通風報信。」

「在夏天快要結束時的一個月夜，巨鷹中最快的風王關赫，不請自來地到歐散克塔通知我們。他發現我就站在塔頂。接著，在薩魯曼發現之前，我要求牠趕快將我載走。在惡狼和半獸人部隊開始搜捕我之前，我已經遠離了艾辛格。」

「『你可以載我飛多遠？』我問關赫道。」

「『非常遠，』他說：『但不可能到世界的盡頭。我的任務本來是送訊，而不是送貨。』」

「『如此一來，我必須要在地面上找到座騎，』我說：『而且必須是一匹前所未見，如風般的良駒；此刻全世界的安危都繫於我的速度之上。』」

「『那麼我就載你去伊多拉斯，洛汗國王的王宮所在地，』牠說：『因爲那距離這並不遠。』我很高興，因爲又被稱做驃騎國的洛汗國是牧馬王們居住的地方，在迷霧山脈到白色山脈之間的區域中，就以該處放牧的駿馬最爲優良。」

「『你認爲洛汗的居民還值得信任嗎？』我問關赫，薩魯曼的背叛撼動了我的信心。」

「『他們每年會對魔多朝貢馬匹，』他回答道：『據說數量還不少。這是謠傳，我並沒有證實過，但他們至少還沒有投效黑暗陣營。不過，如果像你所說的一樣，連薩魯曼都已經轉投黑暗，那麼他們的末日也不遠了。』」

「在黎明之前，他就在洛汗國把我放了下來。啊，我之前浪費了太多時間描述我的經歷，接下來得要短一點才行。我在洛汗發現已經有邪惡的勢力開始運作，當地的國王不願意傾聽我的警告，他要求我取了馬之後趕快離開。我選了一匹自己很滿意的馬，卻讓他極為不悅，那是他的土地上最頂尖的駿馬，我從來沒看過這麼壯偉的神駒。」

「連你都這麼說，牠一定是馬中之王，」亞拉岡說，「一想到索倫每年都會收到這樣的駿馬，就讓我更為憂慮，我上次踏上那塊土地時並不是這樣的。」

「我願意擔保，它現在也不是如謠言中所說的一樣，」波羅莫說：「這是魔王散播出來的謠言。我瞭解洛汗的人們，他們眞誠勇敢、是我們唯一的盟友，至今還居住在我們當年送給他們報恩的土地上。」

「魔多的暗影正向四面八方擴張，」亞拉岡回答道：「薩魯曼已經沈淪了，洛汗正搖擺不定。誰知道你下次回到那裡時會遇到什麼？」

「至少不會像你們說的那樣，」波羅莫說：「他們絕不會利用馬匹來換取自己的性命，他們疼愛馬匹僅遜於對同胞的感情。這不是沒有道理的。因為驃騎國的良駒都是來自於未受魔影污染的北方，而牠們和牧馬王一樣，血緣都可以追溯到遠古的高貴血統。」

「你說的沒錯！」甘道夫說：「牠們之中有一匹馬的高貴血統必定可以直溯天地初開之時。牠的毛皮在白晝時晶亮如白銀，夜晚時闇沈如幽影，如同隱形的神駒一般穿梭在大地上。他的腳步踏雪無痕！從來未曾有人類能夠跨上牠健壯的馬背；但我馴服了牠，說服牠載著我橫越重重險阻，因此，我才能夠在佛羅多剛離開哈比屯的時候從洛汗國出發，卻在他剛到古墓崗的時候就趕到夏爾。」

「可是，我越騎越感到恐懼。我一路往北走，一路聽到的都是黑騎士們的行蹤，雖然我日夜不休地趕路，但他們一直保持一段距離，就是追不上。我後來發現，他們兵分多路：有些騎士留在夏爾的東方邊界，距離綠大道不遠的地方；有些騎士則是從南方入侵夏爾。等我抵達哈比屯的時候，佛羅多已經出發了，但我還來得及和老詹吉打探一下消息。我們講了很多，卻沒有什麼重點，他對於袋底洞的新主人真是抱怨連連。」

「『我不喜歡這樣的改變，』他說：『至少別在我這輩子，也別是這麼糟糕的改變。』他一直重複著『最糟糕的改變。』」

「『最糟糕這個字最好不要常用，』我對他說：『我希望你這輩子都不會看到所謂的最糟糕到底是什麼樣子。』不過，我還是從他的閒聊之中打探出來，佛羅多不到一週前離開了哈比屯，黑騎士就在同一天傍晚來到他所住的小丘。我內心充滿恐懼地繼續趕路。我來到雄鹿地，發現當地兵荒馬亂，彷彿是被打翻的蜂巢或是蟻窩一樣。我來到了溪谷地的小屋，那裡有被強行闖入的痕跡，已經一個人也不剩，可是，在門口卻有一件佛羅多穿的斗篷。有很長的一段時間，我感到徹底地絕望，心灰意冷之下，我根本懶得打聽消息，直接離開了溪谷地。如果我當時再冷靜一些，或許會知道讓我安心的好消息，但我當時只想著跟蹤那些黑騎士，那對我來說是非常困難的一件事情；他們的蹄印分散開來，而我又覺得心慌意亂，平靜不下來。在我仔細地觀察之後，勉強發現有一兩道痕跡是指向布理的，所以，我覺得該去找旅店老闆談談。」

「『他們都叫他奶油伯，』我想：『如果佛羅多的延遲和他有關，我會把他身上的所有奶油都燒融，把這個傢伙用慢火好好烤熟。』看來，他似乎早就猜到我的脾氣；因為，當我一出現的時候，他立刻趴在地上大聲求饒，眞的跟融化了一樣。」

「你對他做了什麼？」佛羅多突然緊張地大喊：「他對我們很好很好，他眞的已經盡力了！」

甘道夫哈哈大笑。「別擔心！」他說：「俗話說得好，會咬人的狗不叫。我雖然沒大叫多少聲，但也沒有咬人。當他停下連珠砲似的告饒聲，告訴我那寶貴的消息之後，我高興得快飛上天，當場就抱住這老傢伙，哪還有時間慢火烘烤他！我那時猜不到背後的眞相，只打聽出來你們前一天晚上出現在布理，一早和神行客離開當地。」

「『神行客！』我高興地大喊出聲。『是的，大人，很遺憾是他，大人，』奶油伯誤會了我大呼的意思，連忙想要解釋：『我已經盡力了，但他還是騙到了他們，而且他們一群人和他膩在一起，似乎拆都拆不散。當他們在這裡的時候，表現非常怪異，我只能說他們很堅持、很倔強，聽不進別人的話。』」

「『啊！你這個老笨蛋！可愛的巴力曼哪！』我說：『這是我今年夏天以來聽到最好的消息了，至少應該賞你一枚金幣！願你的啤酒未來七年年年香醇！』我說：『現在我終於可以好好休息一晚了，我根本不記得上次安睡是什麼時候了。』」

「因此，當天我就在該處過夜，思索著黑騎士的下落。因為，從布理的留言看來，似乎只有兩名黑騎士出現，但到了晚上，我又遇到了出乎意料的狀況，至少有五名黑騎士從西方衝來，他們撞倒大門，如同狂風呼嘯一般經過布理；布理的居民渾身發抖地等待世界末日到來。於是，我天沒亮就起床了，緊跟著他們而去。

「我當時還不確定，但眼前的種種跡象讓我判斷出確實的情況。他們的首領悄悄地藏在布理南邊的地方，同時有兩名黑騎士穿越布理，另四名則入侵夏爾。但是，當他們在布理和溪谷地都遭遇挫敗時，他們回來向首領報告。因此，路上的監控出現了一段空隙，只有他們的間諜在觀察著路上的情況。首領聽到消息之後大怒，立刻派出兩名騎士直接往東進發，而他則和其餘的騎士怒氣沖沖地沿著東方大道趕路。我馬不停蹄地衝向風雲頂，離開布理第二天日落我就趕到了該處——但他們甚至到得比我還早。他們感應到我的怒氣，又不敢在白天對抗我，因此暫時離開了。但是，當晚，我就在阿蒙蘇爾瞭望塔的遺跡中受到圍攻。我當時的確被逼到絕境，使出了渾身解數才把他們打退，當時的強光和烈焰，想必足以和遠古時的猛烈烽火相比。」

「天一亮，我就把握機會朝著北方逃。我當時想不到更好的事情可以做。佛羅多，一方面在荒野中要找到你實在太不可能，另一方面九名騎士還緊跟在我後面，我只能相信亞拉岡的實力。不過，我當下也決定設法引走一些黑騎士，希望能夠在你們之前趕到瑞文戴爾求救兵。一開始的確有四名騎士跟蹤我，但不久之後他們就撤了回去，看來是朝渡口的方向走。這至少幫上了一點小忙，才讓你們的營地當時只有遭到五名戒靈攻擊。」

「在穿過伊頓荒原，跨越狂吼河，不眠不休地趕路之後，我終於抵達了瑞文戴爾。共計花了十四天，我會花這麼久的時間，是因為沒辦法騎馬通過食人妖領域的多岩地形，因此，我也把神駒影疾請回他的主人身邊。這段時間雖短，但我們之間已經培養出深刻的友誼，如果我有需要，牠必定會回應我的召喚。也因爲這樣，我只比魔戒早了三天到達；幸好，壞消息也在我之前抵達了此地。佛羅多，我就要說完了，希望愛隆和其他人原諒我的多話。但是，甘道夫打破誓約，無法依約前來的事情並無前例，我想，我必須對魔戒持有者詳細說明這一切才行。」

「好的，這段故事已經從頭到尾全都說完了。我們人在這裡，魔戒也在此處，但這場會議的眞正目的還沒開始呢。我們到底該拿它怎麼辦？」

四下陷入一陣沈寂，最後，愛隆開口了。

「薩魯曼的變節是非常糟糕的消息，」他說：「因爲我們太相信他，讓他參與了每一次的會議。看來，不管爲了什麼目的，太過投入研究魔王的一言一行都會帶來厄運。唉，但是，這樣的墮落和叛變在歷史上也曾經發生過。在今天我所聽到的故事中，以佛羅多的最爲奇特；他並沒有我所想像中的那麼孤單無助，西方的道路和我上次旅行時相比，已經改變了許多。」

「古墓屍妖有很多其他的名字，而老林也曾是個擁有許多傳說的地方；現在則是一個龐大森林的部分殘餘林地罷了。有段時間，從夏爾到艾辛格西方的登蘭德之間長滿了參天的古木。我曾經去過該處一次，也見識了許多的珍禽異獸，但我忘記龐巴迪這個角色。如果他眞的是多年以前在山丘和林地間漫遊的同一個生物；即使在當時，他也已經是世上最古老的生物。當時我們不是這樣叫他的，我們叫他伊爾溫·班爾達，最老的無父者。矮人稱他爲佛恩、北方人稱他爲歐羅德，除此之外還有許多名稱。他是個奇異的生物，或許我應該召喚他參加這次會議。」

「他不會願意出席的。」甘道夫說。

「至少我們可以通知他，獲取他的協助？」伊瑞斯特說：「看起來他甚至能夠控制魔戒。」

「不，我不會這麼看待這件事情，」甘道夫說，「你應該這麼說，魔戒沒有力量影響他，他是自己的主人，但他無法影響魔戒，也無法破除它對其他人的影響。而且，他現在又躲進了自己所設定的疆界中；在不引人注目的狀況下悄悄等待天命的轉變，他不會願意踏出這疆界的。」

「但是，在那疆界中，似乎沒有任何力量膽敢忤逆他，」伊瑞斯特說：「難道他不能夠將魔戒收藏在該處，讓它變得無力損及世間？」

「不，」甘道夫說：「他不會自願這樣做的。如果全世界愛好和平的人一起懇求他，他或許會同意，但他不可能明白其中的意義。如果他被交付予魔戒，他可能會很輕易地忘了它，甚至不小心將它弄丟，這種事情對他來說並不重要。他將會是最不讓人放心的保管者，光是這一點就足以回答你的疑問了。」

「可是，」葛羅芬戴爾說：「即使將魔戒送到他身邊，也只能延遲黑暗降臨的日子。他離我們很遠，我們不可能在絲毫不被任何間諜發現的狀況下把魔戒送去。即使我們辦到了，很快地，魔王就會打探出它藏匿的地方，然後，他會使出渾身解數來獲得這枚戒指。龐巴迪可以單身抵抗這力量嗎？我不這麼認爲。我覺得，到了最後，如果一切都淪陷了，龐巴迪也會跟著淪落。他是開始，但也是終末，到了那時，永夜就會眞正降臨。」

「我只聽過伊爾溫這個名字，」加爾多說：「但我認爲葛羅芬戴爾說的對，他並沒有阻止魔王的力量，除非大地本身有意願阻止魔王。但，我們也知道索倫可以硬生生地將山丘剷平，不留任何痕跡。足以抵抗魔王的力量在我們身邊，在伊姆拉崔，在灰港岸的瑟丹身上、在羅斯洛立安之中。但是，就算是我們，或是他們，難道能夠在普世皆已淪陷的狀況下，抵擋索倫嗎？」

「我不行，」愛隆說：「其他人也沒這個力量。」

「那麼，如果我們不能夠以力量阻止魔王獲得魔戒，」葛羅芬戴爾說：「那麼就只剩下兩個選擇，一個是將它送到海外，或者是將其摧毀。」

「但甘道夫剛剛的說法告訴我們，此地沒有任何力量可以摧毀魔戒，」愛隆說：「而居住在海外仙境的生命，也不可能願意接收這樣東西。這是中土世界的產物，應該留給依舊居住在大地上的人去對付。」

「那麼，」葛羅芬戴爾說：「讓我們將它丟到深海中，讓薩魯曼的謊言成眞。因爲，即使在當年召開議會時，他的心思很明顯地就已經扭曲了。他知道魔戒並沒有永遠消失，但又想要這樣說服我們，因爲他想要將它占爲己有。不過，謊言中往往隱藏著許多眞相：把它丟到海中的確可以解決許多問題。」

「這不能一勞永逸地解決問題，」甘道夫說：「深海中有許多生物，誰能夠保證滄海永遠不會變桑田？如果我們只能夠阻擋他幾次春秋流轉、或是幾世人的變換，甚至只是一整個紀元；我們都不應該下這種決定。即使毫無希望，我們也應該力圖找到永遠解決這威脅的辦法。」

「這樣一來，我們就不可能在往大海的路上找到方法，」加爾多說：「如果把魔戒還給伊爾溫太危險，現在想要逃往大海更一定險阻重重。我猜測索倫一旦知道確切的狀況，他會預料我們往西方走，而這情報一定會很快傳到他耳中的。九戒靈的確失去了座騎，但對他們來說只是一次小小的挫敗；他們必定可以找到更快、更恐怖的座騎。現在，唯一能夠阻止他橫掃整個海岸，殺到北方來的只有逐漸沒落的剛鐸。只要他克服了這最後的障礙，攻破了白色要塞和灰港岸，連精靈都將無法逃離中土世界。」

「他的入侵並沒有那麼迫在眉睫，」波羅莫說：「你說剛鐸已經逐漸沒落，但剛鐸現在還好好地存在著，即使它開始沒落了，它的國力依舊十分強盛。」

「就算如此，我們眼前的證據就是：它的實力已經不足以封印九戒靈，」加爾多說：「魔王更有可能找到剛鐸沒有防守的其他道路。」

「那麼，」伊瑞斯特說：「我們眼前就只有兩條道路了，正如同葛羅芬戴爾之前所說的一樣：將魔戒永遠藏匿起來，或是摧毀魔戒。但我們兩者都辦不到。誰能夠解決這兩難？」

「這裡沒有人辦得到，」愛隆神色凝重地說：「至少沒有人能夠預言，採取任何一種方法的未來會怎麼樣。不過，我已經確定該怎麼做了。朝西的路看起來最容易，因此我們不能將它納入考量。它一定受到重重包圍和監視。精靈們已經太常取道該處逃離中土世界。以我目前的觀點來看，我們必須要採取一條困難、沒人猜想得到的路途。如果這世界還有希望，這是我們唯一的機會。直入虎穴、闖入魔多，置之死地而後生——我們要將魔戒送回鑄造它的烈火中。」

現場再度陷入一片死寂。即使在這座美麗的屋子中，俯瞰著充滿清澈水聲的山谷，佛羅多還是覺得心頭飄過一片濃重的烏雲。波羅莫不安地變換著姿勢，佛羅多轉頭注視著他，他玩弄著腰間的巨大號角，皺眉思索著，最後，他終於忍不住開口了。

「我不明白，」他說：「薩魯曼的確是個叛徒。難道他的看法就不值得參考嗎？你們為什麼只想著躲避和摧毀？爲什麼我們不把統御魔戒當作是協助我們的契機？愛好自由的王者配戴上魔戒必能征服魔王，我認爲這才是他最害怕的事情。剛鐸的戰士勇猛善戰，他們絕不低頭，但還是有可能被擊敗。勇猛善戰的戰士必須先有力量，再搭配上強大的武器。若這魔戒如同你們所說，擁有這麼強大的力量，就讓它成爲諸位的武器。拿起這武器，光榮地迎向勝利！」

「唉，可惜，」愛隆說道：「我們不能夠使用統御魔戒。歷史的教訓一次又一次地證明了這點。這是專爲索倫打造的寶物，其中充滿了邪氣。波羅莫，它的力量強大到沒有人能夠任意指使操縱；除非他們本身已經擁有極強大的力量，但即使對這些人來說，魔戒都是致命的吸引力，它所造成的慾望足以腐蝕人心。就拿薩魯曼當例子好了，任何一名賢者戴上魔戒，推翻魔多之王的統治，最後他只會坐上索倫的寶座，另一名闇王必定就此誕生。這也是魔戒必須被摧毀的另一個理由：只要它還存在於世間，連賢者都無法抗拒它的力量。萬物天性本善，連索倫一開始也是如此；它最大的危險就是腐蝕人心的能力，我不敢親自收藏魔戒，更不願使用魔戒。」

「我也不願意。」甘道夫說。

波羅莫狐疑地看著兩人，最後還是低下頭對兩人行禮。「那也只能這樣了，」他說：「剛鐸只能倚靠它現有的武器。至少，我們可以在智者看衛魔戒時，放心地繼續戰鬥。或許斷折的聖劍將會是一切問題的解答——希望持有者不只繼承了人皇的血統，更繼承了人皇的力量。」

「誰知道呢？」亞拉岡說：「但終有一天他必須接受這樣的試煉。」

「但願這一天不要太遠，」波羅莫說：「因爲，雖然我沒有要求各位的幫助，但我們的確迫切需要援助。如果我們能夠知道其他人也在盡其所能地作戰，至少可以覺得心安。」

「那麼，就請安心吧，」愛隆說：「這世界上有許多你不知道、也看不見的力量。大河安都因在流到剛鐸大門之前，它經過了許多地方，每個地方都擁有各自抵抗魔王的方法。」

矮人葛羅音說：「如果這些力量都能夠團結起來，每個勢力都能夠並肩作戰，這才是萬民之福。其他的戒指或許沒有這麼險惡；如果巴林沒有找到索爾之戒，也是最後一枚戒指，那我們的七戒都已失去。我現在可以告訴諸位，巴林就是為了想要找到這枚戒指，才甘願身涉險地。」

「巴林在摩瑞亞找不到任何戒指的，」甘道夫說：「索爾將戒指傳給了他的兒子索恩，但索恩卻沒有傳給索林。索恩在多爾哥多的地牢中受盡拷打，被迫交出戒指，我到得太遲了。」

「啊，眞是太可惜了！」葛羅音大喊著：「我們要到什麼時候才能夠復仇？但是，還有精靈的三戒是我們的希望。這三戒的下落呢？根據傳說，它們是非常強而有力的戒指。難道這些戒指不在精靈貴族的手中嗎？這三枚不也是闇王很久以前打造的嗎？難道他們就這樣袖手旁觀？我在這裡看見了精靈貴族，他們為什麼不說話？」

精靈們一言不發。「葛羅音，你之前莫非沒有聽清楚我說的話嗎？這三戒不是索倫打造的，他也從來未曾染指，但我們不能夠洩漏任何有關它們的秘密。即使在受到你質疑的時刻，我也只能夠說這麼多。他們並沒有袖手旁觀，但這些戒指並非做來當作戰爭或是征服的工具：這不是它們的能力。打造他們的工匠並不想要力量、權勢或是財富；他們想要的是理解、創造和醫療，讓一切不受污染。這些力量是中土世界的精靈犧牲許多才換來的。如果索倫重獲至尊魔戒，那麼這三戒所行的一切善事，都將變成他們致命的弱點，反而讓索倫有機會得知他們的行蹤和思緒。如果這樣，三戒不如根本不存在比較好，而這也是魔王的用意。」

「可是，如果衆戒之王照您所說的被摧毀了，那又會怎麼樣？」葛羅音問道。

「我們也不確定，」愛隆哀傷地回答：「有些人希望索倫從未染指的三戒將會獲得自由，可以修復魔王對這世界所造成的傷害。但是，可能至尊魔戒一毀滅，三戒也會跟著消失，許多美麗的事物都將跟著消失和被遺忘。我認爲後者是比較可能的情況。」

「但是，所有的精靈都願意承受這個風險，」葛羅芬戴爾表示：「只要這樣做能夠消除索倫的力量，讓他永遠不能統治世界。」

「那麼我們又回到討論如何摧毀魔戒的階段了，」伊瑞斯特說：「但我們只是在原地打轉，我們有什麼實力可以找到鑄造它的火焰？這是一條絕望的道路。如果睿智的愛隆瞭解我的意思，我該說這是一條愚蠢的道路。」

「絕望，或是愚蠢？」甘道夫說：「這不是絕望，絕望是那些堅持看見結局，放棄一切希望的人所感受到的煎熬。我們不是這樣的人。所謂的智慧必須要認清眼前的道路，挑出別無選擇的方向。雖然，對那些保持著虛假希望的人來說，這可能是愚蠢的行爲；就讓愚蠢成爲我們的掩護，遮擋魔王的目光！他詭計多端，時常將一切的事物在他邪惡的天秤上衡量著、算計著。但他內心只有慾望，也用慾望衡量世間衆生。他絕對不會想到有人竟然能夠拒絕魔戒，手中握有魔戒的我們竟然想要摧毀它，如果這是我們的抉擇，他將措手不及。」

「至少目前是這樣，」愛隆說：「即使它險阻重重，我們也必須走上這條道路，不管是再多的力量或是智慧，都不足以幫助我們度過難關。這次的任務，弱者可能和強者擁有一樣的機會。但這不就是天地萬物之理嗎？弱小者爲生命而搏鬥，剛強者卻大意將頭轉向他方。」

「說得好，說得好，愛隆大人！」比爾博突然說：「不要多說了！我已經明白你的意思了。比爾博是開始這一切的愚蠢哈比人，自然應該由比爾博來結束這一切，或是結束他自己的愚行。我在這裡過得很舒服，書也寫得很順利。如果你們有興趣的話，我的書也快寫完了。我本來想要在最後加上：**他從此過著幸福快樂的日子**。這個結局很不錯，即使之前有很多人用過也無損它的傑出。看來，這恐怕不能成眞了，我得修改結局才行。如果我能夠活著寫下它們的話，看來我還有好幾個章節可以寫呢！這可眞讓人放心不下。我們什麼時候離開？」

波羅莫哭笑不得地看著比爾博；但是，當他注意到所有人都以尊重的眼光看著這老哈比人時，他臉上的笑容也跟著斂去。只有葛羅音繼續保持笑容，但這笑容是來自於古老的記憶。

「當然，親愛的比爾博，」甘道夫說：「如果這一切眞的是由你開始的，自然該由你結束它。但你瞭解沒有人可以說這事情是他**開始**的，任何英雄在歷史中其實都只扮演一小部分的角色。你不需要跟我們敬禮！我們知道你是眞心的，也不懷疑你的勇氣。但是，比爾博，有件事情你必須明白，你不能夠把這東西送回去，魔戒已經不屬於你的了。如果你還需要我的忠告，我會告訴你，你的主戲已經演完了，你必須扮演好記錄者的角色，儘管寫完你的書，不需要更改結局！我們還有希望的。不過，他們回來的時候，請記得替他們寫本續集。」

比爾博笑了。「你以前的忠告從來沒這麼好聽過，」他說：「既然你所有逆耳的忠言都是爲了我好，那我想這次應該也不壞。我的確不認爲自己擁有足夠的力量和運氣來對付魔戒。它成長了，但我沒有。可是，我不明白，你口中的**他們**是誰？」

「就是派去護送魔戒的遠征隊成員們。」

「我就知道！他們又是誰呢？我猜想這必須要由這次的會議決定，就跟所有的事情一樣。精靈只靠講話就可以過活，矮人吃苦耐勞，但我只是個老哈比人，肚子餓了就想吃飯。你現在可以告訴我這些人的名字嗎？還是你準備晚飯後再說？」

沒有人回答。正午的鈴聲響了，依舊沒人說話。佛羅多看著所有人，但沒有人看著他，會議現場的每個人都低下頭，彷彿在努力地沈思著。他覺得心頭沈重，彷彿自己在等待著死刑的宣判，卻又暗自希望永遠不要聽到結局。他心中只想要永遠地待在比爾博身邊，在瑞文戴爾好好享受平靜的氣氛。最後，他十分勉強地開口，自己也懷疑究竟能不能聽到口中發出的聲音。

「我願意帶走魔戒，」他說：「但我不知道未來該怎麼走。」

愛隆抬起頭，看著他，佛羅多覺得自己彷彿突然被兩道尖銳的光芒刺穿。「如果我對剛剛會議中所有討論都沒有誤解，」他說：「那這個任務本來就該屬於你，佛羅多。如果你不知道未來該怎麼走，就沒有其他人會知道了。這是屬於夏爾居民的一刻，他們必須從平靜的田野中站起，晃動聖哲們的高塔。哪一位賢者能夠預料到這樣的情景？或者應該這麼說，如果他們眞的夠睿智，怎麼可能在事件發生前知道眞相呢？這是個沈重的責任。沒有人可以把這樣的責任交到任何人肩上。這並非是我託付給你的責任。但如果你自願接受，我會誇獎你正確的抉擇；如果有朝一日，我們召集所有偉大的精靈之友；包括了哈多、胡林、圖林，甚至連貝倫都會出席，閣下必定在這些偉人之間有一席之地。」

「大人，你應該不會讓他孤身前往吧？」山姆再也忍不住了，從他之前一直悄悄坐著的角落跳了出來。

「的確不會！」愛隆笑著轉過身面對他。「至少你應該跟他一起去，看來很難將你們兩個分開，即使這是次秘密會議，我們沒有邀請你也是一樣。」

山姆坐了下來，漲紅著臉嘀咕著，「佛羅多先生，這次我們可惹上大麻煩囉！」他搖著頭說。

第三節　魔戒南行

當天稍晚時，哈比人們在比爾博的房間中舉行了一個小小的聚會。梅里和皮聘一聽到山姆悄悄溜進會議中，竟然還被選爲佛羅多的伙伴時，兩人都覺得忿忿不平。

「這眞是太不公平了，」皮聘說：「愛隆竟然沒把他扔出來，用鍊子綁起來，反而用這種超棒的待遇獎勵他！」

「獎勵！」佛羅多大惑不解地回答：「我實在沒辦法想像比這個還要嚴厲的懲罰了。你一定又沒有動腦想了；註定絕望的旅程，這算是獎勵？我昨天還夢到我的工作終於結束，可以永遠在這邊休息了哩。」

「這也難怪，」梅里說：「我也希望你可以，但我們羨慕的是山姆，而不是你。如果你決定要去，對我們來說，即使是留在瑞文戴爾，也都是最嚴厲的懲罰，我們和你同生共死了這麼長一段時間，我們想要繼續下去。」

「這就是我的意思，」皮聘說：「我們哈比人得要團結起來才行，除非他們把我綁起來，否則我死也要去，隊伍中得要有些足智多謀的傢伙才行。」

「這位皮瑞格林·圖克老兄，那你一定沒有份！」甘道夫從窗戶探頭進來說道：「你們別杞人憂天啦，一切都還沒有決定啦！」

「還沒決定！」皮聘大喊：「那你們剛剛在幹嘛？一夥人關起門來密商了好幾個小時。」

「就是講話而已，」比爾博說：「我們講了很多話，每個人都有自己讓人驚訝的故事，連老甘道夫都不例外。我猜勒荀拉斯有關咕魯逃跑的消息讓他嚇了一跳，雖然他偽裝得很好。」

「你猜錯了，」甘道夫說：「你那個時候不專心。我已經從關赫口中聽到了這個消息。如果你真的想要知道，眞正讓人大吃一驚的是你和佛羅多，我可是唯一倖免於難的老傢伙哪。」

「好吧，總之，」比爾博說：「除了會有可憐的佛羅多和山姆之外，其他一切都還沒有決定。如果不是我堅持的話，恐怕連這個結果都無法達成。不過，如果你問我的意見，我會猜愛隆等到情報回來之後，會派出不少人。甘道夫，他們出發了嗎？」

「是的，」巫師說：「有些偵察員已經出發了。明天會有更多的精靈出發，他們會和遊俠們聯絡上，甚至是和幽暗密林中瑟蘭督伊的屬下會合。在作出任何決定之前，我們必須收集所有的情報。佛羅多，高興起來吧！你可能會在這邊待上很長一段時間。」

「啊！」山姆悶悶不樂地說：「我們可能會等到冬天呢。」

「這也沒辦法，」比爾博說：「佛羅多小朋友，這有部分是你的錯，你堅持要等到我生日才出發。我實在忍不住要說，這眞的是種怪異的紀念方式，那可不是我會讓塞巴人住進袋底洞的日子。反正，狀況就是這樣啦，我們沒辦法等到明年春天，也不能在情報回來之前出發。

當霜雪漫天飛舞，

落葉掉盡，池水黑烏，
霜凍的岩石因而暴裂，
親臨荒野，目睹惡寒肆虐。

這些，恐怕是你的宿命了。」

「我擔心的確是這樣的，」甘道夫說：「在我們確認黑騎士的行蹤之前，不能貿然出發。」

「我還以爲他們都在洪水中被消滅了。」梅里說。

「光是那樣不足以摧毀戒靈，」甘道夫說，「他們體內擁有魔王的力量，因此，他們和他是命運共同體。我們只能希望他們都失去了座騎，被揭穿了僞裝，暫時減低他們的危險性，但我們一定得絕對確認才行。在此同時，你應該試著放鬆，忘記這些負擔，佛羅多。我不知道我能不能夠幫上忙，但我願意和你分享這句話。有人說隊伍中需要足智多謀的人才，他說的對，我想我應該會跟你一起走。」

佛羅多一聽到這句話，立刻露出狂喜的表情，讓甘道夫跳下窗台，脫下帽子跟大家鞠躬。「我只是說**我想**應該會跟你一起走，一切都還沒決定呢。愛隆對這件事會有很多意見，還有你的朋友神行客，這讓我想到一件事，我得趕快去見愛隆。」說著，他人就離開了。

「你覺得我還可以在這邊待多久？」等到甘道夫走後，佛羅多對比爾博說。

「喔，我不知道。我在瑞文戴爾不會算日子，」比爾博說：「但我敢打賭應該會很久，我們總算有時間可以好好聊聊了。幫我寫完這本書，順便開始一本新書怎麼樣？你想到結局了嗎？」

「是的，好幾個結局，但每個都是又黑暗又恐怖。」佛羅多說。

「喔，這樣可不行！」比爾博回答道：「書一定要有好結局才行。這樣你覺得如何：**他們定居下來，從此過著幸福快樂的生活。**」

「如果可能的話，我想這會很不錯的。」佛羅多說。

「啊！」山姆插嘴道：「但他們要住在哪裡呢？這點我經常忍不住想到。」

經過一段時間，哈比人還是談論著過去的旅程和眼前的危險；不過，瑞文戴爾的威力慢慢發揮效用，恐懼和緊張都融化消退。不管未來是好是壞，都沒有被遺忘，只是暫時無法影響人們現在的心情。他們開始覺得精力充沛、希望滿懷，每天都盡情享受人生，品味美食，聆聽每一句對話和歌謠。

日子就這樣一天天過去，每天都是清朗的早晨，每晚都有著清澈的天色和涼爽的天氣。但秋天快要結束了，金黃色的光芒慢慢被銀白色的光芒所取代，落葉從光禿禿的樹上掉下，冰寒刺骨的東風開始從迷霧山脈上吹下。獵戶之月星座在天空中綻放光明，遮掩了其他的小星星，但在南方，有一顆紅色的星斗越來越亮，即使是月光都無法遮掩其鋒芒。佛羅多每天都可以看見，它像是隻永不疲倦的巨眼，俯瞰著世間的一切。

哈比人幾乎在愛隆的居所住了兩個月之久，秋天也跟隨著十一月的腳步消逝，慢慢地進入十二月。偵察員們這才開始回到出發點。有些人越過狂吼河，前往伊頓荒原，其他人則是往西走，在亞拉岡和遊俠的協助下，搜索了灰泛河流域，一直到塔巴德附近，該處是北方大道越過灰泛河的一座廢棄小鎮。其他的探子則是往東和往南走，有些人越過了迷霧山脈，進入幽暗密林，其他的人沿著溪流來到格拉頓河的源頭，跟著踏上大荒原，越過格拉頓平原，最後來到了瑞達加斯特的故鄉。瑞達加斯特不在該處。於是他們又越過被稱做丁瑞爾天梯的陡坡，回到原地來。愛隆的兩個兒子伊萊丹和伊羅何是最後回來的兩個人，他們沿著銀光河前往一個陌生的國度；但他們不肯對愛隆以外的任何人透露任務的目的。

這些信差們完全沒有發現黑騎士或是魔王其他爪牙的蹤影，即使是迷霧山脈的巨鷹也沒有更新的情報，也沒有人聽到有關咕魯的消息，但野狼們依舊在聚集，又重新開始在大河沿岸狩獵。距離渡口不遠的地方，很快就發現三匹淹死的馬屍；在底下急流的岩石上搜尋者又發現了五具屍體，還有一件破爛的黑斗篷。除此之外，就沒有任何黑騎士的蹤跡了，人們也感應不到他們的存在，看來，他們似乎已經離開了北方。

「我們已經追蹤到了九名中的八名，」甘道夫說：「現在沒有辦法太早下定論，但是我認為這些戒靈可能四散各地，被迫放棄形體，盡快回到魔多的主子身邊。」

「如果是這樣，可能還要再隔一段時間他們才會四出狩獵。當然，魔王還有其他的爪牙。不過他們也都必須大老遠地跑到瑞文戴爾來，才能追蹤到我們的形跡。如果我們夠小心，他們連這些都很難找到，我覺得不應該再拖延了。」

愛隆召集了所有的哈比人，他面露憂鬱地看著佛羅多。「時候到了，」他說：「如果魔戒必須離開這裡，它必須要立刻出發。但任何和它一起離開的人，不能期待會有大軍或任何的武力支援。他們必須要孤軍深入魔王的領土。佛羅多，你依舊願意擔任魔戒的持有者嗎？」

「我願意，」佛羅多說：「我會和山姆一起走。」

「那麼，我也幫不上你太多忙，」愛隆說：「我看不見你的未來，我也不知道你的任務該如何完成。魔影已經抵達了山腳下，甚至越過了灰泛河流域，魔影之下的一切都不是我能看清的。你會遇見許多敵人，有些是光明正大的，有些是偷偷摸摸經過僞裝的。你會在最出乎意料之外的地方找到盟友。我會盡可能地送出訊息，通知這廣大世界中的朋友。不過，這塊大地已經陷入了空前的危機，有的消息可能會落入錯誤的耳中，有些則不會比你的腳程快多少。因此，我將替你挑選同伴，視他們的意願和命運而決定和你共度旅程。人數不能太多，因爲這趟任務的成敗關鍵在於速度和秘密。即使我擁有遠古時代的精靈重甲部隊，也只會引起魔多大軍的報復，不會有太多的作用。」

「魔戒遠征隊的人數必須是九名，九名生靈對抗九名邪惡的死靈。除了你和你忠實的僕人之外，甘道夫會參加，因爲這是他自始至終參與的使命，也可能是他努力的終點。」

「至於其他的，將必須代表這世界上愛好自由與和平的人們：精靈、矮人和人類。勒苟拉斯代表精靈，葛羅音之子金靂代表矮人，他們至少願意越過迷霧山脈，甚至是到更遠的地方。至於人類，你應該挑選亞拉松之子亞拉岡，因爲埃西鐸的戒指和他息息相關。」

「神行客！」佛羅多高興地大喊。

「沒錯，」他笑著說：「我請求您再度同意在下與你作伴，佛羅多。」

「我本來想要哀求你跟我一起來，」佛羅多說：「只是我原先以爲，你會和波羅莫一起前往米那斯提力斯。」

「我的確要，」亞拉岡說：「在我赴戰場之前，也必須要重鑄斷折聖劍。但你的道路我的道路有好幾百哩是重疊的，因此，波羅莫也會加入我們的隊伍，他是個勇敢善戰的人。」

「那麼還剩下兩個空缺，」愛隆說：「我要再考慮考慮，我應該可以在這裡找到兩位能征善戰的人和你同行。」

「可是這樣一來就沒我們的位子了！」皮聘不滿地大喊：「我們不想要被丟下來，我們想要和佛羅多一起去。」

「這是因為你們還不瞭解、不清楚眼前的路上到底有些什麼。」愛隆毫不留情地反駁。

「佛羅多也不瞭解啊，」甘道夫出奇不意地支持皮聘的說法：「我們也都不知道。的確，如果這些哈比人知道有多危險，他們就不敢去了。但他們依然希望自己和朋友一起去，否則就會感到羞愧和不快樂。愛隆，我認為，在這件事情上你應該讓他們的友誼勝過你的睿智。即使你選擇像是葛羅芬戴爾這樣的精靈貴族，他也不可能直殺到邪黑塔中，或者是靠著他的力量打開通往末日裂隙的道路。」

「你的口氣很沈重，」愛隆說：「但我很懷疑，夏爾並沒有免於危險，我本來想要讓這兩人回去當信差，盡可能地拯救一切，照著他們的傳統和習俗警告同胞，看看能做些什麼。我認為，這兩位之中較年輕的皮瑞格林·圖克應該留下來，我總覺得他不應該跟著一起走。」

「那麼，愛隆大人，你得要把我關起來，或者是把我綁在袋子裡面，」皮聘說：「不然我死也會跟著去。」

在巫師摸過的地方，淡淡的光芒顯現，銀色的線條出現在岩石上。

照射進來的光芒，直接落在大廳中央。

「那麼，就這樣吧。你就是其中的一員，」愛隆嘆氣道：「現在，九人小組已經齊聚了，七天之內你們就必須出發。」

伊蘭迪爾聖劍在精靈巧匠的手下重鑄了。在劍身上介於日月的花紋之間有著七枚星辰。劍身上還有許多帶著神秘力量的符文，因爲亞拉岡這次準備要和魔多開戰，必須要有強力的守護才行。當寶劍重鑄時，它發出刺眼的光芒，太陽的符號隱隱閃出紅光，月亮則是發出柔順的銀光，劍鋒顯得無比銳利。亞拉岡重新替這柄寶劍命名爲安都瑞爾，西方之炎。

亞拉岡和甘道夫自此之後，就經常密商著未來會遇到的重重危險，並在愛隆的屋子中找尋、閱讀著許多傳說和古老的地圖。有些時候佛羅多和他們在一起，但大多時候他相信兩人的領導，於是他把時間都花在比爾博身上。

在最後的那幾天，哈比人們經常圍坐在烈焰之廳中，傾聽著露西安和貝倫一同找回那美麗精靈之鑽的故事。到了白天，當皮聘和梅里四處亂跑的時候，佛羅多和山姆會待在比爾博的小書坊中。比爾博會唸誦他書上的句子（看來距離完成還有一段距離），或者吟唱他的詩歌，又或者是記錄佛羅多冒險的細節。

最後一天早上，佛羅多和比爾博單獨相處。老哈比人從床下拉出一個箱子。他打開蓋子，在箱中翻弄著。

「這是你的寶劍，」他說：「但它已經斷掉了。我爲了預防萬一，替你把它收了起來。但我忘記詢問鐵匠是否可以重鑄這柄武器。看來現在也沒時間了，……我想，或許你可以接受這柄武器，你知道這是什麼嗎？」他從箱子裡面拿出一柄插在破舊皮鞘內的武器來。當他抽出短劍時，那經過細心照顧的鋒利武器閃出冷冽的光芒。「這是寶劍刺針，」他說，一點也不費力地將它深深插入柱子中：「如果你願意的話，收下它，我想以後再也不需要用到它了。」

佛羅多高興地收下這禮物。

「還有這個！」比爾博接著拿出一疊看來比外表要沈重的東西。他解開了好幾層的布包之後，拿出一件鎖子甲背心。這是由許多金屬環所結成的，擁有布料一般的彈性，像冰一般的低溫，如同鋼鐵一般堅硬。它閃爍著白銀一樣的光芒，上面點綴著白色的寶石。跟整套背心配成一套的是一條珍珠和水晶的皮帶。

「這很漂亮，對吧？」比爾博將它對著光移動：「而且也很有用。這是索林給我的矮人鎖子甲，我在出發之前從米丘窟把它拿了回來，和行李一起打包。除了魔戒之外，我把上次旅行的所有紀念品都帶走了。但沒想到會有用到它的一天，除了偶爾看看之外，我不需要這東西了。如果你穿上它，幾乎不會感覺到額外的重量。」

「我看起來應該——我覺得應該很合適才對，」佛羅多說。

「我就是這樣對自己說的，」比爾博說：「不過，別管看起來怎麼樣了。你可以把它穿在外衣之下。來吧！這個秘密只能和我分享。千萬別告訴任何人！我知道你一直穿著它會感覺好一點，我總覺得它可以抵抗黑騎士武器的攻擊。」他低聲說。

「好的，我收下它。」佛羅多感動地說。比爾博替他穿上，將刺針插在閃閃動人的腰帶上。最後，佛羅多再穿上他飽經風霜的舊襯衫、褲子和外套。

「你看起來跟一般哈比人沒什麼兩樣，」比爾博說：「但你的內涵可與一般人不一樣。祝你好運！」他轉過身，看著窗外，試著哼出不成調的曲子。

「比爾博，我眞不知道該怎麼感謝你才好，你對我太好了。」佛羅多說。

「那就別道謝！」老哈比人轉過身，拍著他的背。「喔！」他大喊道：「你現在拍起來很硬了！不過，告訴你一件事，哈比人得要團結起來，特別是巴金斯家人更是如此。我只要求一件事情：盡可能的照顧好自己，把消息帶回我這邊來，同時也請記下任何你遇到的歌謠或是詩句。我會儘量在你回來之前把書寫完，如果我有時間，我會想要趕快寫出第二本書來。」他又走到窗戶邊，開始輕輕的哼唱。

我坐在爐火邊思索，
想著過去所經歷的一切，
看著那遍野的花朵和蝴蝶，
還有那盛夏的世界；

黃色的枝葉和輕薄的蛛絲，
在秋天到處可見，
銀色太陽和晨間迷霧，
清風吹拂我的耳邊。

我坐在爐火邊思索，
世界未來的模樣，
何時冬至春不來，
如同我以往所見的模樣。

世上有無數事物，
我還一直未能得見：
每個森林、每座湧泉，
都有截然不同的景觀。

我坐在爐火邊思索，
許久以前的人兒，
以及未來的子孫，
那些目睹我未曾得見世界的人兒。

我坐在椅子上思考，
過去流逝的時間，

一邊傾聽著門口的聲音，
還有遊子歸鄉的蹣跚。

那是十二月底冰冷、灰白的一天。東風掃過光禿禿的樹幹，穿越了山丘上黑暗的松林。殘破的雲朵在天空中翻滾著，顯得又低又暗。當早來的傍晚開始落下陰影時，隊伍整裝待發。他們準備天一黑就走，因爲愛隆建議他們盡可能利用夜色行進，直到他們遠離瑞文戴爾爲止。

「你們必須要提防索倫的許多耳目，」他說：「我相信他已經得知黑騎士受創的消息，他將會暴怒不已。很快地，步行和飛行的間諜都會充斥在北方的大地上。在你們出發的時候，連天空上的飛禽都必須要小心才是。」

衆人沒有攜帶多少武器，因爲這趟旅程的關鍵在於隱密行動而非大開大闔的殺戮。亞拉岡除了安都瑞爾之外沒有別的武器，他像是一般的遊俠一樣穿著鏽綠色和褐色的衣物。波羅莫帶著柄長劍，樣式類似安都瑞爾，卻沒有那麼大的來頭；他還揹著盾牌和那隻巨大的號角。

「這在山脈和谷地中都可以響徹雲霄，」他說：「讓所有剛鐸之敵逃竄吧！」他將號角湊到嘴邊用力一吹，巨大的號聲在山谷中迴盪，所有在瑞文戴爾的人一聽見這聲音立刻都跳了起來。

「下次你最好不要貿然吹動這號角，波羅莫，」愛隆說：「除非你又再度回到這裡，而且有了極大的危險。」

「或許吧，」波羅莫表示：「或許日後我們必須要在黑夜中行動，但我每次出發的時候都會吹號，不喜歡像個小偷一樣的鬼鬼祟祟。」

只有矮人金靂從一開始就穿著鎖子甲，因爲他們十分擅於負重，他的腰間插著一柄寬大的戰斧。勒苟拉斯揹著一柄弓和一筒箭，腰間插著一柄長刀。年輕的哈比人們都帶著從古墓中弄來的寶劍，但佛羅多帶著的則是寶劍刺針。而他的鎖子甲如同比爾博希望的一樣，是穿在衣服底下。甘道夫拿著手杖，腰間卻別著格蘭瑞——敵擊劍，這和孤山中與索林陪葬的獸咬劍正是一對。

愛隆也叮囑每人穿上溫暖的厚衣，外套和斗篷也都鑲上了毛皮邊。額外的食衣裝備則被放在他們在布理所買的那匹可憐的小馬上。待在瑞文戴爾的這段日子裡，牠變得毛皮豐潤，似乎又恢復了活潑的體力。是山姆堅稱牠一定要來，否則比爾（他對牠的稱呼）會吃不好睡不好。

「這隻動物幾乎可以說話了，」他說：「如果他再繼續留在這裡，可能眞會說話。牠看我的眼神就像皮聘先生的說法一樣：**如果你不讓我跟，老子就自己來。**」因此，比爾擔任駝獸的工作，不過，牠卻是隊伍中唯一看來興高彩烈的成員。

歡送儀式在大廳中舉行，他們現在只等甘道夫從屋子裡面出來。敞開的大門中流洩出溫暖的黃光，許多窗戶內也都閃動著光芒。比爾博瑟縮在毛皮大氅內，站在佛羅多身邊。亞拉岡坐在地上，頭放在兩腿之間；只有愛隆知道這對他來說代表著什麼。其他人則是黑暗中幾個不引人注目的灰影。山姆站在小馬身邊，發出嘖嘖聲，陰鬱地瞪著底下嘩嘩的流水；他對於冒險的渴望這時落入了最低點。

「比爾，老友，」他說：「你不應該和我們一起來的。你可以留在這邊，吃著最好的乾草，等到明年春天一來，就又有新鮮的牧草可以吃。」比爾搖搖尾巴，什麼都沒說。

山姆調整一下背包，緊張默唸著裡面所有的東西，希望自己不要忘記任何東西。他最珍貴的寶貝廚具、只要有機會就會裝滿的小鹽盒、一大堆的煙草（但我打賭最後還是會不夠），打火石和火絨盒、羊毛襪、被單，以及許多將來會需要的雜七雜八東西，到時他可以自信滿滿的從口袋裡面掏出來。他一項一項的清點。

「繩子！」他嘀咕著：「竟然忘了繩子！昨天晚上你還在對自己說：『山姆，來段繩子怎麼樣？如果你沒有，你一定會想要的。』看吧，我現在想要，卻來不及了。」

就在那一刻，甘道夫和愛隆一起走了出來，他將隊伍召喚到身邊：「這是我最後的叮嚀，」他壓低聲音說：「魔戒持有者這次是要前往末日山。他只有一個責任，絕對不可以丟棄魔戒，或是讓它落入任何魔王的爪牙手中。只有在最危急的時候，才可以把它交給身邊的伙伴，或是參與過我們會議的成員。其他人則沒有旁騖，只須盡力協助他。只要有機會，你們可以分散，或是回來，或是朝向別的方向前進。你們走得越遠，要回頭就越困難。但你們並沒有受到任何誓約的牽絆，沒有任何人可以逼你們走不想要走的路。因爲你們還不知道自己的力量所在，也不知道未來會遇上些什麼。」

「當道路黑暗時，說出再會的人，是沒有信心的人，」金靂說。

「或許吧，」愛隆說：「但我希望還沒見過日落的人，也不要發誓走在黑暗的道路上。」

「但誓約卻可以鞏固動搖的心靈，」金靂說。

「或是讓它斷折，」愛隆回答：「不要看得太遠！只要抱持著希望就好！再會了，願人類、精靈和所有愛好自由的人祝福你們。願星光時常照耀在你們臉上！」

「祝……祝你們好運！」比爾博冷得發抖：「看來，佛羅多小朋友應該是沒辦法寫日記了。不過，回來的時候我要你給我一個完整的報告。別拖太久了！再會！」

愛隆的部屬有許多站在陰影中看著他們離開，低聲的祝福他們。歡送他們的人群中沒有音樂、也沒有笑語。最後，他們靜悄悄的轉身，融入黑暗之中。

一行人越過橋樑，緩緩的走在一條陡峭的通道上，離開了瑞文戴爾河谷，來到一座強風呼嘯吹過的高地；在看了最後的庇護所一眼之後，衆人這才跋涉進入夜色中。

在布魯南渡口，他們離開大道，沿著一條小徑在起伏的丘陵之上邁步，他們的目標是保持這個方向朝著迷霧山脈前進許多天。這條路非常荒涼，比起大荒原上的河谷，這裡顯得了無生氣，而且他們的行動也快不起來。他們希望藉著人跡罕至的道路躲過許多不友善的眼光。這塊空曠的大地上極少見到索倫的間諜，因爲除了瑞文戴爾的人，外人幾乎不知道這條道路。

甘道夫走在前面，身後跟著可以蒙著眼在這裡奔跑的亞拉岡。其他人排成一行，目光銳利的勒苟拉斯負責擔任後衛。旅程的第一段讓人十分疲倦，除了不停吹拂的強風之外，佛羅多什麼也記不起來。在許多毫無太陽的日子中，東邊的山脈吹來陣陣刺骨的冷風，似乎沒有任何的衣物可以阻絕它冰冷的碰觸。雖然遠征隊成員們都穿著厚重的衣物，但不管是走路或休息時，他們都覺得自己好像泡在冰水裡。在白天，他們會不安的在河谷、或是荊棘叢內睡覺。到了下午，他們會被輪值的人叫醒，吃下一頓冷冰冰的正餐——因爲他們不敢冒險生火。到了晚上，他們又繼續步行，只要有路，就繼續往南方走。

對於哈比人來說，雖然每天都在黑暗中摸索到四肢無力，但似乎一點進度都沒有。周圍的景物每天看起來都一樣，不過，山脈卻顯得越來越靠近。他們腳下的地勢越來越高，開始往西彎，到了這塊地形的邊緣時，他們來到了一塊充滿丘陵和深邃河谷的地方。這裡的道路極少，又都十分的曲折，經常讓他們踏入懸崖的邊緣，或是某個沼澤的深處。

在第十天的晚上，天氣突然改變了。風速減緩，方向也改為向南吹。天空中奔馳的雲朵也停了下來，融化在澄藍的空氣中，蒼白而明亮的太陽也出來了。在一整夜的跋涉之後，迎接他們的是寒冷、清澈的黎明。大夥來到被古老冬青樹環繞的低地中，這些衰老的樹木彷彿和岩石合為一體。它們暗色的樹葉在日出時反射著光芒，樹上結的梅子則是散發出紅色的光輝。

佛羅多可以看見南方遠處有許多綿延模糊的山脈，擋住眾人的去路。在這些山脈的左邊有三座特別高的山峰，最高、最接近的山巔看起來像是沾雪的尖牙，它北邊裸露的懸崖大部分覆蓋在陰影中，沾染到日光的部分閃動著紅色光芒。

甘道夫站到佛羅多旁邊，用手遮住陽光往遠處看：「我們的進度不錯，現在已經到達了人類稱作和林的區域邊境了。在往昔和平的年代中，有許多精靈居住在這裡，當時此地還叫作伊瑞詹。如果以飛鳥直線飛行的方式來計算，我們已經走了一百三十五哩。天氣和地形現在看起來都還算溫和，但這可能只是危險的前兆。」

「不管危不危險，我都很高興可以看到真正的日出，」佛羅多褪下兜帽，讓晨光照在臉上。

「可是，我們的前方原來是山脈，」皮聘說：「我們一定在晚上的時候不小心朝東走了。」

「你錯了，」甘道夫說：「這只不過是因為天氣晴朗讓你可以看得更遠而已。在這些山峰之後，這座山脈會往西南方向偏。愛隆的居所裡面有許多地圖，我想你沒有花時間去看吧？」

「才不呢，我有時會去看看，」皮聘說：「只是記不清楚而已，佛羅多對方向比較擅長。」

「我不需要地圖，」金靂跟著勒苟拉斯一起走來，深陷的雙眼中有著奇異的光芒：「這是我們先祖流血流汗的地方，我們把這些山脈的形狀，雕進許多岩石和金屬的工藝品中，也將它們編進入很多歌曲和故事中。它們在我族的夢中，是高不可攀的三座山峰：巴拉斯、西拉克、夏瑟。」

「我這輩子只有一次很清楚地從遠方看過這三座山脈，但我早就熟記它們的名稱和外型。因為山峰底下就是凱薩督姆，矮人故鄉，現在被稱作黑坑；在精靈語中則被稱為摩瑞亞。那邊矗立的三座山峰就是巴拉辛巴，紅角，殘酷的卡蘭拉斯；在它之後則是銀峰和雲頂，分別又叫作白衣凱勒布迪爾、灰袍法怒德何；在矮人的語言中則是西拉克西吉爾，和龐都夏瑟。從那以後，迷霧山脈就分成兩路，在這兩座山脈的臂膀之間有座被山影覆蓋的山谷，也是我們絕不敢忘記的地方：那是阿薩努比薩，丁瑞爾河谷，精靈則稱作南都西理安。」

「我們的目標正是丁瑞爾河谷，」甘道夫說：「如果我們通過了卡拉霍拉斯另一邊的紅角隘口，我們應該可以來到丁瑞爾天梯，接著就可以進入矮人的深谷。那裡有一座鏡影湖，我們所熟知的銀光河，就是從那邊冰冷的山泉中發源的。」

「卡雷德—薩魯姆的湖水幽黑，」金靂說：「奇比利—那拉的山泉冰寒徹骨。我一想到很快就可以見到它們，一顆心就忍不住微微顫抖。」

「願你看到它們時心中充滿喜樂，我的好矮人！」甘道夫說：「但不管你怎麼想，我們都不能夠待在那座河谷內。我們必須秘密沿著銀光河深入樹林，前往大河邊，然後……」

他暫停下來。

「然後到哪裡呢？」梅里問道。

「最後會到達我們的終點，」甘道夫說：「我們不能夠看太遠。讓我們先慶祝旅程第一階段的完成吧。我想我們今天一整天都可以在此休息。和林有種讓人安心的氣氛。如果精靈曾經住過一個地方，必定要有極大的邪惡之力，才能夠讓大地完全遺忘他們帶來的喜樂。」

「的確，」勒苟拉斯說：「但此地的精靈對我們這些居住在森林的精靈來說是很陌生的，而這裡的草地和樹木也都忘卻了他們。我只聽見岩石低語著：**他們將吾等深掘、以吾等塑造出完美的景象、建造出高聳入雲的建築；但他們已經消逝了**。他們已經消失很久了。許久以前，這些精靈就已經踏上出海的船隻，離開了此處。」

那天早晨，他們在濃密冬青樹的環繞下，於山谷中燃起了營火，那一頓晚餐和早餐的綜合餐是他們出發以來最快樂的一餐。他們吃完之後並不急著上床，因為他們有整夜的時間可以休息，要等到第二天傍晚才會再度出發。只有亞拉岡一言不發，來回走動。不久之後，他離開了眾人，站到一塊高地上。他站在樹木的陰影下，看著西方和南方，彷彿側耳傾聽著什麼。然後，他回到山谷邊緣，俯瞰著其他人笑鬧交談的樣子。

「神行客，怎麼搞的？」梅里抬頭大喊：「你在找什麼？難道你很懷念冰冷的東風嗎？」

「不是這樣的，」他回答：「但我覺得好像少了什麼東西。我曾經在不同的季節來過和林。此地雖然沒有人煙，但有許多其他生物無時無刻地喧鬧；特別是鳥類。但是，現在，除了你們之外萬籟俱寂，我可以感覺到有什麼不對勁。方圓數哩之內都沒有任何聲音，你們的話聲似乎在這一片空曠中造成迴聲，我不明白。」

甘道夫饒富興味的抬起頭：「你猜是什麼原因呢？」他問道，「有沒有可能是因爲看到四名哈比人，還有我們這幾種極少出現的生物才讓他們噤若寒蟬？」

「我希望有這麼簡單，」亞拉岡說：「但我有種不安、恐懼的感覺，是以前我在此地從未感受到的狀況。」

「那麼我們得更加小心一點，」甘道夫說：「如果你和遊俠同行，就務必要聽他的話。如果這名遊俠又剛好是亞拉岡，那就更確定了。我們必須設立哨兵，減低音量，開始休息。」

那天輪到山姆站第一班哨，但亞拉岡還是陪著他一起熬夜。衆人盡沈沈睡去，四野的沈寂現在連山姆都能清楚地感覺到：他們可以聽見衆人的呼吸聲，山姆甚至可以聽見自己關節動作的聲音。他們被一片死寂所包圍，頭上是一片清朗的天空，太陽也悄無聲息地往西方走。在南方出現了一個黑點，漸漸變大，如同煙霧一般地被吹向北方。

「神行客，那是什麼？看起來不像是烏雲，」山姆壓低聲音，對亞拉岡耳語道。對方沒有回答，只是專注的瞪著天空。不久以後，連山姆也看清楚到底是什麼東西正在靠近。一大群黑壓壓的鳥以高速飛行，不停的翻滾、打轉，彷彿在搜尋著什麼東西，而且這群鳥還越來越靠近。

「趴下不要動！」亞拉岡拉著山姆躲進冬青樹的陰影中。有一整群的飛鳥脫離了主隊，朝著這塊高地飛來。山姆認爲牠們是某種巨大的烏鴉，當牠們飛過衆人頭上時，密集的數量連天地也被黑影給遮蔽了，空中不停傳來刺耳的呱呱聲。

牠們漸漸飛遠，朝著北方和西方散去，天空也恢復原來的清澈。亞拉岡這才站起來，立刻飛奔向前，並且叫醒甘道夫。

「有一大群的烏鴉，在迷霧山脈和灰泛河之間飛翔，」他說：「牠們剛飛過和林上空，牠們不是出沒在此地的生物，而是來自於登蘭德一帶。我不知道牠們的目的是什麼，或許是逃離南邊的危險；但我認爲牠們是在監視這塊土地。我也看見了天空有許多飛鷹翺翔。我認爲今天晚上應該繼續出發，和林不再是我們的避風港：它已經受到監視了。」

「所以，紅角隘口多半也是一樣，」甘道夫說：「我們怎麼可能悄悄通過那裡？唉，只有等到事情臨頭時再來擔心了。至於說天一黑就行動這件事，我也同意你的看法。」

「幸好我們的營火沒有多少煙，而且在那些烏鴉出現之前，也已經快熄滅了，」亞拉岡說：「我們最好趕快把營火熄滅，不要再點燃。」

「哼，眞是的！」不能生火和晚上必須出發的壞消息，讓下午剛醒來的皮聘立刻陷入情緒低潮：「只是一群烏鴉而已！搞什麼鬼嘛！我本來還以爲今晚可以好好吃頓熱的。」

「這樣說吧，你可以繼續期待下去，」甘道夫說：「未來可能有很多意外的大餐呢。我自己只想要有根煙斗抽抽，有火堆暖暖腳。幸好有一件事是確定的：越往南走天氣就會越暖。」

「恐怕到時會太暖了，」山姆對佛羅多抱怨道：「但我開始認爲這也該是看見火山，或是走到大道盡頭的時候了。我剛剛還以爲這個紅角山就是人家說的火山，但是在金靂講了一堆之後，我才知道不是。他可還眞愛講咯拉咯拉的矮人語！」地圖和山姆的小腦袋就是犯衝，這些遙遠的事物更是嚴重干擾了他對距離的概念。

一整天遠征隊的成員都低調行事。那些黑色的飛禽一次又一次在他們頭上盤旋。不過，等到太陽漸漸西沈時，牠們才全都消失在南方。天色一黑，衆人就立刻出發。現在他們把方向改變爲面向東，朝向卡蘭拉斯山的方向前進。太陽的餘暉依舊照在卡蘭拉斯的山坡上，映射出炙紅的光芒來，白色的星斗一顆接一顆的跳進漸暗的天空中。

在亞拉岡的引導之下，他們來到了一條易走的小徑上。佛羅多覺得這似乎是條遠古道路的遺跡；應該是曾經從和林通往隘口，經過完整規劃的道路。滿月從山後升起，蒼白的光芒讓岩石投射出深邃的黑影。很多岩石看起來似乎經過人力的雕鑿，但現在卻幽怨地橫躺在毫無人煙的荒郊野外。

夜色漸深，當佛羅多抬頭看著天空時，正好是黎明前最寒冷的時刻。突然間，他感覺到空中的星辰似乎被某種黑影遮蔽了，彷佛它們消失了瞬間，又再度回復到這個世間。他打了個寒顫。

「你有看到什麼東西經過嗎？」他低聲詢問就在前面的甘道夫。

「沒看到，但我也感覺到了那股不知名的力量，」他回答道：「或許那不是什麼，只是雲朵而已。」

「那麼它的速度還眞快，」亞拉岡喃喃自語著：「而且還不需要跟著風的方向走。」

當晚沒有再發生任何事情，次日一早的曙光甚至比前一天還要明亮。但空氣又恢復了原先的冰冷，且又吹起了東風。他們繼續跋涉了兩晚，沿著蜿蜒的小路繼續往山裡面走。山勢越來越高、越來越靠近。到了第三天的早晨，卡蘭拉斯就矗立在他們面前，巨大的山峰頂尖覆蓋著積雪，兩旁卻是裸露的陡峭懸崖，在陽光下彷彿沾血似的泛著紅光。天色有些陰暗，太陽顯得無精打采。風現在是從東北方吹來。甘道夫嗅了嗅，回頭看著大家。

「我們身後正在邁入深冬，」他悄悄的對亞拉岡說：「北方的山脈積雪比以往都還要多，連隘口的部分也被阻擋了。今晚應該就朝向紅角隘口走，我們可能在路上被發現，或是在狹窄的隘口受到阻礙；但我認爲，天氣可能是最大的敵人。亞拉岡，你還是堅持這條路嗎？」

佛羅多偷聽到兩人的對話，很明顯這是從旅程剛開始就爭論不停的話題。他緊張地聽著。

「我從一開始就沒有堅持任何東西，甘道夫，你應該也清楚才對，」亞拉岡回答道：「隨著我們的推進，未知或已知的危險都會越來越多。但我們還是得繼續下去，把時間耽擱在山脈中沒有多大的用處。再往南的道路上連隘口都沒有，我們只能走山路；要過很長一段距離之後才有洛汗隘口。由於你帶給我們有關薩魯曼的壞消息，所以我對那裡也抱持著存疑的態度。誰知道牧馬王的將軍們現在聽從誰的號令？」

「是啊，誰能知道呢！」甘道夫無奈的回答：「但還有另外一條路，可以不用通過卡蘭拉斯，我們之前也曾經討論過這條黑暗的密道……」

「現在不要再提它！時候還沒到。我求你在確定走投無路之前，千萬不要告訴其他人。」

「我們遲早都要決定的，」甘道夫回答。

「就讓我們在心裡思考，讓其他人好好的睡覺吧。」亞拉岡說。

時間是下午，眾人正在用餐。甘道夫和亞拉岡一起走到旁邊去，看著雄偉的卡蘭拉斯山。它現在透露出一股陰鬱之氣，山頭也被灰雲所籠罩。佛羅多看著兩人，懷疑他們之間的爭論，到底什麼時候會水落石出？

兩人不久後回到眾人身邊，甘道夫開口對大家解釋。佛羅多這才確定他們已經決定面對卡蘭拉斯嚴酷天氣的挑戰。他鬆了一口氣。雖然他猜不出來兩人口中的黑暗密道是什麼，但光看亞拉岡的表情就讓人感到不安；他很慶幸最後放棄了這個計畫。

「從我們最近看到的跡象顯示，」甘道夫說：「我擔心紅角隘口可能受到監視，同時，我也擔心直撲而來的嚴寒，或許會有場風雪。我們必須盡全力趕路。即使是這樣，至少還得花上兩天才能到達山路的頂端。今晚天會黑得很快，只要你們一準備好，我們就立刻出發。」

「請容我補充一句話，」波羅莫說：「我過去居住在白色山脈的陰影下，對於如何在高地山脈中旅行略知一二。在我們越過隘口之前，我們將會遭遇到相當嚴酷的低溫。如果我們被凍死，不管再如何保密也沒有意義。當我們離開這個還有一些樹木的地方時，每個人應該都儘量多帶柴火走。」

「比爾可以再多揹一點，對吧？」山姆說。小馬哀傷的看著他。

「好的，」甘道夫說：「除非我們遇到的是生死交關的情況，否則絕對不能夠生火。」

眾人繼續上路，一開始的速度還很快，但不久，他們的前程就變得陡峭難行。曲折的小道在許多地方幾乎消失，被眾多落石給遮擋住了。夜色在大量的烏雲底下顯得越來越黑。岩石間吹送著刺骨的寒風。到了半夜，他們剛好爬到半山腰。這時，他們所走的小徑已經變得險惡無比，右邊是一落千丈的懸崖，衆人必須面對卡蘭拉斯陡峭的岩壁，左邊則是深不見底的深淵。

一行人千辛萬苦才爬上一個斜坡頂，爲了恢復元氣，決定暫時停下來休息。佛羅多覺得有東西飄到手臂上，他伸手一摸，看見袖子上沾著許多白色的雪花。

他們被迫繼續趕路。不一會兒，大雪來襲，天空中滿是飛舞的雪片，讓佛羅多快看不見道路。甘道夫和亞拉岡彎腰駝背的身影，幾乎消失在白茫茫的夜色中。

「我一點也不喜歡這樣子，」山姆氣喘吁吁的在後面說：「在晴朗的早晨看到雪是很好的事情，但我喜歡躺在床上等雪下完。眞希望這場雪會下到哈比屯，我們老家的人們一定會很喜歡這情形的。」除了在夏爾北區的高地之外，一般來說哈比人很少看見大雪的情景；因此，下雪也被視爲難得的美景和適合作樂的機會。除了比爾博之外，沒有任何人記得一三一一年的嚴冬事件，那年白狼越過凍結的烈酒河，大肆入侵夏爾，造成極重大的損失。

甘道夫停了下來。他的兜帽和肩膀上蓋滿了雪花，地上的積雪也幾乎已經蓋過了腳踝。

「我就擔心這個，」他說：「亞拉岡，現在你覺得該怎麼辦？」

「我擔心的也是這個，」亞拉岡說：「但這比不上另外一個選擇危險。雖然南方除了高山之外極少有這種大雪，但我知道雪的危險在哪裡。事實上，我們還沒有爬到多高的地方，以目前的高度來看，即使在冬天，道路應該也不會被封凍的。」

「不知道這是不是魔王的安排，」波羅莫說道：「在我的故鄉，他們說他可以指揮魔多邊境黯影山脈上的暴風雪，他擁有許多詭異的力量和神秘的盟友。」

「如果他能夠從千哩之外操控這裡的風雪，」金靂說：「那他的力量便增進不少。」

「他的能力確實增進不少了……」甘道夫喃喃自語道。

當一行人停下來的時候，強風也跟著停息，大雪幾乎消失不見。於是，他們又繼續前進。走不了多遠，暴風雪又再度來襲。這次呼嘯的強風挾帶著大朵大朵的雪花，觸面生疼。很快的，連波羅莫都覺得舉步維艱，哈比人以快要趴到地面的姿勢跟在高大的隊員身後前進。不過，眾人都看得出來，如果風雪持續下去，他們可能撐不了多久了。佛羅多覺得腳像鉛一樣重，皮聘有氣無力的走在後面。即使擁有矮人超強耐力的金靂，也禁不住一邊嘀咕一邊前進。

眾人突然不約而同停了下來，彷彿在無聲的溝通中達成了協議。他們聽見身旁的黑暗中傳來詭異的聲響。這可能只是風吹過岩壁的結果，但這聽起來更像是淒厲的喊叫聲和尖銳的吼聲，還挾雜著狂野的大笑聲。眾多的岩石開始從山側落下，呼嘯著掠過他們耳邊，或是發出轟然巨響砸在他們身邊。除此之外，他們還聽見岩石從山邊被推下來的低沈隆隆聲。

「我們今晚不能再前進了，」波羅莫說：「就讓那些怪物在狂風中喊叫吧。我覺得那些聲音帶著敵意，而石頭也都是瞄準我們丟過來的。」

「我認爲那只是風聲，」亞拉岡說：「但這也不代表你說的不對。這世上有很多人痛恨兩隻腳走路的生物，但又不是和索倫結盟，他們有著自己的目的。只因有些勢力比他還要早出現在這世間。」

「這裡被稱作殘酷的卡蘭拉斯山，不是沒有道理的，」金靂說：「從很久以前，還沒有任何關於索倫的消息時，這裡就是個不祥之地。」

「如果我們無法抵抗這種攻擊，誰是敵人都不重要了……」甘道夫無可奈何地回答。

「但我們能怎麼辦？」皮聘可憐兮兮地大喊。他正渾身發抖靠在梅里和佛羅多身上。

「我們可以選擇停下來，或是回頭，」甘道夫說：「繼續下去沒有意義了。如果我沒有記錯，再走不遠就可以越過隘口，來到一座陡峭往下的斜坡。我們在那裡將找不到任何的掩蔽，不管是風雪和落石都會對我們造成極大的危險，更別提這些出現在風雪中的生物了。」

「我們也不能夠在大風雪中往回走，」亞拉岡說：「我們沿路上並沒有經過其他比這個峭壁更能保護我們的地方。」

「這算什麼掩蔽嘛！」山姆咕噥著：「如果這算是掩蔽，那沒有屋頂的牆，就能叫作房子了。」

眾人盡可能靠近峭壁。峭壁面對南方，底端微微的伸出。因此，一行人希望能夠靠著這天然的地勢，遮擋嚴酷的北風和落石。不過，寒風依舊從四面八方席捲而來，雪花更是毫不留情地從烏雲中持續落下。他們瑟縮著靠在峭壁上。比爾堅忍地站在哈比人前面保護他們，替他們擋下不少的寒風。但很快的，大雪開始在牠背上累積起來，如果沒有隊伍中其他人的幫助，這些哈比人可能早就被活埋了。

佛羅多突然覺得十分疲倦。他覺得自己慢慢沈入溫暖、熟悉的夢鄉。他感覺到有堆溫暖的火正烘烤著他的腳趾，他似乎看見附近的陰影中出現了比爾博的聲音；他對佛羅多說道：**我對你的日記很不滿意**，他說，**一月十二號大風雪，你沒必要大老遠跑回來，只爲了報告這件事吧！**

可是比爾博，我好想要睡覺喔，佛羅多發現自己竟然痛苦地恢復了意識，只得勉強回答道。

波羅莫正好將他從一堆雪裡面抱出來。

「甘道夫，這些小傢伙會死的！」波羅莫氣急敗壞的說，「光是坐在這邊等著被大雪活埋於事無補，我們得要想些辦法救救我們自己才行。」

「給他們這個，」甘道夫從行囊中掏出一個皮水壺：「我們每個人都要喝一口，這珍貴的水。這叫**米盧活**❶，是伊姆拉崔的提神藥，愛隆在出發前交給我的。趕快傳下去。」

佛羅多一吞下那香氣四溢、熱呼呼的液體，立刻覺得精神一振，四肢百骸都變得十分輕盈。其他人也都恢復了體力，顯得神采奕奕。但大雪並沒有輕易消退。它繼續以更大的威勢襲擊眾人，風勢也變得更強勁。

「你們覺得生火怎麼樣？」波羅莫突然間說道：「這已經是生死關頭了，甘道夫。如果大雪把我們掩蓋，的確可以遮擋敵人的視線，但我們也活不了多久！」

「如果你生得起火，儘管去做，」甘道夫無奈地回答：「即使有任何間諜能夠忍受這種大雪，他們看不看得見我們，都無所謂了。」

雖然他們在波羅莫的先見之明下帶來了柴火，但不管是矮人或是精靈，都沒辦法在強風中利用潮濕的木柴生火；最後，別無選擇的甘道夫只得接手。他拿起一根木柴凝視了片刻，接著唸誦著咒文naur an edraith ammen，隨即將手杖插進地上的大堆木柴中。藍色和綠色的火焰立刻從

❶ 精靈語中的「天神瓊漿」之意。

柴薪堆中冒出，變成了熊熊烈火。

「如果有人在注意我們一行人的動向，這可是自曝行蹤，」他說：「從安都因河口到瑞文戴爾，任何擁有相當能力的人都會知道甘道夫出馬了。」

不過，大夥根本沒有餘力在乎這些該死的旁觀者。一看見火光，他們都高興得樂不可支。烈火熊熊，雖然大雪依舊肆虐，地上因爲火焰的高熱而有泥濘聚集，但他們依舊滿足地烘烤著雙手。他們就這樣圍繞著舞動的火焰站立著，每個人疲倦和緊張的臉上都映射著紅光，而夜色像是座高聳的牆壁，緊緊地籠罩著他們。

柴薪燒得很快，大雪卻沒有絲毫讓步。火焰漸漸變弱，連最後一綑柴薪丟進去了。

「越來越冷了，」亞拉岡說：「黎明應該不遠了。」

「前提是，黎明的曙光要能夠穿透這些厚雲才行。」金靂說。

波羅莫踏出圓圈外，瞪著這一片黑暗：「雪變小了，」他觀察道：「風也變弱了。」

佛羅多在漸弱的火光中，疲倦地瞪著黑暗中漫天飛舞的雪花，實在看不出來雪哪裡變小了。突然間，正當他快要睡著的時候，他意識到風速眞的降低了，雪花變得更大、更稀了，微弱的光芒開始射進這一團漆黑中。最後，雪花終於完全消失了。

在越來越亮的曙光之下，他們看見的是一片死寂的世界。除了他們躲避風雪的地方以外，原先的小徑只剩下一堆堆的積雪，根本沒辦法分辨之前的足跡。頭上的山坡則依舊籠罩在厚重雲朵之間，還是隱隱透露著大雪的威脅。

金靂往上看去，搖搖頭說道：「卡蘭拉斯山並沒有原諒我們，」他說：「如果我們繼續下去，它恐怕還有很多雪花可以丟到我們頭上，我們最好趕快回頭。」

眾人都同意這一點，但現在要回頭可沒這麼簡單。甚至困難到讓人懷疑它的可行性。距離他們的火堆不過幾呎遠的地方，積雪就厚達好幾呎深，比這些哈比人都還要高，有些地方還因為強風的吹拂而變成了靠著峭壁的小丘。

「如果甘道夫願意願意舉著火把在前面開路，搞不好可以融化出一條路給你們走，」勒荷拉斯說道。大雪對他只造成了一些困擾，遠征隊中只剩他還有心情開玩笑。

「如果精靈可以飛過這座山，那他們或許可以把太陽抓下來救命，」甘道夫回答：「這太強人所難了，我得要有一些東西做媒介才行，我沒辦法只燒雪。」

「好吧，」波羅莫說：「我們國家的人說：既然腦袋都想不出辦法，那身體只好先動了。就由我們之中最強壯的人來開路吧。你看！雖然一切都在大雪覆蓋之下，但我們的道路還可以隱隱藉著轉角的那塊大石來分辨。在大雪開始之前我就注意到那塊石頭了。如果我們可以走到那邊，或許稍後的旅程會變得輕鬆一點，看起來應該沒有多遠才對。」

「那就由你和我來開路吧！」亞拉岡說。

亞拉岡是遠征隊中最高的成員，波羅莫雖然身高略遜，但身形比較壯碩。因此他帶路，而亞拉岡跟在後面。他們的速度很慢，又常常受到積雪的拖累。有些地方，積雪甚至到胸口那麼高。波羅莫看起來好像是用他滿是肌肉的手臂，在雪地中游泳一樣。

勒荷拉斯笑著打量著他們，然後轉過身面對其他人：「你們剛剛說應該由最強壯的人來找路，對吧？不過，我認為，該耕田的就去耕田，擅水性的去游泳，至於要踏雪無痕、在森林中穿梭，還是交給我們精靈吧！」

話一說完，他就一躍而出。佛羅多這才第一次注意到，這名精靈如同以往一樣，只是穿著普通的鞋子，沒有穿著在野外必備的長筒靴，而他在雪上幾乎沒有留下任何腳印。

「再會啦！」他對甘道夫開玩笑道：「我去找太陽囉！」接著，他彷彿踏在堅實泥土上一般飛快的奔跑著，很快就超越了兩名步伐笨重的人類，如風般消失在轉角的岩石旁。

其他人瑟縮地聚在一起，看著波羅莫和亞拉岡慢慢變成雪地上的兩塊黑點。不久之後，他們就消失在眾人的視線中。隨著時間的流逝，雲朵漸漸地降低，偶爾還會有小朵的雪花落在眾人面前。或許經過了一個小時，但在眾人的感覺中似乎過了很久；勒苟拉斯這才出現在眾人面前。同一時間，波羅莫和亞拉岡也出現在轉角處，吃力地走上斜坡。

「好啦，」勒苟拉斯跑過來的時候不禁大喊：「我把太陽帶回來了。她正照耀在南方的大平原上，這點小雪完全不會讓她感到困擾。除此之外，我還有一些好消息要告訴那些得用腳走路的倒楣傢伙。轉過彎之後有一個大雪丘，我們強壯的人類差點就被活埋在那邊。幸好我回來即時告訴他們，那個雪丘只比一道牆寬不了多少。而在雪丘的另一邊，因為大部分的風勢都被擋住，因此雪少多了，更遠的地方大概只夠給哈比人泡泡腳而已。」

「啊，果然跟我說的一樣，」金靂低吼道：「這可不是一般的暴風雪，這是卡蘭拉斯山的怒吼。它不喜歡精靈和矮人，而那座雪丘就是為了阻擋我們逃離此地。」

「不過，幸好你的卡蘭拉斯山忘記還有人類跟在你們身邊，」波羅莫這時正好趕上來：「不是我自誇，我們還是力可拔山的角色；我們剛剛已經在雪丘中開出一條道路來，這裡沒辦法像精靈一樣健步如飛的人，都應該感謝我們。」

「即使你們打穿了雪丘，我們又要怎樣下去？」皮聘說出了所有哈比人內心的想法。

「不要放棄希望！」波羅莫說：「我蠻累的，但應該還有一些體力，亞拉岡多半也是。我們可以揹你們這些小傢伙，其他人則可以輪流跟在我們後面。來吧，皮聘先生！我就從你開始好了。」

他扛起哈比人：「抓住我的背！我的手得要空出來才行。」他邊說邊大步走向前。亞拉岡揹著梅里走在後面。皮聘看著眼前他徒手弄出的通道，不禁暗自咋舌。即使他現在揹著皮聘，還是毫不鬆懈地持續將積雪推開，讓後面的人更好走一些。

他們最後終於到了那座雪丘面前。初看之下，它像是一座高牆一樣擋住了山路，還掛著銳利如同刀劍的冰柱，中間則已經被打出了一條高低起伏的通道。梅里和皮聘被放在另一邊，等待著勒荀拉斯和隊伍的其他人抵達。

不久，波羅莫又揹著山姆過來了。甘道夫跟在他身後，領著比爾和行李走過來。金靂則是坐在比爾背上，最後則是扛著佛羅多的亞拉岡。他們走過小徑，佛羅多剛踏上雪地，突然間就傳來天崩地裂的巨響，大量的落石伴隨著積雪砸到眾人面前，被積雪遮住視線的遠征隊只能靠著峭壁摸索前進。當積雪落定之後，他們回頭看見道路又再度被風雪遮斷。

「夠了，夠了！」金靂大喊著：「我們會趕快離開！」的確，在發洩了最後的怒氣之後，卡蘭拉斯山就此平息下來，彷彿很高興自己擊垮了這些入侵者，讓他們如喪家之犬一樣離開。風雪停了下來，烏雲散去，陽光開始穿透雲層。

如同勒荀拉斯的消息一樣，他們發現積雪越來越淺，連哈比人都開始可以靠著自己行走了。很快地，每個人又都走到了當初風雪初落下的山坡上。

現在已經快要中午了。從他們所站的高地往回看去，可以看見底下很遠的地方，是他們開始攀爬這座小徑的谷地。

一想到還要走那麼多路，佛羅多就覺得雙腿一軟。他又冷又餓，剛剛那段下山的跋涉讓他覺得頭暈腦漲，他眼前金星亂冒。佛羅多試圖揉揉眼睛，趕跑這些東西，但卻趕不走這些黑點。他這才發現，在腳下的原野上，那些亂竄的黑點是之前的烏鴉。

「又是那些鳥！」亞拉岡指著底下說。

「我們別無選擇了，」甘道夫回答：「不管牠們是好是壞，或者和我們完全無關，我們都一定得下山。我們絕對不能在卡蘭拉斯的山腳下過夜！」

當他們轉身離開紅角隘口時，一陣冷風吹過，彷彿在嘲笑著他們的失敗。眾人腳步沈重、疲倦地走下斜坡。這次，卡蘭拉斯確實擊敗了他們。

第四節　黑暗中的旅程

傍晚時分，灰色的落日殘光快速地消退，一行人停下腳步，等待黑夜降臨。他們身心俱疲，山脈遮蓋在漸漸降臨的暮色中，風又強又冷。甘道夫又讓大家喝了一口**米魯活**。

「看來，我們今天晚上是不能夠繼續趕路了，」他說：「紅角隘口的攻擊耗盡了我們大部分的體力，我們必須在這邊休息。」

「然而，我們要去哪裡呢？」佛羅多問。

甘道夫回答道：「我們別無選擇，如果不繼續任務，就只能回到瑞文戴爾去。」

皮聘一聽到瑞文戴爾，整張臉都亮了起來。梅里和山姆滿懷希望的抬頭。但亞拉岡和波羅莫沒有任何表示，佛羅多則是看來憂心忡忡。「我也希望我已經回到那裡去了，」他說：「但是除非真的無路可走，否則我怎麼有臉回到瑞文戴爾去？」

「你說得對，佛羅多，」甘道夫表示：「往回走就是承認失敗，將來還會面臨更恐怖的挑戰。如果我們現在走回去，那麼魔戒就必須留在瑞文戴爾。我們就再也無法帶著魔戒離開那裡。遲早，瑞文戴爾會遭到攻擊，而且，它也會被摧毀。戒靈是要命的敵人，但是和他們主人萬一持有至尊之戒的力量比起來，他們只是小巫見大巫。」

「那麼，只要前面有路，我們就必須前進，」佛羅多嘆氣道。山姆又哀怨地躺了回去。

「還有一條路是我們可以嘗試的，」甘道夫說：「我一開始計畫這趟旅程的時候，就考慮過這條路。但這可不是條輕鬆的道路，我之前也沒有跟諸位提到這件事情。亞拉岡反對在我們嘗試通過隘道之前，跟各位提到這件事情。」

「如果這條路比紅角隘口還要糟糕，那它必然是個極度危險的地方！」梅里說：「不論如何，我建議你最好趕快告訴我們，讓我們立刻知道最壞的狀況。」

「我所說的路，通往摩瑞亞礦坑，」甘道夫說。只有金靂猛然抬起頭，眼中閃動著壓抑的火焰。對於其他人來說，一陣寒意突然蓋過了風雪歸來的刺骨寒風，連哈比人都曾經聽說過這個恐怖的地方。

「你說的路或許通往摩瑞亞，但我們怎麼知道它能不能離開摩瑞亞？」亞拉岡陰鬱地說。

「這是個不祥的名字，」波羅莫說：「我也不贊成去那邊。如果我們不能通過這座山脈，我們還是可以繼續往南走，一直到對我們友善的領土，走到洛汗隘口處。我來的時候就是這樣走的。或者我們也可以沿著艾辛河取道靠海的道路，前往剛鐸。」

「波羅莫，目前狀況和你北上時已經不同了，」甘道夫說：「你難道沒聽到我提及有關薩魯曼的事情嗎？在一切結束之前，我和他之間還有筆帳要算。即使如此，只要我們還有其他的方法，就絕不能讓魔戒靠近艾辛格。只要我們和魔戒持有者同行，也不能取道洛汗隘口。至於那比較長的遠路，我們則是沒有時間浪費。如果走那邊，我們可能會花上一年的時間，可能必須通過許多杳無人煙的荒野，而那並不安全。薩魯曼、魔王的耳目都在該處出沒。波羅莫，當你北上的時候，在魔王眼中你不過是一名孤身的旅人。但你現在回來時，已經成了魔戒遠征隊的成員，只要和我們在一起，你就身陷極大的危機。當我們越靠近南方，我們的危機也會越來越大。」

「特別是自從我們對紅角隘口的挑戰失敗後，這危險更為浮現。如果我們不趕快無聲無息地消失在敵人眼中，我會很擔心未來的處境。因此，我建議我們不能夠走山路，也不能夠繞過去，而是必須走山底下，這是魔王預料不到的道路。」

「我們可不知道他會預料什麼樣的道路，」波羅莫說：「他可能會監視所有大大小小的道路。不管怎麼樣，走進摩瑞亞礦坑就像是走進陷阱中一樣，並不比走到魔王家門口好多少；摩瑞亞就代表邪惡。」

甘道夫回答：「當你將摩瑞亞和索倫的要塞相比時，這是不恰當的作法，你對兩者都沒有足夠的瞭解，在你們之中，我是唯一進過闇王地牢的人，而且還只是他在加爾哥多的行館而已。那些進入要塞巴拉多的人都是有去無回。如果沒有出來的希望，我也不會貿然帶領諸位進入。那邊若還居住半獸人的確很糟糕，但迷霧山脈大多數的半獸人，都在五軍之戰中被消滅或是被趕走了。巨鷹的情報是半獸人又在遠方集結，但我還是認為摩瑞亞應該沒受到污染才對。……甚至，矮人還有可能留在該處，或許我們可以在其中深邃的隧道中，找到巴林的行蹤。不管怎麼樣，我們都必須趕快做出選擇！」

「甘道夫，我願意和你一起走！」金靂大聲說：「我要看看都靈的地底都市。只要你能夠找到封印的大門，不管刀山火海我都願意去。」

「好極了，金靂！」甘道夫說：「這對我真是個鼓勵，我們要一起來找到那密門，我們會成功的！在矮人的廢墟中，矮人會比精靈、人類或是哈比人冷靜。但這也不是我第一次進入摩瑞亞，當年索爾之子索恩失蹤的時候，我就曾經深入尋找他的蹤跡，那裡的確是暢通的。」

「我也曾經踏進丁瑞爾之門，」亞拉岡靜靜地說：「雖然我也走了出來，但我實在不願意多想那次的經歷。我一點也不想要再次進入摩瑞亞。」

「我連一次也不想進去，」皮聘說。

「我也不想，」山姆咕噥道。

「當然沒人想！」甘道夫說：「誰會想要呢？但我的問題是，如果我帶領你們到那裡，誰願意和我一起走？」

「我願意！」金靂迫不及待的說。

「我也願意，」亞拉岡不情願的說：「你在我的帶領下毫無怨言地走入風雪交加的高山，事後又不責備我的錯誤。我願意跟隨你的領導，但我必須警告你最後一件事情。我擔心的不是魔戒，也不是隊伍中的其他人，而是你，甘道夫。一旦你踏進摩瑞亞，千萬小心！」

「我不願意去，」波羅莫說：「除非隊伍投票決定要去。勒荷拉斯和小傢伙到底在想些什麼？我們一定要聽聽魔戒持有者的意見。」

「我不想要去摩瑞亞，」勒荷拉斯說。

哈比人一言不發。山姆看著佛羅多。最後，他終於開口了：「我也不想要去，」他說：「但我也不願意拒絕甘道夫的建議。我希望大家在就寢之前不要倉促投票決定。在明天早上投票總比在這黑漆漆的地方投票好多了。你們聽這風呼嘯的聲音多可怕！」

聽完這些話，眾人都陷入沈默。他們可以聽見風聲穿梭在岩石和樹林中，在夜色中不停發出刺耳、淒厲的聲音。

突然間，亞拉岡跳了起來，「這才不是風的呼嘯聲！」他大喊：「這是野狼的嚎叫聲！座狼已經來到迷霧山脈的西邊了！」

「那我們還需要等到明晨嗎？」甘道夫質問眾人：「正如同我所說的一樣，獵殺已經開始了！就算我們可以活著看到天亮，誰又願意在晚上被野狼追殺？」

「摩瑞亞有多遠？」波羅莫問道。

「在卡蘭斯拉山的西南邊有個入口，直線距離大概十五哩左右，如果人走的話大概有二十哩，」甘道夫神情凝重的回答。

「那我們天一亮就出發，」波羅莫說：「身邊的惡狼比洞中的半獸人恐怖多了。」

「我希望我當初接受愛隆的建議，」皮聘對山姆嘰咕道：「我真是個沒用的傢伙。我體內可沒有什麼英雄的血統，這狼嗥聲讓我全身發冷，我這輩子從沒覺得這麼倒楣過。」

「我的一顆心都快掉到腳底去啦，皮聘先生，」山姆說：「但我們還沒完蛋，我們身邊還有很多英雄哪。不管老甘道夫替我們準備了什麼未來，我打賭他不會讓惡狼吃掉我們。」

爲了在晚上保住小命，大夥爬到一座山丘的頂上。周圍有一圈老樹的保護，而且還有錯落的岩石。在這一圈中央，他們點燃了營火。因爲，黑暗和寂靜都無法保護狼群眼中的獵物。

他們繞著營火坐著，沒輪到站哨的人不安地打盹。可憐的小馬比爾渾身冒汗、不停的發抖。

現在，四面都傳來狼嗥的聲音，時遠時近。在半夜，還可以看到山丘下有許多不懷好意的眼睛閃閃發亮，有些甚至走入了石圈之中。在石圈的缺口處，出現了一隻身軀龐大的黑狼。牠瞪著眾人，彷彿正打量著美味的獵物，接著，牠發出一聲尖銳的嚎叫，召喚手下的狼群開始攻擊。

甘道夫站了起來，平舉著手杖走向前：「聽著，索倫的走狗！」他大喊著：「甘道夫在此，如果你珍惜狗命的話，快滾！如果你膽敢走進來，我會把你燒成焦炭！」

黑狼咧開大嘴，猛地撲向前。就在那一瞬間，傳來一聲清脆的響聲，勒荷拉斯放了一箭。在一聲淒厲哀嚎之後，那個巨大的黑影就倒在地上；一支精靈的利箭刺穿了牠的咽喉。不懷好意的狼眼突然間一雙接一雙消失了。甘道夫和亞拉岡走向前，卻發現四野毫無野獸的蹤跡，這群惡狼逃得一乾二淨。他們站在黑暗的寂靜中，風中沒有任何生物活動的聲音。

天色漸明，月亮也慢慢西沈，殘存的光輝穿過破碎的雲朵。佛羅多突然從熟睡中驚醒，毫無預警的出現了一大群座狼，從四面八方對他們的營地展開攻擊。

「把火弄旺些！」甘道夫對哈比人大喊：「拔出刀劍，背靠著背！」

在跳躍的火光中，佛羅多看見許多灰色的形體躍過石圈，越來越多的惡狼跟著效法。亞拉岡一劍刺穿了一隻為首座狼的咽喉，波羅莫一旋身砍下另外一隻的腦袋，金靂穩穩地站在他身邊，揮舞著矮人戰斧，勒荷拉斯的弓弦彈奏著死亡的樂章。

在這搖晃的火光中，甘道夫的身形逐漸變大。他越變越高，看起來像是遠古王國的紀念碑一樣矗立在山坡上。他拿起一根燃燒的柴薪，緩緩將它揮舞起來，兇惡的狼群也在他的火光前讓路。他用力一擲，將火光拋上天空。柴薪突然間爆出如同閃電般的白熾光芒，他的聲音瞬間變得如同悶雷一般震撼人心。

「Naur an edraith ammen! Naur dan ngaurhoth!」他大喊道。

在一陣爆吼聲和霹啪聲中，他頭上的老樹炸成一團讓人目眩的火焰。火焰從一株樹上跳到另一株樹上，整個山丘被籠罩在火焰的風暴中。遠征隊的刀劍上都沾染了火紅的烈焰。勒苟拉斯的飛箭在半空中燃燒起來，挾著熊熊的火焰刺進壯碩的狼王心口，其他的惡狼紛紛再度逃逸。

慢慢地，火焰減弱了，直到一切都被燒得什麼也不剩，只有煙灰和火花在空中飛舞。燒焦的樹幹冒出無助的黑煙，在第一道晨曦中飄散在整座山丘上。在夜色偷襲的敵人一去不復返。

「我跟你說過吧，皮聘先生！」山姆收起短劍：「惡狼根本沒辦法近他身。這可眞是壯觀啊！差點把我頭髮給燒掉！」

天色全亮之後，四周都找不到任何惡狼曾經入侵的證據，連屍體也全部不見了。只有勒苟拉斯四散的箭矢和焦黑的樹幹是昨夜惡戰的證明。每支箭矢都毫髮無傷，只有一支例外：它只剩下箭頭而已。

那一日的天氣又再度改變了，幾乎讓他們覺得這是因爲某種神秘的力量，已經不需要以風雪來阻擋他們的緣故。在清朗的天光之下，他們可以看見相當遠的彼方。雲朵消失在南方，天空變得一片蔚藍。當他們站在山丘上準備出發時，一道蒼白的陽光灑落下來。

「我們必須在天黑之前抵達門口，」甘道夫說：「否則我們可能永遠都沒有機會到達該處了。它的距離並不遠，但我們走的路可能會有些曲折。因爲，亞拉岡極少來到此處，從這邊開始

這就是鏡影湖，幽深的卡雷德－薩雷姆。

土丘上有遠古時代就長在那兒的青草，上面有兩圈樹木。

他沒辦法引導我們，而我也只在很久以前來過摩瑞亞一次。」

「就在那邊，」他指著遠方東南角山脈，幾座被自己的陰影所遮蓋的峭壁群。他們可以勉強看見在這其中，有一座灰色的高牆遠比其他的峭壁要高。「如果你們注意到的話，我帶你們躲避惡狼時，我是直接朝南走，而不是回到原先出發的地方。你們應該要慶幸我的先見之明，因爲這樣一來我們就可以省上好幾哩的路。出發吧！」

「我不知道該期待什麼，」波羅莫悶悶不樂的說：「是甘道夫會找到他的目標呢，還是我們出現的時候會發現那座大門已經永遠消失了？兩個選擇似乎都很糟糕，我覺得最有可能的是被夾在峭壁和惡狼之間進退不得。唉，還是走吧！」

金靂帶頭走在巫師身邊，因爲他是最急著看到摩瑞亞的成員。兩人併肩領著遠征隊朝山脈前進。從西方通往摩瑞亞的道路應該是在一條小河西瓦南的旁邊，它從峭壁邊緣一路流向大門所在的位置。不過，若非是甘道夫迷路了，就是這麼多年來地形已經有了改變；因爲當他預料會在幾哩之外越過小河之時，他並沒有發現那條河流。

時間已經快到中午，遠征隊的成員依舊在四處佈滿紅色岩石的荒涼大地上跋涉。他們看不見任何的水流，也聽不見任何河流的跡象。一切顯得無比乾枯，他們的心也跟著沈到谷底。他們看不到生物，天空中也沒有任何飛禽。如果他們在夜晚被困在這毫無人跡的荒野中，不曉得會遇到什麼樣的結果。

突然間，一馬當先趕路的金靂回頭對他們大喊。他現在站在一塊岩石上，指著右邊。一行人急忙趕上，發現底下是個深邃且狹窄的河谷。河谷中十分空曠安靜，只剩下涓涓細流在褐色的河床上流動。不過，在附近有一條破碎斷折的小徑，曲曲折折的沿著古代道路的遺跡蜿蜒前進。

「啊！我們終於找到了！」甘道夫興奮的說：「這就是原先西拉南河流經的地方。他們曾經叫它為門溪。不過，我也不知道河流到底怎麼搞的，上次我來的時候這裡可是相當洶湧的小河。來吧！我們得趕路了，時間已經快來不及了。」

連日的趕路讓一行人覺得渾身痠痛，但他們還是認命的沿著破碎的小徑繼續走了很多哩，太陽已經漸漸往西落下。在休息片刻和草草用餐之後，他們又繼續上路。山峰在他們面前慢慢開展，但一時之間他們走在深邃的河谷中，只能夠看見東方幾座比較高的山峰。

不久之後，他們來到了一個急轉彎。在這裡，原先一直沿著陡坡和河谷往南邊前進的小徑，突然間變成由西向東的方向。一繞過這個轉角，只見一個低矮的峭壁出現在眼前，大概有幾十呎高，頂端顯得破碎而不整齊。上面偶爾滴下一些極為稀少的流水；從眼前的景象看來，此地原來曾經是座相當宏偉的瀑布，也才會刻畫出這麼壯觀的地形來。

「這裡真的變了很多！」甘道夫說：「這是天梯瀑布的遺跡。如果我沒記錯，瀑布旁邊應該有道階梯，但主要的道路則會沿著斜坡曲折的往上爬。古代的時候，摩瑞亞入口旁邊曾經有座山谷，而西瓦南河就沿著小徑一路往下流。我們趕快上去看看現在的情況吧！」

他們輕易的找到了那石階，金靂一馬當先走在最前面，甘道夫和佛羅多緊跟在後。當他們來到山頂時，卻發現沒有辦法再繼續前進了。原因很明顯，同時也一併解開了門溪乾涸之謎。在他們身後，西沈的太陽讓天空變得一片金湛。在他們面前則是一座幽深、靜止的小湖，幽暗的湖面無法反射任何的景色。西瓦南河遭到堵塞，把整座山谷給填成了小湖。在這詭異的湖水旁，有十分陡峭的懸崖低頭俯視它。蒼白的岩石上幾乎等於明明白白刻著四個字：**無法通行**。沒有任何的通道或入口，佛羅多連條裂縫都看不見。

「這就是摩瑞亞的外牆，」甘道夫指著湖對岸說：「那邊曾經有座入口。那是沿著小徑從和林過來的精靈入口。這條路現在無法通行。我想，我們之中應該不會有人想要在這個時候游泳吧！這湖水看來有些詭異。」

「我們得要找到一條路繞過北邊的阻擋才行，」金靂說：「當務之急就是沿著幹道往上爬，看看這條路到底通往哪裡。就算這裡沒有湖水的阻擋，搬運行李的小馬也無法爬上來。」

「我們本來就不準備將馬匹帶進空坑裡面，」甘道夫說道：「山底下的通道十分黑暗，有些地方即使我們能通過，牠也不見得能夠通行。」

佛羅多說：「可憐的比爾！我沒想到這些事情。山姆一定會很傷心！不知道他會怎麼說？」

「我很抱歉，」甘道夫帶著歉意說：「可憐的比爾是個很有用的伙伴，現在要趕牠走也讓我很遺憾。如果從一開始就照我規劃的做，根本就不需要把山姆最喜歡的小馬帶過來，也不用攜帶這麼多行李。我一開始就覺得可能得走這條路。」

天色已晚，冰冷的星光開始在漸落的太陽之上閃爍。一行人拔足飛奔，盡可能快速走上大路，來到湖的另外一邊。看起來這座湖最寬的地方也不過只有三、四十呎，但是在逐漸黯淡的天色下，他們也搞不清楚湖面往南邊延伸多遠；唯一能確定的是，北方的盡頭距離這邊不過半哩左右。在湖泊出口的兩塊多岩高地和湖水邊有塊開闊的空地。他們急忙趕向前，因為現在他們距離目的地還有一兩里之遙，速度不快實在不行。而且，到時他們還必須要尋找入口才行。

當他們來到湖最北邊的角落時，發現一條狹窄的小溪擋住了去路。這條小溪泛著綠光，靜滯不動，彷彿是山丘往外伸出的黏稠手臂。金靂毫不遲疑的踏向前，發現小溪最淺的地方也不過及踝深而已。一行人小心翼翼挑著路，跟在他後面走。小溪中有很多深邃的缺口，可以踏足的岩石又長滿了苔蘚，必須十分小心才不會滑倒。佛羅多一踩到這污濁的溪水，就不禁打了個寒顫。

當山姆，隊伍最後一人領著比爾走到小溪的另一邊時，眾人突然聽到一個低微的霹啪聲，彷佛有條大魚跳出湖面，驚擾了靜滯的湖水。他們猛一轉頭，看見湖的遠方有陣陣漣漪不停地往外擴散。接著有幾個泡泡冒到水面，然後一切歸於平靜。天色越來越暗，最後一絲陽光也被雲朵給遮住了。

甘道夫現在更加快了步伐，其他人則是緊緊跟在後面。他們終於來到了湖水和峭壁之間的乾燥平地。這塊區域十分狹窄，長寬大概也不過各幾碼而已，地面上都是許多落下的岩石。不過，他們還是找到一條路，盡可能的靠著懸崖，離湖水越遠越好。沿著湖岸往南走不了一哩，他們就遇到了幾株冬青樹。撇開那些已經腐爛發臭的泡水樹幹不論，這裡似乎曾有一座沿著山谷小徑種植的濃密森林。眼前唯一可疑的景象是緊靠著山崖邊，有兩棵佛羅多看過最高大的冬青樹依舊蓬勃的生長著。它們巨大的樹根從懸崖伸向湖邊，從遠方的天梯看過來，相較於高聳的峭壁，它們看起來只不過像是低矮的灌木叢；但是靠近一看，它們又高又大，像是道路兩旁兩名壯碩的守衛一般。

「呼，我們終於到了，」甘道夫說：「這就是和林過來的精靈道路終點。冬青樹是當地人們的象徵，他們把這兩棵冬青樹種植在這邊，象徵領土的終點。這個西門主要的目的，就是爲了方便他們和摩瑞亞的國王交流往來用的。在比較平靜的年代，各種族依舊擁有密切聯繫的時代裡，矮人和精靈曾經是相當熟稔的好友。」

「這友誼的結束並不能怪到矮人頭上，」金靂說。

「我也沒聽說這和精靈有關係，」勒荀拉斯表示。

「我都聽到了，」甘道夫說：「現在我不會評斷你們。但我懇求兩位：金靂和勒荀拉斯，至少攜手同心幫助我們度過這難關，我需要你們兩個人的力量。這扇隱藏的門還沒打開，我們越早打開它越好，天就快黑了！在我尋找密門的時候，你們請先做好進入礦坑的準備，恐怕我們必須在此和可愛的小馬告別。你們可以把禦寒的衣物通通丟掉，因爲在礦坑底下不需要這些；而當我們離開礦坑抵達南方之後，我也希望不需要再穿上這些厚重的衣物。因此，我們必須分攤小馬所揹負的行李，特別是水袋和食物的部分。」

「甘道夫先生！可是你不能把可憐的比爾留在這個鬼地方啊！」山姆又生氣又難過地說：「我不同意，牠都已經跟我們走了這麼遠，這麼久！」

「對不起，山姆，」巫師說：「當大門打開的時候，我想比爾也不會願意進入幽暗的摩瑞亞，你得要在比爾和你的主人之間做出選擇才行。」

「如果我領著牠，他會願意跟著佛羅多先生進入龍穴的，」山姆抗議道：「你把牠丟在這個到處都是野狼的地方，根本是謀殺嘛！」

「我希望不會落到這個地步，」甘道夫說。他將手放在小馬的頭上，壓低聲音說道：「願你受到祝福與保護！」他說：「你是匹聰明的小馬，在瑞文戴爾也學到很多。請你去找到可以吃草的地方，然後及時回到愛隆的居所，或是任何你想要去的地方。」

「來吧！山姆，牠和我們有同樣的機會安全回家的！」

山姆悶悶不樂地站在小馬旁邊，沒有回話。比爾似乎瞭解一切的狀況，用他的鼻子頂著山姆的耳朵。山姆哭了出來，邊玩弄著轡繩；他盡可能溫柔地將所有背包和行李卸下，一股腦兒的全丟到地上去。其他人則是負責把這些東西分門別類收好，把可以放棄的東西隔開來，其他的則分成另外一堆。

當一切都做好之後，他們轉過身看著甘道夫。他看起來似乎什麼也沒做。他呆呆的站在兩棵樹之間，看著空無一物的山壁，彷彿想要用目光在其上鑽出洞來。金靂正四下打探著，用斧頭敲打著各處。勒苟拉斯則貼在岩壁上，似乎在傾聽著什麼。

「我們都準備好了，」梅里說：「但是門在哪裡？我根本找不到任何的線索。」

「矮人所製造的門，在關起來之後是毫無痕跡的，」金靂說：「如果忘記了它的秘密，連原先的主人都無法打開它們。」

「但這扇門的秘密並不只有矮人知道，」甘道夫突然間回過神，轉過頭來看著大家：「除非有太多的事情改變了，否則知道內情的人，還是可以找到該看的東西。」

他走向山壁，就在兩棵樹影之間有塊平滑的空間。他伸出手，在上面摸來摸去，嘀咕著什麼。最後，他退了一步。

「你們看！」他說：「現在有什麼不一樣的地方了嗎？」

月光照在岩石灰噗噗的平面上，但他們暫時還是什麼都看不見。接著，在巫師雙手摸過的地方，淡淡的光芒開始顯現，銀色的線條出現在岩石上。一開始那只是細微的如同蛛網一般的痕跡，月光只能偶爾反射在其上；但不久之後，這些線條向外逐漸擴散，開始變得十分清晰。

在甘道夫的手勉強可以接觸到的高處，是一道由精靈文字構成的弧形。而在底下，雖然有些地方的文字已經缺角、模糊了，卻依舊可以看得出大致的圖形。上面是七顆星辰，伴隨著一頂皇冠，其下則是鐵鎚和鐵砧，在那之下，則是兩棵有著如同月牙一般枝枒的大樹，而最清晰的，是在正中央有一顆擁有許多星芒的星辰。

「那就是都靈的徽記！」金靂大喊道。

「這是高等精靈的聖樹！」勒荷拉斯驚呼道。

「還有費諾家族的星芒，❶」甘道夫說：「這些都是用只會反射星光和月光的伊希爾丁金屬所打造的，只有在人們說著中土世界早已遺忘的語言碰觸它們時才會醒過來。我已經很久沒聽過這種語言了，剛剛想了好久才想起來。」

---

❶ 費諾是艾達馬的精靈王子，同時也是精靈寶鑽的製造者。為了爭奪這枚寶石，遠古時代掀起了多場大戰。他的家徽是以閃亮的星芒做徽記，紀念失落的寶鑽。費諾在精靈的語言中是「火之魂」的意思。精靈寶鑽是承載了主神聖樹的活物之光的三顆寶石。在邪神馬爾寇摧毀了光之聖樹之後，他同時也奪走了這三枚寶石，進而掀起了惡神與精靈之間的激戰。

Here is written in the Fëanorian characters according to the mode of Beleriand: Ennyn Durin Aran Moria: pedo mellon a minno. Im Narvi hain echant: Celebrimboro Eregion teithant i thiw hin.

「上面的文字寫些什麼？」佛羅多忍不住好奇的問，他正在試圖解譯弧形上面的文字：「我還以爲我看得懂精靈文字，但這上面寫的東西我完全不瞭解。」

「這些是以遠古時代西方精靈的語言所寫成的，」甘道夫說：「但這些內容與我們並沒有太重要的關係。上面只是寫著：**這是通往摩瑞亞之王都靈寶座的大門，朋友，開口就可以進入。**下面一行比較模糊的字則是寫著**在下，納維製作，徽記是由和林的凱勒布理鵬繪製**。

「**朋友，開口就可以進入**是什麼意思？」梅里問道。

「這很簡單，」金靂說：「如果你是朋友，就請說出通行密語，大門就會打開，你就可以進去了。」

「是的，」甘道夫說，「這些大門應該是由密語所控制的。有些矮人的大門只會在特定的時候，或是爲特定的人而開啓；有些門則是在符合所有條件之後，還需要鑰匙才能打開。在都靈的年代裡，這些密語並不是秘密。通常門都是大開的，旁邊還有守門人看守著。但如果門關上了，任何知道密語的人就可以走進去。至少根據記載是這樣的，對吧，金靂？」

「沒錯，」矮人說：「但現在沒人記得這密語了。納維和他的技術以及族人，早就從這個世界上消失了。」

「可是，甘道夫，難道你也不知道密語嗎？」波羅莫驚訝的問。

「當然不知道！」巫師理所當然的回答。

其他人看起來都不太高興。只有認識甘道夫已久的亞拉岡，臉色沒有任何變化。

「那麼你把我們帶到這個該死的地方有什麼用？」波羅莫大喊著，他回頭看了看黑色的湖水，不禁打了個寒顫：「你說你曾經進入過礦坑，如果你不知道密語，又是怎麼進去的？」

「波羅莫，你第一個問題的答案，」巫師慢條斯理地說：「是我現在還不知道密語是什麼，但我們很快就會知道了，而且……」他的眼中隱隱閃動著光芒：「下次最好在證明我的行爲是錯的之後再責怪我。至於你的另一個問題，難道你已經急瘋了嗎？難道你沒辦法清楚思考了嗎？我不是從這條路進去的，我是從東方來的。如果你想要知道，我還可以告訴你，這些門可以從裡面輕易地打開。在裡面，只要手一推就可以開門。要從外面進去，就只有密語才能夠派上用場，你沒辦法硬把門往內開。」

「那你要怎麼辦？」皮聘絲毫不畏懼巫師顫抖的眉毛。

「我要用你的腦袋去敲門，」甘道夫說：「如果沒用的話，我至少可以暫時不用回答這些愚蠢的問題。那還用說，我當然會負責找到進入的密語！」

「我曾經有一度知道所有精靈、人類或是半獸人所使用的這類法術，我現在不需要多加思考還是可以背誦出其中十分之一來，不過，我想應該只需要試幾次；我不想詢問金靂他們從不外傳的矮人密言。就我推斷，開啓大門的應該和那拱形上的文字一樣是精靈語。」

他再度靠近岩石，輕輕的用手杖碰觸著中央的銀色星辰記號。

Annon edhellen, edro hi ammen!

Fennas nogothirim, lasto beth lammen!

他用命令的口氣說道。銀色的線條開始消失，但灰色的石頭卻一點也沒有改變。

他把這些話顛來倒去重複了好多遍，或是改變語調，然後他一個接一個地嘗試其他的咒語，有些又快又大聲，有些則又慢又輕柔，然後他又唸誦很多個精靈單字，但，什麼事都沒發生。天空中開始出現眾多的星辰，峭壁依舊動也不動，晚風繼續吹拂，但大門依舊深鎖。

甘道夫再度走到門口，舉起手臂，憤怒地大喊，**Edro, edro!** 他用手杖猛力的敲擊岩壁。**開門，開門！**他大喊著，接著又用中土世界西部曾經說過的所有語言大聲叫喊。最後，他氣得將手杖丟到地上，沈默地坐下。

就在這時，他們聽見遠方傳來野狼的嗥叫聲。小馬比爾吃了一驚，山姆立刻跳到牠身邊，低聲地安慰牠。

「不要讓牠跑開了！」波羅莫說：「看來，如果野狼沒有再度包圍我們，我們可能還會需要牠的幫助。我實在很討厭這個該死的湖！」他撿起一塊石頭，忿忿地丟進湖中。

石頭就這樣落進湖中，但就在同一時間，湖中傳來了呼嚕和冒泡的聲音。岩石落下的地方冒出了巨大的漣漪，開始緩緩地朝向峭壁湧來。

佛羅多說：「波羅莫，你為什麼這樣做？我也討厭這裡。我不知道是為什麼，但這不是因為野狼，也不是因為黑暗的礦坑，而是有什麼別的東西。我害怕這個黑湖，最好不要打擾它！」

「我希望我們能夠趕快離開這裡！」梅里說。

「為什麼甘道夫不趕快想點辦法？」皮聘說。

甘道夫根本沒有注意到他們的情況。他低著頭，如果不是因為絕望，就是正在努力的思考。野狼的嗥叫聲又再度傳來，水上的漣漪繼續擴散，有些已經拍打到岸邊來。

突然間，巫師跳了起來，把大家嚇了一跳。他竟然在哈哈大笑！「我想到了！」他大喊著！「沒錯，沒錯！這麼簡單，就像大多數的謎題一樣，答案就在問題中！」

他拾起手杖，站在岩石邊，大喊著**Mellon!**

星芒閃耀了一下，轉瞬又黯淡下去。接著，一個巨大的門廊開始緩緩浮現；它慢慢從中央分開，往外打開，直到兩扇門都完全張開爲止。他們可以看見門內有一座往上攀升的樓梯，但再遠的地方就因爲太過黑暗而看不清楚了。遠征隊的成員紛紛呆看著眼前的景象。

「我一開始就錯了，」甘道夫說：「金靂也錯了。所有人之中只有梅里猜對了。從頭到尾密語就刻在門上，我應該把那些文字翻譯成**開口說出朋友，就可以進入**。我只需要說出精靈語的朋友，門就打開了。眞簡單！對於一個生在多疑時代的老傢伙來說，這實在簡單過了頭。當年果然是個比較平安祥和的年代。快進去吧！」

他一腳踏上了門內的階梯。但是，就在同一瞬間，怪事情發生了。佛羅多覺得有什麼東西攫住他的腳踝，他慘叫著跌倒在地上，小馬比爾嘶叫一聲，沿著湖邊跑進黑暗之中。山姆一開始準備跟著牠跑，接著又聽見佛羅多的聲音，最後只好啜泣、詛咒著跑回來。其他的人轉過頭，只見到湖水如同沸騰一般，似乎有許多小蛇準備爬上岸邊。

從湖邊有很多細長的觸手伸出，那是淡紫色、發著亮光、黏答答的觸手。其中一隻抓住了佛羅多的腳，正準備將他拖進水中。山姆跪在地上，揮舞著短劍砍打那觸手。

那隻觸手鬆開了佛羅多。山姆將他拉開，開始大聲呼救。另外二十隻觸手又竄了出來，黑暗的湖水沸騰得更厲害了，一股惡臭跟著冒出。

「快進來！快點往樓梯上爬！快點！」甘道夫跳回來大喊。他從地上挖起彷彿被恐懼嚇得生了根的山姆和佛羅多，把他們推向門口。

在千鈞一髮之際，他們剛好躲過怪物的攻擊。山姆和佛羅多終於爬了幾階，甘道夫剛走進門內，一大堆的觸手就從湖內湧出，伸向門內。有一隻觸手在星光下反射著噁心的光芒，擠了進來。甘道夫轉過身，停下腳步。如果他此時正在思考要如何關上門，那對方正好替他省了這個麻煩。許多觸手抓住了兩邊的大門，用極度巨大的力量將它們一推，轟然一聲巨響，大門就這麼關了起來，厚重的石門承受觸手怪力的重擊，一切的光亮也跟著消失。

山姆緊抓著佛羅多的手臂，在黑暗之中滑了一跤。「可憐的比爾！」他哽咽著說：「可憐的比爾，又是惡狼又是水蛇！這水蛇實在太恐怖了。可是，佛羅多先生，我別無選擇，我得和你一起走。」

他們聽見甘道夫走回去，伸手推動那扇門。階梯搖晃了一陣子，但大門還是沒有打開。

「好吧，好吧！」巫師說。「現在我們已經沒有退路了，要出去只有一條路，就是從山的另外一邊出去。從這些聲音聽起來，這些落石已經堆積了起來，兩棵大樹也倒下擋住大門。我很遺憾，那些樹那麼漂亮，生長了那麼久，竟然毀於一旦。」

「我腳一踏上那水面，就知道有什麼恐怖的東西在附近，」佛羅多問道：「那到底是什麼東西？或者裡邊有很多這種怪物？」

「我也不知道，」甘道夫回答：「但那些觸手似乎只有一個目的，有某種東西從山底下的黑水中竄了出來。這些比隱藏在黑暗地穴中的半獸人還要古老。」他並沒有把心中的念頭說出來，在遠征隊這麼多成員當中，爲什麼它第一個抓住的是佛羅多？

波羅莫壓低聲音嘀咕著，但這裡岩石的回音讓他的抱怨變得清晰無比：「黑暗地穴中的生物！結果我們最後還是到了這個地方，在這一片漆黑中，到底誰要帶路？」

「交給我，」甘道夫說：「金靂會和我一起走的。跟著我的手杖走！」

巫師走在最前方，他一邊將手杖高舉，讓尖端處所散發的微弱光芒照亮衆人，寬廣的階梯看來似乎沒有受到歲月的催折。他們大概走了兩百階樓梯，才來到頂端。階梯的盡頭是另外一座拱門，以及一道通往黑暗中的長廊。

「由於找不到什麼用餐的地方，就讓我們在這邊坐下來。先找個地方吃吃便餐吧！」佛羅多剛擺脫那些觸手所帶來的恐懼氣息，突然覺得肚子餓了起來。

所有的人都贊成這個提議：他們在樓梯和走廊上坐了下來。一行人吃過飯之後，甘道夫又讓大家喝了第三口瑞文戴爾的米盧活。

「這恐怕撐不了多久，」他說：「但我想在經歷過門口的危機之後，必須要喝上一口才行。除非我們運氣太好，否則剩下的米盧活，應該剛好夠我們活著走到另一邊去！大家也要珍惜飲用水！礦坑裡面有許多的地下水和水井，但都是不能飲用的。我們在抵達丁瑞爾河谷之前，可能再也沒機會裝滿手中的容器了。」

「大概得要花多少時間？」佛羅多問道。

「我也不太確定，」甘道夫回答道：「關鍵在於中間有許多隨機的可能性。如果沒有迷路，直直的朝向目標走，我想大概會花上三到四天。從西門到東門絕對不可能超過四十哩路，只不過路上可能會很曲折就是了。」

休息片刻之後，他們又再度開始前進。所有人迫切地想要趕完這段路程，即使已經精疲力盡，他們都願意繼續再走上好幾小時。甘道夫一樣在最前面領隊。他的左手拿著發出閃光的手杖，這光芒只夠照亮他腳前的地面，他的右手則拿著敵擊劍格蘭瑞。他的身後則是金靂，矮人的雙眼在黑暗中閃動著特殊的光芒，在矮人之後則是拿著寶劍刺針的佛羅多。敵擊劍或是刺針都沒有發出光芒，這讓人安心多了。因爲這兩把武器都是精靈工匠在遠古打造的；如果有半獸人靠近，這些武器都會發出冷光來。在佛羅多之後則是山姆，在之後則是勒苟拉斯和年輕的哈比人們。波羅莫走在亞拉岡的前面，如同以往一樣沈默、神情凝重，負責押陣的是亞拉岡。

走廊轉了幾個彎，接著開始往下降。它下傾了很長的一段時間，最後才恢復平坦。空氣開始變得悶熱，幸好，並沒有奇怪的惡臭參雜其中。有時他們還可以感覺到有新鮮的空氣從牆壁上的空隙吹出來；四下的牆壁有很多類似的空隙。在巫師手杖的微光中，佛羅多依稀看見階梯和拱門，以及其他往上、往下或只是單純左右轉的通道。他實在無法完全記住這麼複雜的隧道地形。

除了毫不退縮的勇氣之外，金靂其實沒有幫上甘道夫多少忙，但至少他不像其他隊員一樣，因爲黑暗而感到不安。巫師經常在有所疑問的道路分岔點時詢問他的意見，但做出最後決定的永遠都是甘道夫。摩瑞亞礦坑的複雜程度，遠遠超過了金靂這名矮人的想像。對甘道夫來說，過去在這裡冒險的記憶，這次也沒有多少幫助。但是，不論通道多麼複雜曲折，只要能夠通往他的目的地，他就絕不會退縮。

「別害怕！」亞拉岡說。這次的暫停比以往要久，甘道夫和金靂交頭接耳了好一陣子，其他人則是緊張地在後面等待著。「別害怕！我曾經和他一起經歷了許多冒險。雖然都沒有這麼黑暗，但是如果你去瑞文戴爾打聽一下，你會聽到許多他冒險犯難的英勇事蹟。只要有路，他就不會迷失。他不顧我們的恐懼，強行帶我們進入這裡，但以他的個性，不管會讓他付出多少代價他也會負責帶我們離開這裡。他比精靈女皇的愛貓，還更能夠在黑暗中找到出路。」

幸好遠征隊擁有這樣的嚮導。因爲他們在匆忙逃進洞穴內的時候，並沒有攜帶任何燃料或是可以製造火把的道具。如果沒有任何光源，他們可能很快的就會遇上悲劇。因爲此地不只有許多岔路要做出選擇，更有許多的地洞和陷坑，甚至還有腳步聲會跟著迴響的深井。牆壁上和地板上都有很深的裂隙，他們腳下也時常出現各式各樣的深溝。有些深溝寬達七呎，皮聘好不容易才鼓足勇氣跳過這深溝。而底下還傳來汩汩的水聲，彷彿有某種巨大的水車正在黑暗中運作。

「繩子！」山姆嘀咕著。「我就知道忘記帶這樣東西，偏偏一定會用到它！」

由於這些隨處可見的危險不停的出現，他們行進的速度也變得越來越慢。他們已經覺得自己是在山底下永無止盡的原地踏步。他們已經非常疲倦了，卻又不敢隨便找地方休息。佛羅多在逃過一劫之後心情變好許多，食物和瑞文戴爾的秘傳飲料，更是讓他神清氣爽。但是，現在，一種深沈的不安和恐懼，開始再度襲向他。雖然他被毒刃刺傷的傷口，已經在瑞文戴爾被治好了，但是那傷口還是在他的心上留下了痕跡。他的感覺變得更爲敏銳，可以感受到許多之前渾然不覺的跡象；另一個徵兆，是他黑暗中視物的能力變得更強了，隊伍中除了甘道夫之外，可能沒人看得比他更清楚。而且，他還是魔戒的持有者；魔戒掛在他胸前的項鍊上，有時會變得十分沈重。他可以確切感覺到前方有邪惡的氣息，而後方也有邪惡緊緊相逼；但他沒有告訴任何人。他只是將劍柄握得更緊，繼續不動聲色地往前走。

他身後的隊員極少開口，即使偶爾有也只是交頭接耳的低語。除了他們自己的腳步聲之外，幾乎沒有任何其他的聲音：金靂矮人靴子的悶響、波羅莫沈重的腳步、勒苟拉斯輕盈的步履聲、哈比人低微不可聞的步伐，以及亞拉岡緩慢、堅定，大步跨出的聲音。當他們停下腳步時，除了偶爾傳來的滴水聲之外，四下一點聲音都沒有。但佛羅多開始聽到，或者是開始想像出一種詭異的聲音：有點像是赤腳走路的微弱聲響。它一直不夠近、不夠大聲，讓他無法確定是否眞有其事；但只要遠征隊開始移動，那腳步聲就不會停止。但這絕對不是回音；因爲當隊伍停下來的時候，這腳步聲往往會繼續一段時間，最後才跟著停下來。

他們是在日落之後進入礦坑的。這段時間以來，除了幾次暫停之外，他們已經毫無休息的走了好幾個小時。甘道夫此時突然停下來認眞地開始檢查方向。他面前是一個寬大的拱門，通往三條通道，所有的方向都是往東；但最左邊的道路往下，最右邊的道路則是往上，中間的道路持續往前，平坦、卻非常狹窄。

「我根本不記得有這個地方！」甘道夫站在拱門之下，不知如何是好地說著。他高舉手杖，希望能夠找到任何足以協助他決定方向的蛛絲馬跡，但一點痕跡都找不到。「我已經累到沒辦法清楚思考了，」他搖著頭說：「我想你們跟我一樣累，或者更疲倦。我們今晚就留在這邊休息了。你們知道我的意思吧！雖然這裡面是永恆的黑夜，但外面的時間應該早就過午夜了。」

「可憐的比爾！」山姆長吁短嘆的說：「不知道牠怎麼樣了，希望那些惡狼沒有抓到牠才好。」

他們在拱門的左方發現了一個半掩著的石門，不過，手一推就打開了，裡面看起來是沿著石壁開鑿出來的一個大房間。

「別急！別急！」皮聘和梅里一看見有地方可以休息，立刻興高采烈地衝向前；甘道夫連忙大喊：「穩住！你們還不知道裡面有些什麼，讓我先進去吧。」他小心翼翼地走進去，其他人則是跟在後面。「你看！」他用手杖指著地板正中央。一行人這才看見有一座深井的洞口。附近有許多斷裂的生鏽鐵鍊，有些還伸入那個深井的洞口中，附近則都是岩石的碎片。

「你們剛才可能會不小心跌進去，現在搞不好還在猜測到底什麼時候會摔到地面，」亞拉岡對梅里說：「在你們還有嚮導的時候，最好請他帶路。」

「這裡似乎是守衛營房，用來看守外面三座通道的，」金靂說：「這個洞很明顯是給守衛用的，上面原先還有一個石蓋。可是，那個石蓋因爲不明原因而破掉了，我們最好小心一點。」

皮聘的好奇心讓他忍不住要往井內看。當其他人正在整理毯子，準備靠牆鋪床的時候，他悄悄地溜到井邊，往內打量著。一陣冷風從底下不可見的深淵撲面而來。在該死的好奇心慫恿下，他撿起一顆石頭，把它丟下去。在底下傳來任何聲響之前他覺得心跳了好幾次。然後，從很遠的地方，彷彿傳來石頭落進深水裡面的聲音。**噗通**！但是在許多隧道的放大和迴響之下，這聲音很快的傳了出去。

「那是什麼聲音？」甘道夫低呼道。當皮聘承認他的所作所爲之後，甘道夫鬆了一口氣，但他還是很生氣：「你這個圖克家的笨蛋！」他低聲怒罵道：「這可是次嚴肅的任務，不是哈比人的散步郊遊。下次你最好把自己丟進去，就省了我們很多麻煩。不要再搞鬼了！」

過了幾分鐘，四下還是一片寂靜。不過，從遙遠的深處傳來了微弱的敲打聲：**咚噹**、**噹咚**。他們紛紛停下手邊的事情，側耳傾聽著。當迴音消失之後，他們又繼續聽到**咚噹**、**咚噹**、**噹噹**、**咚**。這聽起來像是某種讓人不安的訊號，但是，不久之後這敲打聲也跟著消失，不再出現。

「除非我耳朵壞了，不然這一定是鎚子的聲音，」金靂說。

「沒錯，」甘道夫說：「我不喜歡這種感覺。這或許和皮聘那顆愚蠢的石頭沒有關係；但它有可能吵醒了某個不該醒來的力量。你們最好不要再做這類傻事！希望我們這次可以不受打攪地休息。皮聘，你就是第一班值夜的人，這算是對你英勇行爲的獎賞。」

皮聘一臉無辜樣地在黑暗中坐在門邊，但他依舊不安的頻頻回首，擔心會有什麼恐怖的怪物從井裡爬出來。即使只用張毯子，他也想要把井口蓋起來；但就算甘道夫看來已經睡著了，他也不敢再靠近井邊。

事實上，甘道夫只是躺著不動，不出聲而已。他正在努力思考著之前進入礦坑的一點一滴，試圖決定下一步該怎麼做。只要轉錯一個彎，可能就會鑄成大錯。一個小時之後，他爬了起來，走到皮聘身邊。

「去找個地方睡覺吧，小子，」他溫柔地說：「我想你應該很想睡覺的。我睡不著，所以就由我來值夜吧。」

甘道夫在門邊坐了下來：「我知道這是怎麼一回事，」他嘀咕著：「我想抽煙！從大風雪那天早晨之後，我就沒有嚐過煙草的滋味了。」

皮聘睡著前最後看見的景象，是老巫師蹲在地上，用滿布老繭的手護住火焰。那陣火光照亮了巫師的尖鼻子和他吐出的煙圈。

叫醒所有人的是甘道夫。他一個人整整守了六個小時的夜，讓其他人好好休息了一晚。「我在守夜時下定了決心，」他說：「我不喜歡中間那條路的感覺，我也不喜歡左邊那條路的味道：底下有什麼惡臭的東西在作怪，這是我的嚮導本能告訴我的。我決定走右邊，我們應該繼續往上爬。」

他們持續不停的走了八個小時，中間只有兩次短暫的休息。一路上沒有遇到任何危險，也沒聽到任何異響，眼前只有甘道夫手杖的光芒，像是鬼火一般在前面領路。他們所選擇的道路一直往上攀升，他們似乎走在一段一段的斜坡上，越往上走，斜坡就越寬廣、越平緩。走道兩邊完全沒有任何的分岔或是房間，地板則是平坦無缺陷，沒有陷坑或是深溝。很明顯的，他們所踏上的地方以前曾是條很重要的大道，也讓他們行進的速度比昨天快許多。

他們就這樣走了大約二十哩，直直的朝著東方前進。不過，如果以直線距離來看，多半只有十五哩左右。隨著一行人越走越高，佛羅多的精神越來越好，但他依舊有種受到壓抑的感覺；有時他依舊聽見，或是覺得自己聽見隊伍後面傳來那持續的、不屬於迴音的腳步聲。

這是哈比人在不休息的狀況下所能夠走的最長距離，他們一路上想要找一個可以休息的地方；突然間，左右兩方的牆壁消失了。他們似乎穿過了某種的拱門，進入了一個空曠、廣大的地方。他們身後是熱烘烘的暖空氣，眼前則是撲面冰涼的冷風。衆人不約而同地停下腳步，在門口張望著。

甘道夫似乎很高興：「我選擇的道路是正確的！我們終於來到可以住人的地方了！我猜我們已經離東邊不遠了。如果我沒猜錯，我們的地勢很高，比丁瑞爾出口還要高得多。從空氣流動的感覺看來，應該是在一個寬廣的大廳中，現在可以冒險弄點眞正的照明了。」

他舉起手杖，瞬間四下閃起一陣閃電般的亮光。巨大的陰影立刻往四面投射，他們這才頭一次看見頂上高遠的天花板，還有許多雄偉的石柱支撐著它。這裡是一座寬廣的大廳，黑色的牆壁經過打磨，如同玻璃一樣閃亮。他們還看見另外三個擁有同樣黑色拱門的入口，一個就在他們正對面，另外兩方則各有一個。接著，光芒就消失了。

「現在先這樣就夠了，」甘道夫說：「過去山邊曾開鑿了很大的窗戶，可以將陽光引進礦坑中位處上方的洞穴，我想我們現在就在這個地方，不過外面天還是黑的，所以看不到光亮。如果我沒猜錯，明早就可以看見陽光照進這裡。現在我們最好先不要亂跑，把握機會休息。截至目前爲止一切都很順利，黑暗的道路已經快要結束了。不過，我們還是不要掉以輕心，要走出地底還有很長的一段道路。」

一行人當晚就在這巨大的洞穴大廳中過夜。外面的冷風似乎找到地方直接鑽進這裡，他們擠在一起躲避冷風所帶來的酷寒，他們覺得自己被無邊無際的黑暗、空曠所包圍，又在永無止盡的階梯和隧道之間感到沉重的壓力。哈比人曾經聽過最異想天開的謠言，也比不上這裡的恐怖和壯麗的景象。

山姆說：「這裡一定有過非常非常多的矮人，每個人都比地鼠還要忙碌五百年，才能夠挖出這麼大的洞穴！但爲什麼要這樣做呢？他們平常不會居住在這些黑漆漆的洞穴裡面吧？」

金靂說：「這才不是什麼洞穴，這是個偉大的地底國度，是矮人故鄉之城。在古時候，這裡並非是黑漆漆的死域，而是充滿了光明和美麗的都市，至今依舊在我們的歌曲中流傳。」

他站了起來，在黑暗中開始用低沈的聲音吟頌，衆人聆聽這曲調在空曠的大廳中迴響。

世界初開，山脈翠綠，月亮皎潔晶亮，
岩石小溪未有痕跡，
孤身的都靈方才爬起，
他命名了原先無名的山丘和谷地，
嘗試了未有人品嚐過的井谿；
他停下腳步，看著鏡影湖，
看見如冠般的星辰現出，
如銀線上的寶石，在他頭上飛逝。
世界美麗，山脈高聳，
在遠古時代，
那格斯隆德的偉大國王墮落之前，

美麗的貢多林已遭推翻，
就在那海外以西，
都靈的世界依舊美麗。

他坐在精雕的寶座上，
眾多石柱排列成行，
金色屋頂銀色地磚，
門上還有神秘的符文鑽。
陽光星辰和月亮，
照耀在閃光的水晶燈旁，
不受黑夜雲朵遮掩，
永世美麗耀眼。

鐵鎚擊打鐵砧，鑿刀工匠的手藝強；
爐火中鑄刀，鐵舖中打劍
礦工挖坑，石匠興建。
綠寶石、珍珠和蛋白石，
金剛打造成鱗甲片，

盾牌與頭盔、斧頭與寶刀，
還有那成千上百的長矛。

都靈的子民不擔憂，
在那山下養尊處優：
豎琴飄仙樂，詩人頌詩歌，
大門號角響起不爲動干戈。

世界灰白，山脈蒼老，
爐火也已不再燒；
沒有豎琴彈奏，沒有仙樂傳聽，
只有黑暗飄揚在都靈的大廳。
黑影出沒他的古墓，
在摩瑞亞，在凱薩督姆，
星辰依舊出現，
在黑暗，無風的鏡影湖間：
皇冠長埋在黑暗的水深，
直到都靈從長眠中再生。

「我喜歡這首詩歌！」山姆說：「我想學唱：**在摩瑞亞，在凱薩督姆！**但是，它令我們想起那曾經美麗的水晶燈，只是讓眼前景象變得更沈重。那些珠寶和黃金還在這裡嗎？」

金靂沈默不語，在唱完了他的歌謠之後，他不願意再多說一個字。

「珠寶和黃金？」甘道夫說：「已經不在了。半獸人無時無刻不打著摩瑞亞的主意，上半部的礦坑已經什麼都不剩了。由於矮人們都已逃竄，現在也沒有任何勢力，膽敢探勘地底深處的寶藏。它們可能被水淹沒，可能被未知的恐怖守護著。」

「那麼那些矮人又爲什麼冒險回來呢？」山姆問。

「是爲了秘銀，」甘道夫回答：「摩瑞亞的寶藏不是矮人的玩具：黃金和珠寶；也不是他們的僕人：鐵礦。這些東西的確在這裡找得到，特別是鐵礦的產量十分豐富。但這幾樣都可以透過貿易而得來。這裡唯一的特產是摩瑞亞銀，有些人稱呼它爲眞銀，精靈語則稱呼它爲秘銀。矮人們對它的稱呼不與外人分享。等量的秘銀價值是黃金的十倍，現在則變成了無價之寶；因爲只有極少數的秘銀留在地面，而連半獸人都不敢在此開採秘銀。整個礦坑直探地深，一直挖向卡蘭拉斯底下的黑暗。矮人十分的務實，但也敗在太過務實上。秘銀雖然是他們財富的基礎，卻也帶來了他們的末日：他們挖的太深、挖的太急，驚醒了邪惡的魔物：都靈剋星。而他們辛辛苦苦挖出來的秘銀則全被半獸人獻給了索倫。」

「秘銀！全世界上的人都爲了它搶破頭。它的延展性如同青銅一樣大，又可以像是玻璃一樣磨光。矮人可以將它打造成堅勝鋼鐵、卻又輕如鵝毛的金屬。它的美麗如同一般的白銀，但秘銀的光澤不會隨著時光而衰退。精靈們酷愛這種金屬，將它做成星月金，也就是你們在門上看到的伊希爾丁金屬。比爾博擁有一件秘銀打造的鎖子甲，是索林送給它的。不知道它的下落如何？我猜多半還是在米丘窟博物館積灰吧。」

「什麼？」金靂忍不住打破了沈默，「摩瑞亞銀打造的鎖子甲？這是價值連城的禮物！」

甘道夫說：「是的，我從來沒有告訴過他，其價值足以買下夏爾和所有的東西。」

佛羅多沒有表示意見，但還是忍不住將手伸進外套內摸索著這件鎖子甲背心。自己竟然在外套下穿著價值整個夏爾的寶物！這實在讓他有點頭暈腦漲。比爾博知道嗎？他毫不懷疑其實比爾博早就知道鎖子甲的價值連城。但佛羅多的思緒還是忍不住飄回瑞文戴爾，飄回袋底洞，飄回比爾博老愛坐著發呆的時光，他則是安心的蒔花弄草，從來沒聽過摩瑞亞，什麼秘銀，還有魔戒。

眾人陷入一片寂靜，他們一個接著一個沈沈睡去，輪到佛羅多守夜。彷彿有種氣息從深坑中竄出來，他覺得一陣毛骨悚然。他的手心發冷、渾身冒出冷汗，他側耳傾聽著，在值夜的漫長兩小時中，他所有的念頭都集中在四面八方任何可疑的聲響中。但他什麼也沒聽見，連可疑的腳步聲似乎也都消失了。

當他輪班快結束時，突然覺得在西門的方向，看到一對閃閃發光的東西，彷彿是某種生物的眼睛。他瞪著那東西，覺得精神有些渙散。「我一定是打瞌睡了！」他想：「這多半是個噩夢。」他站起來揉著眼睛，不肯坐下，一直瞪著黑暗，直到勒荷拉斯來換班爲止。

他一躺下很快就睡著了，但那個噩夢似乎沒有停止：他可以聽見耳語聲，看見那兩個亮閃閃的光源慢慢逼近。他一醒過來，發現眾人正聚集在他身邊交頭接耳，一道微弱的光芒照在他臉上。從東方拱門之上，有一扇窗戶將外界的光線投射進來，照亮了大廳，而北邊的拱門也有著微弱的光芒照射進來。

佛羅多坐了起來，甘道夫說：「早安！終於又是早上了。你看吧，我說的沒錯。我們在摩瑞亞的東半部，今天天黑之前應該就可以找到大東門，看見丁瑞爾河谷中的鏡影湖。」

「我應該要覺得高興才對，」金靂說：「我目睹了摩瑞亞的壯麗，但它現在已經變得陰森恐怖，而且又看不出有任何我的同胞來過的跡象，我懷疑巴林是否曾經來過此地。」

在眾人吃過早餐之後，甘道夫決定再度出發。「我知道大家已經很疲倦了，不過，如果能夠趕快出去，才能夠安心休息，」他說：「我想，應該沒有人願意今晚再住在裡面吧？」

「當然不想！」波羅莫說：「我們應該往那邊走？還是朝著東邊的拱門走嗎？」

「或許吧，」甘道夫說：「但我還是不知道目前確切的位置，除非我之前走得太偏，否則目前應該是在大東門的上方和北邊的地方，要找到通往該處的正確道路並不簡單。東邊那扇拱門可能是我們要走的路；不過，在我們下定決心之前，最好到處看看，多收集一些情報。我們先察看一下北方的光源，如果可以找到一扇窗戶，應該有助於鎖定方位。但是，我擔心那光源可能是從很窄的通風口射進來的。」

遠征隊在他的領導之下走過北方的拱門，他們發現身在一個很寬的走廊上。隨著繼續前進的腳步，那微弱的光芒越來越強烈，他們終於確定這是從右邊的一個大門中射出來的。那扇高大的門半掩著，依舊可以開啓。門內是個寬廣的方形空間。雖然裡面的光芒並不很強，但由於他們已經在黑暗中待了一段長時間，這光芒讓他們覺得非常刺眼，走進房間的時候，一行人還必須不斷地眨眼睛。

他們的腳步揚起了地上大量灰塵和其他東西，他們一開始根本看不清楚景物。這個大廳的光源來自於東邊的一個開口，而開口一路傾斜向蒼穹，眾人可以透過這開口看見一塊藍色的天空，照射進來的光芒，直接落在大廳中央的一個石桌上。那是一塊方方正正的石頭所構成的，大概有兩呎高，在頂端則有一塊巨大的白色石板。

「看起來像是個墓碑。」佛羅多嘀咕著，他好奇地彎身向前，希望能夠看得更清楚。甘道夫飛快地走到他身邊。在石板上可以看見深深雕刻上去的符文：

「這是達倫的符文，古代的摩瑞亞就是使用這種文字，」甘道夫說：「上面寫著人類和矮人的語言，」：

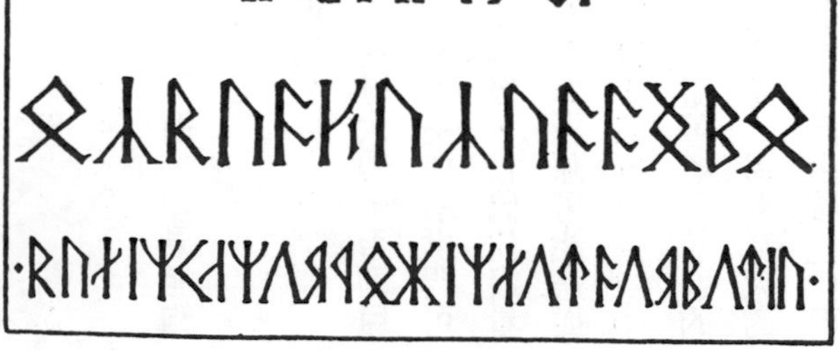

方丁之子巴林，摩瑞亞之王。

「那麼他已經過世了，」佛羅多說。「恐怕是這樣！」金靂用兜帽遮住了面孔。

第五節　凱薩督姆之橋

魔戒遠征隊沈默地站在巴林的墓碑前。佛羅多想到比爾博與這名矮人之間長久的友誼，以及巴林許久以前拜訪夏爾的身影。在山脈中這個積滿灰塵的大廳內，一切似乎都是千年以前在世界彼端所發生的事情。

經過一段時間之後，他們才抬起頭來，開始找尋任何足以顯示巴林的遭遇，或是他同胞命運的蛛絲馬跡。在這個房間另外一邊的開口之下，有另外一座小門，他們這才看見，在兩座門之間，地上散落許多白骨，還有斷裂的刀劍及斧柄、圓盾和頭盔。有些刀劍的形狀是彎曲的：這是半獸人愛用的黑色刀鋒彎刀。

岩壁上有許多置放箱子的空間，其中有許多外皮包覆著鐵片的大木箱，每個箱子都已經被撬開、洗劫一空。不過，在其中一個破爛的箱子旁邊，留有一本書籍的碎片。那本書經過刀劍利器的破壞，有部分甚至被燒毀了，其他地方還沾有黑色的陳年血跡，因此能夠閱讀的部分實在少得可憐。甘道夫小心地拿起這本書，但書頁在他一碰之下瞬間粉碎。他小心看了一陣子，一言不發。佛羅多和金靂站在他身邊，看著他輕手輕腳地翻閱這本由許多人所撰寫的冊子，其中包含了摩瑞亞和河谷鎮的符文，偶爾還夾雜著精靈文字。

最後，甘道夫終於抬起頭。「看來這是本記錄巴林的特遣隊遭遇的冊子，」他說：「我猜裡面的內容，是從他們三十年前從丁瑞爾河谷來到這裡開始記載起的。封面第一頁寫著一之三，很明顯，前面的一之一和一之二都已經弄丟了。你們聽聽其中的內容：

我們將半獸人從和守衛房——我猜是守衛房，因爲這個字有些污損和模糊，應該是房——**我們在山谷中明亮的**——我猜是太陽——**太陽之下殺死了很多敵人。佛洛伊被敵人射死，他在死前殺死了對方的首領**。這邊又有一連串不清楚的痕跡，**佛洛伊被葬在靠近鏡影湖的草地下**。接下來的一兩行我完全看不懂。然後是**我們決定守住北方盡頭的第二十一大廳。裡面有**……我看不懂。它好像提到什麼通風口和隧道的。然後**巴林將王座設置於馬薩布爾大廳**。」

「撰史之廳，」金靂說：「我猜這就是我們現在所在的地方。」

「好的，接下來有很長的一段我都無法辨別，」甘道夫說：「中間我只看得出來有黃金、都靈的斧頭和什麼頭盔的。然後，**巴林成爲了摩瑞亞之王**。這似乎結束了一個章節。在幾個星號之後，另外一個人接手了。這邊寫著**我們找到了眞銀**，稍後則是**鑄造**，然後又是什麼……啊！我知道了！**秘銀**！最後兩行則是**歐音出發去尋找地底第三層的兵器庫**，什麼往西走，**這裡有個污跡，去和林之門**。」

甘道夫停了下來，移走幾頁。「接下來有好幾頁都是一樣的東西，寫得很倉促，大部分都無法辨識，」他說：「我在微弱的光線下很難看清楚。接下來一定有很多頁不見了，因爲下面的文章開始以五來標示，我猜是殖民的第五年。來，讓我看看！要命，這裡也被割破、沾上了血跡，我沒辦法分辨其中的文字。如果有陽光就好了。等等！接下來有新的東西了，這是個筆力蒼勁的人用精靈文字記載的事情。」

「這應該是歐力的筆跡，」金靂看著書上的字表示：「他的字一向很漂亮，又可以寫的很快，而且還很喜歡使用精靈文字。」

甘道夫說：「恐怕這手好字記載的不是什麼好事情，我能夠看懂的第一個字是**哀傷**，但那一行之後的文字都模糊掉了，最後好像是**昨**……。沒錯，那應該是**昨天**。後面則寫著**十一月十號，摩瑞亞之王巴林戰死在丁瑞爾河谷。他孤身前往調查鏡影湖，有名半獸人躲在石頭後面偷襲他，將他射死。我們殺死了那半獸人，但有更多……從東邊的銀光河過來的**。接下來的文字完全不清楚，我想我應該知道這邊寫的是**我們堵住了大門**，然後**可以抵擋他們一陣子**，**只是**這邊好像接的是**恐怖**和**痛苦**。可憐的巴林！這個稱號他只擁有了五年不到。不知道後來到底發生了什麼事情；我們現在沒時間搞清楚最後幾頁的謎團是什麼，這是最後一頁。」他嘆了口氣。

「裡面的內容讓人不寒而慄，」他說：「他們的結局應該很恐怖，你們聽！**我們出不去！我們出不去！他們佔領了橋樑和第二個大廳。法拉和朗尼和納里死在那邊**。然後有四行的字模糊不清，我只看得懂，**五天前離開**……最後一行描述的是**湖水已經漲滿，快要淹沒西門了。水中的監視者抓走了歐音，我們出不去。末日即將降臨**，然後是**鼓聲，地深中傳來的鼓聲**，不知道這是什麼意思。最後一行寫的是非常潦草的精靈文字：**他們來了**，然後就沒有了。」甘道夫停了下來，沈思著這一切的意義。

眾人覺得自己被籠罩在極端恐怖的氣氛中，「我們出不去，」金靂嘀咕著：「幸好湖水已經退了一些，而監視者在南邊盡頭沈眠……」

甘道夫抬起頭，看著四周。「他們似乎在兩座門之間死守，」他說：「但到了最後也沒有剩下多少人。原來重新殖民摩瑞亞的行動是這麼結束的！很勇敢，但也很愚蠢。時機還沒到，恐怕我們必須向方丁之子巴林告別了，他必須和他的先祖們一起安眠。我們先拿走這本撰史之書，稍後有機會再來仔細研讀。金靂，這最好交給你來保管，如果有機會的話，將它帶給丹恩，雖然裡面都是壞消息，但他還是會很感興趣的。來吧，出發了！時間快來不及了！」

「我們該往哪邊走？」波羅莫問道。

「回到大廳裡面，」甘道夫回答：「不過，我們這次的探索並不算無功而返。我知道我們的位置了。這裡正如同金靂所說的一樣，必定是馬薩布爾之廳，因此，我們之前所待的大廳必定是北端的第二十一大廳。所以，我們應該從東邊的拱門離開，繼續往右、往南走，方向則是朝下。第二十一大廳應該在七樓，也就是距離大門六層樓的地方。來吧！回到之前的大廳去！」

甘道夫話還沒說完，一個巨大的聲響突然出現，似乎從地底深處傳來的轟，讓他們腳底的地板也為之撼動。眾人立刻衝向大門。**咚！咚！**那聲音又繼續開始隆隆作響，彷彿有隻巨手將摩瑞亞當成一面戰鼓。然後又傳來了另一聲刺耳的聲音，大廳中出現不停迴盪的號角聲。然後，遠方又傳來其他的號角聲和叫喊聲，接著是許多匆忙的腳步聲。

「他們來了！」勒苟拉斯大喊。

「我們出不去，」金靂覆誦著。

「我們被困住了！」甘道夫大喊：「我剛剛為什麼要拖延時間呢？我們就像巴林一樣，被困在這裡。不過，當時我並不在現場，我們來看看——」

咚，咚！的戰鼓聲讓牆壁也爲之動搖。

「立刻關上門，堵住他們！」亞拉岡大喊道：「背包不要放下來，我們還有可能越過他們逃出去。」

「不行！」甘道夫說：「我們不能夠把自己困在裡面。把東邊的門打開！如果有機會的話，我們必須走那邊。」

另外一聲刺耳的號角，又搭配著淒厲的呼喊聲傳進衆人耳中，走道上傳來了腳步聲。當衆人刀劍出鞘時，他們聽到低沈的嗡嗡聲。敵擊劍通體發出蒼白的光芒，而刺針則是在邊緣閃著亮光。波羅莫用肩膀頂住西邊的門。

「等等！先別關上！」甘道夫跑到波羅莫的身邊，挺直身體往外看。

「是誰膽敢打攪摩瑞亞之王巴林的安眠？」他大喊道。

外面傳來許多沙啞的笑聲，如同落入深坑中的岩石撞擊聲一樣刺耳。在這些低沈的聲音中依舊持續傳來戰鼓咚咚的催促聲。

甘道夫飛快地站到門縫前，將手杖伸了出去。一瞬間，一道刺眼的亮光照亮了室內和外面的走道。巫師探頭出去想要看清楚狀況。一陣箭雨從走廊上呼嘯而下，甘道夫連忙跳了回來，「外面有許多半獸人，有很多高大又邪惡，魔多的黑半獸人。他們剛剛暫停了一下，但我判斷可能不只這些而已。我想還有一隻以上的洞穴食人妖！從那個方向逃跑是沒希望了！」

「如果牠們也從另外一扇門過來，那就眞的絕望了。」波羅莫說。

「那邊外面目前還沒有什麼聲音，」亞拉岡站在東方的門邊傾聽著，「這邊的通道外面是一條直接向下的樓梯，應該不會通往原先的大廳。可是，在敵人緊追不捨的時候，盲目地從這個方向逃跑實在太不智了。我們也無法堵住這扇門。它的鑰匙已經不見，鎖也壞了，而且還是往內開的。我們得要先想個辦法擋住敵人的來勢，讓他們不敢忘記撰史之廳的教訓！」他面色凝重地說，一隻手邊撫摸著聖劍西方之炎的劍鋒。

眾人此時聽見走廊中傳來沈重的腳步聲。波羅莫奮力將門推上，接著用斷劍和地上的斷木卡住大門。大夥一起退到房間的另外一邊，但現在還不是逃跑的時機，門上傳來一陣撞擊，讓厚重的石門也跟著搖晃起來。然後，門上卡住的眾多東西紛紛斷折，石門發出讓人牙齦發酸的聲音並緩緩打開。接著一隻長著綠色鱗片的巨大手臂和肩膀從門縫中伸了進來，然後是一個巨大、沒有腳趾的腳從底下擠了進來，外面一點其他聲響都沒有。

波羅莫猛力跳向前，使盡全身力氣對著那手臂揮出一劍；但他的配劍發出金鐵交鳴的聲音，彈了開來，從他顫抖的手中落下，刀刃上出現許多缺口。

突然間，佛羅多感到胸中充滿了怒氣，這讓他自己也大吃一驚。他大喊著「夏爾萬歲！」跑到波羅莫身邊，用刺針戳向那恐怖的大腳。外面傳來一陣低吼聲，那隻腳跟著抽回去，差點將刺針從佛羅多的手上拔走。刀刃上滴下的黑色鮮血在地板上冒出一陣青煙，波羅莫把握住機會，使勁把門再度推上。

「夏爾先馳得點！」亞拉岡大喊：「這哈比人的一劍刺得可深了！佛羅多，你手上的真是柄好劍！」

門上緊接著又傳來陣陣的撞擊聲，一聲連一聲的不肯停息。大門不停承受著鎚子和各式各樣重物的撞擊。門裂了開來，緩緩倒下。大量的箭矢呼嘯而入，射上北方的牆壁，或無力地落到地面上。緊接著又傳來號角聲，以及忙亂的腳步聲，一大群半獸人闖進大廳內。

遠征隊的成員，根本數不清到底有多少敵人。對方的進攻凌厲，但守軍的頑強抵禦也壓住半獸人的氣焰。勒荷拉斯百步穿楊的神技，射穿了兩名半獸人的咽喉，金靂一斧砍斷跳上巴林墓碑的半獸人的雙腿，波羅莫和亞拉岡斬殺了更多的半獸人；當第十三名犧牲者倒下時，其他半獸人尖叫著逃離開來，衆人則毫髮無傷。只有山姆頭皮上有條擦傷，但他及時蹲下，救了自己一命。山姆緊接著一劍刺出，也結束了他面前半獸人的性命。如果老家的磨坊主人看見他眼中的怒火，必定會退避三舍。

「就是現在！」甘道夫大喊著：「在食人妖回來之前趕快撤退！」

當他們撤退的時候，皮聘和梅里還沒有跑到另一邊的階梯，一名身形巨大幾乎和人齊高的半獸人酋長衝了進來。他從頭到腳都披著黑色的鎖子甲，部屬們擠在他後面準備看首領大顯神威。他的臉孔黝黑，雙眸如同黑炭一般，舌頭則是鮮紅色的，手中拿著一柄巨大的長槍。他用沈重的獸皮盾一股腦格開波羅莫的利劍，把他撞得連連後退，摔倒在地上。接著，他用如同毒蛇一般的迅捷速度閃過亞拉岡的劈砍，衝進大夥陣形中央，一槍刺向佛羅多。這一槍正中佛羅多的右腰，讓他往後直飛出去，卡在山壁上。山姆驚叫一聲，撲上前去砍斷槍身。在同一瞬間，那名半獸人快速的拔出腰間的彎刀，準備展開第二波攻勢，不過，亞拉岡不會再給他第二次機會。聖劍安都瑞爾砍中他的頭盔，一陣火花閃過，他的腦漿當場連著頭盔的碎片四下飛濺，身軀則是彷彿極度不甘地緩緩倒下。他的部屬這時一哄而散，波羅莫和亞拉岡則是衝向前準備繼續砍殺敗逃的敵人。

咚！咚！深淵中傳來的戰鼓再度響起，低沈的聲音又開始往四下蔓延。

「快！」甘道夫聲嘶力竭的大喊：「這是最後的機會，快跑！」

亞拉岡抱起倒在牆邊的佛羅多，推著前面的皮聘和梅里趕快往下走，其他人跟在後面。金靂依舊堅持對著巴林的墓碑默禱，多虧勒苟拉斯將他硬拉走，否則又會多一名犧牲者。波羅莫用力拉上東方的大門，上面雖然有門閂，卻無法固定起來。

「我沒事，」佛羅多喘息道：「放我下來，我可以走！」

亞拉岡大吃一驚，差點將他摔了下來。「我以為你死了！」他大喊道。

「還沒死！」甘道夫說：「不過，現在不是吃驚的時候。你們最好趕快往下面走！在底下等我幾分鐘。如果我沒有回來，不要管我，繼續往前！你們記住，挑往下和往右的路走！」

「我們不能夠讓你一人守住那扇門！」亞拉岡說。

「照我說的做！」甘道夫面紅耳赤地說：「刀劍在這邊派不上用場！快走！」

眼前的走道沒有任何照明，因此一片漆黑。他們摸索著走下一連串的階梯，然後回頭看著甘道夫的方向。不過，除了巫師手杖的微弱光芒之外，他們什麼也看不見。他似乎依舊站在那裡看守著入口。佛羅多靠著山姆，呼吸十分沈重，山姆擔心地扶著他。佛羅多覺得自己似乎可以聽見甘道夫帶著嘆息唸誦著咒語。他聽不清楚確實的內容，但整面牆壁似乎都在動搖。戰鼓的聲浪一波一波毫不留情地湧來，**咚！咚！**

突然間，樓梯上方傳來一陣耀目的白光，然後是一陣低沈的隆隆聲和一聲悶響。接著，鼓聲的節奏開始變亂、變急，咚─碰，咚─碰，然後又停了下來。甘道夫從樓梯上跑下來，一跤摔在眾人正中央。

「好了，好了！結束了！」巫師掙扎著站起來：「我已經盡力了。但是這次遇上了棘手的敵人，差點就被幹掉了。別站在這邊發呆！走啊！你們可能有一段時間不會有照明了──我的體力還沒恢復。快走！快點！金靂，你在哪裡？到我這邊來！其他人都跟在後面！」

他們踉蹌地跟在巫師身後，不知道究竟發生了什麼事情。那鼓聲又開始咚！咚！作響，聽起來好像在很遠的地方，但似乎還是緊跟在眾人後面。遠方沒有其他追兵的聲音、沒有腳步聲，也沒有任何的聲響。甘道夫不往右也不往左，只是直直地往前跑，因爲眼前的道路似乎正好就朝著他的目標。它偶爾會往下降個五十階左右，來到另外一層。此刻，這些不停下降的階梯是他們主要的危險，因爲在黑暗中他們什麼也看不見，只能夠靠著直覺和腳尖的觸感來判斷一切。甘道夫則是像個盲人一樣，用手杖敲打著前方的道路。

過了大約一個小時，他們走了一哩左右，也下了很多階樓梯。後面依舊沒有追兵的聲響。他們幾乎已經恢復了逃出此地的希望。到了第七次下降的樓梯時，甘道夫停了下來。

「越來越熱了，」他氣喘吁吁的說：「現在至少已經到大門那一層了，得要找往左手邊的彎道或岔路，讓我們可以往東走。就算全世界的半獸人都來追我，我也要休息一下了。」

金靂扶著他，協助他在樓梯上坐下來。「在門口那邊發生了什麼事情？」他問道：「你遇到了敲打戰鼓的生物嗎？」

「我不知道，」甘道夫回答：「但我發現我面對的是前所未有的一股力量，除了試著封印那扇門之外，我根本想不出別的辦法。我知道很多的封印法術，但都需要時間施展，而且就算成功了，敵人也可以硬用蠻力將它打開。」

「當我站在那邊的時候，我可以聽見另外一邊傳來半獸人的聲音，他們隨時都有可能把門撞開。我聽不清處他們到底在說些什麼，我只能勉強聽見一個半獸人語言中的『Ghâsh』，也就是火焰的意思。然後有某種東西走進了大廳，隔著門我也可以感覺到他的力量。半獸人也因爲害怕而沈默下來。他握住門的拉環，感應到了我和我的法術。」

「我猜不到對方是什麼來歷，但我這輩子從來沒有遇過這麼大的挑戰，對方施展強力的法術抵銷我的咒文。有一瞬間，那扇門脫離我的掌握，開始慢慢地打開！我被迫施展眞言術，這幾乎耗盡我全身的力氣，也超過了石門可以承受的程度。大門突然炸開，有個漆黑如同雲霧一般的東西遮擋住裡面所有的光芒，我被爆炸的威力推了開來，滾下樓梯，幸好牆壁和洞頂在這個時候全都垮了下來……巴林恐怕被埋在很深的瓦礫之下，而且，還有什麼不知名的力量也被埋在那邊，但至少，我們身後的通道已經完全被堵住了。啊！我這輩子沒覺得這麼虛弱過，幸好一切都已經過去了。佛羅多，你覺得怎麼樣？我實在不好意思這麼說，但當我看見你說話時，實在太高興了。我本來以爲亞拉岡抱著的，只是一名勇敢哈比人的屍體而已。」

「你問我覺得怎麼樣啊？」佛羅多說：「我還活著，應該沒骨折吧。我的腰應該瘀血了，又很痛，但幸好不是太嚴重。」

亞拉岡插嘴道：「我只能說，哈比人實在是我這一生看過最強韌的生物了。如果我知道你們這麼厲害，當年在布理的旅店時，我就不敢講大話了！那一槍可以刺穿一隻野豬耶！」

「我很高興它沒有刺穿我，」佛羅多說：「不過，我覺得自己好像被夾在鐵鎚和鐵砧之間給痛毆了好幾下。」他不再開口，因爲覺得連呼吸都很痛苦。

「你果然繼承了比爾博的特徵，」甘道夫說：「你正如同我很久以前對他說的一樣，眞是深藏不露啊！」佛羅多隱隱感到對方似乎有什麼話不方便說。

他們又繼續往前走。不久之後，金靂開口了，他在黑暗中看得很淸楚。「我覺得，」他說：「前面似乎有種光芒，但那不是日光，那是紅色的，會是什麼東西呢？」

「Ghâsh！」甘道夫嘀咕著：「不知道他們說這個字到底是什麼意思，礦坑底層著火了嗎？不過，我們別無選擇，只能繼續走下去。」

很快的，每個人都可以淸楚地看見那紅色的火光。它搖曳不停地照耀在面前的走廊上。現在，他們終於能看淸楚眼前的道路了。不遠的地方是一道斜坡，盡頭則有一個低矮的拱門，光芒就是從裡面射出來的。空氣開始變得非常熾熱。

當他們來到拱門前時，甘道夫示意衆人留步，由他先去探路。一行人可以看見他的頭探出時，臉上被紅色火光照得紅通通的，他很快地退了回來。

「外面有種邪惡的氣息，」他說：「毫無疑問的就是等我們踏入陷阱，不過，我終於知道我們的位置了。這是地底第一層的地方，就正好在大門底下。這裡是古摩瑞亞的第二大廳，出口就在附近。你們往東邊盡頭走，在左邊不到四分之一哩的地方，過橋，爬上一連串寬闊的樓梯，沿著一條大路走，穿過第一大廳，然後就出去了！不過，你們現在最好先過來看看！」

眾人往內看去，他們眼前是一個巨大如洞穴的大廳，這裡比起他們之前過夜的大廳要空曠和細長。他們就靠近它東邊的盡頭，洞穴一直往西方延伸進黑暗中。洞穴的正中央有兩排巨大的石柱，這些石柱都雕刻得如同參天古木，頂端則是許多分岔的石刻枝椏，支撐起天花板上精雕細琢的屋頂。石柱是黑色的，表面十分光滑，但又泛著紅色的反光。就在對面，兩個巨大石柱之間，有道深邃的裂隙。裂隙裡面的火舌不停地竄出，舔食著旁邊的石柱，一道道黑煙在熾熱的空氣中流動著。

「如果我們從上面下來，可能就會被困在這邊，」甘道夫說：「希望這火焰可以阻擋我們的追兵。快來！我們沒時間了。」

就在他說話的同時，他們又聽見了追兵的鼓聲：**咚！咚！咚！**在大廳的西邊又傳來了號角聲和尖銳的大叫聲。**咚！咚！**石柱似乎開始搖晃，而火焰也在這氣勢的壓迫下減弱下來。

甘道夫說：「現在是該拼命的時候了！只要外面還有太陽，我們就還有機會。跟我來！」

他轉向左，衝過大廳中光滑的地板，這距離跑起來比看起來要遠多了。當他們奔跑的時候，他們可以聽見身後傳來許多忙亂的腳步聲。一聲尖銳的嚎叫聲，讓他們確定自己已經被發現了，接著身後傳來兵刃出鞘的聲音，一支飛箭咻地一聲越過佛羅多的腦袋。

波羅莫哈哈大笑：「他們沒預料到會有這樣的狀況，」他說：「火焰阻斷了他們，我們剛好在另外一邊！」

「注意前面！」甘道夫說：「前面就是那座橋樑了，看起來很窄很危險。」

突然間，一道黑色的深淵出現在佛羅多面前。在大廳的盡頭，地板陷落到一個無底的深洞中。唯一通往門外的道路是一座毫無倚靠，看來孤伶伶的石拱橋，長約五十呎左右。這是矮人們抵抗任何足以攻下第一大廳和外面走道的敵人所構築的防禦，因爲敵人只能夠一個挨一個的渡過這橋樑。此刻，甘道夫停下腳步，其他人跟著暫停下來。

「金靂，快帶路，」他說：「皮聘、梅里跟在後面。直走，快上門後的那道樓梯！」

箭矢開始落在衆人之間，又有另一支箭從佛羅多的身上彈開，另一支箭則是射穿了甘道夫的帽子，像是根黑色羽毛一般卡在那裡。佛羅多忍不住回頭打量這些敵人，透過搖曳的火焰，他依稀可以看見幾百名的半獸人，他們扭曲的長矛和彎刀在火焰中反射著血紅色的光芒。**咚，咚，**鼓聲持續的響著，越來越大聲，**咚，咚**。

勒荀拉斯彎弓搭箭，不過，這對他攜帶的短弓來說距離太遠了些。正當他將弓弦拉開時，他的手卻因爲震驚而滑了開來，箭矢落到地上；他發出了恐懼、驚訝的低呼聲。兩名身軀巨大的食人妖走了出來，扛著兩塊大石板，轟然一聲丟在地上，當作越過火焰的橋樑。但眞正讓精靈害怕的不是食人妖，而是其後的景象。半獸人的陣形緩緩讓開，似乎他們自己也覺得十分害怕，有什麼東西走了出來。人眼無法看清楚這魔物的眞實型態；那彷佛是塊巨大的陰影，其中包覆著一個人形的黑色形體；難以想像的邪惡和恐懼之氣蘊含在其中，同時也不停地往外散發。

它走到火焰前，光芒跟著黯淡下來，彷佛被烏雲遮住一般，接著，它跳過地上的裂隙，地心深處的火焰湧出，恭迎它的大駕，並點燃它背上的鬃毛，牽扯出一長條火焰來。空氣中黑煙舞動，激發出末日將臨的恐怖感。這魔物右手拿著如同火舌一般形狀不定的刀刃，另一隻手則拿著火焰構成的九尾鞭。

「啊，啊！」勒苟拉斯哭喊著：「炎魔！炎魔來了！」

金靂張大眼睛看著。「都靈的剋星！」他大喊著，手一鬆，聽任斧頭落到地面，雙手掩面。

「炎魔？」甘道夫低聲嘆息：「原來如此！」他踉蹌退了幾步，倚著手杖說：「難道這是天命嗎？我已經累了……」

那綴著火焰的黑暗形體衝向眾人，半獸人大喊著越過充作橋樑的石板。接著，波羅莫吹響了號角，震耳欲聾，如同排山倒海，萬人爭鳴的聲響震懾了半獸人，連火影也跟著停下腳步。然後，那迴聲就如同被黑風吹滅的火焰一般突然停息了，敵人又再度開始前進。

「快過橋！」甘道夫鼓起全身力氣，大喊著：「快跑！不要回頭。我必須要守住這條路，你們快跑！」亞拉岡和波羅莫不管他的命令，依舊堅守住橋的另一端，並肩站在甘道夫身後，等待他。其他人則是呆呆地站在橋對面的門廊邊，不忍心讓領隊單獨面對敵人。

炎魔走到橋上，甘道夫站在橋中央，左手倚著手杖，但另外一隻手握著發出耀目白光的格蘭瑞神劍。他的敵人又再度停下腳步面對他，對方的陰影如同一對巨大的翅膀一般伸向他。他舉起九尾鞭，每一道分岔開始閃動著光芒，發出嘶嘶聲，他的鼻孔冒出火焰，但甘道夫毫不退讓。

「邪靈退避！」他說。半獸人全都停了下來，現場陷入一片寂靜。「我是秘火的服侍者、亞爾諾熾炎的持有者。邪靈退避！黑暗之火無法擊倒我，邪淫的烏頓之火啊！退回到魔影身邊去！沒有邪靈可以越過我的阻擋！」

炎魔沒有回答，它體內的火焰似乎開始減弱，但黑暗則開始增加。它緩步踏上橋，突然間挺身站起來，張開的翅膀足足和整座大廳一樣寬。但在這一團黑暗中，甘道夫的身影依舊清晰可見。他看來十分的矮小、孤單無助，如同面對風暴的枯萎老樹一般。

從那陰影中揮出一道紅色的劍光。

格蘭瑞神劍激發出白光，回應對手的邪氣。

一陣震耳欲聾的巨響傳來，白熾的火焰四下飛舞。炎魔連連後退，火焰劍斷碎成四下飛舞的白色岩漿。巫師的身形一晃，退了一步，又穩住腳步。

「沒有邪魔可以穿透正義的屏障！」他大喝。

炎魔再度跳上橋樑，九尾鞭嘶嘶作響，不停地轉動。

「他一個人撐不住！」亞拉岡一聲大喊，跑回橋上。「伊蘭迪爾萬歲！」他大喊著：「甘道夫，有我在！」「剛鐸永存！」波羅莫也跟著大喊衝上橋。

就在那一刻，甘道夫舉起手杖，大喊著擊向腳下的橋樑，手杖在他手上碎成齎粉。一道讓人目眩的白焰竄起，橋樑發出斷折的聲音，在炎魔的腳下碎裂開來，它所站著的那一整塊岩石都跟著落下無底深淵，殘餘的橋面滯空平衡，危顫顫的懸在空中。

炎魔發出驚天動地的喊聲，落了下來，黑影跟著消失在深淵中。但就在它落下前，它手上的九尾鞭一揮，捲住了巫師的膝蓋。他搖晃了幾下，徒勞無功地試圖抓住岩石，就這樣落進無底深淵中。「你們這些笨蛋，快跑呀！」他拼盡最後一絲力氣大喊。

火焰消失了，整個大廳陷入一片黑暗。遠征隊的成員驚恐地不能動彈，眼睜睜地看著隊長落入深淵中。就在亞拉岡和波羅莫剛踏上地板的瞬間，橋樑其餘部分也跟著落了下去，亞拉岡的一聲暴喊驚醒了眾人。

「來！我帶你們走！」他大喊著：「這是他最後的遺囑。跟我來！」

他們步履不穩地衝上門後的階梯。亞拉岡帶著路，波羅莫走在最後。在樓梯的頂端是一條寬廣的走道。他們沿著走道飛奔，佛羅多聽見山姆在他身旁啜泣著，他發現自己也忍不住跟著邊跑邊哭泣。**咚，咚，咚**，的鼓聲依舊跟在後方，現在變得緩慢，彷彿在哀悼什麼一樣。**咚**！

他們繼續往前跑。前方出現了刺眼的光芒，巨大的通風口將外界的光線引導進來，他們跑得更快了。接著，一行人來到一個被東方的窗戶照得十分明亮的房間，他們狂奔過這個房間，衝過一扇破碎的大門，來到充滿耀目光芒的門廊前。

一群半獸人躲在兩邊的門柱中看守著大門，但大門本身已經傾倒在地上。亞拉岡滿腔怒火正好無處發洩，一眨眼就砍下了守衛隊長的腦袋，其他的半獸人見情勢不對，紛紛開溜。遠征隊無暇顧及這些傢伙，只是一個勁的跑出那古老的大門、陳舊的階梯，離開摩瑞亞的土地。

終於，他們在絕望中來到了陽光照耀的山谷中，感覺到微風吹拂在臉上。

在脫離弓箭的射程之前，他們不敢停下腳步。眼前就是丁瑞爾山谷，迷霧山脈的陰影籠罩其上，東方的光芒卻直直地照著大地。這大概是正午過後一小時，太陽熾烈，白雲高掛天空。

他們回頭看去。黑暗的入口在陰影中大張著。他們可以聽見微弱、遙遠的緩慢鼓聲，**咚**。一陣黑煙飄了出來，其他什麼都看不見。河谷四下一片空曠。**咚**。他們這才有時間感受應有的痛苦和折磨，有些人站著掩面，有些人則是哭倒在地上。**咚**，**咚**。鼓聲漸漸的消失了。

第六節　羅斯洛立安

「唉！我們不能再待在此地感傷了。」亞拉岡說。他轉向山脈的方向，高舉聖劍。「再會了，甘道夫！」他大喊著：「我跟你說過，**如果你進入摩瑞亞的大門，千萬小心！**沒想到我的預感竟然應驗了！沒有了你，我們還有什麼希望呢？」

他轉身向遠征隊的成員說道：「即使沒有希望，我們也必須堅持下去，」他說：「至少我們還有復仇的機會。堅強起來，擦乾眼淚！來吧！我們眼前還有很長的道路，很多的事情要做。」

他們站起身，環顧四周。谷地北方延伸入兩座山之間的陰影中，在其上則是三座光輝閃耀的山峰：凱勒布迪爾、法怒德何、卡蘭拉斯，這些就是構成摩瑞亞外觀的三大山峰。在陰影之間的山腳下水氣繚繞，如同薄紗包圍著一連串如同階梯般不斷上升的瀑布。

「那就是丁瑞爾天梯！」亞拉岡指著瀑布說。「如果我們的命運沒有這麼乖違，我們應該是沿著那些瀑布進入這山谷。」

「如果卡蘭拉斯不這麼殘酷就好了！」金靂忍不住說：「它竟然還能夠冷笑著面對太陽，看著我們遭受的折磨！」他對著遠處的冰峰詛咒，最後因太過激動而轉頭不願看那些山峰。

往東方看去，山脈的延伸突然間終止了，眾人可以看見遠方模糊的地形輪廓，在南邊則是綿延不絕的迷霧山脈。不到一哩之外，略低於他們腳底的地方有另一座湖，那是座圓長形的大湖，看起來如同一支刺進北方谷地的槍尖一般。湖水的南半部已經脫離了山脈投射下的陰影，露在陽光下。但湖水依舊十分幽暗，就像是從通火通明的房間，往外觀看萬里無雲的暮色一樣。湖水四周有著美麗的草地，將它包圍成一個完整的弧形。

「這就是鏡影湖，幽深的卡雷德—薩雷姆！」金靂哀傷地說：「我還記得他告訴我：『願你見到它的時候能夠獲得平安喜樂！但我們沒辦法在那邊耽擱太久的時間。』現在，我想我很久都不會再有平安喜樂了。不能耽擱的是我，他卻必須永遠留在那個鬼地方。」

眾人沿著大門外的小徑繼續往下走。小徑十分狹窄，又因爲年久失修而支離破碎，多處掩沒在雜草中。不過，依舊看得出來這裡曾是通往矮人王國的主要幹道。路旁許多地方還有岩石雕刻的作品，以及翠綠的樺樹和迎風飄逸的樅樹。一個往東的大轉彎，讓他們來到了鏡影湖旁邊的草地上，離小徑不遠處，矗立著一個頂端斷裂的石柱。

「這就是都靈的礎石！」金靂大喊道：「我臨走之前，一定得再看看這裡的美景！」

「那就快一點吧！」亞拉岡回頭看著摩瑞亞的大門：「太陽西沈得很快，或許在天黑之前那些半獸人不會出現，但我們一定得在日落前遠離此地。今晚應該是新月，大地會很黑暗的。」

「跟我來吧，佛羅多！」矮人大喊著離開小徑：「我可不能讓你離開前沒看過卡雷德—薩雷姆。」他沿著綠色的長坡往下跑，即使佛羅多又累又難過，他還是被那藍色的湖水所深深吸引，山姆跟在他後面。

在那塊都靈之礎石旁，金靂停了下來，抬頭看著。石柱歷經風吹雨打，上面的符文也已經無法閱讀。「這根石柱，是紀念都靈第一次在這裡俯瞰鏡影湖。」矮人說：「在我們離開之前，絕對不可以錯過這景象！」

他們彎腰看著黑色的湖水，一開始什麼都看不到，接著慢慢地，他們看見了倒影在藍色鏡面中壯麗的群山，山峰如同頂端套上白色火焰一樣雄偉，除此之外還有一大塊藍色的天空。即使天空中太陽依舊炙熱，他們還是可以看見幽深的湖水中有著星辰閃爍，從他們低頭的身影中看不見任何的陰影。

「喔，美麗壯觀的卡雷德—薩雷姆！」金靂說。「裡面沈眠著都靈的皇冠，直到他甦醒爲止。再會了！」他鞠躬爲禮，接著急忙跑上山坡，再度回到路上。

「你們看見了什麼？」皮聘問山姆道，但陷入沈思的山姆沒有空閒回答他。

這條路現在轉向南，開始急速地下降，穿過了山谷兩邊合攏的臂彎。在距離鏡影湖不遠的地方，他們又找到了一池如同水晶一樣清澈的清水，它們從池水的邊緣一滴滴流下，落入一條深邃多岩的河道上。

「這就是銀光河的源頭，」金靂說：「別急著喝，它很冰哪！」

「很快的，它就會變成一條湍急的河流，匯聚許多其他的山泉，」亞拉岡說：「我們的道路和它的路徑有很長一段距離是相合的。因爲我必須遵照甘道夫的遺志，率領各位沿著銀光河往森林前進，前往它和大河安都因匯流的地方。」眾人看著他指的方向，注意到小溪跳躍進山谷中，一路流向泛著金光的遙遠彼端。

「那裡就是羅斯洛立安森林！」勒荷拉斯驚嘆道：「那是我族同胞所居住的最美麗地方，沒有其他地方的樹木能夠生長得如同這裡一樣。即使是到了秋天，樹葉也只是轉成金黃，並不落下。只有到了春天新葉長出時，這些老葉才會落下，讓枝枒上掛滿黃花，森林的地面一片金黃；由於樹幹都是灰白色的，到了那時會構成一片金頂銀柱的壯麗景象。我們幽暗密林的歌謠中依舊讚頌著這個地方，如果我們能夠在春天站在那些樹下，我的心必定會雀躍不已！」

亞拉岡說：「即使在冬天，我也會感到無比的高興！但我們還有許多路要走。早點開始吧！」

剛開始，佛羅多和山姆還勉強可以跟上眾人，但亞拉岡的步伐越來越快，不久之後他們就開始脫隊。自從今天早上以後，他們就什麼東西都沒吃。山姆的割傷如同火燒一樣熱辣辣地疼痛，他覺得頭重腳輕。即使天空高掛著太陽，但在經歷過摩瑞亞的悶熱之後，這裡的空氣似乎還是冷冰冰的，他忍不住打了個寒顫。佛羅多則是覺得每一步都很勉強，必須經常大口吸氣才能跟上。

終於，勒荷拉斯轉過頭，發現他們已經遠遠地落後，於是趕快上前和亞拉岡說了幾句話。其他人跟著停了下來，亞拉岡叫波羅莫跟著他一起跑回來。

「對不起，佛羅多，」他滿懷關切地說：「今天發生了好多事，我們又急著趕路，根本忘記你和山姆都受傷了。即使摩瑞亞所有的半獸人都在後面追趕，我們也不該忘記這件事情。來吧！前面有塊可以暫時休息的地方，我會在那邊盡力幫助你的。來吧，波羅莫，我們抱他們走。」

很快地，他們又遇上了另外一條從西邊而來，和奔流的銀光河會合的小溪。它們沿著一道泛著綠光的瀑布往下流，流進一座小山谷。山谷之中有許多彎曲、低矮的樅樹，小河兩旁陡峭的山壁上長滿了野生的莓子和許多苔蘚。在河谷底則有一塊平坦的區域，小河從旁邊喧鬧地流過，衆人就在那一區停下腳步休息。現在大概是下午三點，他們只不過遠離摩瑞亞的大門幾哩左右，太陽也已經開始西沈了。

金靂和其他兩名哈比人，利用此地的灌木和樅樹升起了一堆火，同時還從小溪中打水，亞拉岡則照顧著山姆和佛羅多。山姆的傷口並不深，但看起來相當糟糕。亞拉岡檢查傷口的時候神色非常凝重，過不了多久之後，他臉上的表情趨緩，鬆了一口氣。

「山姆，你運氣眞不錯！」他說：「許多人爲了斬殺手下的第一名半獸人，受到了比你嚴重很多倍的傷。幸好對方的刀劍沒有像一般半獸人那樣淬毒。在我處理過之後，它應該可以很輕易地癒合。等金靂把水熱開之後，你先用熱水沖沖傷口。」

他打開背包，掏出一些乾枯的葉子：「這些已經乾掉了，藥效也變得較弱。但是我身上還帶著這些在風雲頂找到的阿夕拉斯；把一片撕碎丟在水中，將傷口洗淨，我就可以把它包紮起來。佛羅多，現在輪到你了！」

「我沒事，」佛羅多不願意人家碰觸他的衣服，深怕被人發現其中的秘密。「我只需要吃吃東西，休息一下就好了。」

「不行！」亞拉岡堅持道：「我們一定得看看你之前所說的鐵鎚和鐵砧，對你造成了什麼傷害。我還是很驚訝你竟然可以活下來。」他小心翼翼地脫下佛羅多的舊夾克和破襯衫，接著倒抽一口冷氣，然後他笑了，那銀色背心如同銀色海浪一般在他眼中波動。他小心地脫下那件背心，將綴滿如星辰般白色寶石的鎖子甲高舉，只要一晃動，就可以聽見如同驟雨落入池水般的清脆金屬撞擊聲。

「看哪，朋友們！」他大喊著：「這層漂亮的哈比人皮都可以拿來裝飾精靈了！如果人們知道哈比人有這種外皮，全世界的獵人一定都會快馬加鞭地趕到夏爾去。」

「那些獵人的弓箭全部都會失效啦！」金靂難以置信地瞪著眼前的奇觀：「這是件秘銀甲，秘銀耶！我從來沒看過、也沒聽過這麼美麗的盔甲。這就是甘道夫所說的鎖子甲嗎？他一定低估了這真正的價值。幸好你穿在身上！」

「我常常懷疑，你和比爾博兩人在那小房間裡面幹什麼？」梅里說：「原來是這麼一回事！祝福這個老哈比人！我快要愛死他了，眞希望我們有機會可以告訴他這件事情。」

佛羅多的腰際和右胸全都是黑紫色的淤青。鎖子甲底下墊著一層軟皮甲，不過，有個地方鎖子甲還是承受不住這怪力，因而咬進肉裡。佛羅多的左邊身體因爲撞上洞壁，也全都是擦傷和淤青。在其他人處理午餐的時候，亞拉岡用泡過阿夕拉斯的熱水浸洗兩人的傷口。一股讓人神清氣爽的香氣飄滿了整個河谷，圍攏在沸水旁邊的人都覺得煥然一新、精力充沛。很快地，佛羅多覺得傷口不再疼痛，也不需要那麼用力呼吸了；不過，被撞傷的地方接下來好幾天，還是會很僵硬和痠痛，亞拉岡又在他的兩側腰際多綁了些軟布。

「這件鎖子甲眞是輕得不得了！」他說：「如果你受得了，可以再穿上它。我很高興你有穿著這層防護。即使在睡覺的時候也不要脫下它，除非你來到一個可以暫時高枕無憂的地方。但是，只要你的任務繼續下去，這個可能性就非常低。」

遠征隊吃過飯之後，收拾好東西，準備繼續上路。他們滅了火，掩蓋一切的痕跡，然後爬出山谷，繼續之前的路程。在太陽落入西方群山，陰影覆蓋大地時，他們並沒有走多遠。暮色掩蓋了他們腳下的土地，山谷中開始飄揚著薄霧。夜色中東方微弱的光芒照耀在一望無際的平原和森林中。山姆和佛羅多覺得身體已經好多了，可以用適當的步伐跟上大家的速度。亞拉岡就這麼毫不留情的帶領大家一連趕了三小時的路，中間只有短暫的休息過一次。

天色變得非常幽黑。現在已經是深夜了。天空中出現許多澄澈的星辰，一彎新月卻直到很晚才出現。金靂和佛羅多殿後，輕巧地走著，彼此不敢隨意交談，仔細地傾聽著路邊的一切聲響。過了很長一段時間之後，金靂才打破了沈默。

「除了風聲之外什麼都沒有，」他說：「除非我的耳朵是木頭做的，我想附近應該根本沒有任何敵人。希望半獸人把我們趕出摩瑞亞就滿足了。或許，這一直都是他們的目的，和我們的魔戒沒有關係。不過，如果半獸人是為了酋長復仇，他們會在平原上追殺敵人好幾十哩之遙。」

佛羅多沒有回答。他看著刺針，寶劍黯沈無光，但他覺得自己彷彿聽到了某些聲響。隨著陰影落下，身後陷入一片黑暗，他又再度聽見了赤腳快速奔跑的聲音。即使是在兩人說話的時候，他還是聽得見這聲音。他猛地轉過頭，覺得似乎看見了兩個微小的光源，但很快就消失了。

「怎麼搞的？」矮人問。

「我也不知道，」佛羅多回答：「我以為我聽見了腳步聲，還看見了像是眼睛一樣的光芒。

自從我們進入了摩瑞亞之後，我就經常聽到這聲音、看到這景象。」

金靂停下腳步，看著四周。「我只有聽見風吹樹梢和岩石與大地交談的聲音。」他說：「來吧，我們走快點，其他人都快要走不見了。」

夜間清涼的微風吹入山谷間迎接他們。在他們眼前是一座巨大森林的灰色輪廓，他們可以聽見樹海中無邊無際的樹葉沙沙聲。

「羅斯洛立安！」勒荷拉斯高興地大喊：「羅斯洛立安！我們終於來到了黃金森林。眞可惜現在是冬天！」

在夜色中那些參天古木看來十分安詳，如同羅列的高牆一般將溪水吸納進森林中。在微弱的星光下，這些樹木的輪廓是灰色的，樹葉則微微地泛金。

「羅斯洛立安！」亞拉岡說：「我眞高興可以再度聽見微風吹過此地樹梢的樂曲！我們距離摩瑞亞的大門才不過十五哩，但今晚已經不能再走了。我們只能在這邊紮營，但願精靈的力量可以保護我們免除邪惡的侵害。」

「前提是，精靈在亂世中還會居住在這裡……」金靂說。

「我族的同胞，已經很久沒有回到過這個曾是故鄉的地方。」勒荷拉斯說：「但我們聽說，又被稱作羅瑞安的羅斯洛立安並沒有被捨棄，因爲此地擁有一種驅趕邪惡力量的神秘力量。當然，極少有人看到其中的居民，他們可能都居住在森林中心，距離這北邊的邊境還很遠。」

「他們的確居住在很遠的地方。」亞拉岡說道，他嘆了口氣，彷彿記起什麼美麗的回憶：「今晚要照顧好自己，我們必須繼續往森林走一段路，直到樹木都將我們包圍爲止。然後我們會離開小徑，找尋一個可以過夜的安全地方。」

他往前踏出幾步，但波羅莫猶豫不決地站著，沒有跟上來。

「沒有其他的道路了嗎？」波羅莫問。

「你還想要去哪個更美麗的地方？」亞拉岡反問。

「我不需要美麗，只希望它是條平凡的道路，就算是通過刀山劍海我也願意走。」波羅莫說：「但是遠征隊至今爲止，每次踏上與衆不同的道路，下場都是厄運纏身。大家不顧我的反對，踏入摩瑞亞，損失了我們的摯友。現在你說，我們又必須進入黃金森林。但是，我們在剛鐸也聽過這個地方；據說這裡進得去出不來，即使勉強逃出，也會受到相當的傷害。」

「不要說**傷害**，應該是**改變**，這樣比較接近眞相。」亞拉岡說：「波羅莫，如果一度睿智的剛鐸，現在竟然將羅斯洛立安視作邪惡之地，那你們的傳史眞的沒落了。不管你怎麼想，眼前沒有其他道路了。除非你願意回到摩瑞亞、或是攀登險峻的高山，甚至沿著大河一路游泳。」

「那就帶路吧！」波羅莫說：「但我還是覺得很危險。」

「的確很危險！」亞拉岡說：「美麗而且危險。但只有邪惡，或是帶領邪惡力量進入的人才需要害怕。跟我來！」

他們又走了一哩多，這才遇到另一條從滿佈林木的翠綠山坡流下的小溪。他們聽見右邊陰影中傳來瀑布的聲響，湍急的流水則是快速地流過他們面前，在樹根之下和銀光河匯流。

勒苟拉斯說：「這是寧若戴爾河！森林精靈❶為了這條河做了很多歌謠，我們在北方依舊記得這裡美麗的彩虹，以及空氣中飄揚的金色花瓣，因此傳唱著這些歌謠。但在這亂世中，寧若戴爾河的橋樑已經斷折。我要在這裡泡泡腳，據說這河水對於治療疲倦有奇效。」他一馬當先地跳下河岸，踏入河水中。

「跟我來！」他大喊著：「水並不深，我們可以直接涉水過河！等下可以在河岸對面休息，瀑布的水聲或許可以讓我們暫時忘卻哀傷和疲倦。」

他們一個接一個地爬下河岸，跟隨勒苟拉斯。佛羅多站在溪水中，讓溪水沖過他的小腳。河水十分冰冷，但也十分清澈；隨著他的腳步，溪水慢慢漲到他的膝蓋。他感覺到一路上旅途所沾染的塵埃和疲倦，都在這透心涼的冰水中被洗去。

---

❶ 在天地初開之時，許多精靈為了更接近創造世界的主神，決定往西遷徙，搬遷到神的故鄉。在這一群精靈中有些在安都因河停了下來，拒絕繼續前進，因此被稱為「南多精靈」（在精靈語中為回頭之人），而部分最先抵達神的居所的，則被稱做高等精靈。因此，許多精靈就在羅斯洛立安和翠綠森林定居下來。由於他們並沒有高等精靈一般超脫凡塵的力量，因此他們為了在中土世界的亂世中生存，轉而研究如何於敵人眼前隱匿行蹤，和與森林和平共處的學問。據說，世界上沒有任何種族，在森林中的行動力能與木精靈相比。

稍後，翠綠森林被改稱為幽暗密林，勒苟拉斯就是來自幽暗密林的森林精靈，也被稱作木精靈，因此，他對森林精靈的歌謠知之甚詳。

在所有的人都跨越小河之後，他們坐了下來，吃了一些食物，勒苟拉斯告訴他們許多有關幽暗密林的精靈們難以割捨的，這裡的故事。那時人類還沒出現，陽光和星光自由自在地照耀在大河安都因兩岸的草地上。

過了很長一段時間，他們沈默下來，傾聽著流水在陰影中流動的甜美樂章。佛羅多幾乎以為自己可以聽見有聲音與水聲應和著在唱歌。

「你們聽見了寧若戴爾河的聲音了嗎？」勒苟拉斯問道：「我唱首有關寧若戴爾小姐的故事，她許久之前就居住在這條和她同名的溪水旁。在我們森林的語言中是非常美麗的，我把它翻譯成西方語，如同瑞文戴爾的人吟唱它的方式。」在樹葉的沙沙聲中，他開始用十分溫柔的聲音唱道：

遠古的精靈美女，
如同白日閃亮星辰，
穿著銀灰的絲衣褸；
披著黃金鑲邊白斗篷，出現在清晨。

她眉宇間有星辰閃爍，
光芒照耀她的髮絲，
陽光折射在樹幹如琥珀，

在那美麗的洛立安羅斯。

她長髮飄逸，雙手雪白，
自由自在又美麗；
她在風中如輕風般搖擺，
如椴樹枝葉般旖旎。

在寧若戴爾瀑布旁，
清澈冰冷的水邊，
她聲音如同銀鈴響，
落在閃亮的池邊。

今日無人知曉她曾漫遊之處，
不管是陽光下或是陰影中；
因爲寧若戴爾就此迷散四處，
消失在山脈中。

精靈船隻出現在灰港岸，

就在那神秘的山脈下，
靜候多日卻無人出現，
海岸浪花無情地拍打。

北地的夜風一探，
驚醒莫名的哭喊，
將船隻吹得遠離泊岸，
竄出灰色的港岸。

曙光初出大地已失，
山脈緩緩沈沒，
洶湧巨浪將衣物濺濕，
浪花也在半空中飛落。

安羅斯看著遠去的海岸，
現在已遙不可及，
詛咒無情的船隻怎可離岸，
讓他與寧若戴爾遠離。

古代他是精靈王，
谷地和樹木之主，
春天的樹木興旺，
在那美麗的羅斯洛立安大地。

他們看見他跳下海中，
如同箭矢離弦，
只爲那兩人的情鍾，
遁入海中從此無緣。

風吹拂他飛散的長髮，
浪花在他身上閃亮；
他們看見他的強壯美麗啊，
如同飛馬奔馳在海上。

西方毫無他的消息，
海岸上也渺無音訊，

精靈們再也感受不到他的呼吸，
安羅斯從此碎心。

勒荷拉斯哽咽地唱不下去了。「我不能再唱了！」他說：「這只是其中的一部分，我已經忘記很多。這是首很長、很淒美的歌謠，其中描述著矮人在山脈中喚醒邪惡之後，悲劇如何來到羅斯洛立安，來到這遍地花朵的羅瑞安。」

「但那邪惡並非是矮人的錯，」金靂說。

「我沒有這樣說，但邪惡還是來了。」勒荷拉斯哀傷地回答：「許多寧若戴爾的同胞離開了自己的居所，而她在極南的白色山脈中失蹤了，再也無法前往愛人安羅斯等待的船上。但是，在春天，風吹到這些新葉上的時候，我們依舊可以從和她同名的瀑布中聽見她的聲音，而當南風吹來的時候，安羅斯的聲音會從海上飄來。寧若戴爾河流入銀光河，也就是精靈所稱呼的凱勒布蘭特河，而凱勒布蘭特河又流入大河安都因，安都因則會流入羅瑞安精靈揚帆出海的貝爾法拉灣。不論是寧若戴爾或是安羅斯，都再也沒有回來過。」

「據說她曾經在靠近瀑布的地方，於樹上搭建了一棟屋子；因爲這是羅瑞安精靈的習慣，搭建樹屋居住在其上，或許現在也還是這樣。因此，人們稱呼他們爲凱蘭崔姆，樹民。在森林的深處有十分高大的神木，居住在森林裡的人們不像矮人一樣挖地居住，魔影出現之前也不會建造石製的堡壘。」

「即使在那些日子之後，居住在樹上可能也比坐在地上安全，」金靂說。他回頭看著從丁瑞爾河谷一路流來的河水，再抬頭看著黑暗的樹頂。

「金靂，你說得很有道理，」亞拉岡說：「我們不會建造樹屋，但如果可以的話，今晚可以像樹民一樣住在樹上，我們已經在這路邊待得太久了。」

眾人遠離小徑，開始深入樹林的陰影中，往西走，遠離銀光河的主流。他們在距離寧若戴爾瀑布不遠的地方，找到幾株聚集的樹木。這些巨木都非常龐大，甚至高到看不見頂。

「由我來爬上去，」勒荷拉斯說：「不管是樹下或是樹上，都是我的老家。雖然這些樹木對我有些陌生，只出現在歌謠的記載中。他們叫作梅隆樹，意思是說它們會結黃花。但我從來沒爬過這類樹木，讓我先看看它們的形狀和生長的方向。」

「不管它們是什麼樹，」皮聘說：「如果它們可以讓人在上面睡覺就真的很詭異了，只有鳥可以吧！我可不準備在樹上睡覺啊！」

「那你可以在地上挖個洞，」勒荷拉斯沒好氣地說：「如果你們比較喜歡這樣，那就儘管做。若你們想要躲開半獸人的追殺，手腳就得俐落點。」他輕而易舉地跳了起來，抓住枝枒，一晃就搖到更上層的樹枝去。正當他搖晃著身體，想要繼續往上攀爬的時候，樹影中突然傳來一個聲音。

「Daro!」有個聲音命令道，勒荷拉斯跳回地面，露出驚訝、恐懼的表情，他靠在樹幹上動也不動。「統統不要動！」他對其他人低語道：「不要開口，不要動！」

他們頭上的樹頂傳來輕笑聲，以及另外一個操精靈口音的聲音。佛羅多聽不太懂對方在說些什麼，因爲迷霧山脈東邊的森林精靈和西邊的精靈所使用的語言並不相同。勒荀拉斯抬起頭，用同樣的語言回答。

「他們是誰？又說些什麼？」梅里問道。

「他們是精靈！」山姆說：「難道你聽不出來他們的聲音嗎？」

「沒錯，他們是精靈，」勒荀拉斯說：「他們還說你們的呼吸聲大到讓他們可以在黑暗中瞄準你們。」山姆急忙用手摀住嘴巴。「但他們也說你們不需要害怕，他們已經發現我們很長的一段時間了。他們在寧若戴爾的對岸就聽見我的聲音，知道我是他們北方的同胞，因此他們沒有阻擋我們過河；在那之後他又聽到了我的歌聲。現在，他們要求我和佛羅多一起爬上去，因爲他們似乎有些關於他和我們冒險相關的消息。他要求其他人在樹底下暫時等一下，等他們決定到底該怎麼做。」

從陰影中降下一條繩梯，那是由一種銀灰色，在黑暗中閃閃發光的材料所做的。雖然它看起來很纖細，但卻可以承受好幾個人的體重。勒荀拉斯飛快地爬上去，佛羅多則是小心翼翼地跟在後面。山姆是屏住呼吸，十分謹愼地跟著。梅隆樹的枝枒幾乎和樹木本身垂直，因此他們上去的時候必須小心不被枝枒撞到。不過，到了頂端，枝幹分岔開來，構成了一個許多分枝的平坦區域，在這一塊區域上他們又看到有人造了一塊木製的平台，過去被叫作瞭望台，精靈們則是稱呼它爲塔蘭。他們透過平台中央的的一個孔穴出入，繩梯就是從這邊垂下來的。

當佛羅多終於上到瞭望台時，他發現勒荀拉斯和另外三名精靈坐在一起。這些精靈都穿著暗灰色的衣服，除非他們突然行動，否則在樹木的陰影中完全無法發現他們。他們站了起來，其中一人拿出一盞發出銀光的油燈，他舉著油燈，照著山姆和佛羅多的臉。然後他把油燈的機關關上，用精靈語歡迎他們的到來，佛羅多有些遲疑地回應他們。

「歡迎！」這些精靈接著切換到通用語，說的速度十分緩慢：「除了自己的語言之外，我們極少使用外來的語言，因爲我們通常都居住在森林深處，不願和外人有任何的接觸。即使是我們北方的同胞也與我們分離已久。幸好，我們之中依舊有些人必須到外地去收集情報、監控我們的敵人，因此懂得外界的語言。我就是其中一個，我叫作哈爾達，我的兄弟盧米爾和歐洛芬，都不太熟悉你們的語言。」

「但我們已經聽說了你們前來的消息，因爲愛隆的信差在從丁瑞爾天梯回去的路上曾經過這邊。我們已經有很多年沒聽過哈比人、半身人這類種族了，而且也不知道他們是否還居住在這個世界上。你們看起來並不邪惡嘛！既然你們和我們的精靈同胞一起來，我們願意遵照愛隆的請求，和你交個朋友。我們通常不會領著陌生人穿越這塊土地，這次會爲你破例。不過，你們今天晚上就必須住在這裡了。你們有多少人？」

「八名，」勒苟拉斯說：「我、四名哈比人、兩名人類，其中一名是亞拉岡，擁有精靈之友的西方皇族血統。」

「我們在羅瑞安，聽過亞拉松之子亞拉岡的名號，」哈爾達說：「我們的女皇十分信任他，看起來一切都沒問題。不過，你怎麼只有提到七個人？」

「第八名是個矮人。」勒苟拉斯不情願地說。

「矮人！」哈爾達震驚地表示：「這就不好了。自從黑暗年代以來，我們就沒有和矮人打過交道了。我們不准矮人踏上這塊土地，我不能讓他通過。」

「但他是來自孤山，是可靠的丹恩子民，也是愛隆的朋友，」佛羅多說：「愛隆親自挑選他成爲我們的同伴，他一直都很值得信任，並且展現出過人的勇氣。」

三名森林精靈交頭接耳了一陣子，用他們自己的語言質問勒苟拉斯。「好吧！」哈爾達最後才勉強說：「雖然我們並不喜歡這樣的結果，但看來我們別無選擇。如果亞拉岡和勒苟拉斯願意監管他，替他的行爲負責，他就可以通過，但我們必須要蒙上他的眼睛。」

勒苟拉斯露出欲言又止的表情。

「不要再爭辯了，你們必須留在這裡。自從許多天前，我們看見一大群半獸人往北朝向摩瑞亞，沿著山脈邊緣行軍之後，這裡的警備就加強了許多。惡狼竟膽敢在森林的邊緣嗥叫，讓我們很擔心。如果你們眞的是來自摩瑞亞，那麼危機並沒有遠離你們，明早就必須趕快出發。那四名哈比人可以爬上來和我們一起睡，因爲我們並不擔心他們。旁邊的樹上有另外一個瞭望台，其他人必須待在那裡。你，勒苟拉斯，必須爲你朋友們的行爲向我們負責。如果出了任何問題，只管叫我們！隨時注意那名矮人！」

勒苟拉斯立刻爬下樓梯，傳達哈爾達的訊息。梅里和皮聘一聽到好消息就立刻爬上繩，當他們爬上去之後，似乎有點害怕和喘不過氣來。

「哪！」梅里喘著氣說：「我們把你們那一份的毯子和我們自己的毯子都搬上來了，神行客把其他的行李都藏在很厚的乾葉子底下。」

「你們不需要把那些笨重的東西帶上來，」哈爾達說：「冬天樹頂的確有點冷，不過今天晚上吹著溫暖的南風。而且，我們還有食物和飲料，可以驅走寒意，除此之外，我們也有多的斗篷和衣物可以借你們用。」

哈比人毫不客氣的接受了第二頓更為豐富的晚餐，然後將自己緊緊地裹在精靈斗篷和自己帶來的毯子裡面，試著想要睡覺。不過，雖然他們累得不得了，但只有山姆很輕鬆地睡著。哈比人怕高，即使他們的屋子裡面有樓梯，也絕對不睡在二樓。這個瞭望台跟他們理想中的臥室實在不一樣——沒有牆壁、甚至連欄杆都沒有，只有一邊有面薄薄的簾幕，可以視風向而調整。

皮聘因為害怕，繼續嘮嘮叨叨地囉唆了一段時間：「我希望如果在這裡睡著，不會滾下去，」他說。

「我一旦睡著，」山姆說：「不管是不是滾下去，我一定會繼續睡。咳咳，話說得越多，就睡得越少啊，希望你懂我的暗示。」

佛羅多又躺了一會兒，看著樹頂稀疏樹葉之外的明亮星辰。在他閉眼之前，山姆就已經開始打鼾。他依稀可以看見兩名精靈動也不動地盤腿坐著，低聲交談。第三名精靈則是爬到下面一層枝枒去繼續守望的工作。最後，他終於在寧若戴爾的呢喃和微風的吹拂下睡著了，耳邊彷彿還不停聽見勒苟拉斯唱的歌。

稍晚的時候，他突然醒了過來，其他哈比人都還在睡覺，精靈們則消失了。一彎新月透過樹葉間的空隙灑下月光，風也停了下來。他可以聽見不遠的地方傳來粗啞的笑聲和許多的腳步聲，中間還夾雜著金屬撞擊的聲音。這聲音慢慢消失了，似乎正在往南邊持續深入森林。

瞭望台中間的洞口突然冒出一顆頭。佛羅多警覺地坐起來，這才發現那是披著灰衣的精靈，它看著哈比人。

「是誰？」佛羅多問。

「噓！」精靈低聲說，邊跳上瞭望台，將繩梯捲起來。

「半獸人！」佛羅多說：「他們在幹嘛？」但那精靈已經消失了。

接下來沒有任何更進一步的聲響，連落葉的聲音似乎都靜止下來，悄悄地等待變化的發生。佛羅多渾身發抖地蜷縮在斗篷內，他很感激精靈們，否則現在可能會在地面上被這些怪物抓個正著；但他又覺得這些樹除了可以隱藏他們的形跡之外，其實沒辦法提供什麼保護。根據傳說，半獸人的鼻子和獵犬一樣靈，而且也會爬樹。他拔出了寶劍刺針，看著它發出藍焰一樣的光芒，接著又緩緩黯淡下去。即使寶劍不再對他示警，但那種不安的感覺依舊沒有離開心頭，甚至還變得更強烈。他爬到瞭望台的開口往下看，可以確定自己聽見了樹下傳來低微的腳步聲。

這不是精靈，因為這些森林的居民行動時幾乎不會發出任何聲音；然後他聽到一種動物嗅聞時發出的聲音，彷彿有什麼東西在搔爬著樹幹的聲響。他屏住呼吸，凝視黑暗中。

底下有某種東西正在緩緩往上爬，對方的呼氣聲透過緊閉的牙關發出嘶嘶聲。接著，佛羅多看見一雙蒼白的眼睛越來越靠近，它們停了下來，眨也不眨地看著上方；突然間，它們轉了開來，一個影子溜下樹，消失在黑暗中。

哈爾達隨即手腳俐落地爬上瞭望台：「剛剛我在樹上看到了一種從來沒見過的生物！」他說：「那不是半獸人，我一碰到樹幹他就馬上逃跑了，他看起來很小心，似乎又對爬樹很在行；否則我還真會以為他是你們哈比人的一員。我沒有用箭射他，因為我不敢弄出任何不必要的聲響，我們可不敢和敵人正面作戰。剛剛才有一大隊半獸人通過，他們越過了寧若戴爾河——我詛咒那些玷污河水的髒腳！接著沿河往下走。他們似乎聞到了什麼味道，因為他們在你們所在的地方停了一下子，好像在搜尋些什麼。我們三人無法對抗近百名的敵人，所以溜到他們前方，製造出一些誘敵的聲音，吸引他們進入森林。歐洛芬現在已經趕回聚落警告我們的同胞，這些半獸人再也無法走出這座森林一步。在明晚之前，森林的北方邊界就會有更多的精靈駐守，不過，在此之前，你們還是必須天一亮就往南走。」

東方露出曙光，陽光照過梅隆樹黃色的葉子，讓哈比人們以為這是一個夏天清爽的清晨。藍色的天光透過搖曳的枝枒展露笑顏，佛羅多從瞭望台的一邊看去，發現銀光河流經一片金黃色大地的壯觀景象。

當眾人再度出發的時候，天色尚早，空氣中也還有股冰冷的氣息。這次，他們是在哈爾達和盧米爾的帶領下前進。「再會了，甜美的寧若戴爾！」勒荷拉斯回頭大喊。佛羅多回頭一看，從掩映的枝枒中可以看見白色的水沫，「再會！」他不由自主地也跟著說。在他看來，這輩子可能再也無法看見這麼美麗，能夠將百變音符融進水聲中的溪水。

他們回到原先的小徑，繼續沿著銀光河西岸前進，有很長一段都是沿著河往南走，地面上還有許多半獸人的腳印。很快地，哈爾達就轉身走進林中，在被陰影籠罩的河岸邊停了下來。

「河對面有一名我的同胞，」他說：「雖然你們可能看不見他，」他發出如同鳥叫聲的呼喊，從一株小樹之中出現了一名精靈，他也是穿著灰色的衣服，但褪去的兜帽下金髮閃閃發光。

哈爾達露了一手，將灰色繩子輕易丟到對岸，對方抓住這繩子，將它綁在靠近河岸的樹上。

「如你們所見的一樣，凱勒布蘭特河從這裡開始已經相當的湍急，」哈爾答說：「河水深而且非常冰冷，除非有必要，否則我們根本不敢在這麼北邊的地方涉足這條河。不過，在這種必須小心提防的日子中，我們又不敢架設橋樑。這就是我們過河的方法！跟我來！」他將繩子的另一頭綁在另一株樹上，輕巧地跳上繩子，如履平地跑到對面又跑回來。

「我可以這麼走，」勒苟拉斯說：「但其他人可不行，難道要他們游泳嗎？」

「當然不是！」哈爾達說，「我們還有兩條繩索。一條綁在第二條上面，大概在肩膀左右的高度，另一條則綁在兩者之前固定，這樣這些外來客就可以順利通過了。」

當這座簡便的繩橋做好以後，遠征隊的成員才通過河流；有些人小心翼翼、緩緩地通過，其他人則是顯得駕輕就熟。在哈比人之中皮聘表現最好，他只用一隻手扶著繩子，眼睛直盯著對岸，頭也不回地走過去。山姆則是笨手笨腳，不停看著底下的河水，彷彿那是萬丈深淵一般。

當他終於安全通過時，總算鬆了一口氣：「我老爸常說，活到老學到老，不過，他多半是指種菜這方面，可沒想到兒子將來會要飛簷走壁、學鴿子睡樹上、學蜘蛛爬網子啊，連我的安迪舅舅都沒玩過這種把戲！」

過了不久，所有的人終於全都集合在銀光河對岸。精靈們收好兩條繩子，拉回第三條。留在河對岸的盧米爾將繩子纏好，背在肩膀上，一揮手，就頭也不回地繼續他的瞭望工作了。

「來吧，朋友們！」哈爾達說：「你們已經進入了羅瑞安的核心，或者你們可以稱呼這裡為三角洲，因為這是夾在銀光河和安都因大河之間的箭頭形土地。我們不準備讓任何陌生人知道核心中的秘密，平常外人根本不能進來。」

「我要像之前所同意的一樣，矇住矮人金靂的眼睛，其他人暫時可以自由行動，直到我們靠近位在箭頭部位的居所爲止。」

金靂一點也不喜歡這樣。「你們的討論可沒經過我的同意！」他說：「我不願意像是乞丐或是囚犯一樣矇著眼睛走路，而且我也不可能是間諜，我的同胞從來沒有和任何魔王的爪牙打過交道，他們也從來沒有傷害過精靈。我和勒荀拉斯，以及所有的同伴一樣，都不可能出賣你們。」

「我並不是懷疑你，」哈爾達說：「但這就是我們的律法，我不是制訂法律的人，也不可能將規定視爲無物，光是讓你踏上凱勒布蘭特平原，就已經讓我承擔了很多責任。」

金靂非常堅持己見，他頑固地站著不肯動，一隻手拍著斧柄：「我不願意在被人懷疑的狀況下前進，」他說：「不然我寧願回到我出發的地方，或許我會死在荒郊野外，但至少人們會認爲我是說到做到的人。」

「你不能回頭，」哈爾達嚴厲地說：「你已經走到這裡，我們必須帶你去謁見陛下夫婦，由他們來決定是要留下你們，還是讓你們走。你不能夠再越過銀光河，身後也已經佈下了許多秘密的守衛，他們不會讓你通過的，在你看見他們之前就會被殺死。」

氣氛一時間劍拔弩張，甚至比之前遭遇到半獸人時還兇險。

金靂將斧頭抽出，哈爾達和同伴彎弓搭箭僵持著。「該死的硬頸矮人！」勒荀拉斯說。

「各位不要動氣！」亞拉岡說：「如果各位還認同我這個領導者的話，你們就必須照我說的做。對於矮人來說，只把他挑出來太不公平，我們都願意矇住眼，連勒荀拉斯也不例外。雖然這樣會讓我們的旅程無聊而緩慢，但這樣是最好的。」

金靂突然笑了：「我們看起來會像是一群傻蛋出門旅行！哈爾達願意擔任領著一群乞丐的導盲犬嗎？不過，如果勒苟拉斯和我一樣矇眼，我就願意接受這條件。」

「我是精靈，四周都是我的同胞！」這次換勒苟拉斯生氣了。

「這回我們該說『該死的頑固精靈』嗎？」亞拉岡說：「不要孩子氣了，遠征隊所有的成員都應該同甘共苦。來吧，哈爾達，矇起我們的眼睛！」

「如果我弄傷腳或是摔倒，我會要求你們補償的。」金靂被矇住眼睛時還是不停嘴地抱怨。

「你不會拿到補償的，」哈爾達說：「因爲我不會讓你們走錯路，而道路也都寬敞平坦。」

「眞可惜，這種愚行眞是浪費了大好時光！」勒苟拉斯說：「這裡所有的人都是魔王的敵人，但我卻必須矇著眼睛，無法欣賞外面的陽光和金葉的美景！」

「或許這看來是愚行，」哈爾達表示：「魔王可能正看著我們彼此猜疑的動作而哈哈大笑。可是，我們近日來對羅斯洛立安以外的人物實在不敢信任，或許只有瑞文戴爾例外，而我們更不敢因爲自己的大意危及全族的安危。我們現在居住在一片黑暗之海的孤島上，我們的手撫摸弓弦的時間，要遠遠多於撫摸琴弦的時間。」

「這些河流保護我們，但它們已經不再安全了，因爲魔影已經往北移動，將我們團團包圍。有些人開始認爲應該遷徙，但這似乎已經太晚了。西方的山脈被邪氣所侵，東方的大地一片荒蕪，佈滿了索倫的爪牙，我們現在甚至無法安全通過洛汗；連安都因河口都在魔王的監視之下，即使我們可以來到海岸邊，也找不到安居的地方。據說高等精靈依舊居住在世外桃源，但那些地方遠在西北方，甚至是超過這些半身人居住的地方。而且，它們眞正所在的地方只有陛下夫婦知道，我無緣得知。」

「既然你都看到了我們，你或許應該猜猜看，」梅里說：「我所居住的夏爾西邊，就有這種精靈的庇護所。」

「哈比人能夠居住這麼靠近大海眞是好！」哈爾達說：「我的同胞已經有好多年沒有看過海，只在歌謠中紀念它們，等下你可以告訴我這些庇護所的故事。」

「我沒辦法，」梅里說：「我沒看過這些地方，我之前從來沒有離開過家鄉的土地。如果我早知道外界是什麼樣子，我可能就沒膽子出來了。」

「即使你可以看到美麗的羅斯洛立安也不願意嗎？」哈爾達驚訝地說：「這世界的確充滿了險惡，也有許多黑暗的地方；但這裡依舊有很多美麗的地方，正因爲許多地方夾雜著哀傷，也才更讓這裡變得更加壯麗。有些同胞吟唱著黑暗終將失敗，和平將再臨的歌聲，但我不認爲四周的世界會恢復跟古時候一樣的狀況，最多也只是到達一個互相信任的狀態，精靈們可以不受阻礙地渡海，永遠離開中土世界。啊！我鍾愛的羅斯洛立安啊！如果沒有梅隆樹，那生活還有什麼意義呢？不過，我到目前爲止沒聽說，有人回來通報海外仙境沒有梅隆樹的壞消息。」

當他們談話時，一行人在哈爾達的帶領下不停地沿著道路往前走，其他的精靈則走在後面。他們可以感覺到腳下的土地十分厚實鬆軟，過了一會兒之後，他們放寬心胸，開始不擔心摔倒或是受傷的問題。由於被剝奪了視力，佛羅多發現自己其他的感官相對強化了。他聞得到樹木和新鮮草地的味道，他可以聽見許多種不同音調的樹葉摩擦聲，河水在他的右方潺潺流著，天空中有著鳥兒清朗的婉轉聲，他可以感覺到走在草地上時，陽光照在身上和手上的感覺。

自從他一踏上銀光河岸之後，就有一種詭異的感覺一直跟著他，等到進了森林核心之後，這種感覺更強烈。他覺得自己似乎踏上了時光之橋，走入了遠古時代，現在正在一個過去的世界中遊歷。瑞文戴爾只有保留這些古老事物的回憶，但是在這裡，這些古老事物都是活生生地運作著、呼吸著。他們聽說過邪惡的勢力，知道悲傷的滋味；精靈們害怕、懷疑外界，森林的邊境有著野狼嗥叫的聲音，但是，在羅瑞安的土地上沒有任何的陰影。

隊伍整整走了一天，直到他們可以感覺到暮色漸臨，涼爽的冷風也漸漸逼近。然後，他們安心地在地面上休息，因爲哈爾達不准他們拿下矇眼布，而他們又沒辦法爬樹。到了第二天早上，他們繼續毫不著急地漫步。時至中午，他們又停了下來，佛羅多可以感覺到他們現在站在陽光下，四周突然出現許多聲音。

一整隊的精靈悄然無聲地出現，他們急著趕向森林的北邊邊界，抵禦摩瑞亞可能的攻擊。他們也帶來很多消息，哈爾達跟他們分享了其中一些。之前大膽入侵的半獸人部隊，幾乎全部被殲滅，剩餘的逃向西方，正被一路追殺。他們也目睹一隻詭異的生物彎著腰，雙手幾乎垂到地上的四處奔跑；他看起來像是野獸，但卻不是野獸。他躲過了層層的追捕，由於沒人知道他是什麼生物，也沒人敢貿然射殺他，他就這麼消失在銀光河南邊的地方。

「除此之外，」哈爾達表示：「他們也帶來了我族陛下夫婦的旨意。諸位可以自由行動，連矮人金靂也不例外。看來女皇大人知道你們每一位的身份，或許是瑞文戴爾的信差，已經把消息送到她那邊了吧！」

他首先移下金靂眼上的蒙眼布，「向您致歉！」他深深的一鞠躬。「請用友善的眼光看著我們！您應該感到高興，因為您是自從都靈時代以來，第一位得以目睹羅斯洛立安森林核心美景的矮人！」

當佛羅多的矇眼布也被拿掉之後，眼前的美景讓他屏息以對。他們站在一個開闊的地方，左邊是個大土丘，上面有各種各樣遠古時代欣欣向榮的茂密青草，在其上，如同皇冠一樣的是兩圈樹木。外圈的樹木擁有雪白的樹皮，連一片樹葉都沒有，但卻給人一種優雅的感覺；內圈則是非常高的梅隆樹，依舊籠罩在黃金色之中。在這些巨大樹木之上，有一座白色的瞭望台。在山丘上的青草中，長著許多黃色星狀的花朵，在它們瘦削的莖葉之間，有其他白色、綠色的花朵，在這一片翠綠之中顯得格外突出。天空則是蔚藍的顏色，午後的太陽照在山丘上，讓這些樹木拖出長長的陰影。

哈爾達說：「注意！你們來到了瑟林·安羅斯，這裡是遠古王國的核心，這山丘是安羅斯之丘，在和平年代中也是建造宮殿的地方。在這裡，永遠翠綠的青草上開著永不凋謝的花朵；黃色的**伊拉諾**，白色的**寧芙瑞迪爾**。我們會在這邊停留一段時間，到晚上再進入樹民的城市。」

其他人在這香氣四溢的草地上坐下來，只有佛羅多依舊震驚於眼前的美景，不知如何是好，他覺得自己是來到了一扇看著早已失落世界的窗口，陽光照在他無法用言語描述的環境中。他看到的一切都美得無與倫比，但那美麗似乎是永遠不會變更的，從他一睜眼的時候就已經決定，不會再有任何的變化。他眼中所見的顏色沒有過去未見過的顏色，但在這裡似乎變得更為飽滿、豐潤，彷彿就是因為它們出現在這裡而有了新的名字和意義。沒有任何的晦暗、變形或疾病可以沾染這塊土地上的生物，在羅瑞安的大地上沒有任何的污跡。

他轉過身，看見山姆站在他身邊，臉上掛著疑惑的表情，不停地揉著眼睛，彷彿想要確定這是否是眞的。「這的確是在陽光下，」他說：「我本來以爲精靈都是在月亮和星光下的，但這比我所曾聽過的都還要更爲精靈化。我覺得自己彷彿身處在歌謠中，如果您能夠瞭解我的意思。」

哈爾達看著他們，可以理解他們所想、所見。他笑著說：「你們感覺到的是樹民之女皇的力量，」他說：「諸位願意和我一起爬上瑟林·安羅斯嗎？」

他們跟著他一起踏上綠草遍佈的小丘。佛羅多覺得自己的一呼一吸和所有的行動，都被包圍在一種同樣不受時間影響的空氣中，讓人永遠不能忘懷這如夢一般的處境；即使後來當他離開了這裡，他還是會常在夢中回到這個地方，觀看著這個長滿了**伊拉諾**和**寧芙瑞迪爾**的羅斯洛立安。

他們踏入了白樹的內圍，此時南風吹進白樹間，發出悠遠的嘆息聲，佛羅多感覺自己聽到了遠方海洋的浪潮聲，以及早已絕種的海鳥鳴叫聲。

哈爾達現已爬上了瞭望台，佛羅多準備緊跟其後，當他剛把手放到梯旁樹上時，突然間無比淸晰地感受到樹木的生命力，和它細緻的紋理。他覺得自己很高興能夠摸到這株森林中的樹，這和伐木工人或木匠的感受不一樣，他是爲了這株活生生的樹而高興。

最後，他終於來到這直入雲霄的瞭望台。哈爾達拉住他的手，將他引向南邊：「先看看這個方向！」

佛羅多看見一段距離之外，有一座長有許多高大樹木的山丘，或者那是一個擁有綠色高塔的城市？他看不出來，他只能夠感受到似乎一切守護此地的光明和力量，都是從其中溢流而出。他突然間想要長出翅膀，趕快飛到那個綠色城市中休息。然後，他看向東方，看見羅瑞安的領土一路延伸到安都因大河的河岸。他將目光移過大河，卻發現所有的光芒都消失了。在河的另外一邊，大地看來十分的平坦、空曠，沒有任何的特徵；但更遠處，它卻像是一個深井一樣升起，流露出黝黑的外表，照耀在羅斯洛立安上的陽光無力照亮該處。

「那就是幽暗密林南方的邊境，」哈爾達說：「它是個長滿了黑暗樅樹的地方，那裡一株株樅樹緊接著生長，也一起腐爛、枯萎。在其中的一塊岩石高地上是加爾哥多，也就是魔王許久以前蟄伏的地方。我們擔心邪惡勢力可能再度滋長，而且其力量不只增加了七八倍。近來它的上空經常飄浮著黑色的雲朵。在這裡，你們可以看見光明與黑暗彼此爭鬥的過程，但即使光明感應到了黑暗的內心，它自己眞正的秘密卻尚未被揭露，時候還沒到……」他轉身，快速地爬下繩梯，其他人緊跟在後。

在土丘底下，佛羅多看見亞拉岡楞楞地站在那裡，如同樹木一樣沈默；但他手中拿著一朵小小的金色**伊拉諾**，眼中閃爍著光芒，他似乎陷入了美麗的回憶中。佛羅多看著他臉上露出迷濛的表情，那神行客才有的浪跡天涯之滄桑，都在這美麗的環境中被撫平；他似乎穿著白袍，恢復成一名高大英挺的王者，他似乎對一名佛羅多看不見的人說著精靈語。**亞玟Vanimelda, namárië!**他呢喃著，然後深吸一口氣，突然間回到現實世界，看著眼前的佛羅多，露出微笑。

「這是世界上精靈國度的正中心，」他說：「我的心永遠停駐在此地。除非，你我的黑暗的旅程之後還有光明，否則恐怕沒有機會再看到此景了。跟我來吧！」他牽著佛羅多的手，離開瑟林．安羅斯的山丘，從此再也沒有活著回來過。

第七節　凱蘭崔爾之鏡

太陽漸漸落到山脈之後，當他們再度走下瞭望台時，森林中的陰影也慢慢加深。他們現在則是朝著樹木濃密的方向前進。他們沒走多遠，夜色就已經降臨，精靈們立刻打開攜帶著的油燈。

眾人來到一塊空曠的草地，發現自己站在點綴著稀疏星辰的天空下。他們眼前是一塊毫無樹木的圓形空地，在空地之外是層層疊疊的樹木；另外一邊則是一座小丘，上面生長著許多他們所看過最高的梅隆樹。他們無法想像這些樹木到底有多高，這些樹木在暮色中看起來如同高塔一般壯觀。在這些高聳的樹木枝枒間，有許多各種各樣、綠色、金色和銀色的燈光閃耀著。哈爾達指著眼前的景象對眾人說：

「歡迎來到卡拉斯加拉頓！」他說：「這就是樹民之城，裡面居住著凱勒鵬大人和羅瑞安女皇凱蘭崔爾。我們得要從南邊繞進去，因爲城很大，所以路途並不近。」

在這叢林之外，有一條鋪滿白色石頭的小徑，他們沿著這條路往西走，看著左邊的城市越來越高，如同飄浮在綠雲之上一般。隨著夜色漸濃，燈光也變得越來越多，最後整個山丘彷彿淹沒在星海之中。最後，他們來到一座白色的橋上，對面就是城市的大門，大門面對著西南方，兩邊則是堅固且懸掛許多燈火的城牆。

哈爾達敲了敲門，說了幾句話，門就無聲地敞開了。佛羅多沒看見任何關於守衛的跡象。一行人就這麼走進城內，大門跟著自動關上。他們走在兩座牆之間的道路上，很快地進入了樹木之城。他們看不見任何居民，也沒聽到任何的腳步聲，只聽見有許多聲音充斥在空氣中和飄浮在他們頭上，還有從很遠的山丘上傳來悅耳的笑語聲，如同銀鈴般地落到樹葉上。

他們走了許多的路，爬了許多層樓梯，來到一塊草坪，眼前有一個閃閃發光的噴泉。這噴泉被懸掛在附近枝枒上的許多油燈所照亮，落進一個銀盆中，銀盆中還汩汩地流出一道清澈的泉水。在草坪的南邊則有一株所有神木中最高大的樹，它巨大的樹幹如同灰色的絲綢一樣閃爍著光芒，一路往上延伸，直到第一個分岔的枝枒淹沒在如同雲霧般的樹葉之中為止。樹幹上有一道白色的階梯，有三名精靈坐在那邊，一看見有人靠近，他們立刻跳了起來。佛羅多注意到他們都穿著灰色的鎖子甲，披著長長的白色斗篷。

「這裡住著凱勒鵬和凱蘭崔爾，」哈爾達說：「他們希望諸位能夠上去和他們聊聊。」

其中一個精靈守衛，利用一個小號角吹出清澈的聲音，上面跟著傳來了三次回答。「我先走！」哈爾達說：「佛羅多第二個，接下來是勒苟拉斯，其他人的順序就隨各位的意思。對於不習慣的人來說，這要爬很長的一段時間，不過，你們中途可以休息。」

當佛羅多慢慢爬上繩梯的時候，一路上經過許多的瞭望台，瞭望台建造的位置都互有不同；有些就環繞著樹幹建造，繩梯會穿過他們。到距離地面很高的地方時，他來到了一座寬大的瞭望台，好像一艘巨艦的甲板一樣寬大，在上面建了一座屋子，竟然大到可以作為地面上人類的大會堂。他跟著哈爾達走了進去，發現自己站在一個橢圓形的大廳中，正中央則是巨大的梅隆樹幹；雖然都已經快到頂了，但這株樹的樹幹在此看來還是很壯觀。

大廳內充滿了柔和的光芒，牆壁是綠色和銀色的，屋頂則是黃金色的，許多精靈坐在這裡。有兩張靠近樹幹的椅子，上面還有著活生生的樹葉作為遮蓋，上面坐著凱勒鵬和凱蘭崔爾。兩人站起來，以精靈的禮儀恭迎客人，用如同接待帝王一般的禮節歡迎遠征隊的到來。他們非常地高大，而且十分威嚴和美麗。兩個人都穿著一身白，女皇的髮色是深金色，凱勒鵬的頭髮則是豐潤的亮銀色。兩人臉上沒有任何歲月的痕跡，唯一的線索僅在他們的眼中；兩雙眼睛都如同月夜中的槍尖一樣銳利、閃閃發光，但也都蘊藏著極深的回憶。

哈爾達領著佛羅多走到兩人面前，皇帝用他們的語言歡迎一行人。凱蘭崔爾女皇一言不發，只是盯著佛羅多的眼睛瞧。

「夏爾來的佛羅多，請坐在我身邊！」凱勒鵬說：「所有人到齊後，我們來好好談談。」

遠征隊的每一名成員都獲得親切的接待，「歡迎亞拉松之子亞拉岡！」他說。「轉眼間外界已經過了三十八年，從閣下的外表看來，這三十八年對閣下來說可眞是沈重啊！但是，不管是好是壞，結局都快要到了。先把你的負擔暫時放下吧！」

「歡迎！瑟蘭督伊之子！北方我族同胞實在太少前來拜訪了。」

「歡迎，葛羅音之子金靂！卡拉斯加拉頓已經很久沒有見到都靈的同胞了，今天，我們打破了長久以來的律法。但願這是一個黑暗，卻更團結時代的開始，也是兩族之間新友誼的開端！」

金靂深深一鞠躬。

在所有人都就座之後，皇帝再度打量著衆人。「這裡只有八位，」他說：「根據信差的說法，遠征隊的成員共有九位。但或許之後有了變動，我們沒聽說。愛隆距離我們那麼遠，四周又全都是虎視眈眈的魔影，訊息出現錯誤是很自然的。」

「不，愛隆的建議並沒有更改，」凱蘭崔爾女皇第一次開口了，她的聲音如同詩歌般悅耳，但卻十分低沈：「灰袍甘道夫和遠征隊一起出發，但他卻沒有進入森林的邊界，請告訴我們他人在哪裡，因爲我十分想要和他談談。但是，除非他踏進羅斯洛立安的藩籬，否則我是看不到他的。他的四周有團灰色的迷霧，他的腳步和心智都不是我能窺探的。」

「唉！」亞拉岡沈痛地說：「灰袍甘道夫犧牲在魔影之下，他沒有逃出摩瑞亞。」

一聽到這狀況，全大廳的精靈都變得十分吃驚和激動。「這是邪惡的一大勝利……」凱勒鵬說：「在這麼多年來的壞消息當中，這是最糟糕的一次。」他轉向哈爾達說：「爲什麼我完全不知道這件事？」他刻意使用精靈語。

「我們之前，沒有對哈爾達說到這件事情或是我們的目的，」勒苟拉斯說：「一開始我們很疲倦，危險又緊追在後，稍後我們走在美麗的羅瑞安，幾乎忘卻了心中的悲痛。」

「我們的悲痛是無法完全忘卻，損失也是不可彌補的，」佛羅多說：「甘道夫是我們的嚮導，他帶領著我們通過摩瑞亞，如果沒有他的犧牲，我們絕對逃不出摩瑞亞。」

「把經過詳細的告訴我們！」凱勒鵬說。

亞拉岡重新描述了在卡蘭拉斯隘口發生的事情，提到了巴林和他的史書，以及在撰史之廳中的激戰和那火焰、橋樑，以及恐怖的降臨。「那似乎是來自古代的魔物，我之前從來沒有看過！」亞拉岡餘悸猶存地說：「它同時擁有陰影和火焰的特質，渾身散發著極強的邪氣。」

「那是魔苟斯的炎魔！」勒苟拉斯說：「在所有精靈的敵人之中，除了邪黑塔的魔王之外，他是最致命的危險。」

「的確，我在橋上看到的是噩夢中的生物，也是我們所稱呼的都靈剋星！」金靂壓低聲音說，話聲中帶著恐懼。

「唉！」凱勒鵬說：「我們早就擔心卡蘭拉斯底下有著邪惡沈睡著。如果我知道矮人再度吵醒了這邪惡，我會阻止你和所有的人進入北方疆界。我覺得，甘道夫這次所做的是不必要的犧牲，真是聰明一世，糊塗一時，他不該踏入摩瑞亞的！」

「這麼說未免太過武斷了，」凱蘭崔爾神情凝重地說：「甘道夫這輩子從來不做不必要的事情，跟隨他的人不知道他的計畫，更無法替他內心所想的辯護。不過，不管他們的嚮導怎麼樣，這些人都是無辜的，不要收回你對矮人的賀語。如果我們樹之民被長年流放在家園外，即使這裡成了惡龍的巢穴，難道你不會想要再度回來這裡看看嗎？」

「卡雷德－薩姆之水幽黑，奇比利－那拉之水冰寒，在古王駕崩之前，凱薩督姆的眾柱之廳美麗無雙……」她看著悶悶不樂坐著的金靂，露出微笑。矮人一聽到有人說出他自己的語言，他立刻抬起頭，和凱蘭崔爾的目光交會。突然間，他彷彿看進了敵人的心內，發現了愛和諒解；他的臉上冰霜化解，也露出了笑容。

他笨拙的站起身，以矮人的禮儀行禮：「但在羅瑞安的大地上更是美麗，凱蘭崔爾女皇勝過一切地底的寶石！」

四周陷入一片沈寂。良久，凱勒鵬才再度開口：「我不知道你們處於這種複雜、憂傷的情緒裡，」他說：「請金靂原諒我的失言，我這是因爲心煩才有的失態。我願意盡全力協助你們，遵照每個人的意願，特別是那位帶著沈重負擔的小朋友。」

「我們知道你的任務，」凱蘭崔爾看著佛羅多：「但我們不會公開討論它。或許，你們正如同甘道夫原先計畫的一般，前來此地尋求協助，這計畫並沒有失敗。因爲樹民皇帝是中土世界中最睿智的精靈，他也有能力賜給你們勝過凡人國王的珍貴禮物。自從天地初開，他就居住在西方之境，我和他一起經歷了數不盡的年頭。在貢多林陷落之後，我就越過了山脈，和他一起並肩抵抗這世界的黑暗。是我首先召開聖白議會，如果不是我的失策，那次的議會應該是由灰袍甘道夫所主導，一切就不會變得這樣了。不過，即使是現在，一切也還是有希望的。我不會給予你們任何建議，指示你們該做這個、該做那個，因爲我沒有立場做出任何決定和指導，我只是負責知道過去和現在，以及部分的未來。但我必須跟各位說：你們的任務正游走在刀鋒邊緣，只要稍有偏差就會全盤皆輸，全世界也會跟著一起陷落。但是，只要每個遠征隊的成員都堅守信心，一切都還有希望。」

話一說完，她就以視線掃過每個遠征隊的成員。除了亞拉岡和勒荷拉斯之外，沒有人能夠承受她的目光，山姆很快地漲紅著臉低下頭去。

最後，凱蘭崔爾女皇才將他們從目光中釋放了出來。「別擔心！」她說：「今晚你們將高枕無憂。」然後，她嘆口氣，他們突然間覺得十分疲倦，雖然沒有多說一句話，但剛剛的目光交流卻如同漫長的審問一般。

「離開吧！」凱勒鵬說：「你們身上背負了太多的哀傷和責任，即使你們的任務與我們沒有關係，也該在我們城市中療傷止痛。現在你們該休息了，我們暫時不會討論你們該何去何從。」

那一夜，眾人都睡在地面上，這讓哈比人非常滿意。精靈們替他們在噴泉附近架設了一個帳棚，他們在裡面放置了華麗的軟墊，以精靈悅耳的聲音向他們告別。眾人討論了一會兒今天的旅程、皇帝與女皇，以及在樹上的體驗，因爲他們暫時不願意再回顧過去。

「山姆，你爲什麼要臉紅？」皮聘說：「你似乎快崩潰了，旁邊的人一定會以爲你有很強的罪惡感，希望你不會是要偷我的毯子啊！」

「我從來沒想過這類的事情，」山姆現在可不想要開玩笑：「如果你想要知道，我覺得當時好像赤身裸體，我一點也不喜歡這樣。她似乎在詢問我，如果我有機會飛回夏爾，擁有自己的小花園，我會怎麼做。」

「這眞詭異了！」梅里說：「這幾乎跟我所感受到的一樣，只不過……我想我還是不要多說好了！」他結巴地轉移話題。

看來，所有的人都經歷了相同的體驗。每個人都獲得了兩個選擇，一個是經歷眼前黑暗處處的道路，另一個是他們所迫切想要的美夢。只要他們放棄眼前的黑暗道路，讓其他人來抵抗索倫，就可以獲得那美夢。

「對我也是一樣，」金靂說：「我的選擇是不能和其他人分享的。」

「我就更怪了，」波羅莫說：「或許這只是場試煉，她想要測試我們的內心，但我幾乎可以確定她在誘惑我們，試圖給予我們她無權贈與的東西。當然，我拒絕傾聽這誘惑的話語，我們米那斯提力斯人可是言出必行的。」但是，波羅莫對於女皇所提供的誘惑，則沒有多加評論。

至於佛羅多，雖然波羅莫問了很多問題，但他都拒絕回答。「魔戒持有者，女皇似乎看你看得特別久。」他說。

「沒錯，」佛羅多說：「但不管當時我想到什麼，還是繼續讓它留在該處好了。」

「好吧，小心點就是了！」波羅莫說：「我對於這個精靈女子的意圖可不太確定。」

「千萬別污衊凱蘭崔爾女皇！」亞拉岡嚴厲地說：「你不知道自己說了什麼！她和這座大地都是無邪氣的，除非人們自己將邪氣帶進來，那麼，這個人就要小心了！自從離開瑞文戴爾之後，今晚我第一次可以高枕無憂。但願我可以沈沈睡去，暫時忘卻心中的煩惱，我已經身心俱疲了。」他躺在軟墊上，立刻睡著了。

其他人很快跟著效法。他們的沈眠果然沒有受到任何夢境或是聲響的打擾。當他們醒過來時，他們發現太陽已經照在帳棚和草地上，噴泉也在日光下閃耀著光芒。

他們在羅斯洛立安居住了一段時間，但他們也弄不清楚到底是多長的時間。當他們居住在此地時，太陽總是清朗無比，連偶爾降下的雨滴都只是讓一切變得更潔淨、清澈。空氣清新、乾淨，彷佛現在已是早春；但他們又覺得這沈靜的氣息彷佛是深冬。一連好幾天，他們似乎每天都只是吃喝、休息，以及在森林中漫步，這樣就夠了。

他們並沒有再度謁見皇帝夫婦，也極少和其他的精靈交談，因爲他們都不使用森林精靈語之外的其他語言。哈爾達已經向他們道別，回到原先的北方崗位去。自從遠征隊帶來的消息和摩瑞亞的變化之後，該處已經安排了更嚴密的守衛。勒苟拉斯經常在樹民之間往來，經過第一夜之後，他就沒有再和衆人一起睡在地面上，只是偶爾回來和他們一起用餐和交談。通常，他會帶著金靂一起四處遊歷，其他人對他的改變都感到十分好奇。

不管是在散步，或是坐著聊天的時候，他們都會提到甘道夫；他的所有教誨和一言一行都回到衆人的腦海中。他們身體的疲倦雖然已經消失了，但內心的傷痛卻變得更爲鮮明。他們經常可以聽見精靈的歌聲，他們也知道這是爲了紀念他的逝去所作的詩歌；因爲他們在這甜美的語音中聽見了甘道夫的名號。

米斯蘭達，**米斯蘭達**，精靈們會這樣唱著，**喔，灰袍聖徒！**他們偏好這樣的稱呼。但即使勒苟拉斯和衆人在一起，他也不願意替衆人翻譯。因爲他說他沒有這個技巧，一方面因爲這對他來說是太過切身的傷痛，是應該哭泣的悲劇，還不是應該用歌謠來讚頌的回憶。

先將這悲痛化成文字的是佛羅多，他極少因爲感動而作出詩詞或是歌賦，即使在瑞文戴爾的時候，他也只是傾聽，並沒有開口歌唱。但是現在，當他坐在羅瑞安的泉水旁，聽著精靈的歌聲時，他的思念化成了美麗的歌詞；只是，當他試圖對山姆重複的時候，這詩詞化成了片片的落葉，不復初始的美麗。

當夏爾時近傍晚，
他的腳步聲出現山丘上，
在黎明前他已離開，

無言地邁向遙遠的彼方。

從大荒原到西海岸，
從北大荒到南低丘，
穿越龍穴暗門間，
自在於林間漫遊。

一柄奪命神劍，一雙療病聖手，
因重擔而彎曲的背脊；
號角之聲，火焰之首；
疲倦的朝聖者行路萬里。

智慧的王者，
火爆脾氣，愛笑的性格；
戴著破帽的老者
倚著手杖的身影執著。

他孤身站在橋上，

力抗魔影邪火；
法杖碎裂，企圖擊垮邪王；
凱薩督姆，他的智慧殞落。

「哇，下次你就可以超越比爾博先生了！」山姆說。

「不，恐怕做不到，」佛羅多說：「我的極限也不過到此而已，」

「好吧，佛羅多先生，如果你還要作別的詩歌紀念他，記得加上有關他煙火的詩歌，」山姆說：「就像這一段：

最美麗的火箭，
炸開在藍綠色的星斗間；
又如雷聲過後金色的陣雨，
從空中落下一如花雨。

不過這和他眞正的實力還差遠了。」

「不，我會把這個部分留給你，或者是比爾博。但是，我不想說了。我沒辦法想像要如何把這樣的消息告訴比爾博。」

一天傍晚，佛羅多和山姆在清涼的夜色中漫步，兩人都再次感到想要離開這個地方。佛羅多突然覺得自己該是離開的時候了，他知道時機已經快要到來。

「山姆，你現在對於精靈的感覺如何？」他問。「我之前曾經問過一次同樣的問題，現在看起來似乎是很久以前的事情了，但你在那之後又見識過了許多事情。」

「的確！」山姆說：「我開始知道這世界上有各種不同的精靈，他們的確都是精靈，但性格大異其趣。這些精靈似乎不是四海爲家的那一類型；他們似乎是屬於這裡的，像是哈比人屬於夏爾一樣。很難說到底是環境塑造他們，還是他們塑造環境。這裡非常安靜，似乎一切都停滯下來，沒有事情在變動，也沒有人想要事情變動。如果這裡有魔法，那麼就我看來，它其實是在事物的深處，不是我可以評斷的地方。」

「你可以感應到魔法充斥在各處。」佛羅多說。

「這麼說吧，」山姆說：「你沒辦法看見任何人在施展魔法，沒有像是老甘道夫展現的煙火一樣的東西，我們已經有一段時間沒有看到皇帝和女皇了。我推測她有心的話，應該可以做一些事情。佛羅多先生，我眞的很想要看看精靈魔法！」

「我可不想，」佛羅多說：「我已經滿意了，而且我可不懷念甘道夫的煙火，我懷念的是他的臭脾氣、濃密的眉毛，和他的聲音。」

「你說得對！」山姆說：「您可別認爲我在挑毛病，我常想要看看遠古傳說中的魔法，但我從來沒聽過比這裡更美麗的地方。這裡像是人同時在家中，又遇上了假期一樣，我不想要離開。但是，我又開始覺得最好趕快離開這裡，把一切結束。」

「**永不開始的工作會耗費最久的時間**，我老爹常常這樣說。我也不認爲這些人能夠幫助我們什麼，不管他們有沒有魔法。我想，當我們離開這裡以後，我們才會開始眞正的想念甘道夫。」

「恐怕你說的太正確了，山姆，」佛羅多說：「但是我希望在離開之前，可以再看看精靈女皇的尊容。」

就在他說話的時候，彷佛回應他的要求一般，凱蘭崔爾女皇就這麼走了過來。她穿著白袍的美麗身影在樹下走著，她沒有開口，只是對他們比了比手勢。

她轉過身領著兩人走到卡拉斯加拉頓南坡上，通過一個綠色的圍籬，進入一個隱密的花園。那裡沒有生長任何的樹木，是敞開在天空下的。夜間的星辰已經升起，照耀著西方的森林。女皇走上一連串的樓梯，來到深綠色的山谷，這裡有著從花園外噴泉流出的潺潺小溪。在旁邊，有一個雕刻的如同小樹一般的臺座，上面有著一個銀盆，又寬又淺，旁邊則是另一個銀色的水罐。

凱蘭崔爾利用小溪中的水將銀盆裝滿，對它吹了口氣。當水面漣漪停止下來之後，她說：「這就是凱蘭崔爾之鏡，我帶你來就是爲了讓你觀看這面鏡子，如果你願意的話。」

氣氛變得凝滯，谷地變得相當黑暗，精靈女子的身影高大而蒼白。「我們要找什麼，又會看到什麼？」佛羅多充滿敬畏地說。

「我可以命令鏡子顯示出許多不同的事物，」她回答道：「對於某些人，我可以讓他們看見想看的東西，但是這面鏡子也會顯示出意料之外的事物。如果你放任鏡子自己尋找任何事物，我就不知道會有什麼樣的結果，因爲它所顯示的是過去、現在，和未來可能的情況。但即使是最睿智的人，也無法確定他究竟看見了些什麼。你想要看看嗎？」

佛羅多沒有回答。

「你呢？」她轉過身面對山姆：「因爲我相信，這就是你們同胞所謂的魔法，不過，其實我不太明白他們究竟是指些什麼，如果你願意的話，這就是凱蘭崔爾的魔法。你剛剛不是說想要看看精靈魔法嗎？」

「的確是，」山姆有些顫抖，但也有些害怕和好奇：「女士，如果妳願意的話，我想要看看。」

「我也不介意看看家裡到底變成怎樣，」他瞟了佛羅多一眼：「我已經離家很久了。不過，我可能也只會看見星星，或是什麼我不瞭解的東西。」

女皇慷慨地笑了：「可能吧！不過，還是來吧，你願意看什麼就看什麼，別碰到水！」

山姆走到臺座旁邊，低頭看著水盆。水看起來十分清澈、黑暗，裡面倒映著許多的星辰。

「果然，正如同我猜測的一樣，裡面只有星星。」山姆吃了一驚，因爲星辰開始消隱。彷彿揭開了一面黑暗的面紗一般，上面的東西漸漸隱匿，變得灰色，隨即又變得澄清，裡面有著太陽照耀的大地，還有搖曳的樹木。在山姆來得及下定決心之前，畫面又突然改變了。裡面的人物變成了臉色死白，躺在黑暗懸崖上的佛羅多。而他似乎正不停的爬著永無止盡的樓梯。他突然之間發現自己的影像正急著尋找什麼東西，但是他一時之間不能夠確定自己要找些什麼。彷佛如夢一般，他又看到了那些樹木；但是這次變得更近，他這才看清楚那些樹不是在搖曳，而是被砍倒，跌落在地面。

「哇！」山姆憤怒地大喊：「那是磨坊主人在砍樹！這些樹不應該砍的啊，那些是替臨水路遮蔭的樹木。我希望我可以抓到那傢伙，狠狠地揍他！」

不過，現在山姆又注意到老磨坊已經消失了，一個巨大的紅磚建築代之而起，很多人正忙碌的工作。附近有一個龐大的煙囪，黑煙似乎瀰漫了整個水面。

「夏爾一定出什麼問題了，」他說：「當愛隆想要派梅里回去的時候一定出狀況了。」突然間，山姆跳了開來，驚呼失聲：「我不能留在這裡了！」他忙亂地說：「我一定得回家。他們挖掉了袋邊路，可憐的老爹用獨輪車把他的東西一路送下小山，我一定得回家！」

「你不能夠單獨回家，」女皇說：「在你看到鏡中的景象之前，你不想要放下主人回家，但你那時就知道夏爾可能已經遭遇了不測。請記得，這面鏡子會顯示很多東西，很多事情可能還沒有發生。除非看見它的人放棄原先的道路，轉而想要阻止它；否則有些事情永遠不會發生。這面鏡子並不是很好的嚮導。」

山姆坐在地上，捧著頭說：「我眞希望我永遠沒有來這裡，我不想要再看什麼魔法了。」他沈默了下來。片刻之後，他沙啞地說，彷彿正努力的和眼淚搏鬥。「不，我要回家就要和佛羅多先生一起回家，否則乾脆不回去。」他哽咽地說：「但是，我希望有一天我眞的能夠回家，看看這些事情是不是都發生了？如果是眞的，有人要爲此付出代價！」

「佛羅多，你現在想要看看嗎？」凱蘭崔爾女王說：「你之前並不想要觀看精靈魔法。」

「妳建議我看嗎？」佛羅多問。

「不，」她說：「我不能夠建議你任何事情，我不是你的顧問。你可能會知道一些事情，也可能會看到好事或是壞事，這是完全說不準的，旁觀本來就是有風險的事情。但是，佛羅多，我認爲你擁有足夠的勇氣進行這場冒險，否則我就不會帶你來了，你自己決定吧！」

「我願意看！」佛羅多走到臺座旁邊，低頭向著水盆內看去。鏡子立刻變得清晰，讓他看見了一塊微明的土地，遠方的山脈襯在黑色的天空之下，一條長長的灰色小徑延伸出視線之外，極遠的地方有個人影緩緩的走來；一開始人影很小，但慢慢地變大變清楚，佛羅多發現這讓他想到甘道夫。他幾乎就要脫口而出的時候，又發現對方穿的不是灰袍，而是白袍，是種在黑暗中會閃閃發光的質料；而且，他手上還拿著一柄白色的手杖。他的頭非常低，從畫面上根本看不清楚長相。接著他轉了個彎，就消失在鏡子中。佛羅多心中開始忐忑不安，這顯示的究竟是甘道夫在許多年前的旅程，還是白袍薩魯曼？

畫面現在又改變了，他看見比爾博在房間內不安地踱步，桌上堆滿了各種各樣的文件，雨點打在窗戶上。然後，突然間一切都停了下來，緊接著出現了一大串連續的畫面，佛羅多下意識的知道這是自己所捲入大歷史中的一部分。迷霧散去之後，他看見了一個從未見過的景象，卻立刻知道那是什麼：那是海。黑暗落下，大海遭逢到巨大的風暴，然後他又看見血紅太陽落到雲朵之後，一艘破爛的巨艦從西方航出，然後是一條巨大的河流穿越過一個大都市，然後是個擁有七層高塔的要塞，然後又是一艘擁有黑帆的船隻。但現在又是早晨了，海面上反射著金光，陽光照著一面有白色聖樹在太陽下茁長的徽記之旗幟。一陣預警著戰爭的狼煙升起，太陽又以血紅的面貌再度落入灰色的迷霧中，一艘小船航進這迷霧，上面點綴著許多的燈火，它漸行漸遠，最後消失了。佛羅多嘆了口氣，準備轉身離開。

但突然間鏡子變得一片漆黑，彷彿有一個黑洞在他面前開啓了，佛羅多瞪視著這一片虛無。

在那無底深淵中出現了一只慢慢變大的獨眼，直到它幾乎充滿了整個水盆。佛羅多害怕地不能動彈，既無法移開視線，也無法發出任何的聲音。那只眼睛籠罩在火焰之中，本身也散發著如同妖貓一樣的黃色光芒，仔細地凝視一切；而在瞳孔的地方則是一個深洞，通向無盡的虛無。

然後，那只眼睛開始轉動，四下搜尋著；佛羅多很確切的知道自己絕對是目標之一。但他也知道，除非他起了這念頭，否則對方是看不見他的。戴在他脖子上的魔戒變得十分沈重，遠遠比一塊大石頭還要重，他的頭開始被拉向前。魔鏡似乎開始沸騰，陣陣青煙冒起……他快要滑進水中了。

「別碰水！」凱蘭崔爾女皇柔聲說。那影像消失了，佛羅多發現自己眼前的景象又變成銀盆中的星辰，他渾身發抖地後退，看著凱蘭崔爾女皇。

「我知道你最後看見了什麼，」她說：「因爲那也出現在我的意念中。別害怕！但也別以爲羅斯洛立安對抗魔王的唯一防衛，就是森林間的歌聲和纖細的箭矢。佛羅多，即使在我和你說話的時候，我也能夠知道黑暗魔王的思想，或者至少是他所有顧及到精靈的思想。即使他使盡全力想要看見我、知道我的想法，但那門戶依舊是關閉的！」

她舉起潔白的玉臂，朝向東方作出辟邪和拒絕的手勢。埃蘭迪爾，精靈最鍾愛的暮星閃動著明亮的光芒，熾烈的星光甚至讓精靈女皇在地上投下淡淡的影子。那光芒照著她手指上的一枚戒指；那枚戒指看起來像是黃金外面包著銀光，而中央則嵌著一枚如同暮星一般閃亮的白色寶石。佛羅多敬畏地看著那枚戒指，因爲他突然間明白了一切。

「是的，」她知道了他的想法。「這是封印的知識，連愛隆也不能夠透露。但是，對於曾經看過魔眼的魔戒持有者來說，這是無法隱藏的秘密。精靈三戒其中的一戒，正是隱藏在羅瑞安的土地上，戴在凱蘭崔爾的手指上——這是南雅，鑽石魔戒，我是它的持有者！」

「他的確懷疑這戒指在我這邊，但他還不能夠確認。你應該明白，爲什麼你們的到來如同末日的號角一般？因爲如果你們失敗了，我們就會曝露在魔王的魔掌之下。但，如果你們成功了，我們的力量將會減弱，羅斯洛立安將會消逝，歷史的洪流將會把此地給沖刷殆盡。我們必須要遁入西方，否則就會成爲居住在山洞或是谷地中的民族，遺忘一切，也被一切所遺忘。」

佛羅多低下頭。「您想要怎麼做？」他最後終於說。

「我們不能干涉歷史的定數，」她回答道：「精靈對於土地和自己所創建功業的摯愛，比大海還要深，但是，我們寧願捨棄一切也不願向索倫低頭。因爲，我們知道索倫的眞面目。你不需要爲了羅斯洛立安的命運負責，只需要爲自己任務的成敗負責。但是，雖然沒有多大用處，我只能希望，至尊魔戒當年沒有被創造出來，或者永遠沒有被人發現。」

「凱蘭崔爾女皇，妳果然睿智、無畏而又美麗，」佛羅多說：「只要你開口，我就可以把至尊魔戒交給妳，這對我來說是太沈重的責任了。」

凱蘭崔爾突然間笑了。「或許凱蘭崔爾是很睿智，」她說：「但眼前的這位並不遜色啊！閣下溫柔地回報了我初次見面時對你們的試煉，你的心思十分細密。我並不否認我眞的非常想接受你的提議，我曾經爲此思考了很多年：如果有一天，統御之戒到了我的手上，我會怎麼做？現在它就在我的眼前，不管索倫成功或是失敗，當年鑄造它的邪惡之力都沒有絲毫的放鬆。如果我用暴力、或是恐懼的力量強奪走客人的寶物，這豈不正是向魔戒低頭的行爲？」

「現在，這機會終於來了。你願意將魔戒送給我！你打倒了黑暗魔王，讓女皇登基。而我將不會陷入黑暗之中，我將會美麗、偉大，如同晨曦和暮色一般！如同海洋、如同太陽、如同群峰間的白雪！像是暴風和閃電一樣的恐怖！比大地還要堅牢！萬民萬物都將敬畏、尊敬我……」

她舉起手，從她所戴著的魔戒上投射下一道光柱，讓所有的一切陷入黑暗中，只剩光柱中的光芒。她站在佛羅多面前，身形高大得難以描述，美麗得超越生物極限，恐怖而又崇高。然後她放下手，讓光芒消逝，突然間她又笑了，咻地一聲，她縮小了，恢復成原來那名纖瘦的精靈女子，穿著簡單的白袍，聲音帶著溫柔與感傷。

「我通過了試煉，」她說：「我願意隨歷史消逝，遁入西方，繼續保有凱蘭崔爾的名號。」

他們沈默了很久很久。最後，女皇終於再度開口：「我們走吧！」她說：「你們明天一早就必須出發，因爲我們剛剛已經做出了選擇，命運的巨輪又再度開始運轉。」

「離開之前，我還有最後一個問題，」佛羅多說：「我在瑞文戴爾一直想要問甘道夫的問題：我獲得擁有至尊魔戒的資格，我卻不能看見、瞭解其他魔戒持有者的心思和身份？」

「那是因爲你沒有試過，」她說：「自從你繼承魔戒之後，你只有戴過它三次。千萬別貿然嘗試！這會毀了你的。難道甘道夫沒有告訴過你，魔戒賜與的力量是隨著擁有者而改變的嗎？在你可以使用魔戒前，你必須要變得更強大，磨練自己的意志去操控他人。但即使沒有這樣，由於你戴過魔戒，你的所有感官能力都變得更爲銳利，你比許多智者都要更清楚我內心的想法，你看到了控制九戒和七戒的魔王之眼。你不也是一眼就發現、認出了我手上的戒指嗎？你看得見我的戒指嗎？」她轉過身面對山姆。

「不，女皇，」他回答道：「說實話，我一直搞不清楚你們在說些什麼，我看到有顆星辰停留在您的手上。但如果您容許我發言的話，我想說，我覺得我的主人說得對，我也希望您接下他的魔戒。妳會導正一切的。妳會阻止他們趕走我老爹，不會讓他四處流浪，妳會讓那些犯錯的人們付出代價！」

「我會的！」她說：「一開始都是這樣的。但並不會以此做結束，唉！我們不要再討論這個話題了。我們走吧！」

第八節　再會，羅瑞安

那天晚上，遠征隊的成員再度被傳喚到凱勒鵬的大廳中，皇帝和女皇用客氣的話語歡迎他們。最後，凱勒鵬終於提到了他們該離開了消息。

「時候到了，」他說：「那些希望繼續旅程的人們必須硬下心腸，離開這裡，不想要繼續的人暫時可以留在這裡。不管他們走或不走，沒有人可以確認會有和平的未來，因為我們已經來到了末日的邊緣。願意留在這裡的可以一直停留到那時候，直到世界的命運改變，或者是我們召喚他們前來協助羅瑞安最後的需求。然後，他們就可以回到自己的土地上，或者是回到戰死英魂的英靈殿中。」

周圍一陣沈寂。「他們都決定繼續向前，」凱蘭崔爾看著每個人的眼睛說道。

「至於我，」波羅莫說：「我回家的路還在前方，不能後退。」

「的確，」凱勒鵬說：「不過，所有的遠征隊成員都會和你去米那斯提力斯嗎？」

「我們還沒決定未來的旅程，」亞拉岡說：「在羅斯洛立安之後，我不知道甘道夫想要怎麼做？我想他當初可能也沒構思得很清楚。」

「或許吧，」凱勒鵬說：「不過，當你離開這裡之後，大河安都因將是你唯一的選擇。你們之中有些人應該知道，除非有船，否則旅人是沒辦法揹著行李從剛鐸來到羅瑞安的。而且，奧斯吉力亞斯的大橋也已經被摧毀，所有的土地都落入魔王的勢力範圍了嗎？你們究竟要去那個地方？前往米那斯提力斯的方向是在河這邊，沿著西方前進；但任務的目標則是在河東邊，沿著黑暗的河岸前進。你們要走哪邊的河岸？」

「如果大家接受我的建議，我們將會沿著西岸前往米那斯提力斯。」波羅莫回答：「但在下並非遠征隊的隊長。」其他人一言不發，亞拉岡看起來猶豫不決。

「我看得出來你不知道該怎麼做，」凱勒鵬說：「我沒有立場替你作出選擇，但我可以儘量提供幫助。你們之中有些人會划船，勒荷拉斯的同胞對於森林中的河流十分熟悉；還有剛鐸來的波羅莫、漫遊各地的亞拉岡。」

「還有一名哈比人！」梅里說：「可不是每個哈比人都把船當作洪水猛獸來看，我們家人就住在烈酒河旁邊。」

「很好，」凱勒鵬說：「那麼我將送給諸位足夠的小舟。你們的交通工具必須夠輕、夠小，因為如果你們走水路，有些地方則必定得是小舟才能前進。你們將會遇到薩恩蓋寶一帶的激流，或者最後會來到拉洛斯瀑布。不只如此，路上還有其他的險阻。小舟至少可以讓你們的危險暫時降低，最後你們必須捨棄小舟，往西——或是往東走。」

亞拉岡對凱勒鵬連連道謝。這項禮物暫時解決了他的問題，不只加快了旅行的腳步，更讓他短時間內不需要考慮前進的方向。其他人看起來也放心多了。因為不管前途有多少險阻，順著河流乘舟而下，總比彎腰駝背面對危險要來得輕鬆多了。只有山姆抱持著懷疑的態度，他還是認為船很可怕；就算他之前經歷這麼多恐怖的事情，對船隻的感覺還是沒有好到哪裡去。

「一切都會在明天中午前，在港口邊爲你們準備好。」凱勒鵬說：「我明天一早就會派人去協助你們做好準備。現在，祝各位有個無夢的好眠。」

「晚安，朋友們！」凱蘭崔爾說：「好好睡！不要爲了明天的旅程太過煩心。或許你們每個人的方向都已經在你們面前展開，只是你們沒發現而已。晚安！」

遠征隊的成員告退之後就回到帳棚內。勒苟拉斯這次和他們一起行動，因爲這是他們在羅斯洛立安的最後一晚，即使有凱蘭崔爾女王的保證，他們還是希望先開一次會討論未來的行程。

他們爲了未來要怎麼走爭論了很久，因爲這趟旅程還必須要完成他們攜帶魔戒千里迢迢前來的目的，但眾人最後還是無法做出決定。很明顯的，大多數人都希望先去米那斯提力斯，至少暫時可以躲開魔王的緊追不捨。他們其實也願意跟隨隊長一起進入魔多的邪異土地上，但佛羅多沒有表示意見，而亞拉岡則還在內心掙扎著。

當甘道夫還在隊伍中的時候，亞拉岡的原始計畫是和波羅莫一起走，帶著聖劍去援救剛鐸。因爲，他相信那場夢境就是故土對他的召喚，伊蘭迪爾的子嗣終於有機會得以洗刷污名，擊垮索倫的邪惡計畫。但是，在甘道夫於摩瑞亞犧牲之後，帶領隊伍的重責大任就落到他身上。他知道，如果佛羅多拒絕和波羅莫一起走，他也不能夠捨棄魔戒。可是，他和隊友們除了陪伴著佛羅多一同盲目的走進黑暗中之外，還能提供什麼樣的幫助呢？

「即使只有我一個人，我也必須要回去米那斯提力斯，因爲這是我的職責，」波羅莫說。在那之後，他沈默了很長一段時間，眼睛看著佛羅多，彷彿試著瞭解對方在想些什麼。最後，他終於開口了，低沈得彷彿在和自己辯論一般：「如果你想要摧毀魔戒，」他說：「那麼武器和戰爭都沒辦法幫上你的忙，米那斯提力斯的人們也無法協助你。但是，如果你想要摧毀黑暗大軍，那麼，你在沒有後援的狀況下進入魔多只能算是愚勇，而丟棄它更是種愚行。」他突然間停了下來，彷彿意識到自己不經意之間竟然說出了心底的話：「我是說，捨棄自己的性命是種愚行。」他連忙補充道：「這是在守衛堅強的要塞和迎向死亡之間做出選擇，至少，我是這樣認爲的。」

佛羅多從波羅莫的眼光中看到了新的、奇怪的情緒起伏，他用力的瞪著波羅莫。很明顯，波羅莫最後一句話是違心之論。丟棄它是種愚行，「它」是什麼？力量之戒嗎？他在會議中也曾經說出類似的話，但當時接受了愛隆的更正。佛羅多看著亞拉岡，但對方似乎陷入了沈思，沒有注意到波羅莫的話語，因此，他們的辯論就此終結。梅里和皮聘已經睡著了，而山姆也開始打瞌睡，當他們結束辯論的時候已經深夜了。

到了早上，當他們正開始打包行李的時候，會說通用語的精靈來到他們的帳棚中，並且帶來了許多食物和衣物。食物大多數是一種薄薄的蛋糕，外層烤成淡褐色，內層則是奶油的顏色。金靂拿起一塊蛋糕，用懷疑的眼光打量著它。

「乾糧，」他壓低聲音，露出厭惡的表情。同時，他悄悄捏下一角烤的脆脆的蛋糕，小心翼翼地試咬幾口。隨即，他的表情變了，並且狼吞虎嚥地把那塊蛋糕整個吃掉。

「別再吃了！別吃了！」精靈們哈哈大笑著阻止他：「你吃的已經夠你走一整天的路了！」

「我以爲這只是某種乾糧，就像是河谷鎮人類所製作的，是一種在野外趕路時的食物替代品。」矮人說。

「這的確是啊！」他們回答道：「但我們稱呼它爲**蘭巴斯**或是行路麵包，這滋補的效用比任何人類所製作的食物都要好，而且，味道也比乾糧好多了。」

「的確，」金靂說：「天哪，這甚至超越了比翁一族的蜂蜜蛋糕。這可是相當誠心的誇獎啊，因爲比翁人是我遇過最厲害的烘烤師傅；而且這些日子以來，他們也不太願意把蛋糕送給旅行的人。你們可眞是慷慨的主人！」

「不客氣，但我們還是必須請你們盡量省著點吃，」他們說：「一次只吃一點，只在肚子餓的時候吃，因爲這些東西是協助你們度過糧食斷絕的情形用的。如果你不弄破外表，讓它們像現在一樣包在葉子裡面，它們可以保持新鮮非常久。只要一塊，就夠讓一名旅者步行一整天，進行許多耗費體力的工作，即使他是米那斯提力斯的高壯人類也不例外。」

精靈們接下來，將送給每個隊伍成員的衣物從包裝中打開來，他們送給每個人一件完全量身訂做的連帽斗篷，所用的材料是樹民們平常編織衣物的輕盈保暖絲緞。旁觀者很難判斷這到底是什麼顏色的，因爲在樹下的時候，它們看起來像是暮色一般灰撲撲的，但當斗篷在移動中，或處在光源下的時候，它們就化成如同樹葉一般的綠色，在夜晚變成褐色大地般的色彩，在星光下則變成水波般的色澤。每件斗篷，都利用一枚綠葉鑲著銀邊外型的領針別在身上。

「這些是魔法斗篷嗎？」皮聘用驚訝的眼光看著這些衣服。

「我不知道你這樣說是什麼意思，」爲首的精靈說：「它們是非常好的衣物，手工也相當不錯，都是在這塊土地上製造的。如果你的問題是我所猜想的，那麼答案是肯定的；這些的確是精靈所穿著的衣物：樹葉和枝幹、流水和岩石，它們擁有羅瑞安這塊土地上，一切在夜色中景物的色澤，也都是我們鍾愛的景致。當我們在編織的時候，我們把對這土地的思念和憧憬之情一針一線編進去；但是，它們依舊只是衣物，不是盔甲，無法阻擋箭矢或是刀劍。但對你們來說，它們應該相當實用；這些衣物穿起來很輕，必要的時候也很保暖或是涼爽，而且，它們很適合用來躲避那些不友善的眼光，不管你是走在岩石上還是森林中。諸位眞的極受女皇的寵愛，因爲這是她親自和侍女們一針一線縫出來的；而且在此之前，從未有外人穿過我們的衣物。」

用過早餐之後，遠征隊的成員在噴泉邊向大家道別。他們的心情很沈重，因爲這是個美麗的地方，對他們來說有家的感覺；即使他們根本不確定自己在這邊過了多少天也一樣。當他們看著陽光下的泉水時，哈爾達越過草地向他們走來。

「我從北方邊界回來了，」那名精靈說：「現在再度擔任諸位的嚮導，丁瑞爾河谷裡面滿是蒸氣和白煙，山脈似乎動盪不安，地底深處似乎有什麼東西在喧鬧著。如果你們想要回家，恐怕不能從那邊走了。不過，諸位還是跟我來吧！你們現在的方向必須往南走。」

當他們穿越卡拉斯加拉頓的時候，道路上空無一人，但樹上傳來許多呢喃和吟唱的聲音，他們自己則是一言不發。最後，哈爾達帶著他們來到了山丘的南坡，他們又再度來到了掛滿油燈的大門，以及那座白色的橋。於是，他們就離開大路，進入一叢濃密的梅隆樹中，繼續沿著曲折的小徑穿越綿延的森林，一直領著他們往南、往東走，朝著大河的河岸前進。

他們大概走了十哩，時間快到中午時，眼前出現一座綠色的高牆。在通過上面的一個開口之後，一行人突然間離開了樹林。他們眼前是一連串反射著燦爛陽光的草地，上面點綴著金光閃閃的**伊拉諾**花。這塊草地剛好界在兩條河之間，右邊是銀光閃耀的銀光河西行，左邊則是大河寬廣幽深的江水往東流。在更遠處的河岸邊，依舊有森林繼續往南方延伸，但緊靠河邊的位置都顯得十分荒涼，在羅瑞安之外沒有任何的梅隆樹生長。

在銀光河的岸邊，距離兩河匯流稍遠之處，有一座由白色石頭和白色木材所搭建成的碼頭，旁邊停靠著許多船隻和小艇。有些漆著十分鮮豔的色彩，閃耀著銀色、金色和綠色的光芒，但大多數的船隻都是簡單的白色或是灰色的。三艘灰色的小舟是給一行人使用的，精靈們把大多數的行李放在其中，他們又替每艘船加上三綑繩索。這些繩索摸起來十分柔滑，看起來十分纖細，事實上卻非常強韌，繩索的顏色就像精靈的斗篷一樣灰撲撲的。

「這些是什麼？」山姆打量著這幾綑繩索。

「是繩子呀！」船上的精靈回答道：「出門一定要記得帶繩索！而且還要強韌、夠長、夠輕的繩索。就像這些，在許多地方都派得上用場。」

「這可不需要你告訴我！」山姆說：「我來的時候就忘了帶，讓我一路擔心得不得了。我自己也知道一些製造繩索的技巧，但實在看不出來這繩子是怎麼做的。這些繩子可說是最好的。」他最後下了評斷。

「它們是用**希斯藍**製作的，」精靈說，「不過，我們現在也沒時間教導你詳細的製作方式。如果我們知道你想要學工藝，我們可以教你很多哪。真可惜，除非你將來會回到這裡來，不然你現在就只能先將就著用啦。希望能幫上你們的忙！」

「來吧！」西爾達說：「一切都準備好了。快上船！剛上來的時候要小心！」

「注意啦！」其他的精靈說：「這些是非常輕的船隻，它們精緻的做工和其他種族的船隻都不一樣。不管你們怎麼搖都不會翻，但如果操槳的技術不夠好，很可能會走錯方向的。你們最好先花點時間在碼頭上練習上下船的技巧，然後再出航。」

一行人這樣安排座位：亞拉岡、佛羅多和山姆在一艘船上。波羅莫、梅里和皮聘在另一艘船上，第三艘船是成了莫逆之交的勒苟拉斯和金靂，最後一艘船存放著大部分的行李和補給品。這些船隻是用短手把的槳操作的，盡頭則是寬大、如同樹葉形狀的槳葉。在準備好一切之後，亞拉岡領著眾人沿著銀光河航行，水流很湍急，爲了安全的緣故，他們刻意降低船速。山姆坐在船首，緊抓著船身，可憐兮兮的看著岸邊。照在河面上的陽光讓他覺得頭暈目眩。當他們通過了匯流處的三角洲之後，河面上飄滿了黃金色的樹葉。空氣十分的清新，除了雲雀的啁啾聲之外，四下一片寧靜。

他們在河流上猛轉了一個彎，一隻巨大的天鵝出現在大河上，向他們航來。水面在牠彎曲的胸口附近激起了許多水花。牠的喙閃動著金光，雙眼像是鑲嵌在黃色寶石中的黑色煤塊一樣幽黑，巨大的白色翅翼張了開來。隨著牠越飄越近，陣陣音樂聲也傳了過來，這時他們才意識到它原來是艘精靈工匠發揮巧思，雕塑的如同天鵝一般的船隻。兩名穿著白袍的精靈用黑色的船槳操控著船的方向，凱勒鵬和凱蘭崔爾站在船中央，高大美麗的女皇戴著金色的花冠，手中拿著豎琴，吟唱著歌謠。在這涼爽、清澈的空氣中，她的聲音聽起來十分甜美，又帶著淡淡哀愁：

我歌頌樹葉，黃金的樹葉，遍地生長的黃金色樹葉：
我吟唱微風，那吹過枝枒的微風，聽著它輕撫樹葉。
在月亮下，太陽之外，水花在海面上四濺，
在伊爾馬林的河流旁，生長著黃金樹的枝幹，
在艾達馬的暮星照耀下閃爍，
在艾達馬旁，精靈的提理安城下閃爍。
黃金的樹葉生長在華麗延伸的時光上，
但在分隔的大海外，精靈的眼淚成行。
喔，羅瑞安！冬天已來，枯萎而無葉的歲月；
樹葉落入水中，河流流入永夜。
喔，羅瑞安！我已在這三角洲上居住太久，
在褪色皇冠上黃金色的伊拉諾花纏扭，
若是我吟唱船隻的歌謠，會有什麼船到我身邊，
有什麼船可載我到對岸？

亞拉岡將船停了下來，看著天鵝船靠近。女皇唱完了歌，開始招呼眾人：「我們是來向你們道別的！」她說：「並且代表這塊土地歡送你們。」

「雖然諸位是我們的客人，」凱勒鵬說：「但你們還沒有和我們一起用過餐。因此，我們邀

請諸位來參加送別的午宴，就在這載送各位遠離羅瑞安的大河旁。」

天鵝船緩緩的靠到岸邊，眾人調轉船頭，跟著一起過去。他們就在三角洲的盡頭舉辦了這場歡送的宴會。佛羅多吃得極少，他的眼中盡是女皇和她的聲音。她似乎不再受到凡塵變化的影響，也不再是那種充滿了隱藏力量的神秘人物。在他眼中，女皇的形象已經如同後世的精靈一般，漸漸地與世無爭、慢慢地被時光的大河帶向被遺忘的彼岸。

在他們吃喝過後，全部的人都坐在草地上。凱勒鵬再度和他們提起旅程的方向，邊伸出手指著三角洲以外的森林。

「當你們沿著河水往下走的時候，」她說：「你們將會發現樹木越來越少，最後會來到一塊荒廢的區域。從那邊開始，大河會穿越高地上的多岩地形，直到經過很長的距離之後，來到燃岩高地，也就是我們稱作托爾布蘭達的高地。大河從該處繞過高地，在巨大的聲響和煙霧中落下拉洛斯瀑布，進入寧道夫區，也就是你們口中的威頓。緊接著是一連串的沼澤地帶，大河變得十分平緩，分岔出許多支流來，樹沐河也在那裡分成許多支流，流入森林中。大河的這一邊就是洛汗國，在另一邊則是艾明莫爾光禿禿的山丘，從那邊往東走，就是死亡沼澤和無人地帶，一路直達葛哥洛斯盆地和魔多的黑暗大門。」

「波羅莫，以及任何想要前往米那斯提力斯的人，都最好在拉洛斯瀑布之前離開大河，在樹沐河進入沼澤之前橫越它，但他們最好不要太過深入法貢森林，那是塊詭異的地方，外人對它知道得甚少。但我想，波羅莫和亞拉岡知道的都很多，其實不需要我的警告。」

「的確，我們在米那斯提力斯就曾經聽過法貢森林的威名，」波羅莫說：「但我一直認為那是褓姆所說的故事，那些用來騙小孩的故事。在洛汗國之北的疆域，因為距離太遠，容許各種怪異傳說橫行。在古代，我國的疆界直達法貢森林，但是已經有好幾百年沒有人親自拜訪過該處，自然也無法證明或是推翻該處的各種傳言。」

「我自己曾經在洛汗國待過一陣子，但從來沒有往北走過。我當時是擔任信差的工作，沿著白色山脈通過洛汗隘口，橫越艾辛河和灰泛河，進入北地。那可是段相當漫長、疲倦的旅程，我猜大概有一千兩百哩左右，我花了好幾個月的時間，更糟糕的是，我還在灰泛河的渡口塔巴德失去了座騎。在那次旅程和這次與各位共渡的時光之後，我相信，如果有必要的話，即使是洛汗或是法貢森林，我們也能夠找出一條路來。」

「那麼我就不需要再多說了，」凱勒鵬說：「不過，千萬別小看多年以來流傳的神話和故事，因為，這些褓姆經常保留了，過去一度只由賢者所知道的真實歷史。」

凱蘭崔爾站了起來，從她的侍女手中接過裝滿白色蜂蜜酒的杯子，將它交給凱勒鵬。

「現在該是舉杯歡送各位的時候了，」她說：「喝吧，樹民之王！雖然黑夜即將降臨，但也別輕易喪志，吾輩的黃昏已然降臨。」

然後，她舉杯向每一位遠征隊的成員敬酒。當每個人都喝過蜂蜜酒之後，她又請眾人再度在草地上坐下來。侍女們替她和凱勒鵬放置好座位之後，就沈默地站在她身邊。她一言不發地打量著這些客人，最後，她終於再度開口了。

「我們已經喝下了餞別酒，馬上就要分離。但是，在離別之前，我特別為各位準備一些禮物，願諸位記得樹民之王和他妻子的善意，願諸位不要忘記羅斯洛立安。」然後，她一個個請他們走向前。

「這是凱勒鵬和凱蘭崔爾送給遠征隊隊長的禮物，」她對亞拉岡說。接著，她拿出一柄特別爲了聖劍打造的劍鞘。劍鞘上面有著以黃金和白銀鑲嵌的樹葉和花朵圖形，上面還有著用許多寶石嵌出來的精靈文字，書寫著聖劍安都瑞爾的名號，和它的來歷。從此劍鞘中抽出的武器，即使被擊敗，也不會斷折或污損，」她說：「但是，未來的前途還有許多的危險和黑暗，你在離開之前還有什麼想要的嗎？我們未來可能再也沒有機會相見，除非是在一條無法回頭的旅程上。」

亞拉岡回答了：「女皇，妳知道我的願望，也一直不願意將我唯一祈求的寶物賜給我。不過，我知道，即使妳願意，那也不是妳能夠賜給我的。我必須要穿越重重的黑暗，才能贏得這珍貴的禮物。」

「但，或許這能夠減輕你的重擔，」凱蘭崔爾說：「有人將這留給我，當你經過此地的時候可以將它送給你。」接著，她從腰間拿出一枚鑲嵌在巨鷹展翅胸針上的一枚渾圓綠色寶石。當她拿起寶石的時候，四周閃耀著如同春天太陽照在翠綠葉子上的美麗光芒。「我當年將這枚寶石送給吾女凱勒布理安，她又傳給她的女兒亞玟。現在，轉送給你，當作希望的象徵。此刻請接受預言中給你的稱號，伊力薩王，伊蘭迪爾家族的精靈寶石！」

亞拉岡接下這枚胸針，將寶石別在胸口。那些看見這景象的人都讚嘆不已，因爲之前他們並沒有注意到這人身上散發著無比的皇者之氣，而多年的心力交瘁和重責大任，似乎也瞬間從他身上移除。「我感謝您賜給我的禮物。」他說：「羅瑞安的女皇，您生出了凱勒布理安，和亞玟·

暮星，這就是您給人世間帶來最大的禮物了！」

女皇微微點頭，轉過身面向波羅莫，賜給他一條金色的腰帶。皮聘和梅里則是各拿到一條銀製的腰帶，扣環的部分是黃金打造的花朵。她賜給勒苟拉斯的是樹民們所使用的長弓，遠比幽暗密林的短弓要堅韌和細長，上面的弓弦還是用精靈的頭髮做的，另附一袋精工製造的箭矢。

「至於你，這位小小的園丁和樹木的愛好者，」她對山姆說：「我只有一個小禮物。」她將一個小小的灰色木盒塞進他的手中，上面只有一個小小的精靈符文。「這上面刻的是我名字的縮寫，但在你的語言中，也代表著花園的意思。盒子裡面是我花園中的泥土。它不能夠在旅途上對你有所協助，也不能夠讓你不受敵人的傷害。但是，只要你能夠回到家園，這或許會給你帶來適當的報償。即使所有一切都荒廢毀壞，但如果你將這泥土灑上，你的花園將會成為中土世界少見的繁盛之地。如此一來，你或許會記得凱蘭崔爾，和回憶起美麗的羅斯洛立安。你看到的只是我們的冬天，而夏天和春天已經永遠的離開了中土世界，只有在記憶中才能看見。」

山姆高興得連耳根子都紅了，嘀咕了幾句似乎是道謝的話，抱著盒子盡可能地鞠了個大躬。

「這位矮人會向精靈要求什麼禮物？」凱蘭崔爾轉向金靂問道。

金靂答：「一項也不要！在下能夠看見樹民女皇，親耳聆聽她溫柔的話語就已足夠。」

「諸位精靈，聽著啊！」她對周圍的精靈大聲說道：「將來不准你們再用貪婪、笨拙來描述矮人！不過，葛羅音之子金靂，必定有什麼你想要的，而且是我可以給你的？我懇求你直接說出口！我不能讓你成為唯一沒有禮物的客人。」

「真的沒有，凱蘭崔爾女皇，」金靂深深一鞠躬，結巴地說：「除非，除非您願意給我一根您的頭髮。在我的心目中，這超越了天上的星辰、地上的黃金，和礦坑中的寶石。我並不敢斗膽向您要求這寶物，但既然您要求我只管開口，我還是冒昧地說出口。」

精靈們起了一陣騷動，凱勒鵬震驚地看著矮人，但女皇寬容地笑了：「人們還說矮人是以手工藝著稱，不是以舌燦蓮花聞名，」她說：「但是，在金靂身上，我看到了不同的特質。因為，從過去到現在，從來沒有人敢向我做這樣的要求，卻又以如此華美的言詞包裝。既然是我下的命令，我又怎麼可能拒絕他？不過，請你告訴我，你要怎麼處理這樣的禮物？」

「珍藏它，女皇陛下，」他回答道：「為了紀念您對我首次會面時所說的話語，如果我能夠回到家鄉，我將把它藏放在永不消磨的水晶中，成為我家的傳家寶，子子孫孫永遠保護它，當作山之民與樹之民之間的善意象徵。」

女皇解開她的髮髻，將三根頭髮剪下，交到金靂的手中：「請記住我接下來所說的話語。」她說：「我不能預言未來，因為現在所有的預言都即將被推翻：一隻手中握著黑暗，但另一隻手中握著全然的希望。如果希望沒有完全消失，葛羅音之子金靂，我可以告訴你，你的手中將會有大量的黃金流出，但卻不是屬於你所有。」

「還有你，魔戒持有者，」她轉過身對佛羅多說道：「我最後才找你，因為你在我心上佔著很重要的地位。我替你準備了這個——」她高舉起一個小小的水晶試管，當她搖晃試管的時候，她的手中流洩出潔白的光芒：「在這水晶管中，藏放著埃蘭迪爾之星的光芒，當夜色將你包圍的時候，它將會變得更為光亮。希望它在一切光明失效的時候，能夠成為你的照明和指引，不要忘記凱蘭崔爾和她的魔鏡！」

佛羅多收下試管，藉著其中的光芒，他看見凱蘭崔爾女皇高大美麗的身影，卻不再有那麼迫人的氣息。他彎腰鞠躬，卻不知道該說些什麼。

女皇站了起來，凱勒鵬領著眾人回到岸邊。現在，三角洲上照耀著黃色的太陽，水面反射著銀色的光芒，遠征隊的成員如同之前一樣照著位置坐上船。羅瑞安的精靈高呼再會，邊用灰色的長竿將小舟推進河中，一行人動也不動地坐在船上，看著凱蘭崔爾女皇一言不發地孤身站在三角洲的邊緣。當他們經過她的時候，紛紛回過頭去看著她的身影，因爲，對他們來說，羅瑞安像是一艘以神木爲桅杆的大船，航向無窮大海中的美麗仙境；而他們只能束手無策地看著這景象緩緩離開，自己則進入那灰色的世界中。

就在他們的目光下，銀光河就這麼和大河安都因匯流，小舟開始快速地朝著南方開去。很快的，女皇的白色身影就漸漸縮小，她看起來像是西沈的太陽下一扇美麗的水晶窗戶，或者是從遠方眺望的一座美麗湖泊。在佛羅多的眼中，彷彿看見她舉起手來揮舞，向眾人做最後的告別，她清澈甜美的聲音飄過重重河水，傳來她的歌聲。但這次，她所使用的是海另一端的精靈語言，佛羅多一個字也聽不懂，一點也沒有安心的感覺。

但是，正如同精靈的語言一樣，它們依舊雋刻在佛羅多的腦海中，很久以後，當他試圖翻譯這些語言的時候，才發現它們所吟唱的是精靈所見，而中古世界一無所知的事物。

Ai !laurië lantar lassi súrinen,
Yéni únótimë ve rámar aldaron !
Yéni ve lintë yuldar avánier

mi oromardi lisse – miruvoreva
Andúnë pella, Vardo tellumar
nu luini yassen tintilar i eleni
ómaryo airetári – lírinen.
Sí man i yulma nin enquanatuva ?
An sí Tintallë Varda Oiolossëo
ve fanyar máryat Elentári ortanë
ar ilyë tier undulávë lumbulë ;
ar sindanóriello caita mornië
i falmalinnar imbë met, ar hisië
untúpa Calaciryo míri oialë.
Si vanwa ná, Rómello vanwa, Valimar !
Namarië !Nai hiruvalyë Valimar.
Nai elyë hiruva. Namarië !

「啊！如同在風中墜落的黃金樹葉，如同樹木枝枒一般難以記數的年月啊！當我在那瓦爾達的藍色蒼穹下，西方美麗的壯麗大廳中，瓦爾達神聖、優美的的聲音讓星辰顫抖，漫長的歲月如同甜蜜的蜂蜜酒一般一飲而盡。誰能爲我再度裝滿酒杯？因爲，現在，瓦爾達，星辰之后、永白山之母已經舉起潔白如同雲朵一般的玉臂，在那被暗影吞蝕的道路上，從那一波波灰色的浪潮中，迷霧永遠遮蔽了卡拉瑟雅的寶石。都失落了，失落在那主神之城瓦力馬！再會了！願汝能見瓦力馬，願汝終將尋到瓦力馬。再會！」瓦爾達就是精靈最崇拜的主神，星辰之后伊爾碧綠絲的另一個名字。

突然間，大河轉了個彎，兩旁的河岸都開始升起，羅瑞安的光明跟著隱藏起來，佛羅多再也沒有機會回到這個美麗的地方。

一行人轉過臉，面對未來的行程。太陽照耀著前途，他們眼睛被光亮所炫，因爲每個人都是淚水盈眶，金靂嚎啕大哭。

「這是我和最美麗之人的最後一面，」他對勒荷拉斯說：「自此之後，除非是她所賞賜給我的禮物，否則，我再也不會使用美麗這個名詞。」他將手放到胸口。

「告訴我，勒荷拉斯，我爲什麼要參加這個任務？我根本不知道眞正的危險在何處！愛隆說的是正確的，我們根本不應該推測未來會遇到什麼危險。我害怕的是在黑暗中的拷打，但這並沒有阻止我；可是，如果我知道即將面對這麼樣的光明和愉悅，我可能反而因此卻步。現在，即使我今晚就立刻面對黑暗魔王，也不可能受到比這還重的傷害了。唉呀！金靂啊！」

「不，」勒荷拉斯說：「你應該替我們每個人感嘆！以及爲所有未來的人們感嘆。因爲這就是天理，找到就代表著失去。但是，金靂，我認爲你是受到祝福的，因爲你的失去是出自於自己的選擇，而且你本來還可以選擇留在那裡。但你沒有放棄自己的伙伴，你的獎賞就是羅斯洛立安的記憶將永遠縈繞在你心頭，永遠不會稍有褪色或是消失。」

「或許吧，」金靂說：「謝謝你的安慰，你說的是眞話，但是和我的遭遇比起來依舊少了些什麼，我的心裡要的並不只有回憶。就算它如同卡雷德—薩魯姆一樣清澈，但它依舊只是面鏡子啊！矮人金靂的心裡是這樣想的。可能精靈看事情的方法不同，我的確聽說你們的回憶就如同眞實世界一樣的清晰，而不是像夢幻一般的迷濛，但矮人就不一樣。」

「別再說了吧，還是看著小舟吧！在行李的重壓下它已經吃水太多了，而大河的水又很急。我可不想要用冷水淹沒我的哀傷。」他拿起槳，將船滑向西方岸邊，跟隨著亞拉岡的船繼續往下游走。

就這樣，遠征隊的成員繼續他們漫長的旅程，沿著寬廣的大河往南方走。兩旁的樹林遮蔽了他們的視線，讓他們再也無法看見身後的景物。風突然間消失，河流也變得寂靜無聲，沒有任何的鳥叫聲打破這沈默。太陽變得十分模糊，所投下的光芒也漸漸變弱，最後變得有點像高掛在天空中的一枚珍珠。然後，太陽緩緩的消失在西方，暮色快速降臨，緊接著來的是一個灰濛濛，沒有星辰的夜晚。他們繼續在西方森林的陰影中漂流了很長的時間，巨大的樹木往後掠過，盤根錯節老林將觸角伸入水中，氣氛很陰森，空氣又很冰冷。佛羅多傾聽著水流聲緩緩地穿過這座森林，最後，陷入了不安的沈眠中。

第九節　大河

佛羅多是被山姆叫醒的。他發現自己正躺在地上，裹在一件溫暖的斗篷裡，而自己則是身在大河安都因西岸的一叢灰色樹林底下。他已經睡了一整個晚上，灰色的晨光已經開始照耀在樹林間，金靂則是正忙著升起一小堆火。

在天色大明之前，他們就又再度出發，並非每個成員都急著想要往南方走，他們很慶幸現在還不需要急著做出決定，可以等到未來在拉洛斯瀑布之前再下定決心。他們讓大河的步調帶著他們前進，不急著衝進任何一個可能會有危機的方向。亞拉岡任他們隨意飄流，同時累積未來所需要的精力。但他堅持每天都要及早出發，極晚再停下休息。因爲他內心覺得，寶貴的時光在不停地流逝，當他們待在羅斯洛立安的時候，魔王並沒有閒著。

不用說，當天什麼敵人的蹤影也沒看見，第二天也是一樣，他們就這樣一天天的過著，旅程中沒有任何起伏。他們可以看見東邊的岸上，是許多外貌模糊的斜坡綿延伸展；它們看起來黃褐、枯萎，彷彿剛被野火燒過，沒有留下任何的翠綠之色。在這塊邪異的荒地中，甚至沒有任何一株站立的樹木或是岩石。他們已經來到了介於南幽暗密林和艾明莫爾之間的廣大荒地，被稱作褐地的區域，連亞拉岡也不知道是什麼樣的疫病、戰爭或是魔王的伎倆，才把此地變得如此恐怖。

他們看見西方，右邊的土地也同樣是光禿禿的，但唯一的差別是至少這裡很平坦，間或交雜著大片綠油油的草地。河的這邊有許多雜草和森林，幾乎遮蔽了整個西方的視線，因此小舟靠近的時候什麼也看不見。偶爾在這一堆雜草中還有路徑的開口，佛羅多突然間看見許多綿延不絕的牧草地，在極遠方的地平線有一道黑色的輪廓，那裡就是迷霧山脈最南緣的區域。

除了鳥之外，四野一點生物都沒有，但鳥類的種類相對起來就十分繁多。野鳥會在雜草中發出叫聲，四處覓食，但伙伴們極少看見牠們覓食的身影。衆人偶爾會聽見天邊傳來淒厲的嘶鳴聲，一抬頭就看見一隻巨大的天鵝飛越天際。

「天鵝！」山姆說：「好大一隻啊！」

「是的，」亞拉岡說：「而且牠們是黑天鵝。」

「這塊土地看起來怎麼這麼荒涼！」佛羅多有氣無力地說：「我一直以爲越往南走會變得越來越溫暖、越來越快樂，也會離冬天越來越遠。」

「這是因爲我們走得還不夠南，」亞拉岡回答：「現在還是冬天，我們又離海很遠。在早春之前，這裡都會很冷，甚至可能會再看見雪花。到了遠方的貝爾法拉斯灣，如果沒有魔王的影響，或許會又暖又快樂，但是，根據我的推測，這裡距離你們夏爾的南區可能不到一百八十哩。你眼前的是驃騎國北端的大平原，也就是洛汗國，牧馬王的家園。不久之後，我們應該就可以來到林萊河匯流口，看到法貢森林，那就是洛汗國北邊的邊境，在古代，林萊河和白色山脈之間的土地都是屬於洛汗國的。這是塊豐美、富饒的大地，草原也是最富庶的；不過，在這亂世，人們不敢居住在大河邊，也不敢騎馬靠近這附近。安都因的確很寬，但半獸人的箭矢也可以輕易飛過河面。近來，甚至有半獸人大膽地越過安都因，直接劫掠洛汗國放牧的馬匹和牲畜。」

山姆不安地看著兩邊的河岸。原先的樹木在他眼中看來虎視眈眈，彷佛隱藏著無數個敵人。現在，他反而希望樹木還在那邊，至少可以遮掩敵人的視線；不要讓大家曝露在大河的正中央，甚至是處在兩軍交戰的邊界上。

在接下來的一兩天之內，他們繼續朝南走，所有的隊員現在都開始有了那種不安的感覺，他們一整天都會下意識地拿起槳拼命往前划。很快地，河面就變得更寬、更淺，東岸是多岩的灘頭，水面底下還有隱藏的漩渦，因此駕船者必須格外小心。褐地則變成高地起伏的荒原，其中飄盪著東方吹來的陣陣冷風。在草原另一邊的景物也有所變化，慢慢地轉化成叢草聚集的沼澤。佛羅多一想到幾日前還居住在羅斯洛立安的草地和噴泉之間，不禁懷念起那裡的太陽和溫柔的陣雨。每一艘船上都極少有人交談，每個成員的時間都花在沈思上面。

勒苟拉斯的心思，正奔馳在夏日北方森林之間的草原上，金靂腦中則正想著打造黃金的細節，思索著是否適合用來收藏女皇的禮物。中間船上的梅里和皮聘則是十分不安，因爲波羅莫不停地自言自語，有時甚至會露出十分煩心的表情，咬著自己的指甲，或是拿起槳，不由自主的划近亞拉岡的小舟。當坐在船首的皮聘回頭觀望的時候，發現對方正瞪著佛羅多，眼中露出奇怪的光芒。山姆雖然勉強相信小舟不如他想像的那麼危險，但卻比他想像的要不舒服許多。他什麼事也不能做，只能看著兩邊流逝的河水和死氣沈沈的冬日大地，長期不能動彈的結果讓他渾身疲痛，即使他們要划槳的時候，也不敢將這責任交給山姆。

到了第四天的傍晚，他坐在船首，回頭看著佛羅多、亞拉岡和其他的小舟，一心只想要趕快上岸，活動活動筋骨。突然間，他看見了某種東西，一開始他目瞪口呆地看著這景象，接著，他揉揉眼睛，定睛一看，那景象卻已經消失了。

那天晚上，他們一群人擠在一個靠近東岸的小島上。山姆裹在毯子裡，睡在佛羅多身邊。「在我們停船之前的一兩個小時，我作了個怪夢，佛羅多先生，」他說：「或者那不是夢，但眞的很好笑。」

「好吧，是什麼情況？」佛羅多知道山姆如果不說出故事來是不會寬心的，只得讓他說了。「自從我離開羅斯洛立安之後，已經有很久沒有笑過了。」

「不是那種好笑啦，佛羅多先生，我應該說是詭異才對。一切都不對勁，又不太像是作夢，你最好聽我說。我看到的是長了眼睛的浮木！」

「浮木還好吧？」佛羅多說：「河上面本來就有很多浮木，你只要不管那雙眼睛就好了！」

「我可不會這麼做，」山姆說：「就是那雙眼睛讓我寒毛直豎，我看見了有個浮木漂在水面上，緊跟在金靂的小舟之後，我本來沒有注意。然後，我發現那浮木似乎慢慢地追上我們。這實在太不合常理了，因爲你知道我們都一起浮在同一條河上，沒道理它的水會流得比較快……就在那個時候我看到了那雙眼睛：一對白點，有著某種特殊的光芒，就在靠近浮木尾端樹瘤的地方。而且，這好像又不是浮木，因爲牠有一雙長蹼的腳，幾乎像是天鵝的腳一樣，只是看起來更大，一直在水中起起伏伏。」

「我就在那時候坐了起來，揉揉眼睛，萬一我把睡意趕跑之後，牠還在那邊，我就準備大喊出聲，因為不管那是什麼東西，牠都在快速地靠近金靂。不過不知道是那雙油燈般的眼睛發現了我，還是我終於恢復了清醒——當我再看的時候，牠消失了。但是，我覺得用眼尾餘光一掃過去的時候，似乎有什麼黑影躲到岸邊去；之後，我再也沒看到什麼眼睛之類的東西了。」

「我對自己說：『山姆．詹吉，你又在作夢了！』因此我當時沒有聲張。可是，我又想了好幾次，現在我反而覺得不大確定。佛羅多先生，你覺得怎麼樣？」

「山姆，如果這是我第一次聽說這樣的眼睛，我會覺得這多半是傍晚的浮木加上你眼中的睡意所演出的插曲。」佛羅多說：「但情況並非如此，我在我們剛從北方抵達羅瑞安的那天晚上也有同樣的經驗，我看見一個有著發亮眼睛的怪異生物想要攀爬上瞭望台，哈爾達也看見了。你還記得那群追蹤半獸人小隊的精靈所說的話嗎？」

「啊，」山姆說：「我想起來了，我現在想起更多的事情了。雖然我的腦袋不好，但是在聽說這麼多事情和比爾博先生的故事之後，我想我可以猜出那傢伙的名字來。一個很爛的名字，可不可能就是咕魯呢？」

「是的，我一直擔心是這樣！」佛羅多說：「自從在瞭望台的那晚之後我就開始懷疑，我想牠當時可能在摩瑞亞閒晃，正好遇見我們；但我也暗自希望待在羅瑞安的那一陣子，可以讓我們擺脫掉牠的追逐。這個可憐的傢伙，可能從頭到尾都躲在銀光河沿岸，看著我們出發！」

「多半是這樣，」山姆說：「我們最好小心謹慎一點，不然哪天晚上，如果我們還來得及醒來，可能會發現有人勒住我們的脖子不放，這是我自己的推論。今晚先別驚擾神行客和其他人，由我來守夜就好了，反正我在船上也跟行李差不了多少，我可以明天再睡。」

「或許吧，」佛羅多說：「我可能會用『長了眼睛的行李』來形容你。你可以值夜，但你必須答應我，如果什麼事情都沒有發生，請在半夜叫醒我。」

半夜，佛羅多從沈睡中被山姆搖醒。「我眞不想叫醒你！」山姆壓低聲音說，「但你是這樣交代我的。沒什麼特別的，至少沒有太特別的事情可以向你報告。不久之前我聽見有水聲和嗅聞的聲音，不過，半夜在河邊本來就經常聽到這類的怪聲音。」

他躺了下來，佛羅多裏著毯子坐起來，努力驅趕走睡意。時間一分一秒過去，什麼事情都沒有發生。就在佛羅多正準備屈服於瞌睡蟲時，一個黑色的身影悄悄溜上岸，撥開草叢，走上大夥沈睡的地方。那雙發光的大眼四下看著，最後直勾勾地固定在佛羅多身上。對方距離佛羅多不到一兩呎，他可以清楚地聽見那生物的呼吸聲。佛羅多猛地站起來，拔出寶劍刺針。那雙眼睛立刻就消失了。在一陣嘶嘶聲之後，水花四濺，那個如同浮木一般的身體就悄無聲息地往下游繼續漂去。亞拉岡翻了個身，立刻坐了起來。

「怎麼一回事？」他低聲問道，邊走到佛羅多身邊。「我睡覺的時候感覺到有不對勁，你為什麼拔劍？」

「咕魯，」佛羅多回答：「我猜是他。」

「啊！」亞拉岡說：「原來你也聽到了那無時無刻出現的腳步聲？牠一路跟蹤我們穿越摩瑞亞，最後來到寧若戴爾。自從我們上船之後，他就趴在浮木上，手腳並用地往前划。有一兩次，我試著在晚上抓住牠；但是牠比狐狸狡猾，比泥鰍更滑溜，我希望這場漫長的河上旅程可以讓牠放棄，但牠的水性實在太好了。我們明天最好快一點，你先躺下去吧，今晚就由我來守夜了。我眞希望可以抓到那個爛傢伙。我們可能可以好好利用牠。不過，如果不行的話，我們必須要想辦法擺脫牠。牠很危險，除了半夜試圖不軌之外，還有可能吸引要命的敵人跟過來。」

咕魯當天晚上，連個鬼影子都沒有再露出來，在那之後，衆人變得更加小心謹慎，但卻沒有再發現任何咕魯的蹤影。如果牠還緊追不捨，那麼牠眞的非常聰明狡猾。在亞拉岡的指揮下，他們用力地划船，看著兩邊的河岸快速掠過。但是，他們對於四周的環境沒有多少機會認識，因爲大部分的時間都是晝伏夜出，白天用來休息和恢復精神，同時盡可能的隱藏行蹤。就這樣平安無事地過了七天。

天空依舊是悶灰色，唯一的風是從東方吹過來的。隨著天色逐漸轉暗，晚霞的餘暉也讓天空變得萬紫千紅，無比絢爛。接著，一彎新月照在遠方的湖泊上，映射出潔白的光芒來。山姆看著眼前的景象，雙眉緊鎖。

次日，河流兩岸的風景都開始急速地變化，河岸的地勢開始升高，變得岩石處處。很快地，他們就來到了一塊山丘遍佈的區域，兩旁的斜坡都被掩埋在大量的荆棘、藤蔓和蕨類植物之下。在那地形之後則是低矮的懸崖，長滿長春藤的石柱，在懸崖之後則是在強風之下顯得奄奄一息的樅樹。他們正越來越靠近艾明莫爾，也就是大荒原南端的區域。

懸崖和石柱上棲息著許多的飛鳥，衆人頭上一整天都盤旋著各式各樣的鳥類，彷彿天空上無時無刻掛著一團黑雲。當天紮營休息的時候，亞拉岡不安地看著頭上的飛鳥，擔心是否咕魯做了什麼事情曝露了他們的行蹤。稍後，等到太陽開始落下，眾人正準備收拾行李出發時，亞拉岡突然發現天上有隻大鳥盤旋著，慢慢地飛向南方。

「勒苟拉斯，那是什麼？」他指著北方的天空說：「像我想的一樣，那是隻飛鷹嗎？」

「是的，」勒苟拉斯說：「那是隻飛鷹，是隻在狩獵的飛鷹。不知道這代表了什麼意義，牠距離平常的山脈棲息地實在太遠了。」

「我們等到天全黑之後再出發，」亞拉岡說。

緊接著是他們旅程的第八天晚上，當天十分寂靜，一點風也沒有，灰濛濛的東風已經停止了，新月早早落下，天空還算清澈，南方有著發出微光的雲朵聚集，西方則有許多閃耀的星辰。

「來吧！」亞拉岡說：「我們今晚是最後一次乘著夜色旅行了，因為接下來的河道我就不熟悉，因為我從未走水路來過這附近，從這邊到薩恩蓋寶之間的河況我都不確定。如果我猜得沒錯，我們眼前還有很長的道路要走。即使在我們到達激流之前，還有很多危險的地方，河中央的岩石和孤島都是我們必須避免的危險，我們得要小心翼翼，不能夠划得太快。」

由於山姆在第一艘船上，因此他肩負起瞭望員的工作，他眨也不眨地瞪著眼前的景象。夜色越來越暗，但天空上的星辰卻發出奇異的光芒。時間快到午夜，他們已經漂流了一段時間，沒有機會使用船槳。突然間，山姆開始大叫，幾碼之外的河中浮現黑色的輪廓，眾人都可以聽見激流流動的聲音。一道強大的水流將眾人沖往東邊河岸比較沒有阻擋的河道去。當他們被沖開的時候，大家都看見眼前是眾多白花花的水沫所構成的湍急河流，中間有著鋒利的岩石，如同利齒一般地阻攔任何大意的旅人，而現在小舟全都擠在一起。

「喂！亞拉岡！」波羅莫的小舟在急流中撞上帶頭的小船：「這太瘋狂了！我們不可能在夜間硬闖急流，不管是黑夜或是白天，薩恩蓋寶的激流不是小舟可以度過的。」

「後退，後退！」亞拉岡大喊：「轉回頭！快點轉回頭！」他把槳用力插入水中，試著固定住船身，邊開始靠岸。

「我的計算出錯了，」他對佛羅多說：「我不知道我們已經走了這麼遠，安都因的流速比我預估的快多了，薩恩蓋寶一定就在眼前了。」

他們好不容易才把船控制住，慢慢地轉回頭；但當他們想要逆流而上的時候，他們就被水流沖開，慢慢漂向河東岸，在黑暗中，那裡似乎透露著不祥的氣息。

「全部的人用力划！」波羅莫大喊著：「快划！不然我們就會擱淺了。」就在同一瞬間，佛羅多感覺到船底擦過岩石，發出讓人牙齦發酸的摩擦聲。

就在那一刻，他們聽見弓弦彈開的聲音，幾支箭冷不防地射向他們。一支箭正中佛羅多的胸口，使他往後一彈，不小心弄丟了手上的槳；幸好，他衣服底下的鎖子甲擋住了這攻擊。另一支箭射穿了亞拉岡的兜帽，第三支箭則是牢牢地釘在第二艘船的船舷上，距離梅里的手只有幾吋。山姆這才看見有許多黑影在東方河岸邊跑來跑去，他們似乎非常靠近。

「Yrch!」吃驚的勒荷拉斯用自己的語言說道。

「半獸人！」金靂大喊道。

「我敢打賭這是咕魯安排的，」山姆對佛羅多說：「選的地方還真好，大河似乎就把我們一直推到他們懷抱裡。」眾人全都彎下身，拼命地划槳，連山姆都捲起袖子幫忙，他們擔心隨時會有黑羽箭再度落到任何人的身上。許多支箭飛過他們四周，落入河中，但再也沒有任何一支射中目標。天色雖然暗，但對於習慣夜視的半獸人來說，應該沒有多大的問題，而且，在微弱的星光下，他們一定是很明顯的標靶。唯一的可能，就是羅瑞安的變色斗篷和灰色的精靈小舟融入夜色之中，挫敗了魔多射手的威脅。

他們一槳一槳地努力划著，在黑暗中很難確定自己到底有沒有在移動？不過慢慢地，水流漸漸趨緩，東岸的陰影也被他們拋進夜色當中。最後，他們終於再度回到河中央，也避開了嶙峋的怪岩，然後他們拼盡最後一絲力氣，划向西岸。在河邊的灌木陰影保護之下，他們把船暫停在河邊，想要獲得喘息的機會。

勒苟拉斯放下槳，拿起羅瑞安的長弓，一溜煙地跑上岸邊。他彎弓搭箭，瞄準著對岸的黑暗陰影。隨著他的每一箭射出，對岸就會傳來一聲慘叫，但從這邊什麼都看不見。

佛羅多抬頭看著那名正搜尋著目標的勒苟拉斯，他沐浴在星光下，散發出如同聖人一樣高潔的氣息。但是，從南方突然飄來一大朵烏雲，遮蔽了這些星光，眾人被恐懼所包圍。

「**伊爾碧綠絲！姬爾松耐爾！**」勒苟拉斯嘆著氣，抬頭往上看。在此同時，一塊如同烏雲般黑暗的形體從南方的闇雲中飄出，快速地飛向遠征隊的成員，遮擋住所有的亮光。很快地，底下的人開始看清楚，那是隻巨大的有翼怪獸，如同黑夜中的黑洞一般吸去所有的光線。對岸響起了驚天動地的歡呼聲，佛羅多覺得一陣寒意流過，讓他心臟快要停止；這種恐怖的寒意如同他肩膀上的舊傷，毫不留情地讓他全身宛如浸泡在冰水中一樣。他趴了下去，準備躲起來。

突然間，羅瑞安的巨弓開始吟唱，尖銳的破空聲伴隨著精靈弓弦的彈奏聲，譜出了驅魔之歌。那有翼的怪獸幾乎就在他頭正上方開始搖晃，接著傳來沙啞的慘叫聲，那怪獸似乎就這樣落到東方的河岸邊。隨即傳來的是衆多腳步聲、詛咒聲和哭嚎聲，接著一切歸於平靜。當夜再也沒有任何的箭矢從東岸射來。

之後，亞拉岡率領著衆人溯河而上，他們靠著河邊摸索著，最後才來到一個淺灣。幾株低矮的樹木生長在臨水之處，在它們之後則是一道陡峭的岩坡。遠征隊決定在此等待黎明的到來，當夜再冒險前進是毫無意義的。他們不紮營也不生火，只是蜷縮在船上，等候天亮。

「感謝凱蘭崔爾的弓箭，和勒苟拉斯的巧手和銳眼！」金靂嚼著一片**蘭巴斯**，邊說道：「老友，那可眞是黑暗中漂亮的一箭！」

「誰知道有沒有射中呢？」勒苟拉斯說。

「我不知道，」金靂回答：「但是我很高興那黑影沒有繼續靠近。我一點都不喜歡那情況，那讓我想到摩瑞亞的陰影，那炎魔的影子。」他最後一句話是壓低聲音悄悄說的。

「那不是炎魔，」佛羅多依舊爲了剛剛的寒氣而渾身發抖：「那是更冰冷的妖物，我猜牠是——」然後他閉上嘴，陷入沈思。

「你覺得怎麼樣？」波羅莫從船上跳下來，彷佛急著要看見佛羅多的臉。

「我想……算了，我還是不要說好了，」佛羅多回答：「不管那是什麼，牠的墜落都讓敵人很失望。」

「看起來是這樣，」亞拉岡說，「但是我們對於敵人的動向、數量、位置都一無所知。今夜我們絕不能睡覺！黑暗可以隱藏我們的行蹤，但誰又知道白天會怎麼樣？把武器放在手邊！」

山姆百般無聊地敲打著劍柄，彷彿在計算著自己的手指數目，一方面，他也抬頭看著天空。「這眞是奇怪，」他嘀咕著：「在大荒原和夏爾的月亮都是同一個，可是，要不是它的軌跡變了，就是我對它的記憶有問題。佛羅多先生，你還記得我們躺在瞭望台上的時候，月亮正開始漸虧，大概是滿月之後一週。而昨天晚上，也就是我們出發之後一週，天空上高掛的還是新月，彷彿我們根本沒有在精靈王國裡面待過一樣。」

「是啦，我的確記得其中的三夜，之間恐怕還過了幾天，但我發誓我們絕對沒有待上一整個月。大家搞不好會覺得時光在裡面停滯了呢！」

「或許眞的是這樣，」佛羅多說：「或許，在那塊土地上，我們是身處在一個其他地方早已流逝的時間中。我想，在銀光河帶我們回到安都因河之後，我們才重新加入了凡人的時間之中。而且，當我留在卡拉斯加拉頓的時候，我根本不記得什麼月亮的事情，只有白天的太陽和晚上的星辰。」

勒苟拉斯在船上變換了個姿勢。「不，時間並沒有靜止，」他說：「但變化和生長這兩樣東西並非在每個地方都一樣。對於精靈來說，世界在他們的四周移動，有極快速，也有極慢速。快速的原因是他們自己極少變動，世界相對於他們來說就快速地變個不停；慢速的原因則是因爲他們自己從來不計算時間的流逝，至少不爲了他們自己這樣做。對他們來說，四季的更替不過是漫長時間流中不斷重複的泡沫而已。但是，在太陽下，所有的萬事萬物都有其終點。」

「但是，這消耗的過程在羅瑞安中極為緩慢，」佛羅多說：「女皇的力量保護著一切。在卡拉斯加拉頓，雖然每個小時都似乎很短暫，卻過得很豐富，因為凱蘭崔爾配戴著精靈魔戒。」

「一旦離開羅瑞安，就不應該提到這件事，就算對我也是一樣，」亞拉岡說：「不要再說了！山姆，我的解釋是這樣的，在那塊土地上，你失去了對時間的感覺。時光快速地流逝，對我們、對精靈都一樣，外界就這麼過了一個月，而我們則是流連在美景中。昨晚你看到的是另一個月的景色，冬天幾乎已經快結束了，迎接我們的是一個沒有多少希望的春天。」

夜晚寂靜流過，對岸再也沒有傳來任何的聲音，一行人躲在船上，感受著天氣的變化。從南方和海岸邊飄來的濃密雲霧讓天氣變得又濕又悶，大河拍打岩岸的聲音似乎變得更近了些，頭上的樹枝也開始滴水了。

天亮之後，整個氣氛似乎都變了。四周的天氣讓他們覺得有些哀傷、有些溫柔。河上飄動著霧氣，白色的濃霧沖上岸邊，現在完全看不到對面的景象了。

「我其實不太喜歡大霧，」山姆說：「但這次的大霧對我來說是種好運的象徵，或許我們可以放心地躲開這些該死的半獸人，不用擔心他們會見到我們。」

「或許吧，」亞拉岡說：「但是，除非稍後霧氣稍散，不然我們也很難找到去路。如果我們要通過薩恩蓋寶，前往艾明莫爾，我們一定得找到路才行。」

波羅莫說：「我不明白為什麼一定要從水路通過激流，還有是堅持繼續走水路的理由。如果艾明莫爾就在前面，我們可以捨棄這些小船，往西南方走，橫越樹沐河進入我的家園。」

「如果我們準備去米那斯提力斯的話，當然可以，」亞拉岡說：「但我們還沒做出決定，而且，你所說的道路必定比聽起來更危險。樹沐河的河谷沼澤遍佈，濃霧對於步行、攜帶重擔的旅人來說是種要命的威脅。除非必要，我絕對不會貿然捨棄這些船隻，至少跟著河走不會迷路。」

「但魔王控制著東岸，」波羅莫抗議道：「就算你通過了亞苟那斯峽，不受阻擋地來到燃岩高地，那你又能夠怎麼樣？跳下瀑布，落到沼澤中？」

「當然不是！」亞拉岡回答：「我們可以沿著古道將船搬運到拉洛斯瀑布之下，然後再走水路。波羅莫，你是不知道還是刻意忘記了北梯坡，以及阿蒙漢山上在遠古王朝時興建的王座？至少在我決定進一步的旅程之前，我一定要去那邊看看。或許，我們在那邊可以看到進一步的跡象，足以引導我們下一步的旅程。」

波羅莫十分堅持，但到了最後，不管目的地是哪裡，很顯然佛羅多都會跟隨亞拉岡，他只好放棄了。「米那斯提力斯的人，不會在朋友有需求的時候捨棄他們，」他說：「而且你們如果想要前往燃岩高地，會需要我的力氣。我願意前往那個高地，但不會再繼續往前。從那邊我就會掉頭回家，就算我的協助沒有贏得任何的友誼，我也會孤身一人回去。」

天色漸明，大霧稍稍退去了一些。眾人一致決定亞拉岡和勒苟拉斯必須先上岸，其他人則留在船上。兩人想要找到一條可以帶著三艘船和行李繞過激流，前往之後平順河面的道路。

「精靈的船或許不會沈，」他說：「但這不代表我們可以活著通過薩恩蓋寶激流，過去到現在從來沒人成功過。剛鐸的人類也沒有在此開拓出任何的道路，因為，即使在他們帝國最壯盛的年代中，勢力範圍也沒有超過安都因大河旁的艾明莫爾。我沒記錯的話，旁邊有一條專門的運輸小道，它不可能就這樣消失無蹤，幾年之前還常有許多小舟，從大荒原航向奧斯吉力亞斯，那是在魔多的半獸人開始大幅擴張領土之後才中斷的。」

「我這輩子幾乎沒看過北方來的船隻，而半獸人也一向出沒在河東岸，」波羅莫說：「即使你們找到路繼續向前，一路上只會越來越危險。」

亞拉岡回答：「每條往南的路都必然危險，給我們一天的時間，如果我們到時還沒回來，你們就知道我們遭遇到了厄運。那麼諸位必須選出新的領袖，盡可能地聽從他的指導。」

佛羅多心情沈重地看著勒苟拉斯和亞拉岡爬上陡峭的岸邊，消失在迷霧中；但是，事實證明他是過慮了。過不了兩三個小時，還沒到中午，兩人的身影就再度出現。

「一切都沒問題，」亞拉岡從岸邊爬下來說道：「的確有條路，通往另一個還可以使用的克難港口。距離並不遠，激流的開頭離這裡大概半哩左右，長度也只有一哩多，過了激流不遠的地方，水流就開始變得和緩。我們最困難的工作，恐怕就是如何將這麼多東西搬到那條路上。路是找到了，但是它距離這裡的岸邊有好幾十碼遠，中間還有很多崎嶇的地形。我們沒有找到它北邊的入口，就算入口還在，我們可能昨天晚上已經越過了它。如果要回頭，在這種大霧中可能還是找不到。恐怕我們必須從這裡離開河流，並且盡可能地往搬運小道走。」

「即使我們都是強壯的人類，這工作也絕不輕鬆，」波羅莫說。

「就算這樣，我們也得試試看，」亞拉岡說。

「啊，是啊，」金靂說：「波羅莫先生，不要忘記，如果揹著體重兩倍重的東西，矮人可以輕而易舉地繼續前進，偉大的人類卻會步履蹣跚哪！」

這個任務果然十分艱難，但最後還是完成了。他們先將東西全都搬到岸上的平地，然後再把船隻拖出水面，送到岸邊，小舟本身比預料中的要輕多了。連勒荀拉斯都不知道這是用精靈國度中的什麼木頭雕鑿的，但它們既堅韌、又輕，只要梅里和皮聘兩人，就可以輕鬆地抬著它在平地跑。當然，要越過目前這樣崎嶇的地形，它們得要靠兩名人類運送才行。一路上的坡度都很陡，還有諸多的岩石碎塊擋住去路，兩旁還有許多的雜草和荊棘構成濃密的遮蔽，中間穿插有陡峭的河谷，以及許多裝滿了臭水的坑洞。

亞拉岡和波羅莫兩個人一次搬一艘船，其他人則是抱著沈重的行李跟在後面。最後，眾人終於把所有的東西都搬到小道上。然後，除了一些倒在路上的石南莖之外，一行人再沒有遇到多少的阻礙。旁邊的岩壁之間依舊瀰漫著濃霧，河上也飄浮著濃厚水氣。眾人可以清楚地聽見激流中，河水拍打岩石的濤聲，但在水氣中什麼都看不見，他們花了兩次的時間，才把所有的東西都送到那個克難的碼頭去。

從那裡開始，搬運小道開始緩緩降下，通往一個小池子旁的空地。這池子似乎是由於薩恩蓋寶激流沖刷河中大石的反作用力在河邊所挖成的。從那之後，小徑就遇上了一堵高大的岩壁，再也沒有可以繼續步行的道路。

現在已經是下午了，暮色已經漸漸籠罩大地。他們坐在水邊休息，傾聽著河中傳來如同千軍萬馬的裂岸濤聲；他們都又累又想睡，心情和天色一樣的低落。

「好啦，我們已經到了，看來恐怕得在這裡過一夜了，」波羅莫說：「我們需要睡眠，就算亞拉岡想要趁著夜色穿越亞苟那斯峽，我們也都已經太累了。當然，搞不好我們耐力驚人的矮人是個例外。」

金靂沒有回答，他只是不斷地點頭。

「今天就讓大家盡量休息吧，」亞拉岡無可奈何地表示：「明天我們必須天一亮就出發，除非天候又再度改變，否則我們應該可以躲過東岸的敵人，悄悄地混進河中。不過，今晚必須有兩個人同時守夜，三個小時換一班，另一個人則繼續警戒。」

除了黎明前的雨滴之外，當天晚上沒有發生其他的事情。等到天色一亮，他們就立刻出發。大霧已經開始消退，他們盡可能地靠近西岸邊航行。眼前的地形逐漸轉變，模糊的輪廓開始在大霧中上升，一連串的峭壁出現。過不了多久，雲層就越來越低，最後開始下起大雨。他們拉上油布，不想讓船內積水，邊繼續往下漂流。在這如同灰色簾幕的大雨中，幾乎什麼也看不清楚。

不過，這場雨並沒有下很久。慢慢地，天空越變越亮，突然間雲破霧散，雨滴也跟著消失。在眾人的眼前出現了寬闊的江面，兩邊則是高聳的岩壁，上面間或生長著幾株禿樹，河道接著變窄，河水也變得湍急許多。這時，不管前方遇到什麼阻礙，他們根本無法轉彎或是稍停，只能勇敢面對。他們只能看見頭上的的一線蔚藍天空，以及四周的深黑色河水，眼前則是艾明莫爾的山丘，阻擋住一切的天空，看不見任何的出口。

佛羅多盯著眼前的景象，看見兩座岩峰逼近，像是兩座孤立的石柱。它們虎視眈眈地矗立在峽谷的兩邊，彷彿試圖攔阻任何膽敢闖關的冒失旅人。一個狹窄的開口出現在兩者之間，大河推動著小舟快速往前。

「這就是亞苟那斯，王之柱！」亞拉岡大喊著：「我們應該很快就會通過這峽谷，把船保持直線，彼此盡可能距離遠一些！保持在河中央！」

佛羅多越來越靠近，那兩座石柱也逐漸化身成高塔迎接他。他發現這兩座石柱的確在遠古時代曾接受過某種力量的雕琢，它們在日月風霜以及歲月的洗禮之下，依舊保持了大致的樣貌！在深水底巨大的臺座上矗立著兩個國王的雕像，他們依舊用著矇矓的雙眼、堅毅的眉毛，引頸看著北方。每座雕像的左手都比著警告的手勢，雕像的右手則都拿著斧頭，在他們的頭上則是戴著飽經風霜，勉強維持原樣的頭盔和皇冠。他們仍然擁有古代的權威和力量，看顧著一個早已消逝的王國。佛羅多突然間覺得敬畏不已，忍不住低下頭，不敢直視這兩座雕像的目光。

連波羅莫在經過雕像旁邊的時候也禁不住閉上眼，聽任小舟如同落葉一樣，被推送過這努曼諾爾威武的守護神之下。最後，一行人好不容易才安全通過亞苟那斯峽幽深的河水。

河兩旁都是人跡難至的陡峭絕壁，遠方的天空相形之下顯得黯然失色。黑色的河水發出轟隆聲，將小舟不停的推送著，一陣強風席捲過眾人。佛羅多跪了下來，在他之前的山姆也不禁呢喃著、哀嚎著：「這眞是太壯觀了！太恐怖了！只要我有機會離開這艘船，我以後再也不敢玩水了，更別提到河水中了！」

「別害怕！」一個聲音從他身後傳來。佛羅多轉過身，看見一個長得很像神行客的陌生人；

飽經歲月磨難的神行客消失了，在他的位置上坐著抬頭挺胸、自豪的亞拉松之子亞拉岡。他信心滿滿地引導著小舟前進，黑髮迎風飛舞，眼中散發著光芒——流亡的皇儲終於回到了故國。

亞拉岡說：「別害怕！我早就想要看看埃西鐸和安那瑞安的尊容了，他們都是我的祖先。在他們的陰影下，伊力薩王，身爲伊蘭迪爾子嗣，擁有精靈寶石稱號的我，沒有什麼好害怕的！」然後，他眼中的光芒消失了：「眞希望甘道夫在這裡！我好想回到米那斯雅諾，我的王都！但我到底該去何方？」

峽谷又長又黑暗，充斥著強風與潮水的奔騰聲。它朝向西彎，一切突然變得黑暗，但很快地，佛羅多看見一道光芒射入，並且不斷增強。突然間，小舟渡過了亞苟那斯峽，進入了明亮的天光照耀下。

太陽已經越過天頂，在微風吹拂的大地上照耀著。原先洶湧的河水現在流入一個橢圓形的湖中，那是蒼白的蘭西索湖，它的四周被山丘所環繞。山丘的四周生長著許多的樹木，但頂端卻光禿禿的沐浴在陽光下。在極南方有三座山峰升起，最中間的山峰有些前傾，距離其他的山峰也有段距離，大河繞過這座山峰分離開來。從遙遠的地方傳來轟隆隆的巨響，如同雷聲一般。

「這就是托爾布蘭達！」亞拉岡指著南方的高大山峰說：「左邊是阿蒙羅山，右邊是阿蒙漢山——千里觀聽之山。在遠古的年代裡，國王們在其上建造王座，並且時時駐守兵員在其上。但是，據說沒有任何人或獸的腳步曾經踏上托爾布蘭達。在黑夜降臨之前，我們應該就可以走到山前，我已經聽到拉洛斯瀑布呼喚的聲音了。」

一行人暫時休息了一下，沿著水流往南漂向湖中央。他們吃了一些食物，很快地又拿起槳，繼續朝著目標前進。西方的山丘漸漸被陰影遮蔽，太陽開始慢慢落下，不甘寂寞的星辰悄悄跳出。三座山峰在暮色中依舊孤傲的挺立著，拉洛斯的怒吼並沒有稍歇，當遠征隊終於來到山下的時候，夜色已然降臨。

他們第十天的旅程結束了，大荒原已經被他們拋在腦後。現在，他們必須要選擇東方或是西方的道路，眼前就是任務的最後階段。

第十節　遠征隊分道揚鑣

亞拉岡領著衆人來到大河的右邊分岔口。在托爾布蘭達山的西邊陰影中，有塊廣大的草原，一路從水邊延伸到阿蒙漢山腳下，在那之後是阿蒙漢和緩的山坡，上面長滿了樹木，這些樹木也一路生長到湖邊。一條涓涓細流的泉水從山上落下，滋養這片草地。

「我們今晚在此休息，」亞拉岡說：「這就是帕斯加蘭草原，遠古的美景之一，希望還沒有邪惡入侵此地。」

他們將小舟拖上綠色的河岸，在小舟旁紮營。他們設下了守夜的哨兵，但沒有看到任何的敵人。如果咕魯還是堅持跟蹤他們，那牠一定還躲得好好的。

不過，亞拉岡今晚十分不安，不管是醒著或是睡著的時候都翻來覆去。不久之後，他就醒了過來，跑來找正好輪值夜哨的佛羅多講話。

「你爲什麼還醒著？」佛羅多問道：「這不是輪到你值夜的時間。」

「我不知道，」亞拉岡回答道：「但是我覺得有種威脅和陰影，在我睡著的時候一直潛伏在我們身邊，你應該拔出劍來比較安全。」

「爲什麼？」佛羅多說：「附近有敵人嗎？」

「讓我們看看刺針會有什麼反應，」亞拉岡回答。

佛羅多將精靈的寶劍從劍鞘中抽出，他驚訝地發現刀刃邊緣在黑暗中閃動著光芒。「半獸人！」他說。「不是非常靠近，但看來還是近得讓人擔心。」

「我也很擔心，」亞拉岡說：「不過，或許他們不在河的這一邊，刺針的光芒很弱，或許只是指出阿蒙羅山脈上有魔多的間諜活動著。我從來沒聽說過有半獸人膽敢入侵阿蒙漢山脈。但是，誰知道在亂世中會發生什麼事情呢？連米那斯提力斯都無法守住安都因河的入口，還有什麼不會發生的！我們明天必須特別提高警覺。」

第二天一早，他們以爲自己陷入火焰與濃煙的包圍中。東方的烏雲如同大火中伸出的濃煙一般烏黑，太陽從山後升起照在濃煙上，發出火紅的光芒，托爾布蘭達的山頂沾染著金色的光芒。佛羅多再度往東看著那孤高的山峰，它的四邊都在奔流江水的包圍之下，峭壁上依舊生長著許多樹木，一株接一株的插在絕壁上，在其上則是無法攀登的山壁，夾雜著參差不齊的奇詭山峰。許多飛鳥環繞著山峰飛翔，除此之外別無其他生物居住的痕跡。

當他們用完餐之後，亞拉岡召集眾人：「這一天終於到了！我們之前一直拖延這做出抉擇的一天。經歷這麼多事情、走過這麼遠距離的遠征隊，到底要如何繼續下去？我們應該和波羅莫向西走，參加剛鐸的戰爭嗎？或者是向東走，投入恐懼和魔影之下；或者我們必須分散，照著個人的意志拆散成小隊？無論如何，我們都必須趕快決定。我們知道敵人在東岸，但是，我擔心半獸人可能也已經進入了河的這一岸。」眾人陷入沈默，沒有人開口。

「好吧，佛羅多，」亞拉岡最後終於說：「看來這重擔落到你肩上了，你是會議中所指派的魔戒持有者，你必須選擇自己的道路，在這件事上我無法給予你任何的建議。雖然我試著繼承他的責任，但我依舊不是甘道夫，我不知道他究竟在這個時刻準備怎麼做。多半，他可能還是要觀察你的作法，關鍵還是在於你的選擇——這就是你的命運。」

佛羅多沒有立刻回答，他緩緩地說：「我知道不能再拖延，但是我一時之間無法做出選擇。這責任太重大了。給我一個小時的時間考慮，請讓我獨處吧！」

亞拉岡同情地看著他：「好的，德羅哥之子佛羅多，」他說：「就給你一個小時的時間獨處，我們全部留在這裡，但是別走得太遠，免得聽不見我們的呼喚。」

佛羅多低頭沈思了片刻。山姆一直用關切的眼光看著主人，最後還是搖了搖頭，嘀咕著，「其實答案很明顯了，但這裡沒有山姆插嘴的份。」

佛羅多站起身，走了開來。山姆看著其他人刻意別開目光，不敢注視他。波羅莫的視線一直緊跟著佛羅多，直到他走入阿蒙漢山腳的樹林中。

一開始，佛羅多在森林中漫無目的走著，但最後他發現自己的腳一直領著他往山坡上走。他來到一條小徑，那是許多年前道路留下的廢墟。在陡峭的地方殘留許多的石梯，在經過多年的風吹雨打之後，這些階梯都因年久失修而變得破碎不堪，在樹根的擴張之下變得分崩離析。他爬了一段時間，最後來到一塊草地上。四周長著許多的花楸樹，中間是塊平坦的大石頭。這塊小草地面對著東方，充分沐浴在陽光的照耀之下，給人一種生機勃勃的感覺。佛羅多停下腳步，俯瞰著底下的大河，看著和那壯麗孤絕的托爾布蘭達山，以及在天空中盤旋的鳥兒。拉洛斯瀑布的聲音現在成為有節奏的轟隆聲，毫不止息地敲打著。

他坐在大岩石上，一手支著下巴，朝著東方發呆，自從比爾博離開夏爾之後，一切的事情都流過他的腦海，他回憶著甘道夫說過的所有忠告。時間慢慢流逝，他依舊找不出答案來。

突然間，他恍若大夢初醒的警覺起來，有什麼東西出現在他背後，有什麼不友善的生物就在附近。他跳了起來，猛然回過頭；卻吃驚的發現原來只是一臉笑容，看來心情很好的波羅莫。

「我替你擔心，佛羅多，」他走向前說：「如果亞拉岡說的沒錯，半獸人的確就在附近，那麼沒有任何人應該離群獨處。特別是你更應該小心，許多人的命運都和你息息相關，我的心情也跟著沈重起來。既然都找到你了，方不方便和你坐下來談一談？這會讓我感覺好一點。我們底下那邊只要一講話，就會為了前途而爭吵不休，不過，或許兩個人可以在彼此身上找到智慧。」

「你眞體貼，」佛羅多回答：「但是，我不認為談話現在能夠幫得上我，因為我知道該做什麼，但我卻不敢做。波羅莫，我不敢！」

波羅莫沈默地站著，瀑布的轟響不斷傳進耳裡，微風吹過樹梢，佛羅多不由自主地打了個寒顫。波羅莫突然在他身邊坐了下來。「你確定這不是杞人憂天嗎？」他說：「我希望能幫助你，你需要別人給你不同的看法，你願意接受我的忠告嗎？」

「波羅莫，我想我已經知道你要說什麼了，」佛羅多說：「如果不是我內心一直覺得不安，我的確會覺得這是很好的忠告。」

「不安？對什麼不安？」波羅莫猛然轉過頭來瞪著佛羅多。

「對拖延的不安，對那顯然輕易多了的道路的不安，對拒絕承擔責任的不安……好吧，我必須實話實說，我對於信任人類的力量和眞實面貌有所不安。」

「但是，在你不知道的狀況下，人類的力量自古以來，都保護你那小小的家園不受黑暗侵襲。」

「我並不是質疑你同胞的勇敢，但世界在改變。米那斯提力斯的城牆或許是銅牆鐵壁，但它依舊不夠堅固，如果它失守了，又該怎麼辦？」

「我們會在戰鬥中壯烈犧牲，但是，我們還是有希望會獲勝。」

「只要魔戒還在，就一點希望也沒有。」佛羅多說。

「啊！魔戒！」波羅莫的眼中閃動著光芒：「魔戒！爲了這麼小的一個東西，我們竟然大費周章、恐懼不已，這不是很奇怪嗎？這麼小的東西！我在愛隆的居所中只看過它一次，我可以再看看它嗎？」

佛羅多抬起頭。他突然覺得渾身冰寒。他注意到波羅莫眼中的奇異光芒；但他的表情依舊友善、依舊體貼。「最好還是不要把它拿出來。」他回答道。

「隨你便，我不在乎。」波羅莫說：「但是，難道我連提都不能提嗎？因爲你們都只有想到它在魔王手中所會造成的破壞，只有想到它爲惡的一面，卻忽略了它爲善的一面。你說世界在改變，如果魔戒繼續存在，米那斯提力斯將會陷落。但，爲什麼呢？如果魔戒在魔王的手上，我可以理解，可是，如果它在我們的手上呢？」

「難道你沒參加那次會議嗎？」佛羅多回答道：「因爲我們不能夠使用它，任何使用它的意圖都會被轉爲邪惡。」

波羅莫站了起來，不耐煩的踱步：「你儘管狡辯吧！」他大喊著：「甘道夫、愛隆，這些傢伙一遍一遍地教你這麼說。或許他們是對的，或許這些精靈、半精靈和巫師們都不能使用它；但是，我常常懷疑，這些人到底是睿智還是食古不化，或許每個人都受困於自己的盲點而不自知。眞心誠意的人類不會被腐化，我們米那斯提力斯的居民，經過重重的考驗才能夠生存下來，我們不想要巫師的法力，只想要擁有自衛的機會，擁有執行正義的力量。你想想看！就在我們最需要幫助的時候，力量之戒現世了。我認爲，這是個禮物，這是賜給魔多之敵的禮物。不把握機會，不利用魔王的力量消滅他是愚蠢的。光是靠著無懼、無畏就足以贏得勝利嗎？在這個時候，偉大的領袖、偉大的戰士應該怎麼做？爲什麼亞拉岡不能做？如果他拒絕這樣做，爲什麼不交給波羅莫來做？魔戒將會賜給我統御天下的力量。我將會驅逐魔多的黑暗軍團，全世界愛好自由與正義的人們將會望風披靡！」

波羅莫焦躁地走著，一句比一句更大聲。他幾乎已經忘記了佛羅多的存在，一心一意描述著他的城牆、武器和戰略。他描繪著偉大的勝利和前所未有的盟約，他擊垮了魔多且成爲偉大的國王、睿智而又爲民所愛戴。突然間，他停下來，揮舞著雙手。

「他們竟然告訴我們放棄這一切！」他大喊著：「他們提出這意見或許是有道理的，只要我能夠看出這其中的希望在哪裡。但我看不出來。我們手中唯一的計畫，就是讓一個矮子拿著魔戒盲目地走進魔多，給予魔王重新獲得魔戒的機會。愚蠢！」

「你應該明白了吧，吾友？」他猛然轉過身面對佛羅多：「你說你很害怕，如果是這樣，勇敢的人應該原諒你的行爲。但是，讓你感到不安的應該不是你的理性吧？」

「恐怕不是，」佛羅多說：「我只是害怕而已，但是，我很高興聽到你說出內心的想法，你讓我下定了決心。」

「那麼，你將會前往米那斯提力斯？」波羅莫大喊著，他的眼中閃動著光芒，臉上露出渴望的表情。

「你誤會我了。」佛羅多說。

「但是，你至少願意待一陣子吧？」波羅莫不肯放棄：「我的城市距離這裡不遠，從那邊去魔多更近。我們已經在荒野中待了很長的一段時間，你必須要知道有關魔王的消息才能夠決定下一步該怎麼做。佛羅多，跟我來！」他說：「如果你堅持要走，至少之前先休息一下……」他爲了表示善意，將手放在哈比人的肩膀上；但佛羅多可以感覺到他的手，因爲強自壓抑的興奮而微微顫抖。他立刻避了開來，警覺地看著這高大的人類；對方幾乎是他的兩倍高，力氣又比他大上很多倍。

「爲什麼你還要猜疑我？」波羅莫說：「我是個眞誠的人，不是騙子也不是強盜，我需要魔戒，你現在也知道了。但我對你保證，我絕對不會把它據爲己有。至少讓我試試我的計畫吧？把魔戒借給我！」

「不！不行！」佛羅多大喊：「是那場會議決定讓我持有它的！」

「魔王也是藉著我們的愚行來擊敗我們，」波羅莫大喊著：「這讓我好生氣！愚蠢！自以爲是的傻瓜！自尋死路，破壞我們的最後希望。如果有任何生靈應該擁有魔戒，那也該是努曼諾爾的子孫，而不是你這個矮子。你只是運氣好罷了，它可能會是我的，它本來就應該是我的，把它給我！」佛羅多沒有回答，他小心地往後移動，直到那塊大石頭成了兩人之間唯一的屏障爲止。

「聽話，朋友，聽話！」波羅莫用更委婉的聲音說：「爲什麼不丟掉它呢？爲什麼不捨棄你的懷疑和恐懼？如果你願意的話，可以把責任推到我身上，你可以說是我硬是要把它搶走的。矮傢伙，因爲我眞的比你強太多了。」他大喊著，猛然躍過岩石，想要抓住佛羅多。他原先英俊友善的臉孔變得十分醜惡，眼中冒著熊熊的怒火。

佛羅多躲了開來，再度利用岩石擋住對方。他只剩下一個選擇：佛羅多顫抖著手掏出魔戒，很快地戴上它。此時波羅莫甚至又再度躍向他，那人吃了一驚，不知所措地看著眼前的景象，接著開始四處亂竄，搜索著岩石和樹林。

「該死的傢伙！」他大喊著：「最好別讓我抓到！我現在知道你在想什麼了。你想要把魔戒送到索倫門前，出賣我們每個人，你一直在找機會拋棄我們全部的人。所有的矮個子都去死吧！」然後，他不小心踢到那塊岩石，咕咚一聲摔倒在地上。他楞楞地趴著，彷佛被自己的詛咒所害。突然間，他開始大聲啜泣。

他站了起來，抹去眼淚：「我剛剛說了什麼？」他大喊著：「我剛剛做了什麼？佛羅多，佛羅多！」他大喊著：「快回來！我剛剛是失心瘋了，現在已經過去了。快回來！」

沒有任何的回答，佛羅多甚至沒有聽見他的呼喚，在盲目的恐懼中，他已經跑上了山丘。波羅莫瘋狂的話語和那張猙獰的面孔，一直出現在他面前，逼得他不停往前跑。

他很快就跑到了阿蒙漢的山頂，停下腳步，開始不斷地喘息。他在迷霧中彷彿看見了一個由許多面旗子所構成的圓圈，中間則是一個崩塌的防禦工事；在中央的四根柱子之上，有一個高大的王座，可以藉著許多層階梯來抵達。他頭也不回地走上去，坐在那王座上面發呆，彷彿是迷途的孩子，無意間來到山之王的寶座上一般不知所措。

一開始他什麼也看不見，他似乎處在一團充滿陰影的迷霧中，因為他戴著魔戒。然後，慢慢地，有許多地方的迷霧漸漸散開，讓他看見大量的影像。這些影像都很小，讓他覺得好像是在閱讀桌上的書籍，但卻又距離遙遠，沒有絲毫的聲音，只有不停變動的影像，整個世界似乎都縮小了，變得無比沈默，他坐在全觀之位上，古時被稱作努曼諾爾之眼的山丘上。他看著東邊許多無人知曉的土地、無人居住的荒原、未經探勘的森林，他看著北邊，大河像是他腳下的緞帶，迷霧山脈細小的像是野獸斷折的牙齒；往西看去他可以看見洛汗國一望無際的草原，還有如同黑色刺針的歐散克塔，位在艾辛格的正中央；他在南邊看見了大河如同波浪一般落下拉洛斯瀑布底下的深坑，水氣中飄浮著美麗的彩虹；他還看見了伊瑟安都因，安都因大河壯觀的巨大三角洲，海鳥如同太陽下的白色灰塵一般四處飛舞，在牠們之下則是湛藍與碧綠色交錯，波濤洶湧的大海。

但是，每個地方都有戰爭的跡象，迷霧山脈像是被驚擾的蟻穴一樣，無數的半獸人從成千上百個洞穴中往外爬；在幽暗密林的精靈、人類，正在和邪惡的妖獸進行殊死搏鬥；比翁族的家園陷入火海，雲霧遮避了摩瑞亞；羅瑞安的邊境燃起狼煙……

騎兵在洛汗的草原上奔馳，惡狼從艾辛格往外湧出。戰船從哈拉德的港口中蜂擁出港，東方的部隊不停的調動：劍客、槍兵、騎馬的弓箭手、酋長的馬車和滿載補給品的馬車。黑暗魔王的一切勢力傾巢而出，他包圍了米那斯提力斯。遠遠看來它十分的美麗，白色高牆、許多高塔，驕傲的座落在易守難攻的山腳下，它的城牆上閃動著守軍鋼鐵的光芒，戰塔上插著許多各色各樣的旗幟。他感覺到一絲希望，但是，對抗米那斯提力斯的是另一個更爲堅強的要塞。他的眼光不由自主的往東邊移動，它越過了奧斯吉力亞斯的斷橋，進入米那斯魔窟的猙獰大門，穿越恐怖的山脈，進入葛哥洛斯盆地，也就是魔多的正中心，末日山冒出大量的濃煙。最後，他的目光終於定了下來。一層層的城牆、一道道的護城河、黑色的恐懼、刀山劍林、鋼鐵的堡壘、精金的高塔，這就是要塞巴拉多，索倫的根據地，一切的希望都被剝奪了。

突然間，他感覺到魔眼在蠢動，邪黑塔中有一只永不休息的眼睛，他知道對方發現了他的瞪視，那是股飢渴、強大的意志。那意志朝向他奔來，幾乎像是隻實體的手指一般搜尋著他，很快地，它就會鎖定這個目標，知道佛羅多位在何處。它碰觸了阿蒙羅，掃過了托爾布蘭達山……佛羅多立刻從座位上躍下，用斗篷遮住自己的身體。

他聽見自己大喊著：**絕不，絕不！**或者是：**臣服，我向您臣服！**他根本分不清楚。然後，另外一個強大的力量傳來了一股思想波進入他的腦海：**脫掉它！拿下它！愚蠢！拿下魔戒！**

兩種力量在他身體內搏鬥。有那麼短短的一瞬間，兩種力量彼此平衡著，佛羅多在其間受盡煎熬，突然，他又恢復了意識。他是佛羅多，不是那聲音，也不是那魔眼；在這短暫的一瞬間，他擁有選擇自己命運的權力。他脫下魔戒之後，發現自己跪在光天化日下的王座前。似乎有一道黑影掠過他頭上，跳過了阿蒙漢，伸向西方，然後，天空恢復了原先的蔚藍，鳥兒開始在每株樹上鳴叫。

佛羅多站起身。他覺得非常疲倦，但已經下定了決心，內心甚至覺得輕鬆多了。他大聲地對自己說，「我必須爲所應爲！至少我可以確定這件事，魔戒的力量也開始影響遠征隊中的成員，它必須在造成更多傷害之前離開，我必須一個人走。有些人我不能夠信任，能夠信任的人又不能夠失去他們。可憐的山姆，還有梅里和皮聘，還有神行客，他想要去米那斯提力斯，連波羅莫都已經投身邪惡，現在那邊的確需要他的力量。我會單獨離開，馬上出發。」

他很快地走回波羅莫找到他的地方，然後他停下腳步側耳傾聽著，他覺得自己可以聽見底下湖岸邊和森林中傳來呼喊的聲音。

「他們應該在找我，」他說：「不知道我已經失蹤多久了？我想大概有幾個小時吧。」他遲疑了片刻：「我能怎麼辦呢？」他喃喃自語：「如果現在不走，就永遠走不了，我將來不會再有這樣的機會。我不想離開他們，更不想像這樣不告而別，但他們一定會諒解，山姆就會，不然我還能怎麼辦呢？」

他慢慢地拿出魔戒，再度戴上它。他立刻消失在凡人的視線中，如同微風一般跑下山坡。

其他人在河邊等了很久的時間，他們沈默了一段時間，不安地四下走動。但是，現在，他們繞成一圈討論著。雖然他們試著想要討論別的東西，像是他們漫長的旅途和冒險，詢問亞拉岡有關剛鐸的遠古歷史，以及在艾明莫爾附近依舊可以看到的偉大遺跡、岩石雕刻的國王巨像、阿蒙漢和阿蒙羅上的王座、拉洛斯瀑布旁的階梯等等，但他們的思緒總是會轉回到佛羅多和魔戒之上，佛羅多會怎麼選擇？爲什麼他還有所遲疑？

「我想，他可能正在思索到底那條路比較緊急。」亞拉岡說：「這也是理所當然的，遠征隊現在要往東方的旅程變得更爲絕望；既然我們被咕魯追蹤，恐怕這趟秘密的冒險已經被揭露了；但是，米那斯提力斯並不是比較輕鬆、距離毀滅比較遠的地方。」

「我們或許可以在那邊死守一陣子，但迪耐瑟王和他所有的部下，也無法做到愛隆無力達成的事情：保守這秘密，或者是阻止魔王奪取魔戒。如果我們在佛羅多的位置上，我們會做出什麼選擇？我不知道。我們現在最需要的是甘道夫的引導。」

「我們的確損失了很多，」勒苟拉斯說：「但是我們必須要在沒有他的協助之下做出抉擇。爲什麼不能由我們做出決定，再來協助佛羅多呢？讓我們找他回來，進行投票！我投米那斯提力斯一票。」

「我也是這麼覺得，」金靂說：「當然，我們只是被派來沿路協助魔戒持有者，最後去我們想去的地方，沒有任何的誓言或是命令強迫我們一定要去末日裂隙，光是離開羅斯洛立安就讓我十分難過。但我都已經來到這麼遠的地方，我必須這樣說：到了最後抉擇的時刻，我很清楚地明白自己不能夠捨棄佛羅多。我會選擇米那斯提力斯，但如果佛羅多拒絕，我會跟隨他。」

「我也願意跟隨他，」勒苟拉斯說：「現在離開實在太不夠朋友了。」

「如果我們都捨棄他，這應該叫作背叛才對，」亞拉岡說：「但如果他往東走，那就不需要每個人都跟著他走。那是非常絕望的旅程，不管八個、三個或是兩個人、甚至是一個人去都一樣。如果你要讓我做出選擇，那麼我會挑選三個成員：山姆，因爲他不能夠忍受離開佛羅多；金靂和我自己。波羅莫必須回到他的故鄉，他的父親和同胞需要他；其他人應該跟著走，至少，如果勒苟拉斯不願意跟他走，皮聘和梅里也該跟他一起去。」

「這一點也不公平！」梅里說道：「我們不能夠捨棄佛羅多！皮聘和我願意跟隨他到天涯海角，現在還是一樣。雖然當初我們並不知道這樣的承諾代表什麼意思，當我們在遙遠的夏爾或是在瑞文戴爾的時候，這樣的承諾並沒有那麼沈重。任佛羅多一個人前往魔多，實在太殘酷了。爲什麼我們不能阻止他？」

「我們必須阻止他，」皮聘說：「這就是他擔心的事情，我很確定。他知道我們一定不同意他往東走。他也不想要求任何人和他一起走，可憐的傢伙。你想想看：孤身前往魔多！」皮聘打了個寒顫。「這個笨哈比人，他應該知道根本不需要開口的。如果我們阻止不了他，也不會離開他。」

「請容我插嘴，」山姆說：「我不認爲你們瞭解我的主人，他並不是猶豫不決、無法決定該走那條路。當然不是！他去米那斯提力斯能有什麼幫助？我是說對他啦，抱歉，波羅莫先生。」他補充道，並且轉過頭來致歉。

這個時候，他們才發現一開始沈默坐在外緣的波羅莫已經不見了。

「這傢伙到哪裡去了？」山姆擔心地大喊：「我覺得他最近好像有點奇怪，但是，總之，他和我們的討論沒有多大關係。就像他講的一樣，他必須要回家，我們也不怪他。可是，佛羅多先生知道自己只要有機會，一定要找到末日裂隙，可是他害怕。這才是重點——他就是害怕。當然，他像我們一樣，都從這趟旅程中學到不少；否則他可能早就把魔戒丟到大河裡面，找個地方躲起來了。但他還是害怕，沒辦法下定決心出發。他也不在乎我們願不願意和他一起走。他知道我們會和他一起走的。這也是讓他擔憂的另一個原因。如果他下定決心，他會想一個人去的。記住我說的話！當他回來的時候，我們都會猶豫不決，因爲他已經下定決心了。」

「山姆，你分析得比我們任何一個人都更透徹，」亞拉岡說：「萬一你說的沒錯，我們又該怎麼辦？」

「阻止他！別讓他走！」皮聘大喊著。

「不知道這樣做對不對？」亞拉岡說：「他是魔戒的持有者，註定要扛起這重擔，我不認爲我們應該逼著他做出任何決定。即使我們試著這樣做，我也不認爲我們會成功，有許多遠比我們強大的力量在運作。」

「好吧，我希望佛羅多回來的時候會下定決心，讓大家都不要繼續煩心，」皮聘說：「等待眞讓人心焦！時間應該快到了吧？」

亞拉岡說：「一個小時的時間早就過了，都已經快中午了，我們必須去找他了。」

就在那一刻，波羅莫回來了，他走出樹林，一言不發地走向衆人。他的表情看來凝重、哀傷。他暫停下來，彷彿清點著在場的每個人；然後盯著地面，垂頭喪氣地坐下來。

「波羅莫，你剛剛到哪裡去了？」亞拉岡著急問道：「你看見佛羅多了嗎？」

波羅莫遲疑了片刻：「是，也不是，」他慢慢地回答：「是，我的確發現他在山坡上，我也和他說了話。我請求他前往米那斯提力斯，不要去魔多。我忍不住發怒了，他就離開了我，他消失了。雖然我在傳說中聽過，但從來沒親眼看過這景象，他一定是戴上了魔戒，我再也找不到他了，我以爲他會回來找你們。」

「這就是你的說法嗎？」亞拉岡毫不留情的看著波羅莫。

「是的，」他回答：「暫時就這樣了。」

「這眞糟糕！」山姆跳了起來：「我不知道這個人類到底有什麼用意，爲什麼佛羅多先生會戴上魔戒？他根本不需要啊！如果情況緊急到讓他戴上魔戒，天知道發生了什麼事情！」

「但是，他不需要一直戴著，」梅里說：「就像老比爾博一樣，當他躲過不速之客後，他就會把魔戒取下。」

「但他會去哪裡？他人在哪裡？」皮聘六神無主地大喊：「他已經不見很久了。」

「波羅莫，你上次看到佛羅多是什麼時候？」亞拉岡問道。「半小時前吧！」他回答道：「或許是一小時，我後來又到處亂走了一陣子。我不知道！別問我！」他雙手抱頭，彷彿極端難過地晃動著身體。

「他已經失蹤了一小時！」山姆大喊出聲：「我們得立刻想辦法找到他才行，大家快來！」

亞拉岡跟著大聲說：「等等！我們必須兩人一組去搜索，先別急啊！等等！」

一點用都沒有，他們根本不理他。山姆第一個衝了出去，梅里和皮聘緊跟在後。幾秒鐘之內，他們就已經衝進樹林內，開始扯開嗓門大喊**佛羅多！佛羅多！**勒苟拉斯和金靂也邁步狂奔，遠征隊的成員似乎突然間都瘋狂了起來。

「我們這樣會分散開來，會迷路的！」亞拉岡於事無補地大喊道：「波羅莫！我不知道你到底做了些什麼，但你最好來幫忙！去追那兩個哈比人，就算你找不到佛羅多，至少也確保這兩人的安全。如果你找到他、或是發現任何的蛛絲馬跡，趕快回到這裡來，我馬上就回來。」

亞拉岡拔腿就跑，意圖追上山姆；當對方衝進花楸樹叢的時候，亞拉岡正好趕上他。山姆當時還正在氣喘吁吁地爬坡，一邊大喊著**佛羅多**！

「山姆，跟我來！」他說：「我們不可以落單，這裡面一定有陰謀，我可以感覺得到。我準備到山頂，到阿蒙漢的王座去，看看到底發生了什麼事情。你看！跟我猜的一樣，佛羅多往這邊走了。跟我來，眼睛放亮點！」他邊往山坡上狂奔，邊說道。

山姆盡了全力，但是他的腳程實在比不上飛毛腿神行客，很快就開始落後。過不了多久，亞拉岡的背影就消失在他眼前。山姆上氣不接下氣地停下來，他突然一巴掌打上自己的腦袋。

「等等！山姆·詹吉！」他大聲地說：「你的腿太短了，所以用用大腦吧！讓我想想！波羅莫沒有說謊，他不會說謊；但是他沒告訴我們全部的實情。有什麼事情讓佛羅多先生大吃一驚，讓他突然間下定決心，他最後終於決定要走了。去哪呢？往東方走！沒有山姆的陪伴？沒錯，他匆忙得連山姆都不願意帶。這太狠心了，眞是太狠心了！」

山姆擦掉臉上的淚水：「克制情緒，山姆！」他說：「趕快動腦筋！他不可能飛過大河，他也不可能跳下瀑布。他沒有任何的裝備，所以，他一定會回到船邊去。回到船邊！山姆，趕快給我跑回船邊去！」

山姆轉過身，拚老命的往回跑。他摔倒了好幾次，連膝蓋都割傷了，最後，終於來到河岸邊的帕斯加蘭草原，也就是船隻被拖上岸的地方，看起來似乎一個人都沒有。身後的樹林裡面有人呼喊的聲音，但他頭也不回，他呆呆地瞪著眼前的景象，喘著氣，有艘船自顧自地往河裡滑。山姆大喊一聲，衝向湖邊。小船落入河中。

「我來了，佛羅多先生！我來了！」山姆從河岸邊一躍而下，試圖抓住船舷，他差了好幾碼沒抓到。山姆慘叫一聲，頭朝下的栽入深水中，河水毫不留情地淹過他的小腦袋。

空船上發出了一聲驚呼，一根槳把船轉過頭來。佛羅多在千鈞一髮之際抓住山姆的頭髮，把拼命掙扎和吐水的忠僕從水中撈出來。山姆的眼中充滿了恐懼。

「馬上就上來啦！好小子山姆！」佛羅多說：「抓住我的手！」

「救我啊，佛羅多先生！」山姆大聲慘叫：「我快淹死了。我看不見你的手！」

「在這裡，別捏我，臭小子！我不會放手的。不要亂踢，不然你會把船弄翻的。來，抓住船舷，讓我用槳划水！」

佛羅多划了幾下之後就讓船重新回到岸邊，山姆終於渾身濕淋淋地爬上岸。佛羅多脫下魔戒，再度踏上岸。

「山姆，你真是最會拖累我的麻煩大王了！」他說。

「喔，佛羅多先生，你這樣說太狠心了！」山姆渾身發抖地說：「竟然不準備帶我走？如果不是我機靈，你現在會怎麼樣？」

「安全地離開這裡。」

山姆說：「安全？孤身一人，沒有我的幫助？我不容許這樣的事情發生，我會擔心死的。」

「山姆，如果你和我一起走，你才真的會死。」佛羅多說：「我才不能容許這樣的事情發生。」

「我寧願死也不願意被留下來。」山姆說。

「可是我要去魔多耶！」

「佛羅多先生，我當然知道。你本來就要去魔多，還會帶我一起去。」

「山姆，」佛羅多說：「別惹麻煩了！其他人隨時都會回來。如果他們發現我人在這裡，我又必須要大費周章的辯解和解釋，恐怕就再也狠不下心捨棄大家，但是，我必須立刻離開，這是唯一的選擇。」

「當然應該這樣，」山姆回答：「但不是一個人走，我一定要跟你走，如果你不讓我跟，我就把每艘船都打洞。」

佛羅多忍不住哈哈大笑，他突然間覺得有股暖流衝進他心底。「至少留一艘船下來！」他說：「我們會需要船的，不過，你可不能連食物和裝備都不帶就準備跟來啊。」

「等我一秒鐘，我把東西全部都收好！」山姆興高采烈地大喊：「一切都準備好了，我本來以為今天大家會出發的。」他衝到營地旁邊，從佛羅多清出來的行李中找到他的背包，多拿了一條毯子，以及一些食物，又跑了回來。

「這樣我的計畫全完蛋了！」佛羅多說：「恐怕躲不過你了。但是，山姆，我眞的很高興，我沒辦法解釋我有多高興。來吧！很明顯我們註定要在一起。我們一起走，希望其他人能夠平安！神行客會照顧他們的，我想，我們這輩子可能都不會再見了。」

「話不要說得太早，佛羅多先生，未來充滿了各種可能！」山姆說。

佛羅多和山姆，就這樣一起踏上了任務的最後一階段。佛羅多划離岸邊，大河就帶著他們漂向溪邊的支流，越過托爾布蘭達的峭壁。瀑布聲越來越接近，即使在山姆的幫助下，他們還是使盡渾身解數才越過孤峰南邊的激流，航到東岸去。

最後，他們好不容易才停靠在阿蒙羅山的斜坡旁，他們在那裡找到了一個平坦的河岸，上岸之後盡可能隱密地將小舟藏在大石頭後面。然後，他們扛起背包，開始尋找能夠讓他們穿越艾明莫爾光禿的山丘，進入魔影之地的道路。

魔戒聖戰歷史的第一部曲就此完成。

第二部被稱作《雙城奇謀》，故事環繞著薩魯曼的堡壘歐散克，和守護魔多秘密入口的暗黑之城米那斯魔窟。描述的是分崩離析的魔戒遠征隊，如何在黑暗降臨之前努力對抗邪惡的故事。

第三部則描述對抗魔影的最後防禦，以及魔戒持有者的最後考驗，名爲《王者再臨》。

第一部完

佛羅多走到臺座旁邊，低頭向著水盆內看去……

戒靈騎著有翼的妖獸，飛越中土大陸……

Númenórë
努曼諾爾

譯者註：在遠古時有一群人類參與奪寶戰爭，協助精靈對抗魔苟斯。因此，天神從西方大海中升起了一座形狀近似五角星的島嶼，送給這些人類居住。努曼諾爾在人類的語言中就是「西方的」意思。這座島嶼後來成為最強大的人類帝國。此地的人類在神恩賞賜之下，擁有數倍於凡人的壽命，以及原先只有精靈擁有的智慧和體力。但是，在數千年的繁衍興盛之後，努曼諾爾的國王在黑暗魔君索倫的煽動之下，竟然出兵攻打天神。一夜之間輝煌興盛的王國就在神罰之下全部毀滅，大陸沈入海中，再也不見蹤影。只有僅少數的人逃出，在其它的大陸上開疆拓土，試圖重建輝煌的人類帝國。但，努曼諾爾再也沒有浮出水面。

N
剛鐸&魔多
死亡沼澤
達哥拉
戰爭平原
X
摩拉南
德桑城堡
烏頓
艾辛口
伊瑞德力蘇(灰燼山脈)
北伊西力安
漢那斯安南
歐洛都因
末日火山
凱爾安卓斯
巴拉多(邪黑塔)
葛哥洛斯盆地
米那斯魔窟
阿蒙丁
奧斯吉力亞斯
西力斯昂哥
灰森林
車谷
米那斯提力斯
魔
艾明亞南
依魯依河
魯依渡口
伊菲爾杜斯(黯影山脈)
安都因河
南伊西力安
多
諾恩
波洛斯渡口
哈拉德路

樹渡口
艾明莫爾
拉洛斯瀑布
寧道夫
洛汗國邊界
威頓
雪界河
樹沐河
伊多拉斯
登哈洛
佛德
東谷
西大道
樹沐河河口
摩林溪
伊瑞奇
伊瑞德尼姆拉斯
費理安森林
安諾瑞安
哈力費理安
塔龍之頸
加倫溪
明瑞蒙
伊瑞拉斯
那多
拉密頓
卡倫貝爾
西瑞爾河
艾斯林
賽洛斯河
林羅河
蘭班寧
剛
鐸
吉爾瑞河
西瑞斯河
色尼河
多爾恩俄尼爾
佩拉格
林何
伊瑟安都因
安都因河口
貝爾法拉斯

魔戒首部曲：魔戒現身

2001年12月初版
2002年1月初版第五刷

定價：新臺幣單冊特價380元

著者 托爾金
譯者 朱學恆
發行人 劉國瑞

出版者 聯經出版事業公司
臺北市忠孝東路四段555號
台北發行所地址：台北縣汐止市大同路一段367號
電話：(02)26418661
台北新生門市地址：台北市新生南路三段94號
電話：(02)23620308
台中門市地址：台中市健行路321號B1
台中分公司電話：(04)22312023
高雄辦事處地址：高雄市成功一路363號B1
電話：(07)2412802
郵政劃撥帳戶第0100559-3號
郵撥電話：26418662
印刷者 世和印製企業有限公司

責任編輯 顏艾琳
校對 劉洪順
封面設計 胡筱薇
地圖繪製 沈志豪

行政院新聞局出版事業登記證局版臺業字第0130號

本書如有缺頁，破損，倒裝請寄回發行所更換。
ISBN 957-08-2336-4（平裝）
聯經網址 http://www.udngroup.com.tw/linkingp
信箱 e-mail:linkingp@ms9.hinet.net

魔戒首部曲：魔戒現身 / 托爾金著．
朱學恆譯．--初版．
--臺北市：聯經，2001 年（民 90）
608 面；14.5×21 公分．

譯自：The fellowship of the ring
ISBN 957-08-2336-4(平裝)
〔2002年1月初版第五刷〕

873.57 90020900

Fillername 1305

Fllrnm\305